Dein Herz weiß die Antwort

Spiel um Sieg und Liebe

Dich und sehr viel Liebe

Du bist einfach unwiderstehlich

MIRA® TASCHENBUCH

1. Auflage: November 2018
Neuausgabe im MIRA Taschenbuch

Copyright © 2010 für die deutsche Ausgabe by HarperCollins Germany
© 1984 by Nora Roberts
Originaltitel: »Opposites Attract«
Erschienen bei: Silhouette Books, Toronto

© 2000 für die deutsche Ausgabe by HarperCollins Germany
© 1999 by Virginia G. Kotimsky
Originaltitel: »The Bridal Promise«
Erschienen bei: Silhouette Books, Toronto

© 2000 für die deutsche Ausgabe by HarperCollins Germany
© 1999 by Carol Devine Rusley
Originaltitel: »The Billionaire's Secret Baby«
Erschienen bei: Silhouette Books, Toronto

Published by arrangement with
HARLEQUIN ENTERPRISES II B.V./SARL

Umschlaggestaltung: büropecher, Köln
Umschlagabbildung: hurricanehank / shutterstock
Lektorat: Maya Gause
Satz: GGP Media GmbH, Pößneck
Printed in Germany
Dieses Buch wurde auf FSC®-zertifiziertem Papier gedruckt.
ISBN 978-3-95649-854-1

www.mira-taschenbuch.de

Werden Sie Fan von MIRA Taschenbuch auf Facebook!

Nora Roberts

Spiel um Sieg und Liebe

Roman

Aus dem Amerikanischen von
M. R. Heinze

1. Kapitel

»Vorteil Starbuck.« Es hat sich nichts geändert, dachte Amy. Als der Applaus verklungen war, trat für einen Augenblick Stille ein. Die große Halle war bis auf den letzten Platz gefüllt, und die Zuschauer warteten auf den nächsten Aufschlag.

Amy saß genau auf Höhe des Netzes und beobachtete Tad Starbuck – den Tennis-Champion und früheren Geliebten, mit dem sie eine unvergessene Zeit verbracht hatte. Seit beinahe zwei Stunden sah sie ihm jetzt schon zu, und immer wieder fiel ihr auf, dass Tad sich überhaupt nicht verändert hatte, weder in seiner Spielweise noch in seinem Aussehen. Mehr als drei Jahre waren vergangen, seit Amy ihm zum letzten Mal gegenübergestanden hatte, und doch hatte sie nichts vergessen, nicht die geringste Kleinigkeit.

Während dieser Jahre hatte sie ihn höchstens einmal im Fernsehen während einer Übertragung gesehen, aber selbst das hatte sie meist vermieden. Nicht nur, dass es sie zu sehr schmerzte, sein Gesicht auf dem Bildschirm zu sehen, sie hatte es auch nicht ertragen können, wenn sie die vielen anderen aus dem »Tenniszirkus« erkannte, zu dem sie auch einmal gehört hatte und bald wieder gehören würde.

Die Entscheidung war ihr nicht leichtgefallen. Lange hatte Amy alle Vorteile und Nachteile gegeneinander abgewogen und sich dann schließlich doch entschlossen, zu den amerikanischen Hallenmeisterschaften zu fahren und sich damit zum ersten Mal wieder ein Turnier live anzusehen. Es war unvermeidlich, dass sie Tad wieder begegnen würde, wenn sie ihre Karriere erneut aufnahm, darüber war Amy sich im Klaren.

Und je schneller sie dieses erste Wiedersehen nach drei Jahren hinter sich gebracht hatte, umso besser.

Sie würde sich so benehmen, dass die Presse, ihre Tenniskollegen und ihre Fans sofort merken würden, dass zwischen ihr und Tad nichts mehr war. Nur zögernd gestand Amy sich ein, dass sie nicht so zuversichtlich war, dass auch Tad das einsehen würde – und sie selbst.

Tad stand hinter der Grundlinie und machte sich bereit zum Aufschlag. Nur zu gut kannte Amy die Bewegung, den abschätzenden Blick hinüber zu seinem Gegner und dann das kraftvolle Ausholen mit dem Tennisschläger in der linken Hand.

Als er den Ball voll traf, hörte Amy das charakteristische Geräusch, das er dabei machte – halb Stöhnen, halb triumphierender Aufschrei. Jeder weniger talentierte Gegner hätte keine Chance gehabt, an den pfeilschnellen Ball heranzukommen. Der Franzose Grimalier jedoch war Tad zumindest in dieser Phase des Spiels beinahe ebenbürtig. Er retournierte den Ball gekonnt – und damit war der entscheidende Satz eröffnet.

Das Publikum ging lautstark mit, feuerte beide Spieler an und applaudierte begeistert, wenn ihnen ein besonders spektakulärer Ballwechsel gelungen war.

Amy konnte nicht ausmachen, wer von beiden die größere Fangemeinde hinter sich hatte. Was Tad betraf, so war es immer schon so gewesen, dass die Zuschauer sich in zwei Lager spalteten. Die einen verehrten ihn abgöttisch, die anderen konnten ihn nicht ausstehen. Nur eines war unmöglich: dass Tad Starbuck einen Tennisfan völlig kaltließ.

Beide Spieler waren sehr beweglich, gingen häufig ans Netz und machten das Spiel dadurch abwechslungsreich und spannend. Das wollte das Publikum sehen – keine langweiligen Grundlinienduelle, bei denen so wenig passierte.

Amy hatte sich vorgenommen, kühl und objektiv zuzuschauen, obwohl sie im Grunde geahnt hatte, dass das nicht möglich sein würde. Dazu war sie viel zu sehr mit Leib und Seele Tennis-Profi, und wenn dann auch noch Tad Starbuck auf dem Platz stand, war es ein Ding der Unmöglichkeit.

Wenn man ihm nur oberflächlich zusah, hätte man meinen können, er sei ein eleganter Spieler mit einer guten Technik. Erst wenn man näher hinsah – oder wenn man ihn so gut kannte wie Amy –, fiel auf, wie viel explosive Kraft in Tad steckte. Sein Spiel wirkte leicht und unverkrampft, aber erst seine ungeheure Kraft und sein nie erlahmender Siegeswille machten ihn zu dem Weltklassespieler, der er war.

Auf den ersten Blick wirkte Tad nicht sonderlich athletisch. Er war groß und schlank, mit langen Beinen, einem immer gebräunten Gesicht und dunklen krausen Haaren. Die auch jetzt wieder zu lang sind, dachte Amy und lächelte. Wenn auch drei Jahre vergangen waren, so konnte sie sich doch noch so genau an seinen Körper erinnern, dass sie ihn förmlich vor sich sah, wenn sie die Augen schloss.

Schnell schob sie den Gedanken daran beiseite. Das war Vergangenheit, und wenn die Erinnerung auch noch so sehr schmerzte, es gab kein Zurück mehr.

Tad hatte Vorteil, aber wie üblich bedeutete das bei ihm nicht, dass er es jetzt etwas ruhiger angehen ließ. Er kämpfte um jeden Punkt, als hinge sein Leben davon ab. Längst war sein Hemd schweißnass, und immer häufiger wischte er sich mit dem Schweißband am Handgelenk über das Gesicht.

Amy war so in das Spiel vertieft, als stünde sie selbst auf dem Platz. Ihre Handflächen waren feucht und ihre Muskeln so angespannt, als erwartete sie selbst den Aufschlag des Gegners.

Tad schlug den Ball diagonal. Der Franzose hechtete ihm entgegen, erreichte ihn aber nicht mehr.

»Aus!«, rief der Linienrichter im selben Moment. Mit angehaltenem Atem beobachtete Amy Tad. Die Zuschauer waren mit diesem Urteil gar nicht einverstanden. Sie murrten laut, einige pfiffen.

Tad stand noch immer mitten auf dem Platz. Er atmete schwer, seinen Blick starr auf den Schiedsrichter gebannt. Das Publikum hatte sich immer noch nicht beruhigt, und Amy erwartete jeden Moment, dass Tad explodieren würde. Stattdessen hob er langsam den Arm, wischte sich mit dem Schweißband übers Gesicht und ging dann, ohne ein Wort zu sagen, zurück zur Grundlinie.

Unwillkürlich stieß Amy die Luft aus und schüttelte den Kopf. Das war neu an Tad. Früher hätte er sich in solchen Situationen mit dem Schiedsrichter angelegt, und wenn es ganz schlimm kam, hatte er auch schon mal seinen Schläger wütend auf den Platz geworfen. Mehr als einmal hatte er für sein unbeherrschtes Benehmen Strafen einstecken müssen, ohne dass das etwas geändert hätte.

Als es wieder ruhiger in der Halle geworden war, stand Tad noch für einen Moment hinter der Grundlinie. Dann hob er den Schläger, warf den Ball in die Luft und traf ihn mit voller Wucht. Ein Ass! Der Franzose hatte nicht den Hauch einer Chance, an diesen Aufschlag heranzukommen. Ruhig wartete Tad, bis sich der Applaus gelegt und der Schiedsrichter den neuen Spielstand genannt hatte. Dann kam sein nächster Aufschlag.

Grimalier parierte mit der Vorhand, und diesmal hatte Tad Mühe, den Volley zu erlaufen. Er retournierte geschickt, und die nächsten Minuten entwickelten sich zu einem offenen Schlagabtausch. Das Publikum ging begeistert mit, sprang auf und feuerte die Spieler an. Ohne dass sie sich dessen bewusst geworden war, stand auch Amy auf ihren Füßen und schrie aus Leibeskräften.

Mit letzter Anstrengung erreichte der Franzose den »Lob« und schlug den Ball zurück ins rechte Feld. Tad spurtete, bekam den Ball auf die Rückhand und drosch ihn genau in die andere Ecke, wo Grimalier ihn nicht mehr erwischen konnte. Das Spiel war aus. Tad hatte mit drei zu eins Sätzen gewonnen, und das nach zweieinhalb Stunden Spielzeit!

Tad Starbuck war US-Hallenmeister, und das Volk jubelte.

Amy sah zu, wie er auf das Netz zuging, seinem Gegner die Hand schüttelte und dann ins Publikum winkte. Das Spiel hatte sie mehr mitgenommen, als sie vorher gedacht hatte. Aber sicher lag das nur an Tads wirklich mitreißendem Spiel, nicht an ihm selbst.

Wenn sie an den Augenblick dachte, wo sie ihm zum ersten Mal wieder gegenüberstehen würde, spürte sie ihre Nervosität. Wie würde er reagieren? War er immer noch verletzt? Sein Stolz sicher, damit musste sie wohl rechnen. Aber sie war gewappnet. Sie würde ganz kühl und unnahbar bleiben. Schließlich hatte sie diese Haltung ihr ganzes Leben lang eingeübt, es würde ihr nicht schwerfallen.

Sie hatte über dieses erste Zusammentreffen mit Tad mindestens so lange nachgedacht wie über die Entscheidung, ob sie wieder Profispielerin werden solle oder nicht. Und sie hatte sich fest vorgenommen, sowohl aus der Begegnung mit ihm als auch aus ihren ersten Spielen als Siegerin hervorzugehen.

Nachdem Tad geduscht und sich den Fragen der Presse gestellt hatte, wollte sie auf ihn zugehen und ihm gratulieren. Es wäre besser, hatte sie sich überlegt, wenn sie den ersten Schritt tat und das Überraschungsmoment auf ihrer Seite hatte. Amy sah, wie er auf den Schiedsrichter zuging, ihm die Hand gab und sich bedankte.

Dann drehte er sich um. Langsam und ohne Hast wandte er den Kopf. Selbst auf diese Entfernung wirkten seine Augen dunkel, und der Blick, zwingend, irrte nicht suchend durch die Reihen der Zuschauer, sondern heftete sich ganz gezielt auf sie. Amy spürte, wie ihr Herz plötzlich schneller schlug. Sie hörte nicht mehr die Zuschauer um sich herum, die immer wieder seinen Namen schrien, sie sah nur noch in seine Augen. Amy war unfähig, diesen Kontakt zu brechen.

Dann war es zu Ende, genauso plötzlich, wie es begonnen

hatte. Tad wandte sich ab, ein Lächeln ging über sein Gesicht, er reckte beide Arme in die Luft und ließ sich feiern.

Er hat es gewusst, dachte Amy, während die Menschen um sie herum zum Ausgang drängten. Er hat die ganze Zeit gewusst, dass ich hier war. Sie spürte, wie Zorn in ihr aufstieg. Wie früher, so hatte er auch diesmal wieder gewonnen, hatte ihren so sorgfältig erstellten Plan einfach über den Haufen geworfen.

Amy stand immer noch wie festgewurzelt und sah hinunter auf den leeren Platz. Die Zuschauerränge waren schon fast verwaist, aber sie konnte sich einfach nicht dazu durchringen, ebenfalls zu gehen. Erinnerungen kamen zurück, und es gelang ihr nicht, sie einfach zu ignorieren. Tads Blick hatte einen solchen Aufruhr in ihr verursacht, dass sie all ihre Kraft brauchte, um wieder zur Ruhe zu kommen und ihm begegnen zu können.

Sie war so in Gedanken versunken, dass sie die interessierten Blicke der letzten Zuschauer, die an ihr vorbeigingen, überhaupt nicht bemerkte. Dabei hatten diese Blicke der Männer durchaus ihre Berechtigung. Amy hatte eine schlanke, makellose Figur und eine von den vielen Tennisstunden in der Sonne gebräunte Haut. Ihr Haar war immer noch so kurz geschnitten wie während ihrer aktiven Zeit. Ihr hübsches, ebenmäßiges Gesicht schien eher zu einem Mannequin zu passen als auf einen Tennisplatz, wo Profis verbissen und schweißtreibend um jeden Punkt rangen. Amys große Augen zeigten ein strahlendes Blau. Die dunkle Wimperntusche, die ihre langen Wimpern noch länger erscheinen ließ, war das einzige Make-up, das sie benutzte.

Als sie neunzehn war, hatte einer der Sportreporter, der sie interviewt hatte, für sie den Ausdruck »Das Gesicht« geprägt. Selbst als sie sich dann vom aktiven Sport zurückgezogen hatte, war dieser Name an ihr haften geblieben. Und auch jetzt, immerhin drei Jahre älter geworden, passte dieser Ausdruck noch genauso gut zu ihr.

So schön ihr Gesicht war, so ausdruckslos konnte es auch sein, wenn sie sich ganz unter Kontrolle hatte und nicht wollte, dass jemand in ihrer Umgebung ihre Gefühle davon ablesen sollte. Ihre Gegnerinnen auf dem Platz hatten häufig darüber geklagt, dass man bei Amy nie voraussehen könne, was sie als Nächstes tun werde, da aus ihrer Miene nichts abzulesen sei.

Tennis war so lange ihr Leben gewesen, dass es kaum noch einen Unterschied zwischen der Sportlerin und der privaten Amy gab. Immer wieder hatte ihr Vater ihr eingehämmert, so wenig wie möglich von sich selbst zu offenbaren, den bohrenden Fragen der Presseleute nicht nachzugeben. In ihrem Leben hatte es nur einen gegeben, der sie auch anders kannte – Tad.

Als Amy sich schließlich wieder stark genug fühlte, Tad gegenüberzutreten, machte sie sich auf den Weg in die Kabinen. In den Gängen hinter dem Platz begegneten ihr einige bekannte Gesichter. Eine Spielerin, die damals mit ihr zusammen Profi geworden war, ihre frühere Doppelpartnerin – und dann stand sie plötzlich Chuck Prince, Tads bestem Freund, gegenüber. Er schien sich zu freuen, sie zu sehen.

»Amy!« Er griff ihren Arm und hielt sie fest. »Schön, dich wiederzusehen. Du siehst fantastisch aus.«

Amy lachte erfreut. »Das Kompliment kann ich unbedenklich zurückgeben.«

»Ich habe ja gar nicht gewusst, dass du kommen würdest.« Chuck hielt immer noch ihren Arm fest und führte sie durch die Menschen, die sich in den engen Fluren angesammelt hatten. »Und ich hab dich auch nicht gesehen, bis …« Er brach ab, aber Amy wusste genau, dass er auf den Blick zwischen Tad und ihr anspielte. »Bis nach dem Spiel«, schloss er. »Warum hast du nicht vorher angerufen?«

»Ich war mir bis zuletzt nicht sicher, ob ich wirklich kommen könnte«, antwortete Amy. »Und dann habe ich mich erst einmal auf die Tribüne gesetzt und mir das Spiel angesehen.«

»Ein besseres hättest du dir gar nicht aussuchen können«,

meinte Chuck. »Ich habe Tad nie besser gesehen als im letzten Satz. Drei Asse hat er geschlagen.«

»Sein Aufschlag war immer seine stärkste Waffe«, antwortete sie.

»Hast du ihn schon begrüßt?«

»Nein, noch nicht.«

Chuck zögerte. »Amy …« Aber dann fasste er sich doch ein Herz. »Er hat sehr darunter gelitten, als du ihn verlassen hast.«

»Ich bin sicher, er hat sich schnell erholt.« Amy spürte, dass ihre Antwort zu kurz angebunden ausgefallen war. Schnell griff sie nach seinem Arm, lächelte und wechselte das Thema. »Chuck, wie ist es dir ergangen? Ich habe vor Kurzem eine Anzeige mit dir gesehen, in der du für die neuen Tennisschuhe wirbst.«

»Und? Wie fandest du mich?«

Amy musste lachen. »So überzeugend, dass ich drauf und dran war, mir welche zu kaufen.«

»Na bitte! Da soll doch noch mal einer sagen, ich wäre nicht für die Werbung geeignet«, meinte er stolz. Dann jedoch wurde er wieder ernst und sah Amy an. »Wir alle haben dich sehr vermisst, weißt du das?«

»Oh, Chuck.« Sie lehnte für einen Augenblick den Kopf gegen seine Schulter. »Ich euch auch. Erst als ich heute hier in die Halle kam, ist mir klar geworden, wie sehr ich euch alle vermisst habe. Drei Jahre sind eine lange Zeit.«

»Aber jetzt bist du ja wieder dabei.«

Amy nickte. »Ja, bald. In zwei Wochen geht es wieder los.«

»Das Foro Italico.«

Amy nickte. »Ja, bisher habe ich noch nie dort gewonnen, aber diesmal werde ich gewinnen.«

»Auf Sand warst du noch nie sonderlich gut.«

Amy zuckte zusammen, als sie plötzlich Tads Stimme hinter sich hörte. Aber einen Augenblick später hatte sie sich wieder in der Gewalt und drehte sich langsam um. Tad sah sofort, dass sie auch aus der Nähe nichts von ihrer Schönheit eingebüßt hatte und dass sie es auch noch nicht verlernt hatte, sich unter Kontrolle zu halten.

»Das hast du mir immer einzureden versucht«, antwortete sie ruhig. »Du hast sehr gut gespielt, Tad … nach dem ersten Satz.«

Sie standen nur wenige Schritte voneinander entfernt. Beide stellten sie fest, dass die drei Jahre nichts verändert hatten. Und wenn es zwanzig wären, dachte Amy plötzlich, auch dann wäre es noch genauso. Ihr Herz würde immer noch schneller schlagen, der Kloß in ihrem Hals wäre da und auch das seltsame Gefühl in der Magengegend.

Während sie noch damit beschäftigt war, solche Gedanken aus ihrem Kopf zu verbannen, hatten die Reporter sie in dem engen Gang aufgespürt. Sie drängten so nahe heran, dass Amy noch näher an Tad herangedrückt wurde, und stellten ununterbrochen Fragen.

Ohne ein Wort zu sagen, griff Tad plötzlich nach ihrem Arm und zog sie in ein angrenzendes Zimmer. Bevor die Presseleute noch reagieren konnten, hatte er die Tür von innen verschlossen.

Wie vorhin auf dem Platz, so nahm er sich auch jetzt wieder Zeit, sie ausgiebig zu betrachten.

»Du hast dich nicht verändert, seit wir uns das letzte Mal gesehen haben, Amy«, sagte er schließlich.

»Oh, doch.« Warum nur schlug ihr Herz so hart gegen ihre Brust, dass sie kaum Luft bekam?

»Wirklich?« Skeptisch zog er die Augenbrauen hoch. »Wir werden sehen.«

Tad stand nur einen Schritt von ihr entfernt, aber er fasste sie nicht an. Normalerweise konnte er nicht sprechen, ohne seine Worte mit Gesten zu unterstreichen, und wenn er sich mit jemandem unterhielt, geschah es häufig, dass er seinen Gesprächspartner am Arm packte. Diesmal allerdings stand er ganz still, hielt seine Arme vor der Brust verschränkt und sah sie nur an.

»Bei dir habe ich allerdings eine Veränderung festgestellt«, unterbrach Amy das Schweigen. »Du hast dich nicht mit dem Schiedsrichter angelegt, und als der Linienrichter dem Ball das ›Aus‹ gab, hast du das schweigend hingenommen.«

»Das habe ich mir abgewöhnt.«

»Wirklich? Mir scheint, ich bin nicht mehr auf dem Laufenden.«

»Das scheint mir auch so.«

Amy fühlte sich unbehaglich unter seinem Blick. Sie hatte Angst, er könnte ihre gemeinsame Vergangenheit erwähnen, und war froh, dass das Gespräch sich bisher auf Tennis konzentrierte.

»Ich werde wieder spielen«, sagte sie. Scheinbar unbeabsichtigt trat sie einen Schritt zurück. Sie konnte einfach seine Nähe nicht länger ertragen, ohne ihn auch berühren zu wollen.

Wie oft hatte Amy Tads Körper gespürt! Wie viele Stunden hatten sie miteinander verbracht, in denen er Gefühle in ihr geweckt hatte, von denen sie vorher nicht die leiseste Ahnung gehabt hatte. Nachts, morgens nach dem Training, nachmittags, wenn draußen der Regen gegen die Fenster prasselte – es gab keine Zeit, die sie nicht ausgenutzt hatten, um sich zu lieben.

Hoffentlich streckte er nicht die Hand aus und berührte sie! Sie wusste nicht, wie sie mit einer solchen Geste umgehen würde, was sie fühlen würde. Verzweifelt verschränkte sie ihre Hände hinter dem Rücken, ohne dass sie sich dessen bewusst war. Obwohl seine Augen ständig auf ihr Gesicht gerichtet waren, sah Tad diese Bewegung. Er lächelte.

»In Rom?«

Amy räusperte sich. »Ja, in Rom werde ich wieder anfangen. Natürlich als Ungesetzte. Schließlich sind drei Jahre vergangen.«

»Wie steht's mit deiner Rückhand?«

»Gut.« Ganz automatisch reckte sie das Kinn vor. »Besser als je zuvor.«

Ganz langsam streckte er die Hand vor und griff nach ihrem Arm. Amy spürte, wie ihre Handflächen feucht wurden. »Das hab ich nie verstanden«, sagte er, »dass in so schlanken Armen so viel Kraft stecken kann. Machst du immer noch Krafttraining?«

»Ja.«

Seine Finger glitten weiter runter bis zu ihrem Ellbogen. »So, so«, murmelte er. »Lady Wickerton kommt also zurück in den Tenniszirkus.«

»Miss Wolfe«, verbesserte Amy sofort. »Ich habe meinen Mädchennamen wieder angenommen.«

Sein Blick suchte vergebens einen Ehering an ihrer Hand. »Dann ist die Scheidung also durch?«

»Ja, vor drei Monaten.«

»Schade.« Seine Augen waren ganz dunkel geworden, als er sie wieder ansah. »Der Titel hat gut zu dir gepasst. Vermutlich hast du dich in diesem englischen Schloss so perfekt benommen, als wärst du dort aufgewachsen.«

»Die Reporter warten auf dich.« Amy wollte sich aus seinem Griff befreien, aber er ließ sie nicht los.

»Warum, Amy?« Er hatte sich geschworen, niemals diese Frage zu stellen, wenn sie ihm noch einmal über den Weg laufen sollte. Aber jetzt konnte er nicht anders. »Warum hast du mich verlassen? Warum bist du ohne ein Wort weggelaufen und hast diesen verdammten englischen Lord geheiratet?«

Amy wehrte sich nicht mehr gegen seinen Griff. Sie stand ganz still. »Das geht nur mich etwas an.«

»Nur dich?«, wiederholte er wütend. »Wir waren bereits seit Monaten zusammen – die ganze Saison über. In der Nacht vorher warst du noch in meinem Bett, und am nächsten Tag bist du mit diesem Lord auf und davon.« Seine Hände griffen noch fester zu, und er schüttelte sie hin und her. »Meine Schwester musste es mir sagen. Du hattest noch nicht einmal den Mut, dich von mir zu verabschieden.«

Äußerlich blieb Amy ganz ruhig und hoffte, dass auch ihre Augen sie nicht verraten würden. »Ich hatte eben meine Entscheidung getroffen.«

»Aber wir waren beinahe sechs Monate lang zusammen«, erinnerte Tad sie.

»Ich war nicht die erste Frau in deinem Bett.«

»Das wusstest du von Anfang an.«

»Ja, das wusste ich.« Sie kämpfte das Verlangen nieder, mit beiden Fäusten gegen seine Brust zu hämmern. Sie musste sich jetzt zusammenreißen, durfte keine Schwäche zeigen. »Wie ich schon sagte, ich hatte meine Entscheidung getroffen. So, und jetzt lass mich bitte gehen.«

Ihre kühle Selbstdisziplin hatte Tad immer ebenso fasziniert wie wütend gemacht. Dabei kannte er Amy so viel besser als alle anderen – sogar besser als ihr Vater, und bestimmt auch besser als ihr Ex-Mann. Er wusste, dass das nur der äußere Schutzwall war, den sie um sich herum aufgebaut hatte. In ihrem Inneren war sie ganz anders, weich und sensibel, wild und leidenschaftlich, wenn sie in seinen Armen lag.

Er wollte sie schütteln – nein, mehr noch wollte er sie spüren, sie küssen und sehen, wie sie die Kontrolle über sich verlor. Aber wenn er diesem Wunsch nachgab, würde er nicht mehr aufhören können.

»Wir sind noch nicht fertig miteinander, Amy«, sagte er, und sein Griff lockerte sich etwas. »Du schuldest mir noch etwas.«

»Nein.« Sie riss sich los. »Nein, ich schulde dir nichts.«

»Drei Jahre«, antwortete er. »Du schuldest mir drei Jahre, Amy, und dafür wirst du bezahlen. Das schwöre ich dir.«

Er öffnete die Tür und ließ Amy den Vortritt, sodass sie keine Möglichkeit hatte, den Reportern zu entkommen.

»Amy, was ist das für ein Gefühl, wieder in Amerika zu sein?«

»Ich bin sehr froh darüber.«

»Was ist an den Gerüchten, dass Sie wieder Profi werden wollen?«

»Beim ersten europäischen Turnier in Rom werde ich wieder spielen.«

Die Fragen überschlugen sich, und die Blitzlichter der Fotoreporter stachen in ihren Augen. Amy hatte sich nie wohlgefühlt, wenn sie von der Presse ausgefragt wurde, und auch jetzt wieder glaubte sie die Warnung ihres Vaters zu hören: Sag nie mehr als unbedingt nötig. Zeig denen nie, was du fühlst, oder sie reißen dich in Stücke.

Äußerlich ruhig ließ sie alle Fragen über sich ergehen. Ja, sie lächelte sogar, während ihre Augen nach einem Fluchtweg suchten. Tad stand neben ihr an die Tür gelehnt, die Arme vor der Brust verschränkt.

»Wird Ihr Vater in Rom wieder bei Ihnen sein?«

»Vielleicht.« Nur nicht zeigen, wie weh diese Frage tat!

»Haben Sie sich von Lord Wickerton scheiden lassen, um wieder spielen zu können?«

»Meine Scheidung hat nichts mit meinem Beruf als Tennis-Profi zu tun.«

»Haben Sie Angst davor, gegen die jungen Talente wie Kingston spielen zu müssen?«

»Nein, ich freue mich darauf.«

»Werden Sie und Tad Starbuck wieder ein Paar?«

So hatte Amy sich nun doch nicht in der Gewalt, als dass man ihr ihren Zorn jetzt nicht angemerkt hätte. »Tad Starbuck spielt nur Einzel.«

»Jungs, ihr werdet sehen, ob das so bleibt«, mischte Tad sich mit einem breiten Lächeln ein und legte seinen Arm um Amys Schultern. »Man weiß ja nie, oder, Amy?«

»Nein, bei dir bestimmt nicht«, zischte sie.

»Siehst du!« Immer noch lächelnd beugte er sich plötzlich vor und strich mit seinen Lippen über ihren Mund. Ihre Blicke begegneten sich, und er sah, wie wütend sie war. »Amy und ich haben noch einiges vor«, wandte er sich wieder an die Reporter.

»In Rom?«, fragte einer.

Tad zog Amy noch enger an sich. »Immerhin hat da alles begonnen.«

2. Kapitel

Rom – die Ewige Stadt. Das Kolosseum, der Trevi-Brunnen, der Vatikan. Eine alte Stadt voller Geschichten, Tragödien und Triumphe. Im Foro Italico brannte die Sonne so auf die modernen Gladiatoren, wie sie es wohl in der Antike getan hatte, als Wagenrennen veranstaltet wurden oder starke, halb nackte Männer gegen wilde Tiere kämpften.

Die Zweige der Pinien wiegten sich leicht im Wind, die Statuen in dem weitläufigen Gelände ließen keinen Zweifel daran aufkommen, dass man sich auf historischem Boden befand, und das italienische Publikum machte seinem Ruf als eines der temperamentvollsten im internationalen Tennis alle Ehre.

Amys Erinnerungen an die unglaubliche, unverwechselbare Atmosphäre auf diesem Centre-Court waren noch genauso frisch wie die Erinnerungen daran, dass hier in Rom alles begonnen hatte. Hier hatte sie vor Jahren ihr erstes Spiel als Profi bestritten, und hier hatte ihre Liebe zu Tad ihren Anfang genommen.

Sieben Jahre war sie alt gewesen, als sie zum ersten Mal bewusst miterlebt hatte, wie ihr Vater ein großes, internationales Turnier gewonnen hatte. Jim Wolfe hatte seine ersten Erfolge als Tennis-Profi bereits vor Amys Geburt gehabt, und ihr Leben lang hatte sie versucht, ihm nachzueifern.

Mit drei Jahren hatte ihr Vater ihr den ersten Schläger in die Hand gedrückt. Da sie immer mit ihm durch die Welt gereist war, hatte es ihr an Trainingspartnern nie gefehlt. Die berühmten Kollegen ihres Vaters und auch er selbst hatten ihr das Einmaleins des Tennis so spielerisch beigebracht, dass sie diesen Sport erlernt hatte, ohne es sich wirklich bewusst zu sein.

Das niedliche kleine Mädchen war damals aus der großen Tennisszene nicht wegzudenken gewesen. Für die Profis war sie fast so etwas wie ein Maskottchen geworden, und sie hatte es genossen. Ihr Leben spielte sich zwischen Tennisplatz und Hotel ab. Geschlafen hatte sie auch schon mal auf dem hinteren Sitz eines Autos, während ihr Vater mit ihr zum nächsten Turnier fuhr. Und der heilige Rasen von Wimbledon, dem Tennis-Mekka überhaupt, hatte ihr als Spielwiese gedient.

Ein Jahr nach dem Tod ihrer Mutter hatte Amy ihrem Vater eröffnet, dass sie Tennisspielerin werden und nicht eher ruhen wolle, bis sie mindestens so erfolgreich sei wie er.

Ihr Vater hatte nicht widersprochen, und wenn Amy so zurückdachte, dann war er eigentlich von dem Tag an in die Rolle des Trainers, Beraters und Managers geschlüpft.

Vierzehn Jahre später, und nachdem sie selbst bereits im Viertelfinale ausgeschieden war, hatte Amy zugesehen, wie Tad Starbuck sein erstes Turnier gewann. Es gab keine Gemeinsamkeiten in der Spielweise ihres Vaters und der von Tad. War ihr Vater der elegante, immer leicht unterkühlte Spieler, so setzte Tad sein ganzes Temperament und seine Wildheit dagegen.

Monatelang hatte Tad versucht, an Amy heranzukommen, sie für sich zu gewinnen, aber immer wieder hatte sie ihn abgewiesen. Sein Ruf als Casanova war ihm vorausgeeilt, und sie hatte sich geschworen, sich nicht in die lange Liste der Frauen einzureihen, die ihm erlegen waren.

Es war für sie alles andere als leicht gewesen, ihm zu widerstehen. Sie hatte sich bereits Hals über Kopf in ihn verliebt, als er ihr zum ersten Mal über den Weg gelaufen war. Trotzdem hatte Amy es geschafft, weiterhin nur ihrem Verstand zu gehorchen und nicht ihrem Gefühl – bis zu jenem Tag im Mai.

Tad hatte fünf Sätze gebraucht, bis er seinen Gegner niedergerungen hatte. Die Italiener auf den Rängen hatten ihn zuerst erbarmungslos ausgepfiffen, aber als sie dann im Laufe des verbissen geführten Spiels merkten, dass er alles gab, sich nicht schonte und bis zum Umfallen kämpfte, hatte er schnell ihre Sympathie und lautstarke Begeisterung gewonnen.

In der Nacht nach diesem Spiel hatte Amy ihre Unschuld verloren. Zum ersten Mal in ihrem Leben hatte nicht der Verstand gesiegt, sondern sie hatte sich völlig ihren Gefühlen untergeordnet. War sie bis dahin so stolz darauf gewesen, sich beherrschen zu können, so lernte sie in jener Nacht, wie wundervoll es war, sich in Tads leidenschaftlicher Umarmung zu verlieren.

Während Amy frühmorgens auf dem Trainingsplatz stand, kamen die Erinnerungen zurück. An wilde, zärtliche Nächte, an Stunden voller Lachen und Neckereien. Die Erinnerungen waren bitter und doch so süß, dass sie sich nicht davon befreien konnte.

»Wenn du heute Nachmittag genauso unkonzentriert bist, wird die Kingston dich vom Platz fegen.«

»Oh, es tut mir leid«, schreckte Amy plötzlich auf.

»Das sollte es auch, wenn eine alte Frau morgens um sechs aufsteht, um mit dir zu trainieren, du aber mit deinen Gedanken ganz woanders bist.«

Amy lachte. Auch mit dreiunddreißig war Madge Haverbeck auf der anderen Seite des Netzes immer noch eine Gegnerin, die ihr das Leben schwer machen konnte. Zweimal hatte sie im Laufe ihrer Karriere Wimbledon gewonnen – nicht zu zählen die anderen Siege bei Turnieren auf der ganzen Welt. Zwei Jahre lang hatten Madge und sie sehr erfolgreich Doppel gespielt, und Amy dachte gerne an diese Zeit zurück. Madges Mann war Professor für Soziologie an der Yale Universität, und wenn sie von ihm sprach, nannte sie ihn immer nur den »Professor«.

»Nun, alte Frauen sollten auch nicht auf dem Tennisplatz stehen«, neckte Amy sie lächelnd. »Geh lieber in die Cafeteria und trink einen Kaffee mit viel Milch.«

Madge gab keine Antwort, aber stattdessen kam der nächste Ball mit einer solchen Wucht über das Netz, dass Amy alle Mühe hatte, ihn richtig zurückzubringen. Jetzt war ihr Ehrgeiz geweckt, die Gedanken an Tad waren in den Hintergrund gedrängt, für sie existierte nur noch Tennis.

Madge hatte nicht vor, ihr einen ruhigen Morgen zu gönnen. Sie gestaltete ihr Spiel so variantenreich, dass Amy gezwungen war, über den Platz zu hetzen. Zurück zur Grundlinie, auf die andere Seite, dann wieder ans Netz. Die Bälle flogen ihr nur so um die Ohren, und sie musste ihr ganzes Können einsetzen, um dem standzuhalten.

Der Boden auf den Plätzen hier in Rom behagte ihr überhaupt nicht. Für einen schnellen, aggressiven Spieler war der sandige Untergrund viel zu langsam. Auf diesem Boden waren Kraft und Ausdauer mehr gefragt als Spritzigkeit und Schnelligkeit. Amy war froh, dass sie bei der Vorbereitung auf dieses Turnier sehr viel Wert auf Krafttraining gelegt hatte. Das kam ihr jetzt zugute.

Madge konnte einem hart geschlagenen Return von Amy nur noch bedauernd nachsehen.

»Auch nach drei Jahren Pause bist du noch verflixt gut«, meinte Madge schwer atmend und mit anerkennendem Lächeln.

Amy holte tief Luft. »Danke, Madge, aber ich habe mich auch sehr intensiv vorbereitet.«

Madge hätte gern gefragt, ob sie während ihrer Ehe nie gespielt habe, aber sie kannte Amy viel zu gut, um ihr eine solche Frage zu stellen, auf die sie mit Sicherheit keine oder nur eine ausweichende Antwort bekommen würde. »Die Kingston spielt nicht gern am Netz. Denk dran, Amy, da kannst du sie packen.«

»Ich weiß.« Amy sammelte die Bälle auf und steckte sie in ihre Tasche. »Ich hab mir angesehen, wie sie spielt. Und ich schwöre dir, heute wird sie gar nicht erst zu ihrem Spiel kommen.«

»Aber sei vorsichtig, sie ist auf Sand besser als auf Gras.«

Amy sah auf und lächelte. »Das macht nichts. Glaub mir, nächste Woche stehe ich auf dem Centre-Court.«

Madge schlüpfte in ihre Trainingsjacke und lachte laut auf. »Mir scheint, dein Ehrgeiz ist noch der alte, oder?«

»Darauf kannst du dich verlassen.« Amy griff nach ihrer Tasche und ging hinüber zu Madge. »Und was ist mit dir? Wie willst du gegen Fortini spielen?«

»Ich werde sie in Grund und Boden spielen.«

»Oh, Madge, du hast dich auch nicht verändert.«

»Wenn du mir vorher gesagt hättest, dass du wieder zurückkommst, hätten wir beide in dieser Saison schon wieder zusammen Doppel spielen können«, meinte Madge. »Die Fischer ist zwar nicht schlecht als Partnerin, aber …«

»Madge, ich konnte diese Entscheidung erst treffen, als ich ganz sicher war, dass ich nichts verlernt hatte«, unterbrach Amy sie. »Drei Jahre sind eine lange Zeit. Du kannst dir nicht vorstellen, was ich für einen Muskelkater hatte, nachdem ich das erste Training hinter mir hatte.«

»Doch, das kann ich. Mir ist es nach meiner Operation auch nicht anders ergangen.«

»Oh, ja, Madge. Entschuldige bitte.« Amy griff nach ihrem Arm. »Ich habe dich noch gar nicht gefragt, wie es deinem Knie geht.«

»Gut. Die Operation war die einzig richtige Lösung.«

»Es tut mir leid, dass ich dich nicht besuchen konnte.«

Madge legte einen Arm um ihre Taille. »Ich habe nicht von dir erwartet, dass du Tausende von Kilometern anreist, nur um mich zu besuchen, Amy.«

»Ich wäre gekommen, aber …« Amy brach ab. Genau in der Zeit, als Madge im Krankenhaus lag, war ihre Ehe endgültig zerbrochen. Sie konnte auch jetzt noch nicht daran denken, ohne dass ihr ein Schauer über den Rücken lief.

»Es war auch gar nicht so schlimm, wie die Presse es hingestellt hat«, riss Madge sie aus ihren Gedanken. »Als die Schmerzen weg waren, hab ich es sogar genossen. Stell dir vor, der Professor hat mir doch jeden Morgen das Frühstück ans Bett gebracht.«

»Und dann hast du im ersten Spiel die Rayski in New York geschlagen.«

»Ja.« Madge lachte. »Das hat mir wieder Auftrieb gegeben.«

Amy ließ ihren Blick über die schöne Anlage gleiten. Sanfte, bewaldete Hügel grenzten sie im Hintergrund ein, die Luft so früh am Morgen war lau und weich, die einzigen Geräusche kamen von den weiter entfernten Trainingsplätzen. »Ich muss dieses Turnier gewinnen, Madge«, sagte sie leise. »Ich muss es allen beweisen, dass ich nichts verlernt habe.«

»Wem willst du das beweisen?«

»Zuallererst einmal mir«, antwortete Amy und nahm die Tasche in die andere Hand. »Und einigen anderen ebenfalls.«

»Tad Starbuck?«, fragte Madge ganz spontan. »Nein, sag nichts. Es tut mir leid, Amy, ich wollte eigentlich nicht davon anfangen.«

»Was zwischen Tad und mir war, ist vor drei Jahren zu Ende gegangen«, antwortete Amy ganz ruhig.

»Schade. Ich mag ihn nämlich.«

»So?«

»Ja, Tad ist so unglaublich ... wie soll ich sagen? So lebendig, so voller Energie. Selbst jetzt noch, nachdem er gelernt hat, sein Temperament auf dem Platz im Zaum zu halten, wirken die anderen neben ihm wie aufgezogene Puppen. Ein Spiel mit Starbuck ist nie langweilig, und das bewundere ich so an ihm.«

»Ja«, stimmte Amy zu. »Er reißt immer wieder alle mit – Zuschauer und Gegner.«

»Vielleicht mag ich ihn auch deshalb so sehr, weil wir beide damals zur selben Zeit Profis geworden sind. Ich habe miterlebt, wie er sich von einem grünen Jungen, dem oftmals die Pferde durchgingen, zu einem Spieler der Weltklasse entwickelt hat, ohne dabei etwas von seiner Ausstrahlung zu verlieren. Das ist sehr selten in unserem Beruf.«

Auf dem Weg von seinem Trainingsplatz zurück zu den Kabinen sah Tad plötzlich Madge und Amy den Weg entlangkommen. Die beiden Frauen hatten ihn noch nicht gesehen, und so blieb er stehen und ließ seinen Blick über Amy wandern. Ihre langen Beine, der schlanke Körper, die schmalen und doch so kräftigen Schultern.

Tad war froh, dass er sie jetzt mit einigem Abstand betrachten konnte. Vor zwei Wochen, als sie so unvermutet bei seinem Spiel aufgetaucht war und dann nachher im Kabinengang vor ihm gestanden hatte, war ihm zumute gewesen, als hätte ihm jemand mit voller Wucht einen Ball in den Magen geschlagen.

War er jetzt auch ruhiger, so gab er sich doch keinen Illusionen hin. Amy brachte es nach wie vor fertig, nur durch ihr bloßes Erscheinen sein Blut in Wallung zu bringen. Auch jetzt, auf diese Entfernung, spürte er das Verlangen, sie in die Arme zu reißen.

Er hatte sie schon haben wollen, als sie gerade siebzehn geworden war. Er war damals dreiundzwanzig gewesen und hatte es nicht für möglich gehalten, dass er sich je für einen unreifen Teenager interessieren würde. Die ganze Saison über war er ihr möglichst aus dem Weg gegangen, weil er sich selbst nicht traute. Aber das alles hatte nichts geholfen. Er hatte andere Frauen in dieser Zeit gehabt – erfahrene, willige Geliebte, von denen er annahm, dass sie viel besser zu ihm passten. Aber keiner von ihnen war es gelungen, Amy aus seinen Gedanken zu verdrängen.

Als Amy einundzwanzig war, hatte Tad begonnen, sie zu umwerben. Je mehr sie versuchte, ihn abzuweisen, umso stärker war sein Verlangen geworden, sie zu besitzen. Selbst als er es endlich geschafft hatte, damals in Rom, hatte dieses Verlangen nicht nachgelassen – im Gegenteil!

Sein Leben, das sich bis dahin nur um Tennis gedreht hatte, bekam plötzlich auch noch einen anderen Sinn. Sehr schnell musste Tad feststellen, dass er beides brauchte – er konnte weder ohne Tennis noch ohne Amy leben.

Und doch war dann der Tag gekommen, wo sie ihn wegen eines anderen Mannes verließ. Er musste lernen, ohne sie auszukommen, und nur er allein wusste, wie sehr er darunter gelitten hatte. Aber jetzt war er am Zug. Amy Wolfe musste bezahlen für das, was sie ihm angetan hatte.

Tad nahm eine Abkürzung und tauchte plötzlich wie zufällig vor den beiden Frauen auf. »Hallo, Madge.«

»Starbuck, wie geht's?« Madge sah von einem zum anderen und stellte fest, dass sie nur störte. »Ich muss mich beeilen«, sagte sie und ging weiter. Weder Amy noch Tad hielten sie zurück.

Irgendwo in der Nähe hörte Amy einen Vogel. Auf den Blumen summten die Bienen, und von den Trainingsplätzen drang das Aufschlagen der Bälle zu ihnen herüber. Aber Amy war sich nur bewusst, dass Tad neben ihr stand.

»Fast wie in alten Zeiten«, sagte er leise und begann zu lachen, als er den Ausdruck auf ihrem Gesicht sah. »Du und Madge, meine ich.«

»Ja, sie war sofort bereit, heute Morgen mit mir zu trainieren«, antwortete Amy erleichtert. »Ich hoffe nur, ich treffe während des Turniers nicht auf sie.«

»Du spielst heute gegen die Kingston?«

»Ja.«

Er trat einen Schritt näher auf sie zu. Amy konnte nicht ausweichen, hinter ihr war eine Hecke. Nervös verschränkte sie die Finger ineinander.

»Und du spielst gegen Devoroux.«

Tad nickte. »Kommt dein Vater auch?«

»Nein.« Die Antwort kam kurz und ohne eine weitere Erklärung. Aber so leicht ließ Tad sich nicht abspeisen.

»Warum nicht?«

»Er hat zu tun.« Sie versuchte, an ihm vorbeizukommen, aber stattdessen hatte sie damit den Abstand zwischen ihnen nur noch verkleinert.

»Ich kann mich nicht erinnern, dass er früher einmal nicht dabei war, wenn du gespielt hast.« Tad streckte seine Hand aus und griff nach ihrem Haar, so wie er es früher immer getan hatte. »Für ihn gab es nichts Wichtigeres als dich.«

»Die Zeiten haben sich geändert«, antwortete Amy steif.

»Es scheint so.« Einen Moment zögerte Tad, aber dann fragte er doch: »Ist dein Mann hier?«

»Ex-Mann«, verbesserte sie sofort. »Nein, er ist nicht hier.«

»Merkwürdig. Soweit ich mich erinnern kann, war er doch ganz verrückt auf Tennis. Hat sich das auch geändert?«

»Ich muss unter die Dusche.« Amy war schon fast an ihm vorbei, aber seinem Arm, der sich um ihre Taille legte, konnte sie doch nicht mehr ausweichen.

»Wie wäre es mit einem kleinen Spiel – in Erinnerung an alte Zeiten?«

Seine Augen waren ihr jetzt ganz nahe. Diese dunklen Augen, die beinahe schwarz wurden, wenn er erregt war. Amy konnte sich nur zu gut daran erinnern. Sein Arm lag ganz locker um ihre Taille, aber seine Finger fassten fest zu.

»Ich habe keine Zeit.« Amy versuchte, seinem Griff zu entkommen. Als ihre Finger dabei seinen Arm berührten, zuckte sie zurück, als hätte sie sich verbrannt.

»Angst?«, fragte er herausfordernd und mit einer Stimme, die so rau klang, dass Amy kleine Schauer über den Rücken jagten.

»Ich habe nie Angst vor dir gehabt.«

»Nicht?« Seine Finger bohrten sich noch etwas tiefer in ihr Fleisch. »Ich dachte, man läuft nur weg, wenn man Angst hat.«

»Ich bin nicht weggelaufen«, verbesserte Amy sofort. »Ich

habe dich verlassen.« Bevor du mich verlassen konntest, fügte sie noch in Gedanken hinzu.

»Du musst mir noch einige Fragen beantworten, Amy.« Er legte auch den anderen Arm um ihre Taille, und sie konnte nichts dagegen tun. »Ich habe lange genug auf Antwort von dir gewartet.«

»Dann kannst du ja auch noch länger warten.«

»Auf einige schon«, sagte er, »aber eine Frage musst du mir jetzt beantworten.«

Amy wusste, was passieren würde, aber sie tat nichts, um es zu verhindern. Später haderte sie mit sich selbst, weil sie sich nicht gewehrt hatte. Aber als sein Mund langsam näher kam und sich schließlich auf ihren presste, ließ sie es geschehen.

Er küsste sie so, wie er es noch niemals vorher getan hatte. Sanft, zärtlich und mit einem Einfühlungsvermögen, wie man es bei einem so leidenschaftlichen Mann wie Tad niemals erwartet hätte. Selbst als er leise aufstöhnte und sie fester an sich zog, wurde der Kuss nicht fordernder.

Für Tad Starbuck waren Frauen keine Spielzeuge, wenn er sie auch früher noch so oft gewechselt hatte. Er hatte einen tief empfundenen Respekt vor dem weiblichen Wesen, und vielleicht war diese Einstellung das Geheimnis, warum er ein so guter Liebhaber war. Er wollte die Frau, mit der er zusammen war, befriedigen, und er setzte seine ganze Erfahrung ein, um sie glücklich zu machen.

Ihre Arme, die ihn eigentlich wegstoßen sollten, legten sich um seinen Hals, und ihr Körper schmiegte sich an ihn. Er war der einzige Mann, der die Leidenschaft in ihr wachrufen konnte, die Amy sonst so ängstlich unterdrückte. Nur ihm hatte sie alles gegeben – ihren Körper, ihre Seele. Nichts hatte sie vor Tad verborgen.

Wie schön wäre es, von ihm wieder geliebt zu werden, die schlimmen Jahre und die bösen Erfahrungen dieser Zeit zu vergessen. All ihre guten Vorsätze, sich vor ihm in Acht zu nehmen, nicht wieder eine Affäre mit Tad Starbuck anzufangen, waren vergessen. Sie lag in seinen Armen und wünschte, er würde sie nie wieder loslassen.

Eigentlich war sein Kuss als Strafe für Amy gedacht gewesen. Aber schon in dem Moment, als Tads Lippen ihren Mund berührt hatten, war dieser Zweck vergessen. Die Leidenschaft, die diese nach außen hin so kühle und beherrschte Frau in seinen Armen zeigte, ließ ihn alles andere vergessen. Er sehnte sich nach ihr, brauchte sie immer noch – genau wie früher. Wenn sie allein gewesen wären, irgendwo, wo nicht jeden Augenblick jemand um die Ecke kommen konnte, Tad hätte sie auf der Stelle genommen und sich nicht um die Konsequenzen gekümmert.

Aber sie waren nicht allein, und ein letzter Rest von Vernunft brachte Tad schließlich dazu, sich langsam von ihr zu lösen. Dieser Kuss hatte ihm mehr gezeigt, als sie es mit Worten hätte ausdrücken können.

Er schob Amy etwas von sich und sah in ihr Gesicht. Tad kannte diesen Ausdruck in ihren Augen, die geröteten Wangen und den weichen, noch leicht geöffneten Mund, als warte sie nur darauf, seine Lippen wieder zu spüren.

Tad musste seine Hände von ihr nehmen, durfte ihre Haut nicht mehr spüren, sonst würde er vor Erregung die Beherrschung verlieren. »Die Zeiten mögen sich ändern«, sagte er leise, »aber manches ändert sich nie.« Damit drehte er sich um und ging zu den Kabinen.

Amy atmete noch einmal tief durch, bevor sie sich für ihren ersten Aufschlag zurechtstellte. Es waren nicht die Tausende von Augenpaaren, die sie nervös machten. Es war vielmehr der Blick aus den braunen Augen ihrer Gegnerin. Stacie Kingston, zwanzig Jahre alt, in dieser Saison kometenhaft nach oben gekommen. Diesem Mädchen sah man an, dass sie gewinnen wollte und dass sie alles daransetzen würde, Amy ihr Comeback so schwer wie möglich zu machen.

Amy versuchte, ihre flatternden Nerven zu beruhigen. Sie nahm sich sehr viel Zeit für ihren Aufschlag. Wenn sie hier in Rom, wo sie noch nie gewonnen hatte, es diesmal schaffen würde, drei Jahre nach ihrem Rücktritt vom aktiven Sport, dann hatte sie den Test bestanden. Es schien, dass die Ewige Stadt in ihrem Leben eine entscheidende Rolle spielte.

Jetzt kam es zuerst einmal darauf an, die Erinnerungen auszuschalten und sich ganz auf das Spiel zu konzentrieren. Noch ein letzter Atemzug, dann warf sie den Ball hoch, zog den Arm voll durch und traf ihn.

Stacie Kingston machte ein gutes Spiel. Sie verstand es geschickt, die Vorteile des Sandplatzes, der ihr wesentlich besser lag als Amy, für sich auszunutzen. Immer wieder trieb sie Amy an die Grundlinie zurück. Als Amy dann auch noch einen Doppelfehler machte, durchbrach Kingston ihr Aufschlagspiel, gewann das erste Spiel und ließ Amy nur einen Punkt.

Das Publikum witterte die Sensation und war entsprechend unruhig. Die Sonne brannte auf den Platz herab, und aus einiger Entfernung hörte Amy Kinderlachen. Am liebsten hätte sie ihren Schläger hingeworfen und wäre zurück in die Kabine gelaufen. Es war ein Fehler, ein Fehler, ging es ihr immer wieder durch den Kopf. Warum war sie zurückgekehrt? Es konnte nicht gut gehen.

Keiner auf dem Platz wäre auf die Idee gekommen, dass ihr solche Gedanken durch den Kopf gingen. Ihr Gesicht wirkte wie immer ruhig und gelassen. Mit neuem Mut fasste sie den Schläger fester und kämpfte gegen das Schwächegefühl an. Sie hatte schlecht gespielt, das wusste sie. Sie hatte sich von ihrer Gegnerin ein Spiel aufzwingen lassen, das ihr nicht lag. Hatte Stacie Kingston erlaubt, das Tempo zu diktieren. Noch nicht einmal sechs Minuten waren von ihrem ersten Aufschlag bis zum Spielverlust vergangen. Nein, so einfach durfte sie sich nicht geschlagen geben!

Langsam ging Amy zurück zur Grundlinie und erwartete

den Aufschlag ihrer Gegnerin. Diesmal würde sie das Spiel machen. Keiner sollte sagen können, dass sie nicht mehr gut genug als Profispielerin sei.

Sie retournierte den Aufschlag von Stacie Kingston so platziert, dass diese nicht mehr an den Ball kam. Die Zuschauer applaudierten, und der Balljunge jagte über den Platz.

»Null : fünfzehn.« Amy hörte die Ansage des Schiedsrichters und wusste, dass sie jetzt auf dem richtigen Weg war. Sie musste einen kühlen Kopf bewahren und durfte sich nicht noch einmal so überfahren lassen wie im ersten Spiel.

Amy gelang es, ihre Gegnerin zum Netz zu zwingen und damit ihre Schwäche zu offenbaren. Die Zuschauer waren jetzt voll auf ihrer Seite. Keiner dachte mehr daran, dass Amys erstes Spiel nach so langer Pause misslingen könnte.

Die Geräusche aus dem Publikum, die Anfeuerungsrufe und das Klatschen rauschten nur an Amys Ohren vorbei. Sie war voll auf das Spiel konzentriert und nur damit beschäftigt, ihrer Gegnerin keine Chance zu lassen. Der Ballwechsel endete mit einem Volley von Amy, der knapp vor der Grundlinie aufschlug.

Der Sieg war in greifbare Nähe gerückt. Ruhig ging sie zurück auf ihre Position. Ihr Gesicht war jetzt schweißnass, und das Tennishemd klebte an ihrem Körper. Automatisch wischte sie mit dem Schweißband an ihrem Handgelenk über ihr Gesicht, nahm den Schläger in beide Hände, beugte sich etwas vor und erwartete den Aufschlag von Stacie Kingston.

Nach zweiunddreißig Minuten Spielzeit spürte Amy den Schweiß an ihrem Körper entlanglaufen, aber es machte ihr nichts aus. Sie hatte den ersten Satz mit sechs zu drei gewonnen.

Wieder einmal spürte sie, dass nichts so sehr Auftrieb gab wie der Erfolg. Ob Tad wohl unter den Zuschauern war, schoss es Amy durch den Kopf. Aber auch das spielte jetzt keine Rolle, sie wollte gewinnen, nichts anderes war wichtig.

Als Stacie Kingston den Aufschlag flach zurückbrachte, erwischte Amy den Ball mit der Rückhand und schlug ihn knapp über die Netzkante. Sie sah die Reaktion ihrer Gegnerin früh genug, spurtete zum Netz und brachte den Ball mit einem kraftvollen »Lob« zurück.

Die Sportjournalisten würden in ihren Artikeln wohl schreiben, dass Amy das Spiel in dem Moment gewonnen hatte, als die beiden Gegnerinnen sich Auge in Auge am Netz gegenüberstanden. Es dauerte nur einen Sekundenbruchteil, aber tatsächlich diktierte Amy danach das Spiel nach Belieben. Wenn sie wirklich einmal einen Punkt abgab, dann heimste sie dafür die beiden nächsten ein. Die aggressive, kaltblütige Amy Wolfe war wieder da, und jede Gegnerin in der internationalen Tennisszene tat gut daran, sich darauf einzustellen.

Wo Tad Starbuck sein ganzes Temperament in die Waagschale warf, war sie kühl und beherrscht. Nicht ein Mal hatte Amy im Laufe ihrer Karriere die Kontrolle über sich verloren. Die Sportreporter hatten damals schon Wetten darüber abgeschlossen, ob sie das noch einmal erleben würden oder nicht.

Nur zweimal während des ganzen Spiels fiel es ihr wirklich schwer, Ruhe zu bewahren. Einmal wurde ein Ball »Aus« gegeben, den sie noch im Feld gesehen hatte, und beim zweiten Mal ärgerte sie sich darüber, dass sie einen Ball völlig falsch eingeschätzt hatte. Beide Male hatte sie ihren Schläger genommen, scheinbar ruhig die Saiten wieder zurechtgeschoben, und als sie dann wieder an der Grundlinie stand, hätte keiner ihr den gerade nur mühsam unterdrückten Zorn ansehen können.

Amy gewann das Match mit sechs zu drei, sechs zu zwei nach einer Stunde und neunundvierzig Minuten. Zweimal hatte sie ihrer Gegnerin den Aufschlag abgenommen, und im zweiten Satz hatte sie drei Asse geschlagen. Amy hatte es geschafft!

Madge legte ihr ein Handtuch um die Schultern, als sie sich

auf ihren Stuhl am Spielfeldrand fallen ließ. »Amy, du warst fantastisch.« Amy gab keine Antwort, bedeckte ihr schweißnasses Gesicht mit dem Handtuch. »Du warst besser als früher.«

»Sie wollte gewinnen«, murmelte Amy und nahm das Handtuch vom Gesicht. »Aber ich wusste, dass ich gewinnen musste.«

»Das hat man gemerkt«, nickte Madge. »Es ist kaum zu glauben, dass du drei Jahre lang nicht mehr gespielt hast.«

Langsam sah Amy ihre frühere Doppelpartnerin an. »Aber ich bin doch noch nicht so ganz wieder in Form, Madge. Meine Waden sind so hart. Ich glaube, ich kann gar nicht mehr aufstehen.«

Madge bückte sich, hob Amys Trainingsjacke auf und legte sie ihr fürsorglich um die Schultern. »Komm, ich helf dir, damit du unter die Dusche kommst und anschließend sofort zur Massage.«

Amy wollte schon zustimmen, aber dann fiel ihr Blick auf Tad. Sein breites Lächeln hätte auch bedeuten können, dass er ihr zu ihrem Sieg gratulierte. Aber Amy kannte ihn besser. Sie wusste, dass er sie durchschaut hatte, dass er wusste, wie müde und elend sie sich fühlte.

»Nein danke, Madge. Ich schaff das schon.« Sie stand auf, als wäre sie vollkommen frisch, und steckte den Schläger in die Hülle. »Wir sehen uns, nachdem du Fortini geschlagen hast.«

»Amy …«

»Nein, wirklich Madge. Es ist alles in Ordnung.« Mit hoch erhobenem Kopf ging Amy so leichtfüßig in die Kabinen, als hätte sie sich nie in ihrem Leben besser gefühlt.

Als sie endlich unter der Dusche stand, fiel alle Anspannung von ihr ab, und sie begann zu weinen. Dabei wusste Amy noch nicht einmal, warum sie weinte.

3. Kapitel

In der Nacht nach ihrem Gewinn des Halbfinals begegnete Amy Tad erneut. Die letzten Tage waren angefüllt gewesen mit Trainingsstunden, Massagen, Pressekonferenzen. Amy war kaum zur Besinnung gekommen, und das hatte ihr die Möglichkeit gegeben, die Gedanken an Tad zu verdrängen.

Training musste sein, das hatte ihr Vater ihr schon eingehämmert. Gewichtheben, Gymnastik, Waldläufe. Und wenn sie das alles hinter sich hatte, stand die Verbesserung der Technik auf dem Programm.

Die Presse war allgegenwärtig. Amy bemühte sich, freundlich und aufgeschlossen die Fragen zu beantworten. Sie stand im Mittelpunkt und genoss es. Die Frau, die auch nach drei Jahren Pause ihre Gegnerinnen beherrschte. Für die Leute von der Presse Stoff für mehr als einen Artikel.

Aber Rom brachte ihr nicht nur die erneute Bestätigung als Weltklassespielerin. Rom brachte ihr auch die Leidenschaft zurück, die sie zum ersten Mal hier gespürt hatte. Amy konnte ihre Begegnung mit Tad an jenem Morgen nicht vergessen. Rom war eine Stadt für Verliebte, aber daran durfte sie jetzt nicht denken. Sie durfte sich nicht ablenken lassen, sondern musste ihr Ziel verfolgen, wieder ganz Amy Wolfe zu werden. Lady Wickerton gehörte der Vergangenheit an. Doch wie sollte sie zu sich selbst zurückfinden, wenn sie sich jetzt wieder in Tad Starbucks Arme warf?

In einer kleinen Trattoria in der Via Sistina saß Amy mit einigen ihrer Kollegen dicht gedrängt um einen kleinen Tisch. Das Turnier stand kurz vor seiner entscheidenden Phase, und die Spieler genossen es, einmal einige Stunden in einer anderen

Umgebung verbringen zu können.

Rom war eine Stadt voller Leben, Getöse und lautem Verkehr. Rom war auch die Stadt der Kirchen, der antiken Stätten, die alte Hauptstadt eines Imperiums. Für die Tennisspieler jedoch war sie nur die Stadt des Turniers. Das nächste Match hing wie ein Damoklesschwert über allen.

Während der Wein serviert wurde und die Musik viel zu laut durch das kleine Restaurant plärrte, diskutierten sie jeden Ball, jeden Aufschlag, jeden Fehler.

»Aus! Dass ich nicht lache.« Ein langer Australier schlug immer noch wütend mit der Faust auf den Tisch, dass die Gläser hüpften. »Der Ball war noch vor der Linie – mindestens einen Zentimeter.«

»Immerhin hast du das Spiel gewonnen, Michael«, erinnerte Madge ihn. »Und im zweiten Spiel des fünften Satzes hat der Linienrichter einen Ball durchgehen lassen, der wirklich im Aus war.«

Der Australier zuckte grinsend mit den Schultern. »Nicht aus«, meinte er, »höchstens auf der Linie.« Dann hob er sein Glas und prostete Amy zu. »Lasst uns auf sie trinken. Sie hat eine Italienerin geschlagen, und trotzdem hat das Volk ihr zugejubelt.« Amy hob auch ihr Glas und lächelte ihm zu. »Die Zuschauer wissen eben, wer es verdient hat, dass man ihm zujubelt.«

Amy trank einen Schluck Wein. Das Spiel gegen die junge Italienerin hatte länger gedauert als das gegen Stacie Kingston, und doch hatte sie sich nachher besser gefühlt. Es war, als hätte sie einen doppelten Sieg errungen – über die Gegnerin und über ihren Körper.

»Aber gegen Tia Conway wird dir das alles nichts nutzen, Amy«, meinte Michael, sah hinüber zum Nachbartisch und rief seine Landsmännin. »Tia, wie ist es, wirst du es dieser verflixten Amerikanerin zeigen?«

Ein junges Mädchen mit dunklen Haaren blickte herüber.

Für einen Moment sah sie in Amys Augen, dann hob sie ihr Glas und prostete Amy zu.

»Tia ist eine sehr nette Frau«, meinte Michael, »allerdings nur außerhalb des Tennisplatzes. Hat sie erst einmal den Schläger in der Hand, dann reitet sie buchstäblich der Teufel. Ihr Mann verkauft übrigens Swimmingpools.«

Madge kicherte. »Du sagst das gerade so, als wäre das etwas Unanständiges.«

»Nein, aber mir hat er einen angedreht.« Michael verdrehte die Augen und sah dann wieder Amy an. »Aber wenn ich Mixed spielen würde, möchte ich doch lieber dich als Partnerin haben«, meinte er. »Tia spielt zwar wie der Teufel, aber du hast ein besseres Spielverständnis – und außerdem schönere Beine.«

»Und was ist mit mir?«, fuhr Madge in gespielter Eifersucht auf und boxte gegen seine Schulter.

»Du hast bestimmt ein genauso gutes Spielverständnis wie Amy«, gab Michael zu, »aber leider sind deine Beine etwas krumm.«

Am Tisch erscholl lautes Gelächter nach dieser Bemerkung. Madge nahm das nicht weiter tragisch und stimmte in das allgemeine Lachen ein. Amy fühlte sich wohl in dieser harmonischen Runde. Sie nahm ihr Glas, lehnte sich zurück und trank noch einen Schluck. In dem Moment begegnete sie Tads Blick. Sofort verstummte ihr Lachen.

Er war allein. Sein dichtes dunkles Haar war zerzaust, als wäre er mehrfach mit den Händen durchgefahren, seine Hände steckten in den Taschen seiner Jeans, und sein Gesicht wirkte in dem diffusen Licht noch geheimnisvoller.

Amy saß ganz still: Ihr Blick schien wie durch eine geheime Kraft festgehalten zu sein. Beinahe schmerzlich wurde ihr bewusst, wie sehr sie sich nach ihm sehnte. Aber auch jetzt blieb ihr nichts anderes übrig, als dieses Gefühl zu unterdrücken – wie sie es drei Jahre lang getan hatte.

Ohne sie aus den Augen zu lassen, kam Tad quer durch das Lokal auf sie zu, griff nach ihrem Arm und zog sie hoch.

»Lass uns tanzen.« Es war mehr ein Befehl als eine Bitte. Bevor die anderen am Tisch noch Zeit hatten, Tad zu begrüßen, führte er Amy bereits zu der kleinen Tanzfläche.

Die Band spielte ein langsames Stück, und der Sänger versuchte, seine mäßige Stimme durch besondere Lautstärke aufzuwerten. Irgendwo fiel ein Glas auf den Boden und zersplitterte. Und an einem der Tische stritten sich zwei Tennisspieler darüber, wie man denn wohl am besten gegen einen reinen Grundlinienspieler gewinnen könne.

Tad nahm Amy in die Arme, als hätten sie erst vor einigen Tagen zum letzten Mal miteinander getanzt. »Erinnerst du dich noch, als wir beide mal allein hier waren?«, fragte er nah an ihrem Ohr. »Wir haben da hinten in der Ecke gesessen und eine Flasche Valpolicella getrunken.«

»Ja.«

»Damals hast du schon dasselbe Parfüm benutzt wie heute.«

Er zog sie noch etwas enger an sich, und seine Lippen streiften ihre Wangen. Amy spürte, wie ihre Knie weich wurden, und sie brauchte all ihre Kraft, um sich nicht einfach an ihn zu schmiegen und die drei Jahre zu vergessen, die hinter ihr lagen.

»Weißt du noch, was wir nachher getan haben?«, hörte sie seine dunkle Stimme wie durch eine dichte Nebelwand.

»Wir sind spazieren gegangen«, erwiderte sie lächelnd.

Tads Lippen berührten immer wieder ihr Gesicht, als könnte er nicht genug von dem Duft ihrer Haut bekommen. »Ja, bis zum Sonnenaufgang«, sagte er leise. »Die Stadt funkelte wie Gold in den ersten Strahlen der Sonne, und ich habe mich so nach dir gesehnt. Aber du hast mich abgewiesen.«

»Tad, ich will nicht mehr darüber sprechen.«

Amy versuchte, sich mit beiden Händen gegen seine Brust zu stemmen, aber er ließ ihr keine Chance.

»Warum nicht? Weil du dann auch daran denken müsstest, wie gut wir beide zueinandergepasst haben?«

»Tad, hör auf!«

Sie warf den Kopf zurück, aber er nutzte diese Gelegenheit, mit seinen Lippen ganz kurz über ihren Mund zu streichen.

»Wir werden wieder zusammen schlafen, Amy.« Seine Stimme klang so bestimmt, als dulde er keinen Widerspruch. »Und wenn es nur für ein Mal ist … als Erinnerung an alte Zeiten.«

»Es ist vorbei, Tad.« Sie hätte sich gewünscht, dass ihre Stimme genauso fest geklungen hätte, aber stattdessen kam nur ein beinahe unverständliches Wispern.

»Wirklich?« Seine dunklen Augen wurden noch eine Spur dunkler, als er sie noch fester an sich presste. »Denk daran, Amy, keiner kennt dich so gut wie ich. Hat dein Mann jemals herausgefunden, wie du wirklich bist? Hat er gewusst, wie er dich zum Lachen bringen kann? Oder zum Stöhnen?«, fügte er rau hinzu.

Amy wurde ganz steif in seinen Armen. Die Musik war jetzt beinahe noch lauter geworden, und unwillkürlich hob sie die Stimme. »Ich habe nicht die Absicht, mit dir über meine Ehe zu reden.«

»Ich will auch gar nichts über diese verdammte Ehe wissen.« Plötzlich war Zorn in ihm. Zorn darüber, dass sie damals weggelaufen war, aber auch darüber, dass Amy es immer noch schaffte, ihn aus der Reserve zu locken, und dass er nicht dagegen ankam. »Warum bist du zurückgekommen?«

Seine Finger bohrten sich schmerzhaft in ihren Arm. »Warum, zum Teufel, bist du zurückgekommen?«

»Um Tennis zu spielen.« Mit aller Kraft stemmte sie sich gegen ihn. »Und um zu gewinnen.« Sie spürte, dass auch in ihr Wut hochstieg. Immer noch war Tad der einzige Mann, bei dem sie die Kontrolle über sich verlieren konnte. »Ich habe das Recht, hier zu sein und das zu tun, was ich gelernt habe. Ich bin dir keine Rechenschaft schuldig.«

»Du bist mir noch viel mehr schuldig.« Tad sah den Zorn in ihren Augen, und es bereitete ihm ein grimmiges Vergnügen, sie noch mehr zu reizen. »Du wirst für die drei Jahre bezahlen, in denen du die Lady gespielt hast.«

»Was weißt du denn schon davon?« Ihre Augen waren nur noch Schlitze, und ihr Atem ging schnell. »Ich habe bezahlt, Starbuck, das kannst du mir glauben. Mehr, als du dir vorstellen kannst. Aber jetzt ist Schluss damit. Hast du verstanden?« Zu Tads Überraschung war plötzlich ein Schluchzen in ihrer Stimme. Schnell schüttelte sie den Kopf und unterdrückte die aufsteigenden Tränen. »Ich habe genug für meine Fehler bezahlt.«

»Welche Fehler?« Seine Wut war verraucht. Er griff nach ihren Schultern und schüttelte sie leicht. »Welche Fehler, Amy?«

»Das fragst du auch noch? Ich meine dich – ja, dich!«

Als er für einen Moment den festen Griff lockerte, riss sie sich los und bahnte sich den Weg durch all die Menschen hinaus ins Freie. Die Tür war noch nicht wieder ins Schloss gefallen, da hatte Tad sie schon eingeholt.

»Lass mich in Ruhe!« Sie wehrte sich gegen seine Hände, aber er hatte ihre Handgelenke bereits gefasst und ließ sie nicht wieder los.

»Noch einmal läufst du mir nicht weg.« Seine Stimme war jetzt gefährlich ruhig. »Nicht noch einmal.«

»Hat das deinen Stolz verletzt, Tad? Dass eine Frau es tatsächlich fertiggebracht hat, dich zu verlassen und einen anderen zu heiraten?«

Der ganze Schmerz, den er damals empfunden hatte, schien zurückzukommen. »Ich hatte niemals deine Art von Stolz, Amy.«

Er zog sie fest an sich, als müsse er sich beweisen, dass er immer noch Macht über sie hatte, und wenn es auch nur eine rein körperliche war. »Deine Selbstdisziplin, die so ängstlich darauf bedacht war, nur ja keine Gefühle zu zeigen. Bist du darum weggelaufen, Amy? Weil ich hinter die Fassade geschaut hatte? Weil ich genau wusste, dass du in meinem Bett nicht mehr die perfekte Lady bist?«

»Ich habe dich verlassen, weil ich dich einfach nicht mehr wollte.« Wütend versuchte sie, sich gegen seine Kraft durchzusetzen. »Ich wollte dich …«

Tad presste so überraschend seine Lippen auf ihren Mund, dass ihr keine Möglichkeit der Gegenwehr blieb. Und dann war es zu spät. Sie küssten sich so rau und leidenschaftlich, als wollten sie mit diesem einen Kuss alles nachholen, was sie in den drei Jahren versäumt hatten. Es war nicht anders als früher. Von Anfang an waren sie wehrlos ihren Gefühlen füreinander ausgeliefert gewesen, sobald sie allein in einem Raum waren. Nichts hatte sich geändert.

Amy war sich gar nicht bewusst, dass sie sich jetzt ungehemmt an Tad presste, die Hände in seinem Nacken verschränkt. Jetzt war sie wieder zu Hause. Nie hatte sie sich in ihrem Leben lebendiger gefühlt, als wenn sie mit Tad zusammen war. In seiner Gegenwart schien ihr die Zeit ihrer Ehe wie ein schlechter Traum, in dem eine andere Frau an ihrer Stelle gestanden hatte.

Es hatte ihr nie genügt, nur Tads Lippen zu spüren, und so war sie nicht erstaunt, als es auch jetzt nicht anders war. Die Band drinnen im Lokal spielte einen solch ohrenbetäubenden Trommelwirbel, dass die Fensterscheiben klirrten. Aber Amy hörte nur Tads leises Stöhnen, als sie ihren Körper fester an ihn schmiegte.

Für einen Moment löste er sich von ihr. Seine Hände legten sich um ihr Gesicht, und mit den Daumen streichelte er ihre Wangen. Aber je zärtlicher und sanfter er sie berührte, umso mehr sehnte Amy sich danach, seine starken Hände auf ihrem ganzen Körper zu spüren.

Rom, schoss es Amy plötzlich durch den Kopf, warum begann alles Wichtige in ihrem Leben immer in dieser Stadt? Der Gedanke schreckte sie auf. Begann es wirklich wieder mit Tad? Hatte sie sich nicht fest vorgenommen, dass es nie wieder dazu kommen dürfte?

»Bitte, Tad!« Amy löste sich etwas von ihm und lehnte ihren Kopf gegen seine Schulter. »Bitte, hör auf.«

Etwas in ihrer Stimme hielt ihn davon ab, sie wieder in die Arme zu nehmen. Es war dieselbe Verletzlichkeit, die ihn damals hatte warten lassen, als sie noch ein Teenager war. Er würde es auch diesmal fertigbringen zu warten – allerdings nicht so lange.

»Du hast immer gewusst, wie du mich in Schach halten konntest, nicht wahr, Amy?«

Sie seufzte auf. »Reiner Selbstschutz.«

Tad lachte auf und steckte die Hände in die Taschen seiner Jeans.

»Es wäre leichter, wenn du in den drei Jahren dick und unansehnlich geworden wärst. Ich wünschte, es wäre so.«

Ein kleines Lächeln umspielte Amys Mundwinkel. Auch das hatte sich nicht geändert. Tads Stimmungen änderten sich immer noch so schnell wie früher. »Soll ich mich etwa dafür entschuldigen, dass ich nicht deinen Vorstellungen entspreche?«

»Nein, wahrscheinlich hätte das auch nichts genutzt.« Er sah sie an, und seine Augen nahmen jede Einzelheit wahr. Die Hände in den Hosentaschen waren zu Fäusten geballt. »Du hast dich überhaupt nicht verändert. Sogar deine Frisur ist noch dieselbe.«

Amy lächelte. »Das kann ich zurückgeben. Wie früher, könnte dir auch jetzt ein Haarschnitt nichts schaden.«

»Du bist eben zu konservativ«, meinte er und lächelte nun ebenfalls.

»Und du zu unkonventionell.«

»Nicht mehr. Schließlich bin ich keine zwanzig mehr.«

»Oh je! Tad Starbuck, der alte Mann«, neckte sie ihn. »Im Halbfinale gegen Bigelow hattest du aber keine Schwierigkeiten. Wie alt ist er? Vierundzwanzig?«

Tad zog die Schultern hoch. »Immerhin ging das Spiel über fünf Sätze.« Langsam nahm er die Hände aus den Taschen und strich vorsichtig mit den Fingern über ihr Gesicht.

»Komm mit mir, Amy«, sagte er leise. »Jetzt.« Nur er selbst wusste, wie viel Überwindung es ihn kostete, diese Bitte auszusprechen.

»Ich kann nicht.«

»Du willst nicht.«

Eine Gruppe junger Italiener kam laut lachend und singend die Straße herauf. Drinnen im Lokal hatte die Band wieder lautstark zu spielen begonnen. Nur ein Wort! Ein Wort würde genügen, und sie könnte in dieser Nacht noch all das wieder erleben, wonach sie sich so gesehnt hatte.

»Tad …« Zögernd griff Amy nach seiner Hand und hielt sie fest. »Bitte sei vernünftig. Glaub mir, es ist für uns beide besser. Schließlich müssen wir beide noch Spiele bestreiten und …«

»Okay«, unterbrach er sie. »Dann eben in Paris.«

»Tad, ich habe damit nicht gemeint …«

»Rom oder Paris – du kannst es dir aussuchen. Aber entkommen wirst du mir nicht.«

»Tad, du bist starrköpfig wie immer.«

Er lachte. »Natürlich. Wäre ich sonst die Nummer eins?« Dann wurde er wieder ernst. »Aber eine Frage musst du mir jetzt schon beantworten, Amy.«

»Welche?«

»Warst du glücklich?«

Sie schlug die Augen nieder und schwieg. »Du hast kein Recht …«, sagte sie leise und brach ab.

»Und ob ich ein Recht habe. Amy, sag mir die Wahrheit.«

Sie starrte ihn verstört an, suchte verzweifelt nach einem Ausweg, aber schließlich gab sie auf. »Nein«, flüsterte sie, und dann noch einmal: »Nein.«

Eigentlich hätte er jetzt triumphieren müssen, aber stattdessen spürte Tad nur Mitleid. Er ließ ihre Hand los und trat einen Schritt zurück. »Ich rufe dir ein Taxi.«

»Nein, ich laufe. Ein Spaziergang wird mir jetzt guttun.«

Tad sah ihr nach, bis sie zwischen den Menschen verschwand.

Auch jetzt, mitten in der Nacht, waren die Straßen der Ewigen Stadt voller Menschen und Autos. Die laue Luft, der Sternenhimmel, die fröhlichen Nachtschwärmer – diese südliche Atmosphäre war mit nichts zu vergleichen.

Obwohl der Lärm beinahe unvermindert anhielt, glaubte Tad auf seinem Weg durch die nächtlichen Straßen das Geräusch seiner Schritte zu hören. Vielleicht liegt es daran, dass schon seit so vielen Jahrhunderten Menschen über diese Straßen gehen, dachte er plötzlich und wunderte sich über sich selbst.

Normalerweise hatte Tad keinen Sinn für Geschichte – es sei denn, es handelte sich um Tennisgeschichte. Gonzales, Gibson, Perry, das waren Namen, die ihm etwas sagten. Caesar, Cicero oder Augustus dagegen waren Gestalten, an die er sich nur undeutlich aus dem Geschichtsunterricht erinnerte. Er dachte sogar wenig an seine eigene Vergangenheit – geschweige denn an die Welt der Antike. Bis Amy in sein Leben getreten war, hatte er immer nur von einem Tag zum anderen gelebt, hatte nicht über das nachgedacht, was vorbei war, und auch nicht über das, was die Zukunft ihm noch bescheren würde.

Als kleiner Junge allerdings war ihm die Zukunft wichtig gewesen. Ständig hatte er sich ausgemalt, was er tun würde, wenn … Aber dann, als er sein Ziel erreicht hatte, war nur noch die Gegenwart wichtig gewesen. Bis … ja, bis Amy aufgetaucht war. Da hatte er den nächsten Tag nicht erwarten können, an dem er sie endlich wiedersah.

Geboren und aufgewachsen war Tad Starbuck im rauen Arbeiterviertel von Chicago. Er hatte schnell gelernt, sich mit allen Mitteln durchzuboxen und alle Tricks und Kniffe anzuwenden, um auf den Straßen dieses Viertels zu überleben. Manchmal war es ihm nur mit viel Glück gelungen, nicht mit den Gesetzen in Konflikt zu geraten, und eigentlich hatte er es nur seiner ausgeprägten Abneigung gegen organisierte Gruppen zu verdanken, dass er nicht kriminell geworden war.

Tad hatte sich von klein auf sehr schlecht unterordnen können, andererseits hatte er aber auch nie das Verlangen verspürt, andere um sich zu scharen und den großen Boss zu markieren. Es war ihm daher leichtgefallen, allen Anwerbungsversuchen der verschiedenen Straßenbanden zu widerstehen, auch wenn diese Versuche manchmal recht massiv wurden.

Aber nicht nur dieser Wesenszug hatte ihn vor einem schlimmen Schicksal bewahrt, da war auch noch die Liebe zu seiner Familie. Seine Mutter, eine ruhige, sehr charakterstarke Frau, hatte abends spät noch Büros putzen müssen, um ihre beiden Kinder großziehen zu können. Seiner vier Jahre jüngeren Schwester gegenüber hatte Tad sich immer als der große Beschützer und Vaterersatz gefühlt. Die Erinnerungen an seinen Vater waren bei Tad schon verblasst, als er noch ein kleiner Junge war.

Schon sehr früh hatte er sich als Familienoberhaupt gefühlt und ganz selbstverständlich auch die damit zusammenhängenden Pflichten übernommen. Schon damals hatte Tad sich geschworen, eines Tages so viel Geld zu verdienen, dass er Mutter und Schwester ein Haus kaufen und sie aus dieser Gegend wegholen könnte. Damals war ihm noch nicht klar, wie er das je schaffen sollte, und auch als er die Antwort zum ersten Mal in

Form eines Schlägers in der Hand hielt, war ihm das noch nicht klar geworden.

Ada Starbuck hatte ihrem Sohn zum zehnten Geburtstag einen billigen Tennisschläger mit Nylonbespannung gekauft. Später hatte sie selbst nicht mehr sagen können, wie sie auf diese Idee gekommen war. Sie wollte ihm etwas anderes schenken zu diesem runden Geburtstag als immer nur die Socken und Unterwäsche, die er sowieso brauchte. Sie hatte ihm etwas schenken wollen, womit er sich beschäftigen konnte, damit er nicht eines Tages doch auf die schiefe Bahn geriet, wie so viele Jungen aus der Nachbarschaft.

Sie kannte ihren Sohn sehr gut und wusste, dass ein Mannschaftssport wie Fußball oder Baseball ihn nie würde reizen können. Er war ein Einzelgänger, und wenn sie ihn überhaupt für Sport interessieren konnte, dann kam nur etwas in Betracht, das er auch allein spielen konnte. Ihn in einen Tennisclub zu schicken, dafür fehlte das Geld, aber den Ball gegen eine Wand zu spielen, das war möglich.

Und sie hatte Erfolg. Tad nahm sich gerade noch Zeit für die Schule, Essen und Schlafen. Ansonsten verbrachte er seine freien Stunden damit, mal mit Wucht, dann wieder überlegt und platziert, den Ball an eine Hauswand zu schlagen.

Er merkte selbst, dass seine Schläge immer besser wurden, dass er die Stärke seiner Schläge von Mal zu Mal besser variieren konnte. Schließlich war ihm das nicht mehr genug. Er ging zu einem Tennisclub, sammelte für ein paar Cents Stundenlohn die Bälle auf und beobachtete dabei die Spieler sehr genau.

Eines Tages kam er zu der Überzeugung, dass er genauso gut spielen könne wie die Leute in dem Club. Er überredete einen Jungen seines Alters, auf einem gerade nicht benutzten Platz ein Spiel mit ihm zu machen.

Diese erste Erfahrung auf dem Tennisplatz war bitter für Tad. Einen Ball an die Wand zu schlagen, war eine Sache, aber die Bälle von einem Gegenspieler zu parieren, eine ganz andere. Plötzlich flogen Bälle über seinen Kopf, der Gegner zwang ihn zu Spurts, trickste ihn aufgrund seiner größeren Erfahrung immer wieder aus – stachelte damit aber auch Tads Ehrgeiz an. Er lernte schnell, sich auf sein Gegenüber einzustellen, und als das Spiel zu Ende war, hatte er zwar haushoch verloren, aber auch die Erfahrung gewonnen, dass sportlicher Wettstreit ihm Spaß machte.

Von dem Tag an spielte er nicht mehr gegen eine Wand. Immer häufiger ging er in den Club, die Mitglieder gewöhnten sich an ihn, gaben ihm Antwort auf seine Fragen und erklärten sich sogar mit der Zeit immer häufiger bereit, ein Spiel mit ihm zu machen.

Tad hielt sich von Anfang an nur an die Spieler, die in seinen Augen das Spiel auch ernst nahmen, die ehrgeizig waren und kein Match verloren gaben.

Ganz allmählich entwickelte er seinen eigenen Stil. Ungeschliffen und eckig zwar, aber doch in Ansätzen schon zu erkennen. Seine Grundschnelligkeit verbesserte sich, seine Aufschläge kamen mit ungeheurer Wucht und wurden mit der Zeit immer präziser. Schliffen sich auch die Ecken seines Stils nach und nach ab, eines blieb immer erhalten – sein unbändiger Siegeswille.

Als sein billiger Schläger schließlich so abgenutzt war, dass man nicht mehr damit spielen konnte, sparte Ada vom Haushaltsgeld so viel ab, dass sie ihrem Sohn einen neuen kaufen konnte. Im Laufe der Jahre hatte Tad so viele Schläger gehabt, von denen einige mehr gekostet hatten, als seine Mutter in der ganzen Woche damals verdient hatte, aber diesen ersten Tennisschläger seines Lebens hatte er immer noch. Er hatte ihn damals zur Erinnerung behalten, als seine Mutter ihm den zweiten gekauft hatte, und auch jetzt noch lag er daheim bei Ada Starbuck im Schrank.

Als Tad dreizehn war, gab es kaum noch einen Erwachsenen

in dem Club, der ihn schlagen konnte. Er spielte nicht nur gut, er wusste auch alles über diesen Sport. Geld für Bücher hatte Tad nicht, also hatte er sich alles, was je über Tennis geschrieben worden war, aus der Leihbücherei geholt und es zu Hause studiert. Als er das erste Finale in Wimbledon auf dem kleinen Schwarz-Weiß-Fernseher sah, stand für ihn fest, dass er eines Tages auch da spielen – und gewinnen – würde!

Wieder war es seine Mutter, die ihm half. Eines der Büros, die sie putzte, gehörte einem Martin Derick, Rechtsanwalt und Tennisfan, der einen privaten Tennisclub mitfinanzierte. Wenn er abends Überstunden machte und Ada Starbuck in sein Büro kam, wechselten sie meist einige Worte miteinander. Geschickt verstand sie es, bei solchen Gelegenheiten zu erwähnen, dass ihr Sohn Tennis spiele, und dass die Leute im Club sagten, er werde immer besser.

Es dauerte nicht lange, da hatten ihre Bemühungen Erfolg. Martin Derick bekundete sein Interesse, woraufhin sie ihm sofort sagte, dass für den nächsten Samstag ein kleines Turnier angesetzt sei, wo Tad spielen würde. Und Martin kam tatsächlich.

Tads Stil war immer noch nicht ausgereift, aber ein Kenner dieses Sports sah auf Anhieb, was in dem Jungen steckte. Sein überschäumendes Temperament, die Schnelligkeit, die Begeisterung, mit der Tad bei der Sache war – das alles sah Martin Derick, und als das Spiel vorbei war, hatte er die beiden aufregendsten Stunden auf einem Tennisplatz verbracht, die er je erlebt hatte.

Er ging auf den Platz und stellte sich Tad in den Weg. »Willst du Profi werden?«, fragte er ohne Umschweife.

Tad beschäftigte sich scheinbar uninteressiert mit der Bespannung seines Schlägers, aber er spürte doch, wie sein Puls plötzlich schneller ging. »Ja, schon.«

Martin Derick grinste. Irgendwie gefiel ihm der Junge. »Okay, du brauchst Trainerstunden und …«, er warf einen

Blick auf den Schläger, »und eine vernünftige Ausrüstung. Mit dieser Plastikbespannung kommst du nicht weit.«

Als Antwort holte Tad einen Ball aus seiner Tasche, warf ihn hoch und schmetterte ihn mit aller Kraft quer über den Platz.

»Nicht schlecht«, gab Martin zu. »Aber mit einer guten Darmbespannung spielst du noch besser.«

»Haben Sie noch mehr so gute Ratschläge?«

Martin ließ sich durch die etwas rüde Art des Jungen nicht aus der Fassung bringen. Er griff in seine Tasche, holte eine Packung Zigaretten heraus und bot Tad eine an. Der schüttelte nur den Kopf. Martin steckte sich eine Zigarette an und sog den Rauch tief ein.

»Das ist nicht gut für Ihre Lungen«, meinte Tad.

»Hast du noch mehr so gute Ratschläge?«, konterte der Rechtsanwalt. »Meinst du, du könntest auf Gras spielen?«

»Natürlich.«

»Nun, an Selbstbewusstsein fehlt es dir nicht.«

»Ich werde eines Tages in Wimbledon spielen«, sagte Tad wie selbstverständlich. »Und ich werde gewinnen.«

Martin blieb ganz ernst. Er zog eine Visitenkarte aus der Tasche und gab sie Tad. »Ruf mich Montag an«, sagte er und ging.

Tad Starbuck hatte seinen Mäzen gefunden.

Die Verbindung zwischen den beiden war nicht immer ganz einfach. Während der nächsten sieben Jahre gerieten sie sich häufig in die Haare, ohne dass jedoch jemals einer von beiden daran gedacht hätte, sich von dem anderen zu trennen.

Tad ging weiterhin brav zur Schule. Allerdings blieb ihm auch gar nichts anderes übrig, da seine Mutter und Martin ausgemacht hatten, dass die Unterstützung des Rechtsanwalts enden würde, wenn er die Schule vor dem Abschluss abbrechen sollte.

Er fügte sich widerstrebend, verbrachte aber jede freie Minute auf dem Tennisplatz. Die Trainerstunden zeigten Wirkung, und die besseren Schläger trugen dazu bei, dass sein Spiel immer ausgereifter wurde.

Als er sechzehn war, gab es bereits genügend Mädchen, die seinen Spielen nicht zuschauten, weil sie sich für Tennis interessierten. Tad ließ sich die gebotenen Chancen nicht entgehen und entdeckte dabei ein Betätigungsfeld, auf dem er genauso schnell lernte wie auf dem Tennisplatz.

Nur ein Mal in all den Jahren musste er eine Pause einlegen. Er war seiner kleinen Schwester gegen einen wesentlich älteren Jungen zu Hilfe geeilt. Das war ihm die zwei Wochen Zwangspause vom Tennis wert. Der Junge hatte ein gebrochenes Nasenbein davongetragen, während Tad sich nur die Hand verstaucht hatte.

Zu seinem ersten Turnier fuhr er als völlig Unbekannter und natürlich auch ungesetzt. Gleich das erste Spiel war den Sportreportern am nächsten Tag längere Berichte wert. Tad hatte es in seiner unnachahmlichen Manier geschafft, ein Spiel herumzureißen, bei dem er schon wie der sichere Verlierer ausgesehen hatte.

Die Presse kam allerdings sehr schnell dahinter, dass dieser Tad Starbuck ein sehr unbequemer Sportler war. Sie tolerierten sein Temperament, weil er noch jung war, aber auch damit schafften sie es nicht, ihn gefügig zu machen. Die Reporter merkten allerdings ebenso schnell, dass sie nicht an ihm vorbeikamen – ob sie den Spieler Starbuck nun mochten oder nicht.

Noch vor seinem neunzehnten Geburtstag leistete Tad die erste Anzahlung für ein Haus mit drei Schlafzimmern in einem der besseren Vororte von Chicago. Als er zwanzig war, gewann er zum ersten Mal Wimbledon. Der Traum war Wirklichkeit geworden, aber das stachelte ihn nur zu immer neuen Leistungen an.

Jetzt wanderte Tad durch die nächtlichen Straßen von Rom und dachte über sein bisheriges Leben nach. Es war Amy, die ihn dazu angeregt hatte, weil ihr Leben so ganz anders verlaufen war als seines. In ihrer Kindheit hatte es keine Straßenbanden gegeben, sie war behütet und ohne jegliche Sorgen aufgewachsen.

Mit Jim Wolfe als Vater hatten ihr alle Türen zur Tenniswelt weit offen gestanden. Schon mit vier Jahren hatte sie ihren ersten Schläger gehabt, der speziell für sie hergestellt worden war.

Tad fragte sich, ob es wohl dieser Unterschied war, der sie zueinander geführt hatte. Nein, das allein konnte es auch nicht sein. Wenn sie in seinen Armen gelegen hatte, dann war dieser Unterschied so unwichtig geworden, als würde er überhaupt nicht existieren. Es hatte eher etwas zu tun mit ihrer kühlen Beherrschtheit, die ihn fasziniert hatte, weil ihm von Anfang an klar gewesen war, dass unter der kühlen Oberfläche ein Vulkan zum Vorschein kommen konnte.

Das war für ihn eine Herausforderung gewesen, der er nicht hatte widerstehen können. Selbst als Amy noch ein Teenager gewesen war, hatte er das schon gespürt und sich geschworen zu warten. Das Warten hatte sich auch gelohnt – bis zu dem Tag vor drei Jahren, an dem sie ohne irgendeine Erklärung weggelaufen war.

Ohne zu wissen, wohin er ging, bog Tad um eine Hausecke und stand vor einem der vielen römischen Brunnen. Das Wasser glitzerte im Mondlicht, und er blieb stehen, um den kleinen Fontänen zuzusehen, die sich in das Becken ergossen.

Amy! Er sehnte sich so sehr nach ihr, dass dabei sein verletzter Stolz, wie sie es nannte, ganz unwichtig wurde. Wenn sie gewollt hätte, er hätte sie heute Nacht mit in sein Hotelzimmer genommen und sich nicht daran gestört, dass sie einen anderen Mann geheiratet und mit ihm geschlafen hatte. Warum war sie mit diesem verdammten Engländer auf und davon gegangen? Diese Frage hatte er sich in den letzten drei Jahren schon unzählige Male gestellt, ohne je eine Antwort darauf gefunden zu haben.

In den ersten Monaten nach ihrer Trennung war Tad immer wieder in Gedanken jede Minute der letzten Tage durchgegangen, die sie zusammen verbracht hatten. Mit selbstquälerischer Eindringlichkeit hatte er sich jedes Wort, jede Geste in die Erinnerung zurückgerufen, ohne zu einer Lösung zu kommen.

Es hatte lange gedauert, bis Tad die Kraft fand, solche nutzlosen Überlegungen zu unterdrücken. Er hatte versucht, sich mit anderen Frauen zu trösten. Mit mehr als einer war er ins Bett gegangen, weil ihre Haare fast die Farbe von Amys hatten und weil ihre Stimme ihn an sie erinnerte. Am anderen Morgen spätestens war die Illusion dann verschwunden und die alte Wunde wieder aufgebrochen.

Und jetzt war Amy zurückgekehrt. Geschieden und damit wieder frei. Aber spielte das wirklich eine Rolle? Tad strich sich mit beiden Händen durch die Haare. Nein, wenn er ehrlich mit sich selbst war, musste er eingestehen, dass es keinen Unterschied machte, ob sie verheiratet oder geschieden war. Er musste sie einfach haben.

Vom Tennisplatz und auch von den ersten Jahren her, in denen Amy beinahe noch ein Kind gewesen war, war Tad es gewohnt, geschickt zu taktieren, Strategien aufzustellen und einzuhalten. Damit war es jetzt vorbei. Er griff in die Hosentasche, holte eine Münze hervor und warf sie in den Brunnen, als wollte er sein Glück herbeizwingen. Die Münze fiel auf den Grund, wo schon viele lagen – jede mit einem bestimmten Wunsch verbunden.

Tad drehte dem Brunnen den Rücken zu und sah sich um, bis er eine Bar entdeckt hatte. Er brauchte jetzt dringend einen starken Drink.

4. Kapitel

Auf dem Flug von Rom nach Paris hatte Amy Zeit genug, sich an dem Titel einer internationalen italienischen Tennismeisterin zu erfreuen. Nach dem Spiel, das immerhin über zwei Stunden gedauert hatte, war Amy so erschöpft, dass sie sich kaum freuen konnte. Sie erinnerte sich nur noch daran, wie Madge sie umarmt hatte, dann das Klicken der Kameras, die Überreichung der Trophäe und der lang anhaltende Applaus des Publikums.

Jetzt erst wurde es Amy so richtig bewusst, dass sie es geschafft hatte. Zum ersten Mal Rom gewonnen und damit auch das erste Turnier nach drei Jahren Unterbrechung. Ihr Comeback war gelungen, sie hatte sich selbst bestätigt! Das entschädigte für all die Stunden Training, für schweißtreibende Arbeit mit Hanteln und Gewichten – für alles. Rom hatte gezeigt, dass ihre Entscheidung richtig gewesen war, wieder mit dem Profitennis anzufangen.

Dieser Entschluss war ihr nicht leichtgefallen, zumal ihr Selbstbewusstsein so kurz nach der gescheiterten Ehe mit Eric noch ziemlich anfällig gewesen war. Überhaupt, diese Ehe! Wenn sie jemals in ihrem Leben einen Fehler begangen hatte, dann den, Lord Eric Wickerton zu heiraten.

Amy lehnte sich in ihren Sitz zurück und schloss die Augen. Nie würde sie sich verzeihen, den ersten Schritt zu dieser Ehe getan zu haben. Eric hatte von Anfang an gewusst, dass sie ihn nicht liebte, aber das war ihm gleichgültig gewesen. Eric Wickerton hatte in ihr nur die Frau gesehen, die an seiner Seite repräsentieren, mit der er sich sehen lassen konnte.

Auch Amy hatte das gewusst, aber damals war ihr das als einzige Möglichkeit erschienen, Tad zu entkommen. Sie hatte die Rolle gespielt, die Eric von ihr verlangt hatte, aber sie hatte nicht vorausgesehen, wie unglücklich sie dabei sein würde.

Wenn sie angenommen hatte, dass er ihr im Ausgleich dafür wenigstens etwas Liebe und Zuneigung entgegenbringen würde, so musste sie schnell einsehen, dass sie sich getäuscht hatte.

Nein, sie wollte nicht mehr daran zurückdenken. Selbst jetzt noch waren die Erinnerungen zu schmerzlich. Sie wollte lieber an ihren großen Triumph denken.

Michael hatte recht gehabt mit dem, was er über Tia gesagt hatte. Tia spielte wirklich wie der Teufel, gab sich nie geschlagen und zeigte auch nach einem langen Match keine Anzeichen von Ermüdung. Jeden Fehler ihrer Gegnerin nutzte sie erbarmungslos aus und verstand es immer wieder, sie zu weiteren Fehlern zu animieren.

Diese Tia hatte Amy wirklich alles abverlangt und dabei überdeutlich bewiesen, dass ein Tennisspiel wirklich erst mit dem letzten Punkt gewonnen ist. Wenn Amy jetzt daran zurückdachte, war sie froh, ein solch hart umkämpftes Spiel gewonnen zu haben. Es gab ihr mehr Befriedigung, als wenn sie auf eine schwächere Gegnerin getroffen wäre, mit der sie leichtes Spiel gehabt hätte. Jetzt hatten die Reporter wenigstens genug zu berichten und würden mit ihren Artikeln dafür sorgen, dass ihr Sieg genügend beachtet wurde.

Rom lag hinter ihr. Jetzt galt es, sich auf das Turnier in Paris zu konzentrieren. Damals, in ihrem Jahr mit Tad, hatte sie Paris gewonnen. Tad! Da waren ihre Gedanken wieder bei ihm. Amy versuchte, sie genauso auszuschalten wie vorher die Erinnerungen an Eric. Nur wollte ihr das diesmal nicht gelingen.

Okay, dann eben in Paris.

Amy hatte die Worte nicht vergessen – halb Drohung, halb Versprechen. Sie kannte Tad gut genug. Es gab keine Möglichkeit, ihm zu entkommen. Aber sie war auch nicht mehr so naiv und unschuldig wie damals, als er sie zum ersten Mal erobert hatte. Mittlerweile hatte das Leben sie gelehrt, dass Märchen höchst selten wahr werden. Damals hatte sie noch geglaubt, ihre Liebe zu Tad wäre ein solches Märchen und würde auch genauso glücklich enden. Sie waren älter geworden, waren nicht mehr der Prinz und die Prinzessin auf dem Tennisplatz – aber waren sie auch weiser geworden?

Amy war sicher, dass Tad versuchen würde, seinen Stolz wiederzugewinnen, indem er sie zurückeroberte – und sei es nur ihren Körper. Sie kannte seine Verführungskünste und wusste, dass es schwer werden würde, ihm zu widerstehen. Wenn sie eine Möglichkeit gesehen hätte, ihm nachzugeben, ohne dabei zu riskieren, sich wieder in ihn zu verlieben – Amy hätte ohne Zögern Ja gesagt. Nach drei Jahren ohne Leidenschaft, ohne das Gefühl, begehrt zu werden, sehnte sie sich so sehr danach.

Aber diese Möglichkeit war nicht gegeben. Seufzend öffnete Amy die Augen und sah hinaus in die sonnenbeschienenen Wolken. Es half nichts, sie musste ehrlich zu sich selbst sein. Ja, dachte Amy und nickte dabei unwillkürlich, ich liebe ihn immer noch, habe im Grunde nie aufgehört, Tad zu lieben.

Was wäre gewesen, wenn er das gewusst hätte? Wie üblich, geriet Amy bei dieser Frage in Panik. Hätte er ihr geglaubt? Und, was noch wichtiger war, hätte er es akzeptiert? Langsam schüttelte Amy den Kopf. Er durfte nie erfahren, dass sie einen anderen Mann geheiratet hatte, während sie sein Baby in sich trug. Und er durfte auch nie erfahren, dass sie vor lauter Kummer und Verzweiflung sein Baby verloren hatte.

Amy lehnte sich wieder in ihren Sessel zurück, schloss die Augen und versuchte, wenigstens noch etwas zu schlafen, bevor die Maschine in der französischen Hauptstadt landete. Paris war schon sehr nah, und sie wusste nicht, was diese Stadt ihr bringen würde – weder auf dem Tennisplatz noch in der gefährlichen Nähe von Tad Starbuck.

»Tad! Tad!«

Er war gerade damit beschäftigt, seinen Tennisschläger in die Hülle zu stecken, als er jemanden seinen Namen rufen hörte. Tad drehte sich um, dann ließ er den Schläger fallen, breitete beide Arme aus und fing die Frau auf, die ihm entgegenstürzte. Er hob sie hoch und drehte sich einige Mal mit ihr im Kreis.

»Hilfe, mir wird schwindlig«, rief sie lachend und hielt sich an ihm fest.

Tad stellte sie wieder auf die Füße und hielt sie ein Stück von sich ab. Sie war klein und zart, mit einem hübschen Gesicht, blitzenden Augen und einem verschmitzten Lächeln.

»Jess, wie kommst du hierher?«, fragte er und drückte sie noch einmal an sich.

»Ich wollte meinen Bruder wiedersehen, und was bleibt mir da anderes übrig, als ihn auf einem Tennisplatz zu suchen«, antwortete Jess lachend.

Tad legte ihr einen Arm um die Schulter. Jetzt erst fiel sein Blick auf den Mann, der einige Schritte hinter ihnen stand. »Mac.« Ohne Jess loszulassen, streckte er seinem Schwager die Hand hin.

»Tad, wie geht es dir?«

»Gut. Sehr gut sogar.«

Mac schüttelte ihm die Hand und sah dabei lächelnd auf die beiden. Er wusste, wie sehr Bruder und Schwester aneinander hingen, und dass Tad sich auch heute noch für Jess verantwortlich fühlte, obwohl sie mittlerweile siebenundzwanzig und Mutter eines Sohnes war. Am Anfang hatte er sehr gegen Tads Vorurteile zu kämpfen gehabt. Kein Mann war Tad recht, der in die Nähe seiner Schwester kam, und da hatte Mac keine Ausnahme gemacht. Erst nach und nach hatte Tad ihn akzeptiert und sich schließlich zähneknirschend auch damit einverstanden erklärt, dass Jess mit ihm zur Westküste nach Kalifornien zog. Mac betrieb dort ein sehr gut gehendes Baugeschäft.

So erfolgreich er als Geschäftsmann war, so wenig verstand er von Tennis. Diese Tatsache hatte natürlich auch nicht dazu beigetragen, dass Tad ihn mit offenen Armen aufgenommen hätte. Mac war sich durchaus darüber im Klaren, dass er niemals in Jess' Nähe gekommen wäre, wäre er nicht der Neffe von Martin Derick.

»Wo ist Pete?«, unterbrach Tad die Gedanken seines Schwagers.

»Bei seiner Großmutter. Die beiden sind froh, wenn sie mal einige Zeit zusammen sein können«, antwortete Mac mit einem Lächeln.

»Sie wird ganz schön mit ihm zu tun haben«, warf Jess ein. »Pete ist zwar gerade erst etwas mehr als ein Jahr alt, aber er läuft schon wie der Teufel und wird unsere Mutter entsprechend auf Trab halten. Sie lässt dir übrigens viele Grüße bestellen. Du kennst sie ja, Tad, sie mag keine langen Flugreisen, sonst wäre sie sicherlich mitgekommen.«

Tad griff nach seiner Trainingstasche. »Ich habe gestern Abend noch mit ihr telefoniert. Kein Wort hat sie davon gesagt, dass ihr beiden kommen würdet.«

»Wir wollten dich ja auch überraschen.« Jess griff nach der Hand ihres Mannes und drückte sie. »Mac hat gemeint, Paris sei gerade die richtige Stadt für zweite Flitterwochen.«

»Irgendwie musste ich es ja schließlich anstellen, sie für zwei Wochen von Pete loszueisen«, sagte Mac und zog seine Frau schmunzelnd an sich. »Allerdings hat sich dann herausgestellt, dass du mehr gezogen hast als Paris.« Er gab ihr einen Kuss auf die Stirn und sah sie liebevoll an. »Deine Schwester und ihr Sohn«, wandte er sich dann an Tad, »die beiden sind unzertrennlich.«

»Wenn man den hübschesten Sohn der Welt hat, ist es ja wohl ganz natürlich, dass man sich nicht von ihm trennen will«, protestierte Jess.

Mac zog eine Pfeife aus der Tasche und begann sie zu stopfen. »Ich schwöre dir, Tad, es wird nicht mehr lange dauern, und deine Schwester lässt unseren Sohn bereits in Harvard einschreiben.«

»Nächstes Jahr«, antwortete Jess scheinbar ganz ernst. Ihr Blick lag auf ihrem Bruder. Täuschte sie sich, oder waren seine Augen wirklich nicht so strahlend wie sonst? »Martin lässt dir übrigens bestellen, dass er sehr stolz auf dich ist.«

»Ich hatte schon gehofft, er würde zu diesem Turnier kommen«, sagte Tad. »Merkwürdig, ich habe es mir immer noch nicht abgewöhnt, vor einem Spiel nach ihm Ausschau zu halten.«

»Er wollte ja auch kommen«, sagte Jess, »aber er konnte seine Verhandlung nicht verschieben. Jetzt musst du also mit uns vorliebnehmen.«

Tad schwang sich die Tasche über die Schulter. »Damit bin ich mehr als zufrieden. Wo wohnt ihr?«

»Im Hotel …« Jess brach abrupt ab, als sie in einiger Entfernung eine schlanke blonde Frau über den Platz gehen sah. »Amy«, murmelte sie.

Tad sah ebenfalls hinüber. »Ja«, sagte er, »Amy.« Jess bemerkte, dass er die Frau nicht aus den Augen ließ. »Wusstest du nicht, dass sie wieder spielt?«

»Doch. Aber …« Wieder brach Jess ab. Wie sollte sie ihrem Bruder den Widerstreit von Gefühlen erklären, den Amys Auftauchen in ihr ausgelöst hatte?

Es war, als wären die letzten Jahre in ihrem Gedächtnis ausgelöscht. Immer noch hatte Jess die kühlen blauen Augen vor sich, hörte ihre beherrschte Stimme. Damals war sie so überzeugt gewesen, für Tad das Richtige zu tun, nicht ein Mal waren Jess darüber Zweifel gekommen. Jetzt war Amy geschieden und zurückgekehrt in den Tenniszirkus. Und Jess war sich längst nicht mehr sicher, ob sie damals wirklich richtig gehandelt hatte.

Verstohlen warf sie einen Blick auf ihren Bruder. Er beobachtete Amy immer noch, als könnte er die Augen nicht von ihr abwenden. Hatte er sie geliebt? Liebte er sie vielleicht immer noch? Was würde er tun, wenn er jemals erfuhr, wie seine Schwester sich in sein Leben gedrängt und ihm eine Entscheidung abgenommen hatte? »Tad …«

Als er sie ansah, verstärkte sich das ungute Gefühl in Jess noch. Sie hoffte nur, dass sie ihm nie erzählen musste, was sie damals getan hatte.

»Sie ist noch so hübsch wie früher, findest du nicht?«, fragte Tad seine Schwester. »Was hast du gesagt, wo seid ihr abgestiegen?«

»Nur weil er gerade erst achtzehn ist und in der Vorrunde wie ein Champion gespielt hat, ist er für alle der Favorit.« Chuck warf einen Tennisball in die Höhe und fing ihn wieder auf.

»Du wirst es schon schaffen«, meinte Amy. »Immerhin hast du deine Erfahrung gegen seine Jugend zu setzen«, fügte sie noch hinzu.

»Ich werde ihn vom Platz fegen«, prophezeite Chuck und reckte seinen rechten Arm in die Luft. »Und sollte mir das wirklich nicht gelingen, überlasse ich es eben Tad, ihn aus dem Wettbewerb zu werfen.«

Amy schnappte sich den Ball, als Chuck ihn erneut in die Luft warf. »Bist du sicher, dass Tad ins Endspiel kommt?«

»Das ist so sicher wie das Amen in der Kirche«, antwortete Chuck. »Das ist sein Jahr, ich glaube, ich habe ihn noch nie besser spielen sehen als in dieser Saison.«

Amy gab keine Antwort. Sie blickte hinunter auf ihre Füße. Der Wind hatte Blütenblätter über den Platz geweht, und sie berührte sie ganz vorsichtig mit ihrer Schuhspitze. Es war noch früh am Morgen, und das große Stadion lag leer und verlassen da. In einigen Stunden würden sich die Ränge füllen. Vierzehntausend Zuschauer passten in das Tennisstadion der französischen Hauptstadt, und sicherlich würden auch heute wieder alle Plätze besetzt sein. Wenn das Publikum sich ruhig verhielt, konnte man die Geräusche der Autos auf der angrenzenden Straße hören, die die Anlage vom Bois de Boulogne trennte.

In der ersten Woche des Turniers wurde täglich etwa elf Stunden lang ununterbrochen Tennis gespielt. Selbst diejenigen, die nach dieser Woche ausgeschieden waren, konnten sich nicht beklagen, zu selten auf dem Platz gewesen zu sein. Nicht umsonst hatte das Turnier in Paris unter den Profis den Ruf, das schwierigste überhaupt zu sein. Tad und Amy hatten beide schon einmal hier gewonnen und wollten den Sieg in diesem Jahr wiederholen.

Paris und Tad! Es gab nichts, was in Amy mehr Erinnerungen wachrief als diese Kombination. In dieser Stadt hatten sie einen Abend im Kino verbracht, ohne von dem Ingmar-Bergman-Film auch nur eine Szene zu sehen. In Paris hatte Tad es geschafft, sie kurz vor einem Spiel so geschickt zu massieren, dass die schlimme Muskelverhärtung sie nachher auf dem Platz nicht mehr um den Sieg bringen konnte. In Paris hatten sie sich geliebt – immer wieder und so lange, bis sie beide völlig erschöpft eingeschlafen waren. In der Stadt der Liebe hatte Amy noch daran geglaubt, dass ihre Romanze mit Tad glücklich enden würde.

Amys Gedanken wurden jäh unterbrochen, als sie ihren Blick durch das Stadion schweifen ließ und plötzlich Jess sah. Auf die Entfernung starrten beide Frauen sich an – unfähig, sich zu rühren und aufeinander zuzugehen.

»Da ist ja Jess!« Chuck winkte hinüber und griff dann nach Amys Arm. »Komm, lass uns zu ihr gehen.«

Plötzlich kam wieder Leben in Amy. »Nein, ich ... ich muss weg«, protestierte sie, als Chuck sie mit sich ziehen wollte. »Geh du nur zu ihr. Bis später.« Damit riss sie sich los und stürmte davon.

Wie von Furien gehetzt, rannte Amy vom Platz und hielt erst wieder inne, als das Stadion bereits weit hinter ihr lag. Sie atmete tief durch und schalt sich selbst, dass sie davongelaufen war. Aber es war ihr einfach nicht möglich gewesen, Tads Schwester gegenüberzutreten – dem einzigen Menschen, der den Grund kannte, warum sie sich damals von Tad getrennt hatte.

Sie musste sich jetzt erst wieder beruhigen, vielleicht war es ihr dann möglich, Jess zu begrüßen. Amy war viel zu sehr mit sich selbst beschäftigt, als dass ihr aufgefallen wäre, dass auch Jess recht schockiert reagiert hatte. Sie kam gar nicht auf die Idee, sich zu fragen, wieso.

Amy wollte nicht mehr an den Sommernachmittag denken, als sie Jess Starbuck zum letzten Mal gesehen hatte. In diesem unordentlichen Hotelzimmer, das sie mit Tad geteilt hatte und in dem ihr dann Jess gegenübergestanden hatte. Keines der Worte, die damals gefallen waren, hatte sie vergessen – und auch nicht den unendlichen Schmerz, den sie in ihr ausgelöst hatten.

Ja, Tad hatte recht, sie war wirklich davongelaufen, aber sie hatte ihm nicht für immer entgehen können. Eigentlich hatte sich alles in diesen drei Jahren verändert – und doch wieder gar nichts, wenn es um Tad und sie ging. Seufzend gestand Amy sich ein, dass sie ihrem Herzen keine Befehle geben konnte. Tad war der erste Mann in ihrem Leben gewesen, und er würde immer der einzige bleiben, den sie geliebt hatte.

Sie hatte ein Kind von ihm getragen und es dann verloren, noch bevor es geboren wurde. Niemals würde Amy es sich verzeihen können, dass es zu diesem Unfall gekommen war. Noch mehr als der Mangel an Liebe und Verständnis vonseiten ihres Mannes hatte der Verlust von Tads Baby ihr alle Hoffnung für eine glückliche Ehe mit Eric genommen.

Und wenn sie das Kind geboren hätte? Hätte sie es vor Tad verbergen können? Und vor allem, hätte sie mit einem anderen Mann verheiratet bleiben können, während sie ein Kind von Tad großzog? Amy schüttelte den Kopf. Zu häufig schon hatte sie über diese Fragen nachgedacht, ohne je eine Antwort darauf zu finden. Das alles war vorbei. Sie hatte Tad verloren, sein Kind und außerdem noch die Liebe und Unterstützung ihres Vaters. Mehr konnte ein Mensch wohl kaum ertragen.

Als sich eine Hand auf ihre Schulter legte, drehte Amy sich erschrocken um. Vor ihr stand Tad. Schweigend sahen sie sich an.

Amy war es, als summten die Bienen plötzlich lauter, als könnte sie das Rauschen der Bäume in dem sanften Wind besser hören. Er griff nach ihren Armen und ließ seine Hände daran entlanggleiten, bis sie an ihren Handgelenken angekommen waren.

»Angst vor dem nächsten Spiel?«

»Angst nicht«, antwortete Amy und brachte sogar ein Lächeln zustande. »Aber die Rayski ist schon gut.«

»Du hast sie aber schon einmal geschlagen.«

»Und sie mich.« Amy kam es gar nicht in den Sinn, ihm ihre Hände zu entziehen. Sie standen voreinander, ohne dass ihre Körper sich berührten, und sie dachten beide zurück an den Tag, damals, als sie ebenfalls nach einem Spiel hierher geflohen waren, um allein zu sein.

»Du musst gegen sie so spielen wie gegen die Conway«, meinte Tad. »Die beiden haben fast den gleichen Stil.«

»Meinst du wirklich, das wäre eine Beruhigung?«, fragte Amy mit einem kurzen Auflachen.

»Du bist besser als sie«, sagte Tad ganz ruhig, woraufhin sie ihn erstaunt ansah. Lächelnd löste er eine Hand und strich mit seinen Fingerspitzen ganz sanft über ihre Wange. »Sie ist schneller, aber du spielst besser. Das gibt dir einen Vorteil, wenn du auch nicht besonders gern auf diesem Boden hier spielst.«

»Ja, das stimmt«, gab Amy zu.

»Du bist inzwischen besser geworden.« Tad hielt ihre Hand fest, und sie gingen nebeneinander über die Wiese. »Deine

Rückhand ist zwar noch nicht so stark, wie sie eigentlich sein könnte, aber …«

»Bei der Conway hat es aber gelangt«, unterbrach Amy ihn.

»Hätte trotzdem besser sein können.«

»Ich habe noch nie eine so gute Rückhand gespielt«, fuhr sie ihn ärgerlich an und merkte zu spät, dass sie hereingefallen war. Er lächelte spöttisch, als sie in sein Gesicht sah. »Ich hätte es mir ja denken können«, murmelte Amy mehr zu sich selbst. »Du spielst gegen Kilroy«, fuhr sie dann schnell fort, damit er keine Gelegenheit hatte, das Gespräch auf privatere Themen zu bringen. »Nie von ihm gehört.«

»Er ist erst seit zwei Jahren Profi, und den großen Durchbruch schaffte er im vorigen Jahr in Melbourne.« Wie selbstverständlich legte Tad einen Arm um ihre Schulter. Dann blieb er plötzlich stehen und zeigte auf eine Blüte. »Was ist das denn für eine Blume?«

»Frauenschuh.«

»Komischer Name«, meinte Tad und zuckte mit den Schultern. »Rosen gefallen mir besser.«

»Aber nur deshalb, weil das die einzige Blume ist, von der du den Namen kennst«, antwortete Amy. Ohne darüber nachzudenken, lehnte sie ihren Kopf gegen seine Schulter. »Erinnerst du dich noch, als ich eines Tages ein Bad nehmen wollte und feststellte, dass du die ganze Wanne mit Rosen gefüllt hattest? Es müssen Dutzende gewesen sein.«

»Ja, wir haben fast eine Stunde gebraucht, um die Wanne zu leeren«, sagte er und lehnte seinen Kopf gegen ihren.

»Es war wundervoll«, meinte Amy verträumt. »Du hattest häufig so herrliche Einfälle, die mich immer völlig überraschten.« In Erinnerung daran lachte sie leise auf. Ihr Kopf lag immer noch an seiner Schulter. »Weißt du noch, wir haben alle Gefäße genommen, die wir finden konnten, um die Rosen unterzubringen. Manchmal, wenn ich …« Mitten im Satz verstummte Amy plötzlich. Im letzten Moment war ihr klar geworden, dass sie drauf und dran war, zu viel zu sagen.

»Wenn du was?«, drängte Tad, fasste nach ihren Schultern und drehte sie zu sich. Als Amy den Kopf schüttelte, wurde sein Griff fester. »Bist du manchmal mitten in der Nacht wach geworden, weil die Erinnerungen dich quälten? Konntest du nicht vergessen?«

Amy stemmte beide Hände gegen seine Brust. »Tad, bitte!«

»Mir ist es so ergangen, Amy.« Er ließ sie nicht los. »Ich weiß gar nicht mehr, wie oft. Selbst wenn ich dachte, ich könnte dich hassen, habe ich mich immer noch nach dir gesehnt. Kannst du dir eigentlich vorstellen, wie das ist, um drei Uhr morgens wach zu werden und sich nach einer Frau zu sehnen, die im Bett eines anderen Mannes liegt?«

»Bitte, hör auf, bitte!«

»Womit?« Er hatte jetzt beide Hände um ihr Gesicht gelegt und zwang sie, ihn anzusehen. »Dich zu hassen? Mich nach dir zu sehnen? Ich kann nicht anders, Amy.«

Seine Augen waren ganz dunkel. Sie sah darin den Schmerz, den er verspürt hatte, aber sie sah auch die Leidenschaft. Ohne sich Rechenschaft über ihr Tun abzulegen, presste Amy ihre Lippen auf seinen Mund.

Für einen Moment stand Tad ganz still. Erst als Amy sich an ihn schmiegte, stöhnte er leise auf und riss sie in die Arme. Wie hatte er nur je glauben können, es für immer ohne sie auszuhalten? Er wollte sie – nichts auf der Welt wollte er so sehr wie diese Frau. Er musste sie einfach wieder besitzen, ihr zeigen, dass auch sie ohne ihn verloren war.

Nur für einen Augenblick ließ er sie los, griff nach ihrer Hand und zog sie mit sich unter die tief herabhängenden Zweige einer Trauerweide, die sie vor allen neugierigen Blicken verbarg. In dem kühlen Halbdunkel des alten Baumes zog Tad sie wieder an sich und küsste sie. Diesmal war er es, dessen Kuss voller Leidenschaft mehr forderte.

Er musste einfach wissen, ob ihr Körper sich noch genauso anfühlte wie damals. Ungeduldig zog er den Reißverschluss ihrer Trainingsjacke herunter, und die Hände schlüpften unter das dünne T-Shirt. Zielstrebig glitten sie Amys Körper empor, bis sie an ihren Brüsten angekommen waren. Seinen Mund immer noch auf ihren gepresst, stöhnte Tad leise auf. Ihre Haut war so weich und glatt, dass er wieder – wie früher – das Gefühl hatte, seine schwieligen Hände wären viel zu rau für diese samtweiche Haut.

Amy zitterte am ganzen Körper. Mit beiden Händen griff sie in seine dichten Haare und schmiegte sich noch enger an ihn. Es war wie in einem Traum. Von Weitem drangen lachende Stimmen an ihr Ohr, aber Amy dachte gar nicht daran, sich von Tad zu lösen, als diese Stimmen immer näher kamen. Es gab nur noch sie beide auf dieser Welt, nichts anderes war mehr wichtig.

Als Tad sie schließlich losließ, taumelte Amy, und er griff schnell zu, damit sie nicht das Gleichgewicht verlor. Ihr Blick war verschwommen, ihre Lippen schienen geschwollen von seinen leidenschaftlichen Küssen.

Noch einmal zog er sie an sich und küsste sie. Diesmal aber sanft und zärtlich, als wollte er, dass sie die Erinnerung daran niemals vergaß.

Wie lange hatten sie unter der alten Trauerweide gestanden? Waren es nur Minuten, eine halbe Stunde oder gar noch länger? Amy wusste es nicht. Sie hatte jegliches Zeitgefühl verloren. Nur eines wusste sie ganz genau – sie fühlte sich so lebendig und so durch und durch als Frau wie schon seit Jahren nicht mehr. Ihr Herz schlug schmerzhaft hart gegen ihre Brust, und sie glaubte, das Blut in ihren Adern zu spüren.

»Heute Nacht«, murmelte Tad, zog ihre Hände an seine Lippen und küsste sie.

Die Berührung seiner Lippen jagte ihr kleine Schauer über den Rücken. »Tad …« Amy versuchte, ihm ihre Hände zu entziehen, aber er hielt sie fest.

»Heute Nacht«, wiederholte er noch einmal.

»Ich kann nicht.« Amy sah, wie es in seinen Augen ärgerlich aufblitzte. »Tad, ich habe Angst.«

Ihr freimütiges Eingeständnis ließ seinen Ärger so schnell wieder verfliegen, wie er gekommen war. »Amy, warum?«

Sie gab keine Antwort, legte ihre Arme um seine Taille und schmiegte ihren Kopf an seine breite Brust. »Es tut mir leid«, flüsterte sie. »Ich habe schon einmal Angst vor dir gehabt, und jetzt ist diese Angst wieder da.« Und ich liebe dich, fügte sie in Gedanken hinzu. So wie früher – nein, noch mehr als vor drei Jahren.

»Amy.« Er griff nach ihren Schultern und hielt sie ein Stück von sich ab. »Ich kann dir diesmal nicht versprechen, dass ich auf dich warten werde. Ich kann dir auch nicht versprechen, dass ich sanft und zärtlich mit dir umgehen werde. Diesmal ist es anders.«

»Ja, es ist anders«, stimmte sie leise zu und sah ihn dabei nicht an. »Vieles hat sich geändert, Tad. Wahrscheinlich wäre es besser, viel besser für uns beide, wenn wir nicht wieder von vorn anfangen würden.«

Tad lachte leise auf. »Wir haben gar keine Wahl.«

»Doch, wir können es versuchen, uns aus dem Weg zu gehen.«

»Nein.«

Amy seufzte tief auf. »Tad, bitte dräng mich nicht so.«

Völlig übergangslos riss er sie wieder an sich. Seine Stimme klang rau. »Ich kann nicht anders, Amy. Kannst du das nicht verstehen? Jedes Mal, wenn ich dich ansehe, kommen die Fragen wieder, die ich mir all die Jahre hindurch gestellt habe. Warum hast du mich verlassen? Warum bist du einfach davongelaufen mit einem anderen Mann?«

Amy löste sich aus seiner Umarmung und griff nach seinen Händen. Sehr ernst sah sie ihn an, und was sie sagte, klang sehr eindringlich. »Tad, was auch immer mit uns geschieht, das geschieht jetzt. Hast du verstanden? Wenn überhaupt, dann fangen wir wieder ganz von vorn an. Die Vergangenheit ist passé, keine Fragen, keine Erklärungen. Glaub mir, ich meine es ernst, Tad. Ich werde dir keine Erklärungen abgeben, und ich weigere mich, in der Vergangenheit herumzuwühlen.«

»Das heißt also, ich werde nie eine Antwort auf meine Fragen bekommen?«

»Es geht nicht anders. Ich werde dir auch keine Fragen stellen.«

»Amy, du verlangst verdammt viel.«

Sie stand vor ihm, wagte nicht, ihn anzufassen. Dabei hätte sie sich so gern an ihn gelehnt und ihm geholfen, die Vergangenheit zu vergessen. Es musste doch möglich sein, dass sie nur noch für die Gegenwart und die Zukunft lebten. »Ja, ich weiß«, sagte sie leise. »Warum müssen wir uns nur immer wieder gegenseitig wehtun?«

»Ich wollte dir nie wehtun, Amy.«

Plötzlich glaubte sie, wieder Jess' Stimme an jenem Nachmittag im Hotel zu hören. Er will dir nicht wehtun. Ja, genau das hatte sie gesagt. »Das wollten wir beide nicht«, sagte Amy leise. »Und doch haben wir es getan. Ich habe Angst davor, dass es wieder passiert.«

»Amy, sieh mich an.« Mit beiden Händen griff er nach ihren Armen und hielt sie fest, bis sie langsam ihren Kopf hob und ihm in die Augen sah. »So, und jetzt sag mir noch einmal, dass du Angst hast.«

»Oh, Tad!« Seufzend lehnte Amy für einen Moment ihren Kopf gegen seine Brust. Dann hob sie den Blick wieder und sah ihn an. »Ich war mir so sicher, dass ich dir diesmal widerstehen könnte«, sagte sie leise.

»Und jetzt?«

»Ich weiß es nicht. Ich weiß gar nichts mehr.« Sie schüttelte den Kopf. »Gib mir etwas Zeit, Tad.«

Er öffnete schon den Mund, um zu widersprechen, aber dann überlegte er es sich doch anders. Er hatte drei Jahre gewartet, kam es da wirklich auf einen Tag mehr oder weniger an? »Okay, ich lasse dir etwas Zeit. Aber denk dran, Amy, beim nächsten Mal frage ich gar nicht erst.«

Als Amy nickte, legte er einen Arm um ihre Schulter und hielt mit dem anderen die tief hängenden Zweige der Trauerweide zur Seite. »Komm«, sagte er leise, »ich bring dich zurück.«

5. Kapitel

Es war das siebte Spiel im vierten Satz. Tad stand an der Grundlinie und erwartete Michaels Aufschlag. Die Luft war schwül, und am Himmel zogen dunkle Gewitterwolken auf. Aber Tad bemerkte das alles nicht. Nur zu Beginn des Spiels hatte er gesehen, dass das Stadion voller Leute war. Jetzt hörte er zwar noch ihre Anfeuerungsrufe, aber es war ihm gleichgültig, ob sie ihm oder seinem Gegner galten. Für ihn gab es jetzt nur noch das Spiel, das er gewinnen wollte.

Tennis – das Spiel für Einzelkämpfer. Und genau das war es, was Tad so zu diesem Sport hinzog. Wenn man verlor, konnte man nur sich selbst dafür verantwortlich machen, und wenn man siegte, gehörte einem der Triumph ganz allein.

Tad hatte sich darauf gefreut, im Halbfinale auf Michael zu treffen. Der Australier spielte mit sehr viel Gefühl und Temperament, gab keinen Ball verloren und verausgabte sich völlig, wenn es darum ging, das Spiel doch noch für sich zu entscheiden. Es gab so vier oder fünf Tenniskollegen, die Tad respektierte, und Michael gehörte ohne Zweifel dazu. Sein Sieg gegen ihn zählte für Tad doppelt.

In diesem Stadium des Spiels setzte Tad sein ganzes Können ein, um Michael den Aufschlag abzunehmen. Bisher hatte er noch keine Schwäche bei seinem Gegenüber erkennen können. Wie ein Boxer, der den anderen im Ring belauert und darauf wartet, dass er für einen Sekundenbruchteil einmal nicht voll konzentriert ist, so beobachtete auch Tad seinen Gegner – immer bereit, jeden noch so kleinen Fehler sofort für sich auszunutzen.

Tad hörte das Geräusch, als Michaels Schläger den Ball traf und ihn genau in die Ecke des Aufschlagfeldes setzte. Beinahe automatisch reagierte Tad. Seine enorme Schnelligkeit kam ihm dabei zugute, als er losspurtete und den Ball retournierte.

Beide Männer schenkten sich nichts in diesem Spiel. Ihre Laufarbeit war ausgezeichnet, die Gesichter glänzten vom Schweiß, und die Haare klebten ihnen auf der Stirn. Das Publikum ging begeistert mit, und seine Aufschreie vermischten sich mit dem fernen Donnergrollen.

Der lange Ballwechsel endete damit, dass Tad diesen Ball diagonal schlug, sodass er genau vor der Grundlinie aufschlug. Unerreichbar für Michael. Null : fünfzehn.

Tad strich sich mit seinem Schweißband am Handgelenk übers Gesicht und ging zurück zur Grundlinie. Michael schlug auf, Tad brachte den Ball zurück und spurtete dann sofort in die Mitte des Feldes. Jeder versuchte den anderen auszutricksen. Ohne Erfolg! Bis Michael den Fehler beging, einen »Lob« über Tad hinwegheben zu wollen. Tads Körper schnellte empor, er traf den Ball voll und schmetterte ihn so zurück, dass er kurz hinter dem Netz aufkam. Null : dreißig.

Für seinen nächsten Aufschlag nahm sich Michael viel Zeit. Immer wieder blickte er hinüber zu seinem Gegner, tippte den Ball noch einmal auf und wartete offenbar darauf, dass Tad nervös wurde. Der aber hatte sich in der Gewalt und stand scheinbar ganz ruhig. Als der Aufschlag dann endlich bei ihm ankam, entwickelte sich wieder ein langer Ballwechsel mit Grundlinienschlägen. Beide lauerten darauf, den anderen überlisten zu können.

Mit der Rückhand schlug Tad den Ball zurück. Michael hatte keine Mühe, ihn zu erlaufen, aber dann setzte er ihn ins Netz. Null : vierzig.

Es war Michael anzusehen, wie sehr er sich über diesen Fehler ärgerte. Wütend drosch er auch seinen ersten Aufschlag ins Netz. Beim zweiten hatte er sich dann wieder gefangen und platzierte ihn genau. Tad erreichte den Ball – und schlug ihn dann seinerseits ins Netz.

Die Spannung auf dem Platz war beinahe körperlich zu spüren. Das Publikum ging mit, unterstützte lautstark seinen jeweiligen Favoriten und wurde immer unruhiger, als keiner der beiden Spieler einen wirklichen Vorteil für sich herausarbeiten konnte.

Beiden klebten mittlerweile die Tennishemden am Körper. Jeder scheuchte den anderen über den Platz, um dann seinerseits wieder nach einem Ball hechten zu müssen. Für einen Laien unverständlich, wie perfekt Geist und Körper bei beiden zusammenarbeiteten. In Sekundenbruchteilen mussten sie entscheiden, wie sie den Ball zurückschlagen wollten, und durften dabei auch den Gegner nicht aus den Augen lassen, um ihn womöglich auf dem falschen Fuß zu erwischen und so das Spiel zu gewinnen.

Beide suchten die Entscheidung, aber es war Tad, der schließlich das Risiko einging und einen Ball so kurz spielte, dass er gerade noch über die Netzkante ging – unerreichbar für Michael. Spiel und Satzgewinn für Tad!

»Oh, Mac!« Jess lehnte sich in ihren Sitz zurück und schloss für einen Moment die Augen. »Ich hatte fast vergessen, wie aufregend es ist, Tad zuzuschauen.«

»So lange ist das noch gar nicht her. Du hast ihn vor einigen Wochen noch gesehen.« Mac zog ein Taschentuch hervor und wischte sich damit über das Gesicht.

»Aber nur im Fernsehen«, widersprach Jess. »Das ist etwas ganz anderes. Da hat man nicht die Atmosphäre, diese Spannung. Das musst du doch auch spüren, oder?«

»Eigentlich spüre ich im Moment nur die drückende Schwüle.«

Jess schüttelte lachend den Kopf. »Du stehst eben immer mit beiden Füßen auf der Erde, Mac.« Sie lehnte sich zu ihm und gab ihm einen Kuss. »Aber das ist es ja gerade, was ich so an dir liebe.«

Mac zog die Hände seiner Frau an die Lippen und küsste sie.

Plötzlich spürte er, wie sie erstarrte. Er folgte ihrem Blick und sah, dass er auf Amy Wolfe gerichtet war.

»Ist das nicht die frühere Lady Wickerton?«, fragte er. »Sie sieht sehr gut aus.«

»Ja.« Ihre Stimme klang ruhig, aber ihre Hände waren immer noch um die ihres Mannes gekrampft. »Ja, sie sieht wirklich sehr gut aus.«

»Sie hat das Spiel heute Morgen gewonnen. Damit haben wir eine Amerikanerin im Endspiel.« Es war so, als hätte Jess gar nicht gehört, was ihr Mann gesagt hatte. »Sie hat eine Zeit lang nicht gespielt, nicht wahr?«, versuchte Mac noch einmal, die Aufmerksamkeit seiner Frau wieder auf sich zu lenken.

»Ja.«

Mit hochgezogenen Brauen sah Mac sie an. Irgendetwas stimmte nicht mit Jess. »Hatte Tad nicht eine Affäre mit ihr?«

»Nicht direkt.« Jess musste sich räuspern, bevor sie weitersprechen konnte. »Außerdem ist das lange vorbei. Sie ist gar nicht Tads Typ. Amy ist sehr kühl und beherrscht, sie passt wohl eher zu einem Lord als zu meinem Bruder. Eine Weile hatte er eine Schwäche für sie, das ist alles.« Jess fuhr sich mit der Zunge über die Lippen und vermied es, ihren Mann anzusehen. »Und sie hat es wohl auch nicht ernst gemeint, sonst hätte sie ja wohl kaum so schnell diesen Wickerton geheiratet. Diese Amy hat Tad unglücklich gemacht, sehr unglücklich sogar.«

»So, so«, murmelte Mac und ließ Jess dabei nicht aus den Augen. Es war sonst gar nicht ihre Art, eine solch vorgefasste Meinung über einen Menschen zu haben. Außerdem hatten ihre Worte so geklungen, als müsste sie sich verteidigen. Mac erschien die Sache immer seltsamer. »Ich nehme an, Tad ist viel zu sehr mit seiner Karriere beschäftigt, als dass er sich wirklich ernsthaft nach einer Frau umsehen würde, oder?«

»Ja.« Wieder kam ihm diese Zustimmung eine Spur zu schnell. »Ja, Tad hätte Amy niemals gehen lassen, wenn er sie tatsächlich geliebt hätte. Dafür ist er viel zu besitzergreifend.«

»Und stolz«, fügte Mac ruhig an. »Ich bin sicher, dass er niemals einer Frau nachlaufen würde – ganz gleichgültig, wie sehr er sie mag.«

Jess wandte sich etwas ab und sah starr geradeaus. Das Stadion Roland Garros war nicht mehr da, in ihren Gedanken war sie wieder auf dem beinahe leeren Rasenplatz von Forest Hills; Tad hatte sich auf das Gitter gestützt und sah hinunter auf den Centre-Court.

Jess kam er vor wie ein Kapitän auf der Brücke seines Schiffes. Sie liebte ihren Bruder sehr, und in solchen ruhigen Augenblicken war sie sich dieser Liebe ganz besonders bewusst. Er war alles für sie – Bruder, Vater, Held. Er hatte es ermöglicht, dass sie jetzt in einem schönen Haus lebte, er hatte für ihre Ausbildung gesorgt – und doch hatte Tad weder sie noch ihre Mutter jemals spüren lassen, dass er es war, der das alles ermöglicht hatte.

Jess ging zu ihm, legte einen Arm um seine Taille und lehnte ihren Kopf gegen seine Schulter.

»Denkst du an das Spiel heute Nachmittag?«, fragte sie leise. Tad musste gegen Chuck Prince im Finale antreten.

»Hm?« Tad war mit seinen Gedanken ganz weit weg gewesen. »Nein, eigentlich nicht«, antwortete er.

»Ist es nicht ein seltsames Gefühl, ausgerechnet gegen deinen besten Freund spielen zu müssen?«

»Daran darf man während des Spiels nicht denken.«

Jess spürte, dass er sich nicht wohlfühlte. Er war unruhig, und irgendetwas schien ihm Sorgen zu bereiten. Sie legte ihren Arm etwas fester um seine Taille. »Tad, was ist los?«

»Nichts, ich bin nur etwas unruhig.«

»Hattest du Krach mit Amy?«

»Nein, wie kommst du darauf?«, meinte er kurz.

Danach verfiel er wieder in Schweigen, und das trug nicht gerade dazu bei, dass Jess beruhigt gewesen wäre. Außerdem beobachtete sie seine Affäre mit Amy schon einige Zeit. Noch nie hatte ihr Bruder es so lange mit einer Frau ausgehalten. Das war ganz ungewöhnlich für ihn.

Für Jess war Amy eine Frau, die sie nicht einordnen konnte. Ihre kühle Beherrschtheit, die sie auch ihr gegenüber nie aufgegeben hatte, deutete Jess als Arroganz. Diese Frau hing nicht so an ihrem Bruder wie all die anderen Frauen vorher. Sie nahm nicht jedes Wort von Tad für bare Münze, und sie himmelte ihn nicht an.

»Denkst du eigentlich jemals an die Vergangenheit, Jess?«, unterbrach Tad ganz unerwartet ihre Gedanken.

»An die Vergangenheit?«

»Ja, als wir beide noch Kinder waren.« Sein Blick ging über den Platz, aber er schien nichts davon zu sehen. »Diese kleine, schäbige Wohnung, die wir damals hatten. Kannst du dich noch an die erinnern? Und an die De Marcos nebenan, die sich ständig so laut stritten, dass wir alles mithören konnten? Im Flur roch es nach billigen Kohlgerichten und manchmal auch nach Alkohol.«

Der Klang seiner Stimme beunruhigte Jess. Irgendetwas bedrückte ihn. Wenn sie ihm doch nur helfen könnte! »Nein, nicht oft«, flüsterte sie. »Ich kann mich auch nicht mehr an alle Einzelheiten erinnern. Als du uns da herausgeholt hast, war ich ja noch nicht einmal fünfzehn.«

»Ich zweifle manchmal daran, dass man seine Vergangenheit je abstreifen kann.« Sein Blick war starr geradeaus gerichtet. »Die Wohnung, der Geruch. Ich kann das einfach nicht vergessen. Ich habe Amy einmal gefragt, an welchen Geruch sie sich erinnert, wenn sie an ihre Kindheit zurückdenkt. Sie sagte, an den Duft der Blumen, der an lauen Sommerabenden durch ihr geöffnetes Kinderzimmerfenster drang.«

»Tad, ich versteh das alles nicht.«

Er seufzte und wandte sich dann wieder seiner Schwester zu. »Ich auch nicht.«

»Das alles liegt doch weit zurück.«

»Ja, das stimmt. Aber vergessen kann ich es trotzdem nicht. Gestern Abend waren wir zum Essen aus. Plötzlich kam dieser Lord Wickerton an unserem Tisch vorbei. Er blieb stehen und begann mit Amy ein Gespräch über französische Impressionisten, die er gerade vorher in einer Ausstellung gesehen hatte. Es waren noch keine fünf Minuten vergangen, da wusste ich gar nicht mehr, über was die beiden sich überhaupt unterhielten.«

Schuldbewusst dachte Jess, dass sie das sehr wohl gewusst hätte. Aber warum? Nur deshalb, weil Tad es ihr ermöglicht hatte, zum College zu gehen. Er selbst hatte diese Möglichkeit nie gehabt. »Du hättest ihm sagen können, er solle verschwinden.«

Tad lachte und gab ihr einen Kuss auf die Wange. »Daran hab ich auch gedacht.« Plötzlich wurde er ganz ernst. »Aber dann habe ich die beiden beobachtet. Sie verstanden sich, sprachen die gleiche Sprache. Ich glaube, in dem Moment habe ich eingesehen, dass es unüberwindbare Hindernisse für Leute wie mich gibt.«

»Das ist nicht wahr, Tad. So etwas kann man nachholen.«

»Vielleicht.« Er zuckte mit den Schultern, und von einer Sekunde zur anderen wurde er wütend. »Ach was! Was kümmern mich die französischen Impressionisten? Was kümmert es mich, dass Amy und dieser Wickerton gemeinsame Freunde haben, die um einige Ecken mit der englischen Königin verwandt sind? Oder wer das letzte Rennen in Ascot gewonnen hat?«

Jess spürte, dass der Grund für seinen Zorn Hilflosigkeit war, und unwillkürlich gab sie dafür Amy die Schuld. »Amy sollte sich schämen, diesen englischen Lord auch noch zu ermutigen. Seit Paris ist er ständig hinter ihr her.«

Tad lachte grimmig. »Sie ermutigt ihn nicht, Jess. Die beiden haben nur die Art Unterhaltung gepflegt, die in diesen Kreisen üblich ist. Davon verstehen wir beide nichts, kleine Schwester. Amy ist anders als wir. Das habe ich von Anfang an gewusst.«

»Trotzdem hätte sie ihm sagen müssen, er soll verschwinden.«

»Nein, Jess. Das konnte sie nicht.«

»Amy ist eine kalte Frau.«

»Nein, sie ist nur anders als wir.« Tad nahm das schmale Gesicht seiner Schwester in beide Hände. »Du und ich, Jess, wir sind gleich. Wenn uns danach zumute ist, dann schreien wir und werfen voller Wut etwas gegen die Wand. Es gibt aber Menschen, die das nicht können.«

»Dann sind sie selbst schuld.«

Tad lachte laut auf und gab seiner Schwester einen Kuss auf die Stirn. »Jess, meine kleine Schwester, ich liebe dich.«

Sie schlang beide Arme um ihn und schmiegte ihren Kopf an seine Brust. »Ich dich auch, Tad. Und ich kann es nicht ertragen, wenn du unglücklich bist. Warum lässt du es zu, dass sie dir so wehtut?«

Tad zog die Brauen hoch und strich ihr übers Haar. »Das habe ich mir auch schon überlegt«, sagte er nach einer Weile nachdenklich. »Vielleicht … nun, vielleicht fehlt mir nur noch der Anstoß in die richtige Richtung.«

Jess hielt ihn fest und dachte nach, wie sie ihm helfen könnte …

Fünfter Satz, zehntes Spiel. Der Schiedsrichter brachte es kaum noch fertig, das Publikum ruhig zu halten. Chuck, der zwischen Amy und Madge auf der Tribüne saß, lehnte sich vor. Seine Muskeln waren angespannt, als stünde er selbst auf dem Platz, und auf seiner Stirn glänzten Schweißtropfen.

»Das ist das beste Spiel, das ich seit mindestens zwei Jahren gesehen habe«, sagte er, ohne den Blick auch nur ein Mal vom Platz zu nehmen.

Amy gab ihm keine Antwort. Auch ihre Augen waren nur auf das Spielfeld gerichtet. Der kleine gelbe Ball erreichte Geschwindigkeiten, dass sie manchmal Mühe hatte, ihm überhaupt mit den Augen zu folgen.

Sie bewunderte Michaels wirklich ausgezeichnetes Spiel, aber dieses Kribbeln im Magen, die ungeheure Spannung – das war nur auf Tad zurückzuführen. Ob wohl jemals in ihrem Leben eine Zeit kommen würde, wo er keine Macht mehr über sie hatte? Amy konnte es sich nicht vorstellen. Nur er brachte es fertig, dass sie ihre kühle Beherrschtheit verlor. Wie war das möglich? Stimmte das alte Sprichwort doch, dass Gegensätze sich anziehen? Nein, so einfach konnte die Antwort nicht sein.

Amy saß mitten unter den Leuten in dem vollen Stadion, und doch war ihre Sehnsucht nach Tad so groß, als läge sie nackt in seinen Armen. Es kam ihr gar nicht in den Sinn, sich deswegen zu schämen. Es war nur natürlich. Viel zu lange hatte sie ohne ihn auskommen müssen. Welch eine verlorene Zeit, dachte sie plötzlich. »Heute Nacht ...« Wenn sie daran dachte, rieselten ihr kleine Schauer über den Rücken, und sie hatte keine Angst mehr. Heute Nacht würden sie wieder zusammen sein – und wenn es nur für ein Mal wäre, wenn er gar nicht mehr wollte, als noch ein Mal über sie zu triumphieren – es war ihr egal!

Erst als Chuck sie erstaunt ansah, merkte Amy, dass sie laut aufgelacht hatte. »Er gewinnt«, sagte sie und lehnte sich nach vorn. »Oh, ja! Er wird gewinnen.«

Sein rechter Arm schmerzte, aber Tad achtete nicht darauf. Seine Beinmuskeln waren so angespannt, dass er wohl nicht mehr würde aufstehen können, wenn er sich jetzt hinsetzte. Aber das alles nahm er nur im Unterbewusstsein wahr. Sein Siegeswille war ungebrochen und noch genauso stark wie damals als kleiner Junge.

Nur noch ein Punkt fehlte ihm zum Sieg, und trotzdem spielte er noch mit dem gleichen Risiko wie im ersten Satz. Tad jagte den Australier über den Platz, schonte sich selbst aber genauso wenig. Dreimal sagte der Schiedsrichter Einstand an. Das Publikum feuerte beide Akteure frenetisch an. Tad schlug ein Ass. Vorteil. Der Ball von Michael kam, Tad erwischte ihn etwa in Hüfthöhe mit der Vorhand – und Michael wusste, dass er verloren hatte.

Spiel, Satz und Sieg für Tad.

In seiner ersten, überschäumenden Freude wollte Tad sich auf die Knie sinken lassen, aber plötzlich spürte er die Schmerzen in seinen Beinen. Jetzt, wo das Spiel vorüber war, meldete sich sein Körper. Er ging auf das Netz zu und streckte Michael die Hand entgegen.

Michael legte ihm einen Arm um die Schulter, als sie gemeinsam zum Schiedsrichter gingen. »Verdammt, Starbuck. Du hast mich beinahe umgebracht.«

Tad lachte. »Du mich auch.«

Nachdem sie dem Schiedsrichter die Hand geschüttelt hatten, sah sich Tad den klickenden Kameras der Reporter gegenüber. Er bahnte sich eine Gasse zu seinem Stuhl, nahm sein Handtuch und hielt es für einige Sekunden vor sein Gesicht. Jetzt fiel die ganze Anspannung von ihm ab, und er spürte, wie sehr ihm dieses Spiel in die Knochen gegangen war. Als er das Handtuch wieder wegnahm, sah er in Amys Gesicht.

Wie blau ihre Augen sind, dachte er. Blau und unergründlich tief.

»Herzlichen Glückwunsch.« Sie lächelte ihm zu.

»Danke.« Tad nahm ihr die Tasche aus der Hand, die sie schon für ihn aufgehoben hatte, und für einen Augenblick berührten sich ihre Finger.

»Die Presse wird wohl drinnen schon auf dich warten.« Als Amy sah, wie er die Augen verdrehte, trat sie lächelnd noch einen Schritt näher. »Darf ich dich zum Essen einladen?«

Überrascht blickte er sie an. »Gerne.«

»Dann treffen wir uns um sieben in der Hotelhalle. Okay?«

»Okay.«

»Starbuck, was glauben Sie, wann ist das Spiel zu Ihren Gunsten umgekippt?«

»Mit welcher Taktik werden Sie gegen Prince im Endspiel antreten?«

Tad hörte die Fragen der Reporter, aber er gab keine Antwort. Seine Augen folgten Amy, die sich einen Weg durch die Menge am Spielfeldrand bahnte.

Erleichtert seufzte Tad auf, als er endlich unter der Dusche stand. Jetzt störten ihn auch die Fragen der Reporter nicht mehr, von denen einer sich bis in den Duschraum vorgewagt hatte. Tad beantwortete ihm seine Fragen, prustete zwischendurch, wenn er das kühle Wasser über seinen Kopf laufen ließ, und gab sich keine Mühe, über seine Antworten lange nachzudenken. Im Grunde war es ihm gleichgültig, was die Presse über ihn schrieb, er las die Artikel sowieso nie.

Jemand von den Betreuern kam und reichte ihm ein Glas Saft. Tad beugte sich vor, ließ das Wasser über seinen Rücken rinnen und trank das Glas leer. Als er sich abgetrocknet hatte, spürte er die schmerzenden Muskeln wieder. Es fiel Tad schwer, den Weg bis zum Massageraum zurückzulegen. Seufzend ließ er sich auf die Pritsche fallen und schloss die Augen.

Die starken Hände des Masseurs leisteten ganze Arbeit. Tad musste die Zähne zusammenbeißen, um nicht zu schreien. Mit geschlossenen Augen, die Hände in das Laken gekrampft, ließ er die Tortur über sich ergehen. Er versuchte, sich auf seinen Sieg zu konzentrieren, um den er so verbissen gekämpft hatte. Aber immer wieder schoben sich vor seine geschlossenen Augen zwei andere – blau und unergründlich.

Der Boden der Hotelhalle war aus Marmor – hellem, glänzendem Marmor. Was Madge zu dem Ausspruch veranlasst hatte, dass sie den lieber nicht sauber halten wolle. Worauf ihr Mann ganz trocken erwiderte, dass sie doch noch nicht einmal einen Besen von einem Mopp unterscheiden könnte.

Amy hörte die Unterhaltung der beiden, ohne sich daran zu

beteiligen. Immer wieder sah sie auf ihre Armbanduhr. Es war zehn Minuten vor sieben.

Sehr sorgfältig hatte Amy an diesem Abend ihre Garderobe ausgesucht. Sie trug ein pfirsichfarbenes Seidenkleid, hochhackige Pumps und als einzigen Schmuck Ohrclips mit kleinen, sanft schimmernden Perlen.

»Wohin geht ihr zum Essen?«

»In ein kleines Restaurant auf der linken Seite der Seine«, antwortete sie Madge.

Erinnerungen an den Abend damals mit Tad in diesem verschwiegenen Lokal stiegen in ihr hoch. Einer der Musiker war so lange immer wieder um ihren Tisch gestrichen, bis Tad ihm schließlich eine Dollarnote zusteckte und ihm begreiflich machte, er solle verschwinden.

Ein Blitz erhellte die Hotelhalle, und gleich darauf gab es einen krachenden Donner. »Es wird schwierig, bei dem Wetter ein Taxi zu bekommen«, meinte Madge und lehnte sich in ihren Sessel zurück. »Hast du Tad nach dem Spiel schon gesehen?«

»Nein.«

»Chuck hat erzählt, dass sowohl Tad als auch Michael auf den Massagepritschen eingeschlafen seien.« Madge kicherte und schlug ihre Beine übereinander. »Ein französischer Fotoreporter hat dabei wohl die Fotos seines Lebens gemacht – zwei müde Helden nach dem Kampf.«

»Tennisspieler sind eben auch nur Menschen«, meint ihr Mann trocken.

»Aber solche Fotos werden ihrem Ruf als gestandene Athleten nicht gerade förderlich sein.«

Amy lächelte und dachte daran, wie jung und verletzlich Tad aussah, wenn er schlief. Wenn die geschlossenen Lider das Feuer in seinen Augen verbargen, erinnerte er sie immer an einen kleinen Jungen, der erschöpft vom Spiel auf der Straße eingeschlafen war.

»Sieh mal, ist das nicht Tads Schwester?«

Amy drehte hastig den Kopf. Sie sah Jess und Mac durch die Hotelhalle gehen. »Ja.« Jess hatte sie ebenfalls gesehen, und nach einem kurzen Zögern griff sie den Arm ihres Mannes und führte ihn zu der kleinen Gruppe.

»Hallo, Amy.«

»Jess.« Es war Jess anzumerken, dass sie sich nicht ganz wohl in ihrer Haut fühlte. »Ich glaube, du kennst meinen Mann noch gar nicht. Mackenzie Derick, Lady Wickerton.«

»Amy Wolfe«, verbesserte Amy und nahm Macs Hand. »Sind Sie mit Martin verwandt?«

»Ja, er ist mein Onkel. Kennen Sie ihn?«

Amy lächelte. »Ja, sehr gut sogar.« Sie stellte Mac den anderen vor, und er beobachtete sie dabei sehr genau. Kühl hatte seine Frau Amy genannt. Ja, oberflächlich betrachtet war sie das wohl, aber Mac spürte, dass darunter ein Vulkan brannte, der jederzeit ausbrechen konnte. Zum ersten Mal fragte er sich, ob Jess die Gefühle ihres Bruders wohl richtig eingeschätzt habe.

»Sind Sie auch ein Tennisfan, Mr. Derick?«, wollte Amy wissen.

»Nennen Sie mich doch bitte Mac«, bot er mit einem freundlichen Lächeln an. »Und was Ihre Frage betrifft – nein, ich bin kein Tennisfan. Sehr zum Leidwesen meines Onkels übrigens.«

Amy lachte. »Martin soll sich damit zufriedengeben, dass er Tad hat.« Dann wandte sie sich Jess zu, die steif neben Madge Platz genommen hatte. »Wie geht es deiner Mutter?«

»Danke, gut.« Sie wich Amys Blick nicht aus, aber ihre Finger spielten nervös mit dem Stoff ihres Kleides. »Pete ist bei ihr.«

»Pete?«

»Unser Sohn.«

Amy zuckte zusammen. Mac sah, dass die Knöchel ihrer Finger plötzlich weiß wurden, so fest umklammerte sie die

Armlehne des Sessels. »Ich wusste gar nicht, dass du ein Baby bekommen hast. Ada ist bestimmt wahnsinnig stolz. Wie alt ist er?«

»Vierzehn Monate.« Als Jess von ihrem Sohn sprechen konnte, überwand sie ihre anfängliche Nervosität sehr schnell. Sie griff in ihre Tasche. »Mom sagt, dass er Tad sehr ähnlich sehe.« Damit zog sie ein Foto hervor und reichte es Amy. Es blieb Amy nichts anderes übrig, als es auch zu nehmen.

Das Baby hatte dichtes dunkles Haar, wie das seiner Mutter – und das von Tad. »Ein sehr hübsches Baby«, hörte Amy sich sagen und wunderte sich, wieso ihre Stimme so ruhig klang, während in ihr alles in Aufruhr war. »Du musst sehr stolz auf deinen Sohn sein.«

»Jess meint, er solle wenigstens zwölf sein, wenn er sich zum ersten Mal um das Amt des Präsidenten bewirbt.«

Amy lächelte, aber Mac stellte sofort fest, dass das Lächeln diesmal ihre Augen nicht erreichte. »Hat Tad ihm schon einen Tennisschläger gekauft?«

»Sie scheinen ihn aber gut zu kennen«, meinte Mac.

»Ja.« Amys Augen richteten sich starr auf Jess. »Tennis und seine Familie – das spielt bei Tad immer die erste Rolle.«

»Ich kann mich noch gut erinnern«, mischte Madge sich in die Unterhaltung ein, »wie Jess immer ihre Fingernägel abgekaut hat, während sie Tad beim Spiel zusah. Und jetzt ist sie selbst schon Mutter. Wie schnell doch die Zeit vergeht.«

Jess streckte lachend ihre Hände vor. »Aber einige Dinge ändern sich nie. Ich kaue mir immer noch die Fingernägel ab, wenn ich meinem Bruder beim Spielen zusehe.«

Amy sah ihn zuerst. Tad trat aus dem Aufzug. Er trug schmal geschnittene schwarze Hosen und ein hellgraues Hemd. Sicher hatte er nicht bewusst dieses Hemd ausgewählt, weil es so gut zur Farbe seiner Augen passte, sondern es war einfach das erste gewesen, das ihm in die Finger gekommen war. Amy wusste, dass er nie viel Wert auf seine Kleidung gelegt hatte.

Aber glücklicherweise gehörte er zu den wenigen Menschen, die anziehen konnten, was sie wollten, und trotzdem immer gut aussahen.

»Da kommt Tad!« Jess sprang auf und lief auf ihn zu. »Ich habe dir noch gar nicht gratuliert. Du hast wundervoll gespielt.«

Tad nahm seine Schwester in die Arme, aber über ihren Kopf hinweg sah er Amy an. Sie saß ganz still und sagte kein Wort.

»Nun, Starbuck, heute hast du dir dein Preisgeld wirklich verdient«, sagte Madge. »Der Professor und ich gehen mit Michael ins ›Lido‹, um ihn etwas abzulenken.«

»Dann bestell ihm, dass ich während des Spiels drei Pfund abgenommen habe«, sagte Tad.

»Ich glaube kaum, dass er sich besser fühlt, wenn wir ihm das sagen«, antwortete Madge und stand auf. »So, wir werden jetzt versuchen, ein Taxi zu bekommen. Will jemand mit uns fahren?«

Mac begriff sofort. »Jess und ich wollen auch in die Stadt.«

»Tad, was ist mit dir? Kommst du mit?« Madges Mann konnte nur mit Mühe einen Aufschrei unterdrücken, als seine Frau ihm daraufhin ihren Absatz auf den Fuß drückte. Verblüfft sah er sich um, und allmählich dämmerte es auch ihm, dass da etwas im Gange war, von dem er keine Ahnung hatte. »Wohl nicht, hm?«, fragte er grinsend.

»Manchmal bist du wirklich unglaublich schnell«, murmelte seine Frau und wandte sich dann strahlend an den Rest der Gruppe. »Okay, wir sind so weit. Dann mal los.«

Als alle zur Tür gingen, stand Amy langsam auf und streckte Tad beide Hände entgegen. Sie sahen sich nur an, sprachen kein Wort und drehten sich dann wie auf ein geheimes Kommando um. Tad legte einen Arm um ihre Schultern, als sie zum Aufzug gingen.

6. Kapitel

Tad ließ sie auch im Aufzug nicht los. Er drückte den Knopf, und als die Tür sich öffnete, führte er Amy den langen Flur entlang.

Tad zog seinen Zimmerschlüssel aus der Tasche. Dann ließ er sie los, schloss die Tür auf und sah sie an. Noch hatte sie die Wahl. Sie ging hinein in das dunkle Zimmer.

Der Raum duftete nach ihm. Das war das Erste, was sie denken konnte. Plötzlich war die Nervosität wieder da. Sie ging durch den Raum und suchte verzweifelt nach den richtigen Worten, um eine Unterhaltung zu beginnen.

Nur schemenhaft nahm sie wahr, dass die gleiche Unordnung herrschte, die sie von ihm noch so gut kannte. Hier lag ein Hemd, dort ein Schuh. Und wenn sie den Kleiderschrank öffnen würde, wäre das einzig wirklich Ordentliche die Ansammlung von Tennisschlägern, die Tad immer sauber gestapelt auf dem Boden des Kleiderschranks aufbewahrte.

»Das Unwetter wird wohl die ganze Nacht anhalten.«

Als wollte der Wettergott ihre Worte unterstreichen, blitzte es im selben Augenblick durch die schweren Vorhänge. Amy zog sie etwas beiseite und sah hinaus in den Regen. Wenn Tad doch nur etwas sagen würde!

Sie hörte das Trommeln des Regens, der gegen das Fenster klatschte. Der Straßenlärm drang nur gedämpft herauf und wurde von dem einsetzenden Donner übertönt. Schließlich konnte sie das Schweigen nicht mehr ertragen. Sie drehte sich um und sah ihn an.

Tad stand immer noch an der Tür und blickte zu ihr herüber. Er hatte die kleine Nachttischlampe angeknipst, die in dem großen Zimmer nur schwaches Licht verbreitete.

Amy wusste, dass es kein Zurück mehr gab. Er hatte ihr noch eine Chance vorhin an der Tür gelassen. Jetzt würde er sie nicht mehr gehen lassen. Aber sie hatte keine Angst – im Gegenteil, sie war erleichtert, dass die Entscheidung gefallen war. Ihre Finger zitterten leicht, als sie an die Schnalle ihres Gürtels griff und ihn öffnete.

Mit wenigen Schritten war er bei ihr und hielt ihre Hände fest. Amy sah ihn verblüfft an. Sie war nicht weniger nervös als damals, beim ersten Mal. Ohne ein Wort zu sagen, nahm er ihr Gesicht in beide Hände und sah sie an.

Seine Augen waren eine Spur dunkler als sonst. Hatte sie immer noch Angst? Ihre Arme hingen an ihrem Körper herab, als hätte sie sich ergeben. Aber gerade das wollte Tad nicht. Wusste sie das nicht mehr?

Als er langsam seinen Kopf beugte, schlossen sich ihre Augenlider, und ihre Lippen öffneten sich leicht. Zärtlich küsste er ihre Stirn, dann ihre Wangen. Er hatte keine Eile. Wenn seine Lippen in die Nähe ihres Mundes kamen, versuchte Amy, ihn zu einem Kuss zu zwingen. Aber er wich ihr immer wieder aus.

Seine Daumen strichen über ihre Wangen, und als er ganz zart und beinahe spielerisch ihre Mundwinkel küsste, stöhnte sie auf und griff nach seinen Armen. Das war es, was er wollte. Sie sollte zeigen, dass sie mehr wollte, und sich nicht nur seiner größeren Kraft ergeben.

Wieder berührten seine Lippen nur ganz sanft ihren Mund. Diesmal jedoch warf Amy besitzergreifend ihre Arme um seinen Nacken, zog ihn fester zu sich und presste ihre Lippen auf seinen Mund.

Tad stöhnte auf, als sie endlich die Reaktion zeigte, auf die er gewartet hatte. Fest umschlang er sie mit den Armen und spürte ihren Körper.

»Zieh mich aus«, murmelte Amy zwischen zwei Küssen mit rauer Stimme. »Ich möchte, dass du mich ausziehst.«

Immer noch ohne Eile kam er ihrem Wunsch nach. Während

er langsam den Reißverschluss herunterzog, ließ er seine Fingerspitzen über ihre Haut gleiten.·

Ungeduldig nahm Amy die Hände von seinem Nacken und begann, sein Hemd aufzuknöpfen. Sie spürte die Muskeln und konnte es nicht erwarten, bis sie den Stoff zur Seite schieben und ihre Finger in den krausen Haaren auf seiner Brust vergraben konnte.

Aber auch das genügte ihr nicht: Sie griff nach seiner Gürtelschnalle, als seine Hände sie erneut stoppten. »Nicht so hastig«, murmelte er und küsste sie. »Komm ins Bett.«

Amy ließ sich von ihm zum Bett führen. »Das Licht«, flüsterte sie, als sie nebeneinanderlagen.

Tads Hand strich zart über ihren Hals, während seine Augen ihren Blick nicht losließen. »Ich will dich sehen«, antwortete er und presste seinen Mund auf ihre Lippen, als ein Blitz das Zimmer erhellte und gleich darauf der grollende Donner ertönte.

Amy versuchte noch mehrmals, ihn ungeduldig zu drängen. Aber jedes Mal widerstand er ihr. Es schien, als wäre Tad damit zufrieden, sie zu küssen und mit seinen Lippen ihr so lange entbehrtes Gesicht zu erkunden. Amys Körper schmiegte sich an ihn, und ihre Bewegungen zeigten unmissverständlich, dass sie mehr wollte.

Ihr Verlangen erregte ihn, aber noch behielt Tad die Kontrolle. Seine Hand strich jetzt langsam über ihren ganzen Körper. Er spürte, wie ihre Brustspitzen hart wurden. Er beugte sich vor, fasste den Träger des Kleides mit seinen Zähnen und zog ihn von ihrer Schulter.

»Du bist wunderschön«, murmelte er, während er den zweiten Träger mit der Hand ebenfalls herunterschob.

Als Amy bis zur Taille nackt vor ihm lag, begann er seine Erkundungen sehr zärtlich mit den Fingerspitzen, ließ aber dann bald seine Lippen folgen. Als er die zarten Knospen ihrer Brüste mit seiner Zunge umspielte, stöhnte Amy auf. Sie konnte in diesem Augenblick nicht mehr länger warten.

Mit ungeahnter Kraft zog sie Tad auf sich und begann nun ihrerseits, ihn auszuziehen. Sie schob das Hemd von seinen Schultern und presste seinen nackten Oberkörper an ihren. Endlich spürte sie seine Haut wieder an ihrer. Wie lange hatte sie sich danach gesehnt!

Es hatte ihn immer schon unglaublich erregt, wenn Amy die Maske der Lady fallen ließ und nur noch eine wilde, leidenschaftliche Frau in seinen Armen war. Und auch diesmal war es nicht anders. Er gab jeden Versuch auf, zärtlich und sanft zu ihr zu sein. Er wusste, dass es nicht das war, wonach sie verlangte.

Sein Atem kam rau, als er mit einigen schnellen Bewegungen ihr auch noch die restlichen Kleidungsstücke auszog. Amy ließ ihm keine Gelegenheit, ihren nackten Körper zu bewundern. Ihre Finger zitterten, als sie den Gürtel seiner Hose öffnete.

Ihre Bewegungen wurden immer unkontrollierter, während sie eng umschlungen über das Bett rollten, bis endlich auch das letzte Teil auf dem Boden landete. Sie konnten beide nicht länger warten.

Amy schrie auf, als er zu ihr kam, und für einen Moment dachte Tad zurück an den Tag, als er ihr die Unschuld genommen hatte. Mit Armen und Beinen klammerte sie sich an ihn, als könnte sie nach diesen drei einsamen Jahren nicht genug von ihm bekommen.

Seine Hand lag auf ihrer Brust. Amy seufzte wohlig auf. Sie konnte sich nicht erinnern, dass es jemals so schön gewesen war. Ein Zittern lief durch ihren Körper, als sie an die Zeit ohne Tad dachte. Sie rückte näher zu ihm.

»Ist dir kalt?« Tad zog sie enger an sich, bis ihr Kopf an seiner Schulter ruhte.

»Ein bisschen.« Sie kuschelte sich an seinen Körper.

Ich bin frei, dachte sie immer wieder und hätte vor Freude darüber am liebsten laut gejubelt. Frei, Tad zu lieben, mit ihm zu lachen, das gemeinsame Leben zu genießen.

Amy stützte sich auf ihren Ellenbogen und sah ihm ins Gesicht. »Ich habe mich so sehr nach dir gesehnt, Tad«, gestand sie leise und verbarg ihr Gesicht an seinem Hals.

»Amy …«

»Nein, Tad. Keine Fragen, bitte!« Verzweifelt, als könnte sie ihn damit zum Schweigen bringen, verteilte sie Küsse über sein Gesicht. »Lass mich bei dir bleiben. Ich möchte diese Nacht mit dir verbringen, möchte mit dir lachen – so wie früher, bitte!«

Tad nahm ihr Gesicht zwischen seine Hände und zwang sie, ihn anzusehen. Ihre Augen waren flehentlich auf ihn gerichtet. Nein, heute Nacht wollte er nicht, dass sie verzweifelt war. Er zwang sich dazu, die quälenden Fragen zu unterdrücken und lächelte sie an.

»Ich dachte, du wolltest mich zum Essen einladen.«

Erleichtert lachte Amy leise auf. »Ich weiß überhaupt nicht, wovon du sprichst.«

»Du hast dich mit mir dazu verabredet.«

»Ich mich mit dir?« Ungläubig zog sie die Brauen hoch. »Ich glaube, du warst heute zu lange in der Sonne, Tad Starbuck.«

Lachend griff er nach ihr, rollte sich auf den Rücken und zog sie mit. »Ich habe aber Hunger.«

»Tatsächlich? Sollte ich deinen Hunger immer noch nicht gestillt haben?«

Immer noch lachend, begann Tad, an ihrem Ohr zu knabbern. Sie wehrte sich, aber er ließ sie nicht los. »Ich muss etwas essen«, grollte er. »Und wenn ich nicht bald etwas zwischen die Zähne bekomme, muss dein Ohr daran glauben.«

Amy kannte ihn zu gut, um nicht doch noch einen Trick zu finden, wie sie ihm entkommen konnte. Sie griff mit beiden Händen in seine Seite und kitzelte ihn. Er schrie auf und lockerte genau so lange seinen Griff, dass sie sich ihm entwinden konnte. »Was würde wohl die Presse dazu sagen, wenn sie herausbekäme, dass der große Tad Starbuck kitzlig wie ein kleiner Junge ist?«, fragte sie lachend.

»Und was würde sie sagen, wenn ich ihr erzählte, dass Amy Wolfe ein herzförmiges Muttermal an einer sehr delikaten Stelle ihres Körpers hat?«

Amy dachte einen Moment nach. »Okay, okay«, sagte sie schließlich und hob beschwichtigend die Arme. »Willst du wirklich essen gehen?«

Sie lag auf dem Rücken, verschränkte die Arme wieder hinter dem Kopf. Verlangen stieg in ihm hoch, als er ihren nackten Körper sah. »Schließlich gibt es ja auch einen Zimmerservice«, murmelte er und nahm den Blick nicht von ihr. Dann beugte er sich langsam über sie, hielt ihre Arme mit einer Hand fest und begann, die zarte Haut an ihrem Hals zu küssen.

»Tad.« Ihr Stimme klang rau. Er nahm sie in die Arme, zog sie enger zu sich und schob sein Knie zwischen ihre Beine, die sie bereitwillig öffnete. Sie hatte die Augen geschlossen und murmelte leise immer wieder seinen Namen.

Erst als er mit einer Hand über sie hinweg nach dem Telefonhörer griff, fuhr sie erschrocken auf. »Abendessen«, erinnerte er sie, als er ihren fragenden Blick sah.

Amy begann zu lachen. »Das hätte ich mir ja denken können«, sagte sie und ließ sich zurückfallen. »Wenn du Hunger hast, ist mit dir nichts anzufangen.«

Er saß jetzt neben ihr. Mit einer Hand hielt er den Hörer ans Ohr, mit der anderen strich er aufreizend über die Stellen an Amys Körper, die er nur zu gut kannte.

»Champagner«, sagte er in den Hörer und nannte die Zimmernummer. »Und Kaviar.« Er warf Amy einen fragenden Blick zu, aber sie reagierte nicht, schien kaum gehört zu haben, was er bestellte. Ihr Körper bewegte sich unter dem gekonnten Spiel seiner Finger hin und her. Ihre Beine hatten sich um seine geschlungen, und ihre Hand hatte mittlerweile ihr Ziel gefunden, sodass Tad kaum noch verständlich seine Bestellung zu

Ende bringen konnte. »Und einen Shrimps-Cocktail«, sagte er. »Ja, alles für zwei Personen.« Dann hatte er es sehr eilig, den Hörer zurückzulegen.

Er verschloss ihre Lippen mit einem Kuss. »Ich will dich«, murmelte Amy. »Ich will dich jetzt.«

»Sch ...« Er stoppte das Spiel ihrer Hand. »Nachher. Wir haben Zeit genug. Ich möchte dich zuerst einmal anschauen.« Er rückte ein Stück von ihr weg. »Nur anschauen.«

Sie lag vor ihm und wurde unter seinem Blick leicht rot. Lange hielt Amy das nicht aus. Sie griff nach ihm, aber Tad fing ihre Hand, drehte sie herum und küsste die weiche Innenseite.

»Du bist noch schöner geworden«, sagte er leise. »Wie oft habe ich dich angesehen, ohne dich berühren zu dürfen.«

»Nein, Tad.« Amy zog ihn zu sich, bis sie eng voreinander lagen. »Ich glaube manchmal, ich bin nur dann wirklich lebendig, wenn du mich berührst«, flüsterte sie.

Tad stöhnte auf. Er rutschte etwas tiefer, bis sein Kopf zwischen ihren Brüsten lag. Mit beiden Händen spielte Amy mit seinem Haar. »Als ich dich heute gegen Michael spielen sah, hatte ich solche Sehnsucht nach dir. Ich saß zwischen Tausenden von Menschen und habe mir nur gewünscht, dich so nahe zu spüren wie jetzt.« Plötzlich lachte sie auf. »Kannst du dir so etwas vorstellen?«

»Dann hast du also mit deiner Einladung zum Abendessen ein ganz anderes Ziel verfolgt.«

»Du warst so erschöpft nach dem Match, dass ich wusste, ich würde leichtes Spiel mit dir haben«, gab sie lächelnd zu.

»Und wenn ich nun abgelehnt hätte?«

»Dann wäre mir schon etwas anderes eingefallen.«

Er hob den Kopf und sah sie schmunzelnd an. »Und was?«

Amy zuckte mit den Schultern. »Nun, vielleicht wäre ich hierher in dein Zimmer gekommen und hätte dich verführt.«

»Hmm ... Mach ruhig weiter so. Nachher wünschte ich noch, ich hätte wirklich abgelehnt.«

»Zu spät, Tad Starbuck. Jetzt habe ich dich.«

»Und wenn ich mich wehre?«

»Ich kenne deine Schwachpunkte ganz genau«, erwiderte Amy und strich mit ihren Fingerspitzen ganz gezielt über seinen Nacken. Er konnte ein Zittern nicht unterdrücken, und sie lächelte triumphierend.

Bevor sie sich noch wehren konnte, hatte Tad sie an sich gerissen und küsste sie. Sein plötzliches Verlangen hatte ihn so überwältigt, dass er das Klopfen an der Tür gar nicht hörte.

»Es hat geklopft«, stöhnte Amy auf. »Der Zimmerservice.«

»Was?«

»Dein Essen.«

Tad lehnte seine Stirn gegen ihre und atmete einige Mal tief durch. »Die sind aber verdammt schnell«, murmelte er. Er spürte, dass sein Körper zitterte. Hatte er wirklich vergessen, dass sie ihn so weit bringen konnte?

Tad stand auf und ging zur Tür, während Amy die Bettdecke bis ans Kinn zog. Er hat einen herrlichen Körper, schoss es ihr durch den Kopf, während sie zusah, wie er in dem üblichen Durcheinander nach seinem Morgenmantel suchte. Breite Schultern, einen sehr muskulösen Oberkörper, eine schlanke Taille, schmale Hüften und lange Beine. Der Körper eines Athleten – eines Sportlers, der wie geschaffen für den Wettkampf war.

Endlich hatte er den Mantel gefunden und zog ihn über. Sein Blick fiel dabei auf Amy, und er spürte, dass sie ihn beobachtet hatte. »Hab ich dir eigentlich schon gesagt, dass du einen wundervollen Körper hast?«

Seine Augen weiteten sich vor Erstaunen. Hin- und hergerissen zwischen Schmunzeln und männlichem Stolz ging er zur Tür. »Gütiger Himmel«, murmelte er dabei und hörte, wie Amy anfing zu kichern.

Sie sah, wie Tad an der Tür die Rechnung unterschrieb. Manchmal ist er wie ein kleiner Junge, dachte sie lächelnd. Das Wort wundervoll passte für ihn nur zu einer Frau – oder zu einem Ass natürlich. Aber das störte sie nicht weiter. Sie sah ihn wirklich so und bezog das auch nicht nur auf seinen Körper. Er war rundherum ein wundervoller Mann. Mit der Fähigkeit, zärtlich zu sein, sich nicht seiner Gefühle zu schämen, und mit der seltenen Gabe, seinen Egoismus zurückzustellen, wenn es darum ging, seine Geliebte zu befriedigen.

Sein Temperament, das ihn während eines Tennisspiels manchmal zu unbedachten Äußerungen hinriss, wirkte sich außerhalb des Spielfeldes nur positiv aus – und ganz besonders im Bett. Da stehen wir uns wohl beide nicht nach, dachte Amy plötzlich und lächelte. Und doch! Obwohl sie sich beide schon so oft geliebt hatten, niemals hatte er die drei Worte über die Lippen gebracht, auf die sie so sehnlichst gewartet hatte.

»Amy, wach auf.«

Erschrocken blickte sie zur Seite und sah, dass Tad neben dem Bett stand, eine Flasche Champagner in der Hand. »Sollen wir das etwa alles trinken?«, fragte sie und wies auf die Flasche.

Tad setzte sich auf die Bettkante. »Hier, halt bitte das Glas«, sagte er. Der Korken kam mit einem lauten Knall heraus, und Tad musste sich beeilen, die Flasche über das Glas zu halten, damit nichts von dem kostbaren Getränk verloren ging. »Das andere auch noch«, meinte er und drückte Amy auch das zweite Glas in die Hand.

»Sei vorsichtig, sonst wird das Bett noch nass.«

Sie saß da mit untergeschlagenen Beinen, in beiden Händen die Gläser, während sie mit ihren Armen die Bettdecke an ihren Körper presste. »Nimm mir doch endlich ein Glas ab.«

»Soll ich?« Langsam hob er die Hand, fasste die Bettdecke vor ihrer Brust mit einem Finger und zog sie behutsam hinunter.

»Tad, hör auf! Ich verschütte gleich alles.«

»Besser nicht, sonst müssen wir in einem nassen Bett schlafen.«

Er zog die Decke noch weiter herunter. Amy sah von einem Glas zum anderen. Der Champagner schwappte bedenklich nah an den Rand.

»Starbuck, das ist unfair!«

»Aber mir macht es Spaß.«

Amys Augenbrauen zogen sich zusammen. »Tad … Wenn du jetzt nicht aufhörst, werde ich die Gläser über deinem Kopf ausgießen.«

»Das wäre Verschwendung.« Er beugte sich vor und gab ihr einen Kuss. »Ich kann mich erinnern, dass wir schon einmal Champagner getrunken haben«, meinte er und machte keine Anstalten, ihr die Gläser abzunehmen. »Nach drei Gläsern warst du herrlich beschwipst. Ich mag es, wenn du beschwipst bist.«

»Das ist Unsinn«, widersprach Amy. »Ich war überhaupt nicht beschwipst.« Damit setzte sie ein Glas an die Lippen und trank es aus. »Jetzt das nächste.« Aber diesmal kam Tad ihr zuvor und nahm ihr das Glas aus der Hand.

»Lass uns noch etwas damit warten«, meinte er amüsiert, trank einen Schluck und nahm das Tablett vom Servierwagen. »Ich kann mich erinnern, dass du Kaviar immer besonders gern mochtest.« Er stellte das Tablett aufs Bett.

»Mmm.« Jetzt erst merkte Amy, dass auch sie hungrig war. Sie nahm eine Scheibe Toast, häufte eine ordentliche Portion Kaviar darauf und begann zu essen. Tad nahm sich das Glas mit dem Shrimps-Cocktail.

»Hier, probier einmal.« Amy hielt ihm den Kaviartoast hin, und Tad biss ab. »Nein, mir sind die Shrimps lieber.« Damit steckte er ihr eine Krabbe in den Mund, und Amy verdrehte begeistert die Augen.

»Köstlich! Ich wusste gar nicht, dass ich so hungrig bin.« Tad füllte die Gläser nach. Ob sich wohl irgendjemand vorstellen kann, schoss es ihm durch den Kopf, dass Amy Wolfe im Schneidersitz auf dem Bett sitzt, nackt von Kopf bis Fuß, und sich genüsslich Cocktailsoße von den Fingern leckt? Bestimmt nicht. Keiner würde vermuten, dass sie sich jemals so gehen lassen könnte.

Während Amy aß, erzählte sie von ihrem Match. Tad hörte ihr zu und unterbrach sie kaum. Mit ihrem Aufschlag war sie zufrieden, aber der Rückhand-Volley hatte ihr Sorgen gemacht.

Der Presse gegenüber überlegte sich Amy ihre Antworten immer sehr sorgfältig. Wäre jetzt ein Reporter hier gewesen, er hätte wohl gar nicht so schnell schreiben können, wie sie redete – vorausgesetzt, er wäre bei ihrem Anblick überhaupt dazu gekommen.

Als sie das ganze Spiel noch einmal durchgegangen war, war auch ihr zweites Glas Champagner leer. Völlig gelöst, im Einklang mit sich selbst, saß sie da. Offenbar war ihr gar nicht bewusst, wie selten solche Augenblicke in ihrem Leben waren.

»Machst du dir Sorgen wegen des Endspiels gegen Chuck?«

Tad nahm noch etwas von seinem Cocktail. »Warum sollte ich?«

»Chuck ist immerhin nicht zu unterschätzen«, meinte Amy. »Er hat sich in den letzten Jahren enorm verbessert.«

Amüsiert schenkte er ihr noch einmal nach. »Meinst du, ich werde gegen ihn verlieren?«

Nachdenklich sah Amy ihn an. »Immerhin bist du mindestens genauso gut wie er – wenn nicht besser.«

»Vielen Dank.« Er nahm das Tablett, stellte es auf den Boden und legte sich zurück aufs Bett.

»Chucks Spiel erinnert mich ein wenig an das meines Vaters«, sagte Amy. »Er spielt sehr sauber, sehr platziert. Sein Stil ist sehr elegant.«

»Im Gegensatz zu meinem.«

»Ja. Es ist immer schwieriger, einen athletischen Spieler wie dich richtig einzuschätzen. Mein Vater hat immer gesagt, dass du ein Naturtalent seist, wie er noch keines vorher erlebt habe.« Über den Rand ihres Glases hinweg lächelte sie ihm zu. »Und trotzdem hat er immer versucht, deine wilde Spielweise in geordnete Bahnen zu lenken. Und dann dein ... nun ja, dein Benehmen auf dem Platz.«

Tad lachte. »Ich weiß, das hat ihm nie gefallen.«

»Heute würdest du ihm besser gefallen.«

»Und wenn er dich jetzt sehen würde?«, fragte Tad und ließ sie nicht aus den Augen. »Wie würde ihm dein Spiel gefallen?«

Amy drehte das Glas zwischen ihren Fingern. »Er sieht mich ja nicht.«

»Warum nicht?«

Sie sah ihn an, und in ihren Augen war wieder diese beinah verzweifelte Bitte. »Tad, du wolltest doch nicht fragen.«

»Amy.« Er griff nach ihrer Hand und hielt sie fest. »Warum?«

Sie wollte es nicht sagen, aber die Worte waren plötzlich ausgesprochen. »Ich habe ihn enttäuscht. Er wird mir nie verzeihen.«

»Aber er ist dein Vater.«

»Und er war mein Trainer.« Verständnislos schüttelte Tad den Kopf. »Sicher. Aber was macht das für einen Unterschied?«

»Bitte, Tad, ich möchte nicht darüber sprechen. Nicht heute. Ich will nicht, dass diese Nacht durch irgendetwas verdorben wird.«

Tad führte ihre Hand an seinen Mund und küsste ihre Fingerspitzen. »Das wird sie auch nicht«, flüsterte er und sah sie an. »Ich habe dich nie vergessen können, Amy«, gestand Tad ein. »Es gab zu viel, was mich immer wieder an dich erinnerte – ein Lied, ein Lachen, irgendein Wort. Es gab Nächte, da bin ich wach geworden und hätte schwören können, deinen Atem neben mir gespürt zu haben.«

Es tat ihr weh, das zu hören. »Tad, das ist Vergangenheit. Lass uns neu beginnen und alles vergessen, was gewesen ist.«

»Ja, wir werden neu beginnen«, stimmte er zu. »Aber früher oder später müssen wir uns auch mit der Vergangenheit auseinandersetzen.«

»Dann bitte später. Jetzt möchte ich an nichts anderes denken, als dass ich wieder bei dir bin.«

Tad lächelte. »Es ist schwierig, dir einen solchen Wunsch abzuschlagen.«

Amy nahm ihr Glas und trank es in einem Zug aus. »So, das war Nummer drei – und ich bin nicht im Mindesten beschwipst.«

Tad lächelte nur. Er wusste, dass das nicht stimmte. Die Anzeichen waren unübersehbar – ihre Wangen waren gerötet, und ihre Augen hatten diesen verschwommenen, geheimnisvollen Ausdruck, den nur der Alkohol hervorzaubern konnte. Er wusste, dass sie jetzt noch wilder, noch leidenschaftlicher reagieren würde, wenn sie miteinander schliefen. Aber für den Augenblick wollte er sie nicht anfassen, das Feuer noch nicht wieder entstehen lassen. Er wollte sie einfach nur anschauen. Viel zu lange hatte er das vermisst.

»Möchtest du noch Champagner?«

»Natürlich. Oder möchtest du etwa den Rest alleine trinken?«

Tad füllte das Glas vorsichtshalber nur halb und stellte die Flasche dann wieder in den Kühler zurück. »Ich habe heute das Interview mit dir im Fernsehen gesehen«, sagte er.

»So? Und wie war ich?«

»Schwer zu sagen. Ich habe kaum etwas verstanden. Mein Französisch ist noch nicht so gut.«

Amy lachte und nahm einen Schluck. »Oh ja, das hatte ich ja ganz vergessen.«

»Verrätst du mir, was der Reporter dich gefragt hat?«

»Dieselben Fragen, die alle stellen – Mademoiselle Wolfe, finden Sie, dass sich Ihr Stil nach der langen Pause verändert hat? Und ich habe ihm darauf gesagt, dass ich fände, mein Aufschlag sei besser geworden.« Wieder nahm Amy das Glas an die Lippen und kicherte. »Ich hab ihm nicht verraten, dass meine Muskeln nach zwei Sätzen so höllisch wehtaten, dass ich am liebsten aufgegeben hätte. Dann fragte er, wie es denn gewesen wäre, gegen die blutjunge Miss Kingston zu spielen. Ich musste mich beherrschen, sonst hätte ich ihm eine Ohrfeige verpasst.«

»Sehr diplomatisch«, lobte Tad und nahm ihr das Glas aus der Hand.

»Diplomatie war noch nie meine Stärke.« Amy rollte sich auf den Rücken und musste ihren Kopf fast verrenken, um Tad ansehen zu können. »Du hast mir mein Glas gestohlen.«

»Ja, habe ich.« Tad stellte es auf den Servierwagen und schob ihn ein Stück vom Bett weg.

»Ist unser Abendessen beendet?« Amy reckte die Arme über ihren Kopf und fasste nach ihm.

»Ich denke schon.« Er ließ es zu, dass sie nach seinem Kopf griff und ihn herunterzog, bis seine Lippen ihren Mund fast berührten.

»Hast du einen Vorschlag, was wir jetzt tun sollen?«

»Nein. Du?«

»Kartenspielen vielleicht?«

Tad schüttelte nur den Kopf.

»Nun, ich fürchte, dann werden wir wohl wieder miteinander schlafen müssen.« Lachend kam sie mit ihrem Mund immer näher an seinen. »Die ganze Nacht lang – nur um die Zeit totzuschlagen.«

Sie lächelte immer noch, aber als sich sein Mund auf ihren presste, öffnete sie die Lippen und erwiderte seinen Kuss. Es war ein seltsames Gefühl, seinen Mund verkehrt herum auf ihrem zu spüren. Spielerisch berührte sie seine Zunge mit den Zähnen und biss leicht zu. Erst als Tad daraufhin mit beiden Händen begann, die zarten Knospen ihrer Brüste zu streicheln, stöhnte sie auf und gab seine Zunge frei.

»Mir wird ganz schwindlig, wenn ich dich so auf dem Kopf

sehe«, murmelte sie und schloss für einen Moment die Augen.

Tad beugte sich etwas weiter über sie und hauchte viele kleine, zarte Küsse auf die weiche Haut an ihrem Hals und dann weiter hinunter bis zum Brustansatz. Amy hatte beide Hände in seinem Nacken verschränkt und hielt ihn fest.

Es dauerte eine Weile, bis es Amy gelang, ihn zu überlisten und sich mit einer schnellen Bewegung aufs Bett zu knien. Sie zog ihm den Morgenmantel aus und schmiegte sich gegen seinen nackten Körper. Tads Arme umfingen sie, und seine Lippen suchten ihren Mund.

Diesmal ließen sie sich beide mehr Zeit. Sie hielten die Leidenschaft unter Kontrolle, waren beide bemüht, den anderen zu entschädigen für die langen Jahre, in denen sie sich nacheinander gesehnt hatten.

In Amys Kopf drehte sich alles. Es war nicht nur der Champagner; seine Nähe, die Berührung seines männlichen, muskulösen Körpers trug genauso viel dazu bei, dass sie alles andere vergaß.

Ruhelos glitten ihre Hände über seinen Körper. Hatte sie wirklich vergessen, dass sie diesen starken, athletischen Mann dazu bringen konnte, unter ihren Händen zu erzittern?

Sie genoss es, eine solche Macht über ihn zu haben, und setzte ihr Spiel fort. Erst als Tad sie an ihrer empfindlichsten Stelle berührte, vergaß sie ihren Triumph. Jetzt war sie ihm hilflos ausgeliefert. Ihr Kopf bewegte sich auf dem Kissen hin und her, immer wieder murmelte sie seinen Namen, hob ihre Hüften ihm entgegen, während ihre Hände sich in das Laken krampften.

Als er dann endlich ganz zu ihr kam, stöhnte sie laut auf und schlang ihre Arme um seinen Körper. Die Erregung trug sie beide davon.

Später, als sie wieder zu Atem gekommen waren, löschte Tad das Licht. Er nahm sie in die Arme und bettete ihren Kopf an seine Schulter.

»Du ziehst morgen zu mir, ja?«, fragte er leise.

Amy hob den Kopf und versuchte, sein Gesicht zu erkennen. »Ja, wenn du willst.«

»Ich habe dich immer gewollt.«

Es war zu dunkel, als dass Tad die Zweifel in ihren Augen hätte erkennen können.

7. Kapitel

Amy hatte Angst vor London. Hier hatte sie als Lady Wickerton gelebt, hatte Partys gegeben in dem eleganten Haus der Familie am Grosvenor Square, hatte Theater besucht, ihre Einkäufe im vornehmen West End getätigt …

Vielleicht hätte sie sich mit diesem Leben abfinden können, wenn es da nicht vorher einen Tad Starbuck gegeben hätte. Sie hatte sich bemüht, hatte darum gekämpft, ihre Ehe nicht zerbrechen zu lassen, aber irgendwann war ihr klar geworden, dass es nicht mehr weiterging.

Trotzdem jetzt wieder in dieser Stadt zu sein fiel Amy schwer. Alles war noch so frisch in ihrer Erinnerung, dass selbst die Vorfreude auf das Turnier in Wimbledon ihr nicht darüber hinweghelfen könnte. Hier war sie immer noch Lady Wickerton. Man würde ihr Fragen stellen, und sie hatte Angst vor den Antworten.

Sie musste vorsichtig sein, was sie den Reportern sagen durfte und was nicht. Trotz allem war sie es Eric schuldig, seinen Ruf zu wahren.

Sie würde Fragen über ihre Ehe und vor allem über die Scheidung einfach abblocken. Es gab dazu nichts zu sagen. Auch ein bekannter Sportler hatte Anrecht auf ein Privatleben, das nicht vor der Presse ausgebreitet werden musste. Immerhin hatte Amy Erfahrung auf diesem Gebiet aus den Jahren mit ihrem Vater. Jetzt würde es ihr zugutekommen, dass sie bei ihm gelernt hatte, sich nicht von den neugierigen Reportern ausfragen zu lassen.

Die Engländer würden sich damit begnügen müssen, über ihre Auftritte auf dem Tennisplatz zu berichten. Immerhin hatte Amy jetzt zwei große Turniere hintereinander gewonnen und würde allein dadurch schon im Rampenlicht stehen. Sie würde der Presse genügend Stoff für ihre Artikel liefern – allerdings nur für die Sportseite ihrer Zeitungen.

Wenn Fragen nach Tad kamen, würde sie denen ebenso ausweichen. Die Sache zwischen ihr und ihm war noch zu neu, zu wenig gefestigt, als dass sie darüber hätte sprechen können.

Für die wenigen Leute, die Amy sehr gut kannten, war es allerdings auch gar nicht nötig, mit ihr darüber zu sprechen. Sie sahen ihr die Veränderung ohnehin an. Ja, sie war glücklich. Glücklich und ausgeglichen, wie schon lange nicht mehr. Sie hatte beinahe vergessen, wie wunderschön es war, mit Tad zusammenzuleben. Mit ihm zu schlafen, zu reden, zu lachen – oder ganz einfach auch nur zu schweigen. In seine Arme geschmiegt an die Zimmerdecke zu schauen und zu träumen.

Lange vorbei war die Zeit, wo sie geglaubt hatte, das Leben bestehe nur aus Verpflichtungen, und es sei wichtig, Ordnung einzuhalten. Jetzt teilte sie sein Zigeunerleben, erfreute sich an seinen spontanen Einfällen und war glücklich.

»Bist du noch nicht angezogen?«

Amy wollte gerade ihre Tennisschuhe zubinden, als sie die Frage hörte. Sie schaute auf und sah Tad in der kleinen Diele vor ihrem Hotelzimmer stehen. Seine Haare hingen ihm ins Gesicht; die Stirn war gerunzelt. Ungeduldig sah er sie an.

»Doch, fast«, antwortete Amy. »Ich bin nun einmal kein Morgenmensch – und schon erst recht nicht nach nur sechs Stunden Schlaf.«

Tad lachte. »Konntest du nicht schlafen?« Geschickt griff er nach dem Schuh, den sie ihm hatte an den Kopf werfen wollen, und fing ihn auf. Dabei ließ er den Blick nicht von ihr. Ihm schienen die wenigen Stunden Schlaf überhaupt nichts ausgemacht zu haben. Er wirkte frisch und voller Energie wie immer. »Du kannst dich ja nach dem ersten Training wieder hinlegen.«

»Wie kann man nur frühmorgens schon so wach sein. Schrecklich!«

Immer noch lachend kam er auf sie zu, den Schuh noch in der Hand. »Vielleicht liegt das daran, dass ich diesen englischen Knaben gestern vom Platz gefegt habe.«

»So?« Amy zog erstaunt die Brauen hoch. »Sonst hast du keinen Grund?«

»Welchen sollte ich haben?«

»Gib mir den Schuh her, damit ich ihn dir an den Kopf werfen kann.«

»Hat dir schon einmal jemand gesagt, dass du ein Morgenmuffel bist?«, wollte Tad wissen. Übermut blitzte in seinen Augen.

»Und hat dir schon jemand gesagt, dass du unausstehlich bist, seit du in Paris auch noch gewonnen hast?«, gab sie geistesgegenwärtig zurück. »Du bist davon überzeugt, dass du der absolut Größte bist. Aber denk dran, noch liegen drei Grand-Slam-Turniere vor dir, die du erst einmal gewinnen musst.«

Tad hielt den Schuh so hoch über seinen Kopf, dass Amy nicht herankommen konnte. »Für dich ebenfalls.«

»Gib mir jetzt endlich meinen Schuh!«

Sosehr sie sich auch reckte, sie kam einfach nicht heran. Plötzlich packte Tad sie, und ehe Amy noch protestieren konnte, hatte er sie auf das breite Bett geworfen und lag auf ihr.

»Tad! Hör auf!« Lachend versuchte sie, sich gegen ihn zu wehren. »Wir kommen zu spät zum Training.«

Schnell gab er ihr noch einen Kuss. »Ja, du hast recht«, meinte er und rollte sich zur Seite.

Etwas enttäuscht setzte Amy sich auf. »Dich kann man aber schnell umstimmen«, maulte sie und brachte ihre Frisur wieder in Ordnung. Da wurde sie von starken Armen ergriffen, und seine Lippen verschlossen ihren Mund.

Für einen Moment genoss Tad seine totale Macht über sie. Amy lag in seinen Armen, überrascht von dem plötzlichen Angriff, und ihre Lippen öffneten sich seinem Kuss. Er wusste, dass es nicht lange dauern würde, bis sie ihre eigenen Ansprüche anmeldete. Der Gedanke daran erregte ihn. Trotzdem zog er sich zurück. Sie hatten Zeit. Ein Leben lang.

»Bist du jetzt wach?«, fragte er lächelnd und ließ eine Hand über ihre Brust gleiten.

»Mmm …«

»Gut. Dann komm.« Tad zog sie hoch und gab ihr einen Klaps auf den Po.

»Warte nur. Das zahl ich dir heim!« Amy hatte ihr Verlangen immer noch nicht ganz unter Kontrolle, und es fiel ihr schwer, nicht dem Wunsch nachzugeben, sich wieder an ihn zu schmiegen.

Tad legte ihr einen Arm um die Schultern und führte sie zur Tür. »Du musst heute an der Rückhand arbeiten.«

Amy sah ihn von der Seite an. »Und wieso?«

»Wenn du mit etwas weniger Schwung ausholen würdest …«

»Das merk du dir einmal lieber selbst«, schoss sie zurück.

»Und da wir gerade dabei sind: Deine Schnelligkeit gestern ließ auch zu wünschen übrig.«

»Ich muss mich schonen fürs Endspiel.«

Amy drückte auf den Aufzugknopf und verdrehte die Augen. »Tad, unter mangelndem Selbstbewusstsein leidest du wirklich nicht.«

Tad schmunzelte nur. Er liebte sie beinahe noch mehr, wenn sie so entspannt war – jederzeit bereit, zu lachen oder auch ein Wortduell mit ihm aufzunehmen, wobei sie ihm an Schlagfertigkeit in keiner Weise nachstand. Ob sie eigentlich wusste, dass sie noch schöner, noch verführerischer war, wenn sie ihre sonst übliche Vorsicht vergaß? »Was ist mit Frühstück?«

»Was soll damit sein?«

»Möchtest du Eier mit Schinken nach dem Training?«

»Etwas Besseres hast du nicht anzubieten?«, fragte Amy herausfordernd zurück und trat in den Aufzug.

Tad folgte ihr und sah, wie Amy einem älteren Ehepaar freundlich zulächelte, das schon im Aufzug stand. »Möchtest du vielleicht lieber da weitermachen, wo wir diese Nacht aufgehört haben?«, fragte er und lehnte sich lässig gegen die Wand. Amy sah ihn warnend an, aber er schien das gar nicht zu bemerken. »Wie, sagtest du noch, war dein Name?«

Aus den Augenwinkeln bemerkte Amy den entsetzten Blick der beiden anderen Fahrgäste. »Teufel«, murmelte sie beinahe unverständlich, nur um dann umso klarer zu fragen: »Lassen Sie denn auch wieder eine Flasche Champagner springen, Mr. Starbuck? Der war wirklich ausgezeichnet.«

»Du warst aber auch nicht schlecht, Süße.«

Als sich die Aufzugstür öffnete, konnte das Paar gar nicht schnell genug herauskommen. In der Hotelhalle sahen sie sich noch einmal um, bevor sie kopfschüttelnd durch die Drehtür verschwanden. Amy konnte kaum ihr Lachen zurückhalten, während Tad besitzergreifend einen Arm um sie legte.

Eine Stunde später waren sie beide ganz konzentriert auf ihr Training. Es war eine Umstellung, wieder auf Rasen zu spielen. Der Ball sprang ganz anders, und nun galt es, sich bis zum nächsten Spiel daran zu gewöhnen und eine gewisse Sicherheit zu erlangen.

Amy war zufrieden mit ihrer Leistung bisher. Madge servierte ihr die Bälle sehr konzentriert, variierte ihre Schläge sehr geschickt, brachte es aber trotzdem nicht fertig, Amy in Verlegenheit zu bringen. Amy spürte, dass sie in Form war, und nahm sich vor, die Tatsache einfach zu ignorieren, dass sie sich in London befand.

Sie hatte immer gern in Wimbledon gespielt. Nicht nur, weil ein Gewinn bei diesem Turnier einer inoffiziellen Weltmeisterschaft gleichkam, sondern auch, weil sie die ganze Atmosphäre mochte. Nirgendwo sonst auf der Welt wurde so viel Wert auf Tradition gelegt, nirgendwo sonst war das Publikum disziplinierter als hier. Während der Ballwechsel brauchte der Schieds-

richter kaum jemals um Ruhe zu bitten. Die Zuschauer be-
schränkten ihren Applaus und ihre Begeisterung von sich aus
auf die Unterbrechungen nach einem Punktgewinn.

Wimbledon – das war so britisch wie die roten Doppelde-
ckerbusse in der City von London, wie die Wachposten mit
ihren Bärenfellmützen und das Glockenspiel des Big Ben.

Amy erinnerte sich daran, wie Tad ihr einmal erzählt hatte,
dass er sich als kleiner Junge vor dem Fernseher vorgenommen habe, wenigstens einmal in seinem Leben Wimbledon zu
gewinnen. Viermal hatte er es bisher geschafft, und sie
wünschte sich nichts sehnlicher, als diesmal mit ihm zusammen den traditionellen Tanz am Abend nach dem Herrenendspiel zu eröffnen. Dazu allerdings musste Amy erst einmal
den Titel bei den Damen gewinnen, und bis dahin war noch
ein weiter Weg.

Amy stand hinter der Grundlinie und machte keine Anstalten, ihren Aufschlag auszuführen.

»Sollen wir Schluss machen?«, rief Madge über den Platz.

»Hm …« Aus ihren Gedanken gerissen sah Amy hinüber
zu ihrer Partnerin, die breitbeinig dastand, die Hände in die
Hüften gestützt. »Oh, entschuldige bitte, Madge. Ich glaube,
ich habe gerade ein wenig geträumt.«

»Komm, wir machen Schluss«, meinte Madge und ging hinüber zur Bank, wo ihre Sachen lagen. »Ich brauch dich wohl
gar nicht erst zu fragen, ob du glücklich bist«, sagte sie, als
Amy neben ihr stand und den Schläger einpackte. »Man sieht
es dir an der Nasenspitze an.«

»Wirklich?«

»Meinst du, ich wäre blind?«, fragte Madge lächelnd zurück.
»Ich freue mich für dich – für euch beide. Ihr passt wirklich
sehr gut zusammen, das habe ich ja immer schon gesagt. Wollt
ihr das offiziell bekannt geben?«

»Ich … Nein, wir wollen es ganz langsam angehen lassen.«
Amy vermied es, ihrer Partnerin in die Augen zu sehen, als sie

das sagte. »Was ist schon eine Hochzeit? Nicht mehr als ein Stück Papier.«

Madge warf ihr einen prüfenden Blick zu. »Das kannst du anderen erzählen, Amy, die dich nicht so gut kennen wie ich. Es mag Menschen geben, die so denken, aber zu denen hast du noch nie gehört.« Sie hob eine Hand und wehrte ab, als Amy sie unterbrechen wollte. »Warum hast du sonst drei Jahre lang eine unglückliche Ehe aufrechterhalten? Weil für dich die Ehe ein Versprechen ist und weil du deine Versprechen einhältst.«

»Ich habe schon einmal versagt …«

»Ach, nur du?«, unterbrach Madge sie sofort. »Du kannst mir nicht erzählen, dass nur du die Schuld daran trägst, dass die Ehe nicht gehalten hat. Und jetzt willst du dein Glück verspielen, nur weil du einmal einen Fehler gemacht hast?«

»Ich bin ja glücklich«, versicherte Amy ihr und legte eine Hand auf die Schulter ihrer Freundin. »Tad ist alles, was ich jemals gewollt habe, Madge. Ich will ihn nicht verlieren.«

Überrascht zog Madge die Brauen hoch. »Aber Amy, du hast ihn damals verlassen – nicht umgekehrt.«

»Ich bin ihm nur zuvorgekommen.«

»Amy, ich verstehe nicht …«

»Lass nur, Madge, das ist alles lange her und spielt überhaupt keine Rolle mehr. Wir fangen wieder ganz von vorn an. Ich weiß, welche Fehler ich gemacht habe, und ich werde mich hüten, sie noch einmal zu wiederholen. Es gab Zeiten in meinem Leben, da habe ich gedacht, ich sei wichtiger als das hier.« Sie nahm einen Tennisball in die Hand und warf ihn hoch. Dann fing sie ihn wieder auf und sah nachdenklich darauf. »Wichtiger als alles andere. Selbst seine Familie habe ich als Rivalen angesehen. Ich war sogar eifersüchtig auf seine Tennis-Leidenschaft. Heute weiß ich, dass das sehr albern war.«

»Seltsam.« Madge schüttelte den Kopf. »Und ich habe früher immer gedacht, dass an erster Stelle die Arbeit des Professors stehe. Nachher stellte sich heraus, dass für ihn meine

Arbeit auf dem Tennisplatz am wichtigsten war. Und heute wissen wir, dass beides nicht stimmte.«

Lächelnd nahm Amy ihre Tasche über die Schulter. »Tad wird niemals vergessen, dass Tennis ihn zu dem gemacht hat, was er heute ist. Vielleicht ist das auch gut so. Wenn man seine Herkunft nicht kennt, dann kann man auch das Feuer nicht verstehen, das er ins Spiel bringt.«

Sie kennt ihn in manchen Belangen so gut, dachte Madge, aber in anderen wiederum überhaupt nicht. »Und was bringt dann die Kälte in dein Spiel?«

»Angst.« Amy hatte geantwortet, wie sie es sonst nie tat – spontan und unüberlegt. Jetzt hätte sie das Wort am liebsten wieder zurückgenommen. Sie zuckte mit den Schultern und zwang sich zu einem Lächeln. »Ja, Angst.« Mit der Tasche auf der Schulter setzte sie sich in Bewegung. »Ein Glück, dass du kein Reporter bist!«

Der Kies knirschte unter ihr. Selbst mit geschlossenen Augen hätte Amy gewusst, wo sie war. Auch dieser Kies war typisch für die Anlage in Wimbledon. »Erinnere mich daran, dass ich dir irgendwann einmal erzähle, was mir fünf Minuten vor einem Spiel durch den Kopf geht.«

Amy schlief tief. Die Vorhänge waren vorgezogen und ließen nur wenig von der strahlenden Nachmittagssonne in das Zimmer dringen. Sie trug nur einen Slip und ein etwas längeres T-Shirt. Tad wollte sie später wecken, und dann wollten sie durch die Stadt bummeln. Morgen mussten beide spielen, so durfte es abends nicht zu spät werden.

Ein Klopfen an der Zimmertür weckte sie auf. Amy setzte sich und strich sich mit beiden Händen durch das Haar. Sicher hatte Tad seinen Schlüssel vergessen. Seufzend stand sie auf und ging zur Tür. Die Augen noch halb zu, griff Amy zur Klinke und öffnete.

»Eric!« Mit einem Schlag war sie hellwach.

»Amy.« Er nickte nur und ging an ihr vorbei ins Zimmer. »Habe ich dich aufgeweckt?«

»Ja, ich hatte mich hingelegt.« Völlig verwirrt schloss Amy die Tür wieder. Er sieht noch genauso aus, schoss es ihr durch den Kopf. Aber warum auch nicht! Eric war nicht der Mann, der Veränderungen liebte. Groß und schlank, wirkte er mit seinem kurzen Haarschnitt und dem gerade durchgedrückten Rücken wie ein Offizier.

Als er sich ihr wieder zuwandte, blickte sie in seine Augen. Sie waren blau in einem blassen Gesicht, intelligent und kalt. Seine schmalen Lippen konnten sich zu einem Strich zusammenziehen, wenn er wütend war. Amy kannte das nur zu gut. Als er noch um sie geworben hatte, war er charmant und freundlich gewesen, aber das hatte sich nachher schnell geändert.

Amy schob die Gedanken beiseite. Er war nicht mehr ihr Mann. Sie straffte die Schultern und dachte daran, dass sie nichts mehr mit ihm zu tun hatte. Es war vorbei. Endgültig!

»Ich habe nicht damit gerechnet, dich zu sehen, Eric.«

»Wirklich nicht?« Er lächelte. »Hast du gedacht, ich würde dir noch nicht einmal Guten Tag sagen, wenn du schon in der Stadt bist? Du bist schlanker geworden, Amy.«

»Das macht das Training.« Sie wies auf einen Sessel. »Setz dich bitte. Ich hole dir einen Drink.«

Während sie zu der Bar ging, sagte Amy sich, dass sie ihm nichts mehr schuldig war. Sie war geschieden, und es musste doch möglich sein, sich auch nach einer Scheidung noch wie zivilisierte Menschen zu benehmen.

»Geht es dir gut?« Sie schenkte Whisky in zwei Gläser, gab für ihn Eiswürfel hinein und für sich selbst Selterswasser.

»Ja, danke. Und dir?«

»Auch. Und deine Familie?«

»Der geht es ebenfalls gut.« Er nahm das Glas und sah sie über den Rand hinweg an, als er es zum Mund führte. »Was macht dein Vater?« Er sah den Schmerz in ihrem Gesicht und war zufrieden.

»Soviel ich weiß, geht es ihm auch gut.« Amy hatte sich jetzt wieder in der Gewalt.

»Hat er dir immer noch nicht verziehen, dass du deine Karriere aufgegeben hattest?«

Sie sah ihn an, und ihr Blick war vollkommen ausdruckslos. »Ich bin sicher, dass du die Antwort kennst, Eric.«

Er zog vorsichtig die Bügelfalte seiner Hose gerade, bevor er ein Bein über das andere legte. »Nun, ich dachte, nachdem du jetzt wieder spielst ...«

Amy drehte ihr Glas zwischen den Händen, trank aber nicht. »Er will trotzdem nichts mehr von mir wissen«, sagte sie leise. »Du siehst also, ich zahle immer noch, Eric.« Sie sah ihn an. »Befriedigt dich das?«

Er blieb ganz ruhig und nahm noch einen Schluck. »Du hattest die Wahl, meine Liebe. Deine Karriere für meinen Namen.«

»Für dein Schweigen«, verbesserte Amy ihn. »Deinen Namen hatte ich ja bereits.«

»Und das Kind eines anderen Mannes in deinem Bauch.«

Amy musste das Glas abstellen. Sie spürte, wie ihre Finger zitterten. »Ich habe das Kind verloren. Meinst du nicht, das reicht? Bist du hierhergekommen, um mich daran zu erinnern?«

»Ich bin gekommen ...«, Eric lehnte sich in den Sessel zurück, »um zu sehen, wie es meiner Ex-Frau geht. Auf dem Tennisplatz hast du sehr viel Erfolg, wie ich gehört habe.« Er ließ seinen Blick durch den Raum gehen. »Und wie ich sehe, hast du keine Zeit verloren, mit deinem früheren Geliebten wieder etwas anzufangen.«

»Ich habe einen Fehler gemacht, als ich ihn verlassen habe, Eric«, sagte Amy mit fester Stimme. »Ich glaube, das siehst du mittlerweile auch ein. Es tut mir leid.«

Er warf ihr einen eisigen Blick zu. »Du hast einen Fehler gemacht, als du mir seinen Bastard unterschieben wolltest.«

Wütend sprang Amy auf. Sie musste ihre Finger ineinander verschränken, sonst hätte er gesehen, wie ihre Hände zitterten. »Ich habe dich nie angelogen, Eric. Und bei Gott, ich werde mich nie wieder bei dir entschuldigen.«

Eric schien immer noch die Ruhe selbst zu sein. Er führte sein Glas zum Mund, und seine Hand zitterte nicht. »Weiß er es mittlerweile?«

Für eine Sekunde weiteten sich Amys Augen vor Schreck. Eric hatte genug gesehen. »Also nicht. Wie interessant.«

»Eric, ich habe mein Wort gehalten.« Ihre Stimme klang wieder fester. »Solange ich deine Frau war, habe ich alles getan, was du von mir verlangt hast.«

Er nickte zustimmend. »Aber du bist nicht mehr meine Frau.«

»Wir haben uns beide zur Scheidung entschlossen. Vergiss das nicht! Weil wir eingesehen hatten, dass unsere Ehe für uns beide nicht mehr tragbar war.«

»Warum sagst du es ihm nicht? Hast du Angst vor ihm? Wenn ich mich recht erinnere, ist er sehr unbeherrscht, mit einem ungezügelten, primitiven Temperament.« Um seine Mundwinkel spielte ein sadistisches Lächeln. »Hast du Angst, er schlägt dich?«

Amy brachte es fertig zu lachen. »Nein«, sagte sie. »Das zeigt nur, dass du Tad Starbuck überhaupt nicht kennst.«

»Du bist dir ja sehr sicher. Aber wovor hast du dann Angst?«

Amy ließ ihre Hände sinken und sah ihn an. »Er würde es mir nicht verzeihen, Eric. Ich habe das Kind verloren und meinen Vater, ja, sogar beinahe mein Selbstvertrauen. Aber ich werde niemals dieses Schuldgefühl verlieren. Aber was habe ich dir angetan? Nichts – außer deinen Stolz verletzt. Und meinst du nicht, dafür hätte ich mittlerweile genug gebüßt?«

»Vielleicht … vielleicht auch nicht.« Er stellte das Glas ab und stand auf. »Die gerechte Strafe für dich wird wohl sein, dass du dir nie ganz sicher sein kannst, ob alles vorüber ist. Von mir kannst du keine Versprechungen erwarten, Amy.«

»Ich habe dich falsch eingeschätzt, Eric«, sagte sie ganz ruhig. »Wie konnte ich nur jemals glauben, du seist ein Gentleman – freundlich und fair?«

»Ich bin nur für Gerechtigkeit.«

»Rache hat nichts mit Gerechtigkeit zu tun.«

Er zuckte mit den Schultern. »Ich kann dir nicht verbieten, das so zu sehen. Das ist deine Sache.«

Nein, sie würde ihm nicht die Genugtuung geben, jetzt auf die Knie zu fallen, ihn zu bitten, anzuflehen. »Wenn das alles war, was du mir hast sagen wollen, dann gehst du jetzt wohl besser. Ich glaube nicht, dass wir noch etwas zu besprechen haben.«

»Ich bin dabei.« Er drehte sich wieder zu ihr um und sah sie mit einem kalten Lächeln an. »Schlaf ruhig weiter, meine Liebe. Ich finde schon die Tür.« Eric drückte die Klinke herunter, öffnete die Tür – und stand Tad gegenüber. Besser hätte er sich seinen Abgang gar nicht wünschen können.

Tad sah dieses kalte Lächeln, dann blickte er in den Raum hinein. Amy stand mitten im Zimmer, bewegungslos. Irrte er sich, oder stand wirklich Angst in ihrem Gesicht? Aber wovor sollte sie Angst haben? Dann erst sah Tad, dass sie kaum etwas anhatte. Ihre Haare waren zerzaust, das zerknitterte T-Shirt ließ viel zu viel von ihrem Körper sehen. Zorn stieg in ihm hoch.

Er blickte wieder auf Eric. »Verschwinden Sie, aber schnell.«

»Ich bin gerade dabei«, antwortete der ganz ruhig und überlegen. Dann allerdings beeilte er sich doch, die Tür von außen zu schließen. Noch einmal traf ihn ein wütender Blick aus Tads Augen. Mit diesem Zorn musste Amy jetzt allein fertig werden. Das allein war es schon wert gewesen, diesen Besuch bei seiner Ex-Frau zu machen.

Amy stand immer noch an derselben Stelle. Es war ihr, als wäre schon eine Ewigkeit vergangen, seit Eric die Tür geschlossen hatte, und immer noch starrte Tad sie nur an, sprach kein Wort.

»Was, zum Teufel, hat der hier gewollt?«

»Er ist nur vorbeigekommen, um mir Guten Tag zu sagen und um … um mir Glück zu wünschen.«

»Reizend!« Mit wenigen Schritten war er bei ihr und fasste an den Saum ihres T-Shirts. »Empfängst du Besucher immer so? Oder ist das bei Ex-Männern üblich?«

»Tad, bitte!«

»Bitte was?« Im Unterbewusstsein war Tad sich klar darüber, dass er falsch reagierte, dass er zuerst einmal ihr Gelegenheit geben musste, die Sache zu erklären. Aber sosehr er sich auch bemühte, es gelang ihm nicht, Ruhe zu bewahren. »Wäre es nicht besser gewesen, ihr hättet euch irgendwo anders getroffen? Etwas stickig hier drin, findest du nicht?«

Sein Sarkasmus tat Amy weh, aber sie wusste auch, dass sie dem nicht wirkungsvoll begegnen konnte, solange sie so viel zu verbergen hatte. »Tad, du weißt ganz genau, dass zwischen Eric und mir nichts mehr ist. Du weißt …«

»Was zum Teufel weiß ich?«, unterbrach er sie. »Du bist doch diejenige, die auf nichts eine Antwort geben will. Und dann komme ich ins Zimmer und finde dich mit dem Kerl, der damals der Grund war, warum du mich verlassen hast.«

»Ich wusste nicht, dass er hierherkommen würde. Wenn er angerufen hätte, dann hätte ich ihm gesagt, er solle wegbleiben.«

»Aber du hast ihn hereingelassen.« Tad griff nach ihren Schultern und schüttelte sie. »Warum?«

Amy wehrte sich nicht. »Wäre es dir lieber gewesen, ich hätte ihm die Tür vor der Nase zugeschlagen?«

»Ja, verdammt noch mal!«

»Aber ich habe es nicht getan.« Jetzt war auch ihre Geduld erschöpft. »Ich habe ihn hereingelassen und ihm sogar einen

Drink angeboten. Wenn du das falsch deutest, dann ist das deine Sache.«

»Wollte er dich zurückholen?« Tads Griff lockerte sich nicht. »Ist er darum gekommen?«

»Was spielt das für eine Rolle?« Wütend trommelte sie mit beiden Fäusten gegen seine Brust. »Ich will ihn aber nicht zurückhaben.«

»Okay, dann erzähl mir jetzt endlich, warum du ihn geheiratet hast.« Wieder versuchte sie, ihm zu entkommen, aber er hielt sie eisern fest. »Ich habe ein Recht darauf, das zu erfahren, Amy. Und ich will es jetzt erfahren.«

»Weil ich dachte, er wäre der Richtige für mich«, schrie sie ihn an, während in ihren Augen Tränen brannten.

»Und, war er das?« Tad griff nach ihren Handgelenken und umklammerte sie.

»Nein!« Sie kämpfte gegen seine Hände an, aber er war stärker. »Nein, es war furchtbar. Und ich habe dafür auf eine Art bezahlt, von der du keine Ahnung hast. Nicht einen Tag lang war ich glücklich. So, bist du jetzt zufrieden?«

Plötzlich tat sie etwas, was er nie zuvor bei ihr erlebt hatte. Amy weinte. Sein Griff lockerte sich, als er die Tränen über ihre Wangen rollen sah. Noch niemals hatte Tad sie so verzweifelt gesehen.

Amy entwand sich seinem Griff und warf sich über das breite Bett. Viel hatte nicht mehr gefehlt, dann hätte sie ihm von dem Baby erzählt. Jetzt war sie froh, dass die aufsteigenden Tränen ihr die Kehle zugeschnürt hatten.

Tad stand da und starrte auf sie hinab. Er hörte ihr Schluchzen und war hilflos. Das war eine Reaktion, die er nicht erwartet hatte, und er wusste nicht, was er tun sollte. Er fühlte sich im Recht, wenn er Erklärungen von ihr verlangte, und solange Amy darauf wütend reagierte, stand Wut gegen Wut. Aber gegen diese Verzweiflung war er machtlos.

Tad hatte Tränen bei seiner Schwester erlebt – ja, auch bei

seiner Mutter. Aber in solchen Fällen hatte seine breite Schulter genügt, an der sie sich ausweinen konnten, und dann war alles wieder gut gewesen. Bei Amy war das anders. Das waren bittere, verzweifelte Tränen, deren Grund er nicht kannte.

Immer noch brannten ihm die Fragen auf der Zunge, und auch sein Zorn war noch nicht vollständig verraucht. Aber was war das alles gegen dieses Schluchzen, das da vom Bett zu ihm drang? Amy benutzte ihre Tränen nicht als Waffe. Sie war machtlos dagegen – so machtlos, dass ihr ganzer Körper wie in einem Krampf geschüttelt wurde.

Langsam ging Tad auf das Bett zu. Als er sie berührte, zuckte sie zusammen und rückte weg. Ohne ein Wort zu sagen, legte Tad sich neben sie. Sie versuchte, ihm auszuweichen, aber er nahm sie in die Arme und ließ sie nicht wieder los, sosehr sie sich auch wehrte. Seine Umarmung war stark und doch zärtlich. Nach einer Weile gab Amy ihren Widerstand auf.

»Ich lass dich nicht allein«, murmelte er.

Es war schon beinahe dunkel, als ihr Körper endlich zur Ruhe kam. Die Tränen waren versiegt, schwach und elend lag Amy in Tads Armen. Sie spürte seinen Herzschlag an ihrer Brust, und dieses stetige, gleichbleibende Geräusch beruhigte sie.

Beinahe hätte sie es ihm gesagt. Dieser Gedanke ging Amy nicht aus dem Kopf. *Ich habe dein Baby verloren.* Würde Tad sie auch dann noch so zärtlich halten, wenn sie diesen Satz ausgesprochen hätte?

Wieder kam die Frage in ihr auf, die sie sich schon unzählige Male gestellt hatte. Sollte sie es ihm überhaupt jemals sagen? Welchen Sinn hatte es, wenn sie ihm Schmerzen zufügte für etwas, das so lange zurücklag? Und der Schmerz würde kommen, nachdem der erste Zorn sich gelegt hatte. Da war sich Amy ganz sicher. Er würde diesem Baby nachtrauern und doch nichts mehr ändern können. Hatte das Sinn?

Und wie sollte sie ihm die Sache mit Eric erklären, ohne alte Wunden wieder aufzureißen? Damals hatte Tad sie nicht mehr gewollt, das hatte Jess ihr unmissverständlich gesagt. Aber Eric hatte gewollt. Aus verletztem Stolz hatte sie sich ihm zugewandt, das war Amy heute ganz klar. Und ihr Pflichtbewusstsein war dann fast drei Jahre lang stärker gewesen als ihr Wunsch, diese Ehe zu beenden. Vielleicht, wenn sie damals nach dem Unfall nicht so schwach gewesen wäre … Ja, vielleicht hätte sie Eric dann niemals ein solches Versprechen gegeben.

Sie konnte sich noch so gut an den Tag erinnern: Sie hatten sich gestritten, laute Stimmen, dann der Sturz. Alles um sie herum war dunkel geworden. Das Baby … Tads Baby!

Als sie wieder zu Bewusstsein gekommen war, hatte ihr erster Gedanke dem Baby gegolten. Noch bevor sie die Augen wieder geöffnet hatte, glitt ihre Hand zu ihrem Bauch.

»Das Baby.« Als sie die schweren Augenlider hob, sah sie Eric neben dem Bett.

»Tot.«

Nie in ihrem Leben würde sie diesen Schmerz vergessen. Sie hatte die Augen wieder geschlossen. »Nein, nein«, hatte sie immer wieder gemurmelt. »Mein Baby, Tads Baby …«

»Hör mir zu, Amy.« Erics Stimme klang kalt und überlegt. Drei Tage lang hatte er darauf gewartet, dass Amy aus ihrer Bewusstlosigkeit erwachen würde. Sie hatte viel Blut verloren bei der Fehlgeburt, und die Ärzte hatten ihn auf das Schlimmste vorbereitet. Aber sie durfte nicht sterben. Sie würde bezahlen für das, was sie ihm angetan hatte.

Als Eric sie kennengelernt und umworben hatte, war er sich sicher, sie zu lieben. Aber jetzt hatten sich seine Gefühle für Amy gewandelt. Sie grenzten an Hass. Diese Frau hatte es nicht verdient, mit ihm verheiratet zu sein. Sie hatte einen Narren aus ihm gemacht – aus ihm, Lord Wickerton! Und dafür würde sie büßen.

»Mein Baby …«

»Das Baby ist tot«, sagte er noch einmal brutal. Dann griff er nach ihrer Hand. »Sieh mich an, Amy.« Erst als sie seiner Aufforderung folgte, sprach er weiter. »Du bist hier in einer Privatklinik. Und der Grund, warum du hier bist, wird niemals an die Öffentlichkeit dringen. Allerdings nur dann, wenn du tust, was ich dir sage.«

»Eric …« Amy hatte gar nicht richtig zugehört. Mit beiden Händen hielt sie seine Hand fest. »Eric, ist es wirklich wahr? Kann es nicht sein, dass die Ärzte sich geirrt haben?«

»Du hattest eine Fehlgeburt. Die Diener im Haus sind verschwiegen. Und allen anderen habe ich gesagt, dass wir für einige Tage verreist sind.«

»Ich verstehe nicht …« Sie ließ seine Hand los und presste ihre Fingerspitzen auf den Bauch. »Der Sturz … Ich bin die Treppe hinuntergestürzt. Aber …«

»Ein Unfall«, unterbrach Eric sie, und es klang so, als wäre gar nichts dabei, ein Baby zu verlieren.

Amy schlug beide Hände vors Gesicht. »Tad, Tad …«, murmelte sie immer wieder.

»Du bist meine Frau«, sagte Eric kalt. »Und das bleibt auch so, bis ich dich nicht mehr will.« Amy nahm die Hände vom Gesicht und sah ihn verständnislos an. »Oder soll ich deinen Liebhaber anrufen und ihm sagen, dass du mich geheiratet hast, während du ein Kind von ihm im Bauch hattest?«

»Nein.« Amys Antwort war nur ein Flüstern. Tad! Wie sehr sie sich nach ihm sehnte. Aber er war für sie genauso verloren wie sein Kind, das sie getragen hatte.

»Gut, dann wirst du tun, was ich dir sage«, hörte sie wieder Erics Stimme. »Du wirst dich sofort vom professionellen Tennis zurückziehen. Ich will nicht, dass die Presse Vermutungen über dich und deinen Geliebten anstellt und dabei meinen guten Namen durch den Schmutz zieht. Du wirst dich benehmen, wie es einer Lady Wickerton ansteht. Ich werde dich nicht anrühren«, fuhr er fort, ohne auch nur einmal seine Stimme zu heben. »Jegliche körperliche Anziehungskraft, die du auf mich ausgeübt hast, ist verschwunden. Du wirst genau das tun, was ich von dir verlange – oder dein Geliebter wird von mir erfahren, was für ein mieses Spiel du getrieben hast. Ist das klar?«

Was spielte das jetzt noch für eine Rolle? War sie nicht bereits so gut wie tot – tot wie ihr Baby? »Ja, ich werde tun, was du von mir verlangst. Und jetzt lass mich bitte allein.«

»Wie du willst.« Eric stand auf. »Wenn es dir wieder besser geht, werden wir eine offizielle Nachricht an die Presse geben, dass du dich vom Tennissport zurückziehst. Als Grund wirst du angeben, dass du keine Zeit mehr für diesen Sport hast, weil du deinen Mann nicht allein lassen willst und weil du in deiner Position genügend andere Pflichten hast.«

»Geh jetzt bitte, Eric.«

»Gibst du mir dein Wort darauf?«, meinte er abschließend.

Sie sah ihn lange an, dann schloss sie die Augen und nickte. »Ja, Eric, ich gebe dir mein Wort darauf.«

Und sie hatte ihr Wort gehalten. Sie hatte zusehen müssen, mit welcher Genugtuung Eric zur Kenntnis nahm, dass ihr Vater sich von ihr abgewandt hatte. Sie hatte über seine diskreten, aber immer häufigeren Affären hinweggesehen und war im Laufe der Zeit immer schwermütiger geworden.

Es hatte sehr lange gedauert, bis Amys Lebensgeister wenigstens teilweise wieder erwachten. Abgeschnitten von ihrem bisherigen Leben, ohne alte Freunde und Bekannte, die sie hätte um Rat fragen können, ohne den Beistand ihres Vaters, hatte es lange Zeit so ausgesehen, als hätte Eric sie für immer in der Hand.

Erst als der Schmerz über den Verlust des Babys, der sie so lange betäubt hatte, etwas nachließ, konnte sie wieder klar denken. Sie musste von diesem Mann weg, oder ihr ganzes weiteres Leben wäre zerstört. Immer deutlicher sah Amy, dass es keinen anderen Ausweg gab.

Sie wusste, dass für Eric Wickerton nichts wichtiger war als sein guter Ruf und der seiner Familie. Nur hier lag eine Chance für Amy, dass er in eine Scheidung einwilligte. Sie wusste von seinen zahlreichen Affären mit anderen Frauen – er wusste von Tads Baby, das sie getragen hatte, als sie ihn heiratete. Das war die Grundlage für ein Abkommen, an dessen Ende die Scheidung stand.

Und jetzt war Eric zurückgekommen. Vielleicht liegt es daran, dass er mir meinen Erfolg auf dem Tennisplatz nicht gönnt, überlegte Amy. Trotzdem glaubte sie nicht, dass er seinen Teil der Vereinbarung brechen würde. Schon allein deshalb nicht, weil er sie mit seinem Wissen immer noch in der Hand hatte. Und diesen Vorteil würde er gewiss nicht aufgeben.

Sollte sie ihm den Wind aus den Segeln nehmen und Tad doch alles erzählen? Amy dachte wieder zurück an Tads Gesichtsausdruck, als er Eric an der Tür begegnet war. Nein, Tad würde ihr nicht verzeihen. Vielleicht später einmal, wenn ihre Beziehung zueinander sich gefestigt hatte – vielleicht würde sie es ihm dann sagen.

Amy atmete so ruhig und gleichmäßig, dass man hätte meinen können, sie schliefe. Aber Tad wusste, dass sie wach war und nachdachte.

Welche Geheimnisse hielt sie vor ihm verborgen? Und wie lange würde es noch dauern, bis sie endlich bereit war, darüber zu sprechen? Er wollte sie drängen, wollte fragen, aber sie schien so verletzbar und schutzbedürftig, dass er es nicht fertigbrachte. Wenn er jetzt versuchte, ihr Antworten zu entlocken, dann würde er vermutlich genau das Gegenteil erreichen. Amy würde sich zurückziehen in ihr Schneckenhaus, und dann konnte er gar nicht mehr an sie herankommen.

»Besser?«, fragte Tad leise.

Sie seufzte, und dann spürte er an der Bewegung ihres Kopfes an seiner Brust, dass sie nickte.

Etwas gab es, das sie bereinigen konnte und das vielleicht auch schon helfen würde, die Atmosphäre zwischen ihnen wieder zu verbessern. »Tad, er bedeutet mir überhaupt nichts mehr. Glaubst du mir das?«

Als er mit der Antwort zögerte, fasste sie noch einmal nach. »Bitte, glaub mir. Ich empfinde überhaupt nichts mehr für Eric – noch nicht einmal Hass. Unsere Ehe war ein Fehler, von Anfang an.«

»Aber warum …«

»Es hat immer nur dich gegeben«, unterbrach Amy ihn. »Nur dich, Tad.« Sie küsste ihn, hielt seinen Kopf zwischen den Händen und bedeckte sein ganzes Gesicht mit Küssen. »Es ist, als hätte ich in den Jahren gar nicht richtig gelebt.« Wieder fanden ihre Lippen seinen Mund. »Ich brauche dich, Tad. Nur dich!«

Die Erregung packte sie beide so schnell, dass keine Zeit mehr blieb für Fragen. Amys Hände zerrten an seinen Sachen. Sie konnte es nicht erwarten, seinen nackten Körper zu spüren, sich an ihn zu pressen und die schlimmen Gedanken zu vergessen.

Mit einer Wildheit, wie er sie bei ihr noch nicht erlebt hatte, übernahm sie es, seine Erregung zu steigern. Ihre Hände waren in Bewegung, ihre Lippen berührten immer wieder seinen Körper und hinterließen heiße Spuren auf seiner Haut.

Sie ließ sich keine Zeit, ihn mit zärtlichem, sanftem Spiel zu verwöhnen. Ihre Bewegungen waren leidenschaftlich, ihre Haut bald schweißnass.

Tad spürte, dass es nicht mehr lange dauern konnte, bis er die Kontrolle über seinen Körper verlor. Sie rollten auf dem Bett hin und her. Er riss ihr das T-Shirt vom Körper, und keiner von beiden hörte, wie der Stoff bei dieser ungestümen Bewegung zerriss.

»Amy, jetzt. Bitte.« Seine Stimme klang rau.

»Nein, nein.« Sie lachte, und dieser Klang steigerte sein Be-

gehren noch. Sie spürte, wie sehr sich ihr Körper nach Erfüllung sehnte. Trotzdem zögerte Amy es noch hinaus. Seine
Hände glitten über ihren Körper, und sie bog sich ihnen entgegen.

Zu ihm gehörte sie, zu dem einzigen Mann, der ein solches
Feuer in ihr entfachen konnte. Zu ihm würde sie immer gehören. Alle Gedanken an früher waren verbannt. Es gab nur noch
den Augenblick. Dieses halbdunkle Zimmer, sein starker Körper auf ihrem.

Diesmal protestierte sie nicht, als Tad mit beiden Händen
ihre Hüften umfasste und sie festhielt. Sie legte ihren Kopf
zurück, ihre Augen waren geschlossen, und sie bog sich ihm
entgegen, als er zu ihr kam. Sie wusste nicht mehr, ob sie sein
Stöhnen hörte oder ihr eigenes, als sie beide dem Höhepunkt
zustrebten und sich aneinander festklammerten, als wollten
sie sich nie mehr loslassen.

8. Kapitel

Autos hatten immer zu Amys Leben gehört. Als sie noch ein Kind war, hatte ihr Vater einen Chauffeur namens George eingestellt. Sie konnte sich sogar noch an den Wagen erinnern, den sie damals gehabt hatten. Eine schwere Limousine mit getönten Scheiben und einer eingebauten Bar.

Lady Wickertons Fahrer hieß Peter. Der Wagen war ein eleganter, unauffällig grauer Daimler. Sie trauerte weder ihm noch dem Chauffeur nach, als sie durch die Vororte nach Wimbledon fuhr.

In einigen Stunden würde sie auf dem Centre-Court stehen. Die Gedanken nur noch auf das Spiel gerichtet, in sich den unbändigen Willen zu gewinnen.

Ein Mal, in dem Jahr ihrer Liebe zu Tad, hatten sie beide Wimbledon gewonnen. Diesmal musste Amy gegen Maria Rayski spielen. Hatte sie damals nach dem ersten Sieg in Wimbledon geglaubt, nun würde ihr Leben erst wirklich beginnen, so wusste sie heute, dass das nicht gestimmt hatte.

Heute war der Tag, an dem sich alles entscheiden würde. Sie spielte auf dem Boden, der ihr am besten lag, und sie würde ihr Bestes geben in einem Land, wo sie sich so lange in ihrer Ehe wie eine Gefangene vorgekommen war. Wenn es ihr gelang, dieses Spiel zu gewinnen, dann würde sich auch privat eine Möglichkeit finden, ihr Leben wieder auf eine feste Basis zu stellen.

Sie dachte an Tad, der als Junge den Schwur getan hatte, eines Tages Wimbledon zu gewinnen. Jetzt, in dieser Limousine, auf der Fahrt zum Centre-Court, tat Amy einen ähnlichen Schwur. Sie wollte gewinnen, wollte aller Welt zeigen, dass

Amy Wolfe wieder da war, dass ihre bisherigen Erfolge kein Zufall gewesen waren. Das würde ihr die Kraft geben, allen Problemen die Stirn zu bieten.

Für diese frühe Tageszeit waren schon erstaunlich viele Zuschauer da. Amy fühlte sich seltsam beschwingt und locker, als sie aus dem Wagen stieg. Freundlich erfüllte sie die Autogrammwünsche. Das war ihr Tag, sie spürte es ganz deutlich. Ein sonniger Tag im Juli – was konnte da schon schiefgehen?

Eigentlich hatte sich nicht viel verändert seit den Zeiten, als ihr Vater hier gespielt hatte. Im Bereich hinter der Tribüne, der nur den Aktiven, Offiziellen und einigen bekannten Persönlichkeiten vorbehalten war, flogen Wortfetzen hin und her, es wurde gelacht und gescherzt – und doch spürte man unterschwellig die Nervosität, die die Spieler erfasst hatte, ihre Betreuer und diejenigen, die um sie zitterten.

Amy sah einige bekannte Gesichter von früheren Wimbledon-Siegern. Für sie war es einmal im Jahr zur Zeit des Turniers wie ein großes Familienfest, auf dem sie sich alle wiedersahen, von vergangenen Zeiten erzählten und die betrauerten, die nicht mehr dabei sein konnten.

Aber dann gab es auch solche, die Amy in ihrer Zeit als Lady Wickerton am Grosvenor Square empfangen hatte. Für die war Wimbledon mehr ein gesellschaftliches als ein sportliches Ereignis. Eines, auf dem man sich unbedingt sehen lassen musste – so wie in Ascot zu den berühmten Pferderennen.

Amy hatte gewusst, dass ihr das bevorstand, und so hatte sie sich völlig in der Gewalt, als es sich nicht umgehen ließ, die Bekannten aus ihrer Zeit mit Eric zu begrüßen.

»Amy, wie schön, dich wiederzusehen …«

»Ich hätte dich beinahe nicht erkannt im Tennisdress …«

»Schade, dass wir uns nicht mehr bei den Partys treffen …«

Genauso nichtssagende Äußerungen, wie sie sie während ihrer Ehe immer wieder gehört und entsprechend freundlich und nichtssagend beantwortet hatte. Diese Leute spielten ihre

Rollen viel zu perfekt, als dass einer auch nur auf die Idee gekommen wäre, ehrlich zu sagen, was er dachte.

»Wo ist dein alter Herr?«

Amy fuhr herum, und plötzlich strahlte sie. »Stretch McBride, du hast dich überhaupt nicht verändert.«

Natürlich hatte er sich verändert. Beide wussten es, aber es störte sie nicht. Als Amy ihm als kleines Mädchen zum ersten Mal auf einem Tennisplatz begegnet war, war Stretch so um die dreißig gewesen. Er hatte alles gewonnen, was es damals zu gewinnen gab. Er war immer noch sehr schlank, aber die zwanzig Jahre hatten ihre Spuren hinterlassen.

»Du hast immer schon entzückend lügen können«, brummte er und gab ihr einen Kuss auf die Wange. »Wo ist Jim?«

»In den Staaten«, antwortete Amy und lächelte immer noch. »Wie geht es dir, Stretch?«

»Gut, ich kann nicht klagen. Mittlerweile habe ich fünf Enkelkinder und mehrere Geschäfte für Sportartikel an der Ostküste.« Er nahm ihre Hand zwischen seine. »Du willst mir doch nicht sagen, dass Jim nicht nach Wimbledon kommt, oder? Ich kann mich nicht erinnern, dass er in den letzten vierzig Jahren ein Turnier hier verpasst hat.«

Amy versuchte, sich nicht anmerken zu lassen, wie weh ihr dieses Gespräch über ihren Vater tat. »Soviel ich weiß, wird er nicht kommen. Ich freue mich so, dich wiederzusehen, Stretch. Ich habe übrigens nicht vergessen, dass du mir die unterschnittene Rückhand beigebracht hast.«

Er lachte geschmeichelt. »Dann setz sie auch heute gegen Maria ein«, sagte er. »Ich mag es nun einmal, wenn Amerikaner hier in Wimbledon gewinnen. Bestell deinem Vater einen schönen Gruß von mir.«

»Pass auf dich auf, Stretch.« Sie gab ihm noch einen Kuss auf die Wange, und dann ging er weiter.

Amy drehte sich um und wollte sich auf den Weg zu ihrer Kabine machen, als sie plötzlich Lady Daphne Evans gegenüberstand. Mit ihr hatte Eric eine nicht so diskrete Affäre gehabt. Das Lächeln verschwand aus Amys Gesicht, aber ihre Stimme klang gleichbleibend freundlich.

»Daphne, Sie sehen fantastisch aus.«

»Amy.« Daphne ließ ihren Blick über Amys kurzen Tennisrock gehen, die schlanken Beine entlang bis hinunter zu den Schuhen. »Sie sehen ganz anders aus, als ich Sie in Erinnerung hatte. Wie seltsam, Ihnen als Sportlerin wieder zu begegnen.«

»Seltsam? Ich bin immer Sportlerin gewesen. Wie geht es Ihrem Mann?«

Die Spitze wurde mit einem etwas zu schrillen Lachen erwidert. »Miles ist geschäftlich in Spanien. Es hat sich so ergeben, dass Eric mich heute hierher begleitet hat.«

Nichts in Amys Gesicht zeigte, wie unvermutet sie das traf. »So, Eric ist also hier?«

»Ja, natürlich.« Daphne griff an den Rand ihres großen Hutes. »Sie glauben doch nicht, dass er sich Wimbledon entgehen lässt.« Noch einmal ging ihr Blick über Amys Figur. »Wir werden Sie doch auf dem Ball sehen, nicht wahr?«

»Sicher. Die Teilnahme ist für mich als Profi doch Pflicht.«

»Nun, dann toi, toi, toi! Oder wie sagt man in Ihren Kreisen?« Bevor Amy noch eine Antwort geben konnte, war sie davongerauscht.

Amy atmete tief durch. Wenn ihr jetzt nur niemand mehr begegnete, bis sie die Kabine erreicht hatte. Das Spiel würde schon schwer genug werden, ohne dass sie auch noch gegen die Geister ihrer Vergangenheit kämpfen musste. Was sie jetzt dringend brauchte, waren einige Minuten Ruhe, damit sie sich entspannen und auf das Spiel vorbereiten konnte.

Sie kannte Eric gut genug, um zu wissen, dass er Daphne losgeschickt und ihr gesagt hatte, sie solle Amy ausfindig machen. Er wollte, dass sie wusste, dass er unter den Zuschauern saß. Wahrscheinlich würde es ihm Spaß machen zu sehen, dass sie nervös war und schließlich das Spiel verlor.

Als Amy den Platz betrat, war sie äußerlich völlig ruhig. Nur sie selbst wusste, wie ängstlich sie es vermied, auch nur einen Blick auf die Zuschauerränge zu werfen. Sie hielt die Augen gesenkt, beschäftigte sich mit den Vorbereitungen und ging dann zur Grundlinie.

Maria Rayski auf der anderen Seite des Netzes machte noch einige Lockerungsübungen, winkte fröhlich ins Publikum und schien völlig gelöst und siegesgewiss.

Amy sah die Fernsehkameras. Die Technik machte es möglich, dass die Spiele aus Wimbledon auch nach Amerika übertragen wurden. Ob ihr Vater wohl vor dem Fernsehgerät saß und zuschaute?

In den ersten Spielen tasteten die beiden Gegnerinnen sich zuerst einmal vorsichtig ab. Es schien, dass Maria Rayski auf dem Rasen des Centre-Court schneller spielte als Amy. Dafür stellte sich aber schnell heraus, dass Amy die überlegtere Spielerin mit der besseren Taktik war. Es dauerte eine Weile, bis beide sich eingespielt hatten und die Bälle besser einschätzen konnten, die auf diesem Untergrund ganz anders sprangen als beispielsweise auf einem Hartplatz oder auf Sand.

Das Spiel war ausgeglichen, und die vierzehntausend Zuschauer kamen bei einigen interessanten Ballwechseln voll auf ihre Kosten. Beide spielten voll konzentriert und gaben keinen Ball verloren. Das war es, was das Publikum sehen wollte.

Amys Aufschläge kamen sehr sicher und platziert, ohne dass sie damit ihre Gegnerin allerdings hätte überraschen können. Sie parierte die Schläge geschickt und lockte Amy mehr als einmal mit überraschenden Stopps ans Netz.

Amy fühlte sich sicher, hatte während des ganzen Spiels nicht ein Mal das Gefühl, dass die Rayski ihr überlegen wäre. Sie spielte ruhig und mit einer Sicherheit, die nach der langen Wettkampfpause erstaunlich war.

Das alles änderte sich schlagartig, als die Spielerinnen sich vor dem dritten Satz auf ihre Stühle setzten, einen Schluck tranken und sich den Schweiß von den Gesichtern wischten. Amy nahm das Handtuch vom Gesicht, atmete tief aus und legte den Kopf dann etwas zurück. Ihr Blick traf genau Erics Augen, der ihr gegenüber auf der Zuschauertribüne saß und sie mit einem kühlen Lächeln ansah. Fast unmerklich hob er die Hand. War das ein Gruß – oder vielleicht eine Warnung?

Tad rutschte nervös auf seinem Stuhl hin und her. Was war los mit Amy? Sie hatte zwei Spiele hintereinander verloren. Die Doppelfehler häuften sich. Sicher, die Rayski spielte hervorragend, aber bis zum Beginn des dritten Satzes war das Spiel völlig ausgeglichen gewesen. Jetzt allerdings war Amy ihrer Gegnerin unterlegen. Sie spielte mechanisch, ohne Druck, nicht konzentriert genug, so wie während der ersten beiden Sätze. Sie gab Spiele verloren durch Leichtsinnsfehler, die er noch nie bei ihr beobachtet hatte.

Wenn er Amy nicht so gut kennen würde, hätte Tad geschworen, dass sie das Spiel bereits aufgegeben hatte. Aber das konnte nicht sein – nicht bei Amy. Sie kämpfte normalerweise um jeden Ball, um jeden Punkt.

Tad beobachtete sie sehr genau, ob er ein Anzeichen für eine Verletzung bei ihr feststellen konnte. Aber da schien alles in Ordnung zu sein. Auch nicht der leiseste Anschein einer Verletzung war zu erkennen. Ihr Gesicht war ruhig und ohne jeglichen Ausdruck wie eine Maske.

Als es im dritten Spiel fünfzehn zu null gegen Amy stand, war sich Tad sicher, dass die Ursache irgendwo anders zu suchen sei. Er sah sich unter den Zuschauern um. Konnte es sein, dass jemand auf der Tribüne saß, dessen Erscheinen sie so durcheinandergebracht hatte?

Viele der Gesichter auf den Rängen waren ihm bekannt. Von einigen kannte Tad nur den Namen, andere hatte er auch persönlich kennengelernt. Da war ein Tennis spielender Schauspieler, gegen den er einmal in einem Schaukampf angetreten

war. Die Primaballerina, die Amy ihm nach einer Ballettauf-
führung vorgestellt hatte. Neben ihr saß ein bekannter Sänger
von Country- und Western-Liedern.

Tads Blick ging über sie alle hinweg auf der Suche nach einer
Antwort. Er fand sie in der Nähe der königlichen Loge. Auf
Erics Gesicht lag ein kaltes, sehr selbstzufriedenes Lächeln,
während er seiner Ex-Frau zusah.

Unbändiger Zorn stieg in Tad auf, als er in dieses Gesicht
blickte. Im ersten Impuls wollte er aufspringen und mit seiner
Faust dieses selbstgefällige Grinsen aus seinem Gesicht schlagen.

»Dieser verdammte Kerl«, murmelte Tad und stand auf. Im
selben Moment griff eine Hand nach seinem Arm und hielt ihn
fest.

»Was willst du tun?«, fragte Madge.

»Etwas, das ich schon vor drei Jahren hätte tun sollen.«

Madge hielt seinen Arm immer noch fest, als sie der Richtung folgte, in die Tad sah. »Oh, je!« Für einen Moment überlegte sie, ob er nicht recht hatte mit dem, was er tun wollte,
aber dann siegte doch ihre Vernunft. »Bitte, Tad, wenn du ihn
jetzt aus dem Anzug haust, hilfst du damit Amy überhaupt
nicht.«

»Und ob ich ihr helfe«, widersprach er. »Dieser Kerl ist doch
nur hier, um Amy aus dem Konzept zu bringen.«

»Ich weiß. Und offensichtlich hat er damit auch Erfolg«, gab
Madge zu. »Geh lieber zu ihr und sprich mit ihr.« Der Blick,
den Tad ihr zuwarf, hätte jeden anderen den Kopf einziehen
lassen. Nicht so Madge. Sie begegnete diesem Blick ganz ruhig
und hielt ihm stand. »Ich weiß, dass du dich jetzt am liebsten
schlagen würdest, Starbuck. Aber spar dir das auf bis nach dem
Spiel. Dann mach ich sogar den Schiedsrichter. Jetzt ist es besser, wenn du deinen Kopf anstelle deiner Fäuste gebrauchst.«

Es dauerte einen Augenblick, bis Tad über sich selbst gesiegt
und eingesehen hatte, dass Madge recht hatte. »Aber wenn es

nicht hilft«, stieß er zwischen den Zähnen hervor, »dann brech ich ihm alle Knochen.«

»Und ich werde dich anfeuern«, versprach Madge, während Tad sich schon abwandte und hinunter zum Spielfeld ging.

Er wusste, dass seine Chance gering war, zumal ihm nur ganz wenig Zeit zwischen den Spielen zur Verfügung stand. Also musste er seine Worte sehr sorgfältig wählen. Es durften nur wenige sein – aber sie mussten dafür umso besser treffen.

Amy ließ sich nach dem Spiel erschöpft auf ihren Stuhl fallen.

»Kannst du mir sagen, was mit dir los ist?«

Sie zuckte zusammen, als sie seine Stimme hinter sich hörte. »Nichts«, sagte sie leise und ohne sich umzudrehen.

»Die Rayski spielt mit dir Katz und Maus.«

»Lass mich in Ruhe, Tad.«

»Willst du ihm wirklich die Genugtuung geben, dich hier vor vierzehntausend Leuten und all den Fernsehkameras untergehen zu sehen?« Seine Stimme klang hart und voller Sarkasmus.

Das schien gesessen zu haben. Sie wandte den Kopf, sah ihn an, und in ihren Augen brannte Zorn. Genau das hatte er erreichen wollen, sie aufzurütteln, ihren Widerstand wachzurufen. Aber es reichte noch nicht, er musste noch schwerere Geschütze auffahren, um sie wirklich zu packen.

»Ich hätte niemals gedacht, dass du so leicht aufgibst.«

»Scher dich zum Teufel!« Der Schiedsrichter hatte die Pause noch nicht beendet. Trotzdem sprang Amy auf und ging mit langen Schritten zurück zur Grundlinie. Ihre Gegnerin sah verblüfft auf und fragte sich, warum Amy die Pause nicht voll ausnutzte.

Während sie auf Maria Rayski wartete, brodelte es in Amy. Keiner sollte jemals von ihr behaupten können, dass sie aufgab. Das hatte sie noch niemals getan, und das würde sie auch niemals tun. Wie konnte Tad es wagen, so mit ihr zu reden?

Die Rayski hatte ihre Position eingenommen. Amy ließ den Ball einige Mal auf dem Boden aufspringen, warf ihn dann in die Luft und traf ihn voll und mit solcher Wucht, dass selbst die Zuschauer in den letzten Reihen noch hörten, wie sie dabei den Atem ausstieß. Der feine Staub auf der Grundlinie wurde aufgewirbelt. Ein Ass. Nur im Unterbewusstsein hörte Amy den Applaus. Sie bereitete sich bereits auf ihren nächsten Aufschlag vor.

Plötzlich hatte ihr Spiel wieder Biss. Man spürte förmlich die Energie, die die Wut in ihr freigesetzt hatte. Amy rannte über den Platz, erlief sich jeden auch noch so aussichtslosen Ball und hämmerte ihn mit einer Wucht zurück, als wäre er ihr Feind, den sie zerstören wollte.

Nur Tad wusste, dass sie mit jedem Schlag eigentlich ihn treffen wollte. Mit einem zufriedenen Lächeln lehnte er sich in seinen Sitz zurück. Jetzt war ihm nicht mehr bange. Er wusste, dass keine Gegnerin gegen eine so wütend aufspielende Amy auch nur den Hauch einer Chance hatte.

Es war ein Genuss, ihr zuzuschauen. Die langen Beine, die starken Schultern, die in so krassem Gegensatz zu ihrer schmalen Taille standen. Und nur er wusste, dass sie im Grunde genauso war, wie sie jetzt spielte. Alle hielten sie für die kühle Lady, aber in seinen Armen wurde sie zu einem Vulkan. Und sie gehörte ihm – ganz allein ihm, sagte Tad sich, während er ihr zusah und sich nach ihr sehnte.

Nachdem Amy einen Rückhandvolley an der Rayski vorbei in die äußerste Ecke gesetzt hatte, sah Tad hinüber zu Eric. Sein Lächeln war verschwunden. Er schien zu merken, dass er beobachtet wurde. Plötzlich drehte er den Kopf, und über die Entfernung hinweg sahen die beiden Männer sich an. Tad lachte triumphierend, und sofort wandte Eric sich ab.

Und dann war das Spiel vorüber. Amy hatte den Wimbledontitel der Damen gewonnen, und Maria Rayski erwies sich als faire Verliererin. Sie gratulierte als Erste, und als Amy nachher die Schale in Empfang nahm und vor der Herzogin von

Kent einen Hofknicks machte, lächelte sie freundlich, obwohl sie innerlich kochte.

Selbst der so heiß ersehnte Titel konnte ihren Zorn auf Tad nicht mindern. Ganz mechanisch hielt sie die Schale für die Fotografen in die Höhe, lächelte ins Publikum und ließ die Fragen der Reporter über sich ergehen. Sie spürte keine Müdigkeit, selbst der Schmerz in ihrem Arm war unwichtig.

Endlich gelang es ihr, der Presse und all den Gratulanten zu entgehen und unter die Dusche zu verschwinden. Die ganze Zeit über kämpfte sie mit sich, ob sie zum Herrenendspiel im Stadion bleiben sollte oder nicht. Schließlich siegte aber doch ihre Neugier, und sie blieb.

Tad musste über fünf hart umkämpfte Sätze gehen, bevor er den Titel gewonnen hatte. Beinahe dreieinhalb Stunden lang war er voll konzentriert, bevor es ihm schließlich gelang, seinen Gegner zu bezwingen. Amy verließ das Stadion, bevor der Jubel abgeklungen war.

Tad wusste genau, dass sie auf ihn wartete. Schon bevor er den Schlüssel ins Türschloss steckte, freute er sich darauf. Keine Spur von Müdigkeit war in ihm. Wie üblich nach einem Sieg in Wimbledon, hatten auch eine ausgiebige Dusche und die Massage ihn nicht abkühlen können.

Er fühlte sich wie ein Ritter nach gewonnener Schlacht. Jetzt kam er nach Hause, und die Frau seines Herzens wartete auf ihn. Aber sie würde sich nicht voller Begeisterung in seine Arme stürzen. Dafür kannte Tad Amy viel zu gut. Er wusste genau, dass sie ihm jetzt am liebsten die Augen auskratzen würde. Und er freute sich darauf.

Lächelnd drehte Tad den Schlüssel und öffnete die Tür. Er hatte sie noch nicht wieder hinter sich geschlossen, als Amy bereits aus dem Schlafzimmer gestürzt kam.

»Herzlichen Glückwunsch, mein Schatz!«, sagte er. »Darf ich heute Abend zum ersten Tanz bitten?«

»Wie kannst du es wagen, mitten in einem Match mir so etwas zu sagen?«, fuhr sie ihn an. »Wie kannst du es wagen, mir zu unterstellen, ich würde aufgeben?«

Tad stellte ganz ruhig seine Tasche auf einen Stuhl. »Wie würdest du es denn nennen, was du getan hast?«

»Ich war dabei zu verlieren. Das kann jedem einmal passieren.«

»Nein, du hattest aufgegeben«, widersprach Tad. »Genauso gut hättest du eine weiße Fahne hissen können.«

»Ich habe niemals aufgegeben.«

Er zog die Brauen hoch. »Doch, vor drei Jahren schon einmal.«

»Wie kannst du so etwas sagen?« Mit beiden Fäusten hämmerte sie außer sich vor Wut gegen seine Brust.

Aber Tad lachte nur. »Immerhin hat es geholfen«, erinnerte er sie. »Danach hast du sehr gut gespielt.« Wieder begann Tad zu lächeln. »Ich wollte eben nicht mit Maria den Ball eröffnen.«

»Du unverschämter Kerl! Ich wünschte, Grimalier hätte dir endlich einmal eine Lektion erteilt«, schrie sie ihn an. »Vielleicht wärst du dann von deinem hohen Ross heruntergekommen.«

Sie drehte sich abrupt um und wollte zurück ins Schlafzimmer stürmen, aber Tad war schneller, griff nach ihren Handgelenken und hielt sie fest.

»Willst du mir nicht gratulieren?«

»Nein!«

»Oh komm, Amy«, lachte er. »Gib dem Sieger einen Kuss.«

Amy ballte ihre Hände zu Fäusten und wollte ihn schlagen. Tad griff sie, und mit einer schnellen Bewegung warf er sie sich über die Schulter. »Ich mag es, wenn du so wütend bist«, sagte er und zerzauste mit der freien Hand ihr Haar.

Amy wehrte sich, aber er hatte sie schon hinüber ins Schlafzimmer getragen und warf sie aufs Bett. Sie wollte sich wegrollen, aber Tad war schneller. Er lag auf ihr und drückte sie mit seinem ganzen Gewicht in die Matratze.

»Lass mich los! Nimm deine Hände weg.« Sosehr sie sich auch mühte, es gab kein Entrinnen.

Seine Hand glitt in den Ausschnitt ihrer Bluse, und obwohl er ihren Augen ansah, dass er damit den gewünschten Effekt erreichte, wollte sie es immer noch nicht zugeben. »Du sollst mich nicht anfassen«, zischte sie.

»Aber ich muss dich anfassen, wenn ich mit dir schlafen will.« Lächelnd sah er in ihr wütendes Gesicht. »Anders kann ich es nicht.«

Ich darf nicht lachen, nur nicht lachen, sagte Amy sich immer wieder, obwohl sie ihr Gesicht kaum noch unter Kontrolle halten konnte.

»Deine Augen werden ganz dunkel, wenn du zornig bist«, sagte er leise und gab ihr einen Kuss. »Was ist los? Warum schreist du nicht mehr?«

»Ich habe dir nichts mehr zu sagen«, brachte Amy zwischen zusammengepressten Zähnen hervor. »Geh jetzt.«

»Aber wir haben noch nicht miteinander geschlafen«, protestierte er.

»Das werden wir auch nicht.« Sie drehte ihren Kopf zur Seite, als sein Mund wieder gefährlich nahe kam.

»Wollen wir wetten?« Mit einem schnellen Griff riss er ihre Bluse auf.

»Tad!«

»Das wollte ich schon heute Mittag, als ich dir auf dem Centre-Court zuschaute«, sagte er. »Du solltest froh sein, dass ich so lange gewartet habe.« Er drehte sich etwas zur Seite, fasste ihre Shorts mit beiden Händen und riss sie ebenfalls entzwei. Amy blieb ganz ruhig liegen. Er musste verrückt geworden sein!

»Etwas nicht in Ordnung?«, fragte Tad und umschloss ihre Brust mit beiden Händen.

»Tad, würdest du bitte aufhören, mein Zeug zu zerreißen.«

»Ist ja nichts mehr da, was ich noch zerreißen könnte«, stellte er fest. »Möchtest du dich jetzt revanchieren?«

»Nein.«

»Ich hab dich wütend gemacht, nicht wahr?«

Sie sah ihn an und kämpfte gegen das Verlangen, das er geweckt hatte. »Ja, und …«

»Wütend genug, um das Spiel doch noch zu gewinnen«, murmelte er und strich mit seinen Lippen über ihren Hals. »Und während ich dir zugeschaut habe, wollte ich dich. Ich wollte dich so sehr, Amy, dass ich fast auf den Platz gestürmt wäre. Ich weiß, wie es ist, wenn der Vulkan ausbricht, der unter deinem kühlen Äußeren verborgen ist.«

Sie stöhnte leise auf, als seine Fingerspitzen über ihre Brustspitzen glitten. Es fiel ihr schwer, sich nicht einfach dem Gefühl hinzugeben. Aber noch war ein Rest von Zorn in ihr.

»Du hattest nicht das geringste Recht zu sagen, ich würde aufgeben. Was hast du dir bloß dabei gedacht, mich so zu provozieren?«

»Ich habe nur gesagt, dass du nahe daran warst, aufzugeben«, sagte er und sah sie ernst an. »Meinst du, ich würde ruhig zusehen, wie er dich durch seine bloße Anwesenheit fertigmacht? Kein Mann hat das Recht, dich so durcheinanderzubringen – kein Mann, Amy, außer mir!«

Tad presste seine Lippen auf ihren Mund. Der Zorn war verraucht, Eric vergessen, es gab nur noch sie beide.

Immer wieder verblüffte es Amy, dass auch der eleganteste Anzug Tads wilde, beinahe animalische Ausstrahlung nicht verbergen konnte. Dunkel gekleidet, mit weißem Hemd und Fliege, sah er fantastisch aus, und doch wirkte er nicht so wie die anderen Männer auf dem Ball. Seine Kraft, seine Stärke, sein Temperament – das alles war beinahe körperlich spürbar.

Der Abschlussball in Wimbledon hatte mindestens ebenso viel Tradition wie das Turnier selbst. Die Offiziellen des Clubs verstanden es immer wieder, diesen Abend für alle Teilnehmer zu einem unvergesslichen Erlebnis werden zu lassen.

Wahrscheinlich war Amy die Einzige, die sich danach sehnte, dass endlich alles vorüber war. Sie musste sich zwingen, der Unterhaltung zu folgen, die ihr Tanzpartner begonnen hatte. Dabei wünschte sie sich nichts sehnlicher, als endlich mit Tad allein im Hotel zu sein und eine Flasche Wein auf ihren gemeinsamen Erfolg zu trinken.

Über die Schulter ihres Tanzpartners hinweg suchten ihre Augen Tad. Für einen Moment begegneten sich ihre Blicke, und Amy wusste, dass er genauso dachte wie sie.

»Sie sind eine sehr gute Tänzerin, Miss Wolfe.«

Als die Musik endete, lächelte Amy dem Mann zu. »Vielen Dank.« Jetzt erst fiel ihr auf, dass sie seinen Namen total vergessen hatte.

»Ich war ein großer Fan Ihres Vaters, müssen Sie wissen«, sagte der Mann und führte sie zurück zum Tisch. »Er war ein hervorragender Spieler.«

»Ja, das stimmt. Und er liebte dieses Turnier in Wimbledon. All den Pomp, die Tradition.«

»Schön, dass die Amerikaner hier immer noch gewinnen können.« Er zog ihre Hand an die Lippen. »Alles Gute, Miss Wolfe.«

»Jerry, wie geht es dir?«

Eine nicht mehr ganz junge Dame in einem silberfarbenen Brokatkleid stand plötzlich vor ihnen und reichte dem Mann ihre Hand zum Kuss. Lady Mallow, Eric Wickertons Schwester.

»Lucy, welch ein Freude, dich zu sehen.«

»Jerry, Brian sucht dich. Er steht da drüben an der Säule.«

»Nun, wenn die Damen mich bitte entschuldigen würden.«

Als er gegangen war, wandte Lucy sich an ihre frühere Schwägerin. »Amy, du siehst gut aus.«

»Danke, Lucy.«

Erics Schwester betrachtete sie ausgiebig. »Und wie geht es dir?«

Etwas erstaunt hob Amy die Brauen. »Gut, danke. Und dir?«

»Meine Frage war ehrlich gemeint, nicht nur eine Floskel.« Lucy zögerte und sah sich um, als wollte sie sicherstellen, dass auch keiner sie hören konnte. »Es gibt da etwas, Amy, das ich dir schon lange sagen wollte. Weißt du, ich liebe meinen Bruder«, begann Lucy leise. »Und ich weiß auch, dass du ihn nie geliebt hast. Trotzdem hast du dir während eurer Ehe nie etwas zuschulden kommen lassen. Leider ganz im Gegensatz zu Eric.«

Amy glaubte, sich verhört zu haben. War es wirklich möglich, dass seine Schwester so etwas sagte? »Lucy …«

»Die Tatsache, dass ich Eric liebe, hat mich nicht blind gemacht, Amy«, unterbrach sie. »Natürlich verhalte ich mich jedoch ihm gegenüber loyal.«

»Ja, das verstehe ich.«

Lucy sah Amy einen Moment lang schweigend an. »Amy, ich habe dir während deiner Ehe mit Eric nie geholfen, und dafür wollte ich mich bei dir entschuldigen.«

Bewegt ergriff Amy die dargebotene Hand. »Das brauchst du nicht, Lucy. Eric und ich passten einfach nicht zueinander.«

»Ich habe mich oft gefragt, warum du ihn überhaupt geheiratet hast«, sagte Lucy. »Zuerst dachte ich, es sei nur der Titel, der dich gereizt hatte. Aber ich merkte sehr schnell, dass das nicht stimmte. Zu Anfang dachte ich, eure Ehe sei glücklich, aber kurz nach der Hochzeit schien mir irgendetwas verändert zu sein.«

Über Amys Gesicht fiel ein Schatten, den Lucy sehr wohl wahrnahm. »Ich dachte schon, du hättest dir einen Geliebten genommen«, fuhr sie fort. »Aber schnell fand ich heraus, dass nicht du, sondern Eric … Nun, immerhin weiß ich heute, dass es in deinem Leben immer nur einen Mann gegeben hat.« Amy brauchte ihrem Blick gar nicht zu folgen, um zu wissen, wen Lucy bei diesen Worten ansah.

»Ja, und das hat Eric sehr verletzt«, sagte Amy leise.

»Ach, Unsinn«, widersprach Lucy resolut. »Er hätte dich nie heiraten dürfen. Aber so war mein Bruder immer schon. Ihn hat immer nur das interessiert, was anderen gehörte. Das alles hätte ich dir schon viel früher sagen sollen, Amy. Es tut mir leid, dass ich es nicht getan habe. Ich wünsche dir Glück.«

Impulsiv legte Amy einen Arm um ihre frühere Schwägerin und gab ihr einen Kuss auf die Wange. »Danke, Lucy.«

»Du hast einen sehr guten Geschmack, meine Liebe. Dieser Tad Starbuck ist ein ausgesprochen gut aussehender Mann.«

Sie wollte sich schon abwenden, als Amy noch einmal nach ihrer Hand griff. »Wenn ich dir einmal schreiben würde, würdest du mir antworten?«

»Aber natürlich! Gern sogar.« Sie winkte Amy noch einmal zu und war bald in der Menge der Ballgäste verschwunden.

Amy atmete tief durch. Wieder war etwas von dem Schuldgefühl abgebröckelt, das ihre gescheiterte Ehe in ihr hinterlassen hatte.

»Wer war das?« Tad stand neben ihr und legte eine Hand auf ihren Arm.

»Eine alte Freundin.« Sie nahm seine Hand und schmiegte ihre Wange dagegen. »Willst du mit mir tanzen? Leider gibt es hier keine andere Möglichkeit, dich nah bei mir zu spüren.«

9. Kapitel

Amy hatte große Fortschritte gemacht, was ihr Verhältnis zur Presse anging. Sie hatte ihre Furcht überwunden, zu viel zu sagen oder sich private Dinge entlocken zu lassen. Die Reporter wunderten sich, wie locker Amy Wolfe plötzlich in Pressekonferenzen ging und sich befragen ließ.

Sicher hielt sie auch jetzt noch private Dinge zurück, aber das tat sie mit so viel Charme und Witz, wie ihr das früher niemals möglich gewesen wäre.

Bevor sie zum Turnier nach Australien gekommen war, hatte Amy sich dazu durchgerungen, alle Entscheidungen erst einmal zurückzustellen. Im Augenblick wollte sie ihr Glück genießen und sich nicht mit Problemen beschäftigen. Ihr Glück, das waren Tad und Tennis.

Die Atmosphäre in Australien beim Grand-Slam-Turnier war wie üblich gut. Die Tennisfans hier bereiteten der zurückgekehrten Amy einen freundlichen Empfang, der ihr nach der Anspannung von Wimbledon ganz besonders guttat. Sie ging dieses Turnier so locker an wie noch keines zuvor. Zum ersten Mal hatte sie das Gefühl, dass ihr selbst eine Niederlage hier nicht so viel ausmachen würde.

Wer sie genau beobachtete, konnte die Veränderung bei Amy während der ersten Runden des Turniers feststellen. Sie lächelte viel häufiger als früher, und obwohl sie immer noch mit vollem Einsatz spielte, hatte man doch nicht mehr das Gefühl, dass sie so verbissen kämpfte wie in Wimbledon, Paris und Rom.

Tad saß in der ersten Reihe der leeren Zuschauertribüne und sah ihr beim Training zu. Er selbst hatte bereits zwei

Stunden Training hinter sich. Jetzt sah er ihr zu, die Augen hinter dunklen Gläsern verborgen.

Sie ist besser geworden, dachte er, während er ihr Spiel studierte. Athletischer und kraftvoller als früher. Tad wusste, dass sie immer darauf hingearbeitet hatte, nicht nur schön zu spielen, sondern auch kraftvoll und athletisch. Vielleicht hatte ihre dreijährige Abstinenz dazu beigetragen.

Nein, an die Zeit wollte er jetzt nicht denken – und auch nicht an die Fragen, auf die er noch keine Antworten bekommen hatte. Tad hatte sich vorgenommen, bis zum Ende der Saison zu warten. Dann allerdings würde er darauf bestehen, mehr von ihr zu erfahren.

Als er ihr Lachen hörte, schob er die Gedanken beiseite. Viel zu selten war sie so gelöst, dass sie herzlich lachen konnte. Vielleicht würde sich das auch ändern, wenn sie sich erst einmal ausgesprochen hatten. Tad lehnte sich zurück und sah sich um.

War Wimbledon das Stadion, in dem er sich am wohlsten fühlte, so war das Gras hier in Kooyong der Boden, auf dem er am liebsten spielte. Er war schneller als der Rasen in England, und das kam seinem Spiel zugute. Selbst jetzt noch, beinahe zum Ende der Saison, hatte der Boden nicht gelitten.

Als Amy ihr Training beendet hatte, sprang Tad auf und ging hinunter auf den Platz. »Wie wäre es mit einem Spielchen?«

Madge sah nur kurz auf und packte dann weiter ihre Tasche. »Das könnte dir so passen.«

Tad nahm ihr den Schläger aus der Hand. »Ich geb dir auch zwei Punkte vor.«

»Nimm ihn dir vor, Amy«, meinte sie. »Mir scheint, er braucht eine Lektion.«

Amy legte den Kopf schief und sah ihn abschätzend an. »Okay, Starbuck. Aber ohne Vorgabe.«

»Du schlägst auf.«

Amy stand an der Grundlinie und wartete, bis Tad seine Position eingenommen hatte. »Ziemlich lange her, seit wir zuletzt gegeneinander gespielt haben«, rief sie ihm zu.

»Ja, und damals hast du nicht einen Punkt gemacht. Willst du wirklich keine Vorgabe?«

Er hatte seine Frage kaum ausgesprochen, da hatte Amy ihm schon ein Ass vor die Füße gesetzt. Überrascht sah Tad dem Ball hinterher. »Nicht schlecht, Miss Wolfe.«

Bei ihrem zweiten Aufschlag ließ er sich nicht übertölpeln. Er traf den Ball genau und schlug ihn in die entgegengesetzte Ecke, sodass Amy über den Platz spurten musste. Ihre Rückhand war zwar nicht so kraftvoll, aber dafür setzte sie den Ball sehr platziert. Tad musste sich strecken, um ihn noch zu erreichen.

Diesmal schlug sie die Rückhand beidhändig. Tad nahm den Ball auf und retournierte ihn so kurz, dass er knapp hinter dem Netz aufkam.

»Fünfzehn beide«, rief er und ging zurück an die Grundlinie.

Amy wusste, dass sie aufgrund ihrer geringen Kraft keine Chance gegen ihn hatte. Noch spielte er sehr verhalten, aber wenn er erst einmal voll aufdrehen würde, musste sie sich geschlagen geben. Was ihr blieb, war allerdings die Möglichkeit, ihn auszutricksen.

Geduldig wartete sie ab, bis er sich zu sicher fühlte. Der Augenblick war gekommen, nachdem Tad sie mehrfach quer über den Platz gehetzt hatte und sicher war, dass sie an den nächsten Ball nicht mehr herankommen würde. Mit letzter Kraft bekam sie den Schläger noch unter den Ball und platzierte ihn so geschickt, dass er nicht mehr die Möglichkeit hatte, ihn zu erreichen.

»Du bist verdammt gut heute«, hörte sie ihn sagen.

»Und du verdammt langsam.«

Ihren nächsten Aufschlag hämmerte er mit einer solchen Kraft zurück, dass sie keine Chance hatte.

»Hast du was gesagt?«, rief er scheinheilig.

»Kein Wort.« Jetzt hatte sie der Ehrgeiz gepackt. Als sie zu ihm hinübersah, merkte sie sofort, dass er nicht auf den Ball sah, sondern ganz offensichtlich auf den etwas tiefen Ausschnitt ihres T-Shirts.

Scheinbar unabsichtlich beugte sie sich noch weiter vor, als sie den Ball einige Mal auf den Boden tippte, bevor sie den Schläger hob und den Ball in die Luft warf.

Für einen Sekundenbruchteil reagierte Tad zu spät. Er kam zwar noch heran, aber Amy hatte keine Mühe, den nächsten Schlag außerhalb seiner Reichweite in die äußerste Ecke zu setzen.

Sie ließ sich Zeit, als sie einen Ball vom Boden aufhob und ihm dabei den Rücken zukehrte. Sein Blick war förmlich auf ihren langen Beinen und dem hochgerutschten Rock zu spüren. Sie strich sich mit der Hand über die Hüfte, tippte den Ball mehrmals auf und sah dann zu ihm hinüber. »Fertig?«

Er nickte, die Augen schon wieder auf ihren Ausschnitt gerichtet. Amy wartete, bis ihre Blicke sich begegneten. Er sah das Lächeln auf ihrem Gesicht.

Amy gewann den ersten Punkt mit Leichtigkeit. Lachend ging sie zum Netz. »Wohl etwas von der Rolle, Starbuck, hm?«

»Satan«, murmelte er und kam zu ihr ans Netz.

Unschuldig zog sie die Brauen hoch und sah ihn mit großen Augen an. »Ich weiß gar nicht, wovon du redest.« Sie hatte die Worte kaum ausgesprochen, als er den Schläger fallen ließ und sie an sich riss.

»Am liebsten würde ich dich jetzt auf der Stelle nehmen«, murmelte er nah an ihrem Mund.

Amy lachte. »Denk dran, das Netz ist noch zwischen uns.« Wie war es nur möglich, dass er sie schon mit einem Kuss völlig durcheinanderbringen konnte?

Tad lockerte seine Umarmung etwas und sah hinunter auf das Netz. »Sei vorsichtig, Amy. Reiz mich nicht.«

»Tu ich das?«

»Verdammt, Amy. Das weißt du ganz genau.«

Sie lehnte ihren Kopf gegen seine Brust. »Nein, manchmal nicht«, sagte sie so leise, dass er sie kaum verstehen konnte.

Es fiel ihm schwer, sie loszulassen. Aber das war weder der Zeitpunkt noch der Ort, seinen Wünschen nachzugeben. Er fasste ihre Schultern und hielt sie etwas von sich ab. »Weißt du eigentlich, dass es beim Tennis auch unerlaubte Tricks gibt?«

»Tricks?« Amy lächelte. »Welche Tricks?«

»Lässt du dir immer so viel Zeit, einen Ball aufzuheben?«

»Nein, normalerweise tun das die Balljungen«, gab sie geistesgegenwärtig zurück.

»Wart nur ab, noch einmal gelingt dir das nicht«, entgegnete er. »Und wenn du nackt spielen würdest, ich würde nicht einmal hinschauen.«

Ihre Augen blitzten amüsiert. »Wollen wir wetten?«

Tad nahm seinen Schläger, aber bevor er damit noch ihren Po treffen konnte, war sie schon lachend davongelaufen.

Die Kabinengänge waren leerer als zu Anfang des Turniers. Man merkte, dass schon einige ausgeschieden waren und sich die Reihen allmählich lichteten.

Amy freute sich auf ihr Spiel gegen ein junges Mädchen, das in dieser Saison von einem Platz über hundert in der Weltrangliste auf Position dreiundvierzig vorgeprescht war. Sie war sich sicher, dass auch diese Gegnerin sie nicht aufhalten konnte. Noch nie war Amy so nah daran gewesen, den Grand-Slam-Titel zu gewinnen, wie in diesem Jahr.

Als sie in den Umkleideraum kam, grüßte sie Tia Conway. Die Australierin kam gerade aus der Dusche. Beide wussten, dass sie sich im Laufe des Turniers noch gegenüberstehen würden.

Amy hatte sich ihre Trainingsjacke ausgezogen, als sie plötzlich Madge ganz still in einer Ecke sitzen sah. Sie hatte sich gegen die Wand gelehnt, die Augen waren geschlossen, und ihr Gesicht war bleich.

»Madge!« Amy fasste nach den Händen der Freundin und setzte sich vor sie in die Hocke.

Langsam öffnete Madge die Augen. »Wer hat gewonnen?«

Zuerst wusste Amy nicht, was sie meinte. »Oh, ich. Ich hab ihm den Punkt abgenommen.«

»Sehr gut.«

»Madge, was ist los? Deine Hände sind ja eiskalt.«

»Nichts. Wirklich nicht.« Seufzend entzog sie Amy ihre Hände und lehnte sich nach vorn.

»Madge, du bist krank. Ich werde …«

»Nein, nein, mach dir keine Sorgen.« Sie wischte sich mit einer Hand den Schweiß von der Stirn und lächelte sogar ein wenig. »Ich bin gleich wieder okay.«

»Du bist ganz bleich, Madge. Ich werde einen Doktor holen.«

Madge fasste nach ihrer Hand und hielt sie fest. »Ich war ja schon beim Doktor.«

Amys Augen weiteten sich. »Madge, um Himmels willen! Ist es schlimm?«

»Ich hab noch sieben Monate.« Als Madge sah, wie die Freundin plötzlich bleich wurde, musste sie lachen. »Amy, nein … Du hast mich falsch verstanden. Ich bin nicht todkrank – nur schwanger.«

Mit einem tiefen Seufzer der Erleichterung ließ Amy sich auf den Boden fallen. »Schwanger!«

»Scht.« Schnell sah Madge sich um. »Das braucht noch nicht jeder zu wissen. Morgens ist mir jetzt immer übel, aber der Doktor hat gesagt, das gibt sich bald wieder.«

»Madge, ich … ich weiß gar nicht, was ich sagen soll.«

»Wie wäre es mit ›Herzlichen Glückwunsch‹?«

Immer noch verblüfft schüttelte Amy den Kopf und griff nach den Händen der Freundin. »Madge, freust du dich denn?«

»Fragst du das ernsthaft? Amy, ich mag zwar im Moment nicht sonderlich glücklich aussehen, aber es gibt keine Nachricht, die mich mehr gefreut hätte. Nichts habe ich mir so sehr gewünscht wie ein Baby.«

Einen Augenblick schwieg sie, ihre Hände immer noch in Amys. »Weißt du, bis vor einigen Jahren noch war mir nichts wichtiger, als die Nummer eins im Damentennis zu werden. Ich war achtundzwanzig, als ich den Professor kennenlernte. Eigentlich wollte ich gar nicht heiraten, weil ich dachte, das würde mich nur vom Tennis ablenken. Aber ohne ihn leben wollte ich auch nicht, also heirateten wir. Wenn ich an Kinder dachte, habe ich das immer weit weggeschoben. Dafür war ja noch Zeit.« Madge seufzte, bevor sie mit ihrer Erzählung fortfuhr: »Dann wachte ich nach der Operation im Krankenhaus auf. Mein Bein tat furchtbar weh, und plötzlich wurde mir bewusst, dass ich schon zweiunddreißig war. Ich hatte alles gewonnen, was ich jemals hatte gewinnen wollen – und doch wusste ich, dass mir etwas fehlte. Fast mein ganzes Leben lang war ich durch die Welt geflogen, von einem Tennisplatz zum nächsten, von einem Hotel ins andere. Selbst nach meiner Hochzeit war Tennis zumindest das Zweitwichtigste in meinem Leben geblieben – nach dem Professor.«

»Aber du hast dein Ziel erreicht, die Nummer eins zu werden«, sagte Amy leise.

»Ja, das habe ich. Und ich habe es genossen«, gab Madge zu. »Aber weißt du, Amy, als Jess uns das Foto von ihrem Sohn zeigte, da wusste ich plötzlich, was mir fehlte. Ich wollte ein Baby. Und ich spürte, dass ich mir noch nie etwas so sehr gewünscht hatte – noch nicht einmal den Sieg in Wimbledon. Ist das nicht verrückt?«

Beide schwiegen für einen Augenblick. Amy schob den Gedanken an ihr Baby mit Gewalt beiseite. Gerade jetzt schmerzte es zu sehr, daran zu denken.

»Dieses hier ist mein letztes Turnier«, sagte Madge. »Etwas

traurig bin ich schon, aber andererseits kann ich kaum erwarten, dass ich nach Hause fahren und endlich anfangen kann, Babysachen zu stricken.«

»Du kannst doch gar nicht stricken.«

»Nun, das werde ich schon lernen. Und ansonsten werde ich zu Hause sitzen und zusehen, wie ich langsam dick werde.« Sie wandte den Kopf und sah Tränen in Amys Augen.

»Hey, Amy, was ist los?«

»Ich freue mich so für dich«, murmelte Amy. Eigentlich war es ja keine Lüge. Sie freute sich wirklich für die langjährige Trainingspartnerin, wenn auch die Tränen eine ganz andere Ursache hatten.

Madge wischte ihr die Tränen ab. Sie wusste, dass Amy nicht nur ihretwegen weinte, aber sie drang nicht weiter in sie. Wenn Amy nicht von selbst bereit war, darüber zu sprechen, dann wollte sie sie auch nicht dazu drängen.

»Madge, du musst jetzt sehr vorsichtig sein. Du darfst dich nicht übernehmen, hörst du?«

»Natürlich. Mach dir keine Sorgen, Amy. Ich pass schon auf.«

»Und was sagt der Professor dazu?«

»Er möchte am liebsten eine Pressekonferenz geben und es allen erzählen. Aber ich habe ihn davon überzeugt, dass es besser sei, bis zum Ende des Turniers zu warten und dann erst meinen Rücktritt bekannt zu geben.«

»Du brauchst doch gar nicht zurückzutreten, Madge. Leg einfach eine Pause von zwei oder drei Jahren ein.«

»Nein, Amy. Dafür bin ich schon zu alt. Ich bleib schön zu Hause und lerne, wie man mit einem Staubsauger umgeht anstatt eines Tennisschlägers.«

»Das kann ich mir bei dir gar nicht vorstellen.«

»Weißt du was, Amy? Ich werde dich und Tad zu meinem ersten selbst gekochten Essen einladen. Was hältst du davon?«

»Wunderbar.« Amy gab ihr einen Kuss auf die Wange. »Wir werden vorsichtshalber einen Magenbitter mitbringen.«

»Das ist nicht sehr nett von dir«, protestierte Madge. »Aber vielleicht doch angebracht. Wenn ich an all die Veränderungen denke, die da auf mich zukommen, dann hab ich doch etwas Angst. Bis das Baby da ist, bin ich fast vierunddreißig. Aber trotzdem weiß ich immer noch nicht, wie man eine Windel wechselt.«

»Das lernst du schon noch, Madge. Ganz bestimmt.«

»Meinst du? Und was ist, wenn unser Kind krank wird? Windpocken vielleicht. Kinder bekommen doch Windpocken, oder?«

Amy musste lachen. »Madge, nun lass dein Kind doch erst einmal zur Welt kommen und zerbrich dir darüber nicht vorher schon den Kopf.«

»Ja, vielleicht hast du recht. Ich werde das schon schaffen.« Ihr Gesicht strahlte, als sie aufstand.

»Komm, lass uns unter die Dusche gehen.« Amy griff nach dem Arm der Freundin. »Schließlich musst du heute noch ein Doppel spielen.«

Die Sache mit Madge und ihrem Baby ging Amy immer noch durch den Kopf, als sie spät an diesem Nachmittag in den Aufzug stieg, um hinauf zu ihrem Hotelzimmer zu fahren.

Hätte Tad wohl auch so reagiert wie der Professor? Hätte er auch am liebsten aller Welt sofort davon berichtet? Oder hätte er ihr vielleicht Vorwürfe gemacht? Wie hatte noch Jess damals zu ihr gesagt? Tad ist wie ein Zigeuner und wird immer einer bleiben. Keine Frau sollte jemals glauben, ihn halten zu können.

Ja, sie hatte versucht, ihn zu halten, und sie war drauf und dran, das wieder zu versuchen. Es nutzte nichts, sich etwas vorzumachen. Ihre Liebe für Tad Starbuck war niemals gestorben, und Amy wünschte sich nichts sehnlicher, als mit ihm zusammenzubleiben und ein Baby von ihm zu bekommen.

Aber konnte sie ihn auch halten? Tad war nun einmal nicht

der Märchenprinz, der es sich auf seinem Thron bequem machte, wenn er die Frau fürs Leben gefunden hatte. Er würde immer ruhelos bleiben, sich jeder Herausforderung stellen und bereits nach der nächsten suchen. Auch nach der nächsten Frau? fragte Amy sich und dachte daran, was Jess über ihren Bruder gesagt hatte.

Langsam schüttelte Amy den Kopf, als der Aufzug angekommen war. Es brachte nichts, sich darüber jetzt bereits Gedanken zu machen. Noch waren sie und Tad zusammen, und sie genoss diese gemeinsamen Tage in vollen Zügen ... Nur ein Mensch, der so wie Amy durch die Hölle gegangen war, konnte auch für den Augenblick leben, sich Tag für Tag neu an dem erfreuen, was das Leben für sie bereithielt.

Sie schloss die Tür auf und war enttäuscht, als sie ins Zimmer kam und Tad nicht vorfand. Ein Blick ins Schlafzimmer zeigte ihr, dass er auch dort nicht war. Amy stellte ihre Tasche ab und ging hinüber zum Fenster. Die Sonne sandte ihre letzten Strahlen, und über der Stadt lag bereits der Beginn der Dämmerung. Der Abend versprach warm zu werden. Vielleicht sollten sie ausgehen und in einem der kleinen Lokale in Melbourne zu Abend essen.

Amy wandte sich vom Fenster ab und tanzte einige Schritte mit ausgebreiteten Armen durch das Zimmer. Ja, heute hatte sie Lust zu tanzen und zu feiern. Es galt, Madges Schwangerschaft zu begießen – und ihr eigenes Glück. Das Glück, mit dem Mann zusammen zu sein, den sie liebte.

Ein Bad. Ja, sie wollte ein Bad nehmen und sich dann für den Abend chic machen. Als Amy die Tür zum Badezimmer öffnete, blieb sie wie erstarrt stehen.

Der Raum war über und über angefüllt mit Ballons! Rote, grüne, blaue – Dutzende schwebten durch das Bad, hingen an der Decke und über der Badewanne. Amy griff nach einem und zog ihn zu sich heran.

Plötzlich begann sie zu lachen. Gab es wohl noch einen

Menschen auf der Welt, der auf einen solch verrückten Einfall gekommen wäre? Tad schenkte keine Blumen oder gar Brillanten – er füllte lieber ein ganzes Badezimmer mit Ballons. Sie war so glücklich, dass sie am liebsten mit den bunten Ballons an die Decke geschwebt wäre.

»Hallo.«

Tad stand strahlend in der Tür, als Amy sich umdrehte. Immer noch lachend, flog sie ihm um den Hals, den einen Ballon noch in der Hand. »Oh, Tad, du bist verrückt.«

Sie bedeckte sein Gesicht mit Küssen und schlang ihre Arme um ihn. »Völlig verrückt.«

»Ich?«, tat er erstaunt. »Du stehst hier inmitten einer Ladung Luftballons und sagst, ich sei verrückt?«

»Das ist die schönste Überraschung, die ich je in meinem Leben erlebt habe.«

»Noch besser als die Rosen in der Badewanne?«

Sie warf ihren Kopf zurück und lachte. »Ja, sogar noch besser als die Rosen.«

»Eigentlich wollte ich dir Brillanten kaufen, aber dann habe ich gedacht, die machen nicht so viel Spaß.« Er hielt sie in seinen Armen und trug sie hinüber zum Bett.

»Und sie fliegen nicht«, sagte Amy und gab ihm noch einen Kuss. »Richtig.« Gemeinsam mit ihr legte er sich auf das Bett, legte den Arm um sie und zog sie dicht an seinen Körper. »Hast du eine Idee, wie wir den Abend verbringen könnten?«

»Lass mich nachdenken.« Amy ließ den Ballon los, und er schwebte an die Decke.

»Das dauert aber lange«, beschwerte Tad sich. »Oh, Amy, den ganzen Tag habe ich darauf gewartet, endlich mit dir allein zu sein«, murmelte er. »Wenn die Saison vorüber ist, dann gehen wir irgendwohin, wo uns keiner findet – auf eine einsame Insel oder einen anderen Planeten. Hauptsache, wir sind allein.«

»Ja, nur wir beide«, flüsterte Amy, und ihre Finger öffneten voller Ungeduld seine Hemdknöpfe.

Ihre Leidenschaft stand seiner in nichts nach, und Tad spürte, wie ihn das noch mehr erregte. Sie konnten es kaum abwarten, sich endlich ganz zu spüren. Amys Bluse flog achtlos auf den Boden, sein Hemd folgte wenig später.

Als endlich kein hemmendes Kleidungsstück mehr zwischen ihnen war, schmiegten ihre Körper sich aneinander. Seine Hände glitten über ihre warme, glatte Haut, und sie bog sich ihm entgegen, als seine Finger all die Stellen fanden, wo ihre Berührung sie ganz besonders erregte.

Er wusste, dass sie nur ihm gehörte, nur in seinen Armen die Erfüllung fand, nach der sie sich so sehnte. Triumph kam in ihm auf, und er fühlte sich so stark, als könnte er die ganze Welt aus den Angeln heben. Beinahe hatte Tad Angst, sie zu verletzen. Aber ihr Körper verlangte danach, ihn in sich zu spüren, und seine Erregung war zu groß, als dass er dem hätte widerstehen können.

Nachher lag er neben ihr, den Kopf an ihre Brust geschmiegt. Amys Blick ging hinauf an die Decke, wo zwei Ballons jetzt ganz ruhig nebeneinander hingen. Wie war es nur möglich, überlegte sie verträumt, dass es immer wieder anders war, wenn sie miteinander schliefen? Manchmal waren sie verspielt wie die Kinder, dann wieder so wild und leidenschaftlich, dass sie sich beinahe wehtaten. Heute dagegen hatten sie sich so verzweifelt geliebt als sei es das letzte Mal.

»Woran denkst du?«, fragte Tad plötzlich leise, ohne dabei seinen Kopf von ihrer Brust zu nehmen.

»Ich habe mir gerade überlegt, warum es jedes Mal wieder anders ist, wenn wir beide zusammen sind.«

Er lachte. »Das weißt du nicht? Nun, es liegt daran, dass ich etwas ganz Besonderes bin. Liest du etwa keine Sportberichte?«

Amy griff mit ihrer Hand in seine dichten Haare und zerzauste sie. »Tad Starbuck, werde nicht übermütig! Noch liegen einige Spiele vor dir bis zum Gewinn des Grand Slam.«

Er strich zärtlich mit den Fingerspitzen über die Innenseite ihrer Schenkel. »Das gilt auch für dich.«

»Ich denke immer nur an das nächste Spiel«, antwortete Amy und fügte dann ganz impulsiv hinzu: »Madge ist schwanger.«

»Was?« Tad hob ruckartig den Kopf.

»Madge ist schwanger«, wiederholte Amy noch einmal. »Sie will das aber nicht vor Ende des Turniers hier bekannt geben.«

»Das gibt's doch gar nicht! Unsere gute alte Madge.«

»Na, hör mal! Schließlich ist sie nur ein Jahr älter als du«, verteidigte Amy ihre Freundin.

Tad lachte. »Und wie fühlt sie sich?«

»Etwas unsicher noch, hab ich den Eindruck. Aber sie ist sehr glücklich. Mit dem Tennis will sie übrigens endgültig aufhören.«

»Dann werden wir ihr eine rauschende Abschiedsparty geben«, sagte Tad, rollte sich auf den Rücken und zog Amy mit sich.

Sie zögerte noch, aber dann stellte sie doch die Frage, die ihr schon seit Stunden im Kopf herumging. »Möchtest du eigentlich jemals Kinder haben? Ich meine, es wäre doch schwierig, eine Familie und Profitennis miteinander in Einklang zu bringen, oder nicht?«

»Das würde schon gehen, wenn man es richtig anstellt.«

»Ja, aber diese ewigen Reisen von Turnier zu Turnier.«

Tad dachte an Amys Kindheit, die sie zum größten Teil mit ihrem Vater so verbracht hatte, indem sie von einem Tennisplatz zum anderen mit ihm gereist war. Würde sie es heute als Hindernis für ihre Karriere ansehen, wenn sie ein Baby bekäme? Zumindest einige Zeit würde sie dann aussetzen müssen – und sie hatte ja bereits drei Jahre verloren. Nein, jetzt war nicht die Zeit, an Kinder zu denken. Schließlich waren sie beide noch jung genug, um dieses Thema aufschieben zu können.

»Lass uns lieber jetzt erst einmal an unsere nächsten Spiele denken«, sagte er leichthin. »Damit haben wir wohl im Moment genug zu tun, findest du nicht?«

Nur zögernd nickte Amy und murmelte etwas, das wie Zustimmung klang. Seine Antwort war enttäuschend für sie.

Die Morgendämmerung zog herauf, als eine leichte Berührung an ihrem Gesicht Amy aufweckte. Ohne die Augen zu öffnen, strich sie schlaftrunken mit einer Hand über ihre Wange.

Da war es wieder, diesmal auf ihrem Arm. Unwillig öffnete Amy die Augen. Überall im Zimmer sah sie Schatten, die sie sich nicht erklären konnte. Erst als einer der Ballons direkt vor ihrem Gesicht vorbeischwebte, wusste sie, was sie geweckt hatte.

Jetzt erst sah sie, dass Tad von Ballons beinahe vollständig bedeckt war. Sie musste lachen und hielt sich eine Hand vor den Mund, um ihn nicht aufzuwecken. Dann beugte sie sich hinüber und begann, mit ihren Lippen ganz sacht an seinem Ohr zu knappern.

Tad murmelte etwas im Schlaf und rückte von ihr ab. Lächelnd folgte Amy ihm, beugte sich wieder über sein Ohr und flüsterte: »Tad, wir sind nicht allein.«

Seine Augen waren immer noch geschlossen, aber diesmal klang sein Murmeln schon viel freundlicher. Er drehte sich auf die Seite und wollte nach ihr greifen.

Aber anstatt ihrer weichen, warmen Haut, hatte er plötzlich etwas Kaltes, Glattes zwischen den Händen. Entsetzt riss er die Augen auf. »Was zum Teufel ist das?«

Lachend ließ Amy sich zurückfallen. »Wir sind von Luftballons eingeschlossen.«

»Oh nein!« Tad warf sich wieder in die Kissen und schloss die Augen.

Amy fasste nach seinen Schultern und schüttelte ihn. »Tad, aufwachen, es ist schon Morgen, und um neun Uhr muss ich im Studio sein für diese Talkshow.«

Er gähnte. »Viel Glück.«

Aber so leicht gab Amy nicht auf. Sie beugte sich über ihn und bedeckte sein Gesicht mit kleinen zarten Küssen. »Ich hab noch zwei Stunden Zeit«, sagte sie leise.

»Okay, dann lass mich noch schlafen.«

»Wirklich?« Ganz langsam ließ Amy ihre Fingerspitzen über seine Schenkel gleiten.

»Hm …«

»Ich stör dich doch nicht, oder?«

Sie rückte näher an ihn heran, sodass ihre Brust seinen Körper berührte. »Ganz kalt«, murmelte sie, schob ein Bein zwischen seine und begann, seine Schenkel zu massieren.

»Dann stell doch die Klimaanlage ab.«

Überrascht hob Amy den Kopf. Jetzt erst sah sie, dass er mittlerweile ganz wach war, und dass es in seinen Augen amüsiert blitzte. »Ohh!« Scheinbar wütend ließ sie von ihm ab, drehte sich abrupt um und wandte ihm den Rücken zu.

Leise lachend schlang Tad seine Arme um sie. »Wie wäre es damit?«, fragte er und zog sie fester zu sich. »Wärmer?« Seine Hände umfassten ihre Brust, und er spürte, wie die Spitzen hart wurden.

»Die Klimaanlage ist wirklich zu kalt«, beschwerte Amy sich und murrte dann leise, als er wirklich aufstand und die Anlage abstellte.

Im fahlen ersten Licht des Tages lag Amy nackt auf dem Bett. Die bunten Ballons waren im ganzen Raum verteilt. Ihre Augen blickten ihm halb verschlafen entgegen, ihr Haar war zerzaust, und ihre Haut schimmerte im Halbdunkel wie Seide.

Als er zum Bett ging, streckte sie ihm die Arme entgegen.

10. Kapitel

»Amy, sagen Sie, wie fühlt man sich, wenn man auf dem besten Weg ist, Grand-Slam-Siegerin zu werden?«

»Ich versuche, daran noch gar nicht zu denken.«

»Sie haben Stacie Kingston ganz klar geschlagen im Viertelfinale. Ihre Bilanz gegen diese Gegnerin ist eindeutig – fünf zu null für Sie. Stärkt das Ihr Selbstbewusstsein?«

»Stacie ist eine sehr gute Spielerin. Es kann genauso gut sein, dass sie beim nächsten Mal gewinnt.«

Amy saß ganz ruhig hinter dem großen Tisch und sprach mit beherrschter Stimme in die Mikrofone, die vor ihr aufgebaut waren. Sie trug Tenniskleidung, und ihr Haar war noch feucht. Die Reporter hatten ihr kaum Zeit für eine Dusche gelassen, so versessen waren sie darauf, sie nach ihrem Sieg in Forest Hills vor ihre Kameras und Mikrofone zu bekommen.

»Haben Sie damit gerechnet, dass Ihr Comeback derartig erfolgreich verlaufen würde?«

Amy lächelte, und die Reporter beeilten sich, diese seltene Gefühlsregung in ihren Stenoblocks zu vermerken. »Ich habe hart trainiert«, antwortete sie.

»Machen Sie immer noch Gewichtheben?«

»Ja, jeden Tag.«

»Glauben Sie, dass sich Ihr Stil gegenüber früher verändert hat?«

»Nicht direkt. Einiges hat sich allerdings geändert.« Vor allem mein Verhalten euch gegenüber, dachte Amy, hütete sich aber, ihre Gedanken laut auszusprechen. Sie spürte selbst, wie viel lockerer sie heute in derartige Pressekonferenzen ging. Der Kloß in der Kehle war verschwunden und auch die beinahe panische Angst, zu viel von sich zu verraten, wenn sie vor die Mikrofone trat. »Vor allem hat sich mein Aufschlag verbessert«, fuhr sie fort. »Ich schlage heute mehr Asse und bringe mein Aufschlagspiel wesentlich häufiger durch als früher.«

»Wie oft haben Sie Tennis gespielt in den Jahren, als Sie nicht aktiv waren?«

»Nicht sehr häufig.«

»Wird Ihr Vater Sie wieder trainieren?«

Amy zögerte nur kurz. »Nicht offiziell«, antwortete sie ausweichend.

»Haben Sie das Angebot des Modemagazin angenommen, eine Fotoserie von Ihnen zu machen?«

Wieder lächelte sie und strich sich eine Haarsträhne hinters Ohr. »Oh, hat sich das schon herumgesprochen?«, fragte Amy zurück. »Ich habe mich noch nicht entschieden. Im Augenblick denke ich mehr an die offenen US-Meisterschaften als an diese Fotoserie.«

»Gegen wen würden Sie am liebsten im Endspiel antreten?«

»So weit ist es noch lange nicht. Zuerst einmal muss ich die Vorrunde überstehen.«

»Dann lassen Sie mich anders fragen – wer, glauben Sie, wird Ihre stärkste Konkurrentin sein?«

»Tia Conway«, antwortete Amy spontan. Das Match gegen sie in Kooyong war noch sehr frisch in ihrer Erinnerung. Drei lange Sätze hatte sie gebraucht und davon zwei erst im Tie-Break für sich entscheiden können.

»Wieso gerade Tia Conway?«

»Tia hat sehr viel Spielverständnis, ist schnell, macht eine sehr gute Beinarbeit und hat einen enormen Aufschlag.«

»Aber Sie haben sie in dieser Saison schon mehrfach geschlagen.«

»Ja, aber die Siege gegen Tia waren die schwersten.«

»Und wie schätzen Sie den Wettbewerb bei den Männern ein? Glauben Sie, dass die Amerikaner in diesem Jahr beide

Grand-Slam-Gewinner stellen werden – bei den Damen und bei den Herren?«

Amy sah lächelnd in die Runde. »Es stehen noch einige Spiele aus, bis es so weit ist. Aber wenn Starbuck weiterhin so spielt wie bisher in dieser Saison, dann wird ihn wohl kaum einer schlagen können – vor allem nicht auf Gras.«

»Spielen bei Ihrer Einschätzung auch persönliche Gefühle eine Rolle?«

»Statistiken haben keine Gefühle«, parierte Amy schlagfertig und stand auf. Es wurden noch einige Fragen von den Reportern gestellt, aber sie beugte sich zum Mikrofon und bat lächelnd um Verständnis dafür, dass sie diese Pressekonferenz jetzt abbrechen müsse.

»Gut gebrüllt, Löwe.«

Amy stieß die Luft aus und verdrehte die Augen. »Jetzt war es aber auch genug. Was tust du hier?«

»Ich wollte ein wachsames Auge auf die Herzdame meines besten Freundes haben.« Chuck lachte und legte ihr einen Arm um die Schulter. »Tad meinte, es sei besser, wenn er sich bei deinem Rendezvous mit der Presse nicht sehen lasse.«

»Oh, Chuck! Meint ihr beide etwa wirklich, dass ich einen Aufpasser brauche?«

»Was weiß ich.« Chuck grinste und drückte sie leicht an sich. »Tad meinte wohl, die Presseleute würden dich auseinandernehmen.«

Amy blieb stehen und sah ihn an. »Und was hättest du getan, wenn sie das wirklich versucht hätten?«

»Hier, das hätte wohl genügt.« Stolz ließ er seine Armmuskeln spielen. »Obwohl ich sagen muss, dass ich drauf und dran war zu gehen, als ich hörte, dass nach deiner Meinung niemand Starbuck schlagen kann. Und was ist mit mir? Weißt du etwa nicht, dass man vor Kurzem sogar einen Schläger nach mir benannt hat?«

Lachend legte Amy einen Arm um seine Taille. »Chuck, entschuldige bitte. Wie konnte ich dich vergessen?«

Er legte ihr beide Hände auf die Schultern und wurde plötzlich ganz ernst. »Amy, weißt du eigentlich, dass ich dich lange nicht so strahlend erlebt habe?«

»Danke, Chuck. Ich fühle mich auch sehr gut, und ich bin glücklich.«

»Das sieht man.« Er zögerte, aber dann sprach er doch weiter. »Hör mal, Amy, ich weiß nicht, was damals zwischen Tad und dir vorgefallen ist, aber ...«

»Chuck ...« Amy fasste nach seinen Armen. Sie wollte nicht, dass er weitersprach.

»Aber ich hoffe sehr, dass es diesmal klappt mit euch beiden«, fuhr Chuck fort.

Für einen Moment schloss Amy die Augen. »Ich auch«, sagte sie leise und sah ihn dann wieder an. »Ich auch, Chuck.«

»Ich hab dich nur gebeten, ein Auge auf sie zu haben«, sagte Tad plötzlich. »Von Anfassen hab ich nichts gesagt.«

»Oh, verflixt!« Chuck blickte sich um, und über sein Gesicht ging ein breites Lächeln. »Sei nicht so selbstsüchtig, Tad. Noch hab ich Amy ja gar nicht gefragt, ob sie heute Abend mit mir essen geht. Wie wär's mit Hummer und Champagner, Amy?«

Lachend gab sie ihm einen Kuss auf die Nasenspitze. »Tut mir leid, Chuck, aber ich habe bereits ein Angebot für Pizza und billigen Landwein.«

»Ich hab einfach kein Glück«, seufzte Chuck und ließ sie los. »Ich brauch morgen einen Trainingspartner«, wandte er sich an Tad.

»Okay.«

»Um sechs auf Platz drei?«

»Wenn du mich anschließend zum Kaffee einlädst.«

»Das muss ich mir noch überlegen.« Chuck lachte und verschwand.

Für einen Augenblick standen Tad und Amy schweigend voreinander. Das geschah häufiger in den letzten Tagen, seit sie wieder zurück in den Staaten waren. Sie merkten es beide, aber keiner sprach darüber. Die Saison ging bald zu Ende, und damit kam der Zeitpunkt immer näher, wo sie über die Vergangenheit sprechen mussten.

»Wie ist es gelaufen?«, unterbrach Tad schließlich das Schweigen.

»Gut.« Amy beugte sich zu ihm und gab ihm einen Kuss auf die Wange. »Der Leibwächter wäre nicht nötig gewesen.«

»Ich weiß doch, wie du dich bei Pressekonferenzen fühlst.«

»So? Wie denn?«

»Nun …« Tad strich sich mit beiden Händen durch die Haare. »Unsicher wäre vielleicht das richtige Wort.«

Lachend nahm Amy seine Hand und zog ihn mit sich. »Das war einmal, Tad. Ich bin froh, dass ich die Sache heute lockerer angehen kann. Ein Problem gab es allerdings.«

»Welches?«

»Ich hatte Angst, dass mein Magen zu laut knurren würde«, meinte sie und sah ihn lächelnd an. »Hat da nicht jemand was von Pizza gesagt?«

»Ja – und von billigem Landwein.«

»Na dann … auf zu Pizza und Wein.«

Zwanzig Minuten später saßen sie an einem kleinen Tisch. Es roch nach Gewürzen und frisch gebackenen Pizzas. Aus der altmodischen Musikbox in der Ecke dröhnten die neuesten Songs mit einer solchen Lautstärke, dass Amy sich über den Tisch beugen musste, damit Tad sie verstehen konnte.

»Ich muss sagen, du verstehst es, eine Frau zu verwöhnen.«

»Wart nur ab, das ist erst der Anfang. Morgen Abend führe ich dich in einen Schnellimbiss mit köstlichen Hamburgern und einem kleinen Päckchen Ketchup – ganz für dich allein.«

Um ihre Mundwinkel zuckte es verdächtig. Tad beugte sich zu ihr und gab ihr einen Kuss.

»Möchten Sie bestellen?«, unterbrach sie die Serviererin.

»Pizza und eine Flasche Chianti«, sagte Tad, ohne sie dabei anzusehen. Dann küsste er Amy wieder.

»Klein, mittel oder groß?«

»Klein, mittel oder groß was?«

»Die Pizza«, wiederholte die Serviererin ungeduldig.

»Mittel genügt.« Diesmal wandte er den Kopf und sah die junge Frau mit einem strahlenden Lächeln an, das seine Wirkung nicht verfehlte.

»Danke«, sagte sie, und diesmal klang ihre Stimme nicht mehr ungeduldig.

Tad beugte sich wieder zu Amy, um die Musik zu übertönen. »Welche Fragen haben sie dir denn gestellt?«

»Nur die üblichen. Übrigens wussten sie die Sache mit dem Modemagazin schon.«

»Wirst du es tun?«

»Ich weiß noch nicht. Spaß würde es sicherlich machen, und ich kann mir auch nicht vorstellen, dass es dem Ruf des Damentennis schaden würde, wenn von mir eine Fotoserie in einem Modemagazin erschiene.«

»Bestimmt nicht«, stimmte Tad zu. »Außerdem hat es das bereits gegeben.«

»So?«, fragte Amy lächelnd. »Seit wann liest du Modemagazine?«

»Immer schon. Schließlich sehe ich gern schöne Frauen.«

»Ich dachte immer, dafür gäbe es eine andere Art von Magazinen.«

»Wirklich?«, fragte Tad ganz unschuldig. »Welche denn?«

Amy beschloss, die Frage einfach zu überhören. »Und natürlich wollten sie wissen, wer in diesem Jahr den Grand Slam gewinnt.«

»Macht dich das nervös?« Tad nahm ihre schmale Hand

zwischen seine. Wie war es nur möglich, dass sie mit so kleinen, beinahe zierlichen Händen eine solche Kraft auf den Schläger übertragen konnte?

»Etwas«, gab Amy zu. »Es ist schon ein Unterschied, ob man in ein Spiel geht und eben nur das eine gewinnen will, oder ob der Sieg gleichzeitig bedeutet, dass man damit die vier wichtigsten Turniere einer Saison gewonnen hat – eben Grand-Slam-Sieger ist. Oder ist das bei dir anders?«

Die Servierin brachte den Wein, und als sie Tads Glas füllte, lächelte sie ihm zu. Amy sah, dass er dieses Lächeln erwiderte. Er ist ein Teufel, dachte sie schmunzelnd.

Und er weiß das auch. »Jedes Spiel muss erst einmal gewonnen werden«, sagte Tad und prostete ihr zu. »Da macht es nicht viel Unterschied, ob es das erste oder das letzte der vier Turniere ist.«

»Aber du willst schon den Grand Slam gewinnen, oder?«

Tad lachte laut. »Worauf du dich verlassen kannst. Martin hat schon Wetten darauf abgeschlossen.«

»Wieso ist er eigentlich nicht hier? Ich hatte fest damit gerechnet, dass er jeden deiner Bälle verfolgen würde.«

»Er kommt morgen – zusammen mit meiner Familie.«

Amy fasste ihr Glas unwillkürlich fester. »Mit deiner Familie?«

»Ja, Mom und Jess auf jeden Fall. Ob Mac und Pete auch mitkommen, steht noch nicht fest.« Tad hob sein Glas und trank noch einen Schluck. »Pete wird dir gefallen. Er ist ein nettes Kerlchen.«

Amy vermied es, seinem Blick zu begegnen. Dann ist ja alles so wie vor drei Jahren, dachte sie entsetzt. Auch damals waren Martin und die Familie da gewesen. Auch damals waren sie und Tad als die Favoriten in ihre Endspiele bei den offenen amerikanischen Meisterschaften gegangen. Die Presse war hinter ihnen her, genau wie heute. Und sie hatten gemeinsam gegessen und geschlafen – alles wiederholte sich beinahe auf gespenstische Weise.

Und doch war so viel inzwischen geschehen. Vor drei Jahren hatte es noch keinen kleinen Jungen gegeben, der Amy so sehr an Tad erinnerte und was sie verloren hatte. Wie immer bei dem Gedanken daran, kam der Schmerz zurück, und sie hatte Mühe, es sich nicht anmerken zu lassen.

Tad spürte, dass etwas nicht in Ordnung war, aber er deutete ihr Schweigen falsch. »Amy, hast du immer noch nicht mit deinem Vater gesprochen?«, fragte er und nahm ihre Hand wieder zwischen seine.

»Bitte?« Aus ihren Gedanken gerissen, sah sie ihn für einen Moment irritiert an. »Nein, nein ... Seit meinem Rücktritt haben wir nichts mehr voneinander gehört.«

»Warum rufst du ihn nicht einfach an?«

»Ich kann nicht.«

»Aber Amy, das ist doch unsinnig. Schließlich ist er dein Vater.«

Amy seufzte. Wenn es doch so leicht wäre, wie Tad sich das vorstellte. »Du kennst meinen Vater, Tad. Er hat seine Prinzipien, und von denen weicht er nicht ab. Als ich mit dem Tennis aufhörte, habe ich ihn furchtbar enttäuscht. Für ihn hab ich das aufgegeben, was er mir beigebracht hat.«

Tad schüttelte unwillig den Kopf.

»Doch, glaub mir, Tad, ich kenne ihn besser als du. Als Jim Wolfes Tochter hatte ich in seinen Augen eine ganz bestimmte Verantwortung. Als ich Eric heiratete und meine Karriere aufgab, habe ich diese Verantwortung mit Füßen getreten. Das wird er mir niemals verzeihen.«

»Aber woher weißt du das?«, wollte Tad wissen. »Wenn du nicht mit ihm gesprochen hast, kannst du doch auch nicht wissen, wie er darüber denkt und was er fühlt.«

»Tad, wenn sich seine Einstellung geändert hätte, wäre er dann nicht hier?«, fragte sie. »Zuerst habe ich gedacht, es würde sich alles ändern, wenn ich meine Karriere wieder aufnähme. Aber leider hat das nicht gestimmt.«

»Amy, du vermisst ihn aber doch so sehr.«

Sie schwieg und sah traurig in ihr Glas. Selbst das war nicht so einfach, wie Tad es sich vorstellte. Für ihn bedeutete die Familie alles. Er würde es nicht verstehen, dass sie sich gar nicht so sehr nach der Anwesenheit oder der Liebe ihres Vaters sehnte, sondern vielmehr danach, dass er ihr endlich vergeben würde.

»Ich hätte es gern, wenn er hier wäre«, sagte sie leise. »Aber ich verstehe auch seine Gründe, warum er nicht kommt.« Sie nahm ihr Glas und trank einen Schluck. »Weißt du«, meinte sie plötzlich nachdenklich, »früher habe ich für ihn gespielt. Ich wollte ihm mit meinem Spiel für all das danken, was er mir gegeben hatte. Heute spiele ich nur noch für mich selbst.«

»Und du spielst besser als früher«, fügte Tad hinzu. »Vielleicht ist das einer der Gründe.«

»Ja, vielleicht.«

»Hier ist Ihre Pizza.« Die Serviererin stellte die dampfende Platte auf den Tisch.

Der Käse zog lange Fäden, und Tad lachte, als Amy damit zu kämpfen hatte. Sie aßen langsam, tranken dazu den Wein und unterhielten sich über alles, was ihnen in den Sinn kam. Eine Gruppe junger Leute kam lachend in das Lokal und fütterte die Musikbox mit weiteren Münzen.

Amy spürte, dass sie sich trotz der lauten Atmosphäre völlig entspannte. Selbst der Gedanke an ihr nächstes Spiel konnte ihre Stimmung nicht trüben. Die Pizza war mittlerweile abgekühlt, der Wein dafür umso wärmer geworden – und doch schmeckte es ihr nicht weniger gut als der Kaviar und Champagner vor einigen Wochen in Paris.

Es lag nicht am Essen, dass sie sich wohlfühlte, es lag an Tad. Solange sie bei ihm war, spielte die Umgebung überhaupt keine Rolle. Seine Nähe allein war das, was wirklich zählte. Ja, dachte sie, Tads Nähe und die Tatsache, dass ich nur bei ihm wirklich ich selbst sein kann. Er war der einzige Mann, der nicht mehr von ihr verlangte, als völlig sie selbst zu sein.

Für ihren Vater hatte sie immer die perfekte Prinzessin sein müssen. Perfekt auf dem Tennisplatz, kühl und reserviert im Umgang mit der Presse. Und in all den Jahren hatte sie alles getan, um seinen Ansprüchen gerecht zu werden.

In ihrer Ehe mit Eric hatte er von ihr verlangt, voll und ganz dem Bild zu entsprechen, dass sich die Welt von einer englischen Adligen machte. Wohlerzogen, zurückhaltend – eben ganz und gar eine Lady.

Bei Tad war das anders. Er wollte nur, dass sie Amy Wolfe war. Bei ihm brauchte sie sich nicht zu verstellen oder Angst zu haben, dass sie nicht dem Bild entsprach, das er sich von ihr machte. Sie konnte ganz sie selbst sein – und genau das war es, was sie so glücklich machte.

Spontan nahm Amy seine Hand, zog sie an ihre Wange und küsste seine Fingerspitzen.

»Womit hab ich das verdient?«, fragte er erstaunt.

»Das ist dafür, dass du keine Puppe willst.«

Verblüfft zog er die Brauen hoch. »Muss ich das verstehen?«

»Nein.« Amy beugte sich lachend vor. »Hast du so viel Wein getrunken, dass du dich nicht wehrst, wenn ich dich verführen will?«

Er strahlte sie an. »Mehr als genug.«

»Okay, dann komm! Lass mich nicht unnötig warten!«

Es war schon spät, als Tad noch wach neben der schlafenden Amy lag. Sie hatte sich eng an ihn geschmiegt und atmete ganz gleichmäßig. Ihr Haar war zerzaust, und ihre Hand ruhte auf seiner Brust. Im Zimmer war es still, nur das leise Ticken des Weckers auf dem Nachttisch neben Tad war zu hören.

Er war müde, aber er konnte nicht einschlafen. Immer wieder gingen ihm dieselben Gedanken im Kopf herum. Die Zeit ihrer Idylle war fast vorüber. Es konnte nicht mehr lange dauern, bis Amy sich nicht mehr sperren konnte, ihm die Fragen zu beantworten, die ihm keine Ruhe ließen.

Tad wusste, dass auch Amy sich darüber im Klaren war. Aber im Gegensatz zu ihr freute er sich auf das Ende der Saison und darauf, endlich Klarheit zu bekommen. Er hatte versprochen, sie bis dahin nicht zu drängen, und er hatte sein Wort gehalten. Aber Tad spürte, dass seine Geduld bald erschöpft war und dass er nicht bereit sein würde, ihr über diesen Termin hinaus eine Gnadenfrist einzuräumen.

Und dann ist da noch die Sache mit ihrem Vater, dachte Tad und stopfte sich das Kissen bequemer hinter den Kopf. Amy litt mehr unter dieser Trennung, als sie zugeben wollte, da war er sich ganz sicher. Er kannte sie gut genug, um das einschätzen zu können, und er liebte seine eigene Familie viel zu sehr, als dass er nicht gewusst hätte, wie schwer ihr diese Trennung fiel.

Seine Mutter und Jess. Es gab nichts, was er diesen beiden nicht vergeben würde. Seine Liebe zu ihnen war so groß, dass er für alles Verständnis aufbringen konnte. Umso unverständlicher war ihm die Reaktion von Amys Vater. Er kannte ihn und wusste, wie sehr er an seiner Tochter gehangen hatte.

Wie oft hatte Tad neben Jim Wolfe gesessen und mit ihm zusammen Amys Spiel zugesehen. Hatte er jemals einen Vater gesehen, der stolzer auf seine Tochter gewesen wäre? Nein. Tad schüttelte unwillkürlich den Kopf. Selbst im privaten Bereich, außerhalb des Tennisplatzes, hatte er oft genug miterlebt, mit welchem Stolz, welcher Liebe Jim seine Tochter behandelt hatte. Er konnte sich einfach nicht vorstellen, dass das alles nur der Sportlerin und nicht genauso der Tochter gegolten hatte.

Erstaunlicherweise hatte Jim Wolfe nie etwas an der Beziehung seiner Tochter zu Tad auszusetzen gehabt. Im Gegenteil – er hatte sie sogar unterstützt. Tad konnte sich noch gut erinnern, dass Jim sogar eines Tages mit ihm darüber gesprochen hatte, wie seine und Amys gemeinsame Zukunft aussehen könnte.

Damals hatte ihn diese väterliche Fürsorge amüsiert und auch etwas überrascht, da er selbst und Amy bis dahin noch nicht darüber gesprochen hatten, für immer zusammenzubleiben. Ja, und dann, als er es wollte, war es bereits zu spät. In Erinnerung daran zog Tad unwillig die Brauen zusammen und blickte hinunter auf die schlafende Amy.

In dem fahlen Mondlicht wirkte ihr Gesicht noch zarter als in Wirklichkeit. Völlig entspannt und seltsam verletzlich erschien sie ihm, wie sie da so an ihn geschmiegt schlief. Verlangen stieg in ihm auf, und er musste mit aller Kraft dagegen ankämpfen, sie aufzuwecken und sich selbst zu bestätigen, dass sie zu ihm gehörte – zu ihm und niemandem sonst.

Noch niemals in seinem Leben hatte es eine Frau gegeben, die ähnliche Gefühle in ihm geweckt hatte. Wenn er sie liebte, war sie ihm ein gleichwertiger Partner. Aber jetzt, wenn sie so hilflos neben ihm lag, hatte er das Bedürfnis, sie zu beschützen und vor jedem Kummer zu bewahren.

Wie viele Hindernisse würden sie wohl noch überwinden müssen, bevor sie endgültig zusammenbleiben konnten, fragte Tad sich. Und plötzlich fiel ihm ein, dass es ein Problem gab, das er vielleicht für sie aus der Welt schaffen könnte. Kaum war ihm der Gedanke gekommen, als er vorsichtig aufstand und hinüber in das angrenzende Wohnzimmer ging.

Er wählte die Nummer, hörte das Rauschen in der Leitung, als die Verbindung von einer Küste des riesigen Kontinents zur anderen hergestellt wurde, und dann ging der Ruf durch.

»Hier bei Wolfe.«

»Ich möchte mit Jim Wolfe sprechen. Hier ist Tad Starbuck.«

»Einen Moment bitte.«

»Danke, ich warte.«

Tad lehnte sich zurück und wartete. Er hörte das Klicken in der Leitung, als an einem anderen Apparat der Hörer aufgenommen wurde.

»Starbuck?« Die ruhige, beinahe leise Stimme von Amys Vater kannte er noch zu gut. »Jim, wie geht es dir?«

»Gut.« Etwas überrascht von dem Anruf so spät in der Nacht, setzte Jim sich hinter seinen Schreibtisch. »Ich habe in letzter Zeit viel über dich gelesen.«

»Ja, ich hatte eine ganz gute Saison. Wir haben dich in Wimbledon vermisst.«

»Du warst gut im Endspiel«, antwortete Jim, ohne darauf einzugehen.

»Und Amy ebenfalls. Fandest du nicht?«

Für einige Sekunden herrschte Schweigen. »Deine Rückhand ist besser geworden, Tad.«

»Jim, ich habe dich angerufen, um über Amy mit dir zu sprechen.«

»Dazu habe ich nichts zu sagen«, antwortete Jim kalt.

Für einen Augenblick war Tad sprachlos, aber dann spürte er, wie Zorn in ihm hochstieg. »Jim, so viel Zeit wirst du ja noch haben, um dir wenigstens einige Sätze über deine Tochter anzuhören. Sie hat sich den Weg zurück an die Spitze im Profitennis erkämpft, und zwar diesmal ohne deine Hilfe.«

»Ich weiß. Sonst noch was?«

»Ich habe noch nie jemanden gesehen, der so hart daran gearbeitet hat wie deine Tochter in den letzten Monaten«, sagte Tad. »Und glaub mir, sie hat es nicht leicht gehabt, der Presse und allen Bekannten immer wieder auszuweichen, wenn sie danach gefragt wurde, warum ihr Vater nicht da sei.«

»Amy weiß, warum«, antwortete Jim ganz ruhig. »Und wenn sie es dir nicht erzählt, dann geht es dich auch nichts an.«

»Was Amy angeht, geht auch mich etwas an.«

»So?« Es war mehr eine Feststellung als eine Frage. »Dann ist also wieder alles beim Alten?«

»Ja, ist es.«

»Wenn du dich entschieden hast, wieder mit Amy zusammen zu sein, Tad, dann ist das deine Entscheidung. Und es ist meine, wenn ich das nicht will.«

»Zum Teufel, Jim«, fuhr Tad ihn wütend an. »Sie ist deine

Tochter. Du kannst doch nicht einfach so tun, als gäbe es sie nicht mehr.«

»Ich tu nur das Gleiche, was sie auch getan hat«, murmelte Jim, und seine Stimme war dabei so leise, dass Tad ihn kaum verstand.

»Was soll das heißen?«, fragte er.

»Amy hat ihr Kind nicht haben wollen, und genauso will ich sie jetzt nicht mehr.«

Tad war plötzlich wie versteinert. Seine Hand umspannte den Hörer so fest, dass seine Knöchel weiß hervortraten. »Welches Kind?«

»Sie hat einfach alles vergessen, was ich ihr je beigebracht habe«, sagte Jim, als hätte er Tads Frage gar nicht gehört. »Niemals hätte ich geglaubt, dass sie mir das antun könnte.« Seine Stimme wurde jetzt lauter. All die Enttäuschung, die sich in den Jahren in ihm aufgestaut hatte, brach sich mit einem Mal Bahn. »Ich habe versucht, mich damit abzufinden, dass sie diesen Mann geheiratet hat. Ich habe sogar versucht, Verständnis dafür aufzubringen, dass sie ihre Karriere aufgeben wollte. Aber es gibt Dinge, die ich nicht einfach hinnehmen und entschuldigen kann. Wenn das Leben, das sie sich ausgesucht hatte, es wert war, dafür mein Enkelkind zu opfern, dann kann ich das nicht mehr verstehen.«

Die letzten Worte waren kaum verklungen, als Jim den Hörer auf die Gabel warf.

Tad hatte gar nicht gemerkt, dass er aufgesprungen war. Jetzt stand er mitten im Zimmer, den Hörer noch in der Hand. Langsam nahm er ihn vom Ohr und starrte darauf, ohne ihn wirklich zu sehen. Fragen wirbelten in seinem Kopf umher. Antworten drängten sich auf, wurden aber sofort wieder verworfen, als er merkte, dass er keine Beweise dafür hatte.

Zeit. Er brauchte Zeit, um über alles nachzudenken. Leise ging Tad ins Schlafzimmer und zog sich an. Am liebsten hätte er sie bei den Schultern gepackt und wachgerüttelt. Sie lag so friedlich in dem großen Bett, eine Hand unter dem Kopf, die andere noch ausgestreckt, wie sie vorhin auf seiner Brust gelegen hatte.

Ein Baby? Amys Baby? Aber aus ihrer Ehe war kein Kind hervorgegangen. Wenn Lord und Lady Wickerton ein Baby bekommen hätten, hätte das groß in den Zeitungen gestanden. Schließlich machte man aus einem Erben nie ein Geheimnis – schon gar nicht in diesen adligen Kreisen, wo einiges zu vererben war.

Und wenn Amy wirklich ein Kind hatte, wo war es dann? Aufgewühlt strich Tad mit beiden Händen durch seine Haare. Eifersucht stieg in ihm hoch, wenn er daran dachte, dass Amy das Kind eines anderen Mannes ausgetragen hatte.

Wie hatte Jim gesagt? Amy hat das Kind nicht haben wollen. Also Abtreibung? War es wirklich möglich, dass Amy so etwas tat? Er kannte sie so gut, aber niemals wäre er auf die Idee gekommen, dass sie einer solchen Tat fähig wäre. Und aus welchem Grund sollte sie es getan haben?

Nein, das ergab alles keinen Sinn. Jim musste sich geirrt haben. Vielleicht hatte er in seiner Enttäuschung etwas missverstanden.

Während Tad noch dastand und auf die schlafende Amy starrte, bewegte sie sich plötzlich. Ihre Hand strich über das Bett – da, wo er vorhin noch gelegen hatte. Halb im Schlaf spürte sie, dass er nicht mehr da war. Unruhig flatterten ihre Augenlider.

»Tad?«

Er schwieg und hoffte, dass sie weiterschlafen würde. Es war jetzt wichtig, dass er zuerst einmal nachdachte, bevor er mit ihr sprach. Im Augenblick waren seine Gefühle noch so aufgewühlt, dass er sich nicht unter Kontrolle hatte.

Aber Amy schlief nicht wieder ein. Es war, als spürte sie, dass etwas nicht in Ordnung war. »Tad?« Ihre Stimme klang ängstlich. Sie öffnete die Augen und kam hoch, noch bevor sie ihn gesehen hatte. »Kannst du nicht schlafen?« Instinktiv spürte sie, dass es mehr war als das, aber sie hoffte, dass sie sich irrte und Tad wirklich nur deshalb mitten im Raum stand, weil er nicht hatte schlafen können.

»Nein.«

Sie musste sich räuspern, bevor sie weitersprechen konnte. »Warum hast du mich nicht geweckt?«

»Wieso sollte ich?«

»Wir ... wir hätten miteinander reden können.«

»Wirklich?« Zorn stieg in ihm hoch. »Oh ja, wir hätten miteinander reden können. Aber nur so lange, wie ich keine Fragen stelle, nicht wahr?«

Sie hatte gewusst, dass es eines Tages dazu kommen würde, aber sie hatte nicht erwartet, dass er dabei so böse werden würde. »Tad, wenn du Antworten haben willst, dann bin ich bereit, sie dir zu geben.«

»Ach ja? Auf einmal – und einfach so?« Er schnippte mit den Fingern. »Ich brauche nur zu fragen, und du antwortest mir? Hast du nichts mehr zu verbergen, Amy?«

Ihr Herz schlug bis zum Hals. Sie hatte Angst, aber weniger vor den Antworten, die sie ihm geben musste, als vielmehr vor seiner kalten Wut, die aus jedem Wort, aus jeder Geste sprach. »Ich wollte nichts verbergen, Tad«, versuchte sie zu erklären. »Nicht wirklich zumindest. Ich brauchte Zeit, Tad – wir beide brauchten Zeit.«

»Und warum? Warum war das so wichtig?«

»Weil es da Dinge gibt ... Nun ja, ich war mir nicht sicher, ob du das verstehen würdest.«

»Wie die Sache mit dem Baby?«

Amy war, als hätte er ihr eine Ohrfeige verpasst. Ihr Gesicht wurde weiß, und für einen Moment glaubte sie, nicht mehr atmen zu können. Ihre Augen waren weit aufgerissen und sahen voller Angst auf Tad. »Wieso ...« Sie konnte nicht weitersprechen. Wie hatte er das herausgefunden, und wie lange wusste er schon davon? Die Fragen wirbelten ihr durch den Kopf.

»Eric«, flüsterte sie schließlich. »Eric hat es dir erzählt.«

Die Enttäuschung tat Tad beinahe körperlich weh. Jim hatte also recht gehabt, und dabei hatte er doch so gehofft, dass sich alles als ein Irrtum herausstellen würde.

»Dann stimmt es also?«, stellte er fest. Abrupt drehte Tad sich herum und sah aus dem Fenster.

»Tad …« Amy brach ab. Wenn sie doch nur die richtigen Worte finden könnte. Sie hatte gewusst, dass es schwierig werden würde, ihm das zu erklären. Aber wenn er es nicht vorher erfahren hätte, wenn sie es ihm mit ihren eigenen Worten hätte klarmachen können …

»Tad, ich wollte es dir selbst sagen, glaub mir bitte. Zuerst konnte ich es nicht. Und dann …« Wieder brach ihre Stimme ab. »Und dann habe ich immer wieder Entschuldigungen gesucht, um es hinausschieben zu können.«

»Ich nehme an, du hast gedacht, es geht mich nichts an.«

Entsetzt hob sie den Kopf. »Wie kannst du so etwas sagen?«

»Was du mit deinem Leben anstellst, wenn du mit einem Mann verheiratet bist, geht den anderen nichts an, nicht wahr? Selbst dann nicht, wenn dieser andere dich liebt.«

Wie sehr hatte sie sich danach gesehnt, dass er diese Worte einmal aussprach. Aber jetzt überwog der Schmerz die Freude darüber. »Hast du nicht«, flüsterte sie beinahe unhörbar.

»Was habe ich nicht?«

»Du hast mich nicht geliebt.«

Er lachte kurz auf, drehte sich aber nicht wieder zu ihr herum. »Nein, natürlich nicht. Und warum wollte ich dich dann immer bei mir haben? Warum habe ich jede Minute an dich gedacht?«

Amy verbarg ihr Gesicht in beiden Händen und hatte Mühe, die Tränen zurückzuhalten, die in ihren Augen brannten. »Du hast es mir nie gesagt.« Jetzt drehte er sich doch zu ihr herum. »Und ob, ich habe es dir gesagt!«

Verzweifelt nahm Amy die Hände vom Gesicht und schüttelte den Kopf. »Nein, du hast es mir nie gesagt. Dabei habe ich so sehr darauf gewartet. Nicht ein einziges Mal hast du es gesagt.«

Tad erwiderte nichts. Seine Brauen waren zusammengezogen, und er sah nachdenklich vor sich hin. Sie hatte recht. Wirklich ausgesprochen hatte er diese drei Worte nie, aber dafür hatte er es ihr mit jeder Geste gezeigt. »Du auch nicht«, versuchte er sich zu verteidigen und sprach damit aus, was er oft gedacht hatte.

Ihr Seufzer glich einem Schluchzen. »Ich hatte Angst.«

»Verdammt, Amy, ich auch. Kannst du dir das nicht vorstellen?«

Schweigend sahen sie sich an. War ich wirklich so blind, überlegte Amy. Waren ihr Worte tatsächlich so wichtig gewesen, dass sie nicht gesehen und gespürt hatte, dass er sie liebte?

Sie holte tief Luft, und plötzlich hatte sie keine Angst mehr, die Worte auszusprechen. »Ich liebe dich, Tad. Ich habe dich immer geliebt.« Sie streckte eine Hand nach ihm aus, aber er bewegte sich nicht. »Bitte, lass mich jetzt nicht allein.« Sie dachte an das Kind, das sie verloren hatte. »Tad, bitte hasse mich nicht für das, was ich getan habe.«

Er wusste nicht, was sie damit meinte, aber er vertraute seinen Gefühlen für sie. Langsam ging Tad auf das Bett zu und griff nach ihrer Hand. »Es ist besser, wenn wir jetzt über alles reden, Amy. Dann können wir wieder ganz von vorn anfangen.«

»Ja.« Sie schob ihre Hand zwischen seine. »Es ist wirklich besser so. Oh, Tad! Es tut mir so leid wegen des Babys.« Sie hatte sich hingekniet, und jetzt legte sie einen Arm um seine Taille und lehnte ihren Kopf gegen seine Brust. Es tat gut, endlich darüber zu sprechen. Sie fühlte sich erleichtert und befreit.

»Ich wollte dir das nicht früher sagen, weil ich nicht wusste, wie du reagieren würdest.«

Tad schwieg und stand ganz still. »Ich habe mich so schuldig gefühlt«, hörte er sie leise sagen. »Als Jess mir das Foto von deinem Neffen zeigte, hatte ich für einen Augenblick das Gefühl, ich sähe unser Kind vor mir. Es hätte bestimmt auch deine Haare und deine Augen geerbt.«

»Meine was?« Für einen Moment schien alles in Tad durcheinander zu sein. Hatte er sie richtig verstanden? Nein, das konnte doch gar nicht sein. »Meine was?«, wiederholte er noch einmal, und dann griff er nach Amys Oberarmen. Er fasste so fest zu, dass sie leise aufschrie. Er schüttelte sie, und seine Augen waren kalt und starr. »Es war mein Baby?«

Sie öffnete den Mund, aber sie konnte nicht sprechen. Widerstandslos ließ Amy es sich gefallen, dass er sie immer noch schüttelte und ihr wehtat. Aber er hat es doch gewusst, dachte sie immer wieder. Und dann plötzlich kannte sie den Grund. Tad hatte angenommen, es wäre das Kind von Eric gewesen. Nicht seins!

»Antworte mir!« Seine Finger drangen tief in ihr Fleisch ein, aber über ihre Lippen kam kein Laut der Klage. »War es mein Baby?«

Amy nickte nur.

Im ersten Augenblick wollte er sie schlagen. Eine Hand hatte er bereits erhoben, und ein Blick in ihre Augen zeigte ihm, dass Amy genau wusste, was er tun wollte. Er ließ die Hand sinken, griff dann wieder nach ihrem Arm und warf sie rückwärts aufs Bett.

Sie lag ganz still. Tad stand vor dem Bett, den Rücken ihr zugewandt.

»Ich kann es nicht glauben«, hörte sie ihn murmeln. »Du warst schwanger mit meinem Kind und hast trotzdem diesen Kerl geheiratet.« Mit einer eckigen Bewegung drehte er sich herum und starrte sie an. »Hat er gesagt, dass du es abtreiben sollst? Oder hast du es von dir aus getan, damit du die Rolle der Lady auch perfekt spielen konntest?«

Amy war sich nicht bewusst, dass sie am ganzen Körper zitterte. Die Augen starr auf Tad gerichtet, verkrampften sich ihre Finger im Bettlaken. »Ich wusste es nicht«, sagte sie leise, ohne überhaupt alles verstanden zu haben, was er sagte. »Ich wusste nicht, dass ich schwanger war, als ich ihn heiratete.«

»Du hattest kein Recht, das vor mir geheim zu halten«, schrie Tad sie an, griff nach ihr und riss sie hoch, bis sie auf dem Bett vor ihm kniete. »Du hattest kein Recht, eine solche Entscheidung zu treffen. Es war auch mein Kind.«

»Tad …«

»Halt den Mund, verdammt noch mal!« Wieder warf er sie zurück in die Kissen und ging dann zur Tür. Er durfte nicht länger mit ihr zusammen in einem Zimmer bleiben. Er wusste, dass es nicht mehr lange dauern könnte, bis er völlig die Kontrolle über sich verlor.

»Wir haben uns nichts mehr zu sagen. Ich will dich nicht mehr wiedersehen.«

Ohne sich noch einmal nach ihr umzudrehen, verließ er wutentbrannt das Zimmer. Die Tür flog mit einem solchen Knall zu, dass Amy erschrocken zusammenzuckte und vor Schreck aufschrie.

11. Kapitel

Im Viertelfinale verlor Tad nicht einen Satz. Die Zuschauer und die Reporter waren überzeugt, dass er niemals zuvor besser gespielt hatte. Nur er selbst wusste, dass es im Grunde nichts mit Tennisspielen zu tun hatte, was er tat. Er kämpfte mit dem Schläger gegen Ball und Gegner, als befände er sich im Krieg und es ginge um sein Leben.

Sein Gesicht war wie eine böse Maske. Seine Augen waren so dunkel, dass sie beinahe schwarz wirkten, und seine Lippen waren zu einem Strich zusammengepresst. Mit jedem Schlag versuchte er etwas von der Spannung abzubauen, die sich seit der letzten Nacht in ihm aufgestaut hatte. Seine Schläge waren brutal, und jedes Mal, wenn er den Ball mit voller Wucht traf, stieß er einen Laut aus, der sich wie ein Keuchen anhörte.

Sein Gegenspieler an diesem Tag konnte einem leidtun. Im Gegensatz zu Tad war er froh, als das Match klar und eindeutig entschieden war. Tad dagegen hätte lieber noch weitergespielt. Er spürte, dass ihm diese drei klar gewonnenen Sätze immer noch nicht die Aggressionen genommen hatten.

»Ada, ich sage dir, noch nie habe ich ihn besser spielen sehen.« Martin Derick platzte fast vor Stolz, als sein Schützling den Platz verließ. »Hast du gesehen, wie er diesen Italiener in Grund und Boden gespielt hat?«

»Ja.«

»Noch zwei Spiele! Zwei Spiele noch, Ada, und dann hat er den Grand Slam.« Martin hatte nach Adas Händen gegriffen und hielt sie jetzt zwischen seinen. »Nichts kann ihn mehr aufhalten. Glaub mir, nichts mehr!«

In ihrer ruhigen, bedachten Art schaute Tads Mutter hinunter auf den Platz. Sie konnte Martins Begeisterung nicht teilen, denn sie hatte mehr hinter dem Sieg ihres Sohnes gesehen. Wut, Enttäuschung – vielleicht sogar Verzweiflung. Genauso hatte er sich damals als kleiner Junge benommen, wenn die anderen ihn in der Schule gehänselt hatten, weil er keinen Vater hatte. Damals hatte er dann zugeschlagen, heute benutzte er seinen Schläger – das war der einzige Unterschied.

»Mom.« Jess beugte sich näher zu ihrer Mutter hinüber, sodass Martin nicht hören konnte, was sie sagte. »Mit Tad ist etwas nicht in Ordnung, nicht wahr?«

»Ja, irgendetwas ist da absolut nicht in Ordnung. Ich frage mich nur, was.«

Jess hielt ihren kleinen Sohn fest an sich gedrückt. Jetzt rieb sie ihre Wange an seiner, als könne sie dadurch die Schuldgefühle auslöschen, die in ihr immer stärker wurden. Pete wand sich lachend aus ihren Armen und kletterte auf den Schoß seines Vaters.

»Ich habe Amy noch nirgendwo gesehen«, sagte Jess leise.

Ada sah ihre Tochter an. Jess hatte ihr eher beiläufig erzählt, dass Tad und Amy sich wieder häufiger sehen würden. Aber eigentlich hatte sie diese Bestätigung gar nicht gebraucht. Als Ada gehört hatte, dass Amy wieder Tennis spielte, hatte sie gewusst, dass die beiden erneut zusammenkommen würden.

Sie hatte ihren Sohn nur einmal völlig verzweifelt gesehen. Und das war, als Amy diesen englischen Lord geheiratet hatte. Sie hatte gewusst, dass ihm das nahegehen würde, aber niemals hätte sie mit einer solch wütenden und dabei doch so verzweifelten Reaktion von Tad gerechnet.

»Ich habe sie auch noch nicht gesehen«, antwortete Ada. »Sie muss ja heute auch noch spielen.«

»Ja, aber erst in einer halben Stunde.« Jess ließ ihren Blick über die Zuschauerränge gehen. »Normalerweise hätte sie doch erst Tad zugesehen.«

»Nun, sie wird schon ihre Gründe haben.«

Jess kämpfte mit sich. »Mom, ich muss mit dir reden – allein. Wollen wir eine Tasse Kaffee trinken gehen?«

Ohne weitere Fragen zu stellen, stand Ada auf. »Pass gut auf Pete auf«, sagte sie zu ihrem Schwiegersohn und strich ihrem Enkel liebevoll durchs Haar. »Jess und ich kommen gleich zurück.«

»Willst du es ihr sagen?« Macs Stimme war ganz leise, sodass Ada ihn nicht hören konnte. Besorgt griff er nach der Hand seiner Frau.

»Ja. Ja, es muss sein.«

Mac hielt seinen Sohn auf dem Schoß fest und sah den beiden Frauen nach, die bald in der Menge der Zuschauer verschwunden waren.

Nachdem sie einen kleinen Tisch gefunden hatten, wartete Ada darauf, dass ihre Tochter anfangen würde zu reden. Sie wusste, dass Jess sich absichtlich so viel Zeit ließ, Kaffee und Kuchen zu bestellen, und sie wartete auch noch geduldig ab, bis alles vor ihnen stand und Jess begann, ihren Kaffee umzurühren.

»Mom, kannst du dich noch daran erinnern, als wir vor drei Jahren hier waren?«

Wie könnte ich das jemals vergessen? dachte Ada und lächelte. Ihr Sohn hatte damals zum ersten Mal die offenen amerikanischen Meisterschaften gewonnen. Kurz darauf allerdings hatte das für ihn alles keine Rolle mehr gespielt. Eine Welt war für ihn zusammengebrochen, als Amy ihn verließ. »Ja, ich erinnere mich.«

»Amy hat damals Tad verlassen und Eric Wickerton geheiratet.«

Als Ada schwieg, nahm Jess einen Schluck von ihrem Kaffee. Langsam stellte sie die Tasse zurück und sah ihre Mutter an. »Mom, das war alles meine Schuld.«

Erstaunt sah Ada ihre Tochter an. »Deine Schuld? Aber wieso denn?«

»Ich bin zu ihr gegangen.« Nervös begann Jess, ihre Serviette zu zerreißen. Nachdem sie Mac alles erzählt hatte, hatte sie gedacht, es würde einfacher sein, auch ihrer Mutter die Wahrheit zu sagen. Aber mit dem erstaunten Blick ihrer Mutter auf sich gerichtet, kam Jess sich wieder vor wie ein kleines Mädchen, das etwas angestellt hatte. »Ich bin in ihr Hotelzimmer gegangen, als ich sicher sein konnte, dass Tad nicht da war. Ich habe ihr gesagt, Tad habe genug von ihr.« Jetzt war es endlich heraus!

»Und was hat sie gesagt? Hat sie dir nicht ins Gesicht gelacht?«

Jess schüttelte den Kopf. »Nein, ich war wohl sehr überzeugend.« Sie senkte den Kopf. »Vielleicht weil ich sicher war, die Wahrheit zu sagen. Oh, Mom! Wenn ich daran denke, was ich ihr alles gesagt habe …« Jess sah ihrer Mutter in die Augen, und ihr Blick war schuldbewusst und verzweifelt. »Ich habe ihr gesagt, Tad meinte, sie und Eric würden sehr gut zueinanderpassen. Das stimmte zwar im Grunde, aber ich habe es so gedreht, als wenn Tad froh wäre, wenn sie zu Eric ginge. Dann habe ich Tad verteidigt und gesagt, er wolle ihr nicht wehtun. Ich … ich habe so getan, als hätte er mich vorgeschickt, um es ihr beizubringen.«

»Jess!« Ada griff über den Tisch und hielt die Hände ihrer Tochter fest. »Jess, warum hast du das nur getan?«

»Weil ich glaubte, dass Tad unglücklich war. Ich hatte am Abend zuvor mit ihm gesprochen. Er wirkte so unsicher, als wüsste er nicht, was er tun sollte. So habe ich meinen Bruder niemals vorher gesehen.« Ihre Hände legten sich um die ihrer Mutter und drückten sie. »Damals war ich fest davon überzeugt, dass Amy nicht zu ihm passte, dass sie ihm wehtat. Und ich wollte Tad helfen.«

Ada lehnte sich zurück und ließ ihren Blick über die weitläufige Tennisanlage schweifen, ohne allerdings wirklich etwas davon zu sehen. Ihre Gedanken waren bei ihren Kindern, und sie überlegte fieberhaft, wie sie ihnen helfen konnte. Wieder einmal fiel ihr auf, dass die Pflichten einer Mutter noch lange nicht endeten, wenn die Kinder erwachsen waren. Vermutlich endeten sie niemals.

»Tad hat Amy geliebt, Jess.«

»Ich weiß.« Jess sah hinunter auf die zerrissene Serviette, die vor ihr auf dem Tisch lag. »Aber damals wusste ich das nicht. Ich habe gedacht, wenn er sie liebt, könnte er nicht so unglücklich sein. Und wenn Amy ihn geliebt hätte ... Sie hat so anders reagiert, als ich es erwartet hatte, Mom. Alle früheren Freundinnen von Tad hätten sich anders benommen, wenn ich ihnen so etwas gesagt hätte. Sie hätten mir nicht geglaubt, mich hinausgeworfen, oder sie hätten zumindest geweint ...«

»Meinst du denn, Tad hätte Amy geliebt, wenn sie so gewesen wäre wie die Frauen, die er vorher hatte?«, unterbrach ihre Mutter sie. Überrascht sah Jess ihre Mutter an. Wie viele andere Kinder auch hatte sie den Fehler gemacht zu glauben, ihre zierliche weißhaarige Mutter und Großmutter ihres Sohnes würde sich auf dem Gebiet der Leidenschaft nicht auskennen. Sie sah das amüsierte Lächeln auf dem Gesicht ihrer Mutter und wusste, dass sie ihre Gedanken erraten hatte.

»Erst nachdem ich Mac kennengelernt hatte, habe ich erfahren, dass Liebe nicht immer etwas mit Lachen und Glücklichsein zu tun hat«, sagte sie leise und vermied es, Ada dabei anzusehen. »Plötzlich gab es auch für mich Tage, wo ich mich unsicher fühlte und an meinen Gefühlen für Mac zweifelte. Dabei fiel mir dann ein, wie Tad sich an dem Abend benommen hatte, bevor ich zu Amy gegangen war. Wir beide sind uns sehr ähnlich, Tad und ich, und mit einem Mal konnte ich mich in ihn hineinversetzen.«

Jess seufzte tief auf und sah ihre Mutter an. »Ich hab dann versucht, mir einzureden, dass Amy Tad nicht verlassen hätte, wenn ihre Liebe zu ihm wirklich so groß gewesen wäre. Und dass Tad sie auch nicht hätte gehen lassen, wenn ihm so viel an ihr gelegen hätte.«

»Du vergisst, dass Stolz manchmal ein genauso starkes Gefühl sein kann wie Liebe«, antwortete ihre Mutter leise. »Und Amys Stolz war verletzt nach dem, was du ihr gesagt hast. Sie fühlte sich abgeschoben und war in ihrem Stolz gekränkt, weil Tad es ihr nicht selbst gesagt, sondern dich vorgeschoben hatte.«

»Aber ich an ihrer Stelle hätte um mich geschlagen und der Frau die Augen ausgekratzt, die mir so etwas gesagt hätte.«

Ada lachte. »Ja, das kann ich mir vorstellen. Schließlich kenne ich ja meine Tochter. Aber Amy ist anders, Jess.«

»Ja, da hast du wohl recht.« Jess schob ihre Tasse weg. »Mom, du kannst dir nicht vorstellen, wie mir zumute war, als ich hörte, dass die beiden wieder zusammen sind. Ich fühlte mich so schuldig und hatte Angst, dass Amy es ihm erzählen könnte. Als dann während der ganzen Saison nichts passierte, habe ich mich wieder beruhigt. Aber jetzt ist die Angst erneut da. Irgendetwas stimmt nicht mit Tad.« Flehentlich sah sie ihre Mutter an und griff nach ihren Händen. »Mom, was soll ich tun?«

Adas Blick ruhte nachdenklich auf ihrer Tochter. »Jess, dir bleibt keine andere Wahl. Du musst die Wahrheit sagen, musst mit beiden sprechen. Dann allerdings kannst du nichts mehr tun, das müssen die beiden dann unter sich ausmachen. Vielleicht gelingt es dir, das wiedergutzumachen, was du vor drei Jahren zerstört hast. Aber was jetzt zwischen ihnen nicht in Ordnung ist, daran kannst du nichts ändern.«

»Wenn sie sich lieben …«

»Jess, du hast einmal für Amy und Tad eine Entscheidung getroffen, die dir nicht zustand«, sagte Ada und sah ihre Tochter eindringlich an. »Mach den gleichen Fehler nicht noch einmal.«

Sie hatte weder schlafen noch essen können, und nur die

Tatsache, dass sie sich geschworen hatte, nicht noch einmal aufzugeben, gab Amy die Kraft, auf den Platz zu gehen.

Bis zum letzten Augenblick blieb sie in den Kabinen, um dann nur noch auf dem direkten Weg zum Platz gehen zu können, ohne noch allzu viele Fragen beantworten und Autogramme geben zu müssen.

Als sie schließlich ins Freie trat, traf Amy die feuchtwarme Luft wie ein Schlag. Sie ging zu ihrem Stuhl, traf die üblichen Vorbereitungen und versuchte, die lautstarken Zurufe des Publikums einfach zu ignorieren. Ihr größtes Problem würde sein, sich während des ganzen Spiels voll zu konzentrieren.

Ihre Arme taten weh, und sie spürte jeden Muskel in ihrem Körper. Mit Schmerzen konnte sie fertig werden. Sie wusste, wenn sie erst einmal auf dem Platz stand, wären sie vergessen. Aber dieses Gefühl der Schwäche, die Verzweiflung und innere Leere – konnte sie das auch alles einfach vergessen, wenn das Match erst einmal begonnen hatte?

»Amy.« Sie drehte sich um und sah direkt in Chucks Augen. »Was ist los? Du siehst schlecht aus. Bist du krank?«, fragte er besorgt.

»Nein, alles in Ordnung.«

Aber so leicht konnte sie einen alten Freund nicht täuschen. »Ich glaube dir kein Wort. Amy, kann ich dir helfen?«

»Nein, Chuck. Wenn ich auf den Platz komme, dann kann ich auch spielen.« Sie griff nach ihrem Schläger und stand auf. »Ich muss mich jetzt einspielen.«

Chuck sah ihr nach. Es konnte gar kein Zweifel daran bestehen, dass Amy überhaupt nicht in Ordnung war. Er drehte sich um und machte sich auf die Suche nach Tad.

Chuck fand ihn unter der Dusche. Er hatte die Augen geschlossen und ließ das Wasser über sein Gesicht laufen. Der Presse hatte er nur einige Worte gegönnt, und selbst seine Kollegen waren kaum dazu gekommen, ihm zu gratulieren.

»Tad, was ist los mit Amy? Irgendetwas stimmt nicht mit ihr.«

Tad trat einen Schritt zurück, ließ das Wasser über seine Brust rinnen und öffnete langsam die Augen. »So?«

»So?« Verblüfft sah Chuck den Freund an. »Ist das alles, was du dazu zu sagen hast? Mit Amy stimmt etwas nicht!«

»Ich hab dich verstanden.«

»Sie sieht krank aus«, versuchte Chuck es noch einmal. »Sie sollte heute nicht spielen. Ich hab einen Schrecken bekommen, als ich sie sah.«

Es fiel Tad schwer, gegen das Bedürfnis anzukämpfen, auf der Stelle zu ihr zu gehen. Die Szene der vergangenen Nacht war noch zu frisch in seiner Erinnerung. »Amy weiß, was sie tut. Sie trifft ihre eigenen Entscheidungen.«

Chuck starrte ihn an. War es wirklich möglich, dass das Tad war, mit dem er da sprach? Noch nie hatte er ihn so kalt und gefühllos erlebt. »Was zum Teufel geht hier eigentlich vor?«, fuhr er seinen Freund an. »Ich habe dir gesagt, dass Amy bestimmt krank ist, und du reagierst überhaupt nicht.«

Er folgte Tad in die Kabine. Seit er heute Morgen mit ihm trainiert hatte, war Chuck schon klar, dass irgendetwas nicht stimmen konnte. Aber was steckte nur dahinter? Zuerst hatte er gedacht, Tad und Amy hätten eine der üblichen Meinungsverschiedenheiten gehabt, wie sie im Zusammenleben immer einmal wieder vorkamen. Aber wenn Tad sich noch nicht einmal mehr Sorgen um Amys Gesundheit machte, dann konnte das nicht alles sein.

»Tad«, versuchte er es noch einmal, »wenn ihr beide euch gestritten habt, dann ist das doch nicht weiter schlimm. Das kommt doch vor zwischen zwei Leuten, die sich lieben.«

»Wir lieben uns nicht«, antwortete Tad und trocknete sich völlig ungerührt weiter ab.

Jetzt war Chuck mit seiner Geduld am Ende. »Nun, wenn das so ist … Gut, dass ich das weiß, dann kann ich ja einmal mein Glück versuchen.« Damit drehte er sich um und ging zur Tür.

Mit einigen langen Schritten holte Tad ihn ein, griff nach seinem Arm und riss ihn herum. Spöttisch sah Chuck in die wütenden Augen seines Freundes. »So, ihr liebt euch nicht, hm?« Er griff nach Tads Händen und befreite sich von ihnen. »Das kannst du jemandem erzählen, der dich nicht so gut kennt wie ich.«

Tad stand so drohend vor ihm, dass Chuck jeden Augenblick erwartete, er würde zuschlagen. Offensichtlich hatte es auch das Spiel nicht vermocht, ihn abzureagieren. Schließlich drehte er sich abrupt um und griff nach seinem T-Shirt.

»Gehst du jetzt raus?«, fragte Chuck. »Irgendjemand muss Amy vom Platz holen. Glaub mir, Tad, sie kann in diesem Zustand nicht spielen. Und du weißt ganz genau, dass sie auf mich nicht hören wird.«

»Hör auf, mich zu drängen«, entgegnete Tad und zog sich weiter an. Diesmal wartete Chuck ruhig ab. Es war ihm klar geworden, dass nicht nur Wut hinter Tads Benehmen steckte. Da war mehr – Verzweiflung, Unsicherheit. Schon einmal hatte er den Freund ähnlich erlebt – damals, vor drei Jahren. Und er war sicher, dass auch diesmal wieder Amy der Grund war.

»Okay, willst du darüber reden?«, bot er an.

»Nein.« Tad ballte die Fäuste und atmete tief durch. »Nein. Geh du nach draußen und … und behalte sie im Auge, ja?«

Amy kämpfte, aber sie spürte ganz genau, dass sie nicht gewinnen konnte. Es hatte sie alle Kraft gekostet, die noch in ihr steckte, um den ersten Satz bis zum Tiebreak zu bringen.

Ihre Gegnerin merkte sehr schnell, dass sie heute leichtes Spiel mit Amy Wolfe haben würde, und sie nutzte ihre Chance gnadenlos aus. Amys Spiel war immer noch sehr präzise, aber es steckte keine Kraft mehr dahinter, und darum war es leicht für die Kingston, sie auszuspielen.

Tad hatte lange mit sich gekämpft, aber schließlich konnte er nicht anders. Er ging zum Ende des Tunnels, der von den Kabinen aufs Spielfeld führte, und warf einen Blick auf den Platz.

Er sah sofort, dass Chuck nicht übertrieben hatte. Amys Gesicht war blass, ihre Bewegungen wirkten verkrampft, und an ihren Füßen schienen Bleigewichte zu hängen. Keine Spur mehr von ihrer sonstigen Schnelligkeit.

Sie hatte es mit einem letzten Aufbäumen geschafft, den zweiten Satz nicht kampflos zu verlieren. Es stand drei zu drei. Aber Amy machte sich keine Illusionen. Ihre Kraft reichte einfach nicht aus, die Gegnerin in Schach zu halten und für sich Vorteile herauszuspielen.

Sie machte sich bereit zum Aufschlag. Wenn sie ihr Aufschlagspiel durchbringen konnte, hatte sie noch eine Chance. Sollte die Kingston es ihr jedoch abnehmen, dann war das Match so gut wie verloren.

Konzentrier dich, befal sie sich, während sie den Ball einige Male auftippen ließ und dann den Schläger hob. Tads böse Worte gingen ihr immer noch im Kopf herum, und während sie den Ball hochwarf, glaubte sie sein wütendes Gesicht vor sich zu sehen.

»Fehler.«

Amy schloss die Augen. Wo war ihre viel gerühmte Selbstbeherrschung? Jetzt, wo sie sie so dringend brauchte, drohte sie die Kontrolle über sich zu verlieren. Plötzlich hörte sie wieder die Zurufe des Publikums, die sie anfeuern und ihr neuen Mut geben sollten. Sie riss den Schläger hoch und legte den Rest Energie, der ihr noch verblieben war, in diesen Aufschlag. Ein Ass! Das Publikum jubelte. Noch war sie nicht geschlagen.

Der nächste Aufschlag war schwach. Stacie Kingston hatte keine Mühe heranzukommen. Offenbar suchte sie jetzt die Entscheidung. Sie drosch die Bälle zurück, jagte Amy über den Platz und versuchte, die Schwäche ihrer Gegnerin auszunutzen.

Amy reagierte nur noch automatisch. Die ersten Bälle

konnte sie noch erlaufen. In ihrem Kopf drehte sich alles, der Platz verschwamm vor ihren Augen, und als sie versuchte, nach einem Ball zu hechten, brach sie plötzlich zusammen. Sie fiel auf die Knie, der Schläger flog weg, und dann lag sie wie ein Häufchen Elend zusammengekrümmt auf dem Platz.

Jemand fasste unter ihre Arme und zog sie behutsam hoch. Beinahe willenlos ließ sie sich zu ihrem Platz führen. »Komm, Amy«, hörte sie Chucks besorgte Stimme. Er nahm ein Handtuch und wischte über ihr schweißnasses Gesicht. »Du kannst nicht weiterspielen, Amy«, redete er leise auf sie ein. »Ich bring dich in die Kabine.«

»Nein.« Mit ungeahnter Kraft schob sie seine Hand beiseite. »Nein, ich gebe niemals auf.« Sie nahm das Handtuch und warf es auf den Boden. »Ich spiele das Match zu Ende.«

Hilflos musste Chuck mit ansehen, wie sie zurück auf den Platz ging, um das Spiel dann endgültig zu verlieren.

Amy schlief beinahe vierundzwanzig Stunden durch. In ihrem Zimmer angekommen, ließ sie sich nur noch auf das Bett fallen. Der Verlust des Spiels und damit auch des Titels als Grand-Slam-Siegerin bedeutete ihr wenig. Wenigstens hatte sie nicht aufgegeben, ihr Stolz war ungebrochen. Selbst den Reportern hatte sie nach dem Match noch Rede und Antwort gestanden, und sie hatte sich selbst gewundert, wie ruhig und besonnen ihre Erklärung für die Niederlage geklungen hatte.

Irgendwie hatte Amy es dann noch geschafft, sich bis auf die Unterwäsche auszuziehen. Dann hatte sie sich quer auf das breite Bett fallen lassen, das sie so oft mit Tad geteilt hatte, und war fest eingeschlafen.

Sie hörte auch nicht, als Stunden später Tad leise hereinkam. Er sah, dass sie sich noch nicht einmal zugedeckt hatte. Ein sicheres Zeichen dafür, dass Amy total erschöpft gewesen war. Die Hände in seinen Taschen ballten sich zu Fäusten, als er so dastand und auf sie hinabsah.

Leise ging er hinüber zum Fenster. Lange stand er so da, sah hinaus und hörte ihren gleichmäßigen Atem. Dann zog er die Vorhänge zu und ging.

Als Amy erwachte, spürte sie den Schmerz im ganzen Körper. Nur mit größter Kraftanstrengung konnte sie sich aufraffen, um hinüber ins Bad zu gehen. Sie ließ heißes Wasser in die Wanne laufen und legte sich völlig erschöpft hinein. Das Klopfen an der Tür überhörte sie ebenso wie das Telefon, das drüben im Wohnzimmer unentwegt läutete.

Jess legte den Hörer wieder auf. Wo konnte Amy nur stecken? Sie hatte sich an der Rezeption des Hotels erkundigt und wusste, dass sie noch nicht abgereist war. Aber wieso ging sie dann seit Stunden nicht ans Telefon? Es drängte Jess, endlich ihre Schuldgefühle loszuwerden und zu versuchen, alles wiedergutzumachen. Aber auch Tad wollte nicht mit ihr reden, es war einfach nicht an ihn heranzukommen.

Jess sah auf die Uhr. Jetzt würde Tad sich auf sein nächstes Spiel vorbereiten. Sie stellte sich selbst noch eine Frist. Wenn dieses Match vorüber war – gleichgültig, ob Tad gewonnen hätte oder nicht –, dann würde sie ihn dazu bringen, ihr zuzuhören.

Sie ging hinaus auf den Centre-Court und sah ihrem Bruder zu. Er spielte mit der gleichen Verbissenheit wie bereits im letzten Spiel – und genauso erfolgreich.

In den Stolz auf ihren Bruder mischte sich die Angst, dass er sich von ihr lossagen könnte, wenn sie ihm alles erzählt hatte. Trotzdem harrte sie aus, wartete die Siegerehrung und dann auch noch die anschließende Pressekonferenz ab. Als Tad endlich geduscht und umgezogen aus der Kabine kam, wartete sie auf ihn.

»Tad, ich muss mit dir reden.«

»Jetzt nicht, Jess.« Er nahm ihre Hand, tätschelte sie wie bei einem Kind und ließ sie dann los. »Ich will hier weg, bevor der nächste Reporter mir auflauert.«

»Okay, dann steig in meinen Wagen. Ich fahre, und du hörst mir zu.«

»Jess, ich …«

»Tad, bitte!«

Er seufzte tief auf, folgte ihr aber dann doch zu ihrem Auto. Zum ersten Mal in seinem Leben wünschte er sich, seine Familie wäre diesmal nicht zum Turnier gekommen. Bisher hatte er Training oder irgendwelche Verabredungen mit der Presse vorgeschoben, um sie nicht sehen zu müssen. Aber im Grunde wusste Tad ganz genau, dass das nichts genutzt hatte. Die Blicke seiner Mutter hatten ihm gezeigt, dass sie Bescheid wusste und sich um ihn sorgte. Sie kannte ihn gut genug, um zu wissen, dass etwas ganz und gar nicht in Ordnung war.

Am schlimmsten aber war es für ihn, den kleinen Pete zu sehen. Der Gedanke daran, dass er vielleicht auch einen Sohn wie ihn gehabt hätte, brachte ihn fast um den Verstand.

»Bitte, Jess, ich bin müde und …«

»Steig ein«, unterbrach sie ihn. »Ich hätte schon längst mit dir reden müssen. Es muss sein, glaub mir.«

Tad stieg ein, und Jess startete. Als sie sich in den Verkehr eingereiht hatte, begann sie zu sprechen. »Tad, ich muss dir einiges sagen, und ich möchte dich bitten, mich nicht zu unterbrechen, okay?«

»Ich habe ja wohl keine andere Wahl, wenn ich nicht zurücklaufen will.«

Jess begann in dem ersten Sommer, den er mit Amy verbrachte. Nach einigen Sätzen wollte Tad sie unterbrechen, da er nicht daran erinnert werden wollte, aber Jess bat ihn zu schweigen und sprach weiter.

Als sie ihm erzählte, dass sie zu Amy gegangen sei, sah er sie überrascht von der Seite an. Jetzt hatte sie seine volle Aufmerksamkeit. Seine Brauen zogen sich zusammen, als er Sätze hörte wie: Tad weiß nicht, wie er sich von dir trennen soll, ohne dir wehzutun … Tad meint, dass Eric sehr gut zu dir passt …

»Sie hat überhaupt nicht darauf reagiert, Tad«, fuhr Jess schnell fort, damit er sie nicht unterbrechen konnte. »Sie war völlig kühl und beherrscht. Das bestärkte mich noch in meiner Meinung. Damals wusste ich noch nicht, dass man auch sehr starke Gefühle unterdrücken kann, wenn man verletzt wird. Erst als ich Mac kennengelernt hatte …« Sie trat auf die Bremse, als die Ampel vor ihr rotes Licht zeigte. Tad saß schweigend neben ihr.

»Wenn ich heute daran zurückdenke, dann fällt mir wieder ein, wie blass sie war und wie ruhig. Sie hörte sich alles an, was ich ihr zu sagen hatte. Ihre Stimme war leise, aber sie weinte keine einzige Träne. Oh, Tad, ich muss ihr furchtbar wehgetan haben.«

Jess warf einen Blick auf ihren Bruder. Er sah starr geradeaus und sprach kein Wort. »Ich hatte kein Recht dazu, Tad«, begann sie wieder. »Heute weiß ich das. Ich wollte … wollte dir helfen, dir etwas von dem wiedergutmachen, was du für mich getan hast. Damals habe ich gedacht, ich würde ihr genau das sagen, was du nicht sagen konntest. Ich wollte … Ach, ich weiß auch nicht.«

Jess brach hilflos ab und wartete darauf, dass er endlich etwas sagen würde. »Vielleicht war ich auch eifersüchtig – und trotzdem habe ich gedacht, du würdest sie nicht lieben, genauso wenig wie sie dich. Vor allem, als sie dann so schnell danach heiratete.«

Sie spürte, wie ihr Tränen in die Augen stiegen. Schnell lenkte sie den Wagen an den Straßenrand und stellte den Motor ab. »Tad, ich weiß, es genügt nicht, wenn ich dir sage, wie leid mir das alles tut. Aber ich weiß nicht, was ich sonst sagen soll.«

Langsam drehte er den Kopf und sah ihr in die Augen. »Wie bist du nur auf die Idee gekommen, du müsstest mir eine Entscheidung abnehmen?« Seine Stimme klang ganz ruhig, aber dann schrie er sie plötzlich an. »Wer, zum Teufel, hat dich damit beauftragt?«

Jess zwang sich, seinem Blick standzuhalten. »Du kannst mir nichts sagen, was ich mir nicht bereits selbst gesagt hätte, Tad. Und du hast ein Recht darauf, wütend auf mich zu sein.«

»Weißt du überhaupt, was du da angestellt hast?«

Sie musste sich räuspern, bevor sie sprechen konnte. »Ja«, antwortete Jess dann ganz leise.

»Ich wollte Amy an dem Abend fragen, ob sie mich heiraten wollte. Als ich dann in unser Zimmer kam, fand ich nur dich vor. Und dann hast du mir erzählt, dass sie mit Wickerton auf und davon sei.«

»Oh, Tad!« Tränen rollten über ihre Wangen. »Tad, ich hatte doch keine Ahnung, dass Amy dir so viel bedeutete.«

»Sie bedeutete mir alles, Jess. Alles! Ich war halb verrückt vor Angst, sie könnte mich nicht heiraten wollen.« Er hämmerte mit beiden Fäusten verzweifelt auf das Armaturenbrett. »Und ich habe immer noch Angst, bin mir immer noch nicht sicher.«

»Tad, wenn du zu ihr gehst, vielleicht …«

»Nein.« Er musste wieder an das Baby denken. Sein Baby. »Nein, jetzt gibt es noch andere Gründe.«

»Dann gehe ich zu ihr«, sagte Jess. »Ich kann …«

»Nein!« Seine Stimme überschlug sich fast. »Du gehst nicht zu ihr. Hast du gehört?«

»Wenn du nicht willst …«

»Ich will es nicht, Jess.«

»Liebst du sie immer noch?«, fragte sie leise.

Tad drehte den Kopf und sah seine Schwester verzweifelt an. »Ja, ich liebe sie immer noch. Aber da gibt es etwas, das ich nicht vergessen und ihr nie verzeihen kann.«

»Verzeihen?«

»Ja, sie hat mir etwas genommen …« Seine Stimme brach ab. Er öffnete die Tür und stieg aus.

»Tad.« Jess griff nach seinem Arm und hielt ihn zurück.

»Willst du, dass ich abreise? Mir wird schon eine Ausrede für die Familie einfallen.«

»Tu, was du willst«, antwortete er kurz angebunden. Er wollte schon die Tür zuschlagen, als er ihren Blick sah. Sein ganzes Leben lang hatte er sie beschützt, und er würde es auch weiterhin tun.

»Es ist vorbei, Jess«, sagte er leise. »Vergiss es.«

Dann drehte er sich um und ging. Dabei war er sich nicht sicher, ob er seinen eigenen Worten glaubte.

12. Kapitel

Amy saß auf dem Bett und sah das Endspiel der Herren im Fernsehen. Es wäre ihr unmöglich gewesen, ins Stadion zu gehen. Aber es war ihr ebenso unmöglich, ein Spiel von Tad zu verpassen.

Er spielte sehr konzentriert und präzise. Amy nahm den Blick nicht für einen Augenblick vom Bildschirm, wenn einer seiner besonders gelungenen Schläge in Zeitlupe gezeigt wurde. Die Haare hingen ihm wie üblich wirr über das Schweißband, und seine dunklen Augen sprühten vor Energie. War es nur sein unbändiger Siegeswille? fragte Amy sich. Oder trieb ihn diesmal ein anderes Gefühl noch viel mehr an?

Sein Topspin kam auf Chucks Rückhand, und er schlug ihn kraftvoll zurück. Tad spielte entlang der Linie, erwischte seinen Gegner auf dem falschen Fuß und wollte sich schon befriedigt abdrehen, als sehr spät erst der Ruf vom Linienrichter kam. Der Ball war »aus«.

Die Kamera war auf ihn gerichtet. Seine Augen sprühten Blitze, und er machte schon einen Schritt auf den Schiedsrichter zu. Amy hielt unwillkürlich die Luft an. Sie kannte ihn nur zu gut. Er war drauf und dran, die Kontrolle zu verlieren und so zu reagieren wie früher. Mitten in der Bewegung hielt er inne. Noch ein Blick auf den Schiedsrichter, dann drehte er sich um und ging zurück zur Grundlinie. Geduckt wie eine Katze erwartete er Chucks Aufschlag. Amy atmete auf.

Chuck schenkte ihm nichts, aber schon sehr früh war klar, dass er gegen einen so kraftvoll aufspielenden Tad keine Chance hatte. Er wehrte sich mit all seiner Erfahrung, versuchte Tad auszutricksen, aber am Ende war es immer wieder er, der einem Ball nachsehen musste.

Amy spürte einen körperlichen Schmerz, wenn sie daran dachte, dass er für sie verloren war. Tad hatte sie aus seinem Leben verbannt, und es gab keine Anzeichen, dass er seine Meinung ändern würde.

Sie seufzte und bedeckte ihr Gesicht mit beiden Händen. Plötzlich hob sie den Kopf. Sie starrte auf den Bildschirm, wo die Kamera jetzt nahe an Tad heranfuhr und sein Gesicht aufnahm. War sie nicht dabei, wieder den gleichen Fehler zu machen? Sie sah in seine dunklen Augen, die jetzt kalt und voll konzentriert blickten.

Nein, so einfach würde sie diesmal nicht aufgeben. Amy reckte die Schultern und sprang auf. Sie wollte nicht kampflos aus Tads Leben verschwinden. War sie nicht immer stolz darauf gewesen, niemals aufzugeben? Und jetzt, wo es um ihre Liebe ging, um ihr ganzes weiteres Leben, das ohne Tad öd und leer vor ihr lag, wollte sie auch nicht damit anfangen.

Sie schaltete den Fernseher aus. Genau in diesem Augenblick klopfte jemand an die Tür. Amy machte auf – und erstarrte.

»Dad!«

»Amy.« Jim streckte ihr nicht die Hand entgegen, sein Gesicht war ausdruckslos. »Darf ich hereinkommen?«

Er hat sich überhaupt nicht verändert, dachte Amy. Immer noch sehr schlank, fast wie zu seiner Wettkampfzeit, mit hoch erhobenem Kopf und gestrafften Schultern stand er vor ihr. »Oh, Dad, ich freue mich so, dich zu sehen.« Amy griff nach seiner Hand und zog ihn ins Zimmer. »Setz dich bitte. Soll ich dir etwas zu trinken bestellen? Einen Kaffee vielleicht?«

»Nein.« Jim setzte sich in den Sessel und sah seine Tochter an. Sie war schlanker geworden, und sie wirkte sehr nervös. Fast so nervös, wie er selbst es war. Seit Tads Anruf hatte er an nichts anderes mehr denken können. »Amy ...«, begann er zögernd. »Ich wollte dir sagen, dass ich stolz auf dich bin. Du hast in dieser Saison sehr gut gespielt.«

»Danke.«

»Bei deinem letzten Spiel, da war ich ganz besonders stolz auf dich«, sagte er leise.

Amy lächelte traurig. Wie typisch für ihn, dass er als Erstes von Tennis sprach. »Ich habe verloren, Dad.«

»Aber du hast gekämpft«, widersprach er. »Bis zum letzten Punkt hast du gekämpft. Ich glaube, es ist nur sehr wenigen aufgefallen, wie schlecht du dich gefühlt hast.«

»Als ich erst einmal auf dem Platz stand …«

»Hast du dich nicht mehr schlecht gefühlt«, unterbrach er sie. »Ich weiß. Das ist das, was ich dir jahrelang eingehämmert habe, nicht wahr?«

»Ja, Stolz und sportliches Verhalten«, antwortete sie und wiederholte damit die Worte, die sie unzählige Male von ihrem Vater gehört hatte.

Jim schwieg und sah sie an. Amy war immer meine Prinzessin, dachte er, meine hübsche, erfolgreiche Prinzessin.

»Ich habe nicht damit gerechnet, dass du kommen würdest«, unterbrach sie seine Gedanken.

»Ich hatte eigentlich auch nicht vor zu kommen.«

Wenn sie diese Antwort verletzte, so zeigte sie es nicht. »Und warum hast du deine Meinung geändert?«

»Da gibt es mehrere Gründe – vor allem aber dein letztes Spiel.«

Amy stand auf und ging hinüber zum Fenster. »Dann habe ich also erst verlieren müssen, damit du wieder mit mir sprichst.« Aus ihrer Stimme klang Bitterkeit, und sie gab sich auch keine Mühe, sie zu unterdrücken. »All die Jahre habe ich dich so nötig gebraucht, Dad. Ich habe so sehr darauf gehofft, dass du mir verzeihen würdest.«

»Es war schwer für mich, Amy.« Jim stand auf und machte einige Schritte auf sie zu.

»Es war auch schwer für mich zu verstehen, dass meinem Vater die Sportlerin wichtiger war als das Kind«, sagte sie leise.

»Das ist nicht wahr.«

»Wirklich nicht?« Amy drehte sich herum und sah ihn an. »Du wolltest nichts mehr mit mir zu tun haben, weil ich meine Karriere aufgegeben hatte. Und obwohl ich niemanden außer dir hatte, hast du nicht die Hand ausgestreckt.«

»Ich habe versucht, damit fertig zu werden, Amy, mich damit abzufinden, dass du diesen Mann geheiratet hast. Du weißt, dass ich ihn von Anfang an nicht mochte.«

»Ich hatte keine andere Wahl.«

»Keine andere Wahl?«, wiederholte er mit scharfer Stimme. »Du hast deine eigene Entscheidung getroffen, Amy – deine Karriere für einen Adelstitel. Und genauso hast du deine eigene Entscheidung getroffen, als es um mein Enkelkind ging.«

»Dad, bitte!« Sie hob beide Hände. »Hast du eine Ahnung, wie sehr ich für diesen kleinen Augenblick der Unachtsamkeit in den letzten Jahren bezahlt habe?«

»Unachtsamkeit?« Mit aufgerissenen Augen starrte Jim seine Tochter an. »Du nennst den Beginn einer Schwangerschaft Unachtsamkeit?«

»Nein, nein!« Mit Tränen in den Augen sah Amy ihn an. »Ich meine den Augenblick, als ich mein Baby verloren habe. Wenn ich mich nicht in den Streit mit ihm eingelassen hätte, wenn ich aufgepasst hätte an der Treppe … Ich wäre nicht gefallen und hätte Tads Baby nicht verloren.«

»Wie bitte?« Alle Farbe war aus seinem Gesicht gewichen. Ohne den Blick von Amy zu nehmen, ließ Jim sich wieder in den Sessel fallen. »Du bist gestürzt? Und es war Tads Baby?« Er schüttelte den Kopf und strich sich mit einer Hand übers Gesicht. Er verstand noch nicht ganz die Zusammenhänge, aber plötzlich fühlte er sich alt und schwach. »Amy, willst du damit sagen, dass du eine Fehlgeburt hattest?«

»Ja. Aber das habe ich dir doch alles geschrieben damals.«

»Ich habe nie einen Brief von dir bekommen.« Er streckte beide Hände seiner Tochter entgegen, und Amy zögerte nur kurz, bevor sie danach griff. »Amy, Eric hat mir erzählt, du hättest das Baby abtreiben lassen – sein Baby.« Er sah, wie sie blass wurde und den Mund öffnete, aber es kam kein Wort heraus. »Er hat mir gesagt, dass du das ohne sein Wissen getan habest, und er klang so verzweifelt, dass ich ihm geglaubt habe.«

Jim zog sie zu sich, und sie setzte sich wie als kleines Kind auf seinen Schoß. »Ich habe ihm geglaubt, Amy.«

»Oh nein!« Der Schock stand ihr ins Gesicht geschrieben, und ihre Augen füllten sich mit Tränen.

»Eric rief mich an und sagte mir, dass er erst davon erfahren habe, als es schon zu spät gewesen sei. Du hättest ihm gesagt, du wollest keine Kinder, weil du dein Leben als Lady Wickerton genießen wolltest.«

Amy schüttelte den Kopf. Sie konnte noch nicht einmal Zorn empfinden. Zu viel war in letzter Zeit auf sie eingestürmt. »Ich hätte nie geglaubt, dass Eric so hinterhältig und gemein sein könnte.«

Allmählich bekam alles einen Sinn. Ihr Vater hatte ihre Briefe nie beantworten können, weil Eric sie abgefangen hatte. Darum auch die seltsam kalte Reaktion ihres Vaters, als sie ihn schließlich angerufen hatte. Am Telefon hatte Jim ihr gesagt, dass er sich mit ihrer Entscheidung niemals abfinden könne. Und sie hatte geglaubt, er meinte damit ihre Entscheidung, nicht mehr Tennis zu spielen.

»Er will mich bestrafen«, sagte Amy leise.

Jim nahm das Gesicht seiner Tochter zwischen beide Hände. »Amy, erzähl mir alles, von Anfang an. Ich hätte dir schon längst dazu Gelegenheit geben müssen.«

Sie begann mit dem Besuch von Jess in ihrem und Tads Hotelzimmer, und sie verschwieg auch nicht, wie es jetzt um sie und ihn stand.

»Und jetzt glaubt Tad ...« Plötzlich brach Amy ab, als ihr klar wurde, was Tad glauben musste. »Eric muss ihm auch die Geschichte mit der Abtreibung erzählt haben.«

»Nein, das habe ich getan«, erwiderte ihr Vater leise.

»Du?« Verwirrt presste Amy ihre Fingerspitzen an den schmerzenden Kopf. »Aber wieso ...«

»Er hat mich vor einigen Tagen spät abends angerufen. Tad wollte mich dazu bringen, wieder Kontakt mit dir aufzunehmen. Ich erwähnte die Abtreibung, und er hat mir genauso geglaubt wie ich Eric.«

»Das war die Nacht, in der ich wach geworden bin«, sagte Amy leise. »Und als er dann erfuhr, dass es sein Baby war ... Kein Wunder, dass er mich hasst.«

Plötzlich kam wieder Farbe in ihr Gesicht. »Ich muss zu ihm, muss ihm alles erzählen.« Sie sprang auf. »Er muss mir glauben. Ich gehe zum Tennisplatz.«

»Das Spiel müsste eigentlich schon vorüber sein.« Jim fühlte sich entsetzlich. Seine Tochter war durch die Hölle gegangen, und er hatte ihr nicht geholfen. »Du triffst Tad dort bestimmt nicht mehr an.«

Amy sah auf die Uhr. »Aber ich weiß nicht, wo er jetzt wohnt.« Sie ging zur Tür. »Ich muss an der Rezeption fragen. Die wissen das sicherlich.«

»Amy ...« Er ging auf seine Tochter zu und streckte ihr die Hand hin. »Amy, bitte verzeih mir.«

Sie sah ihn an. Dann ließ sie die Türklinke los, übersah die ausgestreckte Hand und warf sich in seine Arme.

Es war schon fast Mitternacht, als Tad die Tür zu seinem Zimmer aufschließen wollte. Die letzten beiden Stunden hatte er damit verbracht, einen Drink nach dem anderen in sich hineinzuschütten.

Schließlich gewinnt man auch nicht jeden Tag den Grand-Slam-Titel, sagte er sich und suchte in der Tasche nach seinem

Schlüssel. Und man bekommt auch nicht jeden Tag von mindestens einem halben Dutzend schöner Frauen eindeutige Angebote, dachte er und lachte plötzlich. Und warum zum Teufel hatte er keines davon angenommen?

Weil sie alle nicht wie Amy waren, sagte eine Stimme in ihm. Unsinn! Er war einfach zu müde, darum hatte er keine mit hinauf in sein Zimmer genommen. Amy – das war vorbei!

Das Zimmer war dunkel, als er endlich die Tür aufgeschlossen hatte und hineinstolperte. Er hatte getrunken, weil er etwas zu feiern hatte, sagte er sich – nicht etwa, weil er vergessen wollte.

Tad warf die Schlüssel auf den Boden, griff nach seinem T-Shirt und zog es sich über den Kopf. Jetzt brauchte er nur noch den Weg zum Bett zu finden, ohne Licht zu machen. Heute Nacht würde er schlafen können, dafür hatte er genügend Alkohol im Körper.

Als er sich seinen Weg zum Schlafzimmer bahnte, ging plötzlich das Licht an und blendete ihn. Er legte seine Hand vor die Augen und lehnte sich gegen die Wand, um nicht das Gleichgewicht zu verlieren.

»Knips das verdammte Licht aus.«

»So sieht also ein Sieger aus.«

Die leise Stimme ließ ihn zusammenzucken. Er nahm die Hand von den Augen und starrte Amy an. Sie saß im Sessel und lächelte ihn an.

»Was, zum Teufel, tust du hier?«

»Triumphierend und betrunken«, fuhr sie fort, als hätte sie seine Frage gar nicht gehört. »Soll ich meine Glückwünsche auch noch anbringen, wie die vielen anderen schon vor mir?«

»Geh!« Er trat einen Schritt von der Wand weg und schwankte leicht. »Ich will dich nicht sehen.«

»Ich werde dir einen Kaffee bestellen«, gab sie ungerührt zur Antwort. »Und dann werden wir reden.«

»Ich habe gesagt, du sollst gehen.« Er griff nach ihrem

Handgelenk, als sie den Telefonhörer abnehmen wollte und wirbelte sie herum. »Geh – oder ich kann für nichts garantieren.«

Amy stand ganz still vor ihm. »Ich werde gehen, nachdem wir beide uns unterhalten haben.«

»Weißt du, was ich jetzt am liebsten mit dir machen möchte?« Er riss sie herum und drängte sie gegen die Wand. »Ich möchte dich schlagen, bis ich keine Kraft mehr habe.«

Amy zeigte keine Spur von Angst. »Tad, hör mir bitte zu …«

»Ich will dir aber nicht zuhören.« In seiner Fantasie sah Tad sie nackt auf dem zerwühlten Bett liegen. »Geh, bevor ich dir wehtun werde.«

»Nein.« Sie streckte eine Hand aus und berührte ihn leicht an der Wange. »Tad …«

Sie brach ab, als er sie plötzlich mit aller Kraft gegen die Wand presste. Für einen Augenblick dachte sie, er würde sie wirklich schlagen. Aber dann war plötzlich sein Mund auf ihren Lippen. Hart, beinahe brutal, drängte er ihre Lippen auseinander. Sie spürte seine Zähne und roch den Alkohol. Als sie versuchte, ihren Kopf zur Seite zu drehen, griff er mit beiden Händen zu und hielt ihn fest.

Amy versuchte, sich zu wehren. Er stöhnte auf, aber dann erlahmte ihr Widerstand.

Ohne sich dessen bewusst zu sein, lockerte sich sein Griff. Seine Hände strichen über ihren Körper, sein Kuss wurde liebevoll und zärtlich. Immer wieder murmelte er ihren Namen, während er ihr Gesicht mit Küssen bedeckte.

»Ich kann nicht ohne dich leben«, flüsterte er und zog sie mit sich hinunter auf den Boden.

Er spürte ihre Hände auf seinem Körper und überließ sich den leidenschaftlichen, wilden Gefühlen, die ihre Berührung in ihm auslöste. Er hörte ihr Stöhnen und fühlte ihren Körper, der sich fest gegen seinen presste.

Längst hatte Tad die Kontrolle über sich verloren. Er war in ihr, bevor er sich dessen überhaupt bewusst wurde, und ihre Körper fanden den gemeinsamen Rhythmus, den sie beide so schmerzlich vermisst hatten.

Erst als alles vorüber war, Tad sich von ihr rollte und an die Decke starrte, kam er wieder zur Besinnung. Wie war es möglich, dass Amy immer noch eine solche Macht über ihn hatte – nach allem, was er ihr vorwerfen konnte? Wie hatte es passieren können, dass er sie wollte, obwohl er sie doch eigentlich hassen müsste?

»Tad.« Amy drehte sich zur Seite und berührte seine Schulter.

»Lass mich.« Ohne sie anzusehen, stand er auf. »Zieh dich an«, murmelte er und zog seine Jeans hoch. »Bist du mit dem Wagen hier?«

Amy setzte sich auf und strich sich die Haare aus dem Gesicht. »Nein.«

»Ich ruf dir ein Taxi.«

»Das ist nicht nötig.« Schweigend zog sie sich an. »Tut es dir leid, dass das passiert ist?«

»Glaub nur nicht, dass ich mich entschuldige«, fuhr Tad sie an. »Darauf kannst du lange warten.«

»Ich habe auch keine Entschuldigung von dir verlangt«, sagte Amy ruhig. »Ich wollte dir nur sagen, dass es mir nicht leidtut. Ich liebe dich, Tad, und wenn wir zusammen schlafen, so ist das ein Ausdruck meiner Liebe.«

Tad stand am Fenster und hatte ihr den Rücken zugewandt. Sie knöpfte die Bluse zu und stand auf. »Ich bin gekommen, um dir etwas zu sagen, das du unbedingt wissen musst, Tad. Danach werde ich gehen und dir Zeit lassen, darüber nachzudenken.«

Er drehte sich um und sah sie an. »Okay«, sagte er schließlich und strich sich mit beiden Händen übers Gesicht. »Vielleicht sollte ich dir zuerst sagen, dass das, was Jess dir da vor drei Jahren erzählt hat, ihrer eigenen Fantasie entsprungen ist«, sagte er schnell. »Ich habe erst gestern überhaupt davon erfahren. Auf ihre Art hat sie damals versucht, mich zu beschützen.«

»Ich weiß gar nicht, wovon du redest.«

»Hast du wirklich geglaubt, dass ich dich nicht mehr wollte? Dass ich nach einem Weg gesucht habe, dich loszuwerden?«

Amy öffnete den Mund, aber dann schloss sie ihn wieder und schwieg. Seltsam, dass die Worte selbst jetzt noch wehtaten.

»Also hast du es tatsächlich geglaubt«, stellte Tad resigniert fest.

»Und warum sollte ich nicht?«, gab sie zurück. »Alles, was Jess sagte, klang völlig glaubhaft. Du hattest nie von Liebe gesprochen, und wir hatten auch keine Pläne für eine gemeinsame Zukunft gemacht.«

»Warst du dir denn deiner eigenen Gefühle so wenig sicher?«, fragte Tad. »Vielleicht ist dir der Auftritt von Jess gerade recht gekommen. Schließlich bist du daraufhin mit Wickerton auf und davon – obwohl du von mir schwanger warst.«

»Ich wusste nicht, dass ich schwanger war, als ich Eric heiratete.« Amy sah, wie er mit den Schultern zuckte. Wütend griff sie nach seinen Armen und hielt ihn fest. »Ich versichere dir, ich wusste es wirklich nicht! Hätte ich es gewusst, dann hätte ich dich verlassen und wäre nicht zu Eric gegangen. Ich hatte vorher schon so eine Ahnung, dass du mich nicht mehr wolltest, bevor Jess es mir bestätigte.«

»Und wieso?«

»Du warst damals so in dich gekehrt, häufig mit deinen Gedanken ganz woanders. Es ergab alles einen Sinn, was Jess sagte.«

»Ich war in mich gekehrt, weil ich mir den besten Weg überlegte, wie ich die große Amy Wolfe, Miss Tennis schlechthin, dazu bringen könnte, den Starbuck aus den Slums von Chicago zu heiraten.«

Überrascht sah Amy Tad an. »Du wolltest mich heiraten?«

»Den Ring habe ich immer noch, den ich dir damals gekauft habe.«

»Einen Ring?«, wiederholte sie. »Du hast mir einen Ring gekauft?«

»Ja, ich wollte dich ganz offiziell um deine Hand bitten. Und wenn das nicht geklappt hätte – nun, dann hätte ich dich eben entführt.«

Sie versuchte zu lachen, während ihr die Tränen in die Augen traten. »Ich hätte mich gern entführen lassen, aber das wäre nicht nötig gewesen.«

»Wenn du mir gesagt hättest, dass du schwanger …«

»Tad, ich wusste es nicht!«, unterbrach sie ihn und hämmerte mit ihren Fäusten gegen seine Brust. »Meinst du wirklich, ich hätte Eric geheiratet, wenn ich es gewusst hätte? Wochen später stellte sich erst heraus, dass ich schwanger war.«

»Und warum zum Teufel bist du dann nicht zu mir gekommen?«

»Auf diese Weise wollte ich dich nicht zurückholen, Tad«, sagte sie und reckte stolz ihr Kinn empor. »Außerdem war ich da bereits mit einem anderen Mann verheiratet und an ihn gebunden.«

»Ja, so sehr an ihn gebunden, dass du in eine Klinik gegangen bist und mein Kind hast abtreiben lassen«, antwortete er bitter.

»Das ist nicht wahr! Ich habe das Baby nicht abtreiben lassen. Ich hatte eine Fehlgeburt, an der ich fast gestorben wäre. Würdest du dich jetzt besser fühlen, wenn es dazu gekommen wäre?«

»Fehlgeburt?« Er ließ ihre Hände los und packte sie hart an den Schultern. »Wovon redest du?«

»Als ich Eric sagte, dass ich von dir schwanger sei, hat er sofort angenommen, ich hätte ihn hereingelegt, hätte nur einen Vater für mein Baby gesucht, nachdem du mich nicht mehr gewollt hast. Ich konnte sagen, was ich wollte, er glaubte mir nicht. Wir stritten miteinander und gingen dabei auf die Treppe zu. Ich wollte nichts anderes als weg von ihm, allein sein.« Sie schlug die Hände vors Gesicht, als die Erinnerung daran zurückkam. »Ich habe nicht mehr aufgepasst, bin einfach nur vor ihm geflohen. Dann bin ich gefallen. Alles drehte sich um mich. Danach kann ich mich an nichts mehr erinnern. Erst in der Klinik kam ich nach einigen Tagen wieder zu mir. Ich hatte das Baby verloren.«

»Oh, Amy!« Tad versuchte, sie in seine Arme zu ziehen, aber sie wich ihm aus.

»Ich habe mich so nach dir gesehnt, aber ich wusste, dass du mir niemals verzeihen würdest. Es gab keinen anderen Ausweg, und so habe ich getan, was Eric wollte.«

Langsam ließ Amy die Arme sinken und sah ihn an. »Ich hätte es nicht ertragen, wenn du mich nur aus Mitleid wiedergenommen hättest, und so habe ich auch nicht versucht, Kontakt zu dir aufzunehmen. Ich habe dafür bezahlt, Tad. Mit drei Jahren meines Lebens, in denen ich nicht eine Minute glücklich war.«

Er ging hinüber zum Fenster und riss es auf. Er brauchte Luft, hatte das Gefühl zu ersticken. »Warst du schwer verletzt?«

»Wie bitte?« Amy glaubte, ihn nicht richtig verstanden zu haben.

»Warst du schwer verletzt?« Als sie schwieg, drehte Tad sich herum. »Bei dem Sturz, meine ich.«

»Ich … ich habe das Baby verloren.«

»Ich habe nach dir gefragt.«

Keiner hatte sie danach gefragt, noch nicht einmal ihr Vater. Amy schüttelte nur den Kopf.

»Verdammt, Amy. Du hast vorhin gesagt, du seist beinahe daran gestorben.«

»Aber das Baby ist gestorben«, wiederholte sie noch einmal leise. »Ich meine dich«, schrie er sie an. »Weißt du immer noch nicht, dass du das Wichtigste für mich bist? Wir können noch viele Babys haben, wenn du willst. Ich will wissen, was dir passiert ist.«

»Ich kann mich gar nicht mehr an alles erinnern. Ich habe Transfusionen …« Jetzt erst ging ihr der Sinn seiner Worte auf. Die Besorgnis in seinem Blick galt ihr. »Tad!« Amy lehnte ihren Kopf gegen seine Brust. »Es ist alles vorbei.«

»Ich hätte bei dir sein müssen.« Er zog sie näher zu sich. »Es wäre leichter für dich gewesen, wenn wir beide zusammen gewesen wären.«

»Sag mir, dass du mich liebst«, bat sie leise.

»Du weißt es doch.« Er legte eine Hand leicht unter ihr Kinn und hob ihr Gesicht hoch. Eine Träne rollte über ihre Wange, und er küsste sie weg. »Nicht mehr weinen«, bat er sanft. »Du darfst nicht mehr weinen.«

»Beinahe wäre alles noch einmal passiert, Tad.«

»Ja, es hat nicht viel gefehlt. Ab jetzt gibt es keine Geheimnisse mehr, Liebes. Versprichst du mir das?«

»Ja, ich verspreche es dir. Und jetzt lass uns feiern.«

»Ich habe meinen Teil schon hinter mir.« Er lachte.

»Aber nicht mit mir. Wir könnten in mein Hotel fahren und unterwegs eine Flasche Champagner kaufen.«

»Wir können auch hier bleiben und den Champagner auf morgen verschieben.«

»Es ist bereits morgen«, erinnerte sie ihn und zeigte auf ihre Uhr.

»Umso besser. Dann haben wir den ganzen Tag für uns.« Er fasste ihre Hände und zog sie zum Schlafzimmer.

»Moment.« Sie entzog sich seinem Griff. »Ich möchte, dass du jetzt das tust, was du vor drei Jahren tun wolltest.«

»Oh, Amy, doch nicht jetzt.« Wieder wollte er nach ihr greifen, aber sie war schneller.

»Oh, doch, Tad.«

Er seufzte und vergrub die Hände in den Taschen seiner Jeans. »Ich hab dir ja gesagt, dass ich dich heiraten will.«

»Oh nein, so nicht! Du wolltest es ganz offiziell machen. So etwa wie: Amy ...«

»Ich weiß, was ich sagen muss«, unterbrach Tad sie. »Aber ich glaube, ich versuch's doch lieber mit der Entführung.«

Lachend ging sie auf ihn zu und schlang die Arme um seinen Hals. »Frag mich«, flüsterte sie nahe an seinem Mund, »bitte!«

»Willst du mich heiraten, Amy?« Er bedeckte ihr Gesicht mit Küssen. Dann hielt er inne und sah sie an. »Nun?«

»Ich werde es mir überlegen«, antwortete sie und bemühte sich, ernst zu bleiben. »Eigentlich hatte ich mir das ja viel romantischer vorgestellt, viel ...« Mitten im Satz packte Tad sie und warf sie über seine Schulter. »Ja, so ist es auch gut«, gab Amy sich zufrieden. »In einigen Tagen gebe ich dir dann meine Antwort.«

Ohne sich zu bücken, ließ er sie auf das Bett fallen.

»Oder auch schon früher«, lenkte sie ein, während Tad begann, ihre Bluse aufzuknöpfen.

»Sei still.«

Überrascht zog sie eine Braue hoch. »Willst du meine Antwort etwa gar nicht?«

»Morgen bestellen wir das Aufgebot.«

»Aber ich habe noch nicht ...«

»Und verschicken die Einladungen.«

»Ich habe noch nicht Ja gesagt und ...«

Er verschloss ihren Mund mit einem Kuss.

»Nun gut«, seufzte Amy, »du hast mich überzeugt.«

– ENDE –

Virginia Dove

Dich und sehr viel Liebe

Roman

Aus dem Amerikanischen von
Johannes Heitmann

Prolog

Die siebzehnjährige Perri Stone stand vor dem Fenster. Vorsichtig öffnete sie das mit einem kleinen Diamanten besetzte goldene Medaillon, das sie an einer Kette um den Hals trug. Der Diamant glitzerte im Licht der Abendsonne. Immer wieder drehte Perri den Anhänger hin und her, um den funkelnden Stein zu betrachten.

Schon bald würde sie Matts Foto hier aufbewahren. Dann konnten ruhig alle wissen, dass sie heiraten wollten. Sobald Matt seinen Eltern alles erklärt hatte, brauchten Perri und er ihre Beziehung nicht mehr zu verheimlichen.

Mit einem Kuss verschloss Perri den Anhänger und wandte sich vom Fenster ab. Gledhill gehörte Gannie, die für Perri wie eine Großmutter war. Gannie kam Perri wie der gute Geist von Spirit Valley vor. Sie hatte sich schon besonders für Matt und Perri interessiert, noch bevor die beiden sich ineinander verliebten. Schon als Kinder waren sie beide davon überzeugt gewesen, dass Gannie sie liebte, als seien sie ihre leiblichen Enkel.

Nachdenklich ging Perri zum Kamin und betrachtete alle Gegenstände auf dem Sims. Was soll ich jetzt tun? fragte sie sich. Vielleicht sollten sie schon heute Abend mit Gannie über alles sprechen. Gannie wäre bestimmt nicht überrascht, die Neuigkeit zu hören. Seit nunmehr einem Jahr trafen Matt und sie sich hier in Gledhill.

Bald bin ich achtzehn, dachte sie, und dann wird alles gut. Sie nahm einen versteinerten Ammoniten vom Bord, den Matt einmal in der Nähe der Scheune gefunden hatte. Die Kanten waren immer noch scharf, aber die Oberfläche war glatt und anschmiegsam. Perri drückte sich die Kanten in die Handfläche.

Bitte, flehte sie innerlich. Der alte Skandal und der Streit zwischen unseren Familien darf einfach nicht zwischen uns stehen.

Mit geschlossenen Augen versuchte Perri sich vorzustellen, wie ihre Mutter auf die Neuigkeit reagieren würde. Janie Stone hatte ihre eigenen Gründe, warum sie nicht wollte, dass ihre Tochter in die Nähe von Matt Ransom kam. Aber Gannie würde sie umstimmen, da war Perri sich ganz sicher. Perri Ransom. Immer wieder versuchte sie, sich an diesen Namen zu gewöhnen. Mrs. Ransom.

In der Auffahrt hielt ein Auto an, und Perri lief zurück zum Fenster. Ihr stockte der Atem, als sie Leila Ransom, Matts Mutter, aus dem Wagen steigen sah. Eine Weile musterte Mrs. Ransom nur das große alte Haus. Dann ging sie entschlossen zur Veranda und kam zur Haustür herein. Wie eine Raubkatze betrat sie das Wohnzimmer.

»Bist du schwanger?«, fragte sie Perri leise, und ihre schönen grünen Augen glitzerten kalt wie Glas.

Wortlos schüttelte Perri den Kopf.

»Wenn du herausfindest, dass du es doch bist, bezahle ich dir die Abtreibung. Die wirst du brauchen, denn Matt wird dich nicht heiraten, egal, was er dir versprochen hat. Er hat schließlich seinen Stolz und kennt seine gesellschaftliche Stellung.« Leila blickte zur Uhr auf dem Kaminsims. Anscheinend hatte sie es sehr eilig. »Er ist mit dir fertig, Kleines«, fuhr sie fort, »glaub mir.«

Perri konnte ihr Entsetzen nicht verbergen. Nie im Leben hätte sie mit einer Konfrontation mit Matts Mutter gerechnet. Dazu war sie viel zu sehr in Matt verliebt.

»Hoffentlich hörst du mir zu«, warnte Leila sie, »denn ich sage es nicht zweimal. Wenn du dich weiterhin mit meinem Sohn triffst, werde ich dafür sorgen, dass du es bereust.« Leila sah aus dem Fenster, und die Sonne ließ ihr hellblondes Haar schimmern. »Ich könnte das Gerücht verbreiten, dass deine Mutter seit Jahren ein Verhältnis mit meinem Mann hat, und dann würden alle vermuten, dass sie sich deswegen hat scheiden lassen. Man wird mir glauben, darauf kannst du dich verlassen.«

Fast belustigt blickte sie Perri durchdringend an. »Zweifle niemals an meiner Entschlossenheit, Perri. Auch wenn es eine Lüge wäre, ich würde nicht zögern, deine Mutter zu Grunde zu richten. Das könnte mir direkt Spaß machen.« Leila lächelte kühl. »Am besten nimmst du das Angebot deines Daddys an und gehst auf diese tolle Highschool, mit der deine Mutter ständig prahlt. Zieh nach Raleigh um, und verbring das letzte Schuljahr bei deinem Vater und seiner neuen Familie. Auf jeden Fall musst du dich von meinem Sohn fernhalten.« Nachdenklich strich Leila mit einem ihrer gepflegten Fingernägel über die Armbanduhr.

Bei dem leicht kratzenden Geräusch zuckte Perri zusammen.

»Möglicherweise gibt es dort auch Sommerkurse.« Erfreut über diese Idee lächelte Leila. »Dann könntest du fortgehen, sobald das Schuljahr zu Ende ist.«

Perri öffnete den Mund, aber Leila schüttelte nur den Kopf. »Wenn nicht, dann werde ich deine Mutter dazu bringen, die Stadt zu verlassen. Habe ich mich klar genug ausgedrückt?«

Perri fing zu zittern an. »Ja, Madam«, stieß sie flüsternd aus und vergaß ihre Hoffnungen und Träume für die Zukunft.

»Und wage es nicht, jemals ein Wort dieser Unterhaltung Matt gegenüber zu erwähnen«, befahl Leila. »Verstehen wir uns?«

»Ja, Madam.« Mehr bekam Perri in ihrem ungläubigen Entsetzen nicht heraus.

»Gut.« Zufrieden seufzend betrachtete Leila das Kaminsims. Dann ging sie hinaus und fuhr ohne ein weiteres Wort davon.

Perri konnte sich nicht regen und sah nur starr auf die Uhr. Wie schnell konnte ein Leben sich ändern! Aber sie würde nicht weinen.

Das tat sie nie.

1. Kapitel

Zwölf Jahre später

Matt Ransom war nicht in Stimmung für einen Tornado. Allerdings konnte man so einem Wirbelsturm mit etwas Glück immer noch ausweichen. Ich dagegen werde wohl eher in einen Hagelschauer mit taubeneigroßen Hagelkörnern geraten, dachte Matt.

Wenn man in einer als »Tornado Alley« bekannten Gegend lebte, konnte man sich über Tornados schlecht beschweren. Matts Bruder Whit zum Beispiel hatte nur hilflos zusehen können, wie der gesamte Mutterboden seines Ackerlands fortgeweht worden war. Seit November war kaum Regen gefallen, viele Farmer hatten ihr Vieh verkaufen müssen, und Whit konnte nicht einmal mehr auf eine gute Weizenernte hoffen.

Doch hier bei Spirit Valley, Oklahoma, würde es etwas zu ernten geben, wenn auch nicht viel. Durch den Fluss und ein paar tiefe Quellen gab es abgesehen von den aufgestauten Seen zumindest so viel Wasser, dass auf den Feldern Weizen wuchs.

Aber die Ähren sahen noch viel zu klein aus. Fluchend betrachtete Matt das Land und den Himmel. Der Gedanke, dass es anderen noch schlimmer ging als ihm, tröstete ihn nicht. Im Moment machte er sich eher wegen des Sturms Sorgen, der sich irgendwo zusammenbraute. Das konnte Matt förmlich spüren, obwohl man außer dunklen Wolken und etwas Regen nichts bemerken konnte. Er war hier aufgewachsen und wusste, wie schnell das Wetter sich änderte.

Immer wieder musste er an Ampeln und Stopp-Schildern anhalten, und entnervt stieß er die Luft aus. In der kleinen Stadt gab es mittlerweile so viele Menschen, dass solche Verkehrszeichen nötig waren, und alle diese Menschen waren von der jährlichen Ernte abhängig. Voller Ungeduld gab Matt Gas, als die letzte Ampel auf Grün sprang.

Ihm fiel ein, was er noch alles zu erledigen hatte. Seit dem Hagelsturm gestern hatte auch noch der Pferdestall ein Loch im Dach, und Matt wusste überhaupt nicht, wann er die Zeit für die Reparatur finden sollte. Andererseits konnte er froh sein, dass wenigstens das Dach des Wohnhauses unversehrt geblieben war.

Der alte Sam Ransom würde niemals seinen Sohn um Hilfe bitten. Die beiden sprachen seit dem Tod von Matts Mutter Leila vor ein paar Jahren miteinander nur noch über Pferde und die Arbeit. Matt wusste, dass er für das distanzierte Verhältnis zu seinem Vater verantwortlich war. Im Gegensatz zu vielen anderen Dingen, die ihn innerlich hatten verhärten lassen, schmerzte ihn das Zerwürfnis mit seinem Vater fast täglich. Er nahm sich vor, bald einmal nachzusehen, ob an dem alten Haus etwas zu reparieren war.

»Jetzt geht's los«, sagte er zu sich selbst, als die ersten großen Tropfen aus den dunklen Wolken herabfielen.

Er war so in seine Gedanken über das Loch im Stalldach vertieft, dass er fast nicht bemerkte, dass die Vordertür von Gannie Gledhills Haus offen stand. Langsam fuhr er die Auffahrt hinauf.

Schon der Anblick von Gledhill bekümmerte ihn. Er vermisste Gannie schrecklich. Wieso hatte sie nicht noch ein paar Jahre länger leben können? Die Beerdigung war jetzt zwei Tage her, und Matt konnte sich gar nicht vorstellen, die alte Frau niemals wieder zu sehen. Sie war die einzige Frau in seinem Leben, an deren Ehrlichkeit er nicht ein einziges Mal gezweifelt hatte. Vieles würde sich durch Gannies Tod ändern.

Gannies Familie lebte schon fast so lange hier wie Matts. Ihr Großvater hatte mitgeholfen, die erste Eisenbahnstrecke hierher zu bauen. Er hatte eine Indianerin geheiratet, sich ein Stück Land gekauft und ein Haus errichtet. Die gesamte Einrichtung hatte er sich von der Ostküste anliefern lassen, bis hin zur Seidentapete fürs Esszimmer.

Gannie, die eigentlich Olivia Gledhill hieß, hatte einen Abschluss am Mädchen-College gemacht und war die Leiterin der städtischen Bibliothek geworden. Sie hatte niemals geheiratet, doch fast alle Kinder kamen, wenn sie Kummer hatten, zu ihr. Sam Ransom hatte ihr als Kind den Spitznamen verpasst, weil er fand, sie sei die »Grannie«, also die Großmutter, der ganzen Stadt. Nur hatte er damals das Wort Grannie noch nicht richtig aussprechen können, und so war daraus Gannie geworden.

Gannie hütete die Bücher der Stadt und auch ihre Kinder. Für viele war sie die wichtigste Persönlichkeit von Spirit Valley gewesen, und Matt hatte sie noch mehr bedeutet. Ohne Gannies Liebe und ihre klugen Ratschläge hätte er die letzten zwölf Jahre nicht gesund überstanden, das wusste er.

Und die Ransoms hatten schließlich einen guten Ruf in Spirit Valley. Ihr Ansehen durfte keinen Kratzer bekommen, darauf achtete die Familie seit jeher. Jetzt war Gannie nicht mehr da, und für Matt war das alte Haus jetzt nur noch mit einer Frau verbunden.

Er sah sie noch vor sich, wie sie im Esszimmer gelacht hatte. Aus glänzenden Augen hatte sie ihn angesehen. Matt konnte sich an ihr blondes Haar und die großen ausdrucksvollen Augen erinnern. Nur am Gesichtsschnitt konnte man erkennen, dass sie auch indianische Vorfahren besaß. Damals hatte sie schlank und reglos vor ihm gestanden, und sie hatte ihm gehört.

Ihre Augen würde Matt niemals vergessen. Diese grünen Augen mit dem kleinen hellbraunen Ring um die Pupille hatten sich ihm unauslöschlich eingeprägt. Erst jetzt fiel ihm zum ersten Mal auf, dass sie seinen dunkelgrünen Augen ähnelten, denn auch seine Pupillen waren von einem dunkelbraunen

Kranz umgeben. Schlagartig überkam ihn wieder etwas von der Wut, die er mit den Erinnerungen an Perri Stone verband.

Hastig stellte er den Wagen im Carport ab und bekam gar nicht mit, dass das kleine Tor zum Friedhof nebenan nur angelehnt war und dass auf einem der schlichten Grabstein eine rote Rose lag. Er stieg aus und fühlte kaum den Wind und den kalten Regen, während er die Stufen zum Haus hinauflief.

Wenn der Eindringling keinen triftigen Grund angeben konnte, warum er das Haus betreten hatte, würde er kurzen Prozess mit ihm machen. Matt war nicht in Stimmung für eine längere Auseinandersetzung, und Zeit hatte er ohnehin nicht dafür.

Morgen starteten einige seiner Pferde bei einem Rennen im Remington Park, vorausgesetzt, das Derby wurde nicht wegen schlechten Wetters abgesagt. Einige Pferdezüchter, deren Tiere ebenfalls an den Start gehen würden, hatten ihren Besuch bei ihm angekündigt, und es fiel Matt ohnehin schwer genug, dem Ruf seiner Familie gerecht zu werden und den zuvorkommenden Gastgeber zu spielen.

Er betrat das alte Haus und knallte die Tür hinter sich zu.

Wer kam da hereingepoltert, als gehöre ihm das Haus? Perri Stone hatte keine Lust, dass sich jetzt schon herumsprach, dass sie hier einzog. Sie schüttelte die Regentropfen ab und beeilte sich, damit sie den Besucher gleich wieder hinausbegleiten konnte.

Der Mann erreichte fast gleichzeitig mit ihr die Tür zum Wohnzimmer, und sie beide erstarrten. Matt fiel erst jetzt ein, dass er die rote Rose auf dem Grabstein gesehen hatte, und Perri erinnerte sich, wer schon immer in dieses Haus gekommen war, als gehöre es ihm.

Im dämmrigen Licht sah Perri zunächst nur die Jeans, die Stiefel und das Arbeitshemd. Aber das kantige Gesicht, die durchdringenden Augen und die schmale gerade Nase waren unverwechselbar. Sie konnte einen Aufschrei nicht unterdrücken, obwohl sie sich den Schreck lieber nicht hätte anmerken lassen.

Matt fluchte leise, als sie gegen ihn prallte. Unwillkürlich zog er sie in die Arme, damit sie nicht fiel, aber seine Stimmung besserte sich dadurch erst recht nicht.

Perri machte sich auf einen hitzigen Streit gefasst. Bisher waren sie nur kühl und sachlich miteinander umgegangen, doch es war das erste Mal seit zwölf Jahren, dass sie sich unter demselben Dach befanden, wenn man einmal die Zeit ausnahm, als sie abwechselnd bei Gannie im Krankenhaus gewacht hatten. Und beim letzten Treffen hier in Gledhill war Matt so außer sich vor Zorn gewesen, wie Perri ihn noch nie zuvor erlebt hatte.

»Verdammt, Ransom, du hast mich zu Tode erschreckt!«, beschwerte sie sich, um ihre Unsicherheit zu überspielen, und schob ihn von sich.

»Ihnen auch einen schönen Tag, Miss Stone«, erwiderte er kühl und ließ sie los.

Sie erwiderte seinen Blick, dann ging sie zum Fernseher und schaltete die Wettervorhersage ein. Zwölf Meilen südlich zog gerade ein Tornado vorüber, und der Wind, der durch die offene Hintertür ins Haus drang, war so kalt, dass Perri fröstelte. Im Moment musste sie sich allerdings um etwas anderes als das Unwetter draußen kümmern.

Sie war eine große Frau, aber Matt überragte sie. Er hatte breite Schultern und lange kräftige Arme. Im Moment wirkte er wie ein finsterer Sturmgott. Eigentlich konnte Perri bei ihm mit nichts anderem rechnen. In der Wettervorhersage hieß es zwar, Spirit Valley sei nicht mehr tornadogefährdet, doch Perri fühlte sich trotzdem nicht sicher.

Sie merkte, dass er sie ungeniert musterte, und sie unterdrückte ein Gähnen. Schon immer hatte sie, wenn sie nervös wurde, gähnen müssen, und das in den unpassendsten Situati-

212

onen. In diesem Augenblick ging draußen ein Hagelschauer nieder.

Prüfend sah Matt sie an. »Wenn ich mich nicht täusche, bist du größer als früher. Bist du noch gewachsen?«

»Zwei Zentimeter zwischen meinem siebzehnten und meinem neunzehnten Geburtstag«, erwiderte sie knapp und blickte weiterhin auf den Fernsehbildschirm.

»Das muss es sein. Irgendwie hast du dich verändert.« Er ging um sie herum. »Abgesehen davon, dass du erwachsen geworden bist. Ich wollte dir sowieso schon sagen, dass du weiblicher wirkst als früher, und es steht dir fantastisch.« Zufrieden lächelte er, als sie bei dieser Bemerkung die Schultern straffte.

Sie musste sich überwinden, ihn anzusehen. »Was tust du hier, Matt?«, fragte sie nach außen hin ruhig. Aber der Blick in seine Augen war ein Fehler.

Seine Augen wirkten fast schwarz. Erst beim näheren Hinsehen erkannte man, dass sie dunkelgrün waren, und es sah oft so aus, als würde alles Licht von diesen Augen geschluckt. Matts Augen sehen älter aus, als er ist, stellte Perri fest. Sie hatte den Eindruck, dass er seit Langem nicht mehr richtig gelächelt hatte.

»Mir fiel auf, dass die Haustür offen ist, und da habe ich angehalten, um nachzuschauen, was los ist«, antwortete er. »Du zögerst ja nicht lange damit, dir zu holen, was dir gehört, oder?« Fast sanft fügte er hinzu: »Aber bestimmt dauert es auch nicht lange, bis du wieder von hier fliehst.«

Unter den gegebenen Umständen konnte Perri darauf nichts entgegnen.

»Wo steht dein Wagen?«, erkundigte er sich. »In der Garage?«

Sie nickte nur.

»Hast du alle Sachen ins Haus bekommen, bevor es zu regnen anfing?«

»Das lass ruhig meine Sorge sein«, antwortete sie kühl.

»Hast du alles im Haus?«, wiederholte er nur.

Perri schüttelte den Kopf und blickte auf seine Hände. Er hatte gerade die beiden obersten Knöpfe ihrer Jacke geöffnet. Immer mit der Ruhe, ermahnte sie sich. Ich darf jetzt nicht unbeherrscht reagieren, sonst zieht er nur Vorteile daraus.

»Wirklich sehr lustig, Matt.« Es verwunderte sie selbst, dass sie so gelassen, fast gelangweilt, klingen konnte, während ihr Herz wie wild raste. Er sah so freundlich und vertrauenswürdig aus, während er mit dem Zeigefinger langsam ihren Hals hinabstrich. Perri holte tief Luft und nahm Matts Duft wahr, der Bilder von sonnenbeschienenen Wiesen, Pferden, Heu und Matts glatter Haut heraufbeschwor. Sie hatte lange gebraucht, um diese aufregende Mischung zu vergessen, und jetzt war alles schlagartig wieder da. Wenn Matt sie berührte, fiel ihr alles wieder ein, was sie eigentlich hatte verdrängen wollen.

Unvermittelt trat er einen Schritt zurück und ging zur Hintertür. Sofort fühlte Perri sich so leer und mutlos wie an dem Tag, an dem sie erfahren hatte, dass er eine andere heiraten würde.

»Mach die Knöpfe ruhig wieder zu. Ich hole in der Zwischenzeit dein restliches Gepäck herein.« An der Tür blieb er noch einmal stehen. »Und hör auf, mich so kriegerisch anzufunkeln. Ich bin nur höflich. Schließlich müssen wir zusammenarbeiten, darauf freue ich mich schon.«

Sobald er zur Tür hinaus war, vermisste sie ihn. Wie sollte sie es jemals schaffen, mit diesem Mann zusammenzuarbeiten? Sie schloss die Knöpfe wieder und atmete tief aus. Um wieder etwas zur Ruhe zu kommen, ging sie zur Vordertür hinaus auf die überdachte Veranda, die sich um das ganze Haus zog.

Der Hagelschauer ließ etwas nach, und die kleinen Körner fielen leise prasselnd vom Dach. Ohne richtig hinzusehen, betrachtete Perri die Blumen im Garten. Ich bin jetzt neunundzwanzig, sagte sie sich, und nicht mehr die Siebzehnjährige, die sich in den vierundzwanzigjährigen Matt Ransom verliebt hat. Die beiden Menschen von früher gibt es nicht mehr, und jetzt haben Matt und ich eine Aufgabe vor uns.

Sicher werden wir damit fertig. Hier geht es schließlich um etwas, das uns beiden wichtig ist. Er will herausfinden, wie ich reagiere. Dass er mich nicht begehrt, hat er mir deutlich zu verstehen gegeben. Wenn ich es zulasse, wird er mit mir spielen. Es könnte mir Genugtuung verschaffen, wenn ich es auf eine Auseinandersetzung ankommen lasse, aber mit Gelassenheit erreiche ich sicher mehr.

Bestimmt war das Leben für Matt Ransom in den letzten zwölf Jahren nicht leicht gewesen, aber so sehr verändert hatte er sich auch wieder nicht. Perri wusste genau, dass er Frauen mit Respekt behandelte. Und hier ging es ja nur ums Geschäft.

Sie erzitterte, als der eiskalte Regen auf die Veranda geweht wurde. Noch einmal atmete sie tief durch, dann ging sie wieder ins Haus. Sorgfältig schloss sie die Tür, bevor sie die Treppe hinaufging.

Gerade als sie den oberen Treppenabsatz erreichte, holte Matt sie ein. Wortlos wandte sie sich den hinteren Schlafzimmern zu, während Matt mit dem Gepäck an der Tür zu ihrem früheren Zimmer stehen blieb. Hier hatten sie sich zum ersten Mal geliebt.

»Ich habe jetzt mehrere Zimmer zur Auswahl, und da schlafe ich lieber in einem der hinteren Räume«, sagte sie leise und ging den Flur entlang zu dem Zimmer, von dem aus man über die Bäume hinweg ins weite Land sehen konnte.

Reglos stand Matt da und schaute in das Zimmer, das sich seit damals fast gar nicht verändert hatte. Dann drehte er sich um und folgte Perri. Ihm war keinerlei Regung anzumerken. »Das kann ich verstehen«, meinte er nur. »Für das kleine Zimmer bist du wirklich zu groß.« Er stellte die Koffer ab. »Für jemanden, der nur auf der Durchreise ist, hast du aber sehr viel Gepäck dabei.«

»Wie kommst du darauf, ich sei nur auf der Durchreise? Es wird einige Zeit dauern, um Gannies letzten Willen zu erfüllen, wie immer der auch genau aussehen mag. Mindestens ein Jahr werde ich wohl hier sein, meinst du nicht? Es sei denn, du kennst das Testament schon und weißt, worum es geht.« Durch das Fenster blickte sie auf den großen Garten. »Stimmt das, Matt? Weißt du, was von uns erwartet wird?« Dass die letzte Frage fast so klang, als freue sie sich, gefiel ihr gar nicht.

»Spielt es für dich denn eine Rolle, Perri? Oder willst du einfach aus Pflichtgefühl das tun, was das Testament verlangt? Gannie ist nicht mehr da, du kannst jetzt machen, was du willst«, fügte er in gereiztem Ton hinzu.

Perri fühlte sich, als habe ihr jemand ein Messer in den Rücken gerammt.

Matt ging zur anderen Seite des Zimmers und sah dort aus den Fenstern. »Was immer wir auch tun, es wird eine Zeit lang Stadtgespräch sein. Und genau das hat Gannie sicher auch geplant. Ihr lag immer das Wohl der ganzen Stadt am Herzen, und die Veränderungen, die sie in die Wege leitete, waren immer von Dauer.« Er wandte sich Perri zu, und auf einmal wirkte die Atmosphäre wie elektrisch aufgeladen. Das Zimmer kam ihm sehr klein vor. »Falls du vorhast, die Sache möglichst schnell über die Bühne zu bringen, um dann deinen Erbteil zu verkaufen und wieder zu verschwinden, dann lass dir sagen, dass ich dich liebend gern auszahle. Das würde dir doch gut passen, oder?«

Perri spürte, dass er von hinten dicht an sie trat.

»Dann könntest du wieder nach New York gehen oder in irgendeine andere Stadt ziehen.«

Ihr war klar, dass Matt sie kränken wollte. Er nahm an, es sei ihr unwichtig, Wurzeln zu schlagen.

»Wie ich gehört habe, bist du sowieso nirgendwo fest angestellt. Du berätst Banken in Finanzfragen, stimmt's?«

Wütend wandte sie sich vom Fenster ab. »Lass uns gleich

eins klarstellen, Matt«, fuhr sie ihn an. »Spirit Valley bedeutet mir sehr viel. Es war mein Zuhause, und Gannie war der wichtigste Mensch auf der Welt für mich.« Es fiel ihr schwer, nicht zu weinen. »Ich schulde ihr mehr, als ich jemals in Worte fassen kann. Also denk bloß nicht, du hättest das Recht, mir Vorwürfe dafür zu machen, dass ich von hier fortgegangen bin. Ich schulde dir keinerlei Rechtfertigung, aber ich hätte damals alles dafür gegeben, hierbleiben zu könnnen.«

Scheinbar endlos blickten sie sich reglos an, bevor Matt lächelte, und bedrückt stellte Perri fest, dass seine Augen davon unberührt blieben.

»Du bist nicht mehr das junge Mädchen von damals.« Er steckte die Hände in die Hosentaschen. »Ich habe vieles falsch gemacht. Zum Beispiel hätte ich dich niemals anrühren dürfen.« Ganz bewusst wandte er den Blick von ihr ab. »Doch das alles ändert nichts an der Tatsache, dass du damals weggelaufen bist. Du gehörst nicht mehr in dieses Tal«, stellte er kalt fest. »Hier gibt es keine bunten Lichter, die dich locken könnten, nur ein paar Gedenktafeln auf dem Friedhof.« Schon allein der Gedanke machte ihn wütend, und er wandte sich ihr wieder zu. »Was hat Spirit Valley denn zu bieten, damit du bleiben könntest?«

Es gelang ihr nicht ganz, ihren sehnsüchtigen Blick zu verbergen, und sie erröteten beide. Langsam ging Perri zur Tür, aber dann blieb sie stehen. Genau wie in jener Nacht damals gab es für sie keinen Ort auf der Welt, wo sie hätte hinfliehen können.

»Lass es uns doch gleich jetzt herausfinden«, flüsterte Matt, als er auf sie zukam und die Arme ausstreckte. Er umrahmte ihr Gesicht mit den Händen, dann glitten seine Finger langsam über ihren Hals, die Schultern und die Arme. Schließlich hielt er Perris Handgelenke fest umschlossen. »Schmeckst du eigentlich noch genau so wie früher, Darling? Das will ich schon herausfinden, seit du wieder zurück bist.« Entschlossen zog er Perri an sich und presste die Lippen auf ihren Mund.

Perri war so überrascht, dass sie erschrocken Luft holte, und das nutzte Matt aus. Er drang mit der Zunge in ihren Mund ein, während er ihre Hände hinten auf dem Rücken festhielt. Es kam Perri vor, als würde die aufgeheizte Atmosphäre ein Feuer in ihr zum Auflodern bringen, das sie schon längst für erloschen gehalten hatte, und sie konnte plötzlich nicht mehr klar denken. So war es immer gewesen, wenn er sie küsste.

Aufreizend drang er mit der Zunge in ihren Mund ein, und Perri spürte, welche Lust in Matt tobte. Nichts in der Welt hätte sie daran hindern können, diese leidenschaftliche Liebkosung zu erwidern. Sie schmiegte sich eng an ihn und unterdrückte nur mühsam ein Stöhnen, als er sanft an ihrer Unterlippe sog.

Es war Matt, der den Kuss unvermittelt abbrach. Er führte die Unterhaltung genau an dem Punkt fort, an dem er sie unterbrochen hatte.

»Ja«, stellte er nüchtern fest, »du schmeckst noch genau so wie früher. Das gefällt mir. Jetzt wissen wir wenigstens, woran wir sind.« Er umfasste ihr Gesicht mit beiden Händen. »Diese Hitze wird immer zwischen uns herrschen, Perri. Mehr aber nicht.« Noch einmal gab er ihr einen kurzen, aber glutvollen Kuss, bevor er sie behutsam losließ. Sie bemühte sich, möglichst gelassen zu bleiben, als er sich wieder dem Fenster zuwandte und prüfend in den Himmel schaute.

»Mehr kann ich nicht für eine Frau empfinden. Wenn du also so willig bist, wie es aussieht, dann können wir uns prächtig amüsieren, bevor du wieder abreist.« Mit einem überheblichen Lächeln drehte er sich zu ihr. »Aber erwarte bloß keine Liebe von mir. Meine Liebe zu dir ist längst erloschen.«

Vor Scham hätte Perri im Boden versinken mögen, als er sie nun auch noch abschätzend von Kopf bis Fuß musterte, bevor er sich in aller Ruhe zur Tür wandte, gerade so, als wäre nichts Besonderes vorgefallen.

»Matt!«, rief sie, ohne sich von der Stelle zu rühren.

Ohne sich umzudrehen, blieb er stehen.

»Ich habe dir nie sagen können, wie leid es mir getan hat, als ich von Cadie und den Fehlgeburten erfuhr.«

Wortlos ging er weiter.

Matt war schon zur Haustür hinaus und fuhr in seinem Pick-up davon, als Perri sich aus ihrer Erstrarrung riss. »Na, das lief ja blendend«, fluchte sie laut und öffnete das Fenster. Sie brauchte jetzt unbedingt viel frische Luft.

Der damenhaft kühle Auftritt war ihr gründlich missraten. Selbst wenn sie sich zwei Wochen lang einen möglichst dummen Plan zurechtgelegt hätte, hätte sie sich nicht mehr zum Narren machen können. Die Stirn an den Fensterrahmen gepresst, blickte sie nach draußen und atmete den Duft von nassem Gras ein. Lange Zeit konnte sie sich nicht bewegen.

Das war doch einfach lächerlich. Da küsste er sie so wild, dass sie innerlich in Flammen stand, und verschwand dann einfach. Perri fragte sich, ob er wenigstens die Haustür hinter sich zugemacht hatte. Aber in Manhattan hatte sie täglich mit schwierigeren Kunden zu tun. Wieso sollte es ihr hier nicht auch möglich sein, die Oberhand zu behalten? In all den Jahren hatte sie nicht einmal versucht, wieder einen Mann zu finden, den sie dauerhaft lieben konnte.

Das Grübeln brachte nichts. Es war besser, etwas zu unternehmen, als bis zum Abend tatenlos dazusitzen.

Sie ging zurück in die Eingangsdiele und sah sich in dem vertrauten alten Haus um. Die Fenster mussten geputzt werden. Darum würde sie sich als Erstes kümmern. Mehr noch als der frische Grabstein erinnerten die verstaubten Fenster sie daran, dass die alte Frau wirklich gestorben war.

Kraftlos sank sie auf die unterste Treppenstufe und sah ins Wohnzimmer. Dort lag die Schachtel, die sie während ihres Abschlussjahrs auf der Highschool Gannie geschenkt hatte.

Sie ging hin und öffnete die Schachtel. Der vergoldete Bolzen einer Eisenbahnschiene musste poliert werden, aber die silberne Taschenuhr war fast überhaupt nicht angelaufen. Sie schimmerte, als würde ihr Besitzer jeden Moment die Treppe herunterkommen und sie wieder einstecken. Auch die alte Pfeife lag in der Schachtel. Perri hatte die Gegenstände sorgfältig ausgesucht, die Gannie in diese Schachtel legen sollte. Das war damals gewesen, im Jahr, bevor Perris Welt zerbrach.

Über der Tür zum Wohnzimmer hing ein Bild von Miss Vienna Whitaker und ihrem Sohn Matthew Lawrence Ransom. Das Foto war draußen vor dem kleinen Friedhof aufgenommen worden. Genau dorthin, auf den Grabstein, in den »Stone Baby, 1889« eingraviert war, hatte Perri vorhin die rote Rose gelegt.

Einunddreißig Gräber gab es auf dem kleinen Friedhof neben Gledhill, der keinerlei Bäume oder Büsche besaß. Der einzige Schmuck war der kleine Torbogen über dem quietschenden Eisentor in dem weißen Zaun. Seit der Eingemeindung der kleinen Stadt wurde der Friedhof nicht mehr benutzt, und deshalb war Perri jetzt allein dafür verantwortlich.

Die Veranda, die Bilder, die »Gedenkschachtel«, wie Gannie sie genannt hatte, der kleine Friedhof – das alles rührte Perri und verkörperte die Erinnerungen, die sie bewahren wollte. All das, was ihr immer so viel bedeutet hatte, gehörte ihr jetzt. Aber in der Zwischenzeit hatte sie die Träume von früher aufgegeben.

Langsam ließ sie den Kopf bis auf die Knie sinken und tat das, was sie vor zwölf Jahren vor Stolz nicht hatte tun wollen. Sie weinte hemmungslos. »Oh, Gannie«, schluchzte sie immer wieder.

Gefrorene Gurkenscheiben hatten Perris Augenlider etwas abschwellen lassen. Heute war es für sie eine richtige Herausforderung, sich zu schminken, aber das lenkte sie wenigstens etwas ab. Perri zog sich eines der wenigen dunklen Kostüme an, die sie mitgebracht hatte. Seufzend stieg sie in ihren Wagen und fuhr los. Unterwegs kaufte sie noch einen großen Strauß weißer Rosen.

Sie legte die Blumen auf den Beifahrersitz und fuhr auf Nebenstraßen weiter. Der Himmel wurde allmählich strahlend blau, und es machte Perri Spaß, kleine Ortschaften zu durchfahren und endlose Felder zu passieren. Auch ihr fiel sofort auf, wie kurz der Weizen war. Stirnrunzelnd betrachtete sie die niedrigen Halme, die zu dieser Jahreszeit eigentlich schon goldgelb und mit schweren Ähren beladen sein sollten.

Auf dem Weg zum Friedhof kam Perri durch eine Allee von alten Ulmen. Schließlich blieb sie stehen, stieg aus und legte die Rosen auf Gannies Grab. Trauer, Wut und tiefe Verletzung erfüllten sie. Niemand außer Gannie hatte je ihre Gefühle verstanden.

»Warum hast du es so eingerichtet, dass ich ausgerechnet mit Matt zusammenarbeiten muss?«, fragte Perri flüsternd. »Du weißt, dass ich ihn immer lieben werde. Weshalb setzt du mich dann diesem Schmerz aus?« Was hatte Gannie damit erreichen wollen?

Nachdenklich blickte Perri auf die weißen Rosen.

Perri parkte auf dem großen Parkplatz vor dem Gerichtsgebäude. Sie kam gerade zur rechten Zeit, und als sie das Büro betrat, nickte die Sekretärin des Notars ihr lächelnd zu. »Gehen Sie bitte gleich hinein, Miss Stone.«

Perri klopfte kurz an und öffnete dann die Tür. Hilf mir bitte, Gannie, flehte sie innerlich, als sie den Raum betrat. »Hallo, John.« Lächelnd begrüßte sie den alten Freund von Gannie.

Der andere Besucher war offenbar etwas früher gekommen. Er wandte ganz betont den Rücken zur Tür. Perri fiel dennoch an seiner Haltung auf, dass er sich hier entspannt fühlte, als sei er hier auf einem Terrain, wo er sich auskannte.

Sie setzte sich auf den Sessel, den der Notar ihr zuwies. Das sah ja alles eher nach einem Krieg des Schweigens aus. Auch gut, dachte sie, dann muss ich mir wenigstens keine Vorwürfe anhören.

John Deepwater zog mehrere Ordner aus einer Schublade seines Schreibtisches und reichte Perri einen Hefter. »Können wir anfangen, Matt?«

Wortlos nahm Matt sich den anderen Ordner und setzte sich.

»Ich kann alles Wort für Wort vorlesen oder es für euch zusammenfassen. Ich mache es, wie ihr wollt«, bot John an.

»Die kurze Version bitte«, sagte Matt ungeduldig, ohne auch nur in Perris Richtung zu sehen. »Ich habe vor Sonnenuntergang noch eine Menge zu erledigen.«

Ruhig nickte Perri. Wenn Matt sie provozieren wollte, dann musste er sich schon etwas mehr anstrengen.

»In Ordnung. Ihr beide erbt den Großteil von Gannies Vermögen und seid verpflichtet, es gemeinsam zu verwalten. Das Grundstück hinter dem Haus, das bis an den Besitz der Ransoms grenzt, geht an Matt. Die Rechte an den Ölvorkommen gehören euch beiden zu gleichen Teilen.« Er lächelte leicht. »Ich schätze, dass euch allein der Schriftverkehr mit den Ölfirmen eineinhalb Jahre Arbeit beschert.«

Er holte tief Luft und fuhr fort: »Perri bekommt das Haus mitsamt dem Grundstück bis zur Straße, einschließlich des Friedhofs.« Fragend hob der Notar den Blick, als wolle er sehen, wie die beiden auf die Aufteilung reagierten. »Und ihr beide erbt gemeinsam das Grundstück am See, das für einen gemeinnützigen Zweck gedacht ist. Über die genaue Verwendung müsst ihr entscheiden. Alles Barvermögen, Wertpapiere und so weiter wird zu gleichen Teilen vererbt, abgesehen von einigen Pflichtanteilen, die im Folgenden aufgelistet sind.« Er blätterte weiter, und auch Perri und Matt überflogen die nächsten Seiten.

»Wenn ihr noch eine Kopie wünscht, dann sagt es nur«, fügte John hinzu und blickte Perri an. »Und natürlich schicke ich auch gern deinem Anwalt in New York eine Ausfertigung, wenn du es möchtest.«

Gelassen reichte sie ihm die Kopie zurück. Sicher fiel es dem guten alten John schwer, in ihr die Geschäftsfrau zu sehen und nicht die kleine Perri von früher. Aber sie kannte ihn gut genug, um zu spüren, dass das noch nicht alles war. Im Moment konnte Perri jedoch nicht darüber nachgrübeln, was das sein mochte. Allein der Gedanke, dass Gledhill jetzt aufgeteilt wurde, machte ihr zu sehr zu schaffen.

»Klingt doch gar nicht so kompliziert«, stellte Matt fest, während er die Seiten durchblätterte. »Aber du wirkst so, als gebe es noch etwas, John.«

»Na ja, eine Sache wäre da noch«, erwiderte John zögernd.

»Dann raus damit«, verlangte Matt.

»Ich kann dir versichern, John«, fügte Perri hinzu, »dass Matt und ich alles tun werden, um Gannies letzten Willen zu erfüllen.« Tadelnd sah sie Matt von der Seite an.

»Also, meine Liebe«, setzte John mit leiser Stimme an. »Sie wollte, dass du Matt Ransom heiratest. Wenn ihr das ablehnt, wird das Land an einen Interessenten verkauft, der dort Apartmenthäuser bauen will.«

2. Kapitel

Obwohl John Deepwater weithin dafür bekannt war, dass er keine Miene verzog, wenn er es nicht wollte, merkte Matt doch, wie sehr der Anwalt sich anstrengen musste, um nicht zu lächeln.

»Hat sie irgendeinen Grund dafür genannt, warum wir unbedingt heiraten sollen?«, erkundigte sich Matt barsch, und er bemerkte aus dem Augenwinkel, wie Perri bei dem Wort »heiraten« zusammenzuckte. Das konnte er gut verstehen.

»Sie sagte, sie wolle sich eurer Aufmerksamkeit sicher sein«, antwortete er so ruhig, als sei es alltäglich, dass alte Damen eine Heirat zur Bedingung dafür machten, dass sie ihre Grundstücke vererbten.

Nicht nur der Notar konnte kühle Selbstbeherrschung demonstrieren, sondern auch Matt. Nichts in seiner Miene verriet, dass er im Moment an den Kuss denken musste, den er Perri noch vor wenigen Stunden in Gledhill gegeben hatte. Selbst die absurde Forderung in Gannies Testament konnte ihn nicht von der Erinnerung abbringen, wie Perri sich in seinen Armen angefühlt hatte.

Er konnte nichts anderes tun, als still dazusitzen und sie nicht zu beachten. Doch er ärgerte sich jetzt maßlos darüber, diese Frau unterschätzt zu haben.

Andererseits war es auch falsch gewesen, Perri zu lieben. Vor zwölf Jahren hatte er ihr blind vertraut und damit gezeigt, wie schlecht er sich mit Menschen auskannte. Daran gab er Perri Stone keine Schuld mehr, denn schließlich war sie damals noch sehr jung gewesen, und Matt hatte denselben Fehler noch einmal begangen, nachdem sie ihn verlassen hatte. Heutzutage hatte er für Frauen kaum noch Zeit, und damit kam er zurecht. Frauen machten zwar Spaß, aber was konnte er ihnen schon bieten? Sich selbst, sein Land und viel Arbeit.

Seine wichtigste Pflicht in der Vergangenheit hatte er auch nicht erfüllt: sich um die Menschen zu kümmern, die er liebte. Dass er sich nach allem, was geschehen war, immer noch nach einer Familie sehnte, begriff er selbst nicht. Er traute sich kaum, sich überhaupt etwas zu wünschen, denn immer, wenn er sich nach etwas sehnte, endete es in einer Katastrophe. Jetzt wollte er wenigstens seinen Stolz bewahren.

Nach langem Schweigen fragte Matt ruhig: »Wieso wollte sie auf diesem Weg unsere Aufmerksamkeit bekommen?«

»Gannie glaubte, es würde euch beeindrucken, wenn ihr entweder heiraten müsst oder das Land verliert.«

Matt stieß die Luft aus und sah flüchtig zu der Frau neben sich. Perri sah aus, als würde sie am liebsten fliehen, und Matt wurde sich bewusst, dass er ihr diesmal nachlaufen würde.

Es erschreckte ihn, wie schnell Perri Stone wieder ein Teil seines Lebens wurde, und am liebsten hätte er sich dagegen gewehrt. Auch der Kuss hatte eine Art Abwehr sein sollen. Matt hatte vorgehabt, Perri damit zu kränken, damit sie sich von ihm fern hielt. Aber dann hatte er den Kuss vertieft, und wie das hatte passieren können, war ihm immer noch nicht ganz klar.

Die Frau von heute küsste noch viel aufregender als das Mädchen vor zwölf Jahren, und schon damals war er ihr verfallen. Aber heute war Matt sicherer, denn seine Fähigkeit zu fühlen und zu lieben, war gestorben. Also konnte er die ganze Sache rein geschäftlich betrachten.

John Deepwater sprach weiter: »Die Ransoms, vertreten durch Matt, und die Stones und die Marlowes, vertreten durch Perri«, er nickte in ihre Richtung, »würden durch diese Heirat eine Art Zusammenschluss bekunden und eine Front bilden. Gannies Absicht war es, mit diesem Bündnis ein Zeichen zu setzen und dieser Stadt zu einem neuen Aufschwung zu verhelfen. Schon unsere Großväter haben das versucht, aber sie waren einfach zu kurzsichtig.«

Jetzt mischte Perri sich ein. »Das finde ich nicht. Sie konnten doch nicht vorhersehen, dass die Eisenbahn an Bedeutung verlieren und eine jahrelange Dürre das Leben hier erschweren würde.«

»Na wunderbar. Zum Glück haben wir hier eine Expertin für Regionalpolitik.« Matt musste sie einfach unterbrechen, sonst brachte sie ihn mit ihrer ruhigen Art noch um den Verstand.

Perri ließ sich nichts anmerken und schlug die Beine übereinander. Dann wurde Matt klar, dass er sie anstarrte, und es war ihm unbegreiflich, wie sie dabei so gelassen bleiben konnte.

»Ich will genau wissen, was Gannie gesagt hat«, wandte er sich an John. »Weshalb soll ich diese Frau hier heiraten? Und rede dich jetzt bitte nicht damit raus, dass du schweigen musst, weil Gannie deine Klientin war.«

John Deepwater blickte ihm in die Augen. »Sie sagte, es werde Zeit, dass du das tust, was du schon vor über zehn Jahren hättest tun sollen.«

Perri schnappte nach Luft, doch John fuhr ruhig fort: »Sie sagte, die Feindschaft zwischen den Stones und den Ransoms müsse endlich aufhören. Ihr seid beide alleinstehend und reifer, und deshalb fand Gannie, es sei an der Zeit für diesen Schritt.«

Für alle Anwesenden war klar, dass Gannie abgewartet hatte, bis Leila Ransom tot war.

»Aber wieso?«, fragte Perri schließlich nach. »Ich habe gar nicht die Absicht, Matt an ein Versprechen zu binden, das er mir vor zwölf Jahren gegeben hat. Im Grunde muss ich ihm dankbar dafür sein, dass er unsere Beziehung damals beendet hat. Ich war noch viel zu jung für eine Ehe. Bitte, Johnnie, warum sollte sie diese Ehe gewollt haben?«

John lächelte, und sein sonst so strenges Gesicht wirkte sofort milde. »Gannie sagte, sie habe deiner Großmutter Anne versprochen, sich immer um deine Mutter und dich zu kümmern.« Bei der Erwähnung von Perris Großmutter Anne wirkten Perri und Matt leicht verlegen. »Sie sagte, die Frauen deiner Familie dürften nicht mehr einfach weglaufen. Du solltest nach Hause kommen. Man werde dich als Teil der Gesellschaft akzeptieren, selbst wenn du dich wieder von Matt scheiden lässt. Sie sagte wörtlich: ›Perri muss ihr Heim wieder in Ordnung bringen. Die Ransoms haben es ihr weggenommen, und genauso gut können sie es ihr wiedergeben‹.«

Schweigend saß Matt da und grübelte hin und her, während John weitersprach: »Also schön, Leute, kommen wir zum Schlusspunkt: Ihr beide habt neunzig Tage Zeit, um euch zu überlegen, ob ihr die Bedingungen des Testaments erfüllen wollt. Wenn ihr heiratet, müsst ihr mindestens ein halbes Jahr verheiratet bleiben, bevor ihr euch wieder scheiden lassen könnt. Und ihr müsst die ganze Zeit über gemeinsam in Gledhill leben.«

Das schien Matt zu stören. »Ich habe keine Zeit, immer zwischen Gledhill und der Farm hin- und herzupendeln. Schließlich muss ich mich um die Pferde kümmern, die …«

»Ach, hör schon auf. Die Farm liegt keine Meile von Gledhill entfernt«, unterbrach Perri ihn. »Was soll ich denn sagen? Ich lebe über zweitausend Meilen weit weg, aber du regst dich auf, weil du…«

»Punkt zwei«, fuhr der Anwalt fort. »Ihr müsst euch etwas überlegen, was mit dem Land passieren soll, das Gannie als ihr wichtigstes Projekt betrachtete. Ihr Wunsch war es, dass alle daraus einen Gewinn ziehen.«

John blickte zu einer alten Fotografie an der Wand, und Matt sah förmlich, wie der alte Mann in die Vergangenheit eintauchte. Schließlich räusperte John sich. »Offenbar wollte sie, dass ihr beide euch ein gemeinsames Heim schafft. Und anscheinend war sie überzeugt, dass es euch beiden gelingt, neue Unternehmen hierher zu ziehen, die den Leuten hier Arbeit bieten.« John blickte von Matt zu Perri.

»Aber noch mehr Menschen hier in der Gegend, das will ich gar nicht«, beschwerte Matt sich. »Sie sollen bleiben, wo sie sind.«

»Tja, aber wenn du Gannies Wunsch nicht erfüllst, wird das Land verkauft, und die Leute kommen trotzdem. Dann wird ein großer Wohnkomplex am Rand deiner Weide hochgezogen.«

Diese Vorstellung ließ sie alle drei verstummen.

»Gary Kell, der Anwalt der Baugesellschaft, ist ganz begierig darauf, das Land zu kaufen«, stellte John fest. »Wenn ihr also nicht auf Gannies Wunsch eingeht, werdet ihr nicht nur das Land verlieren, sondern euch werden diese ganzen Leute auch vor der Nase herumspringen.« Er wandte sich Perri zu. »Ich habe die Baupläne gesehen. Es soll zwar Rücksicht auf die örtlichen Gegebenheiten genommen werden, aber der Wohnkomplex wird sich um den alten Friedhof ziehen.«

Perri sah weg.

»Aber vielleicht ist das genau eure Absicht?«, fuhr der Anwalt fort.

Sofort blickte Perri ihm wieder in die Augen, und sie versuchte gar nicht, ihre Empörung zu verbergen.

Gut so, dachte Matt. Sie hat sich stark verändert, und selbstsicherer ist sie auch geworden.

»Es kämen zwar Leute in unsere Gegend«, sprach John weiter, »aber nur zum Schlafen. Das Leben dieser Leute würde sich in Oklahoma City abspielen.«

»War das alles?« Matts Stimme klang eiskalt.

»Nein«, antwortete John ruhig.

»Was denn noch?« Matt wollte jetzt nicht noch lange hingehalten werden. »Was hat sie noch gesagt?«

»Sie lässt Perri durch mich ausrichten, sie solle aufhören zu flüchten und endlich nach Hause kommen. Sie solle ihr einfach vertrauen.«

Perri sah ihm so durchdringend in die Augen, als könne sie in seinem Gesicht Gannies Züge erkennen, und Matt räusperte sich ungeduldig. »Lass dir doch nicht jedes Wort einzeln aus der Nase ziehen, John.«

Mit fast jungenhaftem Lächeln wandte John sich Matt zu. »Sie sagte noch: ›Wenn Matthew anfängt sich aufzuregen, dann sag ihm, er hätte besser aufpassen sollen, als ich damals versucht habe, ihm das Schachspielen beizubringen‹.«

Die Kopie des Testaments fest unter den Arm geklemmt, versuchte Perri mit zitternden Fingern ihr Auto aufzuschließen. Sie war sehr überstürzt aus der Kanzlei verschwunden. Jetzt blickte sie kurz zum Himmel, der einen faszinierenden tiefen Blauton aufwies. Aber Perri wusste genau, dass nur allzu bald das nächste Unwetter aufziehen konnte.

Sobald sie alle drei Johns Büro verlassen hatten, hatte Lida Kell, die Ex-Frau des Anwalts der Baugesellschaft, sich Matt förmlich an den Hals geworfen, um irgendwelche Neuigkeiten über die Zukunft des Grundstücks zu erfahren. Perri war bei diesem Anblick fast schlecht geworden.

Gerade als sie noch rätselte, mit welchem Schlüssel sie dieses Auto aufbekam, nahm ihr jemand den Schlüsselbund aus der Hand und schloss ihr den Wagen auf. »Vielen Dank, Matt«, entgegnete sie höflich.

Er trug einen Anzug, und das Haar reichte ihm knapp über den weißen Hemdkragen. Perri roch sein Rasierwasser. Wenn er in Jeans und Stiefeln vor ihr stand, kam sie noch mit ihm zurecht, aber nicht wenn er einen Anzug trug. Darin sah er einfach zu gut aus, und Perri musste sich beherrschen, damit sie nicht verlegen den Blick senkte.

»Ich habe John gebeten, alles für die Heirat Notwendige in die Wege zu leiten«, sagte Matt. »Morgen früh um neun Uhr hast du einen Arzttermin für eine Blutuntersuchung.« Als er ihren wütenden Blick sah, fügte er schnell hinzu: »Ich komme vor dir dran.«

»Wie bitte?«, regte Perri sich auf.

»Doc Berkka fährt gleich danach in Urlaub«, bemerkte Matt, als würde das alles andere erklären.

»Natürlich. Eine dumme Frage von mir.« Perri verstand tatsächlich. Die Ferien am See waren den Berkkas schon immer sehr wichtig gewesen.

»Na, was denkst du? Sollen wir einen Ehevertrag aufsetzen?«, fragte Matt. »Oder schon die Kirche für die Trauung buchen? Oder warten wir einfach ab, bis der Mistkerl uns sagt, was wir als Nächstes tun sollen?«

»Seit wann ist John für dich ›der Mistkerl‹?«

»Seit er mir vorschreibt, dich zu heiraten«, gab Matt aufgebracht zurück.

»Vielen Dank, dass du das hier draußen so laut verkündest«, erwiderte sie leise. »Geh doch gleich in die Bar. Ich lauf in der Zwischenzeit in den Schönheitssalon und erzähle dort die große Neuigkeit. Dann ist heute Abend die ganze Stadt über uns auf dem Laufenden.«

»Jetzt bist du aber derjenige, der laut wird.«

»Geh mir aus den Augen, Matt Ransom«, erwiderte sie mit gekünsteltem Lächeln.

Einen Moment lang sah er sie nur schweigend an, während eine starke Windbö sie ins Schwanken brachte. »Zwölf Jahre lang warst du verschwunden«, entgegnete Matt. »Und für mich war es keine einfache Zeit.«

Als Perri nach Gledhill zurückkehrte, saß dort auf dem Sofa ihre Cousine LaDonna Marlowe und lackierte sich gerade die Fußnägel. Perri ging in die Küche, um Wein zu holen.

»Der Sturm ist nach Apache weitergezogen«, berichtete Donnie und zupfte die Wattebäusche zwischen ihren Zehen hervor. »Prima, was? Jetzt hast du alle deine Sachen bei dem Unwetter hierher gebracht, und kaum bist du fertig, wird es wieder schön. Ich habe Bier mitgebracht. Möchtest du eines?« Sie blickte auf. »Wahrscheinlich nicht.« Verwundert sah La-Donna, wie Perri ihre Handtasche fallen ließ, das Testament auf den Tisch knallte, sich ein Glas Wein einschenkte und dann einen großen Schluck trank. LaDonnas große blaue Augen wurden immer größer. »Was ist denn? Sag schon.«

»Mir bleiben neunzig Tage Bedenkzeit, ob ich Matt Ransom heirate und mich um Gannies Vermächtnis kümmere. Oder ich lehne die Hochzeit mit diesem Mann ab. Dann wird Gledhill verkauft, und es entstehen Wohnblocks hier ringsherum.«

Es dauerte eine Weile, bis Perris Cousine diese Neuigkeiten verdaut hatte. »Oh, ich bin auch nicht annähernd betrunken genug, um mir so etwas anzuhören«, antwortete Donnie dann. »Das hier ist mein erstes Bier. Jetzt mal langsam und von An-fang an.«

Perri berichtete ausführlich von dem Gespräch in John Deepwaters Büro. »Vielleicht bleibt mir die Entscheidung ja erspart«, schloss sie. »Wenn Matt eine Heirat ablehnt, brauche ich mir keine Gedanken mehr zu machen.«

Ein Auto hielt auf der gekiesten Einfahrt, und beide Frauen stellten seufzend ihre Getränke beiseite. Perri brauchte über-haupt kein Wort zu sagen, weil beide genau wussten, wie Matts Entscheidung ausfallen würde.

»Tag, Donnie.« Matt nickte der brünetten Frau zu, während er das Wohnzimmer betrat. Einen Moment betrachtete er ihre in grellem Pink lackierten Fußnägel. »Weiß der Sheriff über-haupt, wie die Zehen seiner Lieblingspolizistin aussehen?«

»Matt.« Donnie lächelte ihn kopfschüttelnd an. »Ich bewege mich nicht von der Stelle, egal, was du jetzt sagst.«

Er platzt gleich, dachte Perri und sah zu Donnie, die sie wie eine Schwester liebte. Die Spannung im Raum war fast greifbar, und natürlich wollte Donnie die Auseinandersetzung, die offenbar bevorstand, mitbekommen. Perri blickte zu Matt, der genau wie sie selbst dastand wie ein Revolverheld vor dem großen Showdown.

Außer dem heulenden Wind und dem leisen Ticken der Uhr über dem Kamin war nichts zu hören. Sieh dich vor, Matt, dachte Perri. So leicht wie vor zwölf Jahren bin ich nicht mehr einzuschüchtern.

»Wir hatten unsere Unterhaltung nicht beendet, als du wegliefst«, erklärte er. »Wieder einmal.«

»Ganz im Gegenteil«, erwiderte Perri, »im Moment gibt es nichts mehr zu besprechen, Matt.«

»Du hast immer noch nicht Ja oder Nein gesagt«, fuhr er sie an.

»Stimmt, denn bis zu dieser Entscheidung habe ich noch neunzig Tage Zeit.« Musste Matt eigentlich so fantastisch aussehen? Wieso konnte sie es nicht mit einem hässlichen Dicken zu tun haben? Das war einfach nicht fair.

»Erst in neunzig Tagen?« Langsam kam Matt auf sie zu. »Wenn du denkst, du könntest mich drei Monate hinhalten, dann hast du dich getäuscht.«

»Ich habe überhaupt nicht vor, dich absichtlich hinzuhalten«, entgegnete sie. »Aber ich lasse mich auch nicht unter Druck setzen, damit ich etwas Unüberlegtes sage.« Perri atmete tief durch. »Ich möchte wenigstens eine Nacht darüber schlafen, Matt, und das solltest du auch tun.« Sie blickte ihm in die Augen und ließ sich in keiner Weise anmerken, wie sehr er sie verunsicherte. »Soll ich aus deinem plötzlichen Auftauchen schließen, dass du gern möchtest, dass wir heiraten?«

Wieder sah Matt zu Donnie, als habe sie ihren Einsatz verpasst, den Raum zu verlassen.

»Das kannst du vergessen«, meinte sie nur.

»Bitte, Donnie.« Perri lächelte nachsichtig und nickte in Richtung Tür.

»Also schön.« Langsam stand Donnie auf, wobei sie darauf achtete, die Zehen sorgsam zu spreizen. »Aber wenn du ihr auch nur ein Haar krümmst, Matt, sehe ich mich gezwungen, dich zu erschießen.« Sie ging hinaus in den Flur. »Ihr findet mich in der Küche«, sagte sie und zog die Tür hinter sich zu.

»Also: Punkt eins«, begann Matt, als sie beide auch die Küchentür zuschlagen hörten. »Gannie muss sich sehr viel davon erhofft haben, dass wir beide heiraten, sonst hätte sie das nicht als Druckmittel eingesetzt. Und in einem Punkt hat sie recht. Ich hätte schon viel früher versuchen sollen, deinen Platz in der Gesellschaft wieder herzustellen und dir dein Heim zurückzugeben.«

Obwohl Perri wusste, dass sie es bereuen würde, ließ sie es zu, dass er ihre Hand nahm. Sanft strich er ihr mit dem Daumen über die Handinnenfläche, und Perri konnte nicht verhindern, dass ihr Herz schneller schlug. Diese Geste war ihr viel zu vertraut.

»Perri, ich bitte dich, mich zu heiraten.« Sein Lächeln wirkte so traurig und verlegen, dass Perri zutiefst gerührt war.

»Ich weiß, dass dieser Antrag unter anderen Vorzeichen stattfindet als der erste, den ich dir gemacht habe.« Unruhig wandte er sich ab und ging zum Kamin. Unwillkürlich griff er nach einer Pfeilspitze, die er vor einer Ewigkeit gefunden hatte. »Und die Ehe wird auch nicht die sein, die ich mir damals erträumt habe. Aber es ist mir Ernst mit meinem Antrag.« Entschlossen blickte er sie an. »Wenn es also einen anderen Mann in deinem Leben gibt, dann sag es mir jetzt.«

Es dauerte einige Zeit, bis Perri wieder ruhig atmen konnte. »Aber wir beide kennen uns doch gar nicht mehr. Ich bin mir nicht einmal mehr sicher, ob ich dich mag.« Trotz der widersprüchlichen Gefühle, die in ihr tobten, blieb Perri ganz ruhig. »Viel wichtiger ist doch: Gibt es hier in Spirit Valley eine Frau, die irgendwelche Erwartungen hat, was dich betrifft?«

Völlig ausdruckslos sah er sie an, und sie versuchte es noch einmal: »Gibt es eine Frau, die verletzt wäre, wenn wir heiraten, Matt?« Abgesehen von mir selbst, dachte sie.

Matt musterte sie von Kopf bis Fuß, als sehe er sie zum ersten Mal im Leben. Dann entspannte er sich, als habe er eine Entscheidung gefällt. Er hört mir gar nicht zu, stellte Perri fest. Dabei bemühe ich mich so sehr, ruhig und vernünftig zu bleiben. »Ich selbst habe zurzeit keine feste Beziehung, aber darum geht es gar nicht.« Perri war fest entschlossen, ihre Würde zu bewahren, auch wenn es sie umbrachte. »Wenn wir diese Sache durchziehen …«

»Da ist niemand«, sagte er gedankenverloren und kam zurück zu ihr. »Und in einem Punkt täuschst du dich. Es geht für mich ab jetzt sehr wohl darum, ob du mit jemandem zusammen bist.«

»Aber du hast mir schon sehr deutlich gemacht, wie wenig du von mir hältst.« Verwundert sah sie ihn an. Kann das alles eigentlich noch peinlicher werden? fragte sie sich. Aber wie sie Matt kannte, würde sie das gleich erfahren.

»Das stimmt nicht ganz«, erwiderte er sachlich.

Wo führt das jetzt hin? überlegte Perri. Sie musste es als reines Geschäft sehen, wenn sie nicht vor Scham sterben wollte. »Also schön, lassen wir das«, sagte sie energisch und begrub endgültig alle Hoffnungen und Träume der Vergangenheit. »Falls das deine Vorstellung von unwiderstehlichem Charme ist, dann muss ich dich enttäuschen.« Sie betrachtete ihn kühl. »Und allmählich frage ich mich auch, ob du nicht schon vorher über das Testament Bescheid wusstest. Hat es dir wenigstens Spaß gemacht, als du mich geküsst hast? Das war doch bloß ein Spiel für dich.«

Er presste die Zähne aufeinander. »Damals warst du so ein nettes Mädchen.«

»Das heißt aber nicht, dass ich dumm war.« Es fiel Perri schwer, ihre Belustigung zu verbergen. Anscheinend lief das hier nicht so, wie Mr. Ransom es sich vorgestellt hatte. »Ich war schon als Mädchen klug genug, mich in einen Mann zu verlieben, der anständig genug war, um meine Hand anzuhalten und es auch ernst zu meinen.« Sie blickte nach draußen zu den Bäumen, deren Laub vom Wind zerzaust wurde. »Ich schätze, ich war wirklich ein nettes Mädchen.«

Wieso brachte Matt sie dazu, dass sie eben noch lachen und im nächsten Moment weinen wollte? Weshalb weckte er in ihr längst vergessene Sehnsüchte? War ihm nicht bewusst, welcher Kummer möglicherweise in einem halben Jahr auf sie wartete? »Ich werde darüber nachdenken, dich zu heiraten, und sehen, ob ich mich mit der Vorstellung anfreunden kann«, erklärte sie. »In ein oder zwei Tagen melde ich mich bei dir.«

Er lachte leise, als ob ihm ihr kühler, etwas schnippischer Tonfall gefiel. »Komm her«, sagte er leise und breitete die Arme aus. Perri zögerte, bevor sie sich in seine Arme schmiegte. »Es tut mir leid, dass ich vorhin so ruppig zu dir war«, meinte er versöhnlich, »und ich versichere dir, dass ich wirklich nichts von dieser Bedingung im Testament wusste. Wenn Gannie mich gefragt hätte, hätte ich ihr aber bestimmt versprochen, mich um dich zu kümmern. Was hältst du von einem Waffenstillstand?« Ganz sachte streiften seinen Lippen ihre Schläfe.

Lächelnd entspannte Perri sich. »Einverstanden.«

»Gut.« Matt schob ihr eine Haarsträhne aus der Stirn und küsste Perri unvermittelt auf den Mund. Eine Sekunde lang glaubte sie fast spüren zu können, was in Matt vorging. Seine Unsicherheit, das Gefühl der Ohnmacht, weil er nicht allein entscheiden konnte … Doch dann gab er sich seiner Leidenschaft hin und vertiefte den Kuss. Die Sanftheit dieser Liebkosung änderte die gesamte Stimmung.

Er überrumpelte damit die Stimme ihres Verstands und riss Perri mit, sodass sie gar nicht anders konnte, als den Kuss zu erwidern. Damit offenbarte sie ihm mehr von ihren Gefühlen, als ihr lieb war. Noch nie zuvor hatte sie einen Mann so sehr gewollt wie Matt in diesem Moment. Die Zärtlichkeit zwischen ihnen wirkte so aufrichtig, dass ihr fast Tränen in die Augen traten, und sie klammerte sich an sein Jackett, als könne sie nur mit diesem Mann derart intensive Empfindungen erleben. Selbst der Matt, den sie von früher kannte, hatte nicht so tiefe Gefühle in ihr ausgelöst.

Ganz langsam strich er ihr über den Rücken und drückte Perri enger an sich. Er streichelte ihre Hüften, und als Perri seine Erregung spürte, rieb sie sich aufreizend an ihm.

Mit einer Hand fuhr er zu ihrer Brust, und sobald er mit dem Daumen ihre aufgerichtete Brustknospe liebkoste, reckte Perri sich seiner Hand entgegen. »Ich möchte mit dir schlafen, Perri«, flüsterte er und strich mit den Lippen über ihren Hals. »Wir begehren einander, und das gehört mit zu einer Ehe. Oder könntest du mir in die Augen sehen und sagen, dass du mich nicht begehrst?«

Wieder küsste er sie so innig, als hätten sie alle Zeit der Welt, und Perri glaubte vor Sehnsucht dahinzuschmelzen, doch gerade als sie vor Begehren seufzte, unterbrach er den Kuss.

»Da wir jetzt einen Waffenstillstand geschlossen haben, will ich dir schildern, wie ich mir die Sache denke, damit du weißt, woran du bist.« Er umfasste ihr Gesicht und küsste sie noch einmal glutvoll. »Uns bleiben neunzig Tage, und wir werden uns in dieser Zeit nicht körperlich nahe kommen, bis du sagst, dass du mich heiraten möchtest. Wir werden Gannies Wunsch respektieren, obwohl mir beim Gedanken an Anstand und Ehre fast schlecht wird.«

Das reichte Perri. Die maßlose Wut, die sie überkam, zerstörte den erotischen Nebel, den Matt um sie herum gewoben hatte. Die Tatsache, dass er sie einfach so küsste und damit ihre ganzen Vorsätze über den Haufen warf, machte sie rasend. Sie hob die Hand, um ihn zu ohrfeigen, aber Matt reagiert noch genauso schnell wie früher.

Blitzschnell packte er ihr Handgelenk. »Ich habe dich erst ganz höflich gefragt, aber ich kann auch anders. Bereite dich auf eine Hochzeit vor, denn wir werden heiraten. Mir ist jedes Mittel recht, um zu verhindern, dass hier ein riesiger Wohnkomplex hochgezogen wird. Und ich kann dich nur warnen, dich meinem Plan in den Weg zu stellen.« Entschlossen fügte er hinzu: »Ich werde dafür sorgen, dass du meine Frau wirst, mit allem, was dazu gehört.«

Perri stieß ihn fort und ging in die Küche.

»Entweder du willigst jetzt gleich ein, oder du quälst dich die nächsten drei Monate noch mit der Zusage herum. Letzten Endes spielt das keine Rolle«, rief er ihr nach. »Die Entscheidung liegt bei dir.«

Donnie kam aus der Küche geschossen und blickte Matt an, als suche sie Streit.

»Miss Marlowe«, meinte er übertrieben höflich. »Versuch doch bitte, deiner Cousine aus New York zu erklären, dass ihr keine andere Wahl bleibt.« Er ging zur Haustür. »Ich sehe sie dann in der Kirche.« Sehr behutsam schloss er die Tür hinter sich und lächelte dabei.

Als Donnie in die Küche zurückkam, lehnte Perri sich kraftlos an die Anrichte.

»Also diesem Mann kann wirklich niemand einen Mangel an Entschlusskraft vorwerfen«, stellte Donnie fest.

»Man kann ihm auch nicht vorwerfen, sich von Gefühlen leiten zu lassen. Die hat er nämlich nicht.« Perri richtete sich auf und versuchte, ihr inneres Chaos unter Kontrolle zu bekommen.

Erst jetzt fiel ihr auf, dass sie die versteinerte Pfeilspitze verkrampft in der Hand hielt. Sie konnte sich gar nicht erklären, wann Matt sie ihr gegeben hatte. Die scharfen Kanten hatten sich tief in ihre Handfläche gedrückt.

Eine Zeit lang wartete Donnie geduldig, dass Perri sich wieder beherrschte. »Soll ich uns einen Auflauf aus der Tiefkühltruhe aufwärmen, während du dich aus diesem Kostüm befreist?«

Seufzend wandte Perri sich ihr zu. »Essen könnte mich jetzt aufheitern. Tau am besten alles auf, was du finden kannst.«

Matt fuhr an seinem Haus vorbei. Er brauchte jetzt etwas Zeit, um sich zu beruhigen. Zum See, dachte er nur und lockerte sich die Krawatte. Ich fahre zum See. Der Anblick des Wassers hat mir schon immer geholfen.

Er bog von der Straße ab und parkte an einer Uferstelle, wo er sicher sein konnte, eine Zeit lang ungestört zu sein. Das war ein Fehler.

Sofort fiel ihm ein, dass er mit Perri hier gewesen war. Hier hatte er ihr gesagt, dass er sie liebte. Genau an dieser Stelle hatte er ihr den ersten Antrag gemacht. Ihm wurde bewusst, wie sehr er sich nach ihr sehnte. Gegen dieses Wirrwarr aus zärtlicher Sehnsucht und ohnmächtiger Wut kam er kaum an. Schon damals hatte er Perri unwiderstehlich gefunden, und dieses Gefühl hatte sich nur noch verstärkt. Er ballte die Hände zu Fäusten, weil er noch zu spüren glaubte, wie ihr Haar sich zwischen seinen Fingern anfühlte, und Matt fluchte innerlich.

Wie konnte er Perri erklären, dass sie nicht der Grund für seine Wut war, sondern dass sie ihn lediglich immer an seine früheren Fehler erinnerte? Sein Stolz verbot ihm förmlich, sich einzugestehen, wie sehr er die Frau begehrte, zu der Perri sich ohne ihn entwickelt hatte. Und diese Frau würde nicht auf Dauer hierbleiben, da war er sich sicher.

Die Ransoms hingegen würden für alle Ewigkeit hierbleiben. Sie waren mit dem Land verwurzelt, seit im Jahr 1891 eine alleinstehende Lehrerin ein halb indianisches Findelkind aufgenommen und aufgezogen hatte.

Miss Vienna Whitaker hatte das Baby nach ihrem Vater Matthew Lawrence genannt, ihm aber aus unerfindlichen Gründen den Nachnamen Ransom gegeben.

Die Bürger von Spirit Valley konnten nur mutmaßen, wie sie auf diesen Namen gekommen war. Da niemand in der weiteren Umgebung diesen Namen trug, konnte wenigstens niemandem vorgeworfen werden, der Vater des Kindes zu sein.

Miss Vienna kümmerte sich nicht um solche Spekulationen. Sie zog ihren Sohn auf, und er wurde ein geachteter Mann.

Genau wie sein Vater Sam dachte Matt selten darüber nach, wieso die Familie den gesellschaftlichen Status, den ihr Urahn sich erkämpft hatte, so energisch verteidigte. Die Ransoms flüchteten nicht. Sie fochten Auseinandersetzungen aus und blieben, wo sie waren.

Nur einer hatte sich anders verhalten. Matts Großvater Lawrence Ransom hatte die Familie verlassen und war mit Anne Marlowe durchgebrannt, Perris Großmutter mütterlicherseits.

Immer noch haftete dieser Makel am Ruf der Familie, und als Matt verkündet hatte, er wolle Perri heiraten, hatte der Skandal von damals seinen Schatten geworfen. Dabei hatte Perri nichts mit der Affäre zu tun.

Matt versuchte, irgendetwas bei der Erinnerung zu empfinden, wie er Perri vor zwölf Jahren behandelt hatte. Es gelang ihm nicht. Seine Gefühle waren wie eingefroren. In jener Nacht hatte Matt sie vernichten wollen, und fast wäre es ihm auch gelungen.

In jener Nacht war Sam aus dem Haus gestürmt, und Leila hatte den alten Skandal in allen Details noch einmal ausgewalzt. Als reiche die Geschichte seiner Großeltern nicht aus, hatte sie auch noch erzählt, sein Vater habe ein Verhältnis mit Perris Mutter Janie Stone. Matt hatte versucht, mit seiner Mutter zu reden, aber dadurch hatte er sie noch mehr aufgebracht.

Heute konnte er sich nur darüber wundern, wie naiv er damals gewesen war. Er hatte damit gerechnet, dass seine Eltern sich aufregen würden, weil Perri noch so jung war, und auf dieses Argument hatte er sich vorbereitet. Jetzt war ihm klar, dass er damals die Entschlossenheit seiner Mutter unterschätzt hatte.

Das Ausmaß ihrer Wut hatte ihn erschreckt, doch in gewisser Weise hatte sie ihn überzeugt. Sie hatte ihm erklärt, dass Perri Stone einen Ransom nicht wirklich lieben konnte. Leila hatte behauptet, Perri wisse von dem Verhältnis ihrer Mutter mit Matts Vater und wolle sich durch die Ehe mit Matt nur an den Ransoms rächen. Leila hatte ihrem Sohn erklärt, dass Perri, falls sie ihn wirklich lieben würde, ihn aus Ehrgefühl gehen lassen müsse. Leila hatte ihn damals so aufgestachelt, dass er sie schluchzend zurückgelassen hatte und voller Zorn nach Gledhill gefahren war, um das siebzehnjährige Mädchen, das ihn liebte, mit diesen Vorwürfen zu konfrontieren.

Immer noch sah er Perri in dem dunklen Wohnzimmer stehen, wie gelähmt vor Scham und Furcht. Erst jetzt fiel ihm auf, dass er sich nie nach dem Grund dafür gefragt hatte. Er war einfach in den Raum geplatzt und hatte ihr all die schrecklichen Dinge erzählt, die er von seiner Mutter gehört hatte.

Als sie die Vorwürfe über ihre Mutter und seinen Vater leugnete, hatte Matt fast die Beherrschung verloren. Er hatte Perri nicht geglaubt, denn schließlich hatte es so ausgesehen, als habe sie mit seinen Anschuldigungen gerechnet.

»Er hat sich nie mit meiner Mutter getroffen«, hatte Perri immer wieder beteuert. »Sie trifft sich mit niemandem.«

»Natürlich nicht«, hatte Matt leise entgegnet und ihr sanft über die Wange gestrichen. Doch obwohl er sich so verständnisvoll gab, hatte Perri es weiterhin geleugnet. Genau wie Matts Mutter es vorausgesehen hatte. »Du denkst wirklich, ich bin so dumm, dir zu glauben, nicht wahr, Baby?«, hatte er leise gefragt. »Du gibst dir jede Mühe, um mich zu überzeugen.«

Matt zuckte innerlich zusammen, als er daran dachte, wie er mit einer Hand an ihrer goldenen Kette gezerrt und mit der anderen Hand Perris Schulter festgehalten hatte. Vor Angst hatte sie ihn nur wortlos anstarren können.

Die Kette hatte er ihr als Zeichen ihrer heimlichen Verlobung geschenkt, aber in jener Nacht hätte er sie ihr am liebsten vom Hals gerissen. Die solide Kette hatte gehalten, aber Perris Gefühle hatte er mit seiner Verachtung zerstört. Dennoch hatte Perri geschwiegen und nicht sich selbst, sondern nur ihre Mutter verteidigt.

»Ich bin wirklich beeindruckt«, hatte er gesagt. »Du spielst deine Rolle sehr überzeugend, das muss ich zugeben.« Grob hatte er sie von sich gestoßen und war aus dem Haus gestürmt. Als er sich noch einmal umdrehte, sah er sie am Fenster stehen und sich den Hals reiben.

Von da an hatte er sich ganz darauf konzentriert, sich in Spring Valley Ansehen und Respekt zu erwerben. Er hatte sich von seinem Vater und seinem jüngeren Bruder abgesondert, damit der alte Skandal nicht auch die nächste Generation der Ransoms berührte.

Denn nicht nur seine Beziehung zu Perri war in jener Nacht zerbrochen. Auch Matts Verhältnis zu seinem Vater war seitdem getrübt. Sie arbeiteten zusammen und lebten auf demselben Besitz, aber Matt fühlte sich von ihm hintergangen.

Er blickte auf den See. Mit Cadie war er während seiner kurzen Ehe niemals hierhergekommen. Das war ihm einfach unmöglich gewesen, denn mit diesem Platz verband er nur Erinnerungen an Perri.

Allmählich gestand er sich ein, wie sehr er Perri begehrte, und seine Wut ebbte langsam ab. Die starke Sehnsucht nach ihr konnte für ihn nur verhängnisvoll enden, und er musste einen Weg finden, damit umzugehen, ohne zu sehr zu leiden.

Matt war unsicher, welchen Weg er einschlagen sollte. Wenn er Perri verletzte, würde ihn das auch selbst zutiefst treffen. Andererseits war er sich selbst gegenüber ehrlich genug, um sich einzugestehen, dass er ihr mit seinem aufbrausenden Temperament fast zwangsweise Kummer zufügen würde.

Wie oft noch würde er Perri Stone verletzen? Hatte er sich nicht einmal vorgenommen, diese Frau ein Leben lang zu beschützen?

Nachdem Perri fort war, hatte er ein zerbrechliches nettes Mädchen geheiratet, das seinen Schutz brauchte. Bei dem Gedanken musste Matt bitter lachen. Insgeheim hatte Leila Cadie genauso sehr verachtet wie Perri, vielleicht sogar noch mehr. Sicher hatte es Leila maßlos aufgeregt, dass sie Cadies Ehre nicht anzweifeln konnte. Mit dem Begriff Ehre konnte Cadie nichts anfangen, ihr ging es nur um den Wettbewerb.

Erst viel später war Matt klar geworden, dass Cadie nur nach einem Ehemann gesucht hatte, der besser war als die Männer ihrer Schwestern. Und sie wollte ein Baby haben. Darüber hinaus hatte Cadie sich keinerlei Gedanken gemacht, und sie war in keiner Weise auf das Leben danach vorbereitet. Nach der zweiten Fehlgeburt kam Cadie sich vor, als habe sie alles verloren.

Eines Tages, kurz nachdem sie aus dem Krankenhaus entlassen wurde, hatte Cadie sich ins Auto gesetzt und war Richtung Westen gefahren. Sie hatte sich keine Zeit zur Genesung gegeben, und Matt hatte nicht gewusst, wie er ihr helfen konnte. In der Nähe von New Mexico war sie während eines heftigen Gewitters von dem Wagen eines betrunkenen Fahrers gerammt worden und ums Leben gekommen.

Matt stieg wieder in sein Auto und fuhr nach Hause. Damals war er untröstlich und verbittert gewesen. Nur Gannie hatte mit ihm umgehen können. Seine Wutausbrüche hatten ihr niemals Angst gemacht. Sie hatte Matt so geliebt, wie er war. Jetzt vermisste er sie mehr als seine Ehefrau und seine Mutter zusammen. Gannie hatte ihn damals dazu gebracht, seine Trauer herauszulassen. Sicher wäre Gannie nicht sehr stolz auf ihn, wenn sie wüsste, wie er sich heute benommen hatte. Beinahe glaubte er ihre Stimme zu hören. »Dein Verhalten beeindruckt mich überhaupt nicht, Matthew.«

Aber er hatte sich nur so aufgeführt, um Perri dazu zu bringen, ihre kühle, höfliche Fassade abzulegen. Er hatte sich nur beweisen wollen, dass sie ihm gegenüber nicht so gleichgültig war, wie sie sich gab. Im Grunde war er davon überzeugt gewesen, ihr seinen Willen aufzwingen zu können. Dass sie sich seit damals verändert hatte und selbstbewusster geworden war, damit hatte er nicht gerechnet.

Andererseits hatte er es wirklich übertrieben. Er musste mit dieser Frau noch zusammenarbeiten, und das wurde sicher nicht dadurch einfacher, dass er sie geküsst hatte.

Es war ihr gutes Recht, jetzt wütend auf ihn zu sein. Gledhill bedeutete ihr ebenso viel wie ihm, das wusste er genau. In seinem Ärger und der Verzweiflung über seine Ohnmacht hatte er den ersten zärtlichen Moment, den er seit Langem erlebt hatte, zerstört.

Er bog in die Auffahrt zur Pferdefarm der Ransoms ein und fuhr unter dem schmiedeeisernen Torbogen durch. Hinter ihm bogen auch ein Cadillac und ein Lincoln von der Straße ab, und Matt nahm sich fest vor, höflich zu den Besuchern zu sein. In Gedanken legte er sich schon zurecht, was er zu den anderen Pferdezüchtern sagen würde.

Wenigstens für eine Zeit lang ließen die Geschäfte ihn nicht daran denken, wie er Perri Stone dazu überreden konnte, ihn zu heiraten.

3. Kapitel

»Ich weiß, dass du das ungern hörst, aber ich bin froh, dass Matt dich zu der Hochzeit überredet hat«, stellte Donnie klar, als sie auf das alte Fort Remount zufuhren.

»Nicht er hat mich überredet, sondern das Land«, erwiderte Perri sanft. Dieses Land durfte nicht zerstört werden, auch wenn Perri noch nicht genau wusste, was sie mit ihrer Erbschaft überhaupt anfangen sollte. Sie fragte sich, ob sie durch diese Heirat vielleicht einen Teil von sich selbst aufgab.

Sie holte tief Luft und zwang sich, wenigstens sich selbst gegenüber ehrlich zu sein, wenn sie es schon Matt gegenüber nicht schaffte. Sie wollte nicht, dass diese Ehe nach einem halben Jahr endete. Es belastete sie, dass sie nach allem, was geschehen war, immer noch eine richtige Ehe mit Matt führen wollte, obwohl er es förmlich darauf anlegte, sie zu verletzen.

Dennoch würde sie ihn heiraten, denn sie wollte nicht dafür verantwortlich sein, dass Gledhill zerstört wurde. Diesmal würde sie nicht weglaufen, sie würde sich durchbeißen. Allerdings hatte sie Angst davor, dieser Aufgabe nicht gewachsen zu sein.

»Ich tue es für das Land«, flüsterte sie, während Donnie und sie weiterfuhren. Matt hatte geglaubt, er müsse er ihr erklären, worauf sie sich einließ.

»Nicht jeder ist für dieses Leben geeignet, Kleines«, hatte er zu ihr gesagt. »Es kann dich seelisch zerstören, selbst wenn du dieses Land aus vollem Herzen liebst.«

Bevor sie antwortete, hatte Perri in sich hineingehorcht und erkannt, dass sie auf jeden Fall hierbleiben würde. »Ich stimme dir zu, Matt«, hatte sie gesagt. »Romantische Sehnsucht nach diesem Land bringt mich sicher nicht weiter.« Schweigend hatte sie ihn einen Moment lang angesehen. »Wir beide müssen uns einig sein«, hatte sie dann gesagt und in die Heirat eingewilligt.

»Du als Braut, das hätte ich mir niemals träumen lassen«, sagte Donnie. »Noch dazu die Braut von Matt Ransom. Aber in deinem Kleid siehst du fantastisch aus, das muss ich dir lassen.«

Die Bemerkung riss Perri aus ihren Gedanken. Das elfenbeinfarbene Kleid hatte einen runden Ausschnitt und dreiviertellange Ärmel. Der enge Rock reichte bis zu den Waden, und Perri sah darin unglaublich elegant und natürlich aus. Sie hatte kein übermäßig prunkvolles Brautkleid zu einer Hochzeit tragen wollen, die ohne große Feier ablief und nicht auf tiefen Gefühlen begründet war.

Jetzt runzelte sie die Stirn, weil ihre Brautjungfer ihr im Moment ein bisschen zu liebenswürdig klang. »Entschuldige bitte«, sagte sie höflich. »Aber der Einkauf mit dir war die reine Hölle. Lieber würde ich gegen Klapperschlangen kämpfen, als das noch einmal durchzumachen. Hast du nicht behauptet, zu dieser Kirche würden nur Rüschen und lange Schleier passen?«

»Tja«, erwiderte Donnie etwas beschämt. »Was passt denn sonst in eine uralte Kirche? Außerdem hattest du zu dem Zeitpunkt gerade diesen futuristischen Fummel an, als würdest du auf einem Raumschiff anheuern wollen.«

»Für eine solche Zweckheirat findet man auch nicht leicht etwas Passendes«, erwiderte Perri und betrachtete das Eingangstor des alten Forts, das kurz nach dem Bürgerkrieg gebaut worden war, noch bevor die ersten Siedler sich hier niederließen. Perri entdeckte einen kleinen See. »Halt mal einen Moment an«, bat sie unvermittelt.

Donnie parkte am Straßenrand und wandte sich ihrer Cousine zu. »Jetzt erzähl mir nicht, dass du in letzter Minute kalte

Füße bekommst. Meine Dienstwaffe habe ich nämlich zu Hause gelassen, weil die nicht unter das Kleid passte.«

»Nein, sieh doch.« Perri deutete auf einen weißen Reiher, der am Ufer des ersten Gewässers stand, dass sie seit ihrer Ankunft hier gesehen hatte. »O nein.« Sie tupfte sich die Augenwinkel ab. »Jetzt kann ich doch nicht wegen so eines kleinen Sees zu weinen anfangen.«

Donnie atmete tief durch und suchte nach einem Taschentuch. »Hör bitte auf damit. Sonst fange ich auch noch zu heulen an. Und dann sehe ich nichts mehr beim Fahren.«

Eine Weile schwieg Perri und sah auf die Ulmen, die die Zufahrt säumten. »Also gut«, sagte sie schließlich. »Bringen wir's hinter uns.«

Außer dem Wind war kein Laut im Fort Remount zu hören. Matt stand unter einer Ulme und betrachtete das alte Bauwerk. Das Fort wirkte wie aus dem Bilderbuch. Seit über hundert Jahren stand es schon hier und war im Lauf der Zeit kaum verändert worden.

Die zugehörige Kirche war winzig klein, und Matt überlegte, dass hier früher fast ausschließlich schnelle Beerdigungen von gefallenen Soldaten stattgefunden hatten.

Zum Glück würde die Hochzeit nicht lange dauern, denn in der Kirche würde es drückend heiß sein. Aber Perri hatte nicht in der Kirche in der Stadt heiraten wollen, und Matt hatte auch nicht darauf bestanden. Schließlich waren dort seine Eltern getraut worden, und auch er und Cadie hatten sich dort das Jawort gegeben.

Wieder musste Matt daran denken, mit welch kühler Nüchternheit Perri seinen Antrag angenommen hatte. »Morgen gehe ich ein Hochzeitskleid kaufen«, hatte sie gesagt. »John wird dich wegen des genauen Termins anrufen. Sorg dafür, dass dann die Kühe gefüttert und die Pferde getränkt sind, damit du rechtzeitig in der Kirche bist. Und falls du auf den Gedanken kommst, eine Freundin mitzubringen«, hatte sie hinzugefügt, »dann denk dran, dass Gannie mir auch das Schießen beigebracht hat.«

Und jetzt stand er hier und wartete. Gerade stieg sein Vater, ein schlanker Mann in mittleren Jahren, aus seinem Wagen aus und ging zur Beifahrerseite, um Janie Stone beim Aussteigen zu helfen. Er hatte darauf bestanden, nach Oklahoma City zu fahren, um die Brautmutter abzuholen.

Genau wie Matt und John Deepwater trug Sam seinen besten Anzug und dazu Stiefel und einen Cowboyhut. Damit zeigten die Männer, dass sie diese Hochzeit trotz der seltsamen Umstände ernst nahmen.

Matt fiel auf, wie nervös Janie in Sams Nähe wirkte, so als wolle sie auf jeden Fall Abstand wahren. Er liebt sie immer noch, überlegte Matt und beobachtete, wie fürsorglich Sam Perris Mutter behandelte. Jetzt erkannte Matt auch, woher Perri ihre wundervollen Beine hatte.

Er musste lächeln, als Donnie und Perri ankamen und zu Janie gingen. Die drei Frauen wandten sich der Kirche zu und näherten sich würdevoll dem kleinen Gebäude.

Sein Herz schlug schneller, als er Perri ansah. Sie ist wie der Frühling, dachte er. Voller Schwung und neuem Leben. Sie ist die Richtige für mich. Ihr schlichtes Kleid war zwar nicht weder auffallend noch besonders eng geschnitten, dennoch sah Perri darin zauberhaft aus.

Nachdenklich betrachtete John Deepwater die Braut und trat zu Matt. »Bevor sie von hier wegging, hatte sie keine so aufregenden Kurven, oder?«

»Pass bloß auf, du sprichst über meine Braut«, sagte Matt zu seinem Trauzeugen, ohne den Blick von Perri abzuwenden. Ganz unvermittelt überkam ihn rasende Lust, und er musste an den vergangenen Abend denken. Da war er nach Gledhill gefahren, um Perri zu ärgern. Sie lag in dem Whirlpool, den Gannie sich im gläsernen Wintergarten hinter dem Haus hatte einbauen lassen. Wie üblich hatte Matt sich nicht die Mühe gemacht anzuklopfen, bevor er das Haus betrat.

»Du wirkst sehr entspannt«, hatte er nur festgestellt, obwohl Perri gar nicht danach aussah. Hastig hatte sie sich die Zeitschrift, in der sie gerade las, vor die Brüste gehalten. »Was liest du denn da? Eine Zeitschrift für Bräute?« Diese Bemerkung hatte ihm einen bösen Blick eingebracht.

»Eine Computerzeitschrift«, hatte sie tadelnd geantwortet. »Für Systemanalytiker und Informatiker.« Fast hätte sie ihm die Zeitschrift hingehalten, damit er den Titel lesen konnte.

Es machte ihn froh, sie dermaßen aus der Fassung zu bringen, und er lächelte voller Genugtuung. »Wirklich niedlich, wie du die Zeitschrift festhältst, Perri«, stellte er fest. »Aber es reicht nicht aus, um dich zu bedecken. Und mir gefällt, was ich sehe.« Er beugte sich über die Wanne und tat gar nicht erst so, als würde er ihren nackten Körper nicht betrachten. Schließlich zog er etwas aus seiner Hemdtasche und richtete sich auf. »Ich lege das lieber hier drüben hin, damit es nicht nass wird.« Langsam legte er ein kleines Geschenk auf den Tisch.

»Was ist es denn?« Prüfend schaute Perri das Päckchen an, während ihre Zeitschrift sich allmählich im Wasser auflöste.

Wie ein Raubtier kehrte Matt an den Wannenrand zurück. »Ein Geschenk für die Braut«, sagte er und streckte die Hand aus. Sanft strich er ihr über den Nacken und küsste Perri leidenschaftlich auf den Mund.

Der Kuss hatte nichts Zärtliches an sich, und Matt zeigte ihr damit deutlich, was er im Sinn hatte, wenn er an die Hochzeit dachte. Langsam ließ er Perri wieder los. »Wir sehen uns in der Kirche«, sagte er nur und ging schnell wieder hinaus, damit er schon weg war, wenn sie die Ohrringe auspackte. Außerdem sollte sie nicht merken, wie erregt er war.

Ihm war klar, dass er es immer wieder darauf anlegte, Perri in Rage zu bringen. Sicher würde sie sich beschweren, dass die

Ohrringe viel zu teuer waren, doch als Matt sie entdeckt hatte, hatte er gewusst, dass er sie Perri schenken musste.

Wenn sie den Ehering sieht, wird sie vor Wut platzen, dachte er und musste ein Lachen unterdrücken, während er die Stufen zur Kirche hinaufging. Es war nämlich kein schlichter Goldreif, wie sie sich ihn sich ausgesucht hätte.

»Also gut, John«, sagte Matt jetzt. »Bringen wir's hinter uns.«

Als Ehefrau betrat Perri Gledhill. Niemand trug sie über die Schwelle, denn der Bräutigam fuhr gerade den Wagen in die Garage. Seit dem kurzen Empfang auf der Farm der Ransoms hatten sie kaum ein Wort miteinander gewechselt, und auch dort hatte Perri die meiste Zeit über geschwiegen. Es hatte sie eingeschüchtert, dass sie das Grundstück der Ransoms zum ersten Mal betrat. Wegen des alten Skandals war die Farm der Ransoms für Perri immer tabu gewesen.

Langsam ging sie jetzt die Treppe hinauf und blickte auf ihren Ehering. Matt hatte ihr einen Goldring mit einem großen tropfenförmigen Smaragd geschenkt, der von winzigen Diamanten eingefasst wurde.

Sie hatte sich etwas Schlichtes gewünscht, aber sie musste zugeben, dass der Ring wunderschön war. Und er passte perfekt zu den Ohrringen mit den Diamanten und Smaragden, die er ihr am Abend zuvor geschenkt hatte. Nach dem Kuss hatten ihre Knie so gezittert, dass sie nur mit Mühe den Kopf über Wasser halten konnte. Selbstverständlich hatte sie heute zur Hochzeit die Ohrringe getragen.

»Die Smaragde haben genau das Grün deiner Augen, wenn ich mich nicht täusche«, hatte Matt in der kleinen Kirche festgestellt. »Du siehst noch schöner aus als sonst, Mrs. Ransom.«

Und jetzt ließ er sie allein das Haus betreten, weil er noch den Wagen parken musste. Das war doch eine Frechheit. Perri zog die Tür ihres Schlafzimmers hinter sich zu und fing an sich auszuziehen. Das Ganze ist für ihn genau so schwer wie für mich, rief sie sich in Erinnerung. Wieder fiel ihr ein, wie wütend er in jener Nacht vor zwölf Jahren gewesen war. Damals hatte er ihr geschworen, er würde seine Familie niemals dadurch entehren, dass er eine Frau heiratete, deren Mutter eine Marlowe war.

Und jetzt waren sie doch verheiratet. War das eine zweite Chance, oder geriet sie nur ins Schwärmen? Wir haben nur wegen des Testaments geheiratet, sagte sie sich, als hinter ihr die Tür aufgerissen wurde.

Geschockt blieb Matt stehen. »So etwas trägst du in einer Kirche unter deinem Kleid?« Langsam ging er näher.

»Klopf gefälligst an, und warte, bis ich dich hereinbitte!«, fuhr sie ihn an. Sie war so in Gedanken versunken gewesen, dass sie seine Schritte nicht gehört hatte.

»Ich bringe der Braut Blumen«, sagte er nur als Antwort und wickelte einen Strauß langstieliger rosafarbener Rosen aus. Eine noch nicht ganz erblühte Blume zog er aus dem Strauß und kam zu ihr.

Verlegen stand Perri in spitzenbesetzten Strümpfen, Strapsen, einem winzigen Slip und einem elfenbeinfarbenen Seiden-BH vor ihm und hielt sich das Kleid vor den Körper. »Für mehr Unterwäsche war es mir zu heiß«, erklärte sie und hoffte, dass ihre Stimme nicht allzu zittrig klang.

Matt musterte sie mit unverhohlenem Verlangen von Kopf bis Fuß. »Wie schön«, sagte er und fuhr ihr mit der Rose über den Arm.

Zitternd ließ sie das Kleid fallen, und ihre Brustspitzen richteten sich auf, als Matt ganz sachte mit der Rosenknospe darüber strich. Perri musste an all die heimlichen Zärtlichkeiten denken, die sie früher ausgetauscht hatten. Damals hatten sie immer unter Zeitdruck gestanden, jetzt schien Matt sich alle Zeit der Welt nehmen zu wollen.

Mit der Zunge drang er behutsam zwischen ihre Lippen,

dann ließ er die Rose fallen und zog Perri in die Arme. Er presste sie an sich, und sie fühlte seine Erregung.

Sehnsüchtig schmiegte sie sich an ihn, als Matts Hände hinten an ihrem Po den winzigen Slip berührte. Der Slip spannte leicht zwischen ihren Schenkeln, und Perri konnte ein Stöhnen kaum unterdrücken. Sie schloss die Augen und genoss es, seine Hände und seine heißen Lippen auf sich zu spüren.

Sie wollte ihn nicht merken lassen, wie wehrlos sie war. Wenn er wusste, welche Wirkung er auf sie ausübte, würde er erkennen, dass sie ihn immer noch liebte. Es gelang Perri nicht, einfach nur den Sex zu genießen, ohne dass ihre Gefühle wieder erwachten. Bei dieser Erkenntnis erstarrte sie, und Matt hob den Kopf.

Er merkte sofort, dass er zu schnell vorgegangen war. Obwohl es ihm unsagbar schwerfiel, bezwang er sich. Perri hatte ein Recht darauf, dass er ihr Zeit ließ.

»Ich muss mich um die Pferde kümmern. Eine der Stuten leidet unter einer Zerrung.« Er streichelte ihren Po. »Heute Abend bekommen wir bestimmt noch ein Gewitter. Warte mit dem Essen nicht auf mich«, fügte er noch hinzu. Einen Moment hielt er Perri fest, als wolle er noch etwas sagen, doch dann strich er ihr nur über die Hüfte und ging zur Tür.

»Danke für die Rosen, Matt«, rief Perri ihm heiser nach. Sie atmete tief durch und wartete ab, bis ihr Puls sich wieder beruhigt hatte. Sie konnte Matt hören, der zu dem Schlafzimmer ging, in dem er sich einquartiert hatte. Einfach immer wegzulaufen, das hat auch etwas für sich, dachte sie. Man hat wenigstens das Gefühl, etwas zu unternehmen, auch wenn man den Problemen nur ausweicht.

Sie fuhr sich durchs Haar und fragte sich, warum nach dieser langen Zeit immer noch die Wut und die Enttäuschung von damals zwischen Matt und ihr standen. Aber war sie selbst nicht auch noch verbittert wegen all der Dinge, die vor zwölf Jahren geschehen waren?

Plötzlich flog die Tür wieder auf.

»Wie kommt es eigentlich, dass du nie geheiratet hast?«, stieß Matt hervor. Er hatte wirklich versucht, sich diese Frage zu verkneifen, weil er sich mit Perri gemeinsam etwas aufbauen wollte, was unbelastet von der Vergangenheit war. Aber es gelang ihm einfach nicht.

Anscheinend kommt Perri auch ins Grübeln, stellte er fest, weil ihm auffiel, dass sie sich nicht bewegt hatte, seit er aus dem Zimmer gestürmt war. Jetzt sah sie ihn fassungslos an.

»Du wirst mir diese Frage beantworten, bevor du wieder von hier verschwindest«, sagte er und wandte sich ab. Er konnte sich selbst kaum ertragen. Aber dass er sich ständig wie ein Ekel aufführte, lag nur daran, dass er sich so sehr zu dieser Frau hingezogen fühlte, obwohl er es nicht wollte.

Perri kochte innerlich. Matt fuhr sie an, lief weg, kam zurück, kommandierte herum, ganz wie es ihm gefiel. Wieder musste sie an die Szene vor zwölf Jahren denken, und sie konnte sich nicht erklären, dass dieser Mann immer noch imstande war, ihr Blut in Wallung zu bringen.

Zornig warf sie ihr Hochzeitskleid nach ihm. »Hör mal gut zu«, schrie sie. »Ich werde nirgendwohin verschwinden. Ich bleibe, ob dir das passt oder nicht!« Wie angewurzelt stand sie da, als wolle sie ihm dadurch ihre Entschlossenheit beweisen. »Und du wirst dich damit abfinden müssen.« Ihre Stimme klang jetzt leiser, dafür aber eisig. »Ich habe mich schon einmal kampflos vertreiben lassen, aber das heißt nicht, dass du dir jetzt mir gegenüber alles herausnehmen kannst. Und bilde dir ja nicht ein, du könntest mich jetzt, wo du mich noch für andere Dinge als Sex brauchst, nach Lust und Laune herumschubsen.«

Langsam drehte Matt sich um und wusste vor Verzweiflung kaum, was er sagen sollte. Noch nie hatte Perri schöner ausgesehen als jetzt in ihrer Wut. »Ein halbes Jahr Ehe, das stehst du schon durch, nicht wahr?« Es klang nicht wie eine Frage. »Und egal, was du von mir willst, du wirst es dir sicher holen«, fügte er verächtlich hinzu.

Ein schöner Hochzeitstag! dachte Perri, als sie hörte, wie er die Treppe hinunterlief.

Matt hatte seinen Wagen auf dem Land der Ransoms stehen lassen und kehrte zu Fuß nach Gledhill zurück, um seine Gedanken zu ordnen. Doch als er an der Hintertür stand, hatte er sich immer noch nicht zurechtgelegt, was er Perri sagen sollte. Er kannte sie gut genug, um zu wissen, dass sie ihn möglicherweise noch liebte, und er konnte nur hoffen, dass ihre Gefühle für ihn stark genug waren, um seine momentanen Launen zu ertragen.

Es regte ihn maßlos auf, dass er sich nicht einfach nehmen konnte, was ihm zustand. Sein Stolz ließ das nicht zu und die Vergangenheit auch nicht. Andererseits wusste er nicht, wie er das Zusammenleben mit Perri ertragen sollte, wenn er sein Verlangen nach ihr nicht stillen konnte. Wenn Perri ihn ansah, konnte er sich kaum beherrschen und musste sich ständig zusammenreißen. Und er merkte ja, wie stark sie schon auf die kleinste Berührung von ihm reagierte.

Leise betrat er das Haus durch die Küche.

Perri hatte gerade geduscht, doch innerlich war sie immer noch aufgewühlt, als sie Schritte auf der Treppe hörte. Hastig lief sie aus dem Bad in ihr Zimmer und konnte sich gerade noch einen Seidenpyjama anziehen. Sie hatte das Oberteil noch nicht ganz zugeknöpft, als sich der Türknauf bereits drehte.

Matt riss die Tür auf und hielt inne, als er Perri sah, dann klopfte er an den Türrahmen, doch es war klar, dass er nicht abwarten würde, hereingebeten zu werden.

Anscheinend hatte er noch auf der Farm geduscht und sich umgezogen. Perri konnte nicht sagen, ob er damit rechnete, ein Dinner vorgesetzt zu bekommen. Er hätte mich ja auch anrufen und mir seine Pläne mitteilen können, dachte sie.

»Eine geschlossene Tür bedeutet dir wohl gar nichts, oder?«

»Nein«, erwiderte er und kam auf Perri zu, wobei er sie von Kopf bis Fuß musterte. »Nicht, wenn meine Frau sich auf der anderen Seite der Tür befindet und es unsere Hochzeitsnacht ist. Und erst recht nicht«, fügte er flüsternd hinzu und blieb dicht vor ihr stehen, »wenn du die Braut bist.«

Er ließ Perri keine Zeit zum Widerspruch und nahm sie in die Arme. Verlangend glitt er mit den Händen unter das Oberteil des Pyjamas und streichelte ihren nackten Rücken. Dann presste er die Lippen auf ihren Mund. Ihr Widerstand schwand, und genau wie er gehofft hatte, verwandelte ihr Zorn sich in glühende Leidenschaft. Sie hatten beide gewusst, dass dieser Moment kommen würde.

»Wenn du Nein sagen willst, dann tu es jetzt«, wisperte er.

Perri brachte es nicht fertig.

Er vertiefte den Kuss, und Perri konnte nur noch keuchend nach Luft schnappen, als er ihr das Oberteil des Pyjamas abstreifte.

Sanft strich er über ihre Brüste und hielt unwillkürlich den Atem an. Ihre festen Brüste waren voller geworden, ihr Körper wirkte noch aufreizender als früher. Hingerissen von dieser Entdeckung, strich er ihr über die glatte warme Haut und sog ihre zarten Duft ein, der eine Mischung war von Seife und Perris ureigenem Duft.

Leise seufzend schmiegte sie sich an ihn.

Seine Hände fuhren unter den Bund der Pyjamahose, und Matt stöhnte auf, als er ihren nackten Po erreichte. Er wollte sie überall berühren, wollte spüren, wie ihre Haut unter seinen Fingern zu glühen begann.

»Für einen Bräutigam in der Hochzeitsnacht hast du viel zu viel an«, flüsterte Perri und schlang die Arme um ihn.

Dann küsste sie seine Lippen und zog ihm das T-Shirt über den Kopf. Berauscht von seinem Duft, übersäte sie seinen muskulösen Oberkörper mit kleinen heißen Küssen, umkreiste neckend seine flachen, harten Brustwarzen mit der Zungenspitze.

Matt gab einen tiefen, rauhen Laut puren männlichen Wohlbehagens von sich und revanchierte sich umgehend, indem er nacheinander ihre beiden aufgerichteten Brustknospen mit den Lippen umschloss und leicht an ihnen sog. Hungrig nach mehr, strich er mit der Zungenspitze bis zu ihrem Nabel. Gleichzeitig öffnete er die Schleife am Bündchen der Pyjamahose und schob das seidige Kleidungsstück langsam herunter, jeden Zentimeter genießend, den er von ihrem wundervollen Körper entblößte.

Sobald sie von der Taille bis zu den Füßen nackt war, drehte er Perri an den Schultern zur Wand um und schaltete das Deckenlicht aus. Nur noch im Lichtschein aus dem Badezimmer sah er ihren Rücken und die aufreizenden Hüften.

Stöhnend umfasste er ihren Po und packte sie dann um die Hüften. Die erotische Spannung steigerte sich immer mehr, während er sich mit der nackten Brust an ihren Rücken presste. Als Perri seine Lippen im Nacken spürte, drängte sie in wilder Begierde an ihn.

Sie konnte nicht anders. Unwillkürlich bewegte sie herausfordernd den Po an seinen Schenkeln, und als sie seine Daumen an den sensiblen Brustspitzen spürte, breiteten sich Wellen pulsierender Hitze in ihr aus. Liebkosend fuhr er mit den Daumennägeln darüber, und Perri stöhnte laut auf.

»So hast du schon immer auf mich reagiert«, raunte er ihr ins Ohr und rieb ihre Knospen zwischen Daumen und Zeigefinger. »Ich kann mich an jedes Stöhnen von dir erinnern.« Spielerisch nahm er ihr Ohrläppchen zwischen die Zähne. »Seit du wieder hier bist, kann ich nur noch an dich denken. Ich rieche ständig deinen Duft, und ich weiß noch genau, wie du schmeckst, Darling.«

Oft hatte er von so einem Moment geträumt, aber die Wirklichkeit ließ all diese Fantasien verblassen. Perris unverhohlene Lust raubte ihm den Atem. Damals war sie ein schlaksiger Teenager mit großen unschuldigen Augen gewesen, jetzt war sie eine verführerische Frau, die ihre Sinnlichkeit auslebte und sich provozierend in seinen Armen wand.

Sie erzitterte, als er wieder mit beiden Händen zu ihrem Po strich. Jeden einzelnen Finger spürte sie auf ihrer Haut, während er seitlich wieder nach vorn fuhr und ihre Schenkel streichelte. Kraftlos lehnte Perri sich an die Wand. Sie schaffte es nicht mehr, sich mit den Armen abzustützen.

»Spreiz deine Schenkel«, flüsterte er und strich an den Innenseiten ihrer Schenkel nach oben.

Perri gehorchte.

Matt hatte sich vorgenommen, sie so lange zu reizen, bis sie vor Lust erbebte. Das tat sie jetzt, und unwillkürlich rieb sie sich rhythmisch an ihm. Er hatte Perri eigentlich so lange hinhalten wollen, bis sie um Erlösung flehte, doch sein eigenes Verlangen hatte sich so sehr gesteigert, dass er kaum noch einen klaren Gedanken fassen konnte.

Er zog sie von der Wand weg und hielt sie mit einem Arm unterhalb der Brüste fest. Ihr Po drückte sich an seine Lenden, und Perri holte erregt Luft, als Matt mit der anderen Hand über ihren flachen Bauch langsam tiefer glitt, zwischen ihre Schenkel.

Er spürte ihre Hitze an den Fingerkuppen und quälte sich selbst genauso sehr wie Perri damit, dass er noch einen Moment zögerte, bis er sie dort berührte, wo sie es am meisten ersehnte. Aufreizend bewegte er sich an ihrem Po und begann dann ihre intimste Stelle zu streicheln. Wilde, animalische Lust durchzuckte sie, und auf dem Höhepunkt konnte sie nur noch Matts Namen ausstoßen.

Er drehte sie zu sich um. Ihre nackten Brüste pressten sich an ihn, und das Ziehen in seinen Lenden wurde so heftig, dass es schmerzte. Rasch hob er Perri auf die Arme und trug sie zum Bett.

Nachdem er die Decke mit dem Fuß zur Seite geschoben hatte, ließ er Perri herunter. Sie sah, wie er sich hastig die Stiefel abstreifte und sich die Kleidung vom Leib riss. Dann lag er bei ihr, und Perri nahm nichts mehr außer Matt wahr. Seine festen Muskeln, die kräftigen Hände, die heißen, glatten Lippen. Das war nicht mehr der junge Matt, mit dem sie ihr erstes Mal erlebt hatte, dies war ein Mann mit Erfahrung, der wusste, was er wollte, und es sich nahm.

Matt brach den Kuss ab, um Perri in die Augen zu sehen, und die freudige Erwartung, die er in ihnen las, ließ sein Herz schneller schlagen. Er presste die Lippen auf ihren Hals, begab sich auf eine sinnliche Entdeckungsreise. Ihre Haut schimmerte leicht in dem gedämpften Licht. Seine Küsse waren so zart, dass es Perri fast kitzelte. Sie spürte, dass Matt sich zurückhielt, und das stachelte ihr Verlangen noch mehr an. Unwillkürlich bäumte sie sich auf, als er mit der Zungenspitze zwischen ihre Schenkel drang und sie dort liebkoste. Seine aufreizenden Berührungen ließen Perri vor Lust stöhnen, und fast verzweifelt versuchte sie, sich noch näher an Matt zu drängen.

Als er den Kopf hob, um ihr ins Gesicht zu sehen, konnte sie ein enttäuschtes Seufzen nicht unterdrücken. Matt lächelte. Sie sah einfach hinreißend aus. Schon immer war sie für ihn die schönste Frau gewesen, die er kannte, und trotzdem hatte er sie gehen lassen.

Ganz langsam folgte er mit den Fingerspitzen dem Pfad, den er mit Lippen und Zunge genommen hatte. An dem verborgenen Zentrum ihrer Lust verharrte er und blickte Perri wieder forschend ins Gesicht. Sie seufzte auf und wand sich ungeduldig. Als er sah, wie sehr sie sich nach ihm sehnte, musste Matt all seine Willenskraft aufbieten, um nicht augenblicklich selbst Erfüllung zu suchen.

»Matt«, flehte sie und streckte die Hand nach ihm aus.

Er beugte sich vor und küsste sie auf die Brust. Mit den Lippen umschloss er die sich ihm entgegenreckende Knospe, während er behutsam mit einem Finger eindrang. Matt küsste Perri zärtlich. Er wollte seine Begierde ein wenig dämpfen, doch als Perris Zunge in seinen Mund glitt, verlor er die letzte Zurückhaltung.

Er zog sich zurück und richtete sich ein wenig auf. Um sich noch einen Moment beherrschen zu können, atmete er tief durch, doch dann ließ Perri eine Hand zwischen seine Schenkel wandern und begann ihn zu streicheln. Kurz vor dem Höhepunkt schob er ihre Hand zur Seite.

Perri legte die Beine über seine Schultern, und sanft strich Matt über die Innenseite ihrer Schenkel. Eindringlich blickte er ihr in die Augen, dann glitt sein Blick tiefer.

»Bitte, Matt«, flüsterte Perri. »Jetzt.«

Gefühlvoll drang er in sie ein, und Perri lächelte glücklich, während sie sich in völligem Einklang mit ihm bewegte. Es kam ihr vor, als wäre es erst gestern gewesen, dass sie beide sich das letzte Mal geliebt hatten.

Matt bebte am ganzen Körper, so sehr strengte es ihn an, sich nicht rücksichtslos seiner übermächtigen Lust hinzugeben. Perrie nahm die Schenkel von seinen Schultern und zog ihn enger an sich. Er stützte sich mit den Armen ab, um sie nicht mit seinem Gewicht zu belasten, und sofort schlang Perri die Beine um seine Hüften. Voller Verlangen blickte sie ihm in die Augen.

Der Anblick seines kraftvollen Körpers machte sie verrückt vor Lust. Sie sehnte sich nach nichts anderem als danach, ihm seine Begierde zu erfüllen. Jede seiner Bewegungen spürte sie mit allen Sinnen.

Wahrscheinlich werde ich diese Nacht bereuen, schoss es ihr durch den Kopf. Aber ich würde es noch viel mehr bereuen, wenn es diese Nacht nicht geben würde. Ihr Atem ging immer schneller, und sie spürte, wie Matts Leidenschaft sich noch mehr steigerte.

Ein Beben durchlief seinen Körper, Matt stieß ihren Namen aus, und im selben Augenblick spürte er, wie Perri sich anspannte. Kraftlos sank er auf sie und barg das Gesicht in ihrer

Halsbeuge, damit sie die Tränen nicht bemerkte, die ihm in die Augen traten.

Matt hörte draußen den Wind heulen, und dieses vertraute Geräusch beruhigte ihn. Er hatte das Gefühl, seit sehr langer Zeit wieder mit sich selbst im Einklang zu sein.

Der Sex mit anderen Frauen, ob zärtlich oder stürmisch, war für ihn immer erfüllend gewesen. Doch mit keiner dieser Frauen hatte er je dieses völlige Einssein erlebt. Mit Perri war es mehr als nur eine körperliche Vereinigung, es reichte viel tiefer. Zufrieden seufzend lag er still da und horchte auf die Geräusche des alten Hauses und des Windes.

Auf einmal glaubte er eine Veränderung wahrzunehmen.

Verwundert runzelte er die Stirn. Äußerlich hatte sich hatte sich nichts geändert. Dann begriff er. Perri war der Grund für sein vages Unbehagen. Sie hatte sich innerlich wieder von ihm zurückgezogen. Die überwältigende Leidenschaft war verschwunden, als hätte es sie nie gegeben. Immer noch waren sie beide körperlich vereint, und dennoch brachte Perri es fertig, sich wieder von ihm zu distanzieren. Das konnte Matt einfach nicht begreifen.

Er stützte sich auf die Hände und sah sie an, fest entschlossen, die gerade erlebte tiefe seelische Verbindung mit allen Mitteln wieder herzustellen. Doch ihr Anblick raubte ihm den Atem.

Ihre dunkelroten Lippen waren leicht geschwollen, und ihre Pupillen waren so sehr geweitet, dass ihre Augen fast so dunkel wie seine eigenen wirkten. Das war nicht mehr das Mädchen, das sich ihrer ersten Liebe hilflos hingab. Dies war eine Frau, die, obwohl sie sich mit allen Mitteln dagegen wehrte, innerlich an ihn gekettet war.

Unwillkürlich entspannte er sich und musste lächeln. »Du bereust es jetzt schon, stimmt's?« Er küsste sie aufs Kinn.

»Das hier ändert überhaupt nichts an den Unterschieden

zwischen uns, Matt«, stellte sie fest und versuchte seinen Lippen auszuweichen. Bei der Bewegung spürte sie Matt in sich.

Er lachte leise, als sie es nicht ganz verhindern konnte, sich enger an ihn zu pressen. Zart sog er an ihrem Ohrläppchen. »Ich weiß nicht recht, Darling. Die Unterschiede zwischen uns ergänzen sich im Moment doch ziemlich gut, oder?« Er fuhr über ihre Brustspitzen, die sich wieder aufrichteten.

Muss mein Körper mich denn so verraten? fragte Perri sich und holte keuchend Luft. Sie hatte etwas klarstellen wollen, aber im Augenblick konnte sie sich nicht mehr recht daran erinnern, was es war. Wenn Matt seine Liebkosungen bloß einmal kurz unterbrechen würde, würde es ihr bestimmt wieder einfallen.

»Vielleicht hast du recht«, sagte sie so ruhig, wie sie es vermochte. »Nachdem das Thema Sex jetzt abgehandelt ist, können wir uns vernünftig unterhalten. Wir müssen zusammenarbeiten«, fügte sie hinzu, und diese Vorstellung machte sie froh. »Jetzt können wir alles andere regeln.«

Matt fuhr fort, ihre Knospen zu reizen. »Mir gefällt es sehr, dass deine Brüste voller geworden sind, Darling.« Ganz behutsam strich er mit der Zungenspitze über eine harte Spitze.

Perri hielt erregt den Atem an, und Matt umfasste ihr Kinn. »Das Thema Sex ist noch lange nicht abgehandelt. Wir haben es gerade erst angerissen. Wenn unser Verlangen einer vernünftigen Unterhaltung im Weg steht, dann müssen wir die ernsthaften Diskussionen noch lange aufschieben.«

Sie wollte widersprechen, aber er fuhr ihr mit der Zunge über die Lippen, und Perri spürte förmlich, wie ihr liebeshungriger Körper wieder die Oberhand über ihren Verstand gewann. Mit der kleinsten Zärtlichkeit setzte Matt sie außer Gefecht, und Perri fand keinen Weg, um sich dagegen zu wehren.

Wie war das nur möglich? Eben noch hatte sie etwas Abstand gewonnen, und dann reichte ein kleiner Kuss von Matt, und sie stand innerlich wieder in Flammen. Begehrlich hob sie sich ihm entgegen.

»Du bist ein unverbesserlicher, unersättlicher Mistkerl«, sagte sie und sah ihn mit blitzenden Augen an, als er endlich ihren Mund freigab.

Matt fühlte sich nicht angegriffen und leugnete auch gar nichts. »Ja, aber ich bin *dein* unersättlicher Mistkerl.«

»Bist du das wirklich, Matt?«

Das ließ ihn einen Moment innehalten. Verunsichert musterte er ihr Gesicht. »Ich bin dein Ehemann«, erinnerte er sie. »Möchtest du in diesem Moment wirklich über etwas anderes sprechen?«

Perri merkte, wie erregt Matt wieder war, und sie hörte auf, sich gegen ihre eigene Begierde zu sträuben. Sie konnte an seinem Gesicht ablesen, dass er die Frage völlig ernst meinte. »Nein«, antwortete sie ruhig und schlang die Beine um seine Hüften. »Nein, das möchte ich nicht.«

»Du siehst traurig aus«, stellte er zärtlich fest. »Aber wenn du schon so fest entschlossen bist, diese Nacht zu bereuen, dann solltest du dazu auch genügend Gründe bekommen. Findest du nicht auch?«

Seine Küsse wurden leidenschaftlicher. Er wollte so sehr, dass sie wieder zueinander fanden. Es sollte für sie beide ein neues gemeinsames Leben geben. Und ihm blieb noch die ganze Nacht, um Perri dazu zu bringen, sich nicht gegen ihre neue Verbundenheit zu wehren. Matt beschloss, keine Sekunde ihrer Hochzeitsnacht zu vergeuden.

»Ich werde mich bemühen, dir ausreichend Gründe zu geben, diese Nacht zu bereuen«, flüsterte er und drang tief in sie ein. »Viele Gründe.«

Perri gab den Widerstand gegen ihre Gefühle auf. Matt umfasste ihren Po und zog sie noch dichter an sich.

Hingebungsvoll erwiderte sie Matts Küsse und strich ihm unablässig über den muskulösen glatten Rücken. Sie begehrte ihn genau so wie er sie. Sie wussten es beide, also brauchte Perri es gar nicht erst zu leugnen.

Matt unterbrach den Kuss und lächelte, als sie sich mit einem Seufzer beschwerte. »Bereust du es schon, Perri, dass wir miteinander schlafen? Du bist kurz vor dem Höhepunkt und bereust es? Würdest du es bereuen, wenn ich dich liebe?«

Die letzte Frage kam so leise, dass Perri nicht genau wusste, ob sie sie wirklich gehört hatte. Matts Leidenschaft verzehrte sie, und seine Zärtlichkeiten machten sie auf eine Art willenlos, die weit über das Körperliche hinausging.

Schweigend fuhren Matt und Perri zum Spirit Lake. Seit sie beide in den Pick-up gestiegen waren, hatte Matt Perri nicht mehr angesehen. Ob sie es wollten oder nicht, die Fahrt zum See weckte eine Flut von Erinnerungen in ihnen. Immer wieder sagte Perri sich, dass sie sich für nichts zu schämen brauchte, was Matt und sie früher in diesem Wagen getan hatten. Damals hatte sie ihn so sehr geliebt, dass sie ihm alles gestattet hätte. Und die Verlegenheit, mit der sie an ihre Hochzeitsnacht zurückdachte, war auch unsinnig. Es war eben geschehen.

Matt parkte im Schatten eines großen alten Baums. Sie befanden sich auf Gannies Grundstück. Wortlos strich er Perri über die Wange und zog sie an sich. Zärtlich streichelte er ihre Hand. Immerhin war es ihm gelungen, dass Perri sich nach der vergangenen Nacht nicht wieder ganz von ihm zurückgezogen hatte. Jetzt hingen sie beide ihren Gedanken nach, während sie die Leute beobachteten, die auf dem See Wasserski liefen.

Bisher hatte Perri sich noch nie groß überlegt, welche Verpflichtungen ein Erbe mit sich brachte. Und Gannies Formulierung in dem Testament, dass sie Matt und Perri die Verantwortung für ihr spezielles Projekt übertrug, hatte sie nicht richtig verstanden. Was hätte ich getan, wenn Gannie ihr Testament nicht so ausführlich abgefasst hätte? fragte sie sich.

Wahrscheinlich hätte ich das Grundstück verkauft und mich zeit meines Lebens deswegen elend gefühlt.

»Komm mit.« Matt half ihr beim Aussteigen, und sie gingen eine Weile auf dem Grundstück spazieren. Sie hatten beide keine Ahnung, was Gannie damit im Sinn gehabt haben mochte.

Das Land grenzte an den Spirit Lake, aber das war schon alles. Weder Perri noch Matt hatten irgendwelche Geistesblitze, was sie damit anfangen sollten.

»Egal, was passiert, Perri«, sagte Matt schließlich. »Ich bin dein Geschäftspartner und werde mich um dieses Grundstück kümmern. Und ich werde mich um dich kümmern und dich beschützen«, schwor er. »Du kannst dich auf mich verlassen.«

Und wenn ich dich noch lieben könnte, würde ich auch das, dachte er und blickte wieder auf das dunkelblaue Wasser. Vielleicht war das halbe Jahr mit Perri, das jetzt vor ihm lag, die schönste Zeit, die er im Leben haben würde. Doch im Moment besaß er einfach nicht die Kraft, um seine Gefühle wieder zuzulassen. Allerdings wollte er Perri zeigen, dass er sich ihr verpflichtet fühlte. Sie sollte wissen, dass sie ihm vertrauen konnte.

»Ich danke dir, Matt.« Perri schmiegte sich in seine Arme. »Das bedeutet mir viel. Ich möchte, dass unsere Ehe keine belanglose Förmlichkeit wird.« Sie sah wieder zu den Wasserskiläufern. Auch wenn Matt diese Ehe nicht so ernst nahm wie sie, so wollte Perri doch wenigstens das Gefühl haben, dass sie etwas Sinnvolles tat. »Fahren wir heim, Matt.« Sie zog ihn enger an sich. »Danke, dass du dich um mich kümmern willst.«

Er sehnte sich nach ihr und wollte noch mehr sagen, aber er brachte kein Wort über die Lippen. Und wenn er in sich hineinhorchte, war da nur eine Kälte, die jede Gefühlsbeteuerung zur Lüge gemacht hätte. Vielleicht gab es unter der Eisschicht noch Emotionen, aber Matt besaß nicht die Wärme, um dieses Eis zum Schmelzen zu bringen.

»In Ordnung. Fahren wir.« Matt strich ihr über das Kinn. »Ich begehre dich, Perri. Ich brauche dich. Hättest du Lust, heute nacht zu mir in mein Zimmer zu ziehen?«, erkundigte er sich unbekümmert. »Andererseits kann ich mich auch erinnern, dass du früher einmal gern mit mir im Pick-up übernachtet hast.«

Sie lächelten sich an.

»Noch nicht, Matt.« Perri errötete. »Ich brauche noch etwas mehr Zeit.«

Matt half ihr beim Einsteigen und küsste sie, bevor er losfuhr.

Ein umsichtiger, einfühlsamer Matt! dachte Perri. Das ist zu schön, um wahr zu sein.

Noch nie in ihrem Leben hatte Perri sich so elend gefühlt. Ihr war so schwindelig, dass sie nicht mehr richtig sehen und hören konnte.

Woher kam das? Wieso war sie ständig so erschöpft? Perri hielt neben der Brücke an und strich sich über die Stirn. Ihre Brüste schmerzten leicht, und sie war todmüde.

Nein! dachte sie entschlossen, als ihr eine mögliche Erklärung einfiel. Um das zu merken, ist es doch noch viel zu früh. Sobald das Zittern ihrer Hände aufhörte, würde sie direkt nach Hause fahren und ins Bett gehen. Woran erkennt man es eigentlich mit Sicherheit? fragte sie sich. Ich muss ein paar Freundinnen in New York anrufen, um mich zu erkundigen.

Zum Glück schliefen Matt und sie mittlerweile seit fast einem Monat in getrennten Zimmern. In der Hochzeitsnacht hatte sie die Distanz zu Matt vollkommen verloren. Sie liebte ihn, und genau deswegen brauchte sie Abstand zu ihm.

Dass sie sich ihm mit siebzehn völlig hingegeben hatte und zutiefst enttäuscht worden war, das konnte Perri sich wegen ihrer Jugend damals gerade noch verzeihen. Jetzt war sie älter und reifer, aber wenn Matt es darauf anlegte, war sie machtlos gegen seinen männlichen Charme.

Sobald er mich berührt, verliere ich den Verstand, sagte sie sich und lehnte den Kopf an das Lenkrad. Es verletzt mich in meinem Stolz, ihm dermaßen ausgeliefert zu sein, auch wenn ich merke, dass er sich ebenso quält wie ich.

Jetzt lastete noch mehr auf ihren Schultern. Vielleicht konnte sie eine Weile vor ihm verheimlichen, wie oft ihr übel war. Sobald es mir wieder etwas besser geht, kaufe ich mir einen Test, schwor Perri sich. Und ich brauche Zeit zum Nachdenken. Sonst verdirbt Matt mir am Ende noch die Freude an dem neuen Leben, das in mir wächst. Wenigstens ein Kind werde ich von ihm haben, dachte sie. Egal, was auch passiert.

Sie atmete tief durch und fuhr wieder weiter.

4. Kapitel

Matt wachte von den Blitzen auf, noch bevor der Donner ertönte. Einen Moment genoss er es, den Sturm um Gledhill toben zu hören, denn das war neu für ihn. Die Ransom-Farm lag geschützt in einem kleinen Tal, wo man die Gewitter längst nicht so intensiv erlebte.

Wie immer zählte Matt die Sekunden zwischen Blitz und Donner und erkannte, dass das Gewitter sich rasch näherte. Er stand auf. In dem Haus, das sich trotzig in die Höhe reckte, erkannte er Gannies Mut wieder. Er fühlte sich ihr sehr nahe, als er jetzt durch die Räume ging und schließlich im Wintergarten landete, von wo aus er das Gewitter beobachten konnte.

Rasend schnell näherten sich die Blitzeinschläge, und Matt konnte sich gut vorstellen, wie sehr Gannie es geliebt hatte, hier zu stehen und in die Nacht hinauszusehen. Und auch Matt gefiel es. Ganz im Gegensatz zu Perri fühlte Matt sich bei Gewitter lebendiger als sonst.

Matt drehte sich um und ging zur Treppe. Das Donnern und die Angst vor einem Blitzeinschlag hatten Perri früher vollkommen aus der Fassung gebracht. Damals hatte sie sich zitternd an ihn geschmiegt.

Leise betrat er ihr Zimmer. Erleichtert sah er, dass sie tief schlief. Den Schlaf hat sie nötig, dachte Matt. Die letzte Zeit war sehr aufreibend für sie.

Lautlos ging er näher. Wie friedlich Perri aussah. Und so schön. Matt hätte sie gern in die Arme genommen. Meine Frau, dachte er und setzte sich auf die Bettkante. Was für ein wunderbarer Gedanke.

Sie war wirklich erwachsen geworden, wenn sie bei einem

solchen Unwetter schlafen konnte. Sie war viel selbstsicherer und durchsetzungsfähiger geworden. Lächelnd berührte er eine Haarsträhne. Er konnte Perris Duft riechen, und das beruhigte ihn. Für einen Moment ebbte das ständige Verlangen, das er für sie empfand, etwas ab.

Sicher würde sie sich aufregen, wenn sie erfuhr, was er vorhatte. Aber er wollte, so schnell es ging, alle möglichen Dinge verändern, als könnte er so die Erinnerungen an die Vergangenheit bekämpfen. Vielleicht konnte er dann endlich vergeben und vergessen.

Und möglicherweise befreite ihn das von der drückenden Last, dass er damals Perri aus der Stadt vertrieben hatte. Matt war davon überzeugt, dass seine schnelle Verlobung mit Cadie Perri dazu gebracht hatte, in Raleigh eine Abtreibung vornehmen zu lassen. Seine Mutter hatte ihm von Perris Anruf berichtet, und immer noch verletzte ihn die Vorstellung, dass Perri damals nicht einmal mit ihm hatte reden wollen. Es war sein Baby gewesen, aber Matt ließ die Gefühle von damals schon lange nicht mehr an sich heran. Damit hatte er seit Cadies Tod aufgehört.

Jeden Tag überlegte er jetzt, ob er Perri nicht auf die damaligen Ereignisse ansprechen sollte. Er wollte ihr sagen, dass er sich nicht vor der Verantwortung hatte drücken wollen. Nur zu gut konnte er sich vorstellen, wie sie sich als Siebzehnjährige gefühlt hatte, als sie völlig allein dastand.

Doch er traute es sich nicht zu, die richtigen Worte zu finden. Nach einem letzten Blick auf seine schlafende Frau verließ er das Zimmer wieder.

Perri und Donnie betrachteten das Chaos in Gannies früherem Schlafzimmer. John wischte sich den Schweiß von der Stirn, und Matt richtete sich gerade wieder auf.

»Wie viele Bestellungen hast du denn per Telefon gemacht?«, erkundigte Perri sich kühl.

»Ein paar.« Matt befestigte einen Bolzen am größten Messingbett, das er hatte auftreiben können.

Matt und John standen mit nackten Oberkörpern da. Sie hatten das Zimmer völlig umgekrempelt. An den frisch tapezierten Wänden waren bereits neue Bücherregale angebracht, und auch die Kommoden waren ganz neu.

Ein Glück, dachte Perri, dass dieser Raum so groß ist. Sonst würde dieses Bett noch monströser aussehen. Ihr fiel auch auf, dass Matt es genau passend zum Spiegel gestellt hatte. Das Ganze war einfach peinlich. »Hier wirst du wohl nur mit Sonnenbrille schlafen können«, stellte sie nüchtern fest.

Matts Blick verriet ihr, dass er nicht in erster Linie ans Schlafen gedacht hatte. »Soweit ich weiß«, erwiderte er lächelnd, »hast du überhaupt keine Probleme mit dem Schlafen.«

»Ich kann es immer noch nicht fassen, dass du mich bei dem schrecklichen Gewitter nicht geweckt hast! Ich habe den Eindruck, als hätte ich etwas verpasst.«

»Tja, so außergewöhnlich kam mir das Gewitter gar nicht vor«, mischte Donnie sich ein. »Zumal kein Tropfen Regen gefallen ist.«

»Richtig.« John nickte. »In anderen Gegenden muss das Gewitter noch viel schlimmer gewütet haben.«

»Keine Sorge, Mrs. Ransom. Beim nächsten Unwetter werde ich dafür sorgen, dass Sie kein Auge zutun.« Matt lächelte vielsagend. »Ich weiß da schon einige Wege, um Sie wach zu halten.«

Ein heißer Schauer überlief sie. Eigentlich hatte sie so etwas kommen sehen. Matt verhielt sich in letzter Zeit sehr rücksichtsvoll, doch es war nicht zu erwarten, dass er sich ewig gedulden würde. Und wenn Perri sich selbst gegenüber ehrlich war, begehrte sie ihn auch. Über kurz oder lang würde sie mit ihm dieses Zimmer teilen, daran ließ Matts heißer Blick keinen Zweifel.

Er lächelte nur vielsagend und konnte es kaum erwarten,

Perri mitten auf diesem Bett zu sehen. Ihm war es wichtig gewesen, ein neues Bett zu kaufen, eines, bei dessen Anblick keiner von ihnen beiden an die Vergangenheit denken musste.

»Warum geht ihr zwei nicht nach unten und überlegt, was mit dem Esszimmer geschehen soll?«, schlug John vor. »In den Kartons liegen die alten Fotos und Aufzeichnungen aus der Gründerzeit und das Computerzubehör. Ihr müsst bloß noch entscheiden, was wohin soll.«

»Altes und Neues.« Donnie lächelte. »Das hätte Gannie gefallen.«

»Was ist denn daran so komisch?« Sobald LaDonna Marlowe so lächelte, wurde John misstrauisch.

»Du ohne Anzug. Man erkennt dich kaum wieder.« Lachend ging sie aus dem Zimmer und folgte Perri die Treppe hinunter.

Perri überlegte, wie Matt sich in diesem Haus fühlen mochte. Die Farm der Ransoms war sehr zweckmäßig eingerichtet. Bestimmt konnte man das komplette Haus innerhalb von einer Stunde reinigen. Man sah deutlich, dass dort zwei Männer lebten. Auf Perri hatte es sehr kühl gewirkt, andererseits war sie natürlich erleichtert gewesen, nicht auf einmal vor einem riesigen Ölgemälde von Leila Ransom zu stehen.

Gledhill dagegen stand oben auf dem Hügel und wirkte mit seinen hohen Räumen fast wie eine Kirche. Eigentlich bevorzugte man in einer Gegend mit so vielen Wirbelstürmen eher Flachbauten wie das Farmhaus der Ransoms, aber Gledhill trotzte jetzt schon lange Zeit den Elementen.

Perri musste an die Geschichte der Ransom-Farm denken. Miss Vienna Whitaker hatte das Grundstück einem Farmer abgekauft, und es hieß, sie habe dafür ihre gesamte Mitgift ausgegeben. In den folgenden Jahren hatte sie all ihre Kraft darangesetzt, die einfache Hütte in ein richtiges Heim zu verwandeln.

Während des Empfangs nach der Hochzeit hatte Matt Perri auch die Stallungen gezeigt. Sobald Perri die großäugigen Fohlen sah, die neben den Stuten standen, verliebte sie sich in diese Welt der Pferdezucht. In Matts Welt.

Erst jetzt bemerkte Perri, dass im Gegensatz zur Ransom-Farm, wo alles so nüchtern und männlich wirkte, hier in Gledhill alles von Frauenhänden eingerichtet war. Langsam betrat sie mit Donnie die Küche, das Herz des ganzen Hauses.

»Wir sollten erst einmal etwas zu essen machen«, beschloss sie.

»Vielleicht etwas Obst und belegte Brote«, schlug Donnie vor, um sich Arbeit zu sparen.

»Deck du nur den Tisch, ich kümmere mich um das Essen. Von gestern gibt es noch Hühnchen und Salat.« Perri ging zum Kühlschrank, holte das Hähnchenfleisch heraus und wärmte es auf.

Plötzlich wurde ihr vom Geruch des Hähnchens übel, und sie lief ins Esszimmer. Rasch kam Donnie hinter ihr her.

»Hast du es ihm schon gesagt?«, fragte Donnie leise und reichte Perri ein nasses Handtuch.

»Nein«, erwiderte Perri schwach. »Woher weißt du es denn? Ist es so offensichtlich?«

»Ich habe nur geraten.«

»Ich weiß einfach nicht, wie ich es ihm beibringen soll.« Ratlos schüttelte Perri den Kopf. Jeden Tag hoffte sie, dass diese ständigen Übelkeitsanfälle endlich aufhörten, doch das taten sie nicht.

Donnie legte den Arm um sie. »Tut mir leid für dich. Das heißt, deine Übelkeit tut mir leid, nicht, dass du ein Baby bekommst.«

Perri erwiderte die Umarmung. »Ich hätte nicht gedacht, dass ich mich jemals wieder so hilflos fühlen würde. Damals war ich durch Leila tief verletzt. Das Fortgehen fiel mir schwer, und dann musste ich noch erfahren, dass Matt keine sechs Wochen nach unserer Trennung heiraten würde.« Sie presste sich das Handtuch an die Stirn. »Als seine Frau so kurz nach der Hochzeit schwanger wurde, hat mich das fast umgebracht. Alles ist so schnell passiert, und jetzt überstürzen sich die Dinge wieder. Ich komme damit einfach nicht zurecht, Donnie.«

»Weiß Matt eigentlich, dass Leila dich gezwungen hat, von hier fortzugehen?«, fragte Donnie.

»Nein, mir fehlt der Mut, über den Abend, als wir uns trennten, mit ihm zu reden«, erwiderte Perri bedrückt. »Damals habe ich mich ihm gegenüber nicht verteidigt, und was würde es heute nützen, die alten Geschichten wieder aufzuwärmen?«

»Sprich mit ihm, Perri«, drängte Donnie sie. »Erzähl ihm alles, was passiert ist. Er hat ein Recht darauf, es zu erfahren.«

»Weshalb sollte er etwas über die Vergangenheit hören wollen? Seit ich zurück bin, versucht er mich dazu zu bringen, das alles ruhen zu lassen. Glaubst du, er würde mir überhaupt zuhören, wenn ich von seiner Mutter anfange? Aber das mit dem Baby muss er tatsächlich erfahren.«

»Richtig«, stimmte Donnie zu. »Leila ist tot, und du bekommst ein Kind. Sei froh, dass du damals weggelaufen bist, denn mit Leila unter einem Dach zu leben, das wäre niemals gut gegangen.«

»Aber das Ganze ist so beschämend«, platzte Perri heraus. »Erst wird dieser Mann praktisch gezwungen, mich zu heiraten, und jetzt wird er Vater, obwohl unsere Ehe nur dazu dient, dass er das Erbe antreten kann, das ihm meiner Meinung nach ohnehin zusteht.« Perris Blick fiel auf die unzähligen Kartons mit Dingen, die Gannie gesammelt hatte. Seit ihrer Collegezeit hatte Gannie Erinnerungsstücke aus der Gründerzeit gesammelt und mit unzähligen alten Fotos diese Zeit lebendig gehalten.

»Also schön, Donnie«, beschloss Perri. »Sobald sich die Gelegenheit ergibt, erzähle ich Matt, dass er Vater wird.«

»Komm rein«, sagte Matt.

Lida Kell kletterte verlegen auf den Beifahrersitz des

Pick-ups. Sie war klitschnass. »Danke, Matt«, brachte sie atemlos heraus. »Das war wirklich beängstigend. Ich bin sicher, es liegt nur an der Batterie, dass mein Wagen nicht mehr anspringt, aber als die Windschutzscheibe durch den Hagel kaputtging, war ich sehr erschrocken. Ein Glück, dass du angehalten hast.«

Matt war nach dem Hagelschauer losgefahren, um zu sehen, ob auf den Weiden alles in Ordnung war, als er Lida in ihrem Wagen gesehen hatte. Und wenn eine Frau Hilfe brauchte, konnte Matt nicht Nein sagen. Selbst wenn es Lida Hall ist, fügte er in Gedanken hinzu, während er zur Farm zurückfuhr.

Pausenlos redete Lida über irgendein Grundstück am Spirit Lake. Sie hatte sich dort mit einem Käufer getroffen, und Matt bereute es jetzt zutiefst, dass er ausgerechnet diesen Weg genommen hatte. Ich hätte zu Hause bleiben sollen, dachte er. Aber irgend etwas stimmte nicht mit Perri, und er wollte unbedingt herausfinden, was das war.

Zugegeben, er litt auch darunter, seit der Hochzeitsnacht keinen Sex mehr gehabt zu haben. Länger als einen Monat schon riss er sich zusammen und war höflich und zuvorkommend, doch Perri blieb abweisend. Und jetzt hatte er auch noch diese entsetzliche Frau bei sich im Auto. Er lächelte, damit Lida glaubte, er höre ihr zu.

Schon vor langer Zeit war ihm klar geworden, dass Lida schlichtweg dumm war. Aber sie verfolgte ihre Ziele voller Ausdauer. Sie setzte ganz auf ihr gutes Aussehen und ihre Zielstrebigkeit.

Mit achtundzwanzig Jahren wollte sie sich jetzt beweisen, dass sie mehr konnte als nur Ehefrau sein. Kurz nach ihrer Scheidung hatte sie sich ihre Lizenz als Immobilienmaklerin besorgt. Matt war felsenfest davon überzeugt, dass Lida schon mit den Einkünften rechnete, die ihr die Vermittlung von Gannies Grundstück einbrachte. Und wenn niemand sie hinderte,

konnte Matt irgendwann von seiner Farm aus auf riesige zube-
tonierte Parkplätze blicken.

Kurz nach Cadies Tod hatte sie bei Matt einen Annähe-
rungsversuch gewagt, und obwohl Matt ihr sehr vorsichtig
erklärt hatte, dass er sich nicht mit verheirateten Frauen einließ, war sie sehr gekränkt gewesen.

Selbst wenn er Lida anziehend gefunden hätte, wäre er auf
dieses Angebot nicht eingegangen. Das Ganze erinnerte ihn
fatal an seinen Großvater und den alten Skandal.

Ihm fiel auf, dass sie mittlerweile über Gannies Projekt und
Perri redete. Angestrengt versuchte er, sich auf ihre Worte zu
konzentrieren, aber ihr kindisches Kichern erinnerte ihn zu
sehr an seine verstorbene Frau. Die Fahrt dauert nicht mehr
lange, sagte er sich und atmete tief durch. Außerdem ist es eine
gute Tat, egal, wie sehr Lida dich anwidert.

5. Kapitel

»Ich nehme an, du hast von dem Hagel nichts abbekommen. Jedenfalls hoffe ich das«, sagte Matt ruhig, als er Perri auf der Veranda der Ransom-Farm traf.

Als sie lächelnd zu ihm kam, um ihn zu küssen, erkannte Matt erst, wie sehr er es vermisst hatte, sie so unbeschwert zu sehen. Die ganze Zeit über war sie so distanziert gewesen, dass er schon gar nicht mehr gewusst hatte, wie er sich ihr gegenüber verhalten sollte.

»Hoffentlich störe ich nicht.« Sie fröstelte in dem kühlen Wind. »Das Wetter war so seltsam, dass ich nicht mehr länger in Oklahoma bleiben wollte. Ich musste mich einfach überzeugen, dass hier noch alles steht. Meine Mom lässt dich grüßen. Na ja, eigentlich wollte ich nach Gledhill, aber ein kleiner Abstecher zu dir konnte nicht schaden.« Perri verstummte und sah ihn lächelnd an, bevor sie fortfuhr: »Von dem eigentlichen Hagelsturm habe ich nichts mitbekommen, aber durch das Gewitter zu fahren hat mir richtig Spaß gemacht.«

Sie fuhr ihm mit einer Hand am Kragen des Arbeitshemds entlang. »Ich will dich nicht von der Arbeit abhalten, aber ich dachte mir, dass du vielleicht mit deinem Vater zum Dinner nach Gledhill kommen könntest.«

Dann hörte sie durch die offene Tür Lida Kell im Haus kichern und erstarrte. Nur eine Sekunde lang wirkte sie fassungslos, dann hatte sie sich wieder völlig unter Kontrolle. »Hallo, Lida«, grüßte sie höflich.

Es lag an ihrem Tonfall und ihrem seltsamen Blick, dass Matt sich umdrehte. Lida kam auf die Veranda, und es war deutlich zu erkennen, dass sie nichts außer einem trockenen Hemd von ihm am Leib trug.

»Huch.« Lida kicherte wieder, und Matt legte demonstrativ einen Arm um Perris Taille. In gespielter Schüchternheit verschwand Lida wieder im Haus.

Einen Moment war er vor Wut wie gelähmt, dann konnte er wieder sprechen. »Du kommst genau im richtigen Zeitpunkt«, sagte er zu Perri. »Wenn ihre Sachen wieder trocken sind, könntest du sie zurück zum See fahren. Bis dahin habe ich die Batterie ihres Wagens wieder aufgeladen. Bitte sag jetzt nichts«, fügte er hinzu, als er merkte, dass Perri eine abfällige Bemerkung machen wollte. Zärtlich strich er ihr über den Rücken, bevor er zu seinem Wagen ging.

»Ach, eines noch«, rief er Perri zu. »Wirf das Hemd bitte weg, das sie gerade anhatte, ja?«

Es spielt keine Rolle, sagte Perri sich immer wieder, während sie wütend im Chili herumrührte. Nur das Baby und das Land sind wichtig.

Lidas schlanken gebräunten Körper in Matts Hemd zu sehen, das war für Perri zu viel gewesen. Zornig klapperte sie mit den Töpfen. Heute Abend war sie überhaupt nicht in der Stimmung, um mit dem werdenden Vater über die Zukunft zu sprechen.

»Mir ist es egal, was er denkt oder will«, sagte sie laut. »Ich bin seine Frau, und ich bekomme ein Baby. Das ist die Wirklichkeit, mit der er leben muss. Ich werde es ihm nicht einfach machen. Es ist meine Ehe, es ist meine Familie, und ich werde dafür kämpfen.«

Gerade als sie die Steaks in der Pfanne wendete, sah sie durch das Küchenfenster Matt kommen, und sofort schlug ihr Herz vor Aufregung schneller.

Matt blickte sich vorsichtig in der Küche um, als fürchte er, Perri könnte bewaffnet sein. »Hallo, da bin ich«, begrüßte er sie.

»Vielleicht verrätst du mir, ob du das mit Lida so eingefädelt hast, um mich in Rage zu bringen, denn das ist dir gelungen.«

»Lida war noch vollständig bekleidet, als sie ins Bad verschwand und ich auf die Veranda ging, um dich zu begrüßen, Perri«, entgegnete er. Nicht mal mit einem Schürhaken würde er freiwillig Lida Kell berühren. »Und direkt wütend hast du nicht auf mich gewirkt.« Er musste lächeln. »Ehrlich gesagt habe ich dich sehr dafür bewundert, wie überlegen und damenhaft du dich verhalten hast.«

»Was hast du denn erwartet? Dass wir beide uns wie Raubkatzen um dich prügeln? Ich bitte dich. Du beleidigst mich, wenn du mir unterstellst, ich würde dich verdächtigen, eine Affäre mit dieser Person zu haben.«

»Danke.« Offenbar begriff sie, was er von Lida hielt. Erleichtert betrachtete er sie, und ihm fielen die dunklen Ringe unter ihren Augen auf. Schlagartig wurde ihm klar, wieso sie ständig so erschöpft wirkte, obwohl sie ausreichend schlief. Er wusste es mit absoluter Sicherheit. »Du bist schwanger, stimmt's, Perri?« Seine Stimme klang sehr ruhig, obwohl er innerlich unter Hochspannung stand.

»Ja, Matt, das bin ich.« Sie wich seinem Blick nicht aus.

Matt stürmte zu ihr und drückte sie mit dem Rücken gegen den Kühlschrank. Eine Sekunde lang sah sie Freude in seinen Augen aufleuchten. »Weshalb hast du es mir nicht gesagt?«

»Um Himmels willen, Matt, kannst du nicht rechnen? Was denkst du denn, seit wann ich überhaupt überlege, ob ich schwanger bin?« Kopfschüttelnd sah sie ihn an. »Was könnte mir denn wohl so wichtig sein, dass ich dich auf der Ranch störe und in aller Form zum Essen einlade? Hätte ich es gleich dort vor Lida sagen sollen? Sicher hätte es auch die halb nackte Frau auf deiner Veranda interessiert, dass …«

»Schon gut«, unterbrach er sie und stützte die Hände seitlich von ihrem Kopf gegen die Kühlschranktür. »Wann gehst du zum Arzt?«

»In zwei Tagen«, antwortete sie nur.

»Geh gleich morgen«, befahl er.

»Mein Termin ist übermorgen. Dann sind auch meine Krankenunterlagen hier. Zwei Tage kann ich auch noch länger warten, Matt.«

Wortlos sah Matt sie an. Sie ließ sich einfach nicht von ihm einschüchtern. »Du wirst sehr vorsichtig sein, ja?«

»Natürlich werde ich das«, erwiderte sie entnervt. »Matt, es wird schon alles gut werden. Ich bin nicht die erste Frau, die ein Kind bekommt.«

»Du wärst auch nicht die erste Frau, die eine Fehlgeburt hat. Oder die eine Abtreibung hinter sich hat.« Er fasste sie bei den Schultern. »Aber diesmal wirst du das Kind bekommen, verstehst du?« Er schüttelte sie leicht, um ihr seinen Standpunkt unmissverständlich klarzumachen. »Denk nicht einmal daran, denselben Fehler noch einmal zu machen, Perri.«

»Wovon redest du da eigentlich?« Sie runzelte die Stirn und packte ihn am Hemd.

»Dass du diesmal keine Abtreibung durchführen lassen wirst«, erwiderte er kühl. »Du wirst unser Baby bekommen. Etwas anderes kommt überhaupt nicht infrage.«

»Natürlich werde ich das Baby bekommen. Eine Abtreibung war für mich noch nie eine Lösung, Matt, das solltest du doch wissen. Führ dich nicht so auf, als wäre das für mich ein möglicher Weg. Ich werde dieses Kind zur Welt bringen, mit dir oder auch ohne dich!« Jetzt schrie sie ihn fast an.

Ihre Reaktion brachte ihn durcheinander. »Perri, du darfst mich jetzt nicht anlügen«, fuhr er sie an. »Ich weiß, dass du damals in Raleigh eine Abtreibung hast vornehmen lassen.«

»Was erzählst du da?« Vor Wut schlug sie seine Hände weg. »So etwas würde ich nie tun.«

»Mir ist ja klar, wie jung du warst, und ich könnte es verstehen, wenn du …«

»Du verstehst anscheinend gar nichts, wenn du mir eine

Lüge unterstellst, Matt. Du weißt selbst, dass wir immer verhütet haben. Hast du das denn vollkommen vergessen?« Endlich schien er ihr überhaupt zuzuhören. In diesem Augenblick kam Matt ihr wie ein Fremder vor. »Wieso denkst du denn, ich sei mit siebzehn schwanger gewesen?«

Matt erstarrte. »Durch meine Mutter«, sagte er leise.

»Natürlich«, entgegnete Perri, und ihr wurde klar, was in ihm vorgehen musste. »Matt«, erklärte sie sehr ruhig, »ich schwöre dir, das so etwas nie passiert ist.«

Und er glaubte ihr. »Du hast vor zwölf Jahren keine Abtreibung vornehmen lassen?« Seine Stimme klang sehr vorsichtig, und er wusste nicht, ob es ihn mehr entsetzen würde, wenn Perri log oder wenn sie die Wahrheit sagte.

»Ich war damals nicht schwanger.«

Matt musste allein sein, um das alles zu verarbeiten. Er blickte Perri noch einmal prüfend an, dann verließ er das Haus und stieg in seinen Wagen.

Wo kann ich jetzt hin? fragte Matt sich. Erst als er vor dem Friedhof anhielt, wurde ihm bewusst, was er tat. Hastig lief er zu Gannies Grab, bückte sich und zupfte ein bisschen Unkraut zwischen den Steinplatten weg. »Du wusstest es!«, flüsterte er. »Du wusstest, dass sie niemals schwanger war.«

Das hätte ich auch wissen sollen, schoss es ihm durch den Kopf. Gedankenverloren blieb er vor dem Grab hocken. Schließlich ging er zurück zu seinem Wagen und fuhr nach Hause. Er kannte jetzt die Wahrheit, und dieses Wissen bedrückte ihn. Wie konnte er wieder gutmachen, dass er Perri all die Jahre über etwas vorgeworfen hatte, was sie nie getan hatte? Auf jeden Fall musste er es versuchen. Das schuldete er ihr.

Was für Lügen mochte seine Mutter ihm noch erzählt haben? Matt wollte unbedingt erfahren, wie alles wirklich gewesen war, mochte das auch noch so schmerzlich für ihn sein.

Während er zurück nach Gledhill raste, fiel ihm nicht einmal auf, dass er das Haus zum ersten Mal in seinem Leben als sein Heim betrachtete. Doch als er dort ankam, war Perri fort.

Bei ihrer Rückkehr war es so still im Haus, dass Gledhill Perri ihr ganz fremd vorkam. Sie betrat den Wintergarten und erstarrte. Matt saß in fast völliger Dunkelheit dort. Er hatte die Füße auf den Rand des Whirlpools gestützt, und neben seinem Stuhl stand eine Flasche.

»Wo bist du gewesen?«, erkundigte er sich leise.

»Ich war unterwegs«, antwortete sie nur. »Genau wie du.«

Perri sah Matt an, und an seinen verhärteten Gesichtszügen erkannte sie, was er in den letzten Stunden durchgemacht hatte. Er sah aus wie jemand, der in seinem Kummer erstarrt war und seine Gefühle tief in sich vergraben hatte.

»Wir müssen uns unterhalten«, erklärte er und hob die Flasche.

»Einverstanden.« Perri bemühte sich, ihrer Stimme einen sachlichen Klang zu geben. »Ich fange an. Zunächst eine ganz direkte Frage: Hast du irgendeinen Beweis dafür, dass ich eine Abtreibung vorgenommen habe? Und bitte erklär mir, woher Leila wissen wollte, dass ich schwanger war.«

Nur zögernd überwand er sich zu einer Antwort: »Sie sagte, du hättest sie aus Raleigh angerufen und sie gebeten, die Abtreibung zu bezahlen.«

»Und das hast du ihr geglaubt? Natürlich. Was frage ich überhaupt?« Verbittert schüttelte sie den Kopf. »Aber wieso? Wieso sollte ich diese Frau aus irgendeinem Grund anrufen? Du wusstest doch genau, dass ich selbst Geld hatte.« Ständig hatten sie sich gestritten, weil Perri arbeiten wollte, anstatt weiter aufs College zu gehen. »Weißt du noch, Matt? Meine Ersparnisse?« Sie lächelte traurig. »Das Geld habe ich immer als meine Mitgift angesehen. Das fand ich sehr romantisch. Wie jung und naiv ich damals war!« Sie atmete tief durch. »Und wie stolz. Mit meinem eigenen Geld, so dachte ich, hätte ich meine Zukunft fest im Griff.«

Lange blickte sie ihn an, und Tränen traten ihr in die Augen. »Das war wohl ein Irrtum«, sagte sie und lachte leise. »Ich wollte mein Vermögen mit in unsere Ehe einbringen, falls deine Eltern dich vor Wut über unsere Heirat enterben. Damit hätten wir etwas besessen, um uns eine Wohnung einzurichten.« Sie machte eine Pause. »Für eine Abtreibung hätte das Geld auf jeden Fall gereicht. Vorausgesetzt, ich wäre tatsächlich schwanger gewesen und hätte das Kind nicht gewollt. Der Matt, in den ich damals verliebt war, hätte genau gewusst, dass ich so etwas niemals übers Herz gebracht hätte«, fuhr sie fort. »Und weshalb hätte ich mich an Leila wenden sollen? Ich hätte doch dich anrufen können. Oder ich wäre einfach schwanger auf deiner Hochzeit aufgetaucht.« Sie sah ihm eindringlich in die Augen. »Glaubtest du im Ernst, dass ich mich von allen Menschen ausgerechnet an deine Mutter wenden würde? Besonders nachdem sie mich durch Erpressung aus der Stadt vertrieben hat?«

»Was hat sie?« Matt sprang auf. »Was gibt es noch, was ich nicht weiß? Sprich es aus.« Er machte sich auf das Schlimmste gefasst.

»Leila drohte mir damit, ein Gerücht in die Welt zu setzen, mit dem sie das Geschäft meiner Mutter ruinieren würde.« Perri wandte sich ab und blickte nach draußen auf die dunklen Wolken. »Sie wollte erzählen, dass dein Vater eine Affäre mit meiner Mutter habe, falls ich nicht sofort nach Raleigh abreise. Vor allem ging es ihr darum, dass ich mich von dir fernhielt.« Perri seufzte. »Mom ist nach Oklahoma City gezogen, um ihr Geschäft auszudehnen, und Leila hat mir deutlich gezeigt, welches Vergnügen es ihr machen würde, Moms Ruf zu beschmutzen. Das konnte ich nicht zulassen, Matt.«

»Aber er hatte doch eine Affäre mit Janie«, antwortete er nur.

»Nein, die hatte er nicht«, widersprach sie entschieden.

Trotz der Dunkelheit spürte er ihren Blick.

»Woher willst du das überhaupt wissen?«, fragte Perri nach. »Hat dein Vater dir das erzählt?« Sie wartete einen Moment, um ihm Gelegenheit zur Antwort zu geben. »Du hast Sam nie gefragt, stimmt's? Hast du jemals an dem gezweifelt, was deine Mutter dir erzählte?« Ihre Stimme wurde lauter. »Obwohl du tagtäglich die Möglichkeit dazu hattest, hast du deinen Vater nie gefragt, ob es stimmt oder nicht.«

»Mom hat mich angefleht, ihn nicht darauf anzusprechen, damit sie nicht ihren Stolz verliert.« Matt konnte den Gedanken, dass er seinen Vater völlig grundlos die ganzen Jahre über beschuldigt hatte, nicht ertragen.

»Das war clever von ihr.« Perri nickte verstehend. »Aber obwohl es mich nichts angeht: Warum fragst du deinen Vater nicht jetzt, ob an dem schmutzigen Gerücht irgendetwas dran ist? Hast du die Worte deiner Mutter jemals in Zweifel gezogen, Matt?«

Er schwieg nur.

Perri seufzte. »Na, wenn wir uns beide bemühen, können wir es vielleicht unter einem Dach aushalten. Ich werde mich anstrengen, und das kannst du auch, Matt. Du wirst Vater«, fügte sie hinzu. »Jedenfalls bist du der Vater meines Babys.«

»An jenem Abend war ich sehr grob zu dir«, stellte Matt leise fest. »Mit Worten kann ich gar nicht ausdrücken, wie unendlich leid mir das tut.«

»Wird diese Geschichte immer zwischen uns stehen?« Perri versuchte, sich mit der Situation abzufinden. Er liebte sie nicht, und sie würde ein Kind von ihm bekommen.

»Perri«, setzte er an. »Da gibt es etwas, das du wissen musst. Diese überstürzte Ehe mit Cadie hatte nur den einen Grund, dass ich Leila geglaubt habe.«

Ohne ein weiteres Wort wandte Perri sich ab und ging in die Küche. Für sie gab es nichts mehr zu sagen.

»Wenn du ihr Kummer zufügst, werde ich dafür sorgen, dass es dir leidtut«, hatte Perris Vater Matt vor der Hochzeit am Telefon gedroht.

»Verstehe, Sir«, hatte Matt respektvoll geantwortet. Er wusste, dass er von Perris Vater keine Nachsicht zu erwarten hatte. Dies war bereits seine zweite Chance.

Wahrscheinlich sollte er die drei Leute, die jetzt im Haus seines Vaters versammelt waren, allein lassen, aber Matt wollte dabei sein, wenn Perri mit Sam und Janie sprach. Er parkte seinen Wagen neben Janies und stieg aus. Einen Moment dachte er über den Vormittag nach, der hinter ihm lag.

Er hatte Perri zum Arzt begleitet, und Dr. Berkka hatte ihre Schwangerschaft bestätigt. Janie war auch in die Praxis gekommen, und Perri war zusammen mit ihrer Mutter weggefahren. Matt kehrte allein nach Gledhill zurück, und die Stille des großen Hauses war ihm unerträglich. Er hatte noch etwas im Haus erledigt, bevor er sich auf die Suche nach Perri und ihrer Mutter begab. Er wusste sofort, wo er suchen musste, denn ihm war klar, dass Perri selbst ein paar Antworten auf Fragen nach der Vergangenheit haben wollte. Und diese Antworten wollte sie von Sam Ransom bekommen.

Bringen wir es hinter uns, dachte Matt nun und betrat das Arbeitszimmer seines Vates. Hoffentlich wurde er nicht gleich wieder hinausgeworfen.

Perri wandte den Kopf zur Tür, als Matt das Büro seines Vaters betrat. »Ich habe nichts erzählt, was du nicht schon weißt«, erklärte sie. »Sam sagt, ihm liegt auch sehr viel daran, all die unausgesprochenen Vorwürfe zu klären.«

Der grüne Hosenanzug steht ihr hervorragend, stellte Matt fest. Der schlichte Schnitt unterstrich Perris Eleganz. Erst jetzt bemerkte er, dass sie ihre Frisur etwas verändert hatte. Meine Frau! dachte er voller Stolz. Sie ist meine Frau, und sie ist bereit, sich jeder Auseinandersetzung zu stellen.

Dann bemerkte er den Blick seines Vaters, und ihm wurde klar, dass Perri Sams Herz im Sturm erobert hatte. Sam und Matt sahen sich kurz an, und Matt musste lächeln.

Sie wechselten kein Wort, aber Sam erwiderte das Lächeln, und sie spürten beide, dass das Eis zwischen ihnen schmolz.

Dankbar nickte Matt seinem Vater zu, und Sam nickte zurück. »Setz dich, wenn du schon mal hier bist. Ich habe Perri gerade erklärt, dass ich so sehr damit beschäftigt war, darauf zu achten, dass meine Mutter Janie nicht verletzt, dass ich gar nicht bemerkt habe, welchen Schaden meine Frau anrichtet.« Sam lehnte sich zurück, um Perri alles genau zu erklären. »Meine Mutter konnte sehr grausam sein. Vor allem, wenn es die Treue meines Vaters betraf.« Sam lächelte Janie zu und seufzte. »Mom konnte einfach nicht verzeihen. Und es ist sicher für jedes Kind schwer zu verkraften, wenn die Mutter auf den Vater schießt.« Ohne es zu wollen, lachte er leise. »Zum Glück bewegte Dad sich gerade, als sie auf ihn zielte. Eigentlich wollte Mom ihm das Knie zerschmettern. So bekam er nur einen Kratzer ab. Doch Dad hatte schon verstanden. Er nahm an, dass der Skandal nur noch größer wurde, wenn er in der Stadt blieb.«

»Erklär mir bitte eines, Sam«, bat Perri. »Grandpa Larry hat niemals Anklage erhoben, oder?«

»Gegen seine eigene Frau?«, fragte Sam nach. »Natürlich nicht. Es war nur ein Kratzer. Außerdem war dein Großonkel Marlowe der Sheriff, und der alte Dr. Berkka war der Arzt. Alle waren sich einig, dass es nur ein Jagdunfall war.«

Missbilligend stieß Perri die Luft aus.

»Mein Dad schwor, dass er und deine Großmutter niemals etwas miteinander hatten«, fuhr Sam fort. »Aber dennoch war meine Mutter in ihrem Stolz verletzt. Mit ihren Anschuldigungen brachte sie Dad dazu, deine Großmutter zu verteidigen.« Jetzt kam Sam zum entscheidenden Punkt. »Er ging mit deiner Großmutter fort, Perri, weil er allen Ernstes fürchtete, meine

Mutter könnte sie umbringen. Und außerdem liebte er Annie wirklich. Das tut er immer noch, soweit ich weiß.«

»Wieso hat mir bis heute nie jemand davon erzählt, dass Mrs. Ransom auf ihn geschossen hat, Mom?« Perri konnte kaum glauben, dass man ihr diese Geschichte bislang verheimlicht hatte.

»Das war kein böser Wille. Als du alt genug warst, um davon zu erfahren, lerntest du Matt kennen.« Hilflos hob Janie die Schultern. »Ich fand, es sei Larrys Aufgabe, dir das zu erzählen, aber er meinte, du seist noch zu jung. Und ich hatte gerade meine Scheidung hinter mir und hatte meine eigenen Probleme.« Einen Moment sah sie nachdenklich aus dem Fenster.

Auch Matt hing seinen eigenen Gedanken nach. »Grandma hätte alles getan, um Anne Marlowe zu schaden, wenn sie die Gelegenheit bekommen hätte.« Es war damals ein offenes Geheimnis gewesen, dass Sam mit Janie befreundet war.

Sam nickte zustimmend. »Aus Rücksicht auf meine Mutter habe ich Leila geheiratet, aber Mom hat Leila niemals vergessen lassen, dass Janie und ich uns einmal sehr nahe gestanden hatten. Meine Mom konnte grausam sein, aber Leila auch.«

Niemand im Raum widersprach.

»Ich habe Matt in jener Nacht im Stich gelassen«, gestand er ein, »als Leila mit ihm zu streiten anfing. Obwohl ich von seiner Beziehung zu Perri auch nicht gerade begeistert war, hätte ich diese Auseinandersetzung niemals seiner Mutter allein überlassen sollen. Das war ein Fehler, den ich heute bereue.« Er blickte alle nacheinander an. »Und jetzt«, er atmete tief durch, »hoffe ich, dass ihr alle zum Lunch bleibt.«

Perri musste lächeln, und bei Sams belustigtem Blick konnte sie verstehen, dass ihre Mutter einmal in diesen Mann verliebt gewesen war. Auch sie mochte Sam Ransom sehr gern. »Danke Sam«, sagte sie ernsthaft.

»Es wird Zeit, dass wir mal einen Schlussstrich unter die alten Geschichten ziehen, Perri«, antwortete er nur.

»Vielen Dank, Sam«, sagte auch Janie und stand auf. »Aber ich mache mich lieber wieder auf den Weg.« Vor Matt blieb sie stehen, als er sich respektvoll erhob.

»Matt«, sagte sie leise. »Nur der Vollständigkeit halber: Ich war niemals die Geliebte deines Vaters. In Zukunft werden wir uns häufiger sehen, schließlich bist du der Vater meines Enkelkindes. Ich hoffe, diese Sache ist für dich endgültig geklärt, denn von heute an möchte ich mich mit diesen unschönen Missverständnissen nicht mehr beschäftigen.«

»Ich möchte die Gelegenheit nutzen, um mich bei Perri und dir zu entschuldigen«, antwortete er ernsthaft. »Janie, mir ist bewusst, dass ich mich auf Grund von Lügen unmöglich aufgeführt habe. Den Schaden, den ich damit angerichtet habe, bereue ich zutiefst.«

Janie nickte. Das war wenigstens ein Anfang. Die beiden Frauen fuhren wieder weg, und auf einmal hatte Matt den Eindruck, als würde der Ransom-Farm etwas fehlen, was er noch nie zuvor vermisst hatte.

Die Männer hörten noch zu, wie der Wagen aus der Auffahrt fuhr. »Wieso hast du mich niemals gefragt, Matt?« Sam wirkte hilflos. »Ich hätte dir doch die Wahrheit sagen können. Zumindest verstehe ich jetzt, wieso du mich seit jener Nacht aus deinem Leben ausgeschlossen hast.«

»Damals brachte ich es einfach nicht fertig, dich nach der Wahrheit zu fragen. Und jetzt tut es mir leid.« Matt seufzte. »Ich wünschte, ich könnte es ändern.«

»Mein Sohn«, setzte Sam an. »Wir müssen jetzt an die Zukunft denken. Und du musst vor allem dafür sorgen, dass es Perri gut geht. Reiß dich bloß zusammen, sonst bekommst du es nicht nur mit ihrem Vater zu tun, sondern auch mit mir. Und jetzt fahr deiner Frau nach, du gehörst zu ihr.«

»Du und ich, wir haben noch vieles zu klären, Dad«, antwortete Matt. »Aber du hast recht. Ich muss zuerst zu Perri. Sie ist im Moment das Wichtigste.«

Sam verließ das Büro, und Matt überlegte, wie es für seinen Vater gewesen sein mochte, als Janie einen anderen heiratete. »Es tut mir so leid«, flüsterte er und sah seinem Vater nach.

6. Kapitel

Was bedeutete das Baby für uns? fragte Matt sich, während er die Treppe hinaufging. Eins stand für ihn fest: Er wollte nicht, dass seine Ehe nach einem halben Jahr endete. Er wollte, dass Perri, er und das Kind eine richtige Familie waren.

Er betrat das Schlafzimmer. Perri schien nicht gerade begeistert darüber, ihn zu sehen.

Sie musterte ihn und schwieg, während er sich das Jackett auszog. Kurz darauf hatte er auch das Hemd ausgezogen. Erst jetzt fand Perri die Sprache wieder. »Das alles hier finde ich nicht gerade berauschend.« Sie machte eine ausholende Geste, die das ganze Zimmer einbezog. Vorsichtig legte Perri den Kopf in den Nacken. Wenn doch nur diese rasenden Kopfschmerzen aufhörten!

Am liebsten hätte sie Matt mit irgendetwas beworfen. Er war sehr gründlich vorgegangen. Er hatte nicht nur ihre Sachen in dieses Zimmer gestellt, sondern bereits auch alles eingeräumt.

Anscheinend hatte er sich sehr beeilt, als er nach dem Arztbesuch noch kurz hier gewesen war. Selbst der Spezialbehälter für Zigarren, die er ab und zu rauchte, war verschwunden. Er hatte sich wirklich bemüht.

Perris Kleider hingen ordentlich in dem großen Kleiderschrank, und auf dem Nachttisch stand ihr Wecker auf der Zeitschrift, in der sie gestern noch gelesen hatte.

»Vielleicht wärst du so freundlich, mir zu erklären, weshalb meine Sachen hier sind«, fuhr sie ihn an. »Ist das deine Art, mir mitzuteilen, dass wir heute hier zusammen schlafen?« Ihre Schultern bebten, und Tränen traten ihr in die Augen. Perri wollte zur Tür laufen, aber Matt hielt sie auf.

»Bitte räum alles wieder ...«, begann sie.

»Du hast Kopfschmerzen, richtig?«, erkundigte er sich fürsorglich. »Du brauchst Eis zur Kühlung. Warte, ich hole dir welches.« Er führte sie zu dem riesigen Messingbett. »Lass mich nur machen«, entschied er.

Perri legte sich auf das Bett, während Matt ihr die Schuhe auszog. Er rieb ihr die Hände und Arme, doch als er anfing, die Knöpfe ihrer Bluse zu öffnen, wehrte Perri sich.

»Ich will dir doch nur den Nacken und die Schultern massieren. Komm schon, leg dich auf den Bauch.«

Seufzend gab Perri nach, zog sich die Bluse aus und drehte sich auf den Bauch. Leise lachend fing Matt an, ihren Nacken behutsam zu streicheln. Langsam strich er ihren Hals hinab. Das konnte man zwar kaum als Massage bezeichnen, aber seine kräftigen warmen Hände fühlten sich gut an, und Perris Atem ging schneller.

Sie unterdrückte ein Stöhnen, als Matt anfing, ihre Schultern zu massieren. Verlangen flackerte in ihr auf. Obwohl er sie im Moment nur beruhigen und ihren Schmerz lindern wollte, hätte Perri sich am liebsten wohlig gerekelt.

»Ja, so ist es gut, Liebes. Entspann dich einfach.« Zärtlich strich er ihr über den Po. »Ich bin gleich wieder zurück.« Er legte Perri eine Decke über den nackten Rücken, bevor er das Zimmer verließ.

Matt wurde Vater. Perri musste an seinen ersten Blick denken, als er davon erfuhr. Sie hatte eigentlich gewusst, dass er sich auf das Baby freuen würde. Und für dieses Baby brauchte er sie. Ihr Ehemann liebte sie zwar nicht, aber er brauchte sie.

Sie musste sich mit ihm noch darauf einigen, was geschehen sollte, wenn das halbe Jahr vorüber war. In erster Linie mussten sie an das Wohl des Kindes denken.

Mit einem Eisbeutel und einem nassen Handtuch kehrte er zurück. Perri rollte sich auf den Rücken und beobachtete Matt misstrauisch. »Woher wusstest du auf einmal, dass ich schwanger bin?«, erkundigte sie sich.

»Ich kenne dich schon sehr lange, Kleines«, stellte er nur fest, während er ihr das Eis in den Nacken legte. »Du hast zum Dinner gleichzeitig Chili, Steaks und Salat zubereitet. Es sah nach einer sehr ungewöhnlichen Zusammenstellung aus.« Er lachte leise, dann holte er aus der Nachttischschublade eine kleine Schachtel aus blauem Samt. »Ich möchte dir das hier geben, Liebes. Es gehört dir, und ich habe es jetzt lange genug für dich aufbewahrt.«

Perri musste schlucken, als sie Matt die Schachtel aus der Hand nahm. Sie nahm die goldene Kette mit dem Medaillon heraus und strich zärtlich mit den Fingern darüber. Sie viele Erinnerungen waren mit diesem Schmuckstück verbunden. »Vielen Dank, Matt. Das war sehr nett von dir«, brachte sie schließlich heraus.

»Als du diese Kette das letzte Mal getragen hast, bedeutete es, dass wir verlobt waren«, sagte er leise und bemerkte, dass Perri sich flüchtig über den Hals fuhr.

Als er damals nach Gledhill gekommen war und sich mit Perri zerstritten hatte, hatte er versucht, ihr die Kette abzureißen. Er hatte es nicht geschafft. Perri ließ die Hand wieder sinken, als Matt ihr vorsichtig das nasse Handtuch auf die Stirn drückte.

»Perri.« Er musste sich räuspern und wurde verlegen. »Ich sehne mich nach einer Zukunft, die mir mehr bietet als nur Pferde und harte Arbeit. Wenn ich von dir geträumt habe, warst du für mich immer ein Sinnbild für ein glückliches Familienleben. Genau das wünsche ich mir. Diese Ehe soll länger andauern als nur ein halbes Jahr.«

Die Kopfschmerzen waren immer noch da, aber Perri nahm sie kaum noch wahr. Schweigend sah sie ihn an.

»Das wünsche ich mir sehr«, betonte er. »Ich fürchte, viel habe ich dir nicht zu bieten, aber ich möchte etwas Neues mit dir aufbauen, das frei ist von der Vergangenheit.« Er brauchte etwas Zeit, bevor er weitersprechen konnte. »Meinst du, wir schaffen das?«, fragte er leise. »Kannst du mir verzeihen?«

»Ja, das kann ich«, antwortete Perri ohne jedes Zögern.

Matt strich ihr durchs Haar und blickte ihr prüfend in die Augen. »Wie schaffst du das so einfach, Perri?«

»Du bist der Vater meines Kindes, Matt, und ich liebe dich. Der wichtigste Grund aber ist, dass ich mich genauso sehr wie du danach sehne, die Vergangenheit zu vergessen, damit ich mich auf die Zukunft konzentrieren kann.«

Verzweifelt wünschte Matt sich, er könne ihr auch sagen, dass er sie liebte. Aber selbst der Gedanke daran tat ihm weh. Ich muss doch etwas empfinden können, dachte er. Gibt es denn nur noch Pflichtgefühl und Verlangen in mir? Wenn das stimmt, dann hat meine Mutter gewonnen.

Perri schmiegte sich in seine Arme, und Matt legte die Wange an ihren Hals. »Wir sind uns einig«, sagte er schließlich und staunte darüber, wie leicht es Perri fiel, ihm ihre Liebe zu gestehen. »Die Vergangenheit soll uns nicht mehr belasten.« Zärtlich strich er ihr übers Haar und atmete ihren Duft ein. »Damals habe ich mich nicht nur von dir, sondern auch von meinem Vater losgesagt, und er hat nie verstanden, warum. Ihn habe ich genauso tief verletzt wie dich.« Er zog Perri noch fester an sich, und vor Rührung brachte sie keinen Ton heraus. »Ich darf gar nicht daran denken, was ich dir damals alles an den Kopf geworfen habe«, fuhr er fort. »Ich kann dir nur danken, dass du mir verzeihst.«

»Matt«, sagte sie leise, »weshalb hast du meine Sachen in dieses Zimmer geräumt?« Sofort spürte sie, wie er sich am ganzen Körper anspannte.

»Weil du die Mutter meines Kindes bist. Ich würde dir das alles noch gern genauer erklären«, fuhr er fort, obwohl es ihm schwerfiel, »aber ich bin darin nicht gut.«

»Das war früher anders«, antwortete sie leise und umklammerte das Medaillon.

»Jetzt aber nicht mehr. Vielleicht kann ich es durch dich wieder lernen.« Matt schwieg und sah sie eindringlich an. »Ruh dich aus. Ich muss noch zur Farm fahren.« Zart küsste er sie zum Abschied auf die Lippen.

An der Tür wandte er sich noch einmal um. »Ich werde mich bemühen, alles wieder gutzumachen«, sagte er und wollte noch etwas hinzufügen, schwieg aber wieder aus Unsicherheit.

»Nimm es nicht so tragisch«, meinte Perri lächelnd. »Ich liebe dich, und ich vergebe dir, aber ich erwarte gar nicht zu hören, dass du meine Liebe erwiderst. Und im Moment wäre ich tatsächlich gern allein. Also geh, damit ich schlafen kann, bis meine Kopfschmerzen verschwunden sind.«

Matt lächelte und war dankbar, dass sie ihn so gut verstand. Dieses Verständnis brauchte er dringend, denn er fühlte sich verpflichtet, etwas zu empfinden, und in ihm war alles leer. Das brachte ihn fast um den Verstand. »Heißt das, meine Massage und Fürsorge haben noch nichts bewirkt?«, fragte er betont heiter.

»Na, immerhin liege ich jetzt in deinem Bett, oder?«, gab sie im selben Tonfall zurück.

Einen Moment betrachtete er Perri. Ihre Bluse lag zerknittert auf dem Bett, und der Spitzen-BH ließ ihre Haut noch zarter erscheinen. Mit einer Hand hielt sie das Medaillon mit der Kette fest, als würde sie es nie im Leben wieder loslassen.

»Du bist, wo du schon immer hingehört hast, Perri«, sagte er schließlich. »Und genau dort brauche ich dich.«

»An deiner Stelle würde ich nicht da hinaufgehen«, rief Donnie, als Matt nach Gledhill zurückkam und auf die Treppe zusteuerte.

»Ach nein?«, fragte er nur und warf einen Blick ins Esszimmer, wo Donnie Gannies Tonbänder sortierte.

»Sie telefoniert gerade mit ihrem Vater.« Donnie seufzte. »Und sie versucht, ihm klarzumachen, wie wundervoll es ist, dass er jetzt Großvater wird. Ihn stört wohl nur die Vorstellung, dass ausgerechnet du der Vater seines Enkelkinds bist. Bleib lieber hier unten, sonst kommt er noch durchs Telefon und dreht dir den Hals um.«

»Danke für den Tipp.«

»Schon gut.« Donnie seufzte. »Selbst Mike Stone wird sich bald damit abfinden. Sicher will er nicht wegen eines Ransoms im Gefängnis landen.«

»Ich schleiche mich trotzdem lieber lautlos nach oben, damit er mich nicht durchs Telefon hört.«

Donnie lächelte. »Große Töne spucken kannst du ohnehin nicht. Ich habe Perri erzählt, wie du dich heute im Wartezimmer aufgeführt hast, als sie die Ergebnisse ihrer Untersuchung bekam.«

Prüfend sah er Donnie an. »Du hast davon gehört? Dann reden die Leute über Perri?« Er sah sich um, als würde er auch hier in Gledhill beobachtet.

»Nein, nicht so wie damals vor zwölf Jahren.« Donnie griff sich eine Reihe von Tonbändern und stand auf. »Okay, ich verschwinde.«

Vor der Treppe blieb sie kurz stehen. »Perri, ich rufe dich an«, verkündete sie und ging zur Haustür, doch Matt versperrte ihr den Weg.

Sie kannte ihn gut genug, um zu wissen, was er von ihr hören wollte. »Niemand zerreißt sich über Perri das Maul«, beruhigte sie ihn. »Du bist es, über den getratscht wird.« Sie stieß ihn mit einem Finger gegen die Brust. »Was genau hast du denn zu Mrs. Sullivan gesagt?«

»Anscheinend nicht genug«, erwiderte er nur und ging die Treppe hinauf.

Perri saß mitten auf dem Bett und las.

»Die Kopfschmerzen sind offenbar vorüber«, stellte Matt nüchtern fest.

Perri lächelte und blätterte in den Informationsbroschüren, die der Arzt ihr gegeben hatte. »Donnie sagte, alle reden darüber, dass du dich im Wartezimmer mit Mrs. Christian über Babys unterhalten hast. Oder war es Mrs. Sullivan? Ich war so entsetzt, dass mir die Einzelheiten entgangen sind. Mittlerweile weiß wohl jeder hier in der Gegend von meiner Schwangerschaft.«

»Es war Mrs. Sullivan«, antwortete er. »Mrs. Christian spricht nicht mehr mit mir, seit ich in der Highschool war.« Er blickte auf seinen Nachttisch und entdeckte dort ein hübsch eingewickeltes Päckchen. »Was ist das denn?«

»Dein Hochzeitsgeschenk«, erklärte Perri leicht verunsichert. »Matt, ich war auf unsere Hochzeit nicht gut vorbereitet. Dafür entschuldige ich mich. Gefällt es dir?«, fragte sie hoffnungsvoll nach, als er das Geschenkpapier aufriss.

Es war eine kleine Kiste aus poliertem dunklem Holz mit Glasdeckel, in der sich kleine Dinge befanden, die das Land, von dem Matt stammte, symbolisierten: die Scherbe eines alten Indianerkrugs, eine Spore des ersten Matthew Ransom, Gannies kleines Taschenmesser und eine alte Messingdose. Dazu noch eine französische Münze aus der Jahrhundertwende. All diese Dinge hatte Matt als Kind auf Gannies Grundstück gefunden. Mitten zwischen den kleinen Schätzen lag ein Foto von Gannie und Matt, wie sie gerade um die alte Scheune herumritten. Im Hintergrund erstreckte sich das Grundstück der Ransoms. Dieses Foto hatte Matt noch nie zuvor gesehen.

»Das hast du aufgenommen, kurz bevor wir uns getrennt haben«, sagte er mit heiserer Stimme.

»Direkt am Tag davor«, bestätigte Perri und atmete tief durch. »Ein anderes Geschenk fiel mir für dich nicht ein, Matt.

Was sollst du mit einem zweiten Handy? Dein schickes elektronisches Notebook benutzt du sowieso nie, und ein Pferd kann ich mir nicht leisten. Auf Diamanten und Smaragde war ich nicht vorbereitet«, fügte sie hinzu. »Mit solchen Geschenken kann ich ohnehin nicht mithalten. Das hier sind nur kleine Dinge, die dir früher viel bedeutet haben. Also bekommst du nur etwas zurück, von dem du nicht einmal bemerkt hast, dass du es nicht mehr besitzt. Alles andere gehört dir ohnehin schon.«

Ihre Ehrlichkeit überrumpelte ihn, und Matt schwor sich, das Kästchen nicht nur als Erinnerung an frühere, einfachere Zeiten zu sehen, sondern als Mahnung, die Dinge auch in der Gegenwart nicht unnötig kompliziert zu machen. Vorsichtig lehnte er das Kästchen schräg gegen die Wand, dann setzte er sich zu Perri auf das Bett.

»Vielen Dank«, sagte er und zog sie an sich. Eine Weile saßen sie schweigend da, bevor Matt wieder sprach. »Falls dein Vater sich entschließt, aus Raleigh herzukommen und mich zu erschießen, dann möchte ich mit dieser kleinen Kiste beerdigt werden.«

Glücklich lachend erwiderte Perri die Umarmung.

»Danke, dass du mir wiedergegeben hast, was mir schon lange fehlte«, sagte er leicht verlegen. Er küsste ihre Augenlider und strich ihr sanft vom Schienbein bis zum Knie. Es dauerte eine Weile, bevor er wieder etwas sagte. »Mein Verhalten an jenem Abend tut mir unendlich leid.«

Seine Aufrichtigkeit ließ Perri etwas von ihrer Verbitterung verlieren. Die Ereignisse von damals hatten ihn genauso verändert wie sie. Perri begriff, dass der junge Matt Ransom seiner Mutter hatte glauben müssen. Genau wie er sich jetzt dazu verpflichtet fühlte, des Babys wegen das Beste aus dem Leben mit ihr zu machen.

Die Hitze seiner Haut ging auf sie über, als sie sich in seine Arme schmiegte, während seine Hand über ihren Schenkel glitt. »Das ist alles lange her«, sagte sie. »Wir zwei waren damals sehr jung.« Sie lächelte. »Eigentlich bin ich ...«

»Ich weiß«, unterbrach er sie. »Ich habe dein Leben zum Guten gewendet. Durch die Trennung von mir kamst du hier weg und hast etwas von der Welt gesehen.« Unvermittelt packte er sie an den Schultern. »Aber ich habe dich verletzt, und das mit voller Absicht.« Er ließ nicht zu, dass Perri sich ihm entzog.

Sie erkannte sein Verlangen, und auch in ihr erwachte Lust. Schon viel zu lange schliefen sie beide getrennt. Sanft strich sie ihm über die Wange.

Langsam fuhr er ihr über die Arme, dann nahm er ihr das Buch aus den Händen, legte es auf den Nachttisch und streckte die Hände nach ihr aus. Genießerisch rieb er mit dem Daumen über ihr Handgelenk und spürte, wie ihr Puls sich beschleunigte. Ohne den Blick von ihrem Gesicht abzuwenden, führte er ihre Hand an seine Lippen und strich mit dem Mund darüber. Seine sinnlichen Lippen, die so zärtlich sein konnten, hatten Perri schon immer fasziniert. Er liebkoste ihre Haut, nahm ihren Duft in sich auf, und Perri kuschelte sich immer enger an ihn.

Sein Duft erinnerte Perri an Sonnenschein und Wind. Lust erwachte in ihr, und sie gab sich nur zu gern den süßen Empfindungen hin, die sie in ihr aufstiegen.

Schließlich blickte er sie aus seinen dunklen Augen an. »Lässt du mich mit dir schlafen, Perri?« Sanft rieb er ihr Handgelenk an seiner Wange, und die Wärme seiner Haut ließ Perris Lust noch stärker auflodern. »Bleibst du heute nacht bei mir?« Die Antwort auf seine Frage konnte er in ihren Augen lesen.

Geschickt öffnete er die Knöpfe ihres bodenlangen Kleids. Mit jedem geöffneten Knopf bot sich ihm eine neue Stelle ihrer zarten Haut dar, und Matt liebkoste sie ausgiebig. Langsam hob er den weiten Rock an, dann schob er das Oberteil so weit auseinander, dass er ihre vollen Brüste mit den Lippen reizen konnte, bis die rosigen Knospen sich aufrichteten.

»Lass mich eins mit dir werden«, bat er mit heiserer Stimme.

Als Antwort presste sie sich noch enger an ihn, und Matt fuhr ihr mit der Zungenspitze über die Lippen. Dann streifte er ihr den Slip ab und legte ihr seine warme Hand auf den Bauch.

Lange musterte er sie voller Zärtlichkeit, als wolle er sich genau jede Kontur ihres schlanken Körpers einprägen, um jede noch so kleine Veränderung, die die Zukunft bringen würde, zu bemerken. Schließlich schob er eine Hand zwischen ihre Schenkel und liebkoste ihre intimste Stelle.

Perri stöhnte auf, und Matt setzte die süße Folter fort, bis sie sich ihm in einer stummen Einladung entgegenbog. Als er die Hand zurückzog und den Kuss unterbrach, fing Perri voller Ungeduld mit zitternden Fingern an, seine Jeans zu öffnen.

»Bitte, Matt«, flüsterte sie, »ich will dich. Ich fühle mich einsam ohne dich.«

Diese Worte hätte Matt immer wieder hören wollen.

Es hatte in der Nacht geregnet, und noch bevor Matt am Morgen die Augen öffnete, roch er die feuchte Luft, die von draußen hereindrang, und lächelte. Zärtlich schmiegte er sich an Perri und streichelte sie.

Sie drängte sie sich mit dem Po an ihn und weckte dadurch sofort von neuem Matts Begierde. Behutsam drehte er sie auf den Rücken und fuhr mit den Lippen über ihre Brüste. Wilde Leidenschaft durchzuckte ihn, und er rieb sich aufreizend an ihrem Schenkel.

Noch immer nicht richtig wach, streckte Perri die Hand nach ihm aus und stöhnte begehrlich. Matt konnte es kaum fassen, dass sie ihn selbst im Schlaf noch begehrte, und als er sich zärtlich zwischen ihre Beine schob, spürte er, dass sie genauso sehr von Erregung gepackt war wie er. Lächelnd umspielte er abwechselnd beide Brustknospen mit der Zunge.

Erneut nahm er sich fest vor, aus der sinnlichen Anziehungskraft, die Perri und ihn verband, etwas aufzubauen, das der Liebe ähnelte, die früher zwischen ihnen geherrscht hatte. Dann konnte er keinen klaren Gedanken mehr fassen.

Was so sanft begonnen hatte, verwandelte sich in brennende Begierde, die keinen Aufschub duldete. Eben noch hatte Perri tief geschlafen, doch jetzt konnte sie es kaum erwarten, diesen Mann, der sie mit den Lippen und den Händen liebkoste, in sich zu spüren. Atemlos stieß sie seinen Namen aus und flehte ihn an, ganz zu ihr zu kommen.

Als er in sie eindrang, krallte sie sich an seinen Schultern fest und schrie laut auf. Matt versuchte gar nicht erst, ihr Liebesspiel länger auszudehnen. Er bewegte sich schneller und schneller, bis sie gemeinsam zu einem Schwindel erregenden Höhepunkt gelangten.

Schweigend horchten sie beide auf das Schlagen ihrer Herzen, das sich nur ganz langsam wieder beruhigte. Schließlich stützte Matt sich auf und betrachtete ihr Gesicht. Ihre grünen Augen glänzten, und er lächelte glücklich.

»Guten Morgen«, sagte er leise und rollte sich mit ihr zusammen auf den Rücken.

Mit beiden Händen fuhr er ihr durchs Haar, und Perri verstand auch ohne jedes Wort, dass er sie so schnell nicht loslassen wollte. Sanft ließ er eine Hand ihren Rücken hinabgleiten.

Perri umfasste Perri seine muskulösen Oberarme und bog den Rücken durch. Leise lachend umschloss er mit beiden Händen ihren Po. »Jetzt habe ich dich endlich da, wo du hingehörst«, sagte er leise und streichelte ihre intimste Stelle. »Du gehörst zu mir. Sag es.« Sie schwieg, doch die Art, wie sie auf seine Zärtlichkeiten einging, war Antwort genug. Matt wusste, dass sie ihm irgendwann sagen würde, was er hören wollte. Er hatte Zeit.

»Du wirst es früher oder später zugeben, Perri«, verkündete er, während er fortfuhr, sie zu streicheln. »Du hast schon immer zu mir gehört.« Und ich gehöre zu ihr, dachte er glücklich.

Ich möchte romantisch sein, dachte er. Leider wusste er nicht genau, wie er das anfangen sollte, und diese Frau kannte ihn gut genug, um sofort zu spüren, wenn er sich verstellte. Dieser Gedanke ernüchterte ihn.

Er wollte sich so gern ändern, aber leichtfallen würde es ihm nicht. »Wir müssen uns besser kennenlernen, Liebes, findest du nicht?«, fragte er und sah ihr in die Augen. »Sag doch bitte etwas.«

Sie schüttelte nur den Kopf und versuchte, mit seinen Gedanken Schritt zu halten. Wie konnte dieser Mann sie auf so leidenschaftliche Art aus dem Schlaf reißen und im nächsten Augenblick erwarten, dass sie einen klaren Gedanken fasste? »Ich bin kein Morgenmensch«, brachte sie endlich heraus und ließ den Kopf auf seine Brust sinken.

»Schon gut, Liebes«, erwiderte er, als sie unwillig aufstöhnte. »Dann sag jetzt nichts und denk einfach darüber nach, etwas Zeit mit mir zu verbringen. Was hältst du davon, wenn wir eine kurze Reise machen? Wir brauchen Zeit füreinander.« Er schwieg einen Moment. »Nur wir zwei, weit weg von allem hier.« Vor allem weit weg von den Erinnerungen an die Vergangenheit, fügte er im Stillen hinzu.

Behutsam legte er sie neben sich. »Außerdem möchte ich dich in aller Ruhe ansehen können. Ich will dir sagen, wie schön du bist. Das habe ich dir noch lange nicht oft genug erklärt.« Schlagartig wurde er ernst. »Du bedeutest mir sehr viel, Perri.« Damit erntete er wenigstens einen schläfrigen Blick von ihr. »Mehr kann ich dir nicht sagen«, fuhr er fort, »aber du verdienst sehr viel mehr.« Er atmete tief durch. »Wo möchtest du also hinfahren? Irgendwohin, wo es nicht so teuer ist? Ja, eine einfache Pension reicht. Hauptsache, das Bett ist gut.« Dafür bekam er einen Schlag auf die Brust. »Vielleicht nach

Mexiko. An den Golf vom Mexiko? Du entscheidest, was du unternehmen möchtest, und wir nehmen uns ein paar Tage frei. Eine ganze Woche? Denk drüber nach.« Damit stand er auf. In seinen Augen sah sie atemberaubend aus, auch wenn sie noch nicht richtig wach war.

»Ist das ein Befehl?«, hakte Perri nach. Trotz ihrer Schläfrigkeit fiel ihr auf, dass er das Wort »Flitterwochen« vermieden hatte. Ganz so große Mühe gab er sich also doch nicht, sich vollkommen zu ihr zu bekennen. Verstimmt zog sie die Bettdecke bis ans Kinn.

Doch Matt hielt ihre Hand fest und schob die Decke wieder nach unten. Die ganze Nacht hatte er sie wach gehalten, damit sie sich nicht wieder innerlich von ihm entfernen konnte. Perri sollte sich an das Gefühl gewöhnen, ihm seelisch verbunden zu sein.

»Nein«, bat er, als sie sich aus seinem Griff lösen wollte. »Ich möchte dich anschauen, Perri. Sonst kann ich es nicht fassen, dass es dich wirklich gibt.« Als sie sich auf den Bauch drehte, strich er ihr langsam über den Rücken.

Er fühlte, wie ihr Atem sich beschleunigte, und als er sie zu sich zog, erschauerte Perri vor Entzücken. Er legte den Kopf auf ihr Haar, und sie fühlte sich von ihm bewundert und begehrt wie von noch niemandem zuvor.

Aus seinen Zärtlichkeiten las sie all das heraus, was er nicht aussprechen konnte. Für den Moment reichte ihr das.

7. Kapitel

Während Perri sich das Haar trockenrieb, sah sie nach draußen. Es standen ein paar dunkle Wolken am Himmel, und die Sonne war hinter einem Dunstschleier verborgen. Schnell ging Perri nach unten und schaltete die Rasensprenger ein.

Ich liebe Matt, dachte sie. Aber wieso sie ihm das gestanden hatte, konnte sie sich selbst nicht erklären. So etwas hatte sie nicht vorgehabt, und es war dumm von ihr, dass sie es laut augesprochen hatte. Warum riskierte sie es, womöglich die schmerzliche Entdeckung zu machen, dass sie einen Mann liebte, der ihre Gefühle nicht erwiderte? Oder war es nur so, dass Matt sich einbildete, nicht lieben zu können? Beides wäre schlimm für sie.

Während Perri im Garten war, überlegte sie, ob sie es schaffen konnte, auf Dauer so zu leben. Sie hatte sich schon oft neuen Bedingungen angepasst, und bestimmt konnte sie das auch jetzt.

Heute Morgen war Matt sehr zärtlich gewesen, und Perri musste bei der Erinnerung lächeln, dass sie von seinem Duft, seiner Berührung und seiner Wärme aufgewacht war. Sie brauchte sich bei ihm nicht zu verstellen, denn er kannte sie sehr gut.

Sie sah zum Fenster im zweiten Stock hinauf. Das kleine Zimmer war wirklich schön und die Aussicht atemberaubend. Wenn ich jetzt auf Dauer bei Matt im Zimmer schlafe, können wir diesen Raum anders nutzen, dachte sie. Sollte ich mir dort ein Arbeitszimmer einrichten?

Nein, natürlich würde es das Kinderzimmer werden! erkannte sie plötzlich. Lächelnd säuberte sie die Vogeltränke.

Sie musste das Haus für das Baby und ihre kleine Familie vorbereiten. Dabei wirkte es im Moment eher wie ein Heimatmuseum.

Erst neulich hatte Perri eine lange Haarnadel aus der Jahrhundertwende in einer Kommode entdeckt. Sie konnte nichts damit anfangen, wollte sie aber dennoch behalten. Genauso erging es ihr bei zahllosen anderen Dingen, die sie in Schränken und auf Regalen fand. Gannie hatte alles gesammelt, was in irgendeiner Weise typisch für eine bestimmte Zeit war.

Als es klingelte, lief sie durch die Küche ins Haus. In der Auffahrt stand ein Transporter, und Perri ahnte schon, was ihr bevorstand.

»Eine Lieferung, Madam. Unterschreiben Sie bitte hier.« Ein schlaksiger großer junger Mann deutete auf seinen Block, während er Perris Beine betrachtete.

»Was für eine Lieferung?« Perri zwang sich zu einem strahlenden Lächeln und griff nach dem Telefon. Was hatte ihr verrückter Mann jetzt schon wieder bestellt?

Als Matt abhob, ließ er ihr kaum Zeit für eine Begrüßung. »Hallo, Liebes, ich habe gerade an dich gedacht.« Ihm war der Anlass ihres Anrufs schon klar, also versuchte er sie abzulenken. »Beim nächsten Mal musst du unbedingt mitkommen, wenn einige meiner Pferde bei einem Rennen mitlaufen. Dann machen wir uns einen schönen Tag, und ich kann mit dir angeben.«

»Hier kommt gerade eine Lieferung aus Maine«, stellte Perri fest, ohne sich von seinem Redeschwall beirren zu lassen. »Hast du die Sachen bestellt?«

»Wie bitte?« Er tat so, als müsse er erst herausfinden, wovon sie sprach. »Ja, richtig. Ich brauche einen Schreibtisch, und dann habe ich noch diese schönen Ledersessel gesehen. Da habe ich zugeschlagen.« Ihm war gar nicht klar, dass er alles noch schlimmer machte. »Das passt alles bestimmt prima zu den Sachen, die noch im Keller stehen. Warst du schon da unten?«, fragte er in beiläufigem Tonfall. »Diesen alten Waffenschrank würde ich gern wieder heraufholen. Wenn man den etwas poliert und dann ins Arbeitszimmer stellt neben ...«

»Du hieltest es nicht für nötig, mich zu fragen«, bemerkte Perri nüchtern. Sie sah Donnies Wagen in der Auffahrt anhalten.

Einen Moment schwieg Matt nachdenklich. »Es sollte eine Überraschung für dich werden.« Dann wartete er ab, ob er damit durchkam.

»Weshalb bringst du keine Möbel von deiner Farm herüber? Das wäre ein sehr viel kürzerer Weg, als sie aus Maine anliefern zu lassen.« Sie atmete tief durch. »Man müsste sie nicht erst über den Mississippi transportieren.« Das Schweigen am anderen Ende der Leitung schien sich endlos auszudehnen. »Tja«, sagte Perri leise, »das ist wohl auch eine Antwort.«

Sie achtete nicht auf den Schmerz darüber und wandte sich Donnie zu, die inzwischen in die Küche gekommen war. »Wieso schläfst du nicht?«

»Ich kann nicht.« Donnie lächelte gequält. »Dazu bin ich zu aufgedreht.«

»Heißt das, du hast für den Rest des Tages frei?« In Perris Blick spiegelte sich eine Mischung aus Zorn und Unternehmungslust.

»Das stimmt. Ich bin erst wieder heute Abend mit der Nachtschicht dran.« Fragend blickte Donnie sich um.

»Fantastisch«, stellte Perri fest. »Sehen wir mal, wie schnell ich neue Teppiche bestellen kann. Wenn du Lust dazu hast, hol doch bitte das Maßband aus der Schublade dort drüben, ja?« Auf Matts lautes Protestieren aus dem Telefon ging sie nicht ein. Idiot! dachte sie nur.

Allmählich begriff Donnie, was hier vorging, und sie lächelte. »Rachekäufe auf Matt Ransoms Rechnung? Das gefällt mir.«

»Perri!«, rief Matt aus dem Hörer. »Ich wollte doch nicht ...«

Zu spät! dachte sie. »Du wolltest mich überraschen, ja?«, flötete sie ins Telefon. »Da will ich nicht zurückstehen.« Sie drehte sich zu den beiden Möbelpackern, die gerade das Haus betraten. »Ach, lassen Sie das ruhig alles hier im Eingang stehen«, sagte sie übertrieben höflich. »Mein Mann kann am besten entscheiden, wo der ganze Kram hin soll. Oh, auch noch eine Lampe! Wundervoll!« Sie hielt wieder den Hörer ans Ohr und lauschte Matt, der irgendwo in einer anderen Stadt fast einen Herzanfall bekam.

»Du bist nicht der Einzige, der hier lebt, Matt«, fuhr sie ihn an. »Du richtest dir alles so ein, wie es dir am besten passt. Mich zu fragen kommt dir nicht in den Sinn, weil du dein Leben nicht mit mir teilen willst.« Dass die Träger alles mit anhören konnten, war Perri egal. »Was ist denn, wenn mir diese Lampe nicht gefällt oder der Schreibtisch? Aber meine Meinung ist dir offenbar egal. Genau deshalb hast du mich auch nicht vorher gefragt, ob ich das Schlafzimmer mit dir teilen möchte.«

Dem Arbeiter, der ihr am nächsten stand, fielen fast die Augen aus dem Kopf, aber Perri errötete nicht einmal. »Mir kommt es vor, als gebe es hier überhaupt keinen Platz für mich, es sei denn, ich richte mich so ein, dass du genug Freiraum hast«, sprach sie etwas gedämpfter weiter. »Und das macht mich rasend vor Wut.« Andere Frauen in ihrer Lage hätten sicher schon das Handtuch geworfen.

»Ich weiß eben nicht, wie ich dich solche Dinge fragen soll!«, rechtfertigte Matt sich so lautstark, dass die Möbelträger das auch hörten. »Wenn dir die Sachen nicht gefallen, schick sie einfach zurück. Du hast Verfügungsgewalt über das Konto«, rief er ihr in Erinnerung. »Richte das Haus ein, wie es dir gefällt. Mach ein Zuhause daraus.«

Perri merkte, dass er gekränkt war. »Ich will lediglich gemeinsame Entscheidungen mit dir fällen«, erklärte sie etwas sanfter und ging mit dem Telefon auf die Veranda hinaus.

»Dass du jetzt alles einfach mir überträgst, gefällt mir genauso wenig.«

Lächelnd wandte Donnie sich an die Arbeiter. Die Männer hatten genug Unterhaltung geboten bekommen. Außerdem war Perri gerade mit Wichtigerem beschäftigt.

»Unsere Ehe steht nur auf dem Papier.« Perri schaltete die Rasensprenger aus. »Du sagst, du willst die Vergangenheit vergessen, das ist gut und schön. Aber wenn du die Gegenwart vergisst, dann wird auch aus unserer Zukunft nichts. Bis jetzt bin ich diejenige, die Kompromisse eingeht. Das ist mir zu einseitig.« Einen Moment horchte sie nur auf das Schweigen in der Leitung.

»Du hast recht, es tut mir leid. Ich habe nicht versucht, das Ganze mit deinen Augen zu sehen«, gab er verlegen zu. Als er merkte, dass er Perri sprachlos gemacht hatte, musste er lächeln. »Perri?«, fragte er leise. »Richte uns beiden bitte ein Zuhause ein.«

Fassungslos blickte Perri den Hörer an. Was sollte ein Frau dazu noch sagen?

»Was ist nur mit dir los? Die ganze Zeit bist du mit deinen Gedanken woanders«, stellte Donnie fest, als sie zusammen mit Perri über den überfüllten Parkplatz ging.

»Na, dazu habe ich auch allen Grund«, verteidigte Perri sich. »Ich lebe in einem Museum und versuche, es wohnlich einzurichten.«

»Für mich wäre das ganz leicht. Aber ich hänge auch nicht so an alten Dingen wie du.«

»Ich weiß.« Perri seufzte. »Aber beim Entrümpeln sehe ich dann Sachen wie diese alte Hutnadel und bringe es einfach nicht übers Herz, mich davon zu trennen.«

»Für so ein Problem bin ich wohl die falsche Gesprächspartnerin. Ich blicke nicht zurück.« Donnie hob die Einkaufstasche. »Stell dir lieber vor, wie schön diese Lampe hier im

Kinderzimmer aussehen wird.« Sie berührte Perri am Arm. »Doch wenn wir schon von Problemen sprechen: Kannst du Matt mal sagen, er soll mich nicht alle fünf Minuten anrufen? Ich habe Schichtdienst, und er reißt mich ständig aus dem Schlaf, um sich zu erkundigen, ob du auch vernünftig gegessen hast.« Sie führte Perri zu der richtigen Parkreihe. »Ich verstehe diesen Mann einfach nicht. Also mach's gut.« Zum Abschied küsste sie Perri auf die Wange. »Und fahr vorsichtig.«

»Du weißt genau, dass ich immer vorsichtig fahre.« Perri nahm Donnie die Tasche ab. Sie waren mit getrennten Autos gefahren, damit Donnie gleich nach Hause zurückkehren und noch etwas schlafen konnte.

»Ja«, stimmte Donnie zu. »Das kannst du deinem Ehemann auch gleich mitteilen, damit er mir keine Vorwürfe macht, weil ich dich allein fahren lasse.« Sie hatte ihr Auto aufgeschlossen und sah Perri mitfühlend an. »Diese Anrufe müssen aufhören, damit macht er uns nur beide verrückt.«

Perri blieb in ihrem Wagen noch einen Moment reglos sitzen. Sie merkte, wie sie sich durch die Schwangerschaft veränderte. Normalerweise traf sie alle Entscheidungen am liebsten allein, doch heute hatte sie Donnie um Hilfe gebeten. Diese Einkaufstour war nur kurz gewesen und hatte nichts mit einem Bummel zu tun, bei dem eine junge Ehefrau ihr neues Heim liebevoll einrichtete. Perri hatte nur nach praktischen Dingen gesucht, die der Beanspruchung durch ein Baby und den temperamentvollen Vater des kleinen Kindes standhalten konnten.

Während sie vom Parkplatz herunterfuhr, überlegte sie, was als Nächstes zu erledigen war. Die Einrichtung des Kinderzimmers stand ganz oben auf der Liste. Sie musste an den Teppich mit dem Schaukelpferdmuster denken, den sie aufgestöbert hatte. Donnie hatte darauf bestanden, eine kleine Lampe zu kaufen, deren Schirm auch mit kleinen Schaukelpferden bedruckt war. Eigentlich hatten sie in dieser kurzen Zeit eine Menge gefunden.

Wie üblich blickte sie zum Himmel. Die Sonne schien strahlend hell. Nur ein paar Federwolken waren zu sehen, also würde es nicht regnen. Seltsam, dachte Perri. In New York habe ich nie so auf das Wetter geachtet, aber seit ich wieder hier bin, denke ich täglich darüber nach, ob es regnen wird. Das muss an Spirit Valley liegen.

Ihre Gedanken schweiften zu Gannie und ihrem speziellen Projekt, dem der Stadt gestifteten Land, für das Matt und sie noch eine Verwendung finden mussten. Bislang war ihnen noch nichts eingefallen, wovon sie wirklich begeistert waren. Die Geschichte der Stadt war Gannies große Leidenschaft gewesen. Hatte Olivia Gledhill deshalb nie geheiratet? Perri musste an die Tonbänder denken, auf denen Gannie die Aussagen der alten Leute aufgenommen hatte, die das Land noch aus der Zeit der ersten Siedler kannten. Wie lebendig Heimatgeschichte wurde, wenn man diesen Berichten zuhörte! Man erfuhr, wie der Alltag dieser Menschen ausgesehen hatte, wie sie gelebt hatten.

Wäre das nicht ein Weg? fragte sie sich. Könnte man nicht einen Weg finden, diese Tonbänder anderen zugänglich zu machen? Vielleicht konnte man all die liebevoll zusammengetragenen Sachen auf eine ganz neue Art präsentieren, damit das Ganze nicht so langweilig und trocken wirkte.

Perri brauchte in Gledhill Platz für sich und ihre kleine Familie, aber die Tonbänder und Fotos brauchten auch einen Platz. Nachdenklich blickte sie sich um, und ihre Gedanken überschlugen sich.

Matt spürte sofort, wie der Wind ihm den Schweiß auf dem Rücken trocknete. Die Luftfeuchtigkeit war im Sommer in Oklahoma gleich null.

Er stand im Garten von Gledhill und betrachtete die alte Scheune. Das Blechdach wirkte noch sehr solide, und Matt betrat die Scheune. Hier drinnen war es kühler und gar nicht stickig, denn in den Wänden waren so viele Ritzen, dass die Hitze sich hier kaum stauen konnte. Die Sonnenstrahlen warfen helle Streifen in das Innere, und der Wind pfiff durch die Bretter.

Matt wusste, dass diese Scheune kaum jünger als das Haupthaus war. Er schob sich den Hut in den Nacken und fuhr sich mit der Hand über die Stirn.

Erst vor Kurzem hatte Gannie das Haus streichen lassen, und Matt war überzeugt, dass es von der Substanz noch sehr gut erhalten war. Allerdings trug er demnächst Verantwortung für eine Familie, die darin lebte, und deswegen wollte er das ganze Grundstück noch einmal genau untersuchen.

Er verließ die Scheune und schwor sich, vor dem Ende des Sommers mit allen Reparaturen fertig zu sein. Die Scheune würde er nicht abreißen, aber er wollte auch nicht, dass sie womöglich einstürzte, wenn gerade sein Kind darin spielte.

Das Baby … Matt rief sich in Erinnerung, dass er noch ein Babyphon bestellen wollte. Bei dem Gedanken an telefonische Bestellungen blieb er abrupt stehen.

Weshalb hatte er Perri nicht den Grund genannt, weswegen er keine Möbel von der Ransom-Farm mitbrachte? Wieso gab er nicht einfach zu, dass er diese Dinge mit all ihren unschönen Erinnerungen nicht in seine Ehe hineintragen wollte?

Zwölf Jahre hatte er warten müssen, um Vater zu werden. Ihm war klar, dass Perri sich durch das Baby stärker an ihn gebunden fühlte und ihn nicht wieder verlassen würde. Obwohl er ihr nicht die Liebe bieten konnte, die sie verdiente, würde sie des Kindes wegen bei ihm bleiben. Das rechnete er ihr hoch an, und er nahm sich fest vor, mehr für Perri zu tun, als es jeder andere Mann tun konnte, auch wenn dieser sie noch so heiß und innig liebte.

Wo mag Perri gerade sein? überlegte er. Sie hatten sich heute morgen mit gestritten. Obwohl sie sich in der vergangenen Nacht voller Leidenschaft geliebt hatten, war Perri am Morgen wieder abweisend gewesen.

Das machte ihn traurig, aber konnte er ihr Vorwürfe machen, wenn er nicht in der Lage war, ihre Liebe zu erwidern? Er musste an ihren nackten Körper denken, wie er ihn gestern nacht in dem zerwühlten Bett gesehen hatte.

Matt empfand keine Hemmungen, Sex zu benutzen, um die Verbindung zwischen ihnen beiden zu stärken. Er wollte eine Ehe aufbauen, und dazu war ihm jedes Mittel recht. Bestimmt half da auch die Reise an den Golf von Mexiko, die sie demnächst unternehmen wollten.

Ich könnte ihr Blumen schenken, dachte er. Das wäre doch romantisch. Sofort erschien ihm der Nachmittag noch strahlender.

Vielleicht konnte er im Blumengeschäft auch Kerzen bekommen. Matt stellte das Wasser ab und rollte den Schlauch auf. Gerade wollte er ins Haus gehen und im Blumenladen anrufen, als er Perris Wagen in der Auffahrt sah.

Sie hielt vor dem Haus an, und als Matt sah, dass sie allein im Wagen saß, wollte er gleich zu ihr stürmen und ihr Vorhaltungen machen. Doch er besann sich noch rechtzeitig. Perri stieg aus und ging ins Haus, ohne ihn zu bemerken.

8. Kapitel

Noch im Halbschlaf griff Donnie nach dem Telefonhörer und verfehlte ihn. Sie versuchte es noch einmal und überlegte gleichzeitig, wieso sie das Klingeln so deutlich hörte. Hatte sie sich nicht die Ohrstöpsel eingesetzt, bevor sie sich ins Bett legte?

Als sie schließlich den Hörer ans Ohr hielt, war sie immer noch nicht ganz wach. Sie wunderte sich, dass sie kein Wort verstand, bis sie begriff, dass sie in einem Ohr immer noch einen Stöpsel hatte. Und genau an dieses Ohr presste sie gerade den Hörer.

Der andere Stöpsel drückte sich in ihre Wange, aber wo war das Kopfkissen? Entweder muss ich den Hörer ans andere Ohr halten, oder ich muss auch den zweiten Ohrstöpsel herausnehmen, dachte Donnie. Sie konnte sich nicht entscheiden.

»Jetzt sag doch bitte etwas«, rief Perri durch das Telefon. »Sonst fange ich an, mir Sorgen zu machen.«

Während Perri weiterredete, schaffte Donnie es endlich, sich zu einem Entschluss durchzuringen. Sie rollte sich auf die andere Seite, wodurch der Ohrstöpsel von ihrer Wange unter das Bett rollte. Donnie stöhnte gequält, und man konnte nur mit Mühe ein »Hallo« heraushören.

»Ich habe mir einige Tonbänder angehört und ein paar der Transkriptionen gelesen, in denen steht, was auf den Bändern ist«, erzählte Perri gerade.

Stirnrunzelnd versuchte Donnie zu begreifen, was sie da hörte.

»Du musst eigentlich nur noch dem zustimmen, was ich ohnehin schon beschlossen habe. Das muss dir einfach gefallen«, drängte Perri. »Ein paar Einzelheiten müssen noch geklärt werden. Zum Beispiel, was es zu essen geben soll. Frischen Blattsalat? Gefüllte Paprikaschoten mit Käse überbacken? Hallo? Sag doch was.«

»Bitte«, beklagte Donnie sich. »Ich bin gerade aufgewacht. Kannst du aufhören, gleich über Essen zu sprechen? Bevor ich an irgend etwas denke, das Vitamine enthält, brauche ich einen Kaffee. Du bist eine herzlose Person.«

»Tut mir leid.« Perri war zerknirscht. »Wenn du Nachtschicht hast, weiß ich nie, wann ich dich anrufen kann. Ich habe dich geweckt, ja?«

»Ja«, antwortete Donnie.

»Aber es ist schon drei Uhr nachmittags. Und ich brauche einen Schlachtplan.«

Das ließ Donnie aufhorchen. Sie setzte sich hin, und sofort fiel ihr auch der zweite Stöpsel aus dem Ohr. »Also gut, warum rufst du an?«, fragte sie, während sie im Bett herum tastete.

»Wie gesagt, du und John, ihr seid zum Essen am Samstag eingeladen. Ich habe eine Idee, was wir mit dem Grundstück anfangen können, damit es Gannies Willen entspricht. Sobald ich alles durchdacht habe, will ich es euch am Samstag erzählen. Du brauchst nichts weiter zu tun, als mit einer riesigen dreistöckigen Torte hier aufzutauchen. Mit Füllung, Glasur und Verzierung.«

Der Gedanke an eine große Torte gefiel Donnie schon viel besser als die Vorstellung von Gemüse. »Sind wir nicht ein bisschen zu alt für so etwas?« Die Frage meinte sie natürlich nicht ernst. Man wurde nie zu alt für Süßigkeiten.

»Die Torte ist doch nicht für uns, sondern für die Männer«, gestand Perri. »Sie ist Teil des Schlachtplans.«

»Kochen als Kriegsmittel ist aber ziemlich hinterhältig«, bemerkte Donnie grinsend. »Mir war schon immer klar, dass du nur nach außen hin so nett wirkst.«

»Vielen Dank. Wenn du noch das Rezept für Karamellbrownies findest, wäre ich dir ewig dankbar.«

Donnie gähnte laut. »Du bist skrupellos, Perri, weißt du das? Und genau deswegen habe ich dich immer gemocht.«

»Ich könnte auch Obst servieren. Und Sahne? Brauchen wir Schlagsahne?«, dachte Perri laut nach. »Ist das bei einer so aufwendigen Torte nicht zu viel?«

»Moment mal. Kekse und Torte zum Nachtisch, das ist in Ordnung, aber Sahne ist zu viel? Anscheinend bin ich immer noch nicht ganz wach. Hast du Panik, weil das deine erste Dinner-Party seit deiner Hochzeit ist?«

»Nein.« Perri stieß die Luft aus. »Ich glaube, ich habe herausgefunden, was wir mit Gannies Land machen sollen. Und ich hoffe, die Männer beim Dessert leichter dazu bringen zu können, dass sie mir zustimmen. Ich habe den Eindruck, als müsste ich meine Idee bereits bis in alle Einzelheiten planen, nur damit Matt mir überhaupt zuhört. Komm so früh wie möglich«, fügte sie noch hinzu.

»Na klar.« Donnie gähnte wieder. »Aber ich glaube, du begehst einen taktischen Fehler. Lass ihn auch etwas zu der Idee beisteuern. Du kannst ruhig alles planen, doch an ganz offensichtlichen Stellen solltest du ihm Raum für Verbesserungen lassen und eigene Ideen lassen.«

»Ich bin heilfroh, dass ich dich geweckt habe«, antwortete Perri voller Hochachtung. »Du bist ja mit allen Wassern gewaschen.«

»Das ist purer Egoismus.« Endlich fand Donnie den Ohrstöpsel und legte ihn auf den Nachttisch. »Ich würde alles tun, um diesen Bilderbuchvater dazu zu bringen, mich bis zur Geburt seines Kindes in Frieden zu lassen. Weißt du, er ist nämlich mit dir verheiratet, und deshalb sollte er dich ständig mit Fragen löchern und nicht mich.«

»Dass er dich in Frieden lässt, davon würde ich an deiner Stelle nicht ausgehen.« Perri lächelte Matt an, der gerade in die Küche kam.

»Ist das Donnie?«, erkundigte er sich. »John kann am Samstag kommen.«

»Ja, es ist Donnie. Samstag geht klar«, sagte sie ins Telefon. »Und jetzt schlaf weiter.«

Donnie legte auf und rieb sich die Augen. Schlafen konnte sie jetzt nicht mehr. Sie setzte sich auf die Bettkante und tastete unter dem Bett nach dem zweiten Ohrstöpsel. In diesem Moment klingelte das Telefon wieder.

Eigentlich wollte sie nicht ra gehen, aber sie tat es dennoch. »Was gibt's denn noch?«, meldete sie sich.

»Ich bin's«, meldete John Deepwater sich gut gelaunt. »Wieso klingst du wie nach einem Dauerlauf?«

Übertrieben seufzte Donnie auf. »Im Moment fühle ich mich wie Wäsche nach dem Schleudergang. Weißt du, Johnnie, so viel Umstände ist dieses Stück Land auch nicht wert.«

»Immerhin sind die beiden deswegen vor dem Altar gelandet«, wandte John ein.

Nachdenklich drehte Donnie den Ohrstöpsel zwischen den Fingern. »Ich wette zwanzig Dollar, dass Perri Matt zu ihrem Plan überredet. Er wird sich ein bisschen wehren, aber dann wird er erkennen, wie gut ihre Idee ist.«

John dachte nach. Wenn er einwilligte, würde Donnie sich nur noch mehr anstrengen, für das Projekt zu arbeiten. »Abgemacht, ich setze dagegen.« Er musste lächeln.

Niemand rührte sich, und Perri kam sich wie bei einem Pokerspiel ohne Karten vor. Ihr wurde klar, dass alle innerlich ihrem Plan zustimmten. John hatte nur gegen Donnie gewettet, um sie anzustacheln, und Matt suchte noch nach einem Weg, um sich einverstanden zu erklären.

Sie saßen alle vier am Küchentisch und aßen Torte, Kekse und Obst.

»Über was für eine Art Gebäude sprechen wir denn?«, wollte Matt wissen.

»Irgend etwas, das nicht so leicht weggeblasen wird«, scherzte Perri. »Das fände ich sehr praktisch.«

»Aha.« Matt nickte. »Ein Bunker also.« Wenn er ihrem Vorschlag zustimmte, würde Perri endgültig in Spirit Valley bleiben. Dann würde sie auch nicht mehr mit dem Gedanken spielen, sich bei einer Bank in Oklahoma City einen Job zu suchen. Andererseits bedeutete es eine Menge Arbeit. Die würde Perri nicht allein schaffen.

»Ich glaube wirklich, dass es machbar ist, Matt«, stellte sie fest, als habe sie seine Gedanken gelesen. »Und es ist die Mühe wert. Diese Tonbänder und Fotos sind die letzten Dokumente über die Geschichte der ersten Siedler in dieser Gegend. Gannie hat noch Augenzeugen des ersten Pferderennens befragt, bei dem damals die Grundstücke verteilt wurden. Wir haben die Dokumente und das Grundstück, und jede einzelne Geschichte ist so ergreifend, weil man miterlebt, wie sehr die Menschen sich angestrengt haben und nach harter Arbeit entweder Erfolg hatten oder auch scheiterten.«

»Perri, du kannst gar nicht genau absehen, worauf du dich mit diesem Projekt einlässt«, warf Matt ein.

»Ich weiß einfach, dass es richtig ist«, entgegnete sie. »Wir müssen nur eine Firma mit der Planung beauftragen, und dann bekommen wir unser Haus am See mit Geschichte zum Zuhören.«

»Hier in Gledhill gibt es genug Möbel und Gegenstände, damit man das Haus auch entsprechend einrichten kann«, fügte Donnie hinzu. »Ihr Männer müsst doch schon eine Vorstellung davon haben, wie dieses Haus aussehen könnte.«

»Wir brauchen nur das zu nutzen, was uns zur Verfügung steht«, fuhr Perri fort. »Matt, mir ist klar, dass das eine Menge Papierkram bedeutet, aber Gannie wäre sicher begeistert gewesen.«

Matt blickte sie lange an, bevor er etwas sagte. »Ich mache dich nur darauf aufmerksam, dass du dich da an ein großes Projekt heranwagst. Das wirst du nicht so schnell fertig bekommen, Mrs. Ransom. Für mich klingt das nach einem riesigen

Berg Arbeit, und wir haben alle unsere eigenen Jobs, das heißt, wir können nicht viel Zeit dafür erübrigen.«

»Das weiß ich«, erwiderte sie. »Und?«

»Was passiert denn, wenn das Baby kommt?«, fragte er leise nach.

»Mit dem Baby kann ich mich eher leichter um dieses Projekt kümmern als bei einer Bank arbeiten, Matt. Ich kann mir meine Zeit selbst einteilen, und wir haben ja keinen Zeitdruck. In Gannies Testament sind keine Fristen genannt, abgesehen von unserer Ehe.«

»Allein schaffst du das nicht«, stellte er entschlossen fest. »Dieses Archiv aufzubauen ist ein Vollzeitjob, und du bekommst schon bald eine Aufgabe, die dich auch rund um die Uhr beschäftigen wird. Beides ist einfach zu viel für dich. Gannie hat Jahre – ihr ganzes Leben – für diese Sammlung gebraucht.«

»Einverstanden«, sagte Perri schließlich. »Wir können jemanden einstellen, der erst mit mir zusammenarbeitet und dann das Projekt allein verwaltet. Das Geld dafür ist vorhanden.« Schweigend blickte sie Matt an. »Du hast recht, es ist ein großes Vorhaben, aber ich hätte das Baby, um den Blick für die Zukunft nicht zu verlieren so wie Gannie.« Sie lächelte.

Matt erwiderte das Lächeln. Er war stolz auf Perri.

»Also?« Lächelnd wandte sie sich an John Deepwater. »Was wäre rechtlich der erste Schritt?«

John wollte nichts Übereiltes sagen. »Ich muss das Ganze erst durchdenken, Perri. Lass mich deinen Entwurf durchlesen, und dann rufe ich dich an.« Er stand auf.

»Was hältst du denn davon, John?«, fragte Matt.

Der Anwalt suchte nach den richtigen Worten. »Ich halte die Idee, ein paar von Gannies Antiquitäten zu benutzen, um damit ein Geschichtszentrum auf dem Grundstück am See zu möblieren, für eine fantastische Abschreibungsmöglichkeit.« Er lächelte. »Und das Testament wäre damit in jeder Hinsicht erfüllt.«

»Wir könnten hier entrümpeln und gleichzeitig steuerlich abschreiben?« Matt war begeistert. Die Erinnerungsstücke würden aus Gledhill verschwinden und trotzdem nicht verloren sein. Außerdem wäre Perri mit etwas beschäftigt, wovon sie begeistert war. »Einverstanden.«

»So einfach ist das für dich, Matt?«, fragte Perri empört nach.

»Einfach ist das gar nicht«, widersprach er. »Ich hoffe, du weißt, was wir uns damit aufhalsen.«

Donnie unterdrückte nur ein Lächeln und fing an, den Tisch abzuräumen. John half ihr, und über die offene Spülmaschine hinweg wechselten sie einen Blick. Ihnen war beiden aufgefallen, dass Matt sich auf einmal mit einbezog.

9. Kapitel

Perri saß vor ihrem Computer und fröstelte. Draußen schien die Sonne, aber hier drinnen war es wegen der Klimaanlage eher kühl. Sie wartete gerade auf die Antwort eines Geschichtszentrums und betrachtete die Rosen, die Matt ihr geschenkt hatte. Das war wirklich eine unerwartete Überraschung gewesen.

Perri seufzte glücklich und berührte eine der Blumen. Einige der Rosen waren weiß, andere rot. Als Matt sie ihr gab, hatte sie fast den jungen Mann von früher in ihm gesehen. Gedankenvoll strich sie über das Medaillon und die Kette.

Beim Gedanken an Matt geriet sie immer ins Träumen. Entschlossen riss sie sich aus den Fantasien und gab dem Computer den Befehl, die Anfrage an das Geschichtszentrum auszudrucken.

Eigentlich hätte sie schon vor dem Dinner auf den Gedanken kommen können, die Tonbänder auch auf CD-ROM aufzunehmen und über eine eigene Seite im Internet nachzudenken. Warum habe ich es dann nicht getan? fragte sie sich, obwohl sie die Antwort bereits kannte.

Sie hatte Matts Zustimmung abwarten wollen, bevor sie sich zu sehr für ihre eigene Idee begeisterte. Innerlich fluchte sie, weil sie sich abhängig von seiner Meinung fühlte. Hatte sie sich nicht fest vorgenommen, ihren eigenen Weg zu gehen und ihre Ziele zu verfolgen?

Schon einmal hatte sie sich kampflos vertreiben lassen. Sie hatte ihre Liebe zu Matt begraben, ohne sich gegen Leila zu wehren. Mit siebzehn war sie dazu auch noch nicht in der Lage gewesen, aber ihre Mutter hätte Perri sicher beigestanden, wenn sie davon gewusst hätte. Und auch Gannie hätte Leila zurechtgewiesen und Matt dazu bewegen können, Perri wenigstens zuzuhören.

Perri schloss die Augen. In Raleigh hatte sie auch passiv abgewartet, bis sie von der zweiten Frau ihres Vaters so etwas wie Zuneigung erfuhr. Erst dann hatte sie sich dort eingelebt.

Ich habe nie für etwas gekämpft, erkannte sie schlagartig und öffnete die Augen wieder. Nicht für Matt, nicht für mein Zuhause.

Und jetzt nicht einmal für meine Idee mit Gannies Tonbändern. Perris Blick fiel auf die Rosen. Wie viel Bestätigung brauchte sie denn noch, bis sie erkannte, dass Matt sie als seine Ehefrau ansah? Wenn sie wartete, bis er ihre Liebe erwiderte, musste sie verrückt sein.

Vielleicht war es an der Zeit, dass sie um etwas kämpfte, was ihr viel bedeutete. Um Matt, ihr Baby und ihre Zukunft.

Matt zog den Schlüssel aus dem Zündschloss und rieb sich das Knie. Er war verschwitzt und erschöpft. Außerdem auch hungrig und müde. Zu allem hatte ihn heute ein zweijähriges Fohlen getreten. Jetzt versuchte er nur noch, genug Energie zu sammeln, um in die Küche zu gehen und sich ein kühles Bier zu holen.

Seufzend ließ Matt sich tiefer in den Sitz sinken. Er musste an den Albtraum denken, in dem Perri aufgetaucht war. Seltsam, dass dieser schlechte Traum ihn immer noch bedrückte.

Sie war in Gefahr gewesen, und er hatte sie nicht beschützen können. Sosehr er sich auch angestrengt hatte, jede Bewegung war wie in Zeitlupe verlaufen. Er war in einem alten Schuppen gewesen, und als er die Tür endlich öffnen konnte, hatte er die Landschaft nicht wiedererkannt. Überall waren Sümpfe gewesen, auf denen eine Eisschicht glitzerte. Über das Eis waren Nebelschwaden gezogen, und von den Ästen hatte gefrorenes spanisches Moos gehangen. Auf einem überfrorenen Stein hatte ein gefrorener Vogel gesessen, und auf dem Holzsteg hatte eine grüne Schlange gelegen, der Eiszapfen von den Giftzähnen hingen.

Diese Landschaft hatte ihn so erschreckt, dass er schweißnass aufgewacht war. Den Rest der Nacht hatte er sich eng an Perri geschmiegt, und ihr Duft und ihre sanfte warme Haut hatten ihn wieder etwas beruhigt.

Matt riss sich aus den Gedanken und ging zum Wintergarten. Ich bin wirklich am Ende, sagte er sich und sehnte sich nach dem Bier und einem Duschbad.

Durch die hintere Tür trat er ein und schob sich den Hut in den Nacken. »Was tust du da um Himmels willen?«

Perri hatte alle Möbel in die Mitte des Raums gerückt und putzte gerade die Fenster.

Stirnrunzelnd blickte sie auf. »Was ist passiert? Weshalb humpelst du?«, fragte sie besorgt.

»Ich bin von einem Fohlen getreten worden. Hoffentlich haben wir Bier im Kühlschrank.« Er schaltete den Ventilator an. »Du solltest nicht so schwere körperliche Arbeit machen, Perri«, tadelte er sie. »Nicht während der Schwangerschaft.«

»Es gibt Bier«, antwortete sie nur, ohne auf seine Bemerkung einzugehen. »Ich bring dir eines und einen Eisbeutel.«

»Den Eisbeutel kannst du dir sparen. Ich will nur ein Bier«, erwiderte er mürrisch und hängte seinen Hut an den Haken. Dann folgte er ihr in die Küche. Ihm war klar, dass er wegen der Schmerzen und der Müdigkeit so schlecht gelaunt war, doch es regte ihn maßlos auf, dass Perri in aller Ruhe den täglichen Aufgaben nachging.

Sie warf ihm eine Dose Bier zu, als er zum Tisch hinkte. »Setz dich wenigstens, und leg das Bein hoch. Du solltest etwas essen. Du siehst ziemlich erledigt aus«, schlug sie mit sanfter Stimme vor.

»Erst werde ich duschen«, verkündete er und ging zum Flur. »Es dauert nicht lange.« Man brauchte ihn nicht extra darauf hinzuweisen, wie erschöpft er war. Er öffnete die Dose und trank einen Schluck. Während er die ersten Stufen hinaufstieg, dachte er über seine Launen nach.

Matt war frisch geduscht und umgezogen, doch seine Stimmung hatte sich nicht gebessert. »Dann warst du heute sehr beschäftigt, ja?«, fragte er, als er sich an den Küchentisch setzte.

Perri hatte schnell etwas zu essen gemacht und schon den Tisch gedeckt, doch selbst das nervte Matt. Er war nicht gerade stolz darauf, dass seine Schmerzen ihn so boshaft werden ließen, aber er konnte nichts dagegen tun. Den Eisbeutel, den sie ihm hinhielt, beachtete er nicht. »Was hast du denn heute gemacht, abgesehen vom Möbelrücken und Einatmen von Putzmitteln?«

Seufzend stellte Perri eine Schüssel Kartoffelsalat auf den Tisch. Sie hatte sich für heute vorgenommen, die Initiative zu ergreifen und nicht länger untätig zu warten, bis andere für sie entschieden. »Ich habe über unsere Reise nachgedacht«, antwortete sie. »Ich weiß jetzt, wo ich hin möchte.«

Erwartungsvoll sah Matt sie an, und sie lächelte nervös. Vielleicht war der Zeitpunkt nicht gerade ideal, wenn Matt so schlechte Laune hatte. »Also schön, hier ist mein Plan. Während das Haus gestrichen wird und die Teppichböden verlegt werden, können wir verreisen. Donnie hat schon gesagt, dass sie die Handwerker ins Haus lässt.«

»Und wohin soll es gehen? Nach Florida?« Sein Knie schmerzte immer mehr. Er beschloss, nach dem Essen ein heißes Bad zu nehmen. Vielleicht würde Perri ihm in der Wanne Gesellschaft leisten. Gleich kam ihm der Abend nicht mehr so düster vor.

»Nein«, antwortete Perri. »Ich möchte nach San Francisco.« Als sie seine Verwunderung bemerkte, musste sie lächeln. »Dort ist es angenehm kühl, Matt. Es wäre eine Abwechslung von der Hitze. Außerdem wäre es mal wieder Großstadt. Und wir könnten das Meer riechen.«

Als Matt nichts entgegnete, fuhr sie fort: »In Chinatown gibt es ein kleines Hotel mit einer Kuppel über der Eingangshalle. Es liegt leicht erhöht, und man kann die gesamte Innenstadt von San Francisco überblicken. Nichts Großartiges, aber der Manager klang am Telefon sehr nett. Wenn du allerdings lieber in einem größeren und neueren Hotel wohnen willst, wäre ich damit auch einverstanden. Mir ist es eigentlich egal, wo wir schlafen. Ich möchte nur San Francisco sehen.«

»Einverstanden«, stimmte Matt zu. »Du brauchst mich nicht groß zu überzeugen, mir gefällt der Plan. Kühles Wetter klingt hervorragend.« Allmählich verschwand die Erinnerung an seinen Traum aus seinen Gedanken.

Perri atmete tief durch und trank einen Schluck Wasser. »Und auf dem Rückweg möchte ich in Tucson anhalten, um meine Großmutter und deinen Großvater zu besuchen.« Hilflos sah sie, wie er sich vom Tisch zurücklehnte und unwillig den Kopf schüttelte. »Ich habe sie angerufen«, fügte sie hinzu. »Grandma Anne und Larry würden sich über unseren Besuch freuen.« Auf seinen Gesichtsausdruck hin fuhr sie hektisch fort: »Nur einen oder zwei Tage. Wir brauchen ja nicht bei ihnen zu übernachten.«

»Nein.« Langsam legte er das Sandwich, das er gerade essen wollte, auf den Teller zurück.

»Wieso nicht? Ich möchte sie lieber jetzt besuchen als später, wenn mein Entbindungstermin ansteht. Sie sind doch unsere Großeltern. Sie gehören zu unserer Familie …«

»Nicht zu meiner«, unterbrach er sie. »Zu deiner.« Er saß reglos da und fühlte, wie die Kälte ihn wieder durchströmte. »Mein Vater und mein Bruder sind meine Familie«, stellte er kühl fest, obwohl er genau spüren konnte, wie sehr sein Stolz Perri verletzte.

Sie sah ihn entsetzt an. Mit ihrem Wunsch hatte sie ganz

offen ihre Sehnsucht gezeigt, die beiden Familien wieder miteinander zu versöhnen. Und diesen Weg wollte er ihr versperren. Außerdem schloss er anscheinend nicht einmal sie in seine Familie ein. Wie stellte er sich die Zukunft denn vor, von der er schon so oft geredet hatte?

Matt war zu müde, um genau beurteilen zu können, ob er wirklich meinte, was er da sagte. Im Moment war ihm alles zu viel. Doch er konnte nicht aufhören. »Kannst du dich nicht etwas gedulden?«

»Gedulden?«, wiederholte sie ungläubig. Als ob Matt überhaupt wüsste, was Geduld war!

»Ich versuche wirklich, mich in meine neue Rolle einzufinden«, verkündete er. »Gib mir etwas Zeit.« Bei Perris enttäuschtem Gesicht bekam er ein schlechtes Gewissen und wurde sofort wütend. »Dräng mich nicht so sehr. Das geht mir zu schnell.«

Jetzt reichte es ihr. »Ach ja?«, regte sie sich auf. »Wer hat mich denn von dem Tag an, als das Testament verlesen wurde, gedrängt? Ich habe das alles hingenommen, um des lieben Friedens willen. Fast täglich hast du in diesem Haus etwas verändert, ohne mich um meine Meinung zu fragen. Aber nun geht es dir zu schnell, um einmal einzulenken?«

Mittlerweile kochte sie vor Wut. Sonst hatte sie sich immer einigermaßen unter Kontrolle, weil so ein Wutausbruch normalerweise nichts nützte. Aber jetzt wollte sie nicht nachgeben.

»Das ist nicht einfach für mich!«, schrie Matt. »Ich gebe mir Mühe!«

»Ja«, stimmte sie zu. »Es war sehr nett von dir, mir Rosen zu bringen, aber das …«

»Ich bemühe mich!«, wiederholte er. »Glaubst du, ich habe damit gerechnet, dass ich dich heiraten muss, um dieses Grundstück zu retten? Oder dass du schwanger wirst? Mir fällt es schwer genug, wieder verheiratet zu sein. Besonders noch, weil du die Ehefrau bist.« Sobald er es ausgesprochen hatte, bereute er diese Worte.

Es herrschte gefährliches Schweigen. »So, dir fällt es also schwer, mit mir verheiratet zu sein.« Perris Stimme klang sehr ruhig.

»Du bist doch weggelaufen! Du hast es dir leicht gemacht.« Er knallte die Bierdose auf den Tisch. Er wusste, dass sie nicht vor ihm, sondern vor den Lügen seiner Mutter davongelaufen war. Innerlich sah Matt seine Mutter vor sich, die sich darüber freute, dass er Perri so anfuhr.

»Ich habe es mir leicht gemacht?«, konterte sie. »Ich wollte den Ruf meiner Mutter schützen. Was sollte ich denn noch in einer Welt, wo ich nicht mehr erwünscht war? Ich musste mich oft beherrschen, um über Leila zu schweigen, damit du in aller Ruhe dein Leben weiterführen kannst.« Tief getroffen stand Perri auf und sprach alles aus, was sie immer zurückgehalten hatte. »Glaubst du, es war einfach für mich, dass du damals so schnell geheiratet hast? Ich finde, ein paar Wochen hättest du schon noch warten können. Was glaubst du, wie ich mich gefühlt habe, als diese Frau ein Kind von dir erwartete?« Sie musste sich räuspern, bevor sie weitersprechen konnte. »Denkst du, so etwas ist leicht für eine Siebzehnjährige? Ich habe dich geliebt, und du hast einfach mit mir Schluss gemacht.«

»Du bist weggelaufen!« Matt vergaß sein schmerzendes Knie und sprang auf.

»Du hast mich laufen lassen!«, erwiderte sie. »Du weißt nicht genug darüber, was ich durchgemacht habe, um zu behaupten, es sei leicht für mich gewesen. Nicht ein einziges Mal hast du gefragt, wie es für mich war. Und wenn du dich schon darüber beklagst, wie schwer dir die Gewöhnung an deine Rolle als Ehemann und Vater fällt, dann vergiss nicht, dass niemand dich dazu gezwungen hat. Ich schon gar nicht.« Hastig warf sie den Eisbeutel ins Spülbecken, bevor er noch an Matts Kopf landete.

Matt wunderte sich selbst über sein Verhalten und die widersprüchlichen Gefühle, die in ihm tobten. Kraftlos lehnte er sich an den alten Kühlschrank. Er konnte seinen Großvater einfach noch nicht wiedersehen. Seit seiner Kindheit hatte er von Leila gelernt, dass man niemals etwas verzieh. Doch wenn er sich eingestand, wie sehr seine Mutter sein Denken geprägt hatte, dann tat das unglaublich weh. Ich will meinen Großvater und Anne Marlowe Ransom nicht sehen, beschloss er, brachte jedoch kein Wort heraus.

»Na schön«, sagte Perri schließlich. »Das zeigt mir deutlich, wie sehr du mich als Teil deiner Familie siehst.«

»Perri …«

Abweisend hob sie die Hand. »Bitte, ich weiß nicht, wie es zu diesem Streit kommen konnte. Ich wollte lediglich nach Tucson. Aber wenn wir schon dabei sind, kann ich auch ruhig meinen Fehler von damals eingestehen, dass ich mich niemals verteidigt habe. Ich ging fort, und das veränderte mein Leben. Du hast mein Leben verändert«, fügte sie hinzu. »Und im Grunde bin ich deinetwegen der Mensch, der ich heute bin.«

»Ich habe dich zu einer Frau gemacht, die mich ›um des lieben Friedens willen‹ hat gewähren lassen?«, fragte er spöttisch. »Das arme kleine Opfer meiner Entscheidungen? Ungeliebt und zurückgewiesen? Dieser Mensch bist du wegen mir geworden?«

Der Streit ging ihr viel zu weit, und sie ertrug den Kummer kaum noch, den jedes seiner Worte in ihr auslöste. »Ich habe mich verändert, Matt«, stellte sie nüchtern fest, »das kann nicht jeder von sich behaupten.« Perri kämpfte gegen ihren Schmerz an. »Dein Verhalten von damals habe ich nicht verdient. Und das hier muss ich mir auch nicht bieten lassen.« Tränen traten ihr in die Augen. »Vielleicht ist es am besten so, wenn ich wenigstens genau weiß, wie du über mich denkst. Ich bin nicht Teil deiner Familie.«

Jetzt erst wurde ihm klar, was er gesagt hatte.

»Was spielt das auch für eine Rolle?«, fuhr Perri fort, als er nichts erwiderte. »Diese Ehe ist eine Farce.«

»Du vergisst das Baby«, wandte Matt ein.

»Es ist mein Baby«, entgegnete sie sofort in eisigem Ton.

Matt schoss auf sie zu. »Was willst du damit sagen?«

Sie sah ihn an, als erkenne sie zum ersten Mal die Wahrheit. »Damit meine ich, dass ich meine Familie habe, sobald mein Baby auf der Welt ist. Ich werde ein Teil meiner eigenen Familie sein, Matt.«

Verzweifelt spielte er sein letztes Ass aus. »Du hast gesagt, du liebst mich«, rief er ihr in Erinnerung. »Wenn du mich nicht lieben würdest, hättest du nicht mit mir geschlafen.«

»Und? Du empfindest nichts für mich«, antwortete sie kühl. »Du hast ganz bewusst niemals gesagt, dass du mich liebst. Außerdem sagst du, dass Sam und Whit deine Familie sind. Versteh mich nicht falsch, ich weiß deine Ehrlichkeit zu schätzen. Du kannst mich eben nicht lieben.«

Matt blickte sie an. In ihren Augen standen Tränen. Er erkannte, wie viel gerade zerstört worden war.

»Ich habe dich schon einmal verlassen, obwohl ich dich liebte«, sagte sie. »Ohne das Land und ohne das Baby bin ich völlig nutzlos für dich. Der Sex gefällt dir, aber als Mitglied deiner Familie bin ich dir weniger willkommen.« Perri sah ihm wieder ins Gesicht. »Schließlich ist meine Mutter eine Marlowe. Nur durch das Kind bin ich mit deiner Familie verbunden.«

»Schluss damit!«, fuhr er sie an. Er wusste, dass ihn mehr mit ihr verband, aber er konnte es nicht in Worte fassen. »Du bist meine Familie. Du bist meine Frau.« Erst als er es aussprach, wurde ihm klar, dass er auch so empfand.

»Die ganze Zeit über hast du auf meine Liebe gezählt. Nicht ein einziges Mal hat dich meine Meinung interessiert, wenn du deinen Willen bekommen wolltest.« Sie hob die Hände. »Du weißt, dass ich dich liebe, und deshalb erwartest du, dass ich mich füge.«

Das lief nicht so, wie er es sich gedacht hatte. Ich muss Zeit gewinnen, dachte er, bis ich wieder klar denken kann. »Liebst du mich denn um meiner selbst willen, Perri? Ich bin nicht mehr der verliebte Jüngling, und der werde ich nie wieder sein.« Er drängte sie gegen die Anrichte. »Du hattest Glück, als du damals weggelaufen bist. Sonst wärst du mit achtzehn verheiratet gewesen und fürchterlich enttäuscht worden. Mir kommt es vor, als hättest du dich nicht so sehr verändert, wie dir lieb wäre.« Er schüttelte den Kopf. »Ich glaube, du erwartest zu viel von mir. Ich züchte Pferde und führe eine Farm. Da brauche ich keine Frau, die mir das Herz bricht.«

»Ich verstehe.« Perri sprach sehr ruhig. »Dir fehlt die Zeit und auch das Gefühl.«

Matt fiel auf, dass er kaum glückliche Frauen kannte. Wollte er dafür verantwortlich sein, wenn er Perris Leben verdüsterte? »Du gehörst nicht mehr in diese Welt«, stellte er kalt fest. »Du warst zu lange fort von hier und würdest nicht mehr in eine Familie hier hineinpassen.« Er hörte, wie sie erschrocken Luft holte.

»Dir muss Gannies Land noch wichtiger sein als mir«, antwortete sie mit rauer Stimme.

»Dies ist alles, was zwischen uns wichtig ist«, stellte er fest und drängte sich an sie. »Danach sehne ich mich im Moment.« Er legte ihr eine Hand in den Nacken und küsste sie glutvoll auf den Mund.

Perri konnte nicht ausweichen, und Matt ließ sie nicht gehen. Sie wollte ihm widerstehen, aber seine Kraft und seine Wärme rissen sie mit. Seinen Körper zu fühlen und seinen Duft einzuatmen war so schön, und sie schmiegte sich weich an ihn.

Matt schob ein Bein zwischen ihre Schenkel. Mit einer Hand fuhr er zum Bund ihrer Shorts und in ihren Slip. Perri stöhnte auf und bewies ihm, dass nicht nur ihn brennende Begierde erfüllte.

»Das ist die Wirklichkeit, Kleines«, stieß er heiser aus und strich ihr mit dem Daumen über die vollen Lippen. Perri sog an dem Daumen und umspielte ihn mit der Zunge. »Wir beide wissen, dass du dich mir hingeben würdest, wenn ich es darauf anlege«, flüsterte er ihr ins Ohr. »Du wirst hier bei mir bleiben, dafür werde ich sorgen. Du wirst nicht mit dem Baby fortgehen.«

Nichts hätte Perris jäh aufflackernde Lust schneller dämpfen können als dieser Satz. Sie erstarrte und strich ihre Kleidung glatt. »Wenn du dir einbildest, ich könnte dir nicht widerstehen, dann irrst du dich gewaltig, Matt. Ich wollte es lediglich nicht. Bis jetzt.« Ihre Finger zitterten, als sie ihre Kette löste.

Matt konnte sich selbst nicht ausstehen. »Wunderbar. Du hast ein Recht darauf, mehr von einer Ehe zu erwarten, als ich dir bieten kann«, entgegnete er. Erkannte sie nicht, dass dies der Zeitpunkt war, an dem sie sagen sollte, dass sie ihn genug liebte, um bei ihm zu bleiben? »Sobald das halbe Jahr vorbei ist, werde ich die Scheidung in die Wege leiten.« Mit seinem sachlichen Tonfall tötete er jede positive Empfindung zwischen ihnen. »Vielleicht solltest du schon mal darüber nachdenken, ob du mir nicht das Sorgerecht für das Kind überträgst.«

Sprachlos vor Wut betrachtete sie das Medaillon. »Wenn du glaubst, ich würde jemals auch nur in Erwägung ziehen, mein Kind wegzugeben, dann musst du vollkommen verrückt sein. Nur weil ich mich jedem deiner Wünsche gebeugt habe, seit ich hier bin, bedeutet das nicht, dass ich dir das Kind überlasse und einfach so verschwinde.« Erst jetzt sah sie ihm in die Augen, und ihr Blick drückte ihren maßlosen Zorn aus.

»Ich möchte, dass dieses Kind hier aufwächst, Perri«, beharrte er. »Ich werde nicht zulassen, dass mein Kind von dir lernt, vor Problemen davonzulaufen. Das widerspricht meinen tiefsten Überzeugungen.«

»Ob verheiratet oder geschieden, Matt, ich werde bleiben«, verteidigte sie sich. »Den einfachen Weg gibt es sowieso nicht, aber ich werde auch nicht davonlaufen. Deinen Standpunkt hast du mir sehr deutlich gemacht.« Tiefe Trauer schwang in ihrer Stimme mit, als sie die goldene Kette auf die Anrichte legte. »Überleg dir schon mal, wie du unserem Kind erklären willst, dass sein Daddy nicht mit seiner Mutter unter einem Dach lebt.« Um nicht noch theatralisch zu werden, schnappte sie sich ihre Handtasche und die Autoschlüssel und ging zur Tür.

»Wo willst du hin?«, verlangte er zu wissen und packte sie am Arm. Für einen Mann mit verletztem Knie konnte er sich mit einem Mal sehr schnell bewegen.

»Weg«, antwortete sie und versuchte gar nicht erst, sich seinem Griff zu entziehen.

»Das ist mir ein bisschen zu ungenau. Du wirst nicht einfach wie meine erste Frau wegfahren. Wo willst du hin?«

»Erst mal fahre ich zu Donnie.«

Schweigend ließ Matt sie los, obwohl es ihm schwerfiel. »Wenn du in Spirit Valley bleibst, wird es nicht leicht für dich.«

»Nein«, antwortete sie. »Aber ich werde es überleben. Auch wenn ich auf das, was ich mir am sehnlichsten wünsche, verzichten muss. Aber ich werde es schaffen und meinem Kind beibringen, wie man liebt. Vertreiben lasse ich mich von niemandem mehr.«

Wortlos sah Matt Perri nach und glaubte, die Zeit müsse still stehen. Das Licht der untergehenden Sonne zauberte Glanzlichter in ihr dunkelblondes Haar, das ihr offen auf die Schultern fiel. Von der Tür aus beobachtete er sie und machte sich immer größere Sorgen. Lange saß Perri nur im Auto, und als sie endlich den Motor anließ und wegfuhr, war Matt fast erleichtert.

Habe ich ihr wirklich all diese bösen Dinge an den Kopf geworfen? fragte er sich. Das Leben, das er sich erträumt hatte, war zum Greifen nah. Er hatte eine zweite Chance mit der Frau seines Lebens bekommen, und er hatte sie weggeschickt.

Das geschieht dir recht, Ransom, dachte er nur. Du hast wenig Mitgefühl gezeigt, weder ihr noch dir selbst gegenüber. Mit Erfolg hatte er sich dagegen gewehrt, dass ihm ein Mensch noch einmal viel bedeutete.

Perri bekam ein Kind von ihm. Matt hatte panische Angst davor, sich ein gemeinsames Leben mit ihr aufzubauen. Wenn er damit scheiterte, würde er daran zerbrechen. Also versuchte er es gar nicht erst.

Im Vergleich zu Leila und Cadie machte Perri es ihm ziemlich leicht. Sie lieferte ihm keine hitzige Szene. Seit ihrer Ankunft wirkte sie grazil und selbstbeherrscht. Insgeheim bewunderte Matt ihre Geduld im Umgang mit ihm. Seine Vorwürfe waren ungerechtfertigt, aber diese Erkenntnis kam zu spät.

Er hatte es geschafft, sie durch ihre Liebe an sich zu binden, aber in keiner Weise hatte er versucht, diese Liebe zu bewahren. Jetzt war Perri bei Donnie, aber innerlich war sie noch viel weiter von ihm entfernt.

Matt hatte es geschafft, seine Gefühle so abzuschotten, dass er tatsächlich unangreifbar war. Und Perri hatte er davon überzeugt, dass er unfähig war, sie zu lieben.

Entschlossen lief Matt zu seinem Wagen. Er wollte Perri nicht einholen oder anhalten. Aber er wollte vergewissern, dass sie sicher dort ankam, wo sie hinwollte.

10. Kapitel

Donnie legte den Hörer auf. Sie konnte Perri nicht erreichen. Am Vorabend war Perri zwar traurig gewesen, als sie wieder nach Hause fuhr, doch Donnie konnte es gut verstehen, wenn sie heute ausschlief. Der Streit hatte sie sicher sehr angestrengt.

Als sie auf ihre Armbanduhr sah, bemerkte Donnie, dass das Silberarmband einen dunklen Streifen auf ihrer Haut zurückließ. Es musste ein gewaltiger Sturm sein, der sich da näherte, wenn das Silber schon anlief.

Sie atmete tief durch, aber die Luft im Zimmer war drückend. Donnie nahm sich vor, früh zu Bett zu gehen. Morgen nach dem Sturm gab es bestimmt eine Menge für sie zu tun.

Donnie war davon überzeugt, dass die Menschen Spirit Valley entweder verließen, sobald sie nur konnten, oder aber für immer blieben, so wie sie. Wegen des Sturms machte sie sich keine Sorgen. Sie hatte ihr Haus so weit gesichert, wie es möglich war. Alles Weitere musste sie abwarten.

Diese Frau würde immer noch fantastisch in Jeans passen, dachte Sam Ransom, als Janie Stone aus ihrem Haus auf sein Auto zukam. Sie so anmutig laufen zu sehen gefiel ihm, und er entspannte sich etwas, während er den Motor abschaltete.

Die ganze Fahrt über hatte er nachgedacht, was er sagen sollte. Sie beide mussten die Kinder zur Vernunft bringen, bevor sein närrischer Sohn eine Beziehung zerstörte, die etwas ganz Besonderes werden konnte. Gleichzeitig war Sam sich bewusst, dass er von Matt etwas erwartete, was er selbst nie versucht hatte.

Der Streit, den er und Matt hinter sich hatten, belastete ihn sehr. Böse Worte waren gefallen, als er seinen ältesten Sohn auf der Farm vorwand, wie er sich langsam betrank. Er konnte nicht mit ansehen, wie der Junge so dumm sein sein konnte. Und deshalb musste er etwas unternehmen.

Es hatte Sam große Überwindung gekostet, nach Oklahoma City zu fahren, aber er musste zu Janie. Schließlich gehörten sie beide jetzt zur selben Familie.

Jetzt lehnte er sich aus dem Fenster und bereitete sich darauf vor, Perris Mutter zu einer Spazierfahrt zu überreden. Der Wind hatte aufgefrischt, aber Sam war sicher, dass Oklahoma City zumindest in dieser Nacht von dem Unwetter verschont bleiben würde.

Als Janie näher kam, bemerkte Sam, dass sie nicht lächelte.

»Fahr lieber wieder nach Hause, Sam«, sagte sie sehr besorgt. »Gerade kam es in den Nachrichten, dass sich über Spirit Valley ein Hitzesturm bildet.«

Janie brauchte keine weiteren Erklärungen zu liefern. »Geh ins Haus und bleib dort. Vielleicht breitet der Hitzesturm sich aus und kommt auch hierher. Versprich es mir, Janie«, fügte er hinzu. »Matt wird sich um dein Mädchen kümmern.« Er ließ den Motor wieder an, schaltete in den Rückwärtsgang und fuhr los.

Ein Tag ohne Perri, und schon fühlte Matt sich einsam. Seltsam, früher hatte er es genossen, allein zu sein. Rastlos blickte er sich jetzt um. Alle Pferde waren im Stall, und das Schnauben der Tiere beruhigte ihn etwas.

Immer noch tat sein Knie weh, und sein Gewissen machte ihm auch zu schaffen. Er hatte sich mit Sam gestritten, und dennoch war so vieles zwischen ihnen unausgesprochen geblieben. Matt hasste es, mit seinem Vater zu streiten, besonders über Perri. Ihnen fiel es beiden schwer, Gefühle zu zeigen, und schließlich war Matt unsachlich und gemein geworden. Das tat ihm jetzt leid, doch es ließ sich nicht rückgängig machen.

Nur weil Sam niemals ein Flugzeug bestiegen hatte, um seinen eigenen Vater zu besuchen, besaß Matt nicht das Recht, ihn zu beschimpfen. Als Folge davon war Sam heute Abend in seinen Wagen gestiegen und einfach davongefahren. Matt wusste nicht einmal, wohin.

Er bereute zutiefst, wie er sich seit Jahren seinem Vater gegenüber verhalten hatte. Doch das war nur ein Punkt von vielen, die er in letzter Zeit bereute. Gestern nacht hatte er über eine Stunde in seinem Auto vor Donnies Haus gesessen und überlegt, ob er hineingehen und seine Frau holen sollte. Er hatte es nicht getan.

Jetzt fragte er sich, was es nützen würde, wenn er sich mit Perri versöhnte. Er war sich sicher, dass er sie früher oder später wieder verletzen würde, und das wollte er auf keinen Fall.

Um drei Uhr nachts war er nach Gledhill zurückgekehrt, um ihr die Hölle heiß zu machen. Doch als er das Haus betrat und ihm bewusst wurde, wie sehr die Atmosphäre von Gannie geprägt war, verrauchte sein Zorn allmählich. Gannie hätte ganz sicher nicht gewollt, dass er so erbittert mit Perri kämpfte. Er spähte in ihr gemeinsames Schlafzimmer, und sah das Kästchen, das Perri ihm geschenkt hatte, im Mondlicht glänzen.

Er musste daran denken, wie ruhig Perri Johns Erläuterungen zu Gannies Testament gelauscht und mit welcher Gelassenheit sie reagiert hatte, als die halb nackte Lida unerwartet aus seinem Haus kam. Und jede andere Frau hätte ihm auf ewig Vorwürfe gemacht, dass er damals seiner Mutter mehr geglaubt hatte als ihr. Perri ließ sich nicht von ihm einschüchtern, aber sie verheimlichte ihm auch in keiner Weise, wie viel er ihr bedeutete. Perri war einfach ehrlich.

Matt hatte neben ihrem Bett gestanden und sie im Mondlicht betrachtet. Perri hatte erschöpft gewirkt, als habe sie sich in den Schlaf geweint. In diesem Moment fragte er sich nach der Ursache für ihren Streit. Wieso wollte er nicht nach Tucson? Wenn er seinem Großvater gegenübertrat, musste er sich dem ganzen Kummer der Vergangenheit stellen, und davor fürchtete er sich.

Im Schlaf hatte Perri sich zu ihm gedreht und seine Hand berührt. Liebend gern wäre er bei ihr geblieben, aber er wollte sie nicht wecken und allein dadurch verärgern, dass er neben ihr lag. Leise war er aufgestanden, hatte die Goldkette vom Nachttisch mitgenommen und nicht mehr losgelassen, als er das Haus verließ.

Jetzt wurde es langsam wieder Abend, und Matt stellte fest, dass er die Kette aus der Tasche gezogen hatte, als würde sie ihn trösten. Selten hatte er sich so einsam gefühlt.

Die plötzliche Unruhe der Pferde riss ihn aus seinen Gedanken. Sie spürten die Veränderung in der Atmosphäre viel früher als Menschen. Rasch schaltete Matt das Radio ein und lief nach draußen, um den Himmel zu betrachten.

Nichts deutete auf ein drohendes Unwetter hin. Aber die Ruhe gefiel ihm gar nicht. Irgendetwas kam auf Spirit Valley zu, das spürte er. Sorgfältig steckte er die Kette wieder weg. Der Wetterbericht kündigte einen Hitzesturm an.

Und Perri ist ganz allein, dachte Matt bestürzt. Allein in diesem Haus, das ohne jeden Schutz auf dem Hügel steht. »Um Himmels willen«, flüsterte er und griff nach seinem Handy.

Der Ventilator an der Decke drehte sich zwar, dennoch war die Hitze unerträglich. Perri hatte fast vier Stunden tief geschlafen. Die Hitze und der Streit mit Matt hatten sie erschöpft.

Sie erwachte und fühlte sich sofort wieder wie erdrückt von ihrer Verzweiflung. Erst gestern hatte Matt ihr gesagt, sie sei nicht Teil seiner Familie. Langsam setzte sie sich im Bett hin. Ihre Kehle brannte, und sie war am ganzen Körper verspannt. Perri tastete nach ihrer Kette und weinte fast. Nicht einmal einen Sommer hatten sie gemeinsam überstanden. Und Flitterwochen würde es für sie beide niemals geben.

Mühsam stand sie auf und beschloss zu duschen. Dann fiel ihr Blick auf den Anrufbeantworter, dessen Lämpchen blinkte. Erst jetzt wurde ihr bewusst, wie lange sie mitten am Tag nicht erreichbar gewesen war. Sobald sie das Telefon wieder einschaltete, klingelte es.

»Wo bist du gewesen?«, verlangte Matt zu wissen, bevor sie ihn auch nur begrüßen konnte. Es klang, als hätte er panische Angst.

Für so ein Gespräch fühlte Perri sich noch lange nicht wach genug. »Ich habe mich hingelegt, nachdem der Kühlschrank geliefert wurde«, antwortete sie ruhig. Dass sie verschlafen hatte, wollte sie nicht eingestehen. »Und übrigens hast du gesagt, du würdest den alten Kühlschrank wegschaffen.«

»Perri, geh sofort in den Keller!«, fuhr Matt sie an. »Beeil dich. Direkt über uns entsteht ein Hitzesturm. Ich muss mich um die Tiere kümmern, und vielleicht funktioniert mein Telefon gleich nicht mehr.«

»Ein Hitzesturm? Was bedeutet das?«

»In ungefähr fünf Minuten fliegt dir der Stacheldraht um die Ohren, wenn du nicht augenblicklich im Keller Schutz suchst. Ich kann dir jetzt keine langen meterologischen Erklärungen geben. Geh in den Keller«, wiederholte er. »Ich rufe an und komme zu dir, sobald ich kann.«

»Von einem Hitzesturm habe ich noch nie gehört«, wandte sie ein. »Ist das ein Wirbelsturm?«

»Wenn du mich um den Verstand bringen willst, dann tu das später. Jetzt sieh endlich zu, dass du in den Keller kommst.« Matt schrie fast. »Und nimm dein Handy mit. Vielleicht kann ich dich dann weiterhin erreichen.«

Im Hintergrund hörte Perri das Heulen des Windes und das unruhige Wiehern der Pferde. »Also, wenn es dir so ernst ist …«

»Perri!«, schrie er ins Telefon, »ich möchte mir keine Sorgen um deine Sicherheit machen müssen. Ich komme, so schnell ich kann. Also mach schon!«

»In Ordnung, Matt«, erwiderte sie. »Sei vorsichtig.« Am anderen Ende der Leitung herrschte Schweigen, als wolle er noch etwas hinzufügen, aber Perri vermutete, dass Matt einfach nur überlegte, ob sie seine Anweisungen befolgen würden.

Sie legte auf, und sofort klingelte es wieder. Perri musste erst ihrer Mutter und dann Donnie versichern, dass sie sich in Sicherheit bringen würde. Anscheinend hatten die Menschen, denen sie etwas bedeutete, großen Respekt vor dem, was sich am Himmel zusammenbraute.

Schnell zog Perri sich etwas an und sah sich dabei den Wetterbericht im Fernsehen an. Schlagartig wurde ihr die Gefahr bewusst. Ein Hitzesturm war wie ein Tornado ein Wirbelsturm, aber im Gegensatz zu anderen Wirbelstürmen, die rasend schnell vorüberzogen, konnte ein Hitzesturm stundenlang über derselben Gegend bleiben. Wie ein Hurrikan, bloß ohne Regen. Einen Hitzesturm hatte Perri noch nie erlebt. Sie erfuhr, dass in anderen Gegenden bereits die Stromleitungen unterbrochen waren und auch für Flugzeuge Gefahr bestand. Es hieß, die Temperatur in Spirit Valley sei innerhalb von zwanzig Minuten um über 17 Grad gestiegen.

»Na wunderbar«, murmelte Perri. Sie nahm sich die Tagesdecke vom Bett mit und verschloss im Erdgeschoss alle Türen und Fenster und nahm sich ihren Laptop.

Bevor sie in den Keller ging, blickte sie durch die großen Fenster nach draußen. Wie eine wilde Stierherde raste der Sturm auf den Hügel zu. Die Luft war so heiß, dass Perri glaubte, nicht atmen zu können. Dass die Luft so drückend und elektrisch aufgeladen war, hatte sie noch nie erlebt, und ihr wurde schwindlig. Am ganzen Körper brach ihr der Schweiß aus, ihr T-Shirt kam ihr unsagbar schwer vor.

Perri lehnte sich gegen den Kühlschrank, um nicht ohnmächtig zu werden. Die Lieferanten hatten den alten Kühlschrank hierher getragen, als sie den neuen installiert hatten. Jetzt stand er neben der Kellertür. Eigentlich hatte Matt ihn hinunterbringen sollen, damit sie einen zweiten Kühlschrank hatten, aber Matt war nicht da gewesen.

Auf einmal lockerte sich der Ventilator an der Decke, und ein Zierteller fiel vom kleinen Tisch neben der Badewanne. Perri beobachtete, wie ein Baum entwurzelt wurde und umstürzte. Dann schepperte das Blechdach der alten Scheune und hob sich an einer Seite an.

Der Schweiß brannte ihr in den Augen, als sie die Tür zur Kellertreppe aufriss und das Licht einschaltete. Gerade als sie sich umdrehte, um die Tür hinter sich zu schließen, wurde etwas gegen die Tür gestoßen, sodass sie zufiel und sich nicht mehr öffnen ließ.

Ich bin gefangen! dachte Perri. Im Moment kann ich nur nach unten gehen.

Lange Zeit wurde ihr trotz der Kühle nur noch heißer, aber dann beruhigte sie sich. Erst jetzt wurde ihr klar, dass sie das Handy vergessen hatte. »Noch etwas, worüber du dich ärgern kannst, Matt«, flüsterte sie.

Hier im Keller fühlte sie sich sicher und geschützt vor der überhitzten aufgewühlten Welt dort oben. Sie entdeckte einen alten Schaukelstuhl, der gut ins Kinderzimmer passen würde, setzte sich hinein und versuchte, nicht daran zu denken, wie lange es dauern konnte, bis jemand sie befreite.

Ein Marienkäfer krabbelte ihr über das Handgelenk, und Perri war für die Gesellschaft dankbar. Sie schaukelte langsam hin und her. Würde Gledhill dem Sturm standhalten? Und was hatte so gegen die Tür geschlagen?

Perri konnte nicht anders, sie musste sehen, was dort draußen vor sich ging. Sie holte sich die Trittleiter und stellte sie unter das kleine Kellerfenster. Es wurde immer dunkler, aber Blitze entluden sich nach allen Seiten. Der Wind wirbelte alles auf, was kleiner als ein Backstein war.

Beim Zusehen vergaß Perri die Angst vor dem Sturm und die Tatsache, dass sie hier eingesperrt war. Der Sturm hatte in seiner Urgewalt etwas Wunderschönes.

In diesem Moment hörte sie ein metallisches Kreischen, als das Blechdach sich ganz von der Scheune löste. Perri musste an Matt denken, der in diesem Chaos versuchte, seine Pferde zu schützen.

Die Anspannung brachte ihn um. Matt zog sich das Stirnband ab, hielt es sich vor das Gesicht und versuchte, tief Luft zu holen, doch auch das brachte keine Erleichterung. Seine Schultermuskeln kamen ihm vor wie straff gezogene Stahlkabel vor, und ein tonnenschweres Gewicht schien auf ihnen zu ruhen.

Gerade wollte er einen Schluck Wasser trinken, aber er konnte nur fassungslos zusehen, wie ein Blitz durch eine Wolke fuhr, die kreiselnd nach unten gezogen wurde. Bei diesem Anblick konnte man nur Ehrfurcht empfinden. Der Lärm allein konnte einen Menschen verrückt machen. Bisher war zwar nichts Schlimmes passiert, aber gerade das machte es umso unheimlicher.

Zum Glück waren die zur Ransom-Farm gehörenden Gebäude so flach, dass der Sturm keine Angriffsfläche fand. Man schluckte dort nur etwas mehr Staub als andere. Gledhill dagegen stand wie eine Rakete auf dem Hügel, die nur darauf wartet, in den Himmel getragen zu werden.

Ich muss zu ihr, dachte Matt. Bei seinen Pferden gab er sich alle Mühe, seine Ehefrau schnauzte er dagegen nur an. Mit jeder Minute wuchs seine Besorgnis, doch jedes Mal, wenn er sie anrief, schaltete sich nur der Anrufbeantworter ein.

Wo war überhaupt sein Vater? Seit Sam davongefahren war, hatte Matt ihn nicht mehr gesehen. Er konnte kaum noch klar denken. Wieder wählte er die Nummer von Gledhill, hörte aber nur die Stimme auf dem Band. Matt fluchte und machte sich auf den Weg.

11. Kapitel

Sie ist hoffentlich im Keller, dachte Matt und rieb sich die brennenden Augen, während er sich der Hintertür näherte und dabei über einen umgestürzten Nussbaum stieg. Wenn nicht, dann hoffte er, dass sie sich an einem anderen sicheren Ort befand.

Alle Pflanzen kämpften mit dem Sturm, und Matt bekam kaum noch Luft. Dazu kam noch die Hitze. Trotzdem blieb er kurz stehen, als er das zerstörte Blechdach der Scheune sah. So etwas hatte er befürchtet.

Ein Tornado war schrecklich, aber er zog wenigstens weiter. Wenn das hier noch stundenlang weiterging, konnte ganz Gledhill zerstört werden.

Erleichtert erkannte er, dass das Haus noch stand. Das brachte ihn zu der Überzeugung, dass auch Perri in Sicherheit war. Und in diesem Moment überkam ihn die Erkenntnis, dass er Perri liebte. Er liebte sie und dieses Haus. Was für ein Zeitpunkt für so einen Gedanken! dachte er.

Perri war das Zentrum seines Lebens. Und er werde sie nicht fortgehen lassen, denn das wäre sein Ende. Er würde ihr sagen, dass er sie liebte, und sie irgendwie dazu bringen, bei ihm zu bleiben. Aber zuerst musste er sie finden und dann zurück zu den Pferden. Als er die Hintertür erreichte, blieb ihm fast das Herz stehen.

»Perri!«, schrie er. Noch bevor er es überhaupt merkte, war er schon an der Kellertür. Der große Deckenventilator war von der Decke gefallen und hatte sich zwischen der Tür und dem Kühlschrank verkeilt. An den Schlägen gegen die Tür war zu erkennen, dass Perri versuchte, wieder hinauszukommen.

Selbst beim Klang seiner Stimme hörte sie nicht auf, gegen die Tür zu hämmern. Die Kraft, mit der sie gegen die Tür schlug, ließ Matt beeindruckt verstummen. Für so einen Notfall hatte Gannie immer eine Axt dort unten aufbewahrt.

Perri durchbrach die obere Hälfte der Tür und rang einen Moment nach Luft. Mit einer Rücksicht, die er sonst nur seinen Pferden gegenüber zeigte, blieb Matt still und beobachtete sie.

Sie hatte jetzt wenigstens schon ein Loch in der Tür und fühlte sich frei. Schwer atmend blickte sie durch die zerstörte Tür und sah Matt. Wortlos reichte sie ihm die Axt durch das Loch.

Matt zerrte den Ventilator zur Seite und öffnete die Tür. Perris Drang, aus dem engen Keller auszubrechen, hatte seine letzten Zweifel beseitigt. »Wieso hast du das verdammte Telefon nicht mitgenommen?« Matt zog sie nach draußen. Die Angst, die ihn erfüllt hatte, verwandelte sich jetzt in Wut auf sie.

»Ich habe das verdammte Telefon nicht mitgenommen, weil ich das verdammte Telefon vergessen habe«, entgegnete sie verärgert. »Lass mich los, und hör auf, so mit mir zu reden.«

»Eine schwangere Frau sollte nicht mit der Axt Türen einschlagen«, stellte er fest, und ihm wurde bewusst, dass Perri hier auf dem Hügel nicht sicher war. Matt musterte sie prüfend. »Geht es dir gut?«, fragte er und strich ihr über den Körper, als wolle er sich selbst überzeugen, dass ihr nichts zugestoßen war.

»Alles in Ordnung, danke. Und dem Baby geht's auch gut.«

»Prima. Los, gehen wir.« Er nahm ihre Hand.

»Wohin?« Sie zog die Hand zurück und sah ihn an, als hätte er den Verstand verloren. Sie wollte nirgendwohin.

»Zur Farm.«

Ungläubig sah sie ihn an. »Du willst da hinaus?«, flüsterte sie entsetzt. »Dieser Sturm dreht die Wolken um, Matt, und du willst da hinaus?« Bekräftigend deutete sie auf die alte Scheune.

»Ich möchte, dass du bei mir bist«, wiederholte er und zog

sie mit sich zur Tür. »Und ich muss zu den Pferden. Dir darf nichts geschehen.«

Ihm konnte es gar nicht schnell genug gehen, dass sie das Haus verließen. Matt wartete nur noch, bis Perri ihre Sandaletten mit Stiefeln vertauscht und ihre Taschenlampe in einen Stiefelschaft gesteckt hatte. Doch Jeans durfte sie sich nicht mehr anziehen. Obwohl sie sich deswegen beschwerte, ließ sie sich von ihm zum Pick-up führen, der bedenklich schwankte.

Matt stieg ein, ließ den Motor an und sah zu seiner Frau. Ihm war nicht peinlich, was ihm durch den Kopf ging. Obwohl verschwitzt und zerzaust, sah Perri unglaublich sexy aus in ihren abgeschnittenen Jeans. Zum Glück war er nicht mehr so jung und dumm, um hier in einem Wirbelsturm mit ihr zu schlafen. Außerdem wirkte Perri im Moment so wütend, dass er nur froh sein konnte, dass sie die Axt im Wintergarten gelassen hatte. Er unterdrückte ein Lächeln und legte den Gang ein.

Schweigend fuhren sie um das Haus herum und warfen einen prüfenden Blick auf den alten Friedhof. Zu ihrer großen Erleichterung war noch kein ernster Schaden entstanden. Im Zaun klemmte Kinderspielzeug, und über dem Eingangstor hingen die Überreste einer Schaukel.

»Das kann man wegräumen«, sagte Matt nur. Der Sturm tobte weiter, doch sie schwiegen beide. Gerade eben erst hatte Matt erkannt, wie sehr er Perri liebte, aber er sagte kein Wort, sondern blickte nur auf die Weide, über die sie fuhren. Schließlich sah er zu Perri.

»Alles in Ordnung mit dir?«, fragte er noch mal. Ihr Schweigen verwirrte ihn.

»Mit geht es gut, danke«, antwortete sie höflich. »Ich habe über das, was du gestern gesagt hast, nachgedacht. Ich bin es wirklich leid, mir über die Vergangenheit den Kopf zu zerbrechen. In einer Truhe im Keller habe ich Tagebücher von Gannie gefunden. Wusstest du, dass sie sich kurz vor dem Krieg in Ray Deepwater verliebt hat?«

Überrascht hob Matt die Augenbrauen. »Ray Deepwater? Nein.«

»Er muss der Bruder von Johns Großvater gewesen sein. Vielleicht sollte ich John fragen«, meinte Perri. »Ihr Vater war jedenfalls gegen die Verbindung, und Rays Familie hat eine Heirat schlichtweg abgelehnt.«

»Davon habe ich noch nie gehört. Was ist dann passiert?«

In Perris Augen standen Tränen. »Er ist in den Krieg gezogen. Sie hat all die Jahre auf ihn gewartet, aber er ist nicht zurückgekehrt. Und sie hat nie geheiratet. Das finde ich unsagbar traurig. Gannie hielt an ihrer Liebe fest, obwohl ihre Familie sie bei einer Heirat verstoßen hätte. Deshalb hat sie auch so hart gearbeitet, denn sie wollte wenigstens etwas Geld haben, von dem sie leben konnten.«

»Das erklärt einiges. Zum Beispiel ihre Zuneigung zu John. Zu jener Zeit muss es merkwürdig gewesen sein, dass eine Frau wie Olivia Gledhill sich selbst ernähren wollte, anstatt sich einen Ehemann zu suchen.«

»Sie hat sich entschieden, allein zu bleiben, und hat nie aufgehört, Ray zu lieben.« Perri richtete sich auf. »Und ich werde auch meinen Weg gehen. Das Wühlen in der Vergangenheit und die ewige Zurückhaltung und Höflichkeit müssen ein Ende haben.« Sie wandte den Blick ab. »Du hast mich verletzt, Matt. Zugegeben, ich habe viel gelernt in Raleigh, und ich habe mich weiterentwickelt, aber ich bin dir nicht dankbar, dass du mich fortgeschickt hast. Das habe ich nur aus Höflichkeit gesagt.« Sie lachte bedrückt. »Du hast mir das Herz gebrochen, und ich wollte Spirit Valley niemals verlassen. Ich habe mich danach gesehnt, hier zu leben und eine Familie zu haben.«

»Perri, von dem, was ich gestern gesagt habe, habe ich nicht einmal die Hälfte auch so gemeint«, antwortete er leise. »Das zwischen uns beiden ist nicht vorbei. Aber jetzt ist nicht der richtige Zeitpunkt für so eine Unterhaltung.«

»Es ist vorbei«, entgegnete sie ruhig. »Ich kann nicht bei

einem Mann bleiben, der mich nicht um meiner selbst willen liebt. Du würdest mich zu einer Persönlichkeit nach deinem Geschmack formen, und schon sehr bald wärst du nicht mehr der Mann, dem zuliebe ich geblieben bin.«

»Wie bitte?«

»Ich werde mich nicht an die Vergangenheit klammern wie Gannie, und ich werde nicht fortlaufen. Eine eigene Familie zu haben, das ist mein Ziel. Wenn wir uns scheiden lassen, sollten wir das in Frieden tun.« Obwohl sie das nicht wollte, klang sie jetzt doch wieder höflich und vernünftig. »Ich bleibe in Spirit Valley und erkämpfe mir meinen Platz. Ich werde tun, was für mein Baby das Beste ist und für mich als alleinerziehende Mutter.«

Er zuckte bei dem Begriff zusammen, doch das bemerkte sie nicht. »Wo immer ich kann, werde ich dich darin unterstützen, eine Beziehung zu unserem Kind aufzubauen. Aber das Sorgerecht bekommst du nicht.«

Das mit dem Sorgerecht war mein größter Fehler, dachte Matt. »Perri, ich will mich nicht von dir scheiden lassen. Ich möchte, dass wir verheiratet bleiben.« Musste er noch mehr sagen? Damit war doch alles klar.

»Bitte, Matt. Das kann ich einfach nicht mehr glauben. Am Anfang habe ich dich nur gereizt, weil du dachtest, ich sei für dich unerreichbar. Und nun brauchst du mich wegen des Kindes.«

»Schluss damit!« Er wich einem durch die Luft wirbelndem Ast aus. »Sag das nicht noch einmal! Natürlich wünsche ich mir das Baby, aber vor allem will ich dich, ob mit oder ohne Kind.«

»Mach dich nicht lächerlich, Matt.« Sie hielt sich am Türgriff fest, als sie den holprigen Rand der Weide erreichten. »Du willst das Baby behalten, und du würdest alles versprechen, um dieses Ziel zu erreichen.« Sie schüttelte den Kopf. »Entweder müsste ich vor Liebe so blind sein, dass es mir vollkommen egal ist, ob du mich liebst, oder ich müsste so dumm sein, dass ich dir glaube, wenn du sagst, du willst mich um meiner selbst willen.« Perri sah ihn an. »Aber ich bin weder blind noch dumm. Und ich bleibe ohnehin, du kannst dir die Sprüche also sparen.« Sie lachte bitter auf. »In einem Punkt hast du allerdings recht. Dies ist der denkbar schlechteste Zeitpunkt für so ein Gespräch. Wir sollten es fortsetzen, wenn ich zurück bin.«

»Zurück?«

»Ich werde nach Tucson fahren«, teilte Perri ihm mit. »Gleich nach meiner nächsten Untersuchung.«

Matt blickte starr nach vorn und versuchte, ruhig zu atmen. Das fiel ihm immer schwerer. Der Gedanke, dass Perri fortfuhr, weckte Panik in ihm, und im Augenblick wusste er überhaupt nicht, womit er sie umstimmen konnte. Sie wollte ihm keine weitere Chance geben. Obwohl es immer noch unerträglich heiß war, fröstelte er. Sein einziger Trumpf hatte darin bestanden, dass sie ihn liebte. Diese Liebe hatte er als selbstverständlich hingenommen, und das war ein Fehler gewesen.

Er fuhr weiter. Gledhill hielt dem Sturm stand, und die Ransom-Farm auch. Das Einzige, was wie weggeblasen war, war die Sicherheit, dass Perri ihn genug liebte, um ihm Zeit zu geben, seine Gefühle für sie wiederzufinden.

»Was muss ich tun, damit du bei mir bleibst?«, fragte Matt sie mit heiserer Stimme. »Was muss ich sagen?«

Ein dumpfes Krachen von der anderen Seite des Hauses rettete Matt davor, alles nur noch schlimmer zu machen. Perri und er hielten den Atem an, als sie ein Hupen vom Einfahrtstor hörten. Ein Auto hupte SOS.

Vater, dachte Matt. »Steig aus.« Er hielt direkt vor der hinteren Veranda.

»Nein«, antwortete sie entschieden. »Vielleicht brauchst du mich. Jetzt fahr! Wir verlieren Zeit.«

Er gab Gas, und als sie sich dem Eingangstor näherten, fluchte Matt laut.

Der große schmiedeeiserne Torbogen war umgefallen. Ein großes Wagendach war dagegen geflogen und hatte es umgeknickt. Die Zufahrt zum Grundstück war durch umgestürzte Bäume blockiert, und Sams Wagen war in die Böschung gerast.

Matt fuhr näher an den demolierten Wagen heran. Er hielt an und sprang aus dem Pick-up. Nur vage bekam er mit, dass Perri sich hinters Steuer setzte und wendete.

Wegen der umgestürzten Bäume konnte Matt die Fahrerseite des anderen Pick-ups nicht sehen. Seine Augen brannten, während er sich einen Weg durch das Gestrüpp bahnte. Aber er kam nicht an das Auto heran.

Ich muss zu meinem Vater! schoss es ihm durch den Kopf. Das Auto war unter Ästen und Sträuchern fast begraben. Erst beim näheren Hinsehen stellte er fest, dass es nicht so schlimm war. Er seufzte erleichtert. Der Torbogen hatte nur die Ladefläche und den hinteren Teil des Dachs eingedrückt. Zum Glück war Sam nicht gegen einen Baum gefahren. Ein Scheinwerfer funktionierte noch.

Perri trat zu ihm. »Geht es ihm gut?« Sie richtete den Strahl ihrer Taschenlampe auf die Fahrertür. Wegen des aufwirbelnden Staubs konnte sie kaum etwas erkennen. Der Sturm war so stark, dass sie ins Gestrüpp taumelte.

Dann bemerkten Perri und Matt, dass Sam sich aus der Beifahrertür zwängte, wobei er darauf achtete, nicht in den Stacheldrahtzaun zu geraten, der die Böschung von der Weide trennte.

Missmutig betrachtete Sam die zerstörten Bäume, das zerdrückte Auto und den umgeknickte Tor.

»Sam, sag doch etwas!«, verlangte Perri und musterte ihn. »Wie geht es dir?«

»Ich bin wütend.« Er ging zu Matts Pick-up. »Vielleicht kann man bei einigen Bäumen noch etwas retten.«

»Dass sein Wagen Schrott ist, spielt für ihn keine Rolle«, erklärte Matt Perri. »Nur die Bäume machen ihm zu schaffen. Außerdem ist er in seinem Stolz verletzt, weil er dem herunterkrachenden Tor nicht mehr ausweichen konnte.«

Matt wirkte stärker mitgenommen als sein Vater. Deshalb fing er sofort an, Sam zu beschimpfen. »Du musstest wohl unbedingt versuchen, noch durch das Tor zu kommen, ja?« Für ihn spielte es keine Rolle, dass er dasselbe versucht hätte. »Wem wolltest du damit imponieren? Und wenn der Torbogen ein paar Sekunden früher heruntergekracht wäre? Dann könnte ich dich jetzt mit dem Schneidbrenner aus dem Wrack befreien. Ich habe wirklich andere Sorgen.« Er holte tief Luft. »Kannst du mir wenigstens verraten, wo du gewesen bist?«

»Ich hätte es fast geschafft!«, erwiderte Sam und lächelte Perri an, ohne auf seinen schreienden Sohn zu achten. »Na ja, eben nur fast.«

Perri zuckte zur Seite, als ein großer Zweig sie wie eine Peitsche am Kinn traf. Sie stolperte, schrie auf und landete in einem Dornenbusch.

Ein dicker abgebrochener Ast rollte ihr unter die Füße, und Perri wurde vom Sturm nach unten gedrückt.

Matt hielt sie fest und bewahrte sie davor, mit dem Hals in die spitzen Dornen zu geraten. Er zog sie wieder hoch und trug sie weg. Am liebsten hätte er sie gar nicht mehr losgelassen, denn nur bei ihm war sie in Sicherheit. Himmel, fast hätte er niemals die Gelegenheit bekommen, ihr zu sagen, dass er sie liebte.

Sam sah seinen Sohn wutentbrannt an. »Was tut sie überhaupt hier draußen? Noch dazu mit kurzer Hose! Du würdest auch nicht bei so einem Sturm in Shorts rausgehen.«

»Kommt mit mir zurück zum Haus.« Perri griff nach Sams Arm, während Matt sie noch dichter an sich zog. »Du solltest dich lieber im Krankenhaus untersuchen lassen.«

»Mit mir ist alles in Ordnung.« Sam winkte entrüstet ab

und wandte sich wieder an seinen Sohn. »Ich räume hier weg, was ich kann. Du solltest dich lieber um deine Frau kümmern. Und sorg dafür, dass sie ihre Mutter anruft. Ich habe Janie gesagt, dass Perri bei dir sicher ist. Jetzt mach mich nicht zum Lügner.«

»Da warst du also.« Matt wedelte mit der Hand. Er hatte sich den Daumen gezerrt, als er nach Perri griff. Erst jetzt spürte er den Schmerz.

Matt mochte gar nicht daran denken, dass er sie fast verloren hätte. Es gab viel zu tun, und da durfte er sich nicht seinen Gefühlen hingeben.

Sein Vater wirkte unerschütterlich wie immer. Er nahm Perri die Taschenlampe ab und zog seinen Sohn beiseite. »Kümmere dich um deine Frau. Dann sieh nach den Pferden, und komm wieder hierher. Und bitte verdirb diesmal nicht wieder alles.«

Als die Sonne aufging, war der Sturm vorüber.

Matt muss den Rasen gesprengt haben, dachte Perri. Anscheinend hatte jemand draußen die gröbsten Spuren des Sturms beseitigt, während sie schlief. Sie hatte Matt nicht gesehen, seit er sie gegen Morgen nach Gledhill gebracht hatte. Er hatte ihr gesagt, sie solle zu Bett gehen, und war zur Farm zurückgefahren. Perri hatte ihm kaum dafür danken können, dass er trotz des schrecklichen Sturms zu ihr gekommen war und sie aus dem Keller befreit hatte.

Sie hatte geduscht, und erst als sie unter dem warmen Wasserstrahl stand, begann sie zu zittern. Da war ihr aufgegangen, wie leicht einer von ihnen beiden hätte schwer verletzt oder sogar getötet werden können. Das Wasser brannte auf den Kratzern an ihrem Bein, aber Perri genoss es beinahe, weil es ihr bewies, dass sie noch lebte.

Jetzt war sie wach, aber Sam und Matt hatten vermutlich noch überhaupt nicht geschlafen. Perri stand vor dem Haus und sog die Luft ein. Es war vollkommen windstill, und der Duft der Blumen, die den Sturm überstanden hatten, umgab sie.

Sie ging zu der abgedeckten Scheune und trat ein. Im Abendlicht wirkte alles sehr friedlich, es erschien Perri kaum vorstellbar, dass erst vor einem Tag ein schrecklicher Sturm gewütet hatte. Sie strich sich liebevoll über den Bauch und blickte zur offenen Tür. Dort stand Matt.

Perri kämpfte gegen die Tränen an, die ihr in die Augen stiegen. Sie hatten das Unwetter überstanden, aber es hatte sie einander nicht näher gebracht. »Danke, das du aufgeräumt hast«, sagte sie leise. »Na, wen hast du zuerst angerufen, Matt? Den Dachdecker oder den Gärtner?«

»Das Reisebüro. Und deine Großmutter in Tucson.« Nach einem kurzen Moment lächelte er. »Sie klingt sehr liebevoll, Darling. Nach fünf Minuten hatte ich schon das Gefühl, sie ein ganzes Leben lang zu kennen. Ich habe auch mit meinem Großvater gesprochen.«

»Das freut mich für dich, Matt«, antwortete sie.

»Er sagt, er möchte mich kennenlernen. Dann habe ich zugestimmt, dass sie uns hier besuchen kommen.« Er klang, als könne er sich selbst nicht erklären, wie das geschehen war, Perri kannte ihre Großmutter und konnte es sich vorstellen.

»Anne hat darauf bestanden, hier das Haus zu hüten, während wir in San Francisco sind. Deine Großmutter hörte sich an, als habe sie alles schon genau geplant. Sie will die Renovierungsarbeiten überwachen. Also, willst du immer noch nach San Francisco? Soll ich ihnen sagen, dass sie kommen können?«

Fragend sah er sie an, als sie nicht antwortete. »Wir können sie auch besuchen, wenn dir das lieber ist.«

Perri blinzelte verwundert und traute ihren Ohren nicht. War es ihm ernst damit? Sie hätte nie gedacht, dass Matt sich grundlegend ändern könnte. Vertraute sie ihm genug, um zu glauben, dass er sich wirklich bemühen würde?

»Du willst mir keine Chance mehr geben, stimmt's?«, fragte er leise. »Das sehe ich dir an. Du glaubst mir nicht.«

»Die meisten Menschen können sich nicht ändern, Matt«, entgegnete sie vorsichtig. »Selbst wenn sie es verzweifelt versuchen.«

»Du hast es geschafft.«

»Das musste ich auch. Mir blieb keine andere Wahl, weil ich alles verloren hatte. Meiner Meinung nach ändert niemand sich, wenn er es nicht unbedingt muss.« Perri trat einen Schritt zurück, weil sie es nicht ertragen konnte, so nahe bei ihm zu sein. Sie liebte ihn und sehnte sich unbändig nach einer Familie. »Du brauchst deinen ganzen Mut zur Veränderung, Matt. Aber weshalb solltest du das wollen? Ich nehme dir das Kind nicht weg. Wie zerstritten sie alle auch sein mögen, hier leben die Familienangehörigen meines Kindes.« Prüfend sah sie ihn an. »Weswegen solltest du dich ändern?«

»Deinetwegen«, antwortete er nur und gab ihr das Medaillon, das er in der Hand hielt.

Perri blickte ihm in die Augen und erkannte, dass er die Wahrheit sagte. Er würde seine ganze Kraft für ihre gemeinsame Zukunft einsetzen. Sie lächelte. »Du willst es wirklich, nicht wahr?«

Matt blickte ihr unverwandt in die Augen. »Ja«, flüsterte er, und seine Augen schimmerten. »Ich liebe dich, Perri. Du bist Teil meiner Welt. Der beste Teil. Du bist meine Familie.« Er breitete die Arme aus, und Perri schmiegte sich glücklich an ihn. Er hielt sie so fest umschlungen, dass es ihr fast wehtat, aber das war ihr egal.

»Ich erwarte gar nicht, dass es mir am Anfang leichtfallen wird«, gestand er offen ein und schob sie etwas von sich, um ihr in die Augen sehen zu können. »Aber ich liebe dich so sehr, dass ich es schaffen werde. Ich kann nicht ohne dich leben, Darling.«

Perri war bereit, ihm zu vertrauen. Nach einem unendlich

zärtlichen Kuss sah sie ihn lächelnd an. »Und wie war dein Tag, Liebling?«

Matt lachte laut auf und zog sie wieder an sich.

Perri sah ihn an. Seine Augen funkelten glücklich, und ihr Herz schlug schneller. Endlich würden sie eine Familie sein. Für immer.

– ENDE –

Carol Devine

Du bist einfach unwiderstehlich

Roman

Aus dem Amerikanischen von
Eleni Nikolina

1. Kapitel

Meg Masterson Betz konnte es nicht glauben. Der Vater ihres Kindes hatte es gewagt, zur Beerdigung ihres Mannes zu kommen.

John B. Tarkenton jr., allgemein nur Jack Tarkenton genannt, stand am Rand der großen Gruppe von Trauergästen. Sein goldbraunes Haar, das an eine Löwenmähne erinnerte, wehte in der leichten Herbstbrise. Mit seinen breiten Schultern, dem kräftigen Körper und vor allem dem konservativen Anzug sah er so sehr wie sein berühmter Vater aus, dass Meg ihn sofort erkannte.

Sie war nicht die Einzige, die von der hoch gewachsenen Gestalt fasziniert war. In der Nähe der langen Reihe von Limousinen kamen die Paparazzi und Reporter in Bewegung und fotografierten wie wild diesen weiteren Tarkenton, der gerade eingetroffen war.

Meg war dankbar, dass ein schwarzer Schleier ihr Gesicht verbarg. Unwillkürlich verstärkte sie den Griff um die Hand ihrer Tochter. Katie benahm sich erstaunlich tapfer für eine Vierjährige, aber es konnte ihr dennoch nicht gefallen, vom Blitzlicht der Kameras geblendet zu werden.

Leider war das der Preis, den man zahlen musste, wenn man mit den berühmten Tarkentons verwandt war, wenn auch nur durch Heirat. Wie die Kennedys, so zogen auch die Tarkentons, wo immer sie waren, alle Aufmerksamkeit auf sich. Und Jack, der einzige Sohn und Erbe seines Vaters, war der berühmteste Tarkenton von allen.

Der klassische graue Armani-Anzug saß perfekt. Dazu trug Jack ein schneeweißes Oberhemd und eine dunkle Krawatte. Es war erstaunlich, wie sehr er sich heute dazu herabließ, der

Konvention zu folgen. Normalerweise zog er lockere, bequeme Kleidung vor. Offenbar will er sich heute nicht vom gemeinen Volk unterscheiden, dachte Meg trocken.

Eine Sonnenbrille verbarg einen Teil seines gebräunten Gesichts. Es störte Meg, dass er so nah war und sie seine Augen dennoch nicht sehen konnte. Die fest zusammengepressten Lippen und die harte Kinnpartie erinnerten sie jedoch nur allzu gut an das aggressive Selbstbewusstsein, das immer aus seinen kühlen Augen sprach.

Warum war er gekommen? Er hatte Allen nicht gekannt, und er kannte auch sie nicht. Nicht wirklich. Die einzige Verbindung zwischen ihr und John B. Tarkenton jr. war die Tatsache, dass ihr Bruder mit seiner Schwester verheiratet war – und das Kind, das sie, Meg, von ihm hatte.

Meg verzog bei dem Gedanken unwillkürlich das Gesicht. Manchmal hasste sie ihre gnadenlose Ehrlichkeit, und es traf sie jedes Mal wie ein Messerstich, wenn sie daran dachte, wie dumm sie gewesen war. Als Allen ihr anbot, sie zu heiraten und ihre Tochter wie sein eigenes Kind aufzuziehen, hatte sie große Mühe gehabt, die Wahrheit zurückzuhalten. Allens Freundlichkeit und Liebe hatten ihr sehr geholfen. Aber Katie war diejenige, die ihr wirkliche Stärke gab. Ihre Tochter war für sie ein Geschenk Gottes und gab ihr die Möglichkeit, trotz ihres Fehlers ein glückliches Leben zu führen.

Sie sah liebevoll auf das dunkle Haar ihrer Tochter hinunter. Die kaffeebraunen Locken ähnelten ihren eigenen, aber die braunen Augen hatte Katie von ihrem Vater. Meg war entschlossen, diese Wahrheit mit ins Grab zu nehmen, so wie auch Allen es getan hatte. Er war ihr eine unschätzbare Stütze gewesen und hatte sich durch seine aufopferungsvolle Liebe als Katies wahrer Vater erwiesen. Ihm hatte sie es zu verdanken, dass Jack Tarkenton niemals erfahren würde, dass er überhaupt ein Kind gezeugt hatte. Sie würde ihm keine Gelegenheit geben, ihr kleines Mädchen in seine Fänge zu bekommen.

Meg schauderte und zwang sich, ihre Aufmerksamkeit dem Geistlichen zuzuwenden, der gerade das letzte Gebet sprach. Schließlich breitete er die Arme aus und wandte sich an die versammelte Menge. »Und jetzt bitten die Witwe und die Tochter von Allen Betz um einen privaten Augenblick. Wenn Sie so freundlich sein möchten, sich zum Ausgang zu Ihrer Linken zu begeben.«

Meg drückte Katies Hand. »Bist du so weit, Süße? Es ist Zeit.«

Katie schaute sie mit ihren großen braunen Augen an und nickte. Ihre langen dunklen Locken schimmerten in der Morgensonne. Sie sah so ernst aus. Allens Tod hatte sie sehr schwer getroffen.

Meg ging voraus und blieb vor dem Sarg stehen. Sie kniete sich hin, legte eine Hand auf das polierte Holz und beugte den Kopf. Katie machte jede ihrer Bewegungen nach. Beim Anblick der kleinen Hand auf dem Sarg, schnürte es Meg die Kehle zu. Sie wusste instinktiv, dass sie das Richtige tat und wie wichtig es war, dass Katie um ihren Vater trauerte. Aber Katie war noch so klein, und sie hätte ihr Leben gegeben, um ihrer Tochter diesen Kummer ersparen zu können.

Meg dachte an den lieben, sanften Allen, der vor drei Tagen bei einem Autounfall ums Leben gekommen war, und sie verspürte eine seltsame Mischung aus Trauer und Schuldgefühlen. Sie wusste, dass sie ihn mehr hätte lieben sollen, denn er hatte ihre Liebe mehr als verdient.

Das Klicken der Kameras ließ ihre Trauer weniger wirklich scheinen, als ob Meg nur eine Vorstellung gäbe. Sie legte Katie beschützend den Arm um die Schultern und zog sie an sich. War diesen Leuten denn nichts heilig? In einer Situation wie dieser wollte niemand im Mittelpunkt neugieriger Aufmerksamkeit stehen.

Die Anwesenheit der Reporter, aber vor allem die von Jack brachte Meg auf. Mit Katie ging sie zum Geistlichen und dankte ihm für die Beerdigungszeremonie. Katie nahm stumm seine Hand.

»Gott schütze Sie und Ihr Kind«, sagte er.

Katies Tante Sarah Masterson kam auf sie zu. Trotz ihrer fortgeschrittenen Schwangerschaft drückte sie Meg fest an sich, bückte sich dann und umarmte Katie.

Katie mochte die Frau ihres Onkels Zach gern und schmiegte sich froh an sie. Meg lächelte Zach dankbar an. Seine nüchterne Art und seine innere Kraft gaben ihr Trost.

»Bist du okay?«, fragte er und setzte seinen schwarzen Cowboyhut auf.

Meg nickte und sah ihm voller Zuneigung in die blauen Augen. »Ich danke dir, dass du den weiten Weg von deiner Ranch in Wyoming bis nach New Jersey gekommen bist. Es bedeutet mir sehr viel, dass du heute hier bist. Und dass du auch Sarah mitgebracht hast. Katie hat sich noch nie so schnell mit jemandem angefreundet.«

»Sarah und ich dachten, wir nehmen dir Katie für eine Weile ab. Dort drüben, in der Mitte des Friedhofs, liegt ein Ententeich.«

»Ach ja, das wäre wunderbar. Bitte achtet darauf, dass die Reporter ihr nicht zu nah kommen.«

»Ist in Ordnung.« Zach berührte den Rand seines Hutes, kniete sich dann neben seine Frau und zwickte Katie sanft in die Nase. »Na, meine Hübsche. Deine Tante Sarah und ich werden mal nach den Enten schauen. Willst du mitkommen?«

Katie nickte mit ihrer gewohnten Ernsthaftigkeit, und Zach hob sie auf seine Arme. Meg lächelte Sarah dankbar zu und sah ihnen nach, als sie davongingen. In wenigen Monaten würden Zach und Sarah selbst ein Kind haben.

Allen hatte sich auch ein eigenes Kind gewünscht.

Meg unterdrückte den Gedanken und machte sich daran, die Leute zu begrüßen, die ihr ihr Beileid aussprechen wollten.

Sie brachte sogar ein Lächeln zustande, als Bram, ihr ältester Bruder, ihr einen Arm um die Taille legte.

»Hältst du durch?«, fragte er.

»Ich bin okay.«

»Komm schon, Meg, sag die Wahrheit.« Brams blonde Frau Amanda berührte Megs Hand. »Du sprichst hier mit deinem großen Bruder, dem Chef aller Mastersons. Ihm kannst du alles sagen.«

Meg zögerte kurz, dann seufzte sie. »Die Wahrheit ist, dass ich ziemlich erschöpft bin. Aber das war nicht anders zu erwarten.«

Amanda nickte mitfühlend. Megs übrige Geschwister scharten sich um sie, ihr Bruder Joe und ihre Schwester Elizabeth. Zum Schluss kam ihre Mutter, die ihr saubere Taschentücher in die Hand drückte.

»Kann ich sonst noch etwas für dich tun, Liebes?«

»Du tust schon mehr als genug, Mama.« Gerührt betrachtete Meg ihre Familie. »Ihr alle seid wunderbar.«

Elizabeth lächelte unter Tränen. »He, ich bin hier die große Schwester. Ich bin diejenige, die dich aufmuntern sollte.«

»Das tust du doch auch.« Dennoch ging Megs Blick etwas unruhig zu Katie hinüber. Doch die war bei Zach und Sarah am Teich weiterhin in Sicherheit.

»Kaum zu glauben, dass unser kleiner Bruder bald Vater sein wird«, sagte Bram.

Meg war erleichtert über den Themenwechsel. »Ich dachte auch, er würde der Letzte sein, der sich einfangen lässt. Aber als ich Sarah kennenlernte und sah, wie außergewöhnlich sie ist, fing ich an zu verstehen.«

»Wie ich höre, hat sie ihn mit der ganzen Welt versöhnt.«

Meg fuhr zusammen, als die tiefe, unverwechselbare Stimme von Jack Tarkenton erklang. Zu ihrem Entsetzen gesellte er sich so selbstverständlich zu ihrem Kreis, als ob er dazugehörte. Er hatte die Sonnenbrille abgenommen, und bei dem lässigen Blick, mit dem er sie betrachtete, zog sich nervös ihr Magen zusammen.

Alle anderen waren nicht weniger überrascht über seine Bemerkung. Selbst seine Schwester Amanda schien verblüfft zu sein. »Jack, ich wusste gar nicht, dass du Sarah und Zach überhaupt kennst.«

»Es wäre schwierig, das jüngste Mitglied der Masterson-Familie nicht zu bemerken. Man muss Zach zu seinem guten Geschmack gratulieren.«

»Das würde ich nicht tun, wenn ich an deiner Stelle wäre, Jack«, warnte Bram ihn. »Er kennt den Ruf, den du in Bezug auf Damen genießt.«

»Da wir von Damen sprechen …« Jack reichte Meg die Hand. »Ich wollte dir mein tief empfundenes Beileid aussprechen. Ich weiß, es ist nur eine Floskel, aber wenn es irgendetwas gibt, das ich tun kann, um dir und deiner Tochter zu helfen, bitte, zögere nicht, mich anzurufen.«

Meg war sich der klickenden Kameras bewusst, holte tief Luft und nahm seine Hand, und Jack gab ihr seine Karte. Ihr war klar, dass sie höflich nicken und ihm danken sollte. Stattdessen zerknüllte sie die Karte in ihrer Hand, griff nach Brams Arm und lehnte sich an die breite Schulter ihres Bruders.

»Ich glaube, es wird Zeit, dass Katie und ich nach Hause gehen«, erklärte sie.

Danach war es leicht, Jack Tarkenton aus dem Weg zu gehen. Die Limousine war nur für die engsten Familienmitglieder reserviert.

Als er später am Nachmittag bei ihr zu Hause auftauchte, verkündete Meg, dass sie und Katie sich nach oben zurückziehen würden, um sich ein wenig auszuruhen. Selbst ein so kaltschnäuziger Mensch wie Jack Tarkenton würde nichts dagegen unternehmen können.

Aber da hatte sie sich geirrt.

Er stellte sich ihr am Fuß der Treppe in den Weg. »Wenn du Zeit hast, würde ich gern kurz mit dir reden – allein.«

Sprachlos über so viel Unverschämtheit eilte sie mit Katie im Arm die Treppe hinauf. Oben angekommen, sah sie zu ihm hinunter und bedachte ihn mit einem unverkennbar missbilligenden Blick. Aber er ließ sich nicht davon stören, sondern betrachtete sie weiter mit seinen faszinierenden Augen.

Katies Augen.

Meg presste Katie an sich, ging in das Zimmer der Kleinen und zog die Tür hinter sich zu. »Zeit für ein Nickerchen, Liebling.«

»Aber ich will kein Nickerchen machen.«

Sanft setzte Meg sie auf die gerüschte rosa Bettdecke. »Aber wir ziehen auf jeden Fall dein hübsches Kleidchen aus. Du möchtest doch nicht, dass es ganz zerknittert wird.«

»Es war Daddys Lieblingskleid.«

»Ich weiß.« Meg öffnete die Schnallen an Katies Schuhen und zog sie ihr aus. »Ich bin sicher, er war froh, dass du es heute getragen hast.«

»Mommy, wann komm ich in den Himmel, um Daddy zu sehen?«

Meg zog ihr das Kleid über den Kopf. Sie spürte, dass ihr und ihrem Töchterchen noch eine harte Zeit bevorstand. »Er fehlt dir jetzt schon, nicht wahr?«

Katie nickte, und ihre großen braunen Augen füllten sich mit Tränen. »Ich will meinen Daddy wiederhaben.«

»Oh, Baby, ich weiß.« Meg küsste sie auf die Stirn und half ihr in den Pyjama. »Ich wünschte auch, er wäre hier.«

»Wirklich?«

»Aber ja. Er war ein wundervoller Daddy, ein wundervoller Daddy für uns beide.«

»Wann kann ich ihn wiedersehen?«

Meg gab ihr den Plüschhasen, mit dem Katie immer schlief, und nahm einen Rahmen mit Allens Bild vom Nachttisch.

»Weißt du noch, was ich dir heute Morgen gesagt habe? Daddys Bild wird jetzt immer neben deinem Bett sein. Dann kannst du ihn sehen, wann immer du willst.«

»Für immer?«

»Für immer.«

Meg stellte den Bilderrahmen auf den Nachttisch zurück, und Katie presste ihren Hasen an sich, legte sich hin und sah Allens Bild so ernsthaft an, dass es Meg das Herz brach.

»Mommy, kann das Licht an bleiben? Ich will, dass Daddy mich sieht, wenn ich schlafe.«

»Ich lasse das Licht an und das Badezimmerlicht auch. Wenn du Angst bekommst oder etwas brauchst, rufst du mich, okay?«

»Okay.« Katie öffnete die Arme und kuschelte sich an Meg. »Ich hab dich lieb, Mommy.«

»Ich dich auch, Liebling. Und Daddy hat dich auch lieb.« Meg deckte sie zu und gab ihr einen Kuss auf die Stirn. »Schlaf schön.« Leise ging sie hinaus und ließ die Tür einen Spalt breit offen. Im Flur trocknete sie sich die feuchten Wangen und lauschte einen Moment, bis sie sicher sein konnte, dass ihre Tochter ruhig war.

Wie oft hatte sie das getan? Wie oft hatte sie Katie einen Gutenachtkuss gegeben? Unzählige Male. Und wie oft hatte sie Allen geküsst? Sehr selten.

»Schläft sie?«

Meg fuhr zusammen, als sie die Umrisse von Jack Tarkentons breiten Schultern am Ende des Flurs erkannte.

»Ich muss mit dir sprechen«, sagte er mit leiser Stimme. »Jetzt.«

Wütend ging sie zu ihm. »Ich glaube, ich habe sehr deutlich gemacht, dass ich nicht den geringsten Wunsch habe, mit dir zu sprechen.« Sie wies mit dem Finger zur Treppe. »Bitte geh.«

»Mach es nicht schwieriger für mich, als es das ohnehin schon ist, Meg. Ich möchte nur ein paar Minuten von deiner Zeit.«

»Wie kannst du es wagen?«, flüsterte sie heftig. »Du wagst

es, zur Beerdigung meines Mannes zu kommen! Du wagst es, in mein Haus und in meine Nähe zu kommen!«

»Katie ist meine Tochter, Meg. Ich weiß es, und du weißt es, hör also auf mit deiner selbstgerechten Standpauke und bring mich an einen Ort, wo wir in Ruhe reden können.«

Fassungslos sah sie ihn an. Er wirkte so kühl, während eine alte Angst sich in ihr regte und ihr fast den Atem nahm. Nein, das hatte er nicht wirklich gesagt. Das war nicht möglich.

»Hast du mich gehört, Meg? Ich weiß, dass ich Katies Vater bin.«

»Nein«, brachte sie schwach hervor, »das ist nicht wahr.«

»Ich bin es, von dem du deine Tochter empfangen hast, erinnerst du dich?«

Sie ging an ihm vorbei. »Ich will mich nicht erinnern, besonders jetzt nicht, so kurz nach der Beerdigung meines Mannes. Er war Katies Vater, nicht du.«

Jack hielt sie am Arm fest. »Ich warne dich, Meg. Es sind eine Menge Leute dort unten. Wir können unser Gespräch unter vier Augen abhalten oder in aller Öffentlichkeit. Mir ist das völlig egal.«

Sie entzog sich seinem Griff. »Lass mich in Ruhe.«

»Nicht, bevor du mich angehört hast.«

»Nein. Bram?«, rief sie über das Geländer hinunter.

»Ja?«

»Ich brauche dich hier oben. Komm bitte schnell.«

»Bin gleich da, Meg.«

Triumphierend drehte sie sich zu Jack. Der lehnte lässig an der Wand, die Hände in den Taschen seiner perfekt sitzenden Anzughose.

»Dein großer Bruder weiß nicht Bescheid über uns, stimmt's? Denn wenn er es wüsste, würde auch Amanda es wissen und wäre schon längst zu mir gekommen. Ich frage mich, wie Bram und Amanda reagieren werden, wenn sie erfahren, was du und ich an ihrem Hochzeitstag gemacht haben.«

»Amanda ist deine Schwester. Das würdest du ihr nicht antun.«

»Wollen wir wetten?«

Brams Schritte erklangen auf der Treppe.

»Meg?«

»Hier«, antwortete sie und wünschte, sie könnte Jacks selbstgefälliges Lächeln mit einer Ohrfeige wegwischen.

»Hi, Jack«, sagte Bram. »Ich wusste nicht, dass du auch hier bist.« Er wandte sich an seine Schwester. »Was kann ich für dich tun, Meg?«

Jacks herausfordernder Blick machte Meg klar, dass ihm alles zuzutrauen war. Er wäre wirklich dazu im Stande, die Wahrheit zu verraten. Unter anderen Umständen wäre es vielleicht auch die beste Lösung, wenn die Wahrheit ans Licht käme. Sie, Meg, könnte dann endlich wieder frei atmen.

Aber nicht, wenn Jack Tarkenton die Sache in die Hand nahm. Mit seinem Geld und seinem Namen konnte er ein ganzes Bataillon von Anwälten zu seiner Unterstützung heranziehen. Und sie war noch nicht bereit zu so einem Kampf. Nur im äußersten Fall, wenn es der einzige Weg wäre, um Katie zu beschützen, würde sie zu dieser Lösung greifen und die Wahrheit preisgeben.

»Entschuldige, Bram«, sagte sie. »Jack hat mich gehört und ist selbst heraufgekommen.«

»Katie wollte noch einen Gutenachtkuss haben«, erklärte Jack gelassen und stieß sich von der Wand ab. »Ich bin zwar nicht ihr Onkel wie du, Bram, aber unter den Umständen hielt ich es für ein gutes Zeichen, dass Katie mich akzeptiert hat.«

Meg zuckte getroffen zusammen. Sie hatte völlig vergessen, wie gut Jack lügen konnte – und wie atemlos sie wurde, sobald er ihr sein umwerfendes Lächeln schenkte – so falsch dieses Lächeln auch sein mochte.

Bram ließ sich ebenfalls davon einnehmen. »Ich freue mich, dich hier zu sehen, Jack. Es hat Amanda viel bedeutet, dass du zur Beerdigung gekommen bist. Und Meg sicher auch. Je mehr die Familie in schweren Zeiten zusammenhält, desto mehr stärkt es sie.«

Die ungewollte Ironie seiner Worte war zu viel für Meg. Sie lief an den beiden Männern vorbei und die Treppe hinunter. Welche Familie? Allen war gestorben, weil ein Mann sich betrunken ans Steuer gesetzt und ihn überfahren hatte. Ihre Familie war zerstört worden. Und jetzt musste sie sich auch noch mit Jack Tarkenton auseinandersetzen. Wie, in aller Welt, hatte er die Wahrheit herausgefunden? Allen war der einzige Mensch gewesen, dem sie sie verraten hatte.

Zu ihrer Erleichterung waren keine Fremden mehr unten, sondern nur ihre Familie. Auf der hinteren Veranda genossen sie die Wärme der untergehenden Sonne, während Brams und Amandas dreijähriger Sohn J.J. auf der Schaukel hin- und herschwang.

Meg ging in die Küche, um das entscheidende Gespräch mit Jack dort abzuhalten. Es war der Raum, der der Veranda am nächsten war, und ihre Familie würde in Reichweite sein, falls sie sie brauchte.

Als sie die männlichen Stimmen erkannte, die näher kamen, beschäftigte sie sich hastig mit der Kaffeemaschine, um ihre Nervosität zu verbergen. Im nächsten Moment kamen Bram und Jack herein.

Meg blickte scheinbar gelassen auf. »Bram, sagst du den anderen bitte, dass frischer Kaffee auf dem Weg ist?«

»Klar. Ich wollte sowieso sehen, was Amanda und J.J. machen.« Bram nahm sich einen der Kekse, die sie auf einen Teller gefüllt hatte, und ging wieder zur Tür. »Leiste Meg inzwischen Gesellschaft, okay, Jack?«

»Wozu sind Schwäger sonst da?«

Sobald die Tür sich hinter ihrem Bruder geschlossen hatte, verschränkte Meg die Arme vor der Brust und kam zum Thema. »Ich möchte wissen, warum du glaubst, dass du Katies Vater seist.«

»Ich glaube es nicht, ich weiß es. Ich habe dich beschatten lassen.«

»Was? Wann?«

»Nach unserem leidenschaftlichen Wochenende«, erwiderte er und schenkte sich Kaffee ein. »Alle Frauen, mit denen ich schlafe, müssen gewissen Anforderungen genügen. Ich wende mich immer an einen bestimmten Privatdetektiv, einen sehr diskreten, wie ich hinzufügen möchte. Das erspart mir viele unangenehme Überraschungen. So wie die, die du mir bereitet hast.«

»Katie war keine unangenehme Überraschung.«

»Nein, aber deine Heirat.« Jack nahm einen Schluck Kaffee und betrachtete Meg interessiert, während er sich gegen die Küchentheke lehnte. Er sah vollkommen entspannt aus in seinem Tausend-Dollar-Anzug und der Hundert-Dollar-Krawatte.

Meg verbarg das Zittern ihrer Hände, indem sie sie um ihren Becher legte. »Du musst von dieser Heirat gewusst haben. Ich habe Amanda gebeten, es auch eurer Seite der Familie mitzuteilen.«

»Das hat sie auch getan, aber erst etwa eine Woche nach der Hochzeit. Amanda fand, es sähe dir gar nicht ähnlich, so geheimnistuerisch zu sein. Ganz plötzlich hattest du jemanden geheiratet, ohne einer Seele etwas davon zu sagen. Das hat einen ziemlichen Aufruhr verursacht, selbst in meiner Familie.«

»Erstaunlich, denn Allen und ich kannten uns seit unserer Kindheit.«

»Richtig, ihr habt in der gleichen Nachbarschaft gewohnt, als ihr klein wart. Der Detektiv sagte mir jedoch, dass ihr jeden Kontakt verloren hattet, bald nachdem du das Stipendium für die Sorbonne bekommen hattest und weggezogen bist. Ist vielleicht doch das Gerücht wahr, dass der gute alte Allen genau in dem Moment wieder auf der Türschwelle erschien, als du einen Mann zum Heiraten brauchtest?«

»Wie kannst du es wagen? Er war mein Mann! Ich habe ihn geliebt!«

»Die Frage ist nur, hast du ihn geliebt, bevor du herausgefunden hast, dass du schwanger warst, oder danach? Meine Quellen sagten mir, dass er erst auf der Bildfläche erschien, nachdem du einen positiven Schwangerschaftstest gemacht hattest. Tatsächlich sogar erst mehrere Wochen später.«

Er weiß wirklich alles, dachte Meg und hielt sich Halt suchend an der Küchentheke fest. Durch das Fenster hinter Jack sah sie den Baum, den Allen an dem Tag gepflanzt hatte, als Katie geboren wurde.

»Was willst du, Jack?«

»Katie.«

Meg starrte ihn entsetzt an. »Du musst wahnsinnig sein.«

»Ich glaube nicht, dass ein Richter deine Meinung teilen würde, nicht heutzutage. Nicht, wenn die Rechte beider Elternteile gleichwertig berücksichtigt werden. Und da die Mutter meiner Tochter sie mir fast fünf Jahre lang absichtlich vorenthalten hat, wird der Richter meinem Vormundschaftsantrag vielleicht besondere Aufmerksamkeit schenken.«

»Wenn du Katie so sehr haben wolltest, hättest du dich sehr viel früher melden müssen.«

»Und damit deine kleine Familie zerstört? Ich bin viel zu anständig für so etwas. Aber jetzt, da Allen von uns gegangen ist …« Jack ließ den Satz offen und lächelte auf seine zynische Art. »Jeder weiß, dass ich meinen Vater sehr früh verloren habe. Wie kann ich da zulassen, dass mein Kind ebenfalls ohne Vater aufwächst? Was meinst du, Meg? Werden die Skandalblätter das schlucken?«

»Du bist abscheulich.«

Er lachte leise. »Ich finde auch, dass es ganz gut klingen würde. Vielleicht schlagen wir sogar eine Fernsehsendung heraus. Du weißt ja, wie berühmt wir Tarkentons sind.«

»Du findest das Ganze komisch? Du denkst, du kannst

einfach hergekommen und das Leben meiner Tochter zerstören?«

»Ich bin nicht hier, um irgendetwas zu zerstören. Ich will Katie ein Vater sein.«

»Nur über meine Leiche.«

Jack sah sie amüsiert an. »Oh, Meg, ich hatte ganz deinen Hang zum Melodramatischen vergessen.«

»Ich bin nicht melodramatisch. Im Gegensatz zu dir meine ich jedes Wort ernst.«

»Ah, jetzt verstehe ich. Die verschmähte Frau. Du hast mir geglaubt, als ich dir sagte, dass ich dich anrufen würde.«

Meg wies zur Tür. »Verschwinde! Verlasse sofort mein Haus!«

Sofort wurde Jack vollkommen ernst. Sein Blick lag mit der beunruhigenden Intensität auf ihr, an die Meg sich noch so gut erinnerte. »Du hast recht. Das ist weder der passende Ort noch der passende Zeitpunkt, um eine trauernde Witwe an ihre Vergangenheit zu erinnern. Ob du es glaubst oder nicht, ich habe lange und angestrengt darüber nachgedacht, bevor ich mich dir heute aufgedrängt habe. Aber es könnte ein anderer Allen hinter den Kulissen darauf warten, sich an dich heranzumachen, Meg. Du wirst mich nicht noch einmal überraschen. Ich will meine Tochter kennenlernen.«

»Hast du überhaupt eine Vorstellung davon, was das für sie bedeuten wird?«

»Ich weiß genau, dass ich für Katie ein Fremder bin. Deswegen brauche ich auch deine Hilfe.«

»Du glaubst, ich würde dir helfen? Glaubst du wirklich, ich würde einen Menschen wie dich in die Nähe meiner Tochter lassen?«

»Unserer Tochter, Meg«, sagte er sanft.

»Nein! Sie gehört allein mir, mir und Allen. Er ist der einzige Vater, den sie je gekannt hat. Ich lasse nicht zu, dass du sie mir wegnimmst.«

»Ich will sie dir nicht wegnehmen. Du bist alles, was sie hat. Ich weiß das genauso wie du. Das ist dein großes As im Ärmel, und du kannst deinen Kopf darauf verwetten, dass es die höchste Karte im Spiel ist. Niemals würde ich Katie oder dir so etwas antun.«

»Ich kenne dich, Jack. Alle kennen wir dich. Du benutzt Menschen. Ich traue dir nicht über den Weg, egal, was du sagst.«

»Aber das ist ja das Schöne an meinem Plan. Du brauchst mir nicht zu vertrauen.«

»Wenn du mich damit beruhigen willst, ist dir das leider nicht gelungen. Ich bin an nichts von allem, was du sagst, interessiert, Jack.« Meg ging entschlossen, wenn auch mit zitternden Knien zur Tür.

»Das solltest du aber sein.« Jack stellte sich ihr plötzlich in den Weg.

Die Schnelligkeit seiner Bewegung beschwor eine Erinnerung in ihr herauf – an seinen Körper, geschmeidig und nackt, als Jack ihr schon einmal den Weg versperrt hatte. Aber damals hatte es ihr gefallen. Damals hatte er nicht gewollt, dass sie ihn allein ließ, und sie hatte ihm erlaubt, sie wieder einzufangen und zu küssen und zurück in sein Bett zu tragen. Die Erinnerung ließ sie gleichzeitig schaudern und vor Erregung erzittern.

»Katies Gefühle werden in keinem Fall verletzt werden«, sagte er. »Du kannst mir nicht weismachen, dass dir das nicht wichtig ist.«

Sie wich vor ihm zurück. »Ich lasse mich von dir nicht benutzen, damit du meine Tochter kennenlernst.«

»Ich werde dir die Pille versüßen. In meiner Herzensgüte bin ich einverstanden, dass Allen seinen offiziellen Titel als Vater behält. Du wirst weder Katie noch sonst jemandem sagen müssen, dass ich ihr leiblicher Vater bin. Das bleibt unser kleines Geheimnis.«

Wie gebannt von dem Ausdruck in seinen Augen – halb

Herausforderung, halb Versprechen – blickte sie ihn an. »Was willst du?«, fragte sie mit leiser Stimme.

»Dass du mich nicht mehr rausschmeißen willst, ist immerhin etwas. Aber du kennst mich, Meg. Ich brauche mehr. Ich will, dass du rückhaltlos bereit bist, mir zuzuhören.«

Es sah ihm so ähnlich, sie seinem Willen unterwerfen zu wollen. Sie konnte nicht glauben, dass sie diesem Mann einmal erlaubt hatte, ihr das Herz zu brechen. Mit einer abrupten Bewegung zog sie einen Stuhl unter dem Küchentisch hervor, setzte sich und legte die kalten Finger um ihren Kaffeebecher.

»Nun? Ich höre«, sagte sie knapp.

Er lachte. »Bevor wir anfangen, wie wäre es, wenn ich uns noch einmal nachschenke? Du siehst so aus, als ob du noch etwas Kaffee gebrauchen könntest.«

Während er ihre Becher füllte, betrachtete sie gedankenverloren seine sonnengebräunten Hände mit den langen schmalen Fingern. Und wieder erschien ein Bild vor ihrem inneren Auge, das Bild von seinen dunklen Händen auf ihrer hellen Haut, als er sie auf die intimste Weise berührt hatte.

Hastig nahm sie einen Schluck Kaffee und verbrannte sich prompt die Zunge. Doch selbst das lenkte sie nicht von ihren Gedanken ab. Der bloße Anblick seiner dunklen, schlanken Hände genügte, um sie bis ins Innerste zu erschüttern. Heiße Sehnsucht breitete sich in ihr aus, und sie senkte voller Scham den Blick. Wie war das nur möglich? Wie konnte sie sich so leidenschaftlich zu einem Mann hingezogen fühlen, der moralisch vollkommen verdorben war?

Jack setzte sich auf den Stuhl Meg gegenüber und griff nach ihrer Hand. Doch Meg hielt weiterhin dickköpfig ihren Becher umklammert. Daraufhin löste Jack geduldig ihre Finger einen nach dem anderen, und Meg ließ es wohl oder übel zu, während noch eine Erinnerung in ihr erwachte. Allen hatte einmal genau das Gleiche getan an jenem fürchterlichen Tag, an dem sie so verzweifelt gewesen war. Aber Allens Hände waren kürzer und breiter und ein wenig klamm gewesen, und seine Bewegungen eher zögernd als geduldig. Sie hatte seine Berührungen kaum wahrgenommen, war ganz in ihre leidvolle Geschichte vertieft gewesen. Und der Mann, den sie immer als Al, den guten Kumpel, betrachtet hatte, hatte ihr voller Anteilnahme zugehört.

Jacks Blick ließ keine Gefühle erkennen. Er wollte nur sein Ziel erreichen. Und diesmal erhob er Anspruch auf ihre Tochter, so wie er es einmal auch ihr, Meg, gegenüber getan hatte. Allen hatte niemals etwas für sich in Anspruch genommen. Er hatte in seiner Gutherzigkeit und Freundlichkeit immer nur helfen wollen. Sie sollte sich nicht gezwungen sehen, anderen sagen zu müssen, wer der Vater ihres Babys sei. Allen wollte sich als der Vater ausgeben und das Baby aufziehen, als ob es sein eigenes wäre. Er versicherte ihr, dass sie ihn zum glücklichsten aller Männer machen würde, wenn sie seinen Antrag annahm. Und er war sogar vor ihr in die Knie gegangen, als er sie bat, ihn zu heiraten.

Jack Tarkenton gehörte nicht zu den Männern, die jemanden um etwas bitten würden. Allerdings war er einmal vor ihr in die Knie gegangen, das eine Mal, als sie sich geliebt hatten. Er hatte sie geküsst und ausgezogen und hatte sich hingekniet. Meg dachte an die nie gekannten Sehnsüchte, die er damals in ihr geweckt hatte. Jack hatte jede einzelne davon befriedigt und sie damit für Allen und jeden anderen Mann, der ihr in ihrem Leben noch begegnen würde, verdorben.

Sogar jetzt forderte Jack sie mit seinem schamlosen Lächeln heraus, mit diesem Lächeln, das sie einmal selbst zur Schamlosigkeit verführt hatte. Eine Schamlosigkeit, die sie auch jetzt wieder verspürte.

Denn wenn Jack tun sollte, was Allen getan hatte … Wenn Jack sie bat, seine Frau zu werden, dann musste Meg zu ihrer Schande zugeben, dass sie sich nichts sehnlicher wünschte, als einzuwilligen.

2. Kapitel

Der anstrengende Tag zeigte Wirkung.

Meg hatte leichte Schatten unter den schönen blauen Augen, die Jack vergebens hatte vergessen wollen. Das Schwarz ihres Kleides und ihr dunkles Haar unterstrich noch dieses faszinierende Blau und die Blässe ihrer Haut.

Selbst in Trauerkleidung strahlte Meg eine fast überirdische Schönheit aus. Vielleicht betonte diese Aufmachung sogar noch die Eleganz ihrer Haltung und ihre feinen Gesichtszüge. Er wünschte, sie würde ihre sinnlichen roten Lippen einmal zu einem Lächeln bewegen, aber offensichtlich war ihr nicht danach zumute. Bestimmt nicht in seiner Gegenwart. Und wenn er heute Abend mit ihr fertig war, würde sie wohl eine ganze Weile überhaupt nicht mehr lächeln.

Jack unterdrückte den Anflug von Gewissensbissen. Die schöne Meg Masterson war in den vergangenen fünf Jahren noch unwiderstehlicher geworden. Damals war sie gerade aus Frankreich zurückgekommen, wo sie in Paris Kunst studiert hatte, und war so arm wie stolz gewesen. Als er sie das erste Mal gesehen hatte, wusste er sofort, dass er sie besitzen musste, und hatte augenblicklich begonnen, sie zu verfolgen wie ein Jäger seine Beute, mit Geschick und Schnelligkeit und kalter Berechnung.

Und er hatte sie bekommen, noch in der gleichen Nacht. Trotz der Verwandten und der Feierlichkeiten, die um sie herum stattfanden, hatte Meg ihm erlaubt, sie zu umwerben und zu umschmeicheln, war ihm sogar in sein Hotelzimmer gefolgt, wo sie bis zum Morgengrauen bei ihm blieb. Er hatte sie auch in der folgenden Nacht und in der darauf verführt, womit er seine Regel brach, sich nicht weiter auf eine Frau einzulassen. Niemand auf dieser Welt hatte das Recht, von John B. Tarkenton jr. etwas zu erwarten.

Jack griff in die Innentasche seines Jacketts und holte eine kleine schwarze Samtbox heraus. Meg runzelte die Stirn. Jack konnte es ihr nicht übelnehmen. Er hatte in seinem Leben schon viele kaltschnäuzige Dinge getan, aber einer Frau am Tag der Beerdigung ihres Mannes einen Heiratsantrag zu machen, übertraf alles. Doch leider ließ sich das nicht umgehen. Er hatte schon genügend Zeit verloren.

Er öffnete die Schachtel und enthüllte den Diamantring. Insgeheim musste Jack anerkennen, dass Meg keinen Moment den Blick senkte, um sich anzusehen, was er ihr anzubieten hatte.

»Ein Geschenk«, sagte er und stellte die Samtbox auf den Tisch.

»Nein, das stimmt nicht. Es ist Bestechung. Ich soll dich heiraten.«

So brutal, wie sie es aussprach, wollte er unwillkürlich protestieren und sagen, dass sie sich irre. Aber sie irrte sich eben nicht. Meg war inzwischen offenbar reifer und klüger geworden.

»Ich bin beeindruckt«, erwiderte er lächelnd. »Du hast mir die Worte aus dem Mund genommen. Heißt das, du willigst ein?«

»Ich würde dich nicht einmal heiraten, wenn du der letzte Mann auf der Welt wärst.«

Das tat weh. Nicht sehr, aber genug, um ihn in schlechte Stimmung zu versetzen. Er ließ die Samtbox geöffnet und in der Mitte des Tisches stehen und lehnte sich lässig zurück. »Dir ist hoffentlich klar, was die Alternative wäre.«

»Du bringst mich vor Gericht und kämpfst um Katies Vormundschaft, richtig? Nun, bei deinem Ruf bin ich bereit, das Risiko einzugehen.«

»Da sind wir ja wieder beim Thema: mein Ruf.« Er lächelte

schwach. »Ich bin ein Tarkenton, Meg. Hast du überhaupt eine Vorstellung davon, was das bedeutet?«

»Es bedeutet, dass du mit einem silbernen Löffel im Mund geboren wurdest. Es bedeutet, dass du dich trotz der besten Erziehung, die für Geld zu haben ist, immer nur amüsieren willst. Es bedeutet, du denkst so wenig an den guten Namen deiner Familie, dass du deiner Mutter und deiner Schwester das Leben zur Hölle gemacht hast – den einzigen Menschen auf dieser Welt, die etwas empfinden für einen so egoistischen Kerl wie dich. Das bedeutet es.«

Er hatte gelernt, solche Bemerkungen mit einem Schulterzucken abzutun – oder rücksichtslos zu kontern. »Es bedeutet, liebe Meg, dass die Leute, wenn sie mich sehen, meinen Vater sehen. Sie wollen glauben, ich sei wie er. Sie wollen das so sehr, dass sie glauben, ich könnte überhaupt nichts falsch machen, was immer ich auch tun oder sagen mag. Weißt du, was es heißt, John B. Tarkenton jr. zu sein? Ich kann mir alles erlauben.«

»Du kannst dir nicht erlauben, mir Katie wegzunehmen. Ich bringe sie lieber bis ans Ende der Welt, bevor ich sie deinen Klauen überlasse.«

»Ich bin einer der wenigen Privilegierten, die dir sogar bis dorthin folgen können. Du wirst Katie nicht verstecken können, jedenfalls nicht vor mir. Ich habe zu viel Geld und zu viele Verbindungen. Die Tarkenton-Interessen werden in der ganzen Welt vertreten. Und wenn ich Katie schließlich finde, werde ich deine Weigerung, mich in ihre Nähe zu lassen, gegen dich verwenden. Und ich werde dich nicht nur vor Gericht bringen, sondern dafür sorgen, dass ebenso die öffentliche Meinung ihr Urteil fällt. Vergiss nicht, Meg, mein Name und mein Gesicht sind überall bekannt. Was mich zu dem entscheidenden Punkt bringt, den du übersehen haben musst. Da ich ein Tarkenton bin, ist auch Katie eine Tarkenton.«

»Du willst ihr Leben ruinieren, indem du das bekannt machst? Ist es das, was du willst?«

»Ich bin ihr Vater. Das ist eine Tatsache, die nicht aus der Welt zu schaffen ist. Ich habe dir einen Vorschlag gemacht. Und du hast zwei Wochen Zeit, um mir einen besseren zu machen. Wenn du das nicht tust, ist deine Wahl äußerst leicht. Du kannst es auf einen öffentlichen Kampf um Katies Vormundschaft ankommen lassen oder mich heiraten und geheim halten, wer Katies Vater ist. Als ihre Mutter bist du die geeignetste Person, um diese Entscheidung zu treffen. Und im Gegensatz zu dir, weiß ich, dass auch Katies Vater nur ihr Bestes am Herzen liegt.«

Jack schob die Schachtel mit dem Ring zu Meg hinüber, stand auf und verließ das Haus.

In genau dem Augenblick, als Meg die dicke Glastür zu einem der exklusivsten Fitnessclubs in New York aufstieß, wurde ihr klar, dass sie einen großen Fehler gemacht hatte. Es war eine Sache, unangemeldet in Jacks Büro in der Wall Street aufzutauchen, und eine ganz andere, ihn ausgerechnet hier aufzusuchen, weit entfernt von allem, was sein berufliches Ansehen ausmachte.

Ihr schickes marineblaues Kostüm biss sich mit dem gleißenden Chrom und den Neonlichtern des Clubs. Hinter einem Empfangstisch aus Metall stand ein hübsches, quirliges Mädchen, das ein Poloshirt in Grasgrün und mit dem Logo des Clubs trug. Darunter war ihr Name gestickt.

»Kann ich Ihnen helfen?«, fragte sie mit einem strahlenden Lächeln.

Unter den kurzen Ärmeln ihres Shirts kamen muskulöse Arme zum Vorschein, und die Beine unter dem kurzen Rock waren ebenso kräftig und wohltrainiert wie der ganze Körper.

»Wissen Sie vielleicht, wo ich Jack Tarkenton finden kann … Debbie?«, fügte Meg nach einem Blick auf das Poloshirt hinzu.

Debbies strahlendes Lächeln verschwand. »Tut mir leid. Ich darf weder die Namen unserer Mitglieder noch ihren Aufenthaltsort mitteilen.«

Meg schob ihre Handtasche unter den Arm und trat an den Tisch heran. »Und was tun Sie in einem Notfall?«

»Handelt es sich denn um einen Notfall?«

»Ja, es ist sehr dringend, dass ich mit Mr. Tarkenton spreche.«

Debbie stützte die Hände auf unglaublich schlanke Hüften. »Sie würden es nicht für möglich halten, wie viele Frauen hier hereinkommen und behaupten, ihn zu kennen. Es tut mir leid, aber ich darf nicht einmal bestätigen, ob er hier ist oder nicht.«

»Ich weiß, dass er hier ist. Ich bin seine Sekretärin. Und es ist sehr wichtig, dass ich so bald wie möglich mit ihm spreche.«

»Wenn Sie seine Sekretärin sind, warum haben Sie ihn dann nicht einfach direkt angerufen?«

Es war natürlich logisch, dass Jack bei seinem terminreichen gesellschaftlichen Leben immer ein Handy bei sich trug. »Die Angelegenheit ist sehr heikel«, erklärte Meg und hoffte nur, dass das Gespräch nicht irgendwo per Kamera und Mikro aufgezeichnet wurde. »Es wäre wirklich besser, wenn ich persönlich mit ihm sprechen könnte.«

»Oh, eine von diesen Angelegenheiten, was?« Debbie winkte sie näher heran. »Ich habe gehört, er hat ein Schlafzimmer in seinem Büro. Mit Spiegeln, Wasserbett und allen Schikanen. Stimmt das?«

Das würde mich nicht wundern, dachte Meg. Bevor sie hergekommen war, hatte sie sich zu der Adresse auf Jacks Geschäftskarte begeben und war in einem Bürogebäude aus Granit und Glas gelandet. Alles hatte sehr kühl und nüchtern gewirkt. Wie seine Schwester Amanda war Jack den Spuren seines Vaters insoweit gefolgt, als auch er Rechtsanwalt geworden war.

Die graumelierte Empfangsdame in der »Tarkenton Inc.« war sehr viel zugeknöpfter als Debbie gewesen und hatte sich kategorisch geweigert zu bestätigen, ob Mr. Tarkenton sich überhaupt im Lande befand. Deshalb hatte Meg bei seiner Geschäftsadresse nicht mehr als den Empfangsraum zu sehen bekommen.

Doch glücklicherweise war ihr dann eingefallen, dass Amanda diesen Club erwähnt hatte, in dem ihr Bruder sich sehr häufig aufhalten sollte.

»Ich schlage Ihnen etwas vor, Debbie. Mir ist auch nicht erlaubt, irgendetwas über Mr. Tarkenton zu verraten. Aber wenn Sie mir erlauben, ihm eine Nachricht zu überbringen, überrede ich ihn dazu, Ihnen ein Autogramm zu geben.«

»Das tut er nie. Er unterzeichnet ja nicht einmal unser Register. Sehen Sie?« Debbie wies auf eine Liste mit Namen und Mitgliedsnummern.

»Debbie, ich bin seine Sekretärin«, sagte Meg trocken. »Ich kann ihn dazu bringen, alles zu unterschreiben.«

»Ich möchte keinen Ärger bekommen wegen dieser Sache.«

»Das werden Sie auch nicht«, versicherte Meg und fragte sich, ob sie jemals so viele Lügen hintereinander von sich gegeben hatte. »Wenn es ein Problem gibt, werde ich persönlich Ihrem Chef die Situation erklären. Sobald ich Mr. Tarkenton gesehen habe, heißt das. Je eher er die Information erhält, desto besser.«

Debbie seufzte, griff nach dem Telefon und wählte eine Nummer. »Hi, Ben. Ich möchte wissen, wo Mr. Tarkenton gerade ist. Siehst du ihn irgendwo dort unten?« Eine kurze Pause folgte. »Allein? Okay, danke.« Sie legte auf. »Er ist auf einem unserer Squashplätze und trainiert. Wenn ich Sie dort hingehen lasse, müssen Sie versprechen, sofort zurückzukommen, sobald Sie Ihre Nachricht überbracht haben.«

»Da brauchen Sie sich keine Sorgen zu machen. Ich habe nicht die Absicht, länger als notwendig zu bleiben.«

»Er hat nicht irgendeine Frau geschwängert oder so?«

Selbst Meg war auf so eine Frage nicht vorbereitet. Sprachlos starrte sie Debbie an.

Debbie winkte ab. »Ich weiß, Sie sagen mir das sowieso

nicht. Aber ich bin schon immer ziemlich neugierig gewesen. Mit all den Frauen, die er hat, sollte man meinen, dass es da irgendwo ein Kind von ihm gibt, verstehen Sie?«

Meg verstand nur allzu gut und bedachte Debbie mit einem strengen Blick. Debbie entschuldigte sich verlegen und schrieb Megs Namen auf eine Besucherkarte, damit sie den Club betreten konnte.

Meg war so betroffen, dass ihre Finger zitterten, als sie die Karte nahm. Das Schlimmste war, dass sie sich in Zukunft an solche Bemerkungen gewöhnen musste. Jack gehörte zu den Männern, die diese Art von Klatsch und Tratsch automatisch anzogen. Meg seufzte bedrückt auf. Gab es denn keinen Ort auf der ganzen Welt, wo der mächtige Arm der Tarkentons nicht hinreichte? Es musste doch Menschen geben, die den Namen Jack Trakenton nicht kannten und nichts über ihn wussten.

Aber auf der ganzen Welt kannte man seinen Vater. Seit seinem Tod vor etwa dreißig Jahren war Senator John B. Tarkenton zum Märtyrer geworden. Man verehrte ihn für seine Ehrenhaftigkeit und seinen Charakter. In seiner Jugend hatte er die ganze Nation mit seiner Willenskraft und seinem Charisma in den Bann gezogen. Einen triumphalen Wahlkampf um die Präsidentschaft der Vereinigten Staaten hatte er mit überwältigender Mehrheit gewonnen. Doch bevor er sein Amt hatte antreten können, war er einem Attentat zum Opfer gefallen.

Jack mochte charakterlich das genaue Gegenteil seines Vaters sein, aber der Name Tarkenton bedeutete nicht nur Privilegien, sondern auch eine Last. In dieser chaotischen Welt gab es sehr viele Menschen, die glauben wollten, dass Jack die gleichen Fähigkeiten und die gleiche Integrität besaß wie sein Vater, um das Chaos zu lösen.

Meg wusste, dass sie gegen diesen Glauben nicht ankam. Es waren zu viele Menschen, die hartnäckig daran festhielten – Menschen, die ohne eine Hoffnung nicht leben konnten und die an die Zukunft glauben wollten. Sie selbst zählte sich eigentlich auch zu diesen Menschen, und sie wollte, dass auch Katie, das Leben eher optimistisch sah.

Meg ging an vielen Reihen von Trainingsfahrrädern vorbei, bevor sie Jack hinter den Scheiben eines Squashplatzes entdeckte. Er trug Shorts und ein graues T-Shirt, das am Nacken dunkel vom Schweiß war. Mit geschmeidigen Bewegungen und blitzschnell sauste er über den Platz und schlug den Ball an die gegenüberliegende Wand.

Je näher sie kam, desto mehr wurde Meg sich seines männlichen Körpers bewusst. Sie verlangsamte den Schritt. Das T-Shirt hing lose herab und zeigte deutlich die breiten Schultern. Offenbar war Jack in den letzten Jahren noch muskulöser geworden. Die Shorts gaben kräftige, straffe Schenkel frei.

Um das linke Handgelenk, die Hand, mit der er den Schläger hielt, lag ein Schweißband. Daher kam es also. Katie war auch Linkshänderin.

Obwohl sie versprochen hatte, ihre Nachricht sofort zu übermitteln, blieb Meg stehen und sah Jack einige Minuten lang beim Spiel zu. Die Kehle wurde ihr trocken, und ihr Puls schlug schneller. Sie wusste fast nichts über Squash, aber sie erkannte überragende Kraft bei einem Mann, wenn sie sie sah. Und Jack gehörte zu den Menschen, die sich total konzentrieren konnten und sich damit weit über den Durchschnitt erhoben.

Er verpasste den Ball kein einziges Mal.

Für die Öffentlichkeit gab er das Bild eines reichen, untätigen Playboys ab. Er besaß das sonnengebräunte gute Aussehen und den lässigen Charme eines Mannes, der alles gesehen und alles ausprobiert hat. In den vergangenen Jahren hatte er mit allen möglichen Skandalen Schlagzeilen gemacht und den Eindruck hinterlassen, sein Leben in vollen Zügen genießen zu wollen.

Doch da waren noch immer Menschen, die seine wilden Abenteuer als Jugendsünden abtaten und von ihm noch sehr viel erwarteten. Ihrer Meinung nach würde der Sohn eines Tages nach seinem Vater geraten – weil es einfach so sein musste. Eines Tages würde John B. Tarkenton die Welt der internationalen Politik betreten, so wie sein Vater es getan hatte. Und wie jeder verlorene Sohn, der endlich in seine wahre Heimat zurückkehrt, würde auch Jack mit offenen Armen empfangen werden.

Alle kannten seine Geschichte. Jeder wusste von der Tragödie seines Vaters. Er war mit den Blitzlichtern der Medien aufgewachsen, und auch wenn er noch im Schatten seines Vaters stand, man spürte, was in ihm steckte, und erwartete noch Großes von ihm.

Selbst Meg wurde von der unglaublichen Kraft angezogen, die er ausstrahlte. Die Schnelligkeit und Sicherheit, mit der er sich bewegte, zeigten eine Entschlossenheit, die weit über das rein Körperliche hinausging. Er spielte, um zu gewinnen, und zwar um jeden Preis. Und in diesem Moment wurde Meg etwas über Jack Tarkentons Persönlichkeit klar, das ihr bisher Angst gemacht hatte.

Sie hatte geglaubt, dass er sie aus irgendeinem Grund bestrafen wollte und dazu ihre Tochter benutzte. Aber das wäre ein zu schwaches Argument bei einem so zielgerichteten Kämpfer. Jack würde seine Zeit nicht verschwenden, wenn er sich aus Katie nicht wirklich etwas machte. Und genau dort lag sein wunder Punkt. Kein vernünftiger Mensch würde ihn für einen geeigneten, liebevollen Vater halten, besonders nicht für ein knapp fünfjähriges Mädchen, das gerade den einzigen Vater verloren hat, den es je gekannt hatte. Jack mochte die besten Beziehungen zu Leuten in hohen Positionen haben und alles Geld, um sie spielen zu lassen. Aber was das Spiel mit den Medien betraf, was die öffentliche Meinung betraf, war Meg entschlossen, dieses Spiel mitzuspielen.

Erleichtert und etwas hoffnungsvoller klopfte Meg an die Plexiglastür. Mitten im Schlag hielt Jack inne und wandte sich um.

Wie immer, wenn er sie ansah, schlug ihr Herz auch jetzt schneller. Mit unordentlichem Haar und unrasiert sah er sehr viel gefährlicher aus als bei ihrer letzten Begegnung. Aber sie schaffte es, seine Wirkung auf sie einfach zu ignorieren. Etwas, was ihr bisher nicht möglich gewesen war. Sie winkte ihm, als ob ihr plötzliches Erscheinen nichts Außergewöhnliches wäre.

Er hielt den Schläger hoch, als ob er sich verteidigen wollte, und öffnete ihr dann mit einem jungenhaften Lächeln die Tür. »Was für eine unverhoffte Überraschung, Meg. Die zwei Wochen sind doch erst in fünf Tagen vorbei. Ich bin beeindruckt.«

»Ich dachte, es wäre nur zu meinem Vorteil, wenn ich früher zu dir komme«, erwiderte sie. »Deine Planung ein bisschen durcheinander bringe. Darf ich hereinkommen?«

Er fuhr sich mit der Hand durch sein zerzaustes Haar und brachte es damit nur noch mehr in Unordnung. »Es gibt sicher bessere Orte, um zu plaudern als ein Squashplatz. Wie wäre es mit der Bar des Clubs? Gib mir fünfzehn Minuten, und ich treffe dich dort, sobald ich geduscht und mich umgezogen habe.«

Fünfzehn Minuten, in denen Jack Tarkenton sich einen Plan zurechtlegen konnte? Auf keinen Fall. »Ich finde, hier ist es genau richtig«, sagte sie und sah sich um.

»Sei nicht albern, Meg. Wenn du nicht in die Bar gehen willst, nehmen wir den kleinen Raum, denn die Trainer benutzen, wenn sie mit ihren Schützlingen sprechen wollen. Dort stehen ein Tisch und ein paar Stühle, und man ist ungestört. Ich bin sicher, dort wirst du dich wohler fühlen.«

»Aber ich will es weder bequem haben noch ungestört sein, Jack. Jedenfalls nicht in einem kleinen, abgeschiedenen Raum. Was mir hier ganz besonders gefällt, ist das Plexiglas.« Sie klopfte dagegen. »Man kann hereinsehen, und ich kann hinaussehen, und all das, obwohl die Tür geschlossen ist. Es ist der vollkommene Ort, um mit dir zu plaudern.«

Sein Lächeln vertiefte sich, und er hielt ihr die Tür auf und lud sie mit einer spöttischen Verbeugung ein. »Komm also herein, sagte die Spinne zur Fliege.«

Sie ging an ihm vorbei. »Danke.«

Jack schloss die Tür und lehnte sich dagegen. »Ich wusste nicht, dass du hier Mitglied bist.«

»Bin ich auch nicht. Ich habe dem Mädchen am Empfang gesagt, dass ich deine Sekretärin sei.«

»Lügst du schon wieder, Meg? Heißt das, dass du dich entschieden hast, mein Angebot anzunehmen?«

»Das kommt darauf an. Ich habe einige Bedingungen.«

»Und was sind das für Bedingungen?« Er wischte sich mit dem Saum seines T-Shirts den Schweiß von der Stirn, wobei er seinen festen, muskulösen Bauch entblößte.

Meg verschränkte die Hände hinter dem Rücken und holte tief Luft. Sie würde ihm nicht erlauben, sie aus der Fassung zu bringen, diesmal nicht. »Ich gebe zu, dass du ein Recht darauf hast, deine Tochter kennenzulernen. Ich gebe auch zu, wie wichtig es mir ist, dass Allen den Platz als der Vater behält, der Katie aufgezogen hat. Bevor ich deinem Vorschlag zustimme, brauche ich zwei Jahre. Ein Jahr, um den Tod meines Mannes so zu betrauern, wie er es verdient, und das zweite, um Katie die Chance zu geben, sich allmählich an dich zu gewöhnen. Auch unsere Verwandten müssen uns eine Weile miteinander ausgehen sehen, bevor sie uns als Paar akzeptieren können. Das zweite Jahr gibt dir genug Zeit für eine angemessene Werbung.«

»Ich soll um dich werben? Wie altmodisch.«

»Trotz der Art, wie unsere Beziehung begann, bin ich zufälligerweise ein altmodisches Mädchen. Da es sich hier nicht um eine Liebesheirat handelt, möchte ich eine kurze, schlichte Zeremonie. Ein Friedensrichter genügt mir vollkommen. Du sollst außerdem wissen, dass ich keinen Ehevertrag unterschreibe, der mich ohne einen Penny dastehen lässt, falls die Ehe vorzeitig enden sollte. Ich weiß, mein Bruder hat einen unterzeichnet, als er deine Schwester heiratete, aber seine finanzielle Situation ist sehr viel stabiler als meine. Allen war zu jung, um an eine Lebensversicherung zu denken. Ich muss wissen, dass Katies Zukunft gesichert ist.«

»Wie intelligent von dir, so weit vorauszuplanen, Meg.«

»Und schließlich gibt es noch eine Sache, die wir besprechen müssen. Bitte hör mir gut zu, Jack, denn ich werde es nur ein einziges Mal sagen. Wir werden nicht miteinander schlafen. Wenn ich herausfinden sollte, dass du bei einer deiner Affären nicht diskret genug warst, werde ich die Scheidung einreichen und dir so viel Geld abknöpfen, wie ich nur kann. Ich lasse nicht zu, dass du das Leben meines Kindes mit einem Skandal besudelst. Hast du mich verstanden?«

»Aber, Meg, es hat Tausende von Stunden anstrengender Arbeit bedurft, bevor ich mir diesen Ruf errungen habe. Du kannst unmöglich glauben, dass ich ihn jetzt so einfach aufgebe.«

»Das ist kein Witz. Ich erlaube dir nicht, mich zu verhöhnen. Ich habe dir gesagt, dass ich einige deiner Gewohnheiten tolerieren werde. Aber Respektlosigkeit gehört nicht dazu.«

»Mein Liebesleben ist wirklich kein Witz. Aber ebenso wenig deines, besonders wenn du meine Frau wirst.«

»Ich denke, ich habe meine Meinung klargemacht. Wenn du vorgeben willst, mich nicht verstanden zu haben, so ist das dein Problem, nicht meins. Aber du weißt, was du zu erwarten hast, wenn du es jemals wagen solltest, über die Schwelle meines Schlafzimmers zu treten.« Meg schob ihre Tasche unter den Arm. »Meine Adresse kennst du ja bereits. Wenn du meine Telefonnummer brauchst, Amanda und Bram haben sie. Du findest sie auch im Telefonbuch unter dem Namen Allen Betz.« Sie ging an ihm vorbei zur Tür.

Er packte sie etwas unsanft am Handgelenk. »Deine Bedingungen sind unakzeptabel, Meg.«

Sie zuckte nicht mit der Wimper. »Meine Bedingungen stehen nicht zur Debatte. Du hast deinen Vorschlag gemacht und ich meinen. Wenn du dein Wort nicht halten willst, kann ich dich nicht daran hindern. Aber ich sage dir gleich, dass mein heutiges Angebot dann null und nichtig ist und ich mich für einen öffentlichen Kampf um die Vormundschaft entscheide.«

»Wenn du das tust, wird Katies Foto auf der Titelseite jeder Zeitung im Land erscheinen.«

»Das wäre entsetzlich, ich bin da ganz deiner Meinung. Dass sie dann als eine Tarkenton und ganz besonders eine illegitime Tarkenton dasteht, ist etwas, an das ich nicht einmal denken will. Aber die Wahrheit ist immer noch besser als ein Leben, indem du meiner Tochter und mir vorschreibst, was wir zu tun und zu lassen haben. Wenn du und ich gemeinsam ihre Vormundschaft zugesprochen bekommen sollten, wird Katie sehr verwirrt sein, aber ich lasse mich von dir nicht erpressen. Sobald Katie erst einmal alt genug ist, wird sie erfahren, wer und was ihr Vater ist. Und wie du selbst gesagt hast, uns sollte nur Katies Interesse am Herzen liegen.«

Meg riss die Tür auf. Jack ließ sie gehen und folgte ihr mit einem nachdenklichen Blick. Er wusste, dass er sie aufhalten konnte. Aber er hatte es nicht eilig zu gewinnen. Er konnte warten. Meg hatte ihm gerade ein Ultimatum gestellt. Getrennte Betten, getrenntes Leben. Wenn er sein Junggesellenleben aufgeben sollte, so würde er sicher nicht alles aufgeben, was damit zusammenhing. Mit seiner Tochter würde er auch eine Frau gewinnen. Eine Frau in jeder Bedeutung des Wortes.

Vielleicht würde Meg erst überzeugt werden müssen, aber mit seiner Überredungskunst war er bisher eigentlich immer sehr erfolgreich gewesen. Und Meg war schon einmal seinem Charme erlegen. Sie würde es wieder tun.

Katie war eine Herausforderung und ihre Mutter eine weitere. Das Spiel mit Meg wurde immer interessanter. Und immer aufregender.

3. Kapitel

»Das ist ein Überfall.«

Meg sah als Erste den Riesen von einem Mann und lachte. Die Empfangsdame des Kindergartens riss beeindruckt die Augen auf. Offenbar war Meg nicht die Einzige, die Bram Masterson erkannte.

Katie holte schnell ihren Mantel und lief zu ihnen. »Mommy, Mommy, es ist Onkel Bram!«

»Wie geht es meinem Liebling?«, fragte Bram, hob Katie hoch und warf sie in die Luft.

Katie juchzte vor Vergnügen. Bram fing sie auf und setzte sie auf seinen mächtigen Arm. Meg bewunderte einmal mehr seine unglaubliche Stärke. Ihre drei Brüder waren alle sehr kräftige Männer, aber Bram hatte die wahrhaft imposante Figur eines Catchers. Und genau das war er auch. Seine Gegner mochten sich Namen wie der »Six-Billion-Dollar-Man« oder der »Wuchtige« zulegen, aber was Bram im Ring bot, machte ihn zu einem der größten Fernsehstars bei den Schaukämpfen.

»Der Beastmaster!«, schrie ein kleiner Junge aufgeregt.

Gleich darauf war Bram von lärmenden Jungen und Mädchen umgeben. Er ging in die Knie, gab vor, mit ihnen zu ringen, und ließ sich von ihnen besiegen. Seine Sanftheit war genauso groß wie seine Stärke. Als Katie ausgelassen auf ihn sprang, musste Meg in echter Freude lächeln – etwas, das sie seit Wochen nicht mehr getan hatte.

»Wie ich sehe, amüsiert Katie sich ganz ausgezeichnet.«

Beim Klang von Jacks Stimme erlosch Megs Lächeln. Dagegen starrte die Empfangsdame Jack hingerissen an. Der Beastmaster war ein kleiner Fisch im Vergleich zu dieser einmaligen

Berühmtheit. Einer der Tarkentons, die amerikanische Version der königlichen Familie!

»Hallo, Jack«, sagte Meg ruhig. »Was für eine Überraschung.«

»Eine freudige, wie ich hoffe.«

Im Gegensatz zu Bram in seinem bunten und eher auffallenden Outfit war Jack eher zu elegant angezogen. Das kragenlose Hemd saß perfekt und wirkte maßgeschneidert, ebenso sein schlichtes sandfarbenes Leinenjackett. Da Meg Expertin auf dem Gebiet war, erkannte sie den Herstellungsort des Stoffes. Er war aus Damaskus, handgewebt und gehörte zu den teuersten Stoffen der Welt.

Sie hob eine Augenbraue. »Wie lange ist es her, dass wir uns gesehen haben? Doch sicher nur einige Tage.«

»Meg, nur einen Tag von dir getrennt zu sein kommt mir vor wie ein Jahr. Ich konnte nicht länger warten, dich wiederzusehen.«

Spielerisch drohte Meg ihm mit dem Finger. Sie war sich des neugierigen Blicks der Empfangsdame nur allzu bewusst. »Na, na, Jack. Ich möchte nicht, dass irgendjemand eine falsche Vorstellung von uns bekommt. Ganz besonders nicht mein großer Bruder.«

»Deswegen hab ich ihn ja mitgebracht. Wir haben vor, dich zu kidnappen.«

»Wirklich? Ist das eure Absicht?« Meg sah zu Bram, der sich von den Kindern befreite und lachend herüberkam.

»Ich habe dir doch gesagt, dass es ein Überfall ist.« Bram half Katie in ihren Mantel. »Amanda ist in der Stadt, und ich bin mit J.J. von Bedford hergefahren, um sie hier zu treffen. Wir werden für ein, zwei Tage in Jacks Wohnung bleiben und hoffen, du leistest uns heute zum Abendessen Gesellschaft. Katie, erinnerst du dich an J.J.s Onkel Jack? Er ist der kleine Bruder deiner Tante Amanda.«

Katie sah Jack mit großen Augen ernst an. »Du bist nicht klein.«

»Aber ich kann es sein.« Jack ging in die Hocke, machte ein ebenso ernstes Gesicht wie Katie und reichte ihr feierlich die Hand. Katie nahm sie nach kurzem Zögern.

Meg warf ihrem Bruder einen forschenden Blick zu. Steckte er mit Jack unter einer Decke? »Warum ist Amanda nicht in Washington? Ich dachte, sie hätte dort zu tun.«

»Da sie jetzt dem ›Komitee für internationale Beziehungen‹ angehört, nimmt sie im Augenblick an einer Sitzung der UN hier in New York teil. In Washington muss sie erst wieder am Montag sein, und da ich erst ab nächstem Wochenende wieder auf Tour bin, bin ich mit J.J. hergekommen, damit wir sie sehen.«

»Was meinst du, Katie?«, fragte Jack. »Möchtest du mitkommen und J.J. sehen?«

»Darf ich, Mommy?«

Das gab für Meg den Ausschlag. Jack ignorierte nicht nur die Bedingungen, die sie ihm gestellt hatte, er benutzte außerdem ihre Position als Mutter, um seine Ziele zu erreichen. »Tut mir leid, Liebling, aber wir müssen jetzt nach Hause. Vielleicht ein anderes Mal.«

Bram hielt ihnen die Tür auf. »Es ist eine so seltene Gelegenheit für Amanda und mich, dass wir beide zusammen euch treffen. Warum hast du es so eilig, Meg?«

»Ich habe es nicht eilig, Bram, ich bin nur müde, mehr nicht. Es war ein langer Tag.«

»Dann wirst du ihn kaum damit beenden wollen, dass du mit Katie auf dem Schoß den Bus nach Jersey nimmst«, konterte Bram. »Ich fahre euch nachher von Jack aus mit seinem Wagen nach Hause, sobald der Verkehr sich ein wenig beruhigt hat.«

»Oder du und Katie könnt die Nacht bei mir verbringen«, schlug Jack vor. »Und dann fahre ich euch morgen selbst nach Hause. Ist das kein toller Service?«

»Nein, wir bleiben auf keinen Fall über Nacht«, erklärte Meg.

Bram legte ihr den Arm um die Schulter. »Komm schon,

Schwesterchen. Iss mit uns zu Abend, leg die Füße hoch, begrüß J.J. und Amanda und ruh dich ein wenig aus.«

»Ach ja, bitte, Mommy«, bettelte Katie und zog an Megs Hand. »Ich möchte mit J.J. spielen.«

Meg warf Jack einen strengen Blick zu. »Wir können aber nicht lange bleiben. Das möchte ich klarstellen.«

Jack hob die Hände. »Was immer du sagst, Meg.«

Was immer du sagst, dass ich nicht lache, dachte Meg gereizt. Sie wandte sich an ihren Bruder. »Katie und ich müssen gleich nach dem Essen gehen.«

»Kein Problem. Ich werde euch in Rekordzeit nach Hause bringen.«

Wie sich herausstellte, lebte Jack in Midtown, nur wenige Straßen entfernt. Das Gebäude stammte aus der Jahrhundertwende, war restauriert worden und erstrahlte wieder in seiner ursprünglichen Erhabenheit. Ein Portier eilte sofort herbei, um Jack und seine Gäste einzulassen. Der Sicherheitsbeamte in der Lobby begrüßte Jack und Bram mit Vornamen.

Der altmodische Aufzug wurde von einer uniformierten Frau betreut. Sie fragte Katie, ob sie den Knopf drücken wolle, der die Eisengitter in Bewegung setzte, um den Fahrstuhl zu schließen. Natürlich war Katie begeistert, und als Jack auf die Stockwerknummern über der Tür des Aufzugs wies, zählte sie laut mit ihm mit.

Meg beobachtete ihn verstohlen und überlegte, was seine Motive waren. Sie hatte nicht erwartet, dass er schon so bald wieder in ihr Leben platzen würde. Es war nur zu offensichtlich, dass er versuchte, Katie näher zu kommen. Und zu diesem Zweck war er sich nicht zu schade, Bram, Amanda und J.J. zu benutzen. Aber warum gerade jetzt?

Die Tür des Aufzugs öffnete sich und gab den Blick auf ein so großes Wohnzimmer frei, dass eine ganze Etage ihres Hauses darin Platz gefunden hätte. Jacks Penthouse nahm das gesamte Dach ein.

»Katie!«

Der dreijährige J.J. sprang von einem weichen taubengrauen Teppich auf. Amanda sammelte die Spielkarten ein, die er einfach losgelassen hatte und stand ebenfalls auf. Sie trug Jeans und einen Mohairpullover, der ihr ein mädchenhaftes Aussehen verlieh, trotz des klassischen französischen Zopfes, zu dem sie ihr Haar frisiert hatte.

»Meg, ich freue mich sehr, dass du und Katie kommen konntet.«

Lächelnd küssten sie sich auf beide Wangen, und Meg fühlte sich ein wenig wehmütig an ihr geliebtes Frankreich erinnert.

Amanda nahm Katie auf die Arme. »Du meine Güte, Miss Katie, Sie sind ja eine richtige kleine Dame geworden.«

J.J. hüpfte aufgeregt auf und ab und zog an Katies Kleid. »Katie, Katie, Katie!«

»He, Kumpel, wie wär's wenn wir unseren Gästen die Chance geben, erst mal hereinzukommen.« Jack hob J.J. hoch und stürmte mit ihm durchs Zimmer, sodass J.J. begeistert aufkreischte.

Es schien keine Show zu sein, die Jack für sie inszeniert hatte, aber Meg war immer noch misstrauisch. Der heutige Abend würde ihr jedoch zumindest die Gelegenheit geben, zu sehen, wie Jack mit Kindern umging.

Amanda ging ihnen voraus zu einer Sitzecke. Der Couchtisch war mit einer dicken Badedecke zugedeckt, auf der ein Berg von Spielzeugautos aufgehäuft war. Meg hob die Augenbrauen, und Amanda lachte.

»Wir haben Jacks Wohnung ganz schön mit Beschlag belegt, was? Aber glücklicherweise hat er nichts dagegen. J.J., möchtest du Katie deine Autos zeigen?«

J.J. kam angelaufen. »Meine Autos!«

Bram hielt ihn schnell fest, bevor der Junge in seiner Eile gegen den Tisch stieß, und nahm die Enden des Tuchs hoch.

»Ich denke, die Kinder und ich werden uns in ein anderes Zimmer verziehen«, sagte er und wechselte einen amüsierten Blick mit seiner Frau. »Wenn ich mich nicht irre, wird bald ein gewisser lila Dinosaurier in unserem Lieblingsprogramm erscheinen.«

Amanda legte die Hände auf das Herz. »Du hat dir soeben meine ewige Dankbarkeit verdient, Schatz. Lass mich wissen, wann du Verstärkung brauchst.«

Es schnürte Meg die Kehle zu vor Wehmut bei der offensichtlichen Liebe und Zuneigung, die die zwei füreinander empfanden. Sie kannte keine Frau, die so selbstsicher war wie Amanda und die so genau wusste, was sie wollte. Und Bram war ebenso willensstark. Dennoch passten sie vollkommen zusammen. Ihre Beziehung war ungemein stark, was Meg insgeheim etwas neidisch machte.

Verstohlen blickte sie zu Jack. Wenn sie ihn heiratete, würde sie ein solches Glück niemals erfahren. Als sie Allen geheiratet hatte, hatte sie wenigstens die Hoffnung gehabt, ihren Mann eines Tages lieben zu lernen. Jetzt gab sie sich keinen Illusionen mehr hin.

»Meg, möchtest du einen Drink?«, fragte Jack.

Sie fuhr zusammen, als er ihr die Hand auf die Schulter legte, und sagte das Erste, das ihr in den Sinn kam. »Einen Scotch mit Soda, bitte.«

»Amanda?«

»Füll mein Glas wieder auf, ja, Jack?«

»Natürlich.« Er ging in die Küche und kümmerte sich um die Drinks.

Meg hatte das Gefühl, immer noch die Wärme seiner Hand auf ihrer Haut zu spüren. Gleich darauf kam er zurück, und sie erschauerte unwillkürlich. Er gab ihr ihr Glas und beugte sich dabei über sie, und sie hielt das Glas mit beiden Händen fest, als ob sie Halt daran finden könnte, und versuchte, vollkommen gelassen auszusehen.

Jack setzte sich auf die Armlehne des Sofas. »Wie ist dein Scotch, Meg?«

»Gut«, erwiderte sie und nahm einen Schluck. Der Drink war eiskalt und viel zu stark. Sie stellte das Glas auf den Couchtisch und war entschlossen, es nicht wieder in die Hand zu nehmen. Jack schien die Absicht zu haben, sie betrunken zu machen. Dabei war seine Schwester keine zwei Meter entfernt. »Und was trinkst du, Jack?«

»Mineralwasser.«

»Wirklich? Ich wusste nicht, dass du keinen Alkohol trinkst.«

»Nur ab und zu.« Er hob sein Glas wie zum Toast. »Im Gegensatz zu anderslautenden Meldungen.«

Amanda lachte leise. »Meg, ich werde dir den wirklichen Grund nennen, weswegen mein Bruder nicht gern Alkohol trinkt. Es ist alles wegen unserer Mutter.«

Meg hob die Augenbrauen. »Wegen eurer Mutter?«

»Du weißt ja, was für eine rechtschaffene Person sie ist«, fuhr Amanda fort. »Ich habe sie nur sehr selten ärgerlich erlebt. Das letzte Mal war, als sie lesen musste, dass Jack zum zehnten Mal in zwei Jahren in die Betty-Ford-Klinik eingeliefert worden sei, um mit seinem Alkoholproblem fertig zu werden.«

»Du hast ein Alkoholproblem?«, fragte Meg ihn direkt.

»Einige Reporter scheinen das zu denken.« Er zuckte die Achseln. »Natürlich achtet meine Mutter normalerweise nicht auf solche Veröffentlichungen über mich, aber bei dieser Geschichte ist ihr der Kragen geplatzt, und sie rief den Herausgeber der betreffenden Zeitung an.«

»Jack«, warf Amanda ein. »Erinnere dich, was Mom gesagt hat. Du sollst dieses Blatt nicht Zeitung nennen.«

»Na gut, meine Mutter rief also den Herausgeber dieses Käseblatts an und warnte ihn, je wieder solche Lügen über ein Mitglied unserer Familie in die Welt zu setzen. Sie würde seine Zeitung sonst verklagen. Und sie wies ihn darauf hin, dass sie zu den wenigen Menschen im Land gehöre, die genug Geld besäßen, um das auch wirklich tun zu können.«

»Ist es so weit gekommen?«, fragte Meg.

»Aber, nein«, antwortete Amanda. »Mom hat nur geblufft. Sie ist zwar recht wohlhabend, aber sicher nicht reich genug, um einen riesigen Zeitungskonzern zu verklagen. Aber mit ihrer eisernen Würde versteht sie es, diesen Eindruck zu vermitteln. Jack muss ihre Worte natürlich bestätigen. Und da er fast ständig von Dutzenden von Reportern umgeben ist, darf er jetzt mit keinem Getränk in der Hand mehr erwischt werden.«

»Nicht einmal mit Mineralwasser?«

»Dann behaupten sie, dass es mit Wodka oder Rum versetzt sei«, erklärte Jack. »Das gilt sogar, wenn ich Limonade aus einer Dose trinke. So stark ist die Macht der Presse. Sie kann mit einem Bild tausend Lügen verbreiten. Und ich möchte schließlich nicht meine eigene Mutter zur Lügnerin stempeln.«

»Also bist du im Grunde deines Herzens ein guter Kerl«, warf Meg trocken ein.

Amanda lachte. »Darauf würde ich nicht schwören. Du solltest die Mädchen sehen, mit denen er die Stadt unsicher macht. Wirklich, Jack. Du bist viel zu alt für Teenager.«

»Was meinst du, Meg?«, fragte Jack. »Muss ich etwas kritischer sein in meiner Auswahl? Wird es Zeit, dass ich meinen Titel als ›begehrtester Junggeselle der Welt‹ abgebe?«

Amanda verdrehte spöttisch die Augen. »Antworte ihm nicht, Meg. Er hat schon vor langer Zeit verkündet, es gäbe keine Frau auf Erden, die gut genug für ihn sei – gut genug, um von ihm geheiratet zu werden. Mom gibt ihm darin natürlich recht. Jack ist immerhin ihr einziger Sohn. Aber sie hat ihn wissen lassen, dass sie bereit sei, über einige geringe Mängel hinwegzusehen, um noch ein paar Enkelkinder zu bekommen. Der Name der Tarkentons muss schließlich weitervererbt werden.«

»Und auch die Legende der Tarkentons muss weiterleben«,

fügte Jack hinzu und leerte sein Glas. »Etwas, liebe Schwester, das du mit unübertrefflicher Sicherheit meisterst. Nun, meine Damen, ich verlasse nur ungern Ihre Gesellschaft, aber die Pflicht ruft. Ich muss mit meinem Personal das Abendessen besprechen.«

»Sein Personal?«, fragte Meg, sobald er gegangen war.

»Das hört sich nur so großartig an. Er hat eine Köchin, die halbtags zu ihm kommt, und ein Hausmädchen, das hier wohnt, da Jack sowieso die meiste Zeit nicht da ist.«

»Reist er viel?«

»Andauernd. Am liebsten nach Monaco, dann nach Rio, Bangkok, Hong Kong. Er bleibt nirgends sehr lange. Er möchte die Leute glauben machen, dass er sich nur für schnelle Autos und schöne Frauen interessiert.«

»Und das stimmt nicht?«

»Siehst du? Selbst du glaubst, dass es hoffnungslos mit ihm ist, und du bist einer der scharfsinnigsten Menschen, die ich kenne. Normalerweise erkennst du den Unterschied zwischen Schein und Sein. Das ist eine sehr seltene Fähigkeit heutzutage.«

»Meinst du, dass das mit meiner künstlerischen Ausbildung zusammenhängt?«

»Die spielst sicher eine Rolle. Dein Studium im Ausland hat deinen Blick bestimmt geschärft. Aber es ist mehr als das. Man hat dir nie alles auf dem silbernen Tablett serviert. Was du geschafft hast, hast du ganz allein geschafft, und das in relativ jungen Jahren.«

»Als ich mein Zuhause verließ, um das Stipendium an der Sorbonne anzutreten, war ich nur räumlich weit von meiner Familie entfernt, aber niemals seelisch. Ich hatte niemals das Gefühl, ganz allein zu sein.«

»Genau das ist ja der springende Punkt, Meg. Deine Familie hat dich ermutigt und unterstützt, obwohl es keine Garantie für deinen Erfolg gab. Weißt du, wie außergewöhnlich das ist?«

»Ich liebe meine Familie, und besonders meine Mutter, aber um einen zu unterstützen, sind Familien schließlich da, oder? Nimm nur dich und Bram. Ihr habt beide anspruchsvolle Karrieren, dennoch schafft ihr es, Zeit füreinander zu finden, so wie heute zum Beispiel. Zu wissen, dass solch ein Zusammengehörigkeitsgefühl existiert …« Meg brach ab, überwältigt von ihrer Sehnsucht nach etwas, das sie niemals bekommen würde.

Amanda nahm ihre Hand. »Es ist Allen, nicht wahr? Er muss dir fürchterlich fehlen.«

Das konnte Meg nicht abstreiten. Nicht, wenn sie vorgeben musste, dass sie ihren Mann von ganzem Herzen geliebt hatte. Aber in Wahrheit trauerte sie um die Tiefe einer Liebe, die sie und Allen niemals erlebt hatten. Und in ihrer Ehe mit Jack würde sie eine solche Liebe erst recht nicht finden. Aber diese Wahrheit konnte sie Amanda nicht sagen. Zu viele Geheimnisse, zu viele Lügen verhinderten das.

Meg »Amanda, du warst das Beste, das Allen jemals passiert ist«, fuhr Amanda leise fort. »Du und Katie. Vergiss das niemals.«

Meg nickte stumm, gab dann vor, nach Katie schauen zu wollen, und ging aus dem Zimmer. Doch sobald sie im Flur war, suchte sie nach einem Ort, wo sie allein sein konnte. Sie betrat den nächsten Raum, knipste aber nicht das Licht an.

Was sollte sie nur tun? Alles ließ darauf schließen, dass Jack nicht beabsichtigte, seine Lebensweise zu ändern. Sie aber würde kaum die Kraft haben, eine weitere Ehe ohne Liebe zu überstehen, selbst wenn sie das in Katies Interesse tun sollte. Das erste Mal war sie schwanger gewesen und dumm genug zu glauben, dass sie sich mit der Zeit in Allen verlieben würde. Die Wirklichkeit hatte dann völlig anders ausgesehen. In ihrer Ehe hatte sie sich so einsam gefühlt wie noch nie in ihrem Leben.

»Na so was, Meg. Ich hab schon überall nach dir gesucht.« Jack machte das Licht an, trat ein und zog einfach die Tür hinter sich zu.

Meg, die nun sah, dass sie in eines der Bäder geraten war, blickte ihn stirnrunzelnd an. »Was tust du hier?«

»Dich umwerben, erinnerst du dich?« Er kam näher.

Sie hob beide Hände, um ihn auf Abstand zu halten. »Das ist kein Werben, sondern Nötigung, weil es noch viel zu früh dazu ist.«

»Zu früh?« Jack nahm ihre Hände und küsste die Fingerspitzen.

Meg wich zurück, bis sie sich in die Ecke gedrängt sah.

»Du hast meinen Antrag angenommen. Wir werden heiraten, nicht wahr?«

»In zwei Jahren, Jack«, fuhr sie ihn an und schob ihn von sich. »Ich habe dir das klargemacht, als wir das letzte Mal …«

»Zwei Jahre sind viel zu lang, Meg. Ich werde nicht einmal ein Jahr warten. Sechs Monate wäre auch ein unvernünftig langer Zeitraum. Ich möchte in sechs Wochen heiraten.«

»In sechs Wochen!«, rief sie fassungslos. »Bist du verrückt?«

»Ja. Nach dir.« Er wehrte ihre Hände ab und küsste ihren Hals. »Sagt dir das nichts, Meg? Weckt es nicht deine Sehnsucht?«

»Was es mir sagt, ist, dass du mich und meine Gefühle nicht respektierst. Du und ich, wir sind nicht offiziell verlobt und werden es auch nie sein, wenn du dich weiter so benimmst. Und jetzt lass mich in Ruhe.«

Doch er trat noch dichter an sie heran, und plötzlich saß sie zwischen ihm und der Wand fest. Wenn sie schrie, würde Bram ihr zu Hilfe kommen, aber was hätte sie damit gewonnen? Sie brauchte mehr Zeit und einen klaren Kopf. Beides war unmöglich zu erreichen, wenn Jack sie auf diese Weise in die Enge trieb.

»Hör zu, ich habe nicht vor, dein Spielchen mitzuspielen«, sagte sie und versuchte, ruhig zu klingen. »Wir werden dieses Gespräch an einem passenderen Ort und zu einer passenderen

Zeit abhalten. Lass uns jetzt zu Abend essen. Ich bin bereit, einen Kompromiss mit dir zu schließen, wenn du es auch bist.«

»Dieser Ort scheint mir äußerst passend zu sein.«

»Jack, bitte.« Ernst sah sie ihm in die dunklen Augen. »Tu das nicht.«

»Was soll ich nicht tun, Meg?«

»Das hier.« Sie wandte den Kopf ab, um ihm auszuweichen. Aber sein Atem streifte sie dennoch, und es war, als würde er ihr Herz berühren. Es war so lange her. Sie unterdrückte ein Aufstöhnen.

»Das?«, flüsterte er und strich mit dem Mund über ihr Ohr. »Oder das?« Er verteilte sanfte Küsse ihren Hals entlang und küsste die Stelle, wo ihr Puls immer schneller schlug.

Meg drehte nicht den Kopf. Sie litt bei dem Gedanken an all die Male, als sie sich danach gesehnt hatte, von Jack so liebkost zu werden, wie er es jetzt tat, wenn es in Wirklichkeit Allen gewesen war, der sie in seine Arme nahm. Sie hatte versucht, ihren Mann zu lieben. Aber sie hatte ihren Körper immer mit der Vorstellung von einem anderen Mann überlisten müssen.

Mit Jack. In ihrer Fantasie war es immer Jack gewesen.

»Meg, du zitterst ja.« Er legte eine Hand an ihre Wange und streichelte sie. »Ich werde dir nicht wehtun. Das weißt du doch, oder?«

Sie hatte ja auch keine Angst davor, dass er ihr körperlich etwas tun könnte. Es waren seine heisere Stimme, seine Nähe, sein Duft, die sie erzittern ließen. Und das wusste er auch. Er flüsterte ihr zu, wie wunderschön und strahlend sie sei, wie ein Kunstwerk, selten und kostbar, während er sie zart küsste. Ihre Wange, ihre Nase, ihren Mundwinkel.

Es fühlte sich so gut an.

Sie schloss die Augen, um sich auf das zu konzentrieren, was ihr am wichtigsten sein sollte – um nicht zu vergessen, wer sie war und was sie wollte. Und das hier wollte sie auf keinen Fall, nicht auf diese Weise und nicht mit Jack. Es war nicht richtig, dass er sich nahm, was sie ihm nicht selbst gab. Dennoch rührte sie sich nicht. Er streichelte und küsste sie, und sie erschauerte – weil sie nicht wollte, dass er aufhörte.

Es war demütigend, hier mit dem Rücken an der Wand zu stehen, das Gesicht abgewandt, und ein so heftiges Verlangen zu fühlen. Nur mit aller Willenskraft schaffte sie es, eine Hand zwischen sich und ihn zu schieben. Sie packte verzweifelt sein Hemd. Sie musste sich an irgendetwas festhalten, sie musste sich wehren und die Macht seiner Worte und seines Körpers ignorieren. Sie musste an Katie denken.

»Nein!«, brachte sie hervor, stieß ihn von sich und schob sich an ihm vorbei.

Aber er war in wenigen Sekunden hinter ihr, fasste sie um die Taille und zog sie an sich, sodass sie seine starke Erregung spürte.

»Lass uns nächste Woche heiraten, Meg«, flüsterte er. »Wir können beide nicht länger warten.«

Kopflos stieß sie ihm mit dem Ellbogen in den Magen und lief aus dem Bad, den Flur hinunter – und prallte gegen die breite Brust ihres Bruders.

Bram hielt sie an den Armen fest, damit sie nicht fiel. »Meg? Was ist los?«

Sie schlug die Hand vor den Mund, um nicht aufzuschreien, aber Brams finstere Miene zeigte ihr, dass er Jack hinter ihr gesehen hatte.

»Was, zum Teufel, geht hier vor?«, verlangte Bram zu wissen.

»Wie sieht es denn aus?«, erwiderte Jack gelassen.

»Bram, es ist nichts. Ich bin in Ordnung.«

»Nein, das bist du nicht, Meg.« Ihr Bruder sah sie besorgt an. »Sag mir, was passiert ist.«

»Nichts. Nichts ist passiert. Wo ist Katie? Wir müssen nach Hause fahren.«

Brams Griff wurde fester, seine Augen funkelten vor Wut. »Er hat sich an dich herangemacht, stimmt's? Ist es das?«

»Bram, bitte«, flehte Meg ihn an. »Komm einfach mit mir.«

Er rührte sich nicht von der Stelle, sondern starrte Jack finster an und wies drohend mit dem Finger auf ihn. »Halt dich von meiner Schwester fern, hörst du?«

»Deine Schwester will gar nicht, dass ich mich von ihr fern halte.«

»Es ist mir egal, was deine Ausrede ist. Bleib ihr vom Leib, sonst bekommst du es mit mir zu tun. Komm, Meg.«

Bram zog sie mit sich den Flur hinunter und rief nach Katie.

Amanda blickte auf, als sie das Wohnzimmer betraten, aber ihr Lächeln verschwand, sobald sie seine Miene sah. »Bram, was ist los?«

»Dein verdammter Bruder! Wo, zum Teufel, sind seine Autoschlüssel?«

»Hier«, antwortete Jack und kam mit Katie an der Hand herein. »Onkel Bram wird dich und deine Mom jetzt nach Hause fahren, Katie. Gibst du ihm bitte diese Schlüssel?«

»Okay.« Katie hüpfte durchs Zimmer und ließ die Schlüssel klimpern, während die beiden Männer sich herausfordernd anstarrten.

»Pass auf, Jack«, warnte Bram ihn. »Komm ihnen nicht in die Nähe.«

»Das dürfte etwas schwierig werden, da Meg und ich seit einiger Zeit miteinander ausgehen«, erwiderte Jack ungerührt. »Tatsächlich hat meine Mutter Meg und Katie zum Erntedankfest eingeladen. Dagegen kannst du nichts einzuwenden haben, Bram. Meg und Katie gehören immerhin zur Familie.«

4. Kapitel

»Lass uns jetzt nicht darüber sprechen«, sagte Meg mit Blick auf Katie, als sie in Jacks schwarzem Jaguar saßen.

Bram ließ den Motor an und fuhr mit quietschenden Reifen aus der Kellergarage.

Katie ließ sich mit ihrem leisen Stimmchen vom Rücksitz vernehmen. »Mommy, hast du mit Onkel Bram einen Streit?«

»Nein, Liebling. Wir unterhalten uns nur.«

Bram schnaubte wütend durch die Nase. »Meg, du kannst ihr genauso gut die Wahrheit sagen, weil ich das Thema nicht fallen lassen werde.«

»Das solltest du aber«, entgegnete sie. Sie würde ihm nicht erlauben, Jack vor Katie schlecht zu machen. »Du bist zwar mein großer Bruder, aber deswegen bist du noch lange nicht mein Hüter.«

»Er ist nichts für dich, Meg. Das musst du doch wissen.«

»Okay, ich habe deine Meinung zur Kenntnis genommen. Du hast deine gute Tat für heute vollbracht. Wenn du jetzt noch einmal seinen Namen erwähnst, gehe ich sofort wieder in sein Penthouse zurück und bitte ihn, uns nach Hause zu fahren.«

»Was geht nur in deinem Kopf vor? Der Mann ist das genaue Gegenteil von Allen. Sein Lebensstil als Jetsetter, seine Arroganz, die Frauen …«

»Bram, das reicht.«

»Ich kann nicht glauben, dass du ihn auch noch verteidigst. Ich kann nicht glauben, dass du mit ihm ausgegangen bist. Wann hat das Ganze angefangen?«

»Das geht dich nichts an.«

»Das geht mich nichts an? Seit wann bist du so starrsinnig?«

»Mommy, was heißt starrsinnig?«

Meg warf Bram einen wütenden Blick zu. »Es bedeutet, dass man nicht gut zuhört.«

Bram schluckte. »Ich will doch nur dein Bestes, Meg«, sagte er bedrückt. »Deins und Katies.«

»Glaubst du etwa, ich nicht?« Sie stellte das Radio ein, aber die Spannung zwischen ihnen ließ nicht nach. Dabei verstand sie ja Brams Reaktion. Sie war aus dem Badezimmer gerannt, als ob der Teufel hinter ihr her wäre, und im Grunde stimmte das sogar.

Wie hatte sie nur zulassen können, dass Jack sie küsste? Und dann all diese Dinge, die er zu ihr gesagt hatte … Er war verrückt, wenn er glaubte, dass sie ihn schon so bald heiraten würde. Dennoch schlug ihr Herz immer noch wie wild, und sie zitterte mehr vor Erregung als vor Wut. Die verräterische Reaktion ihres Körpers ließen sich einfach nicht ignorieren.

Verlegen wich sie Brams Blicken aus, da sie spürte, dass sie errötete. Kein Wunder, dass sie Jack nicht unter Kontrolle hatte. Sie hatte ja nicht einmal sich selbst unter Kontrolle.

Das Erntedankfest war in knapp drei Wochen. Konnte sie sich bis dahin eine dickere Haut zulegen, was Jack anging? Ihre Affäre damals war zwar kurz, aber heftig gewesen. Und jetzt war es wieder so. Er brauchte sie nur zu berühren, und schon drohte sie jede Vernunft in den Wind zu schlagen. Zu ihrer Schande musste sie sich eingestehen, dass sie ihn erneut begehrte.

Entschieden rief sie sich in Erinnerung, dass Jack sie damals die große Lektion gelehrt hatte, wie wenig sexuelles Verlangen im Grunde bedeutete. Sie hatte erkennen müssen, dass sie nur eine seiner vielen Eroberungen gewesen war, die er nach Belieben wieder fallen ließ.

Meg verschränkte die Arme vor der Brust. Na gut, sie war also in seiner Nähe ein wenig in Erregung geraten, und er hatte es bemerkt. Was machte das schon? Schließlich war es kein Verbrechen, wenn sie ihn, wie so viele Frauen, attraktiv fand. Er galt nicht umsonst als der begehrteste Junggeselle der Welt. Was bedeutete es schon, wenn sie sich ein bisschen zu ihm hingezogen fühlte? Okay, das war vielleicht eine Untertreibung, aber das Wichtigste war, dass sie nicht in ihn verliebt war. Sie begehrte ihn nur. Ein wenig körperliche Bewegung und eine kalte Dusche würden das schon beheben. Ihr Herz war nicht beteiligt. In ihrem Herzen gab es nur Platz für Katie und ihre Familie.

Jack Tarkenton gehörte nicht zu ihrer Familie, und das würde er auch in Zukunft nicht. Nicht, wenn er sich noch einmal so etwas leistete wie heute Abend.

Meg warf einen prüfenden Blick auf den Rücksitz. Ihre erste Sorge galt Katie. Was war das Beste für ihre Tochter? Sie lag jetzt fest schlafend in ihrem Kindersitz, den Kopf auf die Seite gelegt, ihre schwarzen Wimpern berührten die rosigen Wangen.

Jacks Bemühen um die Gunst der Kleinen war nicht so aufdringlich, wie Meg erwartet hatte. Er überschüttete das Kind nicht mit Geschenken oder übertriebener Aufmerksamkeit. Und wenn sie ehrlich war, musste sie zugeben, dass er den mehr oder weniger erzwungenen Besuch bei ihm im Penthouse durch Brams, Amandas und J.Js Anwesenheit sehr viel erträglicher gemacht hatte. Am wichtigsten war ihr aber, dass Jack nichts unternommen hatte, um seine Vaterschaft bekannt zu geben. Solange er sein Wort hielt, würde sie ihres auch halten.

Heute Abend hatte er sie überrumpelt. Wenn sie ihn das nächste Mal sah, musste sie auf alles vorbereitet sein. Sie musste ihn dazu bringen, nach ihren Regeln zu spielen, nicht nach seinen. Das nächste Mal würde sie gewappnet sein.

Meg wappnete sich beim nächsten Mal – es war die Einladung zum Erntedankfest im Haus von Jacks Mutter –, indem sie eine bequeme weiße Hose anzog, dazu einen weiten Pullover und als Schmuck brave Perlenohrringe wählte. Da sie sich den Tarkentons nicht im Geringsten verpflichtet fühlen wollte, lag im Heck ihres Wagens eine knusprige Apfeltorte mit Zimt. Katie war so stolz darauf, dass sie beim Zubereiten geholfen hatte, dass sie sie den Tarkentons selbst präsentieren wollte.

Ein Blick auf das riesige Anwesen jedoch genügte, um Megs Zuversicht zu dämpfen. Ein prunkvolles Gebäude, das mit seinen weißen Säulen an eine römische Villa erinnerte, stand auf einer Anhöhe und war von unzähligen Hektar herrlichstem Park umgeben. Meg wurde immer nervöser. Bram hatte diese Art von Reichtum niemals erwähnt.

Je näher sie dem Eingangstor kam, desto langsamer fuhr sie. Am Tor gab es doch tatsächlich ein Wachhäuschen mit einem Wachposten darin. Er senkte den Kopf, um das Nummernschild zu betrachten.

Katie setzte sich auf, blickte neugierig um sich und rieb sich die Augen. »Sind wir schon da, Mommy?«

»Ich glaube ja, Kleines«, erwiderte Meg mit erzwungener Fröhlichkeit. Doch sie würde ein Feigling sein, wenn sie ihrem ersten Impuls folgte und sich jetzt einfach davonmachte. Also öffnete sie ihr Fenster, um mit dem Mann zu sprechen, und hielt erschrocken den Atem an, als eisig kalter Wind sie traf. Kein Erntedankfest für diesen armen Kerl.

»Ihr Name, bitte?«, fragte er.

»Ich bin Meg Betz, und das ist meine Tochter Katie.«

Er blickte auf ein Klemmbrett in seiner Hand. »Meg Masterson Betz?«

»Ja, das ist mein vollständiger Name.«

Er tippte an seine Mütze und öffnete das Tor.

Die Privatstraße bis zum Haus dauerte noch ganze fünf Minuten, und Meg biss sich auf die Unterlippe, als sie die hundertfünfzig Meter vereister, unebener Steinplatten sah, die sie nach der Auffahrt noch vom Eingang zur Villa trennten.

Katie mit der Torte in den Händen diesen Weg entlanggehen zu lassen, bedeutete, das Schicksal herauszufordern.

Der livrierte Mann, der ihnen die Autotür öffnete, schien ihrer Meinung zu sein. Er half Katie heraus und sagte lächelnd: »Pass schön auf, Süße. Es ist heute ziemlich glatt.«

Meg holte die Torte heraus und stieg aus, ohne auf die Hilfe des Angestellten zu warten. Wenn sie Glück hatte, war Katie so beeindruckt von der majestätischen Umgebung, dass sie gar nicht mehr an die Torte dachte.

Sie dankte dem Mann und nahm Katies Hand.

»Mommy, ich will die Torte tragen.«

»Es ist ein langer Weg bis zur Vordertür, Liebling. Weißt du was, ich trage die Torte bis zum Haus, dann bist du dran und trägst sie hinein.«

Katie blieb abrupt stehen. »Aber du hast gesagt, ich kann sie allein tragen!«

»Da wusste ich nicht, dass wir so weit würden laufen müssen, Katie.«

»Aber du hast es versprochen!« Katies Augen füllten sich mit Tränen.

Meg war kurz davor nachzugeben. Das Letzte, was sie jetzt gebrauchen konnte, war ein Wutanfall von Katie. Aber wenn Katie die Torte fallen ließ oder womöglich selbst hinfiel, würde die Kleine untröstlich sein.

»Es tut mir leid, Katie, aber nein. Es ist sehr kalt und glatt hier draußen. Und da nur ich Stiefel trage, werde ich den Kuchen zum Haus bringen.«

Der Wutanfall ließ sich nicht vermeiden und hatte seinen Höhepunkt erreicht, als sie an der Haustür ankamen. Meg legte die Torte auf einer schmiedeeisernen Bank auf der Veranda ab und hob Katie hoch. Sie hoffte, sie ablenken zu können, wenn sie ihr erlaubte, den großen Messingklopfer in der Mitte der breiten Vordertür zu benutzen. Aber ihr Plan wurde dadurch vereitelt, dass die Tür schon vorher geöffnet wurde.

Meg hatte nach dem Wachposten am Tor und dem Angestellten an der Auffahrt eigentlich eine Haushälterin erwartet. Stattdessen fand sie sich dem weiblichen Oberhaupt der Tarkentons persönlich gegenüber, dass sie voller Anmut willkommen hieß.

»Kommt herein, kommt herein«, sagte Eleanor Tarkenton, und ihre berühmten blauen Augen funkelten freundlich. Ihr silberblondes Haar war sorgfältig hochgesteckt worden und wirkte wie eine Krone auf ihrem schmalen Kopf. Sie trug eine lange Strickjacke aus karamellfarbener Wolle über einem braunen Hosenanzug, der von einigen Goldketten belebt wurde.

Meg trat verlegen ein, die heulende Katie auf dem Arm. So viel zu ihrem Versuch, einen guten ersten Eindruck zu machen.

»Es tut mir leid wegen meiner Tochter. Sie wird in einer Minute wieder obenauf sein. Wir haben eine Torte mitgebracht. Sie ist auf der Bank draußen …«

Jacks tiefe Stimme erklang mitten im Lärm. »Erlaubt mir …«

Der schwarze Kaschmirpullover und die schwarze Jeans hätten jemanden mit seinen blonden Haaren eigentlich blass aussehen lassen. Aber Jack Tarkenton war eben nicht irgendjemand. Er holte die Torte und reichte sie seiner Mutter. Dann schloss er die Tür und nahm Katie schwungvoll in seine Arme.

Sie hörte abrupt zu weinen auf und blinzelte ihn mit großen, feuchten Augen an.

»Hi, Katie«, sagte er. »Erinnerst du dich an mich? Ich bin J.Js Onkel Jack. Das ist meine Mutter Eleanor. Sie hat es gern, wenn man sie Grandma nennt, aber sie reagiert auch, wenn du sie Krümelmonster rufst.«

Meg hielt den Atem an. Katie leider nicht. Sie fing wieder an zu heulen, und diesmal noch lauter. Jack blieb nichts anderes übrig, als sie an Meg zu geben, damit Katie sich wieder beruhigen konnte. Aber es war zu spät, und Meg erklärte schließlich verlegen: »Katie ist ein bisschen schüchtern Fremden gegenüber.«

Jack zuckte bei der Bemerkung zusammen, und Meg erkannte, dass er ihre schwache Entschuldigung in einer Weise auslegte, wie sie sie nicht gemeint hatte. Glücklicherweise rettete seine Mutter die Situation mit gelassenem Humor.

»Wie es scheint, ist mein Sohn doch nicht der Ladykiller, der er zu sein glaubt«, sagte sie lächelnd.

»Offenbar nicht«, stimmte er zu. »Mom, du erinnerst dich an Brams Schwester, die liebliche Meg Masterson.«

Meg reichte ihr die Hand. »Meg Masterson Betz«, verbesserte sie lächelnd. »Ich danke Ihnen, dass Sie Katie und mich zu Ihrem Familienfest eingeladen haben, Mrs. Tarkenton.«

»Bitte, nenne mich Eleanor, meine Liebe. Lass mit dem dummen Gesieze keine Fremdheit zwischen uns aufkommen. Du und deine Tochter, ihr gehört doch schon zur Familie, zusammen mit deinem Bruder und natürlich dem kleinen J.J. Wir sind alle so glücklich, euch diese Tage hier zu haben.«

Eleanor ging ihnen in das großartige Foyer voraus, das an einen italienischen Palazzo erinnerte. Der gleiche Stil herrschte auch im Salon vor, der in florentinischen Tönen von Gold und Olivgrün gehalten war. Im anschließenden Esszimmer war der mit Porzellan und Kristall gedeckte Tisch zu sehen. Ein Hausmädchen erschien und nahm ihnen die Mäntel ab. Meg war insgeheim so überwältigt, dass sie Katie absetzen musste. Jack hockte sich neben die Kleine und zeigte nach oben zum Kristallleuchter.

Meg erkannte gleich, weswegen. Das geschliffene Kristall warf unzählige Lichtsprenkel in allen Regenbogenfarben auf die hohe kuppelartige Decke. Verzaubert starrte Katie hinauf. Megs Herz machte einen Sprung. Die Ähnlichkeit zwischen Vater und Tochter war nur schwach, aber sie war da. Die Augenfarbe, die Kopfhaltung. Verstohlen spähte Meg zu Eleanor.

Was hatte Jack seiner Mutter gesagt? Hatte er ihr überhaupt etwas gesagt?

»Sie ... Du hast ein wunderschönes Zuhause, Eleanor«, sagte Meg leicht errötend.

»Danke, meine Liebe«, erwiderte Eleanor und führte sie in einen langen Flur hinter dem Foyer. »Mein Mann und ich kauften das Haus bald nach Amandas Geburt. John liebte dieses Land so sehr. Die Erinnerungen, die ich hier von ihm habe, haben mir nach seinem Tod viel Kraft gegeben.« Mit aufrichtiger Wärme in der Stimme fuhr sie fort: »Mir tat es so leid, vom Tod deines Mannes zu hören.«

Gerührt drückte Meg ihr die Hand. »Danke.«

Eleanor hakte Meg unter. »Ich weiß, wie schwierig Feiertage sein können. Bitte, überleg dir, ob du uns nicht auch zu Weihnachten Gesellschaft leisten willst. Es ist Tradition in unserer Familie, die Geschenke am Heiligabend zu öffnen.«

»Bis auf die Geschenke, die Santa Claus bringt«, warf Jack ein, der sie in diesem Moment mit Katie an seiner Seite einholte.

Meg fragte sich, ob er seine Mutter gebeten hatte, diese Einladung auszusprechen, war aber in jedem Fall entschlossen, seinen Eifer zu dämpfen. »Ich fürchte, Katie und ich haben andere Pläne.«

Katie zog an Jacks Ärmel. »Wo ist J.J.? Mommy sagt, sie wird uns Weihnachten zu Santa Claus bringen. Ich will J.J. das sagen.«

»Sofort, meine Dame.« Jack ging mit Katie weiter, während er nach J.J. rief.

»Was für ein schönes Kind«, sagte Eleanor.

»Danke.« Meg wurde klar, dass es auch zwischen Eleanor und Katie eine gewisse Ähnlichkeit gab. »Aber ich möchte mich für ihr Benehmen vorhin entschuldigen. Sie wollte mir nur beweisen, dass sie den stärkeren Willen hat.«

»Ja, ich kenne das. Immerhin habe ich selbst Kinder großgezogen.« Eleanor tätschelte ihr die Hand und lächelte verständnisvoll. »Wie ich höre, besteht zwischen dir und meinem Sohne eine Beziehung.«

»Es ist eher eine Bekanntschaft«, verbesserte Meg hastig. Natürlich war von Jack nichts zu sehen, wenn es darauf ankam. Er war mit Katie am Ende des Flurs verschwunden.

»Ich hoffe, ich nehme mir nicht zu viel heraus, wenn ich dir meinen Segen gebe«, fuhr Eleanor fort. »Auf jeden Fall bete ich für dich.«

Meg versuchte, gelassen zu bleiben. »Ich weiß nicht, ob mich das beunruhigen sollte oder nicht.«

»Beunruhigen sollte es dich nicht, meine Liebe. Aber du solltest vorsichtig sein. Jack ähnelt seinem Vater in vielen Dingen. Vielleicht in zu vielen. Aber ich glaube, du wirst einen guten Einfluss auf ihn haben. Du und deine Tochter. Bitte, überleg dir noch einmal, ob du zu Weihnachten nicht doch herkommen möchtest. Wir würden uns wirklich sehr freuen.«

Meg zögerte. »Um die Wahrheit zu sagen, es sind Katies erste Weihnachten ohne ihren Vater. Ich weiß nicht, wie sie unter diesen Umständen reagieren wird. Bitte, versteh mich.«

»Wir verstehen sehr gut, nicht wahr, Mom?«

Ein schwerer Arm legte sich um Megs Schulter, und Jack drückte sie fest an sich. Meg wäre am liebsten im Erdboden versunken. Sie war erst zehn Minuten im Haus, und schon probierte er es mit seinen alten Tricks. Doch solange seine Mutter dabei war, konnte sie sich nicht wehren.

Er führte sie beide weiter in die Bibliothek, deren Regale mit kostbaren Büchern gefüllt waren. Auf einer Seite nahm ein großer Kamin die halbe Wand ein, während ein riesiger Fernsehbildschirm die andere Hälfte ausmachte. Eine bequeme Ledergarnitur lud zum Ausruhen ein, und in einer Ecke waren Katie und J.J. schon eifrig damit beschäftigt, einen Turm aus Bauklötzen zu bauen.

Bram, der sich gerade ein Football-Spiel angesehen hatte, stand aus einem der Sessel auf und begrüßte Meg mit einer liebevollen und beruhigenden Umarmung. Dann betrachtete er sie sehr aufmerksam, und Meg wusste, dass es ein schwieriger Tag werden würde, als er danach Jack mit einem besonders kritischen Blick bedachte.

Zu ihrer Erleichterung drängte Amanda die Männer, sich weiter das Spiel anzusehen.

»Meg, du siehst wie immer umwerfend aus«, sagte sie und setzte sich mit ihrer Mutter und Meg auf das Sofa vor dem Kamin. »Wie üblich brenne ich darauf zu erfahren, wo du dieses tolle Outfit gekauft hast.«

»Berufsgeheimnis«, erwiderte Meg augenzwinkernd.

»Mom, würdest du glauben, dass diese Frau sich aus den jüngsten Designerkollektionen aussuchen darf, was sie will? Meg, sag ihr, was du tust.«

»Wenn die Modehäuser anfangen, ihre Kollektionen zu planen, arbeite ich mit den Stofffabrikanten zusammen, damit sie die Stoffe und Farben produzieren, die die Designer haben wollen. Das gibt mir die Gelegenheit zu sehen, was in der nächsten Saison auf den Laufsteg gebracht wird. Aber ich fürchte, an ein Designer-Original komme selbst ich nicht heran.«

»Meg, du bist viel zu bescheiden«, erklärte Amanda. »Mutter, du weißt vielleicht noch, dass Meg gerade ihr Studium an der Sorbonne abgeschlossen hatte, als Bram und ich heirateten. Sie ist Expertin in der Geschichte der Mode und Stoffe und setzt sich dafür ein, die traditionelle Art der kostbaren Stoffproduktion zu erhalten. Sie ist eine wahre Künstlerin.«

»Das bist du auch, Amanda, wenn es um Politik geht«, meinte Meg lächelnd. »Wie läuft's in Washington?«

Während sie weiterplauderten, behielt Meg Bram und Jack im Auge. Es herrschte immer noch Spannung zwischen den zwei Männern. Sie würde nichts dagegen tun können, dafür waren beide zu eigenwillig. Jack wartete sicher nur darauf, sich auf sie zu stürzen, sobald er eine Schwäche sah. Genau wie beim letzten Mal. Aber diesmal würde sie das nicht zulassen. Sie würde gegen ihn ankämpfen, selbst wenn das bedeutete, dass sie am Ende des Tages ein Wrack sein würde.

Als Jack nun zu dem Tisch mit den Erfrischungen ging, vergewisserte Meg sich, dass Katie völlig in das Spiel mit J.J. vertieft war, entschuldigte sich bei Eleanor und Amanda und folgte ihm. Bram schien sie aufhalten zu wollen, da er Anstalten machte aufzustehen, aber sie schüttelte den Kopf, und er blieb, wo er war, obwohl er sie wie ein Adler im Auge behielt.

Jack sah sie auch an, machte dabei aber einen sehr viel gelasseneren Eindruck. »Hallo, Meg.« Er nippte an einem Glas Mineralwasser. »Ich muss meiner Mutter und meiner Schwester völlig darin zustimmen, dass es sehr schön ist, dass du und Katie kommen konntet.«

»Ich danke euch für die freundliche Einladung«, erwiderte sie ruhig.

»Gern geschehen.«

»Wirklich?« Megs Lächeln nahm ihrer Entgegnung die Schärfe, aber Jack wusste, dass die Frage ernst gemeint war.

»Sei dir da sicher«, antwortete er und hob sein Glas wie zum Toast. »Du und Katie werdet hier immer willkommen sein.«

»Nach dem, was bei unserer letzten Begegnung geschehen ist, war ich mir da ganz und gar nicht so sicher.«

Jack verzog den Mund zu einem trockenen Lächeln. »Du siehst mich zutiefst zerknirscht.«

»Ich finde, eine Entschuldigung wäre auch angebracht.«

»Für meine zahlreichen Verfehlungen, ohne Zweifel.«

Meg senkte den Blick. »Tatsächlich bin ich es, die sich danebenbenommen hat.«

Ihr offenbar ehrliches Bedauern traf Jack unvorbereitet. Das Letzte, was er wollte, war, dass Meg sich wegen irgendetwas selbst anklagte. »Du brauchst dich wegen nichts zu entschuldigen«, erwiderte er knapp. »Ich habe sowieso schon genug wieder gutzumachen.«

»Trotzdem möchte ich mich entschuldigen. Ich wollte dich nicht verletzen, als ich sagte, dass du und Katie Fremde füreinander seid.«

»Wir sind uns aber fremd«, entgegnete er barsch. »Dank dir.«

Das nahm Meg für einen Moment den Wind aus den Segeln. »Sieh mal, Jack«, erklärte sie dann leise. »Ich bin nicht hergekommen, um mit dir zu streiten. Ich habe einen Fehler gemacht, und es tut mir leid. Es war nicht im Geringsten …«

»Spar dir deine Entschuldigung für unsere Hochzeitreise auf. Da hast du eher die Mittel, mit mir zu verhandeln.«

Meg warf ihm einen kühlen Blick zu, bevor sie sich ohne ein weiteres Wort umdrehte. Es war kein Rückzug, wie Jack klar wurde, sondern eine Zurechtweisung. Und zu seiner eigenen Überraschung fühlte er sich beschämt.

Meg suchte in einem Sessel neben Bram Zuflucht. Aber ihre wachsende Verzweiflung ließ nicht nach, auch nicht, als sie zum Essen an den Tisch gerufen wurden. Jack spielte die Rolle des Gastgebers sehr gut und bestand darauf, dass Meg und Katie nebeneinandersaßen. Wenn er vorhatte, sich jetzt von seiner besten Seite zu zeigen, so beruhigte sie das keineswegs. Während der vielen Gänge, die serviert wurden, half er J.J. beim Essen. Seine Geduld hätte Meg eigentlich beschwichtigen sollen, stattdessen reizte sie sie nur noch mehr.

Auch wenn er mit seinem Neffen gut umgehen konnte, Jack verdiente es nicht, Katies Vater zu sein. Aber das änderte leider nicht die Tatsache, dass er es war.

Endlich war es Zeit für das Dessert, und die diversen Torten wurden hereingebracht.

Katie wies stolz auf ihren eigenen Beitrag. »Das ist eine Apfeltorte. Die habe ich ganz allein gemacht.«

»Katie, gibst du mir bitte ein Stück?«, bat Jack. »Apfeltorte ist meine Lieblingstorte.«

»Meine auch!«, rief J.J.

Meg achtete darauf, dass Katie sich mit dem Messer nicht wehtat. Tatsächlich schaffte Katie es, recht ordentliche Stücke zu schneiden, brauchte aber etwas Hilfe, um sie mit dem Tortenheber sicher auf die Porzellanteller zu bekommen. Danach nahm sie den Teller mit beiden Händen und trug ihn zu jedem, der Apfeltorte haben wollte. Als sie nun selbst an der Reihe war, ihr Stück Torte zu essen, ging sie mit ihrem Teller zu J.J. und Jack.

»Ich will bei euch sitzen«, verkündete sie, und Jack hob sie auf sein Knie.

Der Anblick der beiden so dicht beieinander war zu viel für Meg. Plötzlich schien sich alles um sie zu drehen, und ein seltsamer Schmerz schnürte ihr die Kehle zu.

Ihr blieb nichts anderes übrig, sie musste sofort vom Tisch aufstehen, wenn sie ihre Gefühle verbergen wollte. Noch bevor sie das Badezimmer erreicht hatte, fing Meg zu weinen an. Zum Glück war niemand da, der ihre Tränen sah. Alle waren noch mit dem Dinner beschäftigt.

Sie schloss hinter sich ab, aber es gab nicht wirklich einen Ort, an dem sie sich verstecken konnte. Vor der Wahrheit gab es kein Entrinnen. Sie durfte Katie den Vater nicht vorenthalten. Vor allem dann nicht, wenn er so geschickt bewies, wie gut er mit ihr zurechtkam.

Meg spritzte sich kaltes Wasser ins Gesicht, aber das Gefühl der Beklemmung ließ nicht nach. Es würde ihr unmöglich sein, Jack zu heiraten. Er forderte sie bei jeder Gelegenheit heraus, um ihr seine Überlegenheit zu zeigen. Er würde Katie nicht kampflos aufgeben. Ihr Kind würde im Kreuzfeuer ihres mehr oder weniger öffentlich ausgetragenen Kampfes stehen, und ihrem Leben würde immer der üble Geruch des Skandals anhängen.

Alle Tarkentons und Mastersons würden gezwungen sein, auf die eine oder andere Weise Partei zu ergreifen, besonders Bram und Amanda und J.J.

Ihre Familie würde gegen seine Familie stehen. Und welches wäre Katies Familie?

Ein scharfes Klopfen an der Tür ließ sie zusammenfahren.

»Meg?« Jacks Stimme klang gereizt.

Meg riss die Tür auf, bereit, ihm ihre Meinung zu sagen, aber da sah sie, dass er neben Katie in die Hocke gegangen war, die völlig aufgelöst wirkte und sich nun in ihre Arme warf.

»Mommy, Mommy, ich dachte, du bist weggegangen! Ich dachte, du bist weg!«

»Oh, Baby, Mommy würde dich doch niemals allein lassen! Niemals!« Obwohl Jack Zeuge der Szene war, konnte Meg die Tränen nicht zurückhalten.

»Mommy, warum weinst du?«

»Ich bin nur traurig, Liebling. Du weißt doch, dass man weint, wenn man traurig ist.«

Katies Lippen zitterten, und sie fing nun ebenfalls an zu weinen. Schuldbewusst drückte Meg ihre Tochter an sich. Aber sie war auch wütend auf den Mann, der in erster Linie an diesem Unglück schuld war. Jack besaß jetzt auch noch die Frechheit, ihr sein Taschentuch zu reichen.

Meg stand mit Katie in den Armen auf und verbot sich, ihm die geringste Beachtung zu schenken. »Komm, wir verabschieden uns jetzt von allen, ja, meine Süße?«

»Meg, warte.« Jack wagte es, ihr eine Hand auf den Arm zu legen. »Ich möchte dir etwas zeigen. Dir auch, Katie«, fügte er hinzu. »Eine Überraschung.«

Meg war nicht interessiert. »Nein«, erklärte sie fest. »Wir gehen.«

»Was für eine Überraschung?«, wollte Katie wissen.

»Etwas Schönes«, antwortete Jack, ohne den Blick von Meg zu lösen. »So schön wie du und deine Mommy.«

Meg hielt Katie umklammert, als würde ihr das Halt geben. »Wenn ich Nein sage, meine ich Nein. Ich lasse mich nicht wieder von dir hereinlegen, Jack«, brachte sie mit kaum hörbarer Stimme hervor.

»Aber, Mommy, es ist etwas Schönes.« Katies tätschelte ihr mit ihrer kleinen Hand die Wange. »So schön wie wir.«

»Ich bitte dich, Meg«, sagte Jack. »Katie zuliebe.«

»Bitte, Mommy, ja? Es wird dich wieder glücklich machen.«

Meg konnte Katies flehendem Blick nicht widerstehen, aber sie sah Jack misstrauisch an. »Es wird nichts ändern«, warnte sie ihn. »Verstehst du?«

Jack nickte und ging ihr voraus die Treppe hinauf in den ersten Stock. Katie war aufgeregt und zappelte freudig in Megs Armen. Aber Katie hatte ja auch das Vertrauen eines Kindes, und dass Jack dieses Vertrauen skrupellos ausnutzte, wollte Meg ihm nie verzeihen. Sie bombardierte seinen Rücken mit wütenden Blicken und schwor sich, dass sie diesen Mann nach dem heutigen Tag nie wieder sehen wollte und dass er nie wieder in Katies Nähe kommen durfte.

Und wenn sie gezwungen sein würden, in den Bergen von Tibet zu leben. Jack Tarkenton würde nie wieder ihre Tochter für seine Zwecke benutzen.

5. Kapitel

Jack hatte sich bisher nie die Mühe gemacht zu definieren, was Schönheit für ihn war. Er wusste es einfach, wenn er sie sah, und verfolgte sie, wo immer er war – ob nun an den Orten, wo er lebte, in der Kunst, die er sammelte, oder bei den Frauen, die ihm Gesellschaft leisteten.

Aber bis jetzt hatte er noch nie erlebt, dass Schönheit ihn innerlich quälte. Niemals hatte er es so weit kommen lassen, dass das, was er begehrte, ihn innerlich auffraß.

Wenn er nur wüsste, was es an Meg Masterson Betz war, dieser schönen, tiefgründigen Frau, dass ihn so faszinierte, würde sie ihn nicht so quälen können. Doch wenn er es wüsste, hätte er sie gar nicht erst für sich gewinnen wollen.

Der Wandteppich, ein Original aus dem Mittelalter, hing in einem speziell angefertigten Alkoven vor dem Zimmer seiner Mutter. Schwaches Licht, das die zierliche Stickerei nicht gefährdete, zeigte das Porträt einer schlanken goldhaarigen Prinzessin in purpurnem Gewand, die mitten in einem Garten voller Schwertlilien stand. Ein Wappen bildete den Abschluss.

Was hatte ihn dazu verleitet, Meg hierherzubringen, zu einer Art Heiligtum seiner Familie? Hoffte er, sie mit diesem Meisterwerk zu beeindrucken?

Sie stand fasziniert vor dem Wandteppich, ganz so wie er es sich gedacht hatte. Aber Katie langweilte sich schon bald. Das Mädchen ging in das Schlafzimmer neben dem Alkoven und spielte mit den roten Fransen, die das Vorderteil ihres Kleides zierten.

Jack hatte die Familienfotos, die seine Mutter auf dem Schreibtisch aufgestellt hatte, total vergessen. Doch dort standen sie nun und genau in der richtigen Höhe, um von einer

Vierjährigen bequem betrachtet zu werden. Katie blieb vor dem Schreibtisch stehen und griff ausgerechnet nach dem Foto, das er so verzweifelt zu vergessen versuchte.

Zuerst sah sie fragend zu ihrer Mutter, die nichts bemerkte, da sie immer noch in die Betrachtung des Wandteppichs vertieft war. Ihm stockte der Atem. Es war eine Ewigkeit her, seit er solche Angst empfunden hatte. War es das, was Vatersein für ihn bedeutete? Dass er sich an das erinnern musste, was er am meisten zu vergessen hoffte?

Jack riss sich zusammen, trat zu ihr und strich Katie sanft über den Kopf. »Weißt du, wer der Mann auf dem Bild ist, Katie?«

»Du«, antwortete sie und bog den Kopf zurück, um ihn anzusehen. »Aber dein Haar ist zu braun.«

»Es ist mein Vater, John B. Tarkenton.«

Verwirrt runzelte Katie die Stirn. »Aber er sieht genauso aus wie du.«

»Das Bild wurde aufgenommen, als er etwa in meinem Alter war.«

Katie sah sich um. »Ist das sein Zimmer?«

»Nein, Katie, das ist das Zimmer meiner Mutter.«

»Und wo ist das Zimmer von deinem Daddy?«

Jack fiel auf, dass diese Frage Meg sofort aus ihrer Vertiefung riss.

Sie kam herbeigeeilt, reichte Katie die Hand und lächelte sanft. »Stell das Bild wieder zurück, Liebling. Es wird Zeit, dass wir gehen.«

»Ich will erst das Zimmer von seinem Daddy sehen«, sagte Katie und nahm stattdessen Jacks Hand.

Meg warf Jack einen warnenden Blick zu, zog Katie zum Schreibtisch und half ihr dabei, das Foto wieder hinzustellen. »Weißt du noch, wie ich dir einmal von Tante Amandas Daddy erzählt habe und dass er gestorben ist, als er noch sehr jung war? Nun, Tante Amanda und Onkel Jack sind Geschwister, und deswegen hatten sie auch denselben Daddy. Er ist vor langer Zeit gestorben.«

Katie steckte den Daumen in den Mund. »Hatte er einen Unfall?«

»Nicht wie dein Daddy«, sagte Meg und streichelte Katies Haar. »Keinen Autounfall.«

»Was denn dann für einen Unfall?«, nuschelte Katie um ihren Daumen herum.

Meg zögerte und suchte nach den richtigen Worten.

Jack konnte sie gut verstehen. Er wusste auch nicht, wie man einem vierjährigen Mädchen ein Attentat erklärte. Aber er war selbst kaum älter als Katie gewesen, als sein Vater starb, und er hatte die gleichen Fragen gestellt. Die Erwachsenen hatten in seiner Nähe daraufhin nur geflüstert, seine Mutter hatte wieder zu weinen begonnen, und er hatte gelernt, solche Fragen nicht mehr zu stellen. Denn niemand in seiner Umgebung hatte es ertragen können, ihm die Wahrheit zu sagen.

»Es war eher ein Unfall durch einen Menschen, Katie«, sagte er nun.

Sie sah ihn ernst an. »Wieso? Was heißt das?«

Meg kniete sich vor ihr hin. »Ein böser Mann hat ihn erschossen, Liebling.«

Katie riss die Augen auf und nahm den Daumen aus dem Mund. »Mit einer Pistole?«

Jack nickte.

Meg wollte nicht, dass Katie irgendwelche Einzelheiten erfuhr. »Das reicht jetzt, Katie. Wir müssen jetzt wirklich nach Hause.«

Jack folgte ihnen aus dem Zimmer. »Ich war nicht viel älter als du jetzt, Katie, als mein Vater starb. Ich war gerade fünf geworden.«

»Bei meinem nächsten Geburtstag bin ich auch fünf«, verkündete Katie. »Und dann kommt mein Daddy und bringt mir viele Geschenke.«

Meg blieb abrupt stehen. »Dein Daddy?«, wiederholte sie und wechselte einen verwirrten Blick mit Jack.

Katie nickte lebhaft. »Er wird den Kamin runterkommen, genau wie Santa Claus.«

»Oh, Süßes, nein«, sagte Meg und drückte sie an sich. »Nur Santa Claus kommt den Kamin herunter.«

Katie sah vertrauensvoll zu Jack auf. »Du glaubst mir doch, oder?«

Meg flehte ihn stumm an, die richtige Antwort zu geben.

Ihr inständiger Blick berührte Jack, aber er wollte ebenso wenig Katies Kummer ignorieren. »Ich wollte auch, dass mein Daddy wieder nach Hause kommt, Katie, nachdem er gestorben war. Ob nun durch den Kamin, die Vordertür oder sonst wo war mir völlig egal, solange er nur kam.«

Katie nickte. »Ich warte am Fenster, damit ich sehen kann, wenn er die Straße hochfährt. Aber es wird immer dunkler, und manchmal schlaf ich ein, und er kann doch nur kommen, wenn ich nach ihm Ausschau halte.«

»Oh, Katie!«, rief Meg bedrückt. »Du darfst diese Dinge nicht glauben.«

»Aber ich muss die ganze Zeit aufpassen, Mommy. Sonst kommt er nicht.«

Ihre Ernsthaftigkeit traf Jack zutiefst. Er strich Katie übers Haar und fragte sie, einem plötzlichen Impuls folgend: »Glaubst du, dass dein Daddy deswegen gestorben ist, Katie? Weil du nicht aufgepasst hast?«

Meg starrte ihn erschrocken an. Aber Katie nickte nur ernst und steckte wieder ihren Daumen in den Mund. Meg wurde blass und ließ sich in einen Sessel sinken.

Ganz behutsam, um Katie nicht zu erschrecken, und so ruhig, wie es ihm möglich war, führte Jack sie zu dem Sessel und half ihr auf den Schoß ihrer Mutter. Dann hockte er sich neben die beiden und suchte verzweifelt nach den richtigen Worten, den schlichtesten Worten. Schlicht genug, dass ein Kind sie verstehen konnte.

Megs nur schlecht verhehltes Misstrauen half ihm nicht, und so fand er erst nach einer ganzen Weile die richtigen Worte. Die Worte, die er damals mit seinen fünf Jahren so nötig gehabt hatte, aber nie zu hören bekam. Diese Erfahrung, die Erinnerung an seine Empfindungen als kleiner Junge halfen ihm jetzt, Katie zu antworten.

»Wenn ein Mensch stirbt, kommt er nicht zurück, Katie«, fing er langsam an. »Das ist das Traurige am Sterben. Sosehr dein Daddy dich auch geliebt hat und sosehr du ihn geliebt hast, er wird nie wiederkommen. Er kann nicht, weißt du. Das ist es, was Totsein bedeutet. Es ist einfach nicht mehr möglich zurückzukommen.«

Seine Stimme klang heiser und fremd, selbst in seinen Ohren. Das war ungewöhnlich, denn Jack wusste sie sonst immer genau einzusetzen. Eine besondere Fähigkeit, die sein Vater ihm vermacht hatte und die er oft und zu seinem Nutzen ausschlachtete.

»Und dein Daddy ist nicht wegen dir gestorben, Katie«, fuhr er fort und nahm ihre kleine Hand. »Nichts, was du getan hast, war an seinem Tod schuld. Die Wahrheit ist, dass wir alle einmal sterben müssen. Niemand kann das ändern. Und niemand kann deinen Daddy zurückbringen.«

Katie lehnte sich schutzsuchend an ihre Mutter, betrachtete Jack und nuckelte dabei an ihrem Daumen. Sie war noch nicht in der Lage, alles zu verstehen, was Jack ihr sagte. Sie war noch viel zu jung, um eine so große Tragödie zu erfassen. Dennoch gab es diese Tragödie in ihrem so jungen Leben.

Als Jack fertig war, sah er Meg an. Sie nahm den Faden auf und erinnerte Katie an das Bild ihres Daddys neben ihrem Bett und dass sie beide ihn immer in ihrem Herzen behalten würden, ebenso wie alle seine Freunde. Und dass Katie ihren Lieblingshasen zum Knuddeln habe, wenn ihr Daddy ihr einmal besonders fehle. Denn diesen Hasen hatte ihr Daddy unzählige Male berührt, wenn er Katie zu Bett brachte.

Meg sprach von all den Dingen, von denen Jack nichts wissen konnte, weil er bisher nie ein Vater für Katie gewesen war. Und erneut fragte er sich, was Vatersein bedeutete.

Jack bestand darauf, sie nach Hause zu fahren. Der Chauffeur seiner Mutter sollte Megs Wagen am nächsten Morgen zu ihr bringen.

Meg protestierte nicht. Es nützte nichts, sich mit ihm zu streiten. Katie war jetzt das Wichtigste, und sie war völlig erschöpft in ihren Armen eingeschlafen.

Während Meg sich von allen verabschiedete, holte Jack ihre Mäntel und ließ den Wagen vorfahren. Sie lehnte Brams Angebot, sie nach Hause zu fahren, und Eleanors Einladung, doch über Nacht zu bleiben, ab. Katie sollte in ihrem eigenen Bett schlafen. Meg blieb fest, und sie machte auch kein Hehl daraus, dass sie und Jack auf der langen Fahrt persönliche Dinge zu besprechen hatten.

Meg hatte ihre Meinung geändert und erlaubte Jack sogar, Katie zum Auto zu tragen. Er hatte sich heute Abend als wahrer Vater und Verbündeter erwiesen. Seine Sorge um Katie und seine mitfühlenden Worte hatten sie zutiefst beeindruckt. Es steckte sehr viel mehr in Jack Tarkenton, als auf den ersten Blick sichtbar war.

Sie half ihm, Katie auf dem Rücksitz des Jaguars anzuschnallen, und setzte sich dann auf den Beifahrersitz. In der Dunkelheit des Wagens hatte sie Gelegenheit, Jack verstohlen zu beobachten, während er sich aufs Fahren konzentrierte. Ihr fiel auf, wie oft er im Rückspiegel nach Katie sah, und seine Sorge um ihre Tochter rührte sie.

Er war also doch in der Lage, Selbstlosigkeit zu zeigen. Sie war nur zu verbittert über ihre Affäre gewesen, um es früher zu bemerken. Aber jetzt war alles anders. »Danke für das, was du Katie heute Abend gesagt hast. Sie schien es offenbar zu brauchen.«

»Ich habe fast fünf Jahre ihres Lebens verloren, Meg. Ich möchte nicht noch mehr verlieren. Ich möchte, dass wir so bald wie möglich heiraten.«

Sein kühler Ton ließ sie zusammenzucken. »Ich gebe zu, dass meine ursprünglichen Bedingungen unhaltbar sind, aber ich will das Andenken meines verstorbenen Mannes nicht entehren und schon so bald an eine neue Heirat denken.«

»Wann also?«

Meg rieb sich die Schläfen, was ihre Kopfschmerzen aber nicht löste. Es half ihr auch nicht, als Jack mit seiner warmen, starken Hand ihren steifen Nacken massierte. »Nicht«, brachte sie erstickt hervor.

Doch wie gewöhnlich hörte er natürlich nicht auf sie. Und wie immer hatte sie auch jetzt Schuldgefühle, weil es so wundervoll war, ihn zu spüren. Das Bedürfnis, ihm rückhaltlos nachzugeben, drohte unwiderstehlich zu werden. Gleichzeitig fand sie es entsetzlich, wie leicht es für ihn war, sie aus der Fassung zu bringen. Selbst wenn es nötig war, zu Katies Bestem gewisse Opfer zu bringen, so durfte sie ihm doch nicht einfach in die Arme sinken. Sie konnte sich schlichtweg nicht vorstellen, dass Jacks Charakter sich grundlegend geändert hatte. Er würde immer ein leichtlebiger Playboy bleiben.

»Meg? Was ist?«

Sie schüttelte stumm den Kopf, unfähig, jetzt zu sprechen. Er war immer noch der gleiche Mann, das musste sie sich immer wieder klarmachen. Der gleiche Mann, der ihr damals das Herz gebrochen hatte. Nur weil er eine gewisse Schwäche für Katie entwickelt hatte, bedeutete das nicht, dass er die auch anderen Menschen entgegenbrachte.

Unauffällig wischte Meg sich über die Augen, aber Jack entging es nicht, und mit einem unterdrückten Fluch fuhr er auf den Seitenstreifen und hielt den Wagen an. Meg wollte protestieren, aber er packte sie um die Schultern und sah sie fest an.

»Meg, sprich mit mir. Was ist los?«

Das schwache Licht vom Armaturenbrett warf Schatten auf sein Gesicht, was seine markanten Züge noch betonte. Was sollte sie ihm antworten? Dass sie sich so viel mehr zu ihm hingezogen fühlte, als sie es je zu ihrem Mann getan hatte?

»Ich kann es dir nicht sagen«, flüsterte sie.

»Doch, du kannst.« Er hob leicht ihr Kinn an. »Nach dem, was wir heute Abend geteilt haben, musst du doch wissen, dass du mir alles sagen kannst.«

Sie schloss die Augen, um seinen leidenschaftlichen Blick nicht sehen zu müssen. Aber seiner verführerischen Stimme und der Wärme seiner Finger an ihrer Wange konnte sie sich nicht entziehen.

»Wein ruhig, Meg. Es ist schon gut.«

Er irrte sich. Es half ihr nichts zu weinen. Es löste nicht ihre Probleme. Ebenso wenig wie Lügen sie lösten. Vor allem Katie würde enttäuscht sein und sich betrogen fühlen, wenn sie erfuhr, wie sehr sie sie angelogen hatte.

Dieser Gedanke traf sie so hart, dass sie unkontrolliert zu zittern begann. Den Schmerz, den sie jetzt empfand, hätte sie eigentlich bei Allens Tod empfinden sollen. Aber es war nun einmal so, dass ihr vor allem Katies Kummer wehtat. Wie hatte sie all die Male vergessen können, in denen Katie am Wohnzimmerfenster gestanden und auf die Straße geschaut hatte? Aber noch viel schlimmer war, als sie an die vielen Morgen dachte, an denen sie Katie fest schlafend auf dem Boden vor ihrem Schlafzimmerfenster vorgefunden hatte.

»Ich hätte es wissen müssen«, flüsterte sie gepresst.

»Was hättest du wissen müssen?«

»Was Katie durchmacht. Sie hat die ganze Zeit nach Allen Ausschau gehalten, aber ich wusste es nicht. Ich habe sie nicht verstanden. Dabei bin ich doch ihre Mutter. Ich hätte sie verstehen müssen.«

»Meg, Liebes, tu dir das nicht an. Du bist eine sehr gute

Mutter. Die beste. Aber selbst die beste Mutter kann nicht alles wissen.«

»Aber …«

»Kein Aber.« Sehr sacht fuhr er ihr mit den Daumen über die feuchten Wangen. »Vergiss nicht, Meg. Du hast auch getrauert.«

»Nein!«, rief sie. »Du verstehst nicht!« Sie packte ihn am Revers. »Begreifst du denn nicht?«, sagte sie aufgebracht. »Es ist alles nur Lüge.«

Jack zog sie an sich, und spontan lehnte sie den Kopf an seine breite Schulter. »Nicht alles, Meg. Wenn du ihr nicht das Gefühl von Sicherheit geben würdest, hätte sie sich uns heute Abend niemals geöffnet.«

»Ich würde mein Leben geben, um sie vor Schmerzen zu bewahren.«

»Ich weiß, Baby.« Seine Stimme brach. »Ich auch.«

Sie fühlte die Tränen auf seinen Wangen, als sie ihn mit den Fingerspitzen berührte. Er hielt ihre Hand fest und streichelte sie mit einer Zärtlichkeit, die ihr den Atem nahm. In seinen faszinierenden Augen lag ein Ausdruck von Schuldgefühl und Sorge, der sie nachdenklich stimmte. Oder bildete sie sich diesen Ausdruck nur ein?

Im nächsten Moment küsste Jack sie sanft auf die Lippen. Sie hätte ihn sofort stoppen sollen. Sie brauchte keinen Trost von Jack. Und sie wollte ihn nicht trösten. Doch kaum spürte sie seinen Mund verschwand jeder Gedanke an Trost. Stattdessen war ihr nur noch der Geschmack seiner Tränen bewusst und ein plötzlicher Hunger, der so überwältigend groß wurde, dass sie unwillkürlich die Lippen öffnete.

Jack umfasste ihren Kopf mit seiner starken Hand und drang tief und gierig mit der Zunge in ihren Mund vor. Ihr Herz raste vor Erregung. Sie schob die Finger in sein dichtes Haar und erwiderte seinen Kuss mit der gleichen Leidenschaft. Nur noch Sekunden, und sie würde alles um sich herum vergessen haben.

Dann gäbe es nur noch Jack und seine wundervollen Küsse …

»Katie«, keuchte sie. »Jack, hör auf. Es geht nicht. Katie ist hier.«

Er erstarrte. »Ist sie wach?«

Sie löste sich von ihm und sah hastig auf den Rücksitz. »Nein, Gott sei Dank nicht.«

Jack zog sich hinter das Steuer zurück und fuhr sich mit beiden Händen durchs Haar. »Ich kann es nicht fassen. Wir haben geschmust wie zwei blutjunge Teenager.«

»Das darf nie wieder passieren.«

»Richtig. Jedenfalls nicht vor unserer Heirat. Wann wird der glückliche Tag also stattfinden?«

»Ich habe dir doch schon gesagt, Jack, dass ich noch nicht so weit bin.«

»Wir haben ein Kind«, entgegnete er nachdrücklich und ließ mit unnötiger Heftigkeit den Motor an. »Und wir empfinden immer noch die gleiche Leidenschaft füreinander, mit der wir dieses Kind gezeugt haben. Es ist ein Anfang.«

Es war sicher mehr, als sie und Allen je gehabt hatten. Schuldbewusst biss Meg sich auf die Unterlippe. Warum war Leidenschaft nur so wichtig? In Allen war sie nicht einmal verliebt gewesen, als sie ihn heiratete. Was würde dagegen geschehen, wenn sie Jacks Antrag annahm?

Die Vorstellung ließ sie erzittern, und ganz bestimmte Erinnerungen überfielen sie. Erinnerungen an das erste Mal, als sie und Jack sich getroffen hatten. Das Mal, als sie sich geliebt hatten. Wenigstens hatte sie geglaubt, dass es Liebe gewesen war. Sie hatte sich in seinen Armen so wundervoll gefühlt und geglaubt, dass sie für ihn etwas Besonderes sei.

Es stimmte, dass sie und Jack sich begehrten. Aber Sex allein genügte nicht für ein ganzes Leben. Dass man das Bett miteinander teilte, hieß nicht, dass man sich liebte. Bald schon würde er – wie schon einmal – genug von ihr haben, so wie er irgendwann von jeder Frau genug bekam. Dann würde er sich eine neue Geliebte suchen. Sie aber wusste jetzt schon, dass sie das nicht ertragen könnte. Wenn sie seinen Antrag trotzdem annahm, würde sie also sehenden Auges in eine unmögliche Ehe gehen.

Zum hundertsten Mal wünschte Meg, sie würde Jack besser kennen. Aber wie wenig sie ihn auch kannte, ihr Herz reagierte trotzdem voller Erregung und Freude auf seine Nähe. Und sie konnte nicht vergessen, wie verständnisvoll er heute Abend mit Katie umgegangen war. Er hatte geahnt, welche Fragen ihr kleines Herz quälten, und hatte ihr die richtigen Antworten gegeben. Außerdem war es nun einmal eine Tatsache, dass er Katies leiblicher Vater war.

Meg schloss die Augen und lehnte den Kopf zurück, und flehte insgeheim darum, die richtige Entscheidung zu treffen.

Jacks Leben schien für jedermann ein offenes Buch zu sein. Er war Gast bei jeder größeren Talkshow gewesen. In allen Medien hatte man ihn in endlosen Gesprächen analysiert. Die meisten nannten ihn klug, aber unzugänglich, betrachteten seine Versuche, den Erwartungen zu entgehen, die dem Namen Tarkenton entgegengebracht wurden, jedoch mit Verständnis.

»Was muss ich tun, Meg?«, fragte er und riss sie aus ihren Gedanken. »Ich verspreche, immer für Katie da zu sein. Du und ich, wir werden als ihre Eltern immer zusammenhalten. Du wirst kaum ernsthaftere Beziehungen finden als diese.«

»Ich muss dich und Katie erst öfter zusammen sehen.«

»Du hast uns gesehen. Und du wirst uns in den kommenden Wochen noch öfter beobachten können.«

»Lieber Himmel«, stieß sie hervor, »müssen wir heute Abend unsere ganze Zukunft entscheiden?«

»Der Zeitfaktor ist wichtig.« Jack warf einen Blick auf Katie und senkte die Stimme. »Man fängt schon an, über uns zu reden.«

»Wenn du den Mund gehalten hättest, würde deine Familie nichts ahnen.«

»Ich rede nicht von meiner Familie. Ich rede von Klatsch-reportern. Man munkelt bereits, dass wir ein Paar seien.«

»Wie ist das möglich? Wer kann denn sonst noch Bescheid wissen?«

»Es ist nicht so, dass jemand Bescheid wüsste. Die Leute vermuten etwas oder saugen es sich einfach aus den Fingern, um Schlagzeilen zu bekommen. Weißt du noch, als Bram und ich euch in Katies Kindergarten abholten? Einer von dort muss die Zeitungen informiert haben. Denn am nächsten Tag fingen die Anrufe in meinem Büro an.«

»Du hast mich absichtlich in so eine Situation gebracht. Du wolltest, dass das geschieht.«

»Die Klatschpresse existiert auch ohne mein Dazutun, Meg. Ob wir nun in zwei Monaten oder in zwei Jahren heiraten, du wirst lernen müssen, mit ihr umzugehen.«

»Ich? Und was ist mit dir? Du bist derjenige, der das Ganze in Gang gesetzt hat!«

»Wie wirst du reagieren, wenn die Paparazzi ihre Kameras auf Katie richten? Sie wird genauso ein Opfer sein wie du.«

»Und wie soll ich ihr das alles erklären?«, konterte Meg. »Ich kann ja nicht einmal vor mir selbst rechtfertigen, warum ich dich ausgerechnet jetzt heiraten sollte, geschweige denn vor anderen. Alle werden glauben, ich sei von dir schwanger und wir würden deswegen heiraten.«

»Die Zeit wird dieses Gerücht aus der Welt schaffen. Und was unseren Entschluss angeht, eher früher als später zu hei-raten, da wird unsere Antwort ganz einfach sein. Da es be-reits Familienbindungen gibt zwischen den Mastersons und den Tarkentons, kennen wir uns schon seit langer Zeit. Als Allen starb, war es da nur natürlich, dass ich, der ich eine ähnliche Erfahrung mit dem Verlust meines geliebten Vaters durchgemacht hatte, dir meine Hilfe und Unterstützung an-bot. Und dann verwandelte unsere Freundschaft sich in mehr.«

»Du solltest wirklich Politiker werden. Du findest für alles eine Erklärung.«

»Das ist eine Gabe, die jeder in meiner Familie besitzt.« Meg fragte sich, wie sie Jack jemals Glauben schenken konnte, wenn er die Wahrheit so einfach manipulieren konnte. »Eine Gabe, die mir nicht besonders sympathisch ist«, sagte sie kühl.

Er lachte leise. »Keine Sorge. Du wirst sie mit der Zeit mehr und mehr zu schätzen wissen.«

»Nein, das werde ich nicht. Hör zu, Jack, vergiss die Idee, dass wir bald heiraten. Es wird nämlich nicht geschehen.«

»Nein, du hörst mir zu«, erwiderte er, und seine Gelassenheit war plötzlich verschwunden. »Du hast recht, was meinen schlechten Ruf angeht, besonders soweit er Frauen betrifft. Wenn du dir da die Umstände von Katies Zeugung vor Augen führst, wird dir klar werden, was geschieht, wenn die Zeitungen davon Wind bekommen. Ich kann euch nur beschützen, wenn wir verheiratet sind, Meg. Erst das gibt mir die Macht, jeden Reporter anzuzeigen, der seine Nase in Dinge steckt, die ihn nichts angeht.«

»Wenn jemand Wind von unserer damaligen Affäre bekommt, hilft nichts mehr. Selbst John B. Tarkenton jr. kann schließlich nicht die ganze Welt vor Gericht bringen.«

»Das wird nicht nötig sein. Ich weiß, wie diese Leute denken. Wenn du und ich zusammenarbeiten, können wir sie austricksen und sie glauben lassen, was wir wollen. Aber dazu müssen wir unter einem Dach leben. Und es wird sehr viel einfacher sein, Katie und unseren Familien die Sache zu erklären, wenn du einen Ehering am Finger trägst.«

»Ich trage bereits einen Ehering am Finger. Siehst du?« Meg hob ihre linke Hand.

»Du bist Witwe, Meg.«

»Aber das ist es ja gerade, Jack. Begreifst du denn nicht? Allen ist gerade erst gestorben!«

»Du hast deinen Mann geliebt, ich verstehe.«

Meg hätte fast widersprochen, aber im Moment wollte sie Jack nicht wissen lassen, was sie wirklich für Allen empfunden hatte. »Wie würdest du dich denn fühlen, wenn ich von dir verlangte, dass du dein Leben völlig auf den Kopf stellst? Keine Frauen mehr, keine Partys, keine teuren Spielzeuge, kein Jetten in die entlegensten Ecken der Welt. Zum ersten Mal in deinem Leben würdest du die Gefühle eines anderen Menschen bedenken müssen. Meine.«

»Interessanter Vorschlag.«

»Ich meine es ernst, Jack.«

»Ich auch, Meg. Willst du damit sagen, dass du Treue willst? Gut, du sollst sie haben. Als meine Frau kannst du von mir erwarten, der perfekte Ehemann zu sein. Ich gebe dir sogar das Recht, gegen meine Reisepläne ein Veto einlegen zu können. Zufrieden?«

»Getrennte Schlafzimmer.«

Er sah sie stirnrunzelnd an. »Diskutieren wir jetzt sogar unsere Schlafarrangements? Sollen wir uns etwa versprechen, dass wir für den Rest unseres Lebens enthaltsam bleiben.«

Sie zuckte nicht mit der Wimper. »Ich verspreche gar nichts. Du wirst dir auch eine Arbeit suchen müssen.«

»Meg«, erinnerte Jack sie sanft. »Ich habe ein Büro in der Stadt.«

»Das besagt gar nichts. Ich will dich jedenfalls nicht den ganzen Tag in meinem Haus haben.«

»In deinem Haus?« Er lachte. »Du kannst unmöglich glauben, dass ich in einem Vorort von New Jersey leben werde.«

»Warum nicht? Es ist ein netter, ruhiger Ort voller netter, ruhiger Leute.«

Jack wollte Meg nicht erklären, warum er nicht in einem Haus leben wollte, das sie mit dem vollkommensten aller Männer geteilt hatte, und so meinte er: »Es ist wegen der Zeitungsfritzen, Meg. Sie werden den kleinen Ort wie ein Heuschreckenschwarm überfallen. Wir könnten sie nicht einfach ignorieren.«

»Ein paar Wochen in der netten, ruhigen Umgebung, und sie werden wieder verschwinden.«

»Wir können überall in der Welt leben, wo immer du willst«, schlug er vor. »Du brauchst auch nicht zu arbeiten. Du brauchst nie wieder einen Finger zu rühren.«

»Ich arbeite zufällig sehr gern, und ich wohne auch sehr gern in einem Vorort von New Jersey.«

Jack fluchte leise. »Dann werde ich mit Katie zusammen sein, in den drei Tagen, an denen du in die Stadt fährst. Ich möchte diese Zeit mit ihr verbringen.«

»Sie geht aber gern in den Kindergarten, und sie kommt gern mit mir in die Stadt.«

»Es wird ihr besser gefallen, bei mir zu sein«, erklärte Jack rundweg. »So ist also nur noch der Zeitpunkt für die Hochzeit offen. Du hast meinen Antrag angenommen, Meg, und du hast mich mit Bedingungen bombardiert. Wir stimmen darin überein, dass wir Katie um jeden Preis beschützen wollen, und ich bin damit einverstanden, dass sie Allens Namen behält. Wie viel mehr kann ich tun, um seine Liebe zu Katie zu ehren? Was willst du noch?«

»Du sollst mich nicht so drängen!«

»Wenn dein heiliger Allen eine Wahl zu treffen hätte zwischen dem Risiko, die Leute vor den Kopf zu stoßen, und dem Risiko, Katie in Gefahr zu bringen, wofür hätte er sich wohl entschieden?«

Meg stieß ein sehr unelegantes Wort aus, sicherheitshalber auf Französisch, worauf Jack in fließendem Französisch parierte. Resigniert schloss sie die Augen. Auch bei ihrer ersten Begegnung hatte er sie mit seiner Sprachgewandtheit beeindruckt. Jack beherrschte jede Sprache der Überredungskunst, ob nun in Worten oder in Gesten.

Sie hatte geglaubt, ihm gewachsen zu sein und auf alles eine Antwort zu wissen. Aber jetzt war sie am Ende ihrer Weisheit angekommen.

6. Kapitel

Meg versuchte, im dunklen Wagen Jacks Miene zu beobachten. »Was werden wir unseren Familien sagen?«

»Die Wahrheit. Dass wir am Neujahrstag heiraten wollen.«

»In sechs Wochen? Sie werden mir kein Wort glauben!«

»Dann werden wir sie eben davon überzeugen müssen, oder? Ein Küsschen hier, eine Liebkosung da …« Jack lächelte auf seine gewohnt verführerische Art.

Meg unterdrückte ihre sofort aufkommende Erregung und sprach einen Punkt an, der ihr besondere Sorge machte. »Du bist kaum mit Katie zusammen gewesen. Sie wird sich nicht hereinlegen lassen.«

»Nein, wie alle Kinder ist sie sehr sensibel. Aber ihr Alter gibt uns einen kleinen Vorteil in die Hand. Märchen sind für sie genauso wahr wie das richtige Leben. Wenn sie sieht, dass ihre Mutter den Frosch küsst, wird sie glauben, dass wir glücklich zusammenleben werden bis an unser Lebensende.«

Die selbstgerechte Sicherheit, die in seiner Stimme mitklang, ärgerte Meg. »Seit wann weißt du so viel über die Psyche von Kindern?«

»Ich gebe zu, ich habe nicht deine Erfahrung, aber J.J. hat mir einiges beigebracht.«

»Mädchen sind ganz anders als Jungen.«

»Ich werde mich in jeder Hinsicht an deinen Rat halten. Sobald wir verheiratet sind, heißt das.«

Verheiratet. Hatte sie wirklich eingewilligt? »Ich habe noch eine Bedingung.«

»Und zwar?«

»Ich möchte von einem Friedensrichter getraut werden«, sagte sie leise. »Und nur Familienmitglieder sind eingeladen.«

»Die Zeremonie soll auf unserem Landsitz stattfinden, damit wir sie so privat wie möglich abhalten können. Und ich will, dass Katie dabei ist.«

»Sie gehört schließlich zur Familie, nicht wahr?«

»Zu deiner, nicht zu meiner. Ihr Nachname ist Betz. Allen wird offiziell immer ihr Vater sein.«

Später überlegte Meg, warum Jack so sehr auf diesem Punkt bestanden hatte. Aber sie war beruhigt, dass er ihr dieses Versprechen gab. Jack schien in mancher Hinsicht tatsächlich ein ehrenhafter Mann zu sein.

In der folgenden Woche kämpfte Meg jedoch oft mit ihrer eigenen Ehrenhaftigkeit, als sie die Geschäfte von Bloomingdale nach einem Hochzeitskleid abklapperte.

Wie beim ersten Mal hatte sie auch jetzt nicht viel Zeit. Doch dieses Mal würde wenigstens ihre Familie anwesend sein, aber auch jetzt wurden keine Einladungen verschickt, weil sonst die Zeitungen davon Wind bekommen würden. Hätte sie mehr Zeit gehabt, hätte sie ihre Beziehungen zur Modewelt genutzt, um an ein besonders originelles Hochzeitskleid heranzukommen. Aber die Welt der Designer war nicht gerade für ihre Verschwiegenheit bekannt. Und es kursierten jetzt schon gewisse Gerüchte über Jack Tarkenton und sie.

Sie hatte noch nicht mit Jack über seine und ihre guten Vorsätze zum neuen Jahr geredet, aber bald würde sie es tun. Doch schon jetzt kamen ihr Zweifel, ob er ihr treu war oder nicht, und die Vorstellung, er könnte sich mit einer anderen Frau einlassen, störte sie mehr und mehr.

Wählte sie deswegen dieses so aufregende Kleid aus, das so hauchdünn war wie Spinnweben und so weiß wie frisch gefallener Schnee? Die Bedeutung würde Jack sicher nicht entgehen. Denn was man auch sonst von ihm behaupten wollte, seine Intelligenz war eindeutig. Und war es nicht vollkommen natürlich, dass eine Braut Treue von ihrem Bräutigam verlangte?

Sie rechtfertigte den horrenden Preis mit der Entschuldigung, dass sie das Kleid ja auch zu anderen Anlässen anziehen konnte. Jack hatte sie schon darauf hingewiesen, dass sie ihn auf diverse Wohltätigkeitsbälle begleiten sollte. Die Tarkentons waren bekannt für ihre vielseitigen philanthropischen Interessen.

Doch wenn Jack wünschte, dass sie an seiner Seite war, würde sie auf keinen Fall damit zufrieden sein, im Hintergrund zu bleiben. Sie würde darauf bestehen, als eigene Persönlichkeit anerkannt zu werden. Und so weigerte sie sich, einen Schleier oder einen Hut zu kaufen. Jacks Sekretärin kümmerte sich darum, aus einem Versandkatalog Eheringe zu bestellen und sie zu einem Postfach unter falschem Namen zu schicken. Diese Vorsichtsmaßnamen waren notwendig wegen der Presse.

Meg würde also Weiß tragen und Katie rosa Taft. Aber die Farben waren das einzige Zugeständnis an die Konvention, das Meg zu machen bereit war. Sie war entschlossen, diese Ehe mit offenen Augen und unbedecktem Kopf einzugehen. Dieses Mal würde sie sich keinen Illusionen hingeben.

»Und hiermit erkläre ich Sie zu Mann und Frau. Sie dürfen die Braut küssen.«

Jack küsste Meg, als ob ihre Ehe aus Liebe geschlossen worden wäre. Doch immerhin gab es sehr viele Menschen, die sie täuschen mussten. Der Trauzeuge gehörte auch zu ihnen. Brams Miene blieb während der ganzen Zeremonie finster. Jack merkte, wie beunruhigt Meg darüber war – und wie nervös sie nun auf seinen Kuss reagierte.

Nervös war vielleicht nicht das richtige Wort, aber sie schien doch sehr aufgeregt zu sein. Und als sie nach dem Kuss seinen Arm nahm, um loszugehen, erkannte er, dass sie zitterte. Ihr

Griff um seinen Arm gab ihm sehr viel mehr das Gefühl, jetzt verheiratet zu sein, als es die Zeremonie getan hatte.

Katie ging ihnen den schmalen Gang voraus an den Reihen von Stühlen im großen Salon vorbei und streute Rosenblätter auf den Boden. Megs Mutter und seine Mutter standen unter dem Bogen, der in das Esszimmer führte. Beide hatten feuchte Augen und lächelten stolz.

Dieses seltsame Gefühl der Eingeengtheit wurde schlimmer, je länger der Tag währte. Jack musste an all die Dinge denken, die er heute aufgab. Sein wildes Nachtleben, die vielen Frauen, die Freiheit, zu kommen und zu gehen, wie es ihm gefiel.

Das Kleid, das Meg trug, half ihm nicht, seine wachsende Unruhe zu überwinden. Das strahlend weiße Hochzeitskleid schmiegte sich an ihre Rundungen wie eine zweite Haut, und war makellos und schön wie Meg selbst. Ihre traumhafte Erscheinung wurde gekrönt von ihrem verführerisch aufgesteckten Haar.

Er konnte es kaum erwarten, mit den Fingern hindurchzufahren.

Doch er würde ihr so viel Zeit lassen, wie sie brauchte, bevor er sie in sein Bett trug. Aber je früher das geschah, desto besser. Immerhin waren sie jetzt offiziell Mann und Frau.

Während des Festessens berührte er Meg immer wieder unauffällig unter der Tafel und an intimeren Stellen. Sie gab vor, nichts zu bemerken. Aber er brauchte sie nur genau zu beobachten, um ihre Erregung sehr wohl wahrzunehmen.

So lächerlich die Vorstellung auch war, er hatte dennoch eine Hochzeitsreise eingeplant gehabt. Meg hatte die Idee sofort von sich gewiesen, da sie sich nicht von Katie trennen wollte. Er hatte ihr da zugestimmt. Aber da alle Welt sich wundern würde, wenn er seine Braut nicht wenigstens für eine Nacht entführte, hatte er mit Amanda und Bram vereinbart, dass Katie die Nacht bei ihnen verbrachte, während er und Meg im exklusiven »Coventry Hotel« übernachten würden.

Es gab immerhin die Chance, dass er Meg ihre Skrupel nehmen konnte, wenn sie erst einmal allein waren. Schließlich hatte sie eine sehr romantische Seite, und er kannte sich in der Kunst des romantischen Liebhabers gut aus. In dieser Rolle hatte er sich ihr damals ja vorgestellt.

Wie gewöhnlich war er auch zum Dinner vor der Hochzeit seiner Schwester zu spät erschienen und hatte aus alter Gewohnheit die versammelte Gesellschaft nach der attraktivsten Frau abgesucht. Da hatte er inmitten der Menge eine klare weibliche Stimme französisch sprechen hören.

Seine Neugier war sofort geweckt, und er war dem Klang der Stimme gefolgt. Sobald er Meg gefunden hatte und sie einen Moment allein gewesen war, hatte er sich über sie gebeugt und ihr einen recht unziemlichen Witz auf Französisch ins Ohr geflüstert. Sie hatte sich mit einem amüsierten Lächeln auf den Lippen umgedreht, um zu sehen, wer sich so eine Frechheit erlaubte. Alles an ihr war reinste französische Haute Couture gewesen.

Sie hatten sich scherzend unterhalten, bis zum Essen gerufen wurde. Bis dahin hatte er erfahren, wer sie war. Meg Masterson, die Schwester seines Schwagers. Marguerite, wie sie auf Französisch genannt wurde, lebte zurzeit in New York, besaß genug Talent, um an der Sorbonne zu graduieren, und genügend Witz, um seine Spitzen parieren zu können.

Er hatte natürlich seine Beziehungen spielen lassen, um ihr Tischnachbar zu sein, und Meg war sichtlich geschmeichelt gewesen. Ihre Augen hatten aufgeregt gefunkelt, als er ihr den Stuhl zurechtrückte, und sie hatte sogar mit ihm geflirtet. Erst sehr viel später war ihm klar geworden, dass an ihrem Flirt nichts Künstliches gewesen war. Aber damals hatte er das nicht gemerkt, vermutlich, weil er damals noch zu viel trank, und er hatte auch Meg ermutigt, mehr zu trinken, als sie vertrug.

Sobald er seine Pflicht erfüllt und auf das Wohl des Paares angestoßen hatte, hatte er Meg von Familie und Freunden weggelotst, und sie waren durch den Garten des Hotels spaziert und hatten sich unterhalten. Die Nacht war kühl gewesen, und er hatte Meg seinen Mantel um die Schultern gelegt. Und die Nacht war dunkel gewesen, sodass niemand merkte, wie er es schaffte, Meg auf sein Zimmer zu locken.

Dort hatte er allerdings das seltsame Gefühl gehabt, dass in dem Wirbelsturm der Sinne, der folgte, sie die Siegerin war. Obwohl er so stolz auf gewisse Regeln war, die ihn bisher immer aus Schwierigkeiten herausgehalten hatten, hatte er sie jene Nacht alle gebrochen. Es war das einzige Mal in seinem Leben, dass er weder vorsichtig noch beherrscht gewesen war. Und es war die Nacht, in der Katie gezeugt wurde.

Er hatte Meg sehr begehrt. Zu sehr, für seinen Geschmack. Am nächsten Morgen hatte er deswegen voller Entsetzen beschlossen, seine Lust auf Meg zu unterdrücken. Trotzdem hatte er sich nicht davon abhalten können, sie behutsam zu wecken. Entspannt hatte sie neben ihm gelegen, und sie war ihm wie das wunderschönste Kunstwerk vorgekommen, unwiderstehlich und unvorstellbar kostbar. Die Worte, die er ihr ins Ohr flüsterte, waren ihm leichtgefallen. Frauen belohnten einen für solche Schmeicheleien. Meg würde da nicht anders sein. Aber an jenem Morgen hatte er herausfinden müssen, dass sie keineswegs die Dame von Welt war, als die sie ihm am Abend vorher erschienen war.

Sie hatte sich in einer so unbeschreiblich süßen Weise an ihn geschmiegt, dass er ihrem Zauber sofort wieder verfiel.

Als sie ihn später verließ, um zu ihrem eigenen Zimmer im Hotel zurückzuschleichen, wäre er ihr am liebsten gefolgt. Er wollte sie wieder und wieder lieben. Da hatte er die schwachen Blutspuren auf seinem Laken gesehen. Erst in dem Moment hatte er erkannt, wie sehr er tatsächlich in Meg vernarrt war. Er hatte die üblichen Anzeichen, dass es sich um eine unerfahrene Frau handelt, überhaupt nicht wahrgenommen gehabt.

Deswegen hatte er sie am nächsten Abend wieder auf sein

Zimmer gebracht. Er hatte nicht glauben, dass Meg noch Jungfrau gewesen war. Sie musste es vorgetäuscht haben. Die kosmopolitische Schönheit mit dem französischen Flair hatte bestimmt irgendeinen Trick angewandt.

Sein Plan war gewesen, sie mit einem plötzlichen Angriff zu überwältigen. Er hatte sie mit unverfälschter Gier gegen die Wand gedrängt, kaum dass sie hereingekommen war. Aber Meg hatte ihm zärtlich die Hände auf die Brust gelegt und vertrauensvoll den Kopf gehoben, damit er sie küsste. Und er hatte jeden Gedanken daran, etwas beweisen zu wollen, vergessen und sanft ihre vollen Lippen geküsst.

Es war Samstag gewesen, der Hochzeitstag seiner Schwester Amanda mit ihrem Bruder Bram, und Meg hatte noch ihr Brautjungfernkleid getragen, das sie vom Nacken bis zu den tongleichen Schuhen umschmeichelt hatte. Er hatte ihren Rücken gestreichelt, die Seite ihrer Schenkel und die zarte Spitze ihrer Dessous unter dem Seidenstoff gespürt.

Sie hatte das berühmteste und beliebteste französische Parfum getragen, hinter den Ohren, an den Handgelenken und zwischen den Brüsten. Als er sie herumdrehte, um ihren Reißverschluss zu öffnen, hatte er gemerkt, dass sie auch auf ihren Nacken einen Tropfen Parfum getan hatte.

Er hatte ihren Duft eingesogen, das Kleid aufgleiten lassen und ihr verführerische Worte ins Ohr geflüstert. Es waren die üblichen Worte gewesen, aber Meg war bei ihnen so sehnsüchtig erzittert, dass er sich hatte zusammenreißen müssen, um sie nicht sofort zu nehmen. Vielleicht hatte er sie deswegen auf seine Arme gehoben und zum Bett getragen. Vor Meg hatte er noch nie den Fehler begangen, eine Frau zu seinem Bett zu tragen. Und nach ihr ganz bestimmt nicht.

Als sie auf dem Bett lag, hatte er seine Schuhe von sich geschleudert und sich von seiner Krawatte befreit. Die Manschettenknöpfe waren auf den Boden geflogen, weil er sich so hastig das Oberhemd auszog, um danach Boxershorts und Hose gleichzeitig hinunterzuschieben. Plötzlich hatte Meg schüchtern die Augen geschlossen. Er hatte mit beiden Händen ihren festen Po umfasst, und das Geräusch raschelnder Seide hatte ihn nur noch mehr erregt. Als er die zarte Spitze zwischen ihren Schenkeln berührte und Meg dann intim mit den Fingern liebkoste, hatte sie ihn flehend angesehen.

»Bitte«, hatte sie leise gekeucht.

»Bitte, was?«

»Zieh mich aus.«

Nur zu gern hatte er ihr den Wunsch erfüllt. Im nächsten Moment hatten ihre Blicke sich getroffen, und er war quälend langsam in sie eingedrungen. Das Blau ihrer Augen schien sich bei jeder Bewegung, die er machte, zu verändern, so wie die Farben auf van Goghs Gemälden sich mit dem Licht veränderten.

Nach diesen zwei Malen mit Meg hatte er sich wieder zu fangen versucht. Hatte sich eingeredet, dass nicht sie der Grund sei für seine trüben Tage und seine schlaflosen Nächte. Er hatte es fast schon selber geglaubt, besonders weil er sie nicht wie versprochen anrief. Stattdessen war er ziellos durch die Welt gereist und hatte die unvorstellbarsten Dinge mit den Strömen von Frauen angestellt, die seinen unstillbaren Hunger hatten stillen sollen.

Doch am Ende hatte er es nur geschafft, unglücklich zu werden.

Meg verschränkte nervös die Hände, als sie in der Limousine saß. Sie dankte dem Himmel dafür, dass Januar war und viel zu kalt, um ihren Hochzeitstag zu genießen.

Aber sie hätte ja ohnehin keinen Grund dazu. So förmlich und korrekt Jack auch aussah mit seiner schwarzen Krawatte und dem Smoking, er hatte in Wirklichkeit kein Wort seines Eheschwurs ernst gemeint. Doch als er sich nun neben sie in die Ledersitze der Limousine sinken ließ, brachte seine Nähe sie trotzdem aus der Fassung, und das heftige Pochen ihres Herzens wollte sich nicht beruhigen.

Diese breiten, mächtigen Schultern, die langen, muskulösen Beine gehörten dem Mann, den sie geheiratet hatte. Meg musste immer wieder an die Worte des Friedensrichters denken.

Hiermit erkläre ich Sie zu Mann und Frau ...

Die Limousine verließ das Anwesen der Tarkentons und wandte sich nach Osten, eskortiert von Polizisten auf Motorrädern. Meg bemerkte die Karawane der Reporter, die sofort die Jagd aufnahmen. Jack warf ihnen einen knappen Blick zu.

»Mach dir keine Sorgen, Meg«, sagte er und nahm ihre Hand. »Das Hotel hat ein gutes Sicherheitssystem.«

Sie nickte geistesabwesend und war sich nur zu sehr seiner Hand bewusst und seiner tiefen Stimme.

Ein nahe gelegenes Hotel war ihr Ziel und nicht Saint Tropez. Meg versuchte, sich auf die schneebedeckte Straße und die vereisten Bäume zu konzentrieren. Aber ihr Blick ging wie von selbst zu Jacks sonnengebräunter Haut, die über dem gestreiften Hemdkragen sichtbar war. Vor fünf Jahren hatte sie erfahren, wo genau Jacks Sonnenbräune endete.

Erschrocken über die Richtung, die ihre Gedanken einschlugen, richtete Meg sie auf Katie, auf ihre süße, unschuldige Katie. Aber ohne jene Liebesnacht mit Jack würde es ihre kleine Tochter gar nicht geben.

Sie errötete heftig, entzog Jack ihre Hand und legte sie wieder in den Schoß. Die Situation war nicht ohne Ironie. Sie hatte sich solche Sorgen gemacht, das Jack sich zu energisch an sie heranmachen würde. Aber in ihrem Innersten fragte sie sich, ob sie sich wirklich wünschte, dass er die Finger von ihr ließ.

Entschlossen presste sie die Lippen zusammen. Nein, sie würde nicht mit ihm schlafen. Das hatte sie mit Jack so besprochen. Ihre Übernachtung im selben Hotelzimmer war nur eine Farce für die Presse. Jack erwartete nicht das Geringste von ihr.

Und er ahnte auch nicht das Geringste von dem, was in ihr vorging.

Meg wünschte, es wäre anders. Sie wünschte, er wüsste genau, wie schwer er es ihr machte mit seiner beruhigenden Geste, seiner heiseren Stimme und der Kraft seiner männlichen Gegenwart. Dann hätte er das gleiche Problem wie sie. Aber so wie sie Jack kannte, würde er das gar nicht als ein Problem betrachten.

Das hohe Hotelgebäude kam in Sicht, und die Limousine fuhr von der Autobahn ab. Noch mehr Polizisten standen bereit und versperrten den Pressewagen die Zufahrt. Ohne auf das wahre Gewitter von Blitzlichtern und die Rufe der Reporter zu achten, half Jack Meg aus dem Wagen und führte sie an einer Reihe von respektvoll applaudierenden Hotelangestellten vorbei in die relative Ruhe des eleganten Hotels.

Die Beige- und Grüntöne der weiträumigen Lobby schufen eine beruhigende Atmosphäre. Etwas befreit holte Meg tief Luft, und es gelang ihr sogar, Jacks fragenden Blick mit einem Lächeln zu erwidern.

»Du kannst nicht behaupten, dass man uns nicht willkommen geheißen hat. Geht es dir gut, Meg?«

»Ja, danke.«

Aber er schien ihr nicht zu glauben, und so durchdringend, wie er sie betrachtete, wurden ihr die Knie weich. In der Zeit, in der sie sich an der Rezeption eintrugen und mit dem Aufzug nach oben fuhren, nahm ihre Nervosität noch zu. Sie war nur dankbar für die Anwesenheit des Zimmerpagen und richtete den Blick starr auf die Spitzen ihrer weißen Satinschuhe.

Die Türen des Aufzugs glitten auf, und Meg ging als Erste hinaus. Der Page eilte an ihr vorbei und schloss die Hochzeitssuite auf. Da spürte sie plötzlich, wie sie von Jacks starken Armen hochgerissen wurde. Er lachte über ihren verblüfften Ausdruck.

»Sieh nicht so überrascht aus, Mrs. Tarkenton. Das ist eine alte Tradition.« Und er trug sie über die Schwelle.

Der Page brachte ihr Gepäck herein, nahm sein Trinkgeld entgegen und schloss die Tür hinter sich. Jack stellte Meg sofort wieder auf die Füße und hielt es sogar für angebracht, sich für die Freiheiten, die er sich genommen hatte, zu entschuldigen.

»Jack, bitte«, protestierte Meg verlegen und dachte an den Flanellpyjama, den sie mitgebracht hatte, und an die Bücher, die sie als Barrikade oder als Wurfgeschoss zu benutzen beabsichtigte, sollte Jack es wagen, ihr zu nah zu kommen.

»Du hast Angst vor mir, nicht wahr?« In seiner Stimme lag Bedauern.

»Ach was, natürlich nicht.«

»Ich nehme es dir nicht übel. Ich habe dir schließlich jeden Grund dafür gegeben.« Er legte ihre Hand auf seinen Arm und führte sie in die Suite hinein. »Ich wollte für unsere Hochzeitsnacht hierherkommen«, sagte er, »um zu beweisen, dass wir beide zusammen sein können, ohne dass ich einen Vorteil aus der Situation zu ziehen versuche.«

Noch bevor Meg sich von ihrer Überraschung erholt hatte, ließ Jack sie allein und verschwand pfeifend im anliegenden Zimmer. Ihr erster Impuls war, ihm zu folgen, aber dann zog sie es doch vor, in diesem Raum auf und ab zu gehen wie ein Tiger im Käfig. Sie hatte kein Interesse an der schönen, eleganten Einrichtung. Soweit es sie betraf, hätte sie sich genauso gut in einem billigen Motel befinden können. Aber sie fragte sich unruhig, was Jack so lange im Schlafzimmer tat. Wahrscheinlich zog er sich um.

Schnell überprüfte sie, ob ihr Reißverschluss richtig zu war und alle Knöpfe geschlossen. Sie wünschte, sie hätte etwas Bequemeres angezogen. Etwas sehr viel Bequemeres.

Mit vor Verlegenheit gerötetem Gesicht setzte sie sich in einen der Sessel, stellte den Fernseher an und suchte so lange, bis sie den CNN-Kanal fand. Überall Feuersbrünste und Katastrophen. In der ganzen Welt fanden sich die Menschen Krisen entsetzlichen Ausmaßes gegenüber, und sie saß hier, spielte mit ihrem brandneuen Ehering und benahm sich wie eine Idiotin.

Jack kam, immer noch pfeifend, wieder herein. Eine absolut lächerliche Angst verbot es ihr, den Kopf zu drehen. Wenn er sich nun gar nicht umgezogen hatte, sondern nackt war? Sie hielt ihn für fähig, selbst einen so hinterhältigen Trick auszuprobieren.

»Bist du ein Nachrichtenjunkie?«, fragte er hinter ihr.

»Ich weiß gern, was vor sich geht.«

»Ich auch.« Er stellte ihr eine Frage über die gerade laufende Nachricht.

Sie warf ihm einen verstohlenen Blick zu, als sie antwortete, und atmete erleichtert auf. Das Einzige, was er ausgezogen hatte, waren sein Jackett und seine Manschettenknöpfe. Er hatte die Ärmel hochgerollt. Sobald sie seine muskulösen Unterarme sah, richtete sie ihren Blick hastig wieder auf den Bildschirm.

»Wann möchtest du essen, Meg?«

»Essen?«

»Ja, Essen. Du weißt schon, Speise, Nahrung. Das tägliche Brot. Das Hotel besitzt ein Fünf-Sterne-Restaurant, das man mir sehr empfohlen hat.«

Meg überlegte. Sie hatte zwar keinen Appetit, aber der Gedanke, in einem Raum voller Menschen zu sein, gefiel ihr. Je mehr Menschen, desto besser. Da würde sicher nicht Gefahr laufen, Jack die Kleider vom Leib zu reißen. So weit war es mit ihr nicht.

Noch nicht.

Sie stand auf und antwortete gelassen: »Gib mir eine halbe Stunde.«

»Natürlich.«

Und so schlüpfte sie ins Schlafzimmer, um sich fertig zu machen. Ein herrlicher Strauß weißer Rosen lag auf dem riesigen Doppelbett. Sie wagte es nicht zu fragen, hoffte aber, dass die

Blumen ein Geschenk des Hotels waren. Immerhin waren sie in der Hochzeitssuite.

Jack hatte seine Sachen ausgepackt. Seine Smokingjacke hing im Schrank, zusammen mit einem sportlichen Tweedjackett. Daneben hingen ein weißes Hemd und eine khakifarbene Hose. Plötzlich musste Meg erneut an den Eheschwur denken, den Jack und sie heute abgelegt hatten.

Doch sie drängte die Erinnerung zurück, besonders die an die Worte von der ewigen Treue, und machte sich schnell daran, ihre Reisetasche auszuleeren. Sie öffnete die andere Seite des Schrankes und hielt erschrocken inne. Ihre Sachen fielen ihr aus den Armen und auf den Boden. Noch mehr Rosen, diesmal winzig und purpurrot, füllten das obere Regal. Die Frage, wer sie so strategisch verteilt hatte, brauchte Meg sich gar nicht erst zu stellen.

Jack war sich also nicht zu schade, es wieder zu versuchen, sie mit einer romantischen Geste herumzukriegen. Meg gratulierte sich zu ihrer Klarsichtigkeit, brachte ihre Sachen unter und ging ins Badezimmer. Auf dem strahlend weißen Marmorbecken lag eine einzelne langstielige gelbe Rose, an der eine Karte befestigt war. Für meine Frau Meg, stand dort in Jacks unverwechselbarer Handschrift.

Sekundenlang starrte sie auf die Worte, nahm dann die Rose in die Hand und roch an ihr. Der Duft war berauschend, und die Blätter fühlten sich weich und süß an ihren Lippen an.

Es war eine ihrer schönsten Erinnerungen an Jack – die Rosenblätter auf ihrer nackten Haut und überall auf den Laken. Aber vielleicht bezauberte er auf diese Weise alle Frauen. Sie erinnerte sich noch an sein träges Lächeln. Sie hatten nackt beieinander gelegen mit nichts zwischen ihnen als Rosenblättern, und sie hatte geglaubt, in seinen Augen Liebe zu sehen.

Man kann sich in seiner Unschuld vieles einbilden, dachte Meg bitter. Sogar als sie erfuhr, dass sie schwanger war, war ihr erster Gedanke gewesen, es Jack zu sagen. Aber wenn ihr die

Wahrheit nicht schon vorher klar geworden war, so wurde sie es ihr dann auf jeden Fall. Der Vater ihres Kindes war einfach nicht geeignet, ein guter Vater zu sein. Trotz seiner vielen Versprechen und ihrem leidenschaftlichen Zusammensein hatte er sich nicht einmal die Mühe gemacht, sie einmal anzurufen.

Jetzt trug sie seinen schmalen Goldreif an ihrem Finger. Bevor sie Jack kennengelernt hatte, hatte sie an das Wort eines Mannes geglaubt.

In guten und in schlechten Tagen …

Jacks Worten vertraute sie nicht, aber sie selbst hatte immer ihr Wort gehalten. Sie fühlte sich zwar nicht wie eine frisch getraute Braut, aber deswegen war Jack dennoch ihr Ehemann. Und sie hatte ihm Treue geschworen.

Meg starrte ihr Spiegelbild an, ohne es wirklich zu sehen. Ihre Absichten waren ehrenhaft, aber auch sie hatte ihre Grenzen. Sie konnte nicht vorgeben, einen Mann zu lieben, selbst wenn sie mit ihm verheiratet war. Ihre Erfahrung mit Allen bewies das. Entweder es existierten von Anfang an tiefe Gefühle, wie bei Bram und Amanda, oder sie würden sich niemals einstellen.

Sie schüttelte die bedrückenden Gedanken ab und stand entschlossen auf. Die Wahrheit war, dass sie nicht wusste, was die Zukunft bringen würde. Allens Tod hatte ihr gezeigt, dass es keine völlige Sicherheit im Leben gab. Wenn sie heute Abend der Anziehungskraft, die Jack auf sie ausübte, nun doch nachgab … Vielleicht würden sie Gefühle füreinander entdecken, die ihnen erlaubten, eine gemeinsame Zukunft aufzubauen. Vielleicht sollte sie ihrer Ehe doch eine Chance geben.

Jack gab vor, ihr Vertrauen gewinnen zu wollen. Aber vielleicht war das Problem ja gar nicht Jack, sondern sie selbst. Weil sie nicht wusste, ob sie sich selbst trauen konnte.

7. Kapitel

Entschlossen, ihren Eheschwur ernst zu nehmen, nahm Meg die einzelne Rose mit in den Salon der Suite. Jack saß lässig auf dem Sofa vor dem Fernseher, das »Wall Street Journal« auf dem Schoß.

»Danke«, sagte sie und hob die Rose ein wenig höher.

»Gern geschehen.« Er stellte den Fernseher aus und legte die Zeitung beiseite. »Ich wollte etwas Besonderes für dich tun.«

»Das hast du geschafft.« Sie nahm allen Mut zusammen und setzte sich auf einen Sessel ihm gegenüber. »Was hältst du davon, wenn wir uns etwas aufs Zimmer bestellen? Ich denke, für heute habe ich genug von fremden Leuten.«

»Du sprichst mir aus der Seele.« Mit einem Lächeln reichte er ihr die ledergebundene Speisekarte. »Also Zimmerservice.«

Scheinbar sehr interessiert vertiefte sie sich in die Speisekarte. Hoffentlich dachte er nicht, dass sie ihn mit ihrer Geste einlud, mit ihr ins Bett zu springen. Sie mussten schließlich etwas essen, und bei näherem Nachdenken war ihr klar geworden, dass sie das lieber ohne neugierige Blicke hinter sich bringen wollte. Besonders wenn sie ihren neuen Ehemann in ein bedeutungsvolles, vertrauliches Gespräch ziehen wollte.

Um die richtige Stimmung für ihr Mahl zu erreichen, wählte sie ein Chateaubriand. Jack schien damit zufrieden zu sein. Er tätigte den nötigen Anruf und überließ sie sich selbst. Was sollte sie jetzt tun? Ihre Handflächen waren schon ganz feucht. Unauffällig strich sie sie am Sessel ab und ermahnte sich, nicht so nervös zu sein. Jack und sie würden nur ein Abendessen miteinander teilen. Das Wichtigste war jetzt, dass sie sich endlich entspannte.

Als er zurückkam, redeten sie darüber, dass Katie mit der neuen Situation sehr gut zurechtkam, trotz der überwältigenden Neugier der Presse, sobald die Hochzeit verkündet worden war. Glücklicherweise konzentrierte sich das Interesse der Reporter jedoch kaum auf das Kind. Stattdessen fragten sich alle, wo Jack und die Mutter sich kennengelernt hatten, und wie es möglich war, dass sie sich so schnell verliebt hatten. Besonders da sie doch gerade ihren ersten Mann verloren hatte.

Ihre aufeinander abgestimmte Erklärung befriedigte wenigstens einige der weniger gierigen Zeitungen und beantwortete gleichzeitig die Fragen ihrer Familien. Weitere Hilfe kam aus einem unerwarteten Lager. Eine bekannte Klatschkolumnistin war der Meinung, der wahre Grund für Jack Tarkentons plötzliche Heirat sei sein tiefes psychisches Bedürfnis, das Trauma aus seiner Kindheit zu überwinden. Die tragische Figur einer jungen Witwe habe Erinnerungen an seine Mutter in jungen Jahren in ihm geweckt. Da Jack unter einem Ödipuskomplex leiden würde und da seine Zukünftige und er durch Heirat bereits miteinander verwandt seien, machte sie das zur idealen Kandidatin. Die sofort auf seine Werbung reagiert habe, weil sie ihren Kummer vergessen und ihr Kind versorgt wissen wolle.

Obwohl sie und Jack über diesen unfreiwillig komischen Artikel gelacht hatten, hatte Meg sich dennoch gefragt, ob nicht vielleicht doch ein Körnchen Wahrheit in diesen Behauptungen stecken würde. Aber sie hatte sich ihre Gedanken nicht anmerken lassen und sich ganz darauf konzentriert, die Weihnachtszeit für Katie unvergesslich zu machen. Die Zeit war in allgemeiner Hektik mit den Vorbereitungen für Weihnachten und den geheimen Plänen für die Hochzeit wie im Flug vergangen. Jetzt, da alles hinter ihnen lag, sollten sie und Jack sich endlich entspannen und freundschaftlich miteinander reden können.

Eine kleine Armee von Kellnern rollten drei Servierwagen

herein und deckten einen Tisch für zwei. Inmitten von feinstem Porzellan und Kristall stand ein Silbertablett mit Silberhaube. Die Kellner verschwanden so lautlos, wie sie gekommen waren, und Jack zog einen Stuhl für Meg heran.

»Wein, Madame?«, fragte er und legte die Flasche geschickt über seinen Arm.

Meg hielt den Atem an, als sie die teure französische Marke erkannte. Sogar der Jahrgang war richtig. »Du hast dich daran erinnert?«, rief sie verblüfft.

Er lächelte nachsichtig und schenkte ihr ein Glas ein. »Warum sollte ich nicht? Es war die Nacht, in der wir uns kennengelernt haben.«

»Jack, das war vor über fünf Jahren.«

»Ich erinnere mich an alles in jener Nacht«, sagte er, setzte sich ihr gegenüber und füllte sein eigenes Glas.

»Wirklich?« Sie lächelte. »Es fällt mir schwer, das zu glauben.«

»Dann teste mich doch.«

Nachdenklich nippte sie an ihrem Wein. »Weißt du noch, wo wir uns trafen?«

»Auf der Party vor Brams und Amandas Hochzeit. Im ›Four Fountains Restaurant‹, um genau zu sein.«

»Den Namen des Restaurants hatte ich ganz vergessen.«

»Ich hab's dir doch gesagt. Ich erinnere mich an alles.«

»Was hatte ich an?«

Er zögerte keine Sekunde. »Einen schwarzen Slip.«

Sie verschluckte sich fast und warf ihre Serviette nach ihm.

Jack lachte leise. »Du trugst ein sehr elegantes, sehr pariserisches Kleid aus Seide. Es war königsblau. Du erzähltest mir, du hättest es in einem Geschäft in der Rue Cambon gekauft. Und an dem Punkt hörten wir auf, uns etwas vorzumachen, und fingen an, in der Sprache der Liebe zu reden.«

»Ach, das war es also?«, fragte sie leichthin. »Liebe?«

Jack wollte die Stimmung nicht durch eine zu offene Antwort zerstören und lachte. »Französisch ist doch die Sprache der Liebe.«

»Reist du oft nach Frankreich?«

»Oft genug, um die Sprache nicht zu vergessen. Und du?«

»Letztes Jahr bin ich zum ersten Mal nach meinem Studium wieder dort gewesen. Wegen einiger Modenschauen.« Meg fuhr geistesabwesend mit dem Finger am Rand ihres Weinglases entlang. »Mir fehlt Frankreich sehr. Besonders Paris.«

»Natürlich. Paris. Warum habe ich nicht vorher daran gedacht? Es ist der perfekte Ort für eine Hochzeitsreise. Wir nehmen morgen die Concorde.«

»Nach Paris?« Sie sah Jack überrascht an.

Er hob sein Glas zum Toast. »Dein Wunsch, meine liebe Frau, ist mir Befehl.«

»Aber wir können nicht nach Paris fliegen.«

»Warum nicht, Meg? Du liebst doch Paris.«

»Und was ist mit Katie? Wir müssen sie morgen von deiner Schwester abholen.«

Das stimmte natürlich. »Dann nehmen wir sie einfach mit.«

»Jack, sie ist vier Jahre alt. Was soll sie in Paris?«

»Wir werden eine Kinderfrau engagieren. Katie wird sich großartig amüsieren.«

»Auf unserer sogenannten Hochzeitsreise? Ich bin sicher, die Presse wird nichts Gutes dazu zu berichten haben.«

»Na gut«, sagte Jack knapp. »Paris ist gestorben.« Er steckte die Gabel mit unnötiger Heftigkeit in sein Fleisch und ärgerte sich über seine eigene Gereiztheit. Es sollte ihm egal sein, ob sie nach Paris flogen oder nicht.

»Vielleicht können wir nächstes Jahr hinfliegen, wenn Katie etwas älter ist. Zu unserem ersten Hochzeitstag.«

Etwas besänftigt legte er seine Hand auf Meg. »Ich werde dich beim Wort nehmen.«

Zu seiner Überraschung sah sie ihn einen langen Moment ernst an. »Ich weiß.«

Er hob ihre Hand an die Lippen und besiegelte das Versprechen mit einem Kuss. Lächelnd entzog Meg ihm ihre Hand und aß weiter, als ob nichts geschehen wäre. Aber Jack spürte, dass ihre Gelassenheit gespielt und sie eigentlich ziemlich nervös war. Damit sie sich entspannte, schenkte er ihr noch etwas Wein ein und stellte ihr diverse Fragen über Katie und all die Dinge, die er seit ihrer Geburt verpasst hatte.

Meg antwortete geduldig, während sie ihr ausgezeichnetes Essen genossen. Jack betrachtete sie immer wieder. Seit dem Tag, da sie sich kennengelernt hatten, war sie ihm nicht mehr aus dem Kopf gegangen. Sie hatte ihn im Sturm erobert, aber das würde er ihr nicht sagen. Stattdessen fragte er sie nach ihrer Arbeit. Die Modeindustrie zog alle möglichen verrückten Leute an, und Meg beschrieb sie lebhaft und mit Wärme, besonders die manchmal exzentrischen Weber, die gemeinsam mit ihr darum kämpften, dass Woll-, Seiden- und Satinstoffe auf die traditionelle Weise hergestellt wurden und damit ihre Qualität bewahrten.

Megs interessante Erzählungen konnten Jack jedoch nicht von ihrem verführerischen Körper ablenken, der in ihrem Hochzeitskleid hervorragend zur Geltung kam.

Als sie bei ihrer zweiten Weinflasche angekommen waren, brachte er Meg mit einer seiner trockenen Bemerkungen zum Lachen. Es war ein hinreißendes Lachen, und er musste sich zurückhalten, um sie nicht in die Arme zu nehmen. Doch er wollte ihr Vertrauen gewinnen. Eine falsche Bewegung, und er würde dazu verurteilt sein, nicht nur diese Nacht auf dem Sofa zu verbringen, sondern auch unzählige Nächte danach. Um sie in sein Bett zu locken, musste er erst gewisse Schritte machen.

Dieser Gedanke gab ihm die Kraft, sich im Zaum zu halten, und Jack hob sein Weinglas zu einem weiteren Toast. »Auf einen neuen Anfang.«

Meg stieß mit ihm an. »Auf unseren Anfang.«

Er beobachtete sie, während sie einen Schluck nahm. Ihm

wurde unwillkürlich heißer, und er leerte sein Glas in einem Zug, um sich abzulenken. »Magnifique.«

Er hatte die Freude, sie leicht erröten zu sehen.

»Du verwöhnst mich, Jack.«

»Wirklich?« Er schob seinen Stuhl zurück. »Komm her, Meg.«

Sie stand auf und blieb vor ihm stehen. Er war erstaunt, dass sie ihm ohne Widerrede gehorcht hatte, ließ es sich aber nicht anmerken, nahm ihre Hand und lächelte Meg ermunternd an. Am liebsten hätte er sie auf seinen Schoß gezogen, aber er wollte das Vertrauen, das sie langsam zu ihm fasste, nicht wieder gefährden.

»Bist du bereit für den Nachtisch?«, fragte er.

»Du nicht?«

»Ich dachte, du wolltest noch warten.« Die Versuchung, sie an sich zu reißen, war fast unwiderstehlich, aber er zählte geduldig seine heftigen Herzschläge und holte tief Luft. Meg sollte nicht merken, was ihre Nähe ihm antat.

»Ich weiß nicht«, antwortete sie nachdenklich und strich ihm leicht übers Haar. »Ist es nicht das Vorrecht einer Frau, ihre Meinung zu ändern?«

Er hätte ihr da gern zugestimmt, aber dass sie einfach kapitulierte, gab ihm zu denken. Meg gehörte nicht zu den Frauen, die ihre Meinung leicht änderten. Jedenfalls täte sie das nicht ohne guten Grund.

»Was willst du damit sagen?«, fragte er leise nach.

»Komm, Jack. Ist das nicht offensichtlich? Ich möchte tun, was alle Paare in ihrer Hochzeitsnacht tun.« Sie kniete sich neben ihn, die Verkörperung bräutlicher Hingabe. Aber ihre Hände waren so fest zu Fäusten geballt, dass die Knöchel weiß hervortraten. Es war, als ob sie sich ihm wie ein Opferlamm anbot.

Er streichelte ihr Gesicht, wie ein Blinder es getan haben mochte. Als ob er mit seinen Fingerspitzen ihr wahres Ich erkennen könnte. Meg schloss die Augen, und er strich ihr beruhigend die gerunzelte Stirn glatt. Er wollte die Situation nicht ausnutzen. Meg schien zu glauben, dass sie sich ihm hingeben musste. Ja, er wollte ihre Hingabe. Aber sie sollte sich nicht dazu zwingen.

Behutsam zog er sie auf die Füße. Meg schaute ihn verwirrt an. Sie wusste offenbar nicht, was er wollte. Er wünschte sich nichts lieber, als sie an sich zu reißen und zu küssen, bis sie keinen Zweifel mehr über seine Wünsche hatte. Doch er beherrschte sich und hob nur sanft ihr Kinn an.

»Meg, wie lange ist es her, seit jemand dich im Arm gehalten hat?«

»Was meinst du?«

Er legte ihre Arme um seinen Nacken und zog Meg leicht an sich. »Alle brauchen jemanden, der sie in die Arme nimmt, Meg. Sogar du.«

Ihr Blick wurde misstrauisch, und sie trat einen Schritt von ihm weg, was seine Vermutung bestätigte, das es noch zu früh war.

Er lächelte beruhigend. »Keine Sorge, Meg. Das ist nicht die Art von Umarmung.«

»Nein?«

»Nein. Ich denke, wir brauchen noch ein wenig mehr Zeit, bevor wir zusammen ins Bett gehen.«

»Ja?«

»Stimmst du mir da nicht zu?«

»Doch«, sagte sie zweifelnd.

Er hielt sie immer noch locker fest, versuchte aber nicht, sie zu streicheln. Sie wartete einen Moment ab, bevor sie schließlich zögernd näher kam und sich leicht an ihn schmiegte. Der weiche Stoff ihres Kleids fühlte sich ganz warm an unter seinen Händen, und er malte sich aus, was sie darunter tragen mochte. Hastig konzentrierte er sich darauf, seine Hände stillzuhalten.

Meg lehnte den Kopf an seine Schulter und hielt den Atem an.

Jack kontrollierte sein Verlangen, indem er an Dinge dachte, die ihm unangenehm waren. Als ihm nichts weiter einfiel, stellte er sich vor, Meg wäre wie ein kleiner Spatz, den er beruhigen und füttern musste.

Nach einem Moment hörte er sie erleichtert aufseufzen und war froh, dass er sich zurückgehalten hatte. Obwohl ihm noch nie etwas so schwergefallen war wie sein heutiger Verzicht auf Meg. Sie fühlte sich so wundervoll in seinen Armen an, so warm und so geschmeidig. Er brauchte sie nur an sich zu drücken, und sie würde spüren, wie sehr er sich nach ihr sehnte.

Aber er riss sich zusammen. Was er wollte, war nicht mehr nur die Befriedigung seiner Lust. Sosehr er es auch bedauerte, die Gelegenheit ungenutzt vorbeigehen zu lassen. Am wichtigsten jedoch war jetzt, dass er und Meg eine annehmbare Beziehung aufbauten, denn sie hatten ein Kind, für dessen Glück sie verantwortlich waren.

Mit einem unterdrückten Seufzer ließ er Meg los und trat zurück.

Meg verschränkte die Arme hinter dem Rücken und sah Jack mit einem gewissen Respekt an. »Du weißt nicht, wie sehr du mir geholfen hast«, sagte sie leise.

»Das freut mich«, erwiderte er, auch wenn sein Körper dieser Freude nicht überall teilte.

Meg wandte sich halb ab. »Dann also gute Nacht.«

»Meg?«

»Ja?« Sie hielt an der Tür zum Schlafzimmer inne.

»Träum was Schönes.«

Wenige Tage später kämpfte Jack mit wahren Horden von Paparazzi, die Oradell, einen kleinen Vorort von New Jersey, heimgesucht hatten. Alles war besser als dieses erbärmliche Spießrutenlaufen bei Tag und seine Schlaflosigkeit bei Nacht.

Jack war in seinem ganzen Leben noch nie so niedergeschlagen gewesen.

Er fand sich mit einer sexuellen Frustration ab, die ihm bisher total unbekannt gewesen war, da er hoffte, bald schon Megs Vertrauen zu gewinnen. Aber Katie stellte sich als die größere Herausforderung heraus. Sie akzeptierte ihn in ihrer Familie, doch er musste erkennen, dass es sehr viel mehr Dinge gab, die man einer Vierjährigen erklären musste, als die Tatsache des Todes.

Die Überzeugung, dass sich in der Nacht Dinge in ihrem Zimmer bewegten, ließ sie sich nicht ausreden. Störrisch stampfte sie mit ihrem Füßchen auf. »Ist mir egal, was du sagst. Sie tanzen die ganze Nacht. Ich weiß es einfach. Mein Bär tanzt und mein Hase und meine Puppen auch.«

Jack setzte sich auf den Teppich in ihrem Zimmer, lehnte sich mit dem Rücken gegen das Bett mit der rosa Rüschendecke und betrachtete den kleinen Schuh in seiner Hand. Die vergangenen zwei Wochen mit Katie hatten ihn gelehrt, dass Katie nicht das Geringste von den Gesetzen der Physik hielt.

Geduldig stellte er ein Paar Schuhe nebeneinander und rieb sich nachdenklich das Kinn. »Ich habe gestern Abend, nachdem du zu Bett gegangen bist, nach deinen Schuhen gesehen, Katie. Sie haben sich kein einziges Mal bewegt.«

»Aber sie fangen doch erst an zu tanzen, wenn auch ihr Großen schlafen gegangen seid.«

»Wie kannst du dir da so hundertprozentig sicher sein?«

»Weil ich es doch weiß«, antwortete sie und nickte heftig, nicht besonders beeindruckt von seinen Zweifeln.

»Ich habe eine Idee«, sagte er.

Fünfzehn Minuten später kam Jack zurück, in der Hand die Videokamera der Familie Betz. Allen hatte zu den Männern gehört, die jeden wichtigen Moment im Leben eines heranwachsenden Kindes verewigen. Jack konnte ihm dafür nur dankbar sein, denn auf diese Weise erlebte er zumindest nachträglich Katie bei ihrem ersten Schluckauf bis hin zu ihren jüngsten Streichen. Abends, wenn Katie zu Bett gegangen war, verbrachte er seine Zeit oft damit, sich die alten Videokassetten der Familie Betz anzusehen.

Jetzt nahm er zuerst die Regale mit Katies Puppen ins Visier. Dann waren ihre Stofftiere an der Reihe. »Glaubst du, dass alle deine Spielzeuge in der Nacht lebendig werden?«, fragte er.

Sie nickte, und er musste lachen. Katie ähnelte in vielem ihrer Mutter. Beide waren dickköpfig und nicht leicht umzustimmen.

Sobald er alles im Zimmer aufgenommen hatte, kniete er sich vor Katie hin. »Morgen werden wir dein Zimmer mit der Kassette, die wir gerade aufgenommen haben, vergleichen. Dann wirst du selbst sehen, dass dein Spielzeug sich nicht von der Stelle gerührt hat.«

»Aber sie bewegen sich nie«, erklärte Katie.

Er kratzte sich am Kopf, um ihr seine Verwirrung zu zeigen. »Ich dachte, du hast gesagt, sie tanzen die ganze Nacht hindurch.«

»Aber weißt du denn gar nichts? Sie gehen danach immer an genau die Stelle zurück, wo sie vorher waren.«

Was für ein kleiner Schlaukopf sie doch war. Katie sprühte vor Energie, und sie liebte es, die Dinge in eine gewisse Ordnung zu bringen. Am liebsten hielt sie Teegesellschaften mit ihren Stofftieren und Puppen ab. Die Puppen durften immer zuerst etwas trinken, und in ihren Tassen war immer richtiges Wasser, im Gegensatz zu den Tassen der Teddybären.

Ihr Lieblingsstoffhase mit den rosa Satinohren bekam immer den besten Platz. Der eingeladene Erwachsene konnte von Glück reden, wenn er auch ein wenig Tee angeboten bekam.

Katie erfand Geschichten, die auf ihren Bilderbüchern basierten, und erging sich in langen Monologen darüber, was sie auf den Seiten alles sah. Manchmal tat sie das sogar ganz für sich allein, wenn er an einem der drei Tage, die er bei ihr war, einen wichtigen Anruf aus seinem Büro entgegennehmen musste.

Und wie sie reden konnte. Am liebsten erzählte sie immer wieder, dass sie Prinzessin werden würde, wenn sie groß war. Oder eine Feuerwehrfrau.

»Und wie wäre es mit Ärztin oder Krankenschwester?«, fragte er.

Katie rümpfte das Näschen und schüttelte den dunklen Kopf. Da hatte man zu viel aufzuräumen, und Ärzte und Krankenschwestern gaben einem immer fiese Spritzen. Fiese Spritzen retteten aber keine Menschen, Prinzessinnen und Feuerwehrfrauen dagegen schon.

Jack wünschte, er könnte Katie sagen, dass sie schon eine Prinzessin sei – seine Prinzessin. Und sie hatte schon jemanden gerettet. Ihren eigenen Vater.

8. Kapitel

»Meg, ich habe dich davor gewarnt, dass das passieren würde. Die Paparazzi sind unersättlich.«

Um ihre Wut deutlich zu machen, zog Meg abrupt die Gardinen im Wohnzimmer zu und schloss damit das Morgenlicht aus. »Ich hab's dir gesagt? Das ist alles, was du vorzubringen weißt?«

»Wir können nicht in diesem Haus bleiben«, sagte Jack zum x-ten Mal. »Die Kameras und Reporter werden uns nicht den Gefallen tun, einfach zu verschwinden.«

Meg presste die Lippen zusammen und ging ohne ein weiteres Wort in die Küche. Sie wollte nicht laut werden, um Katie nicht aufzuwecken und um den Parasiten, die vor ihrem Fenster herumlungerten, nicht die Gelegenheit zu geben, Zeugen von einem weiteren hitzigen Streitgespräch zwischen ihr und Jack zu werden.

Sie setzte Kaffee auf und hoffte, sich mit den vertrauten Bewegungen von ihrer Wut ein wenig ablenken zu können. »Wir sind seit Wochen verheiraten. Irgendwann werden sie uns doch wohl endlich in Frieden lassen.«

»Dieses Problem wird sich nicht von selbst lösen. Ich weiß nicht, wie ich es dir deutlicher sagen soll. Wir müssen umziehen, und am besten jetzt sofort.«

»Ich komme mir zwar vor wie ein Affe im Käfig, habe aber nicht die Absicht zu kneifen. Wie wirst du mit dieser ständigen Belagerung bloß fertig, Jack?«

»Es ist eine Tatsache in meinem Leben.«

»Aber nicht in meinem.«

Er verschränkte die Arme vor der Brust. »Du glaubst also,

du brauchst nur ein wenig zu schmollen, und sie suchen das Weite?«

Meg verschränkte ebenfalls die Arme. »Sprich nicht mit mir, als ob ich ein Kind wäre.«

Jack stieß gereizt die Luft aus. »Warum willst du nicht in meine Wohnung in New York ziehen? Sie liegt genau gegenüber vom Central Park, in der Nähe deiner Arbeit, es gibt Museen in Hülle und Fülle, und du und Katie werdet dort keine Kuriosität sein.«

»Das sind wir also geworden«, sagte sie böse. »Kuriositäten.«

»Du bist jetzt eine Tarkenton.«

Meg drehte Jack den Rücken zu und griff nach ihrer Tasse, als wäre die ihre letzte Rettung. Jack hatte recht. Sie musste versuchen, mit der Wirklichkeit fertig zu werden. Aber wenn sie in sein protziges Apartmenthaus zogen, würde sie von Glück reden können, wenn sie eine andere Familie im Gebäude fand, mit der sie sich gut verstand und die auch noch Kinder in Katies Alter hatte.

Andererseits würden sie dort geschützter sein.

Die Tarkentons sprachen nicht oft darüber, aber ihr Leben wurde, wo immer sie sich befanden, von Sicherheitsregeln bestimmt. Ihr Reichtum und ihr politischer Einfluss machten sie zu Zielscheiben aller Verrückten der Welt. Meg wusste, dass Bram und Amanda daran dachten, einen Leibwächter für J.J. zu engagieren, sobald er in die Schule kam. Solche Vorsichtsmaßnamen waren den Tarkentons zur Gewohnheit geworden.

Nachdenklich sah Meg aus dem Fenster. Jack trat zu ihr. Es war nichts Besonderes, dass sie gemeinsam die Aussicht betrachteten, aber Meg hatte plötzlich das Gefühl, dass sie es vielleicht doch schaffen würden, gewisse Dinge gemeinsam zu bewältigen.

»Ich weiß, dass dieses Haus dir sehr viel bedeutet«, sagte Jack. »Wenn du willst, können wir eine Weile damit warten, es zu verkaufen. Es ist nicht nötig, alle Welt von unseren Plänen in Kenntnis zu setzen. Das Geld wird natürlich an dich gehen.«

Sie seufzte. Warum verstand er nicht? »Ich war im sechsten Monat schwanger, als Allen und ich dieses Haus kauften«, erklärte sie leise und sah immer noch in den Garten hinaus. »Als Katie geboren wurde, pflanzte er den Baum dort drüben.«

»Ein wahrer Heiliger, dein Allen.«

Etwas in Jacks Ton brachte sie dazu, sich zu umzudrehen. »Ist er der wirkliche Grund, warum du nicht hier leben willst? Allen?«

»Keiner kann mit einem Heiligen konkurrieren. Das musste ich schon lernen, als mein Vater starb. Wenn du dich immer noch an Allens Andenken klammern willst, ist das okay. Aber bring deswegen nicht unsere Tochter in Gefahr.«

Der Entschluss umzuziehen, wurde einstimmig gefasst, und es blieb nur noch die Frage, wohin. Meg schloss die Stadt kategorisch aus, weil sie sehr viel mehr wollte als Sicherheit und Bequemlichkeit. Sie wollte ein Haus, das es ihnen erlaubte, unbeobachtet leben zu können.

Jack fiel das Anwesen der Tarkentons ein, und Meg war sofort von der Idee begeistert. Katie war schon ein wenig mit dem Ort vertraut, und sie würde die Gelegenheit haben, Eleanor besser kennenzulernen. Obwohl Eleanor und Katie nie erfahren würden, wie eng ihre Beziehung tatsächlich war.

Jack traf alle Maßnahmen, und gegen Ende März hatten sie sich in einem separaten Flügel des Hauses eingerichtet. Um kein Gerede unter dem Personal aufkommen zu lassen, schlug Jack vor, dass Meg seine Suite mit ihm teilte. Da diese aus zwei Schlafzimmern und einem großen Bad bestand, stimmte Meg zu. Jack war mit diesem Arrangement auch aus anderen Gründen sehr zufrieden. Denn lange würde er seine Sehnsucht nach Meg nicht mehr zurückhalten können.

Er ließ Katies neues Zimmer in der gleichen Farbe streichen

wie ihr altes und war mit Meg bei ihr, als die Möbelpacker kamen, um ihre Sachen abzuholen. Katie beobachtete die ganze Prozedur mit dem Daumen im Mund und weinte plötzlich, als die Türen des Möbelwagens zugeschlagen wurden.

Aber darauf waren sie vorbereitet. Meg setzte sich zu ihr auf den Rücksitz von seinem Jaguar, während er dem Möbelwagen bis zum Anwesen folgte. Trotzdem nahm der Umzug Katie sehr mit. Sie wollte wissen, ob Allen sie vom Himmel aus auch noch sehen könne, wenn sie woanders wohne. Wie würde er sie finden?

Meg antwortete ihr, so gut sie konnte, und er half ihr dabei. Aber je näher sie dem Anwesen kamen, desto ärgerlicher wurde er. Wenigstens würden sie Allens Baum nicht mehr vor Augen haben, um sie ständig an den Mann zu erinnern, den Katie und Meg verloren hatten.

Jack sah zuerst die Farbe des Kleides – eine Mischung aus Smaragdgrün und Aquamarinblau. Der fließende Stoff schimmerte herrlich an Megs schlankem Körper, obwohl keine einzige Perle daran befestigt war. Es ist mehr als ein Kleid, dachte Jack, es ist ein Kunstwerk.

Sein zweiter Gedanke war, dass er Meg nicht erlauben würde, es zu tragen. Es war viel zu erotisch, so wie es sich bei jeder Bewegung um ihre wunderbaren Rundungen schmiegte. Sobald sie den Festsaal auf dem heutigen Galaabend beträte, würde jeder anwesende Mann sie mit den Augen verschlingen und diese verführerische Frau für sich haben wollen.

Sie reichte ihm eine glitzernde Halskette. »Bist du so nett?«

»Hat Allen sie dir geschenkt?«

»Ich habe sie mir selbst gekauft. Aber du brauchst dir keine Sorgen um den Preis zu machen«, sagte sie. »Es ist nur eine Imitation.«

Sie drehte sich um und hob ihr Haar an. Ihr Duft umwehte ihn, der gleiche Duft, der ihm seit damals unvergesslich geblieben war. Und die zarte, weiß schimmernde Haut ihres Nackens erinnerte ihn an ihre Brüste und wie sie sich unter seinen Händen angefühlt hatten.

Er legte die Kette zur Seite. »Ich lasse meine Frau keinen billigen Modeschmuck tragen. Komm.« Damit nahm er ihre Hand und führte sie den Flur hinunter.

»Wohin gehen wir?«

»Du wirst schon sehen.« Er verlangsamte seinen Schritt und legte ihre Hand auf seinen Arm. »Kannst du ein Geheimnis für dich behalten?«

»Natürlich.«

»Nicht einmal Katie darf davon erfahren.«

Meg sah ihn ein wenig erschrocken an. »Was hast du heute wieder vor?«

»Bring mich nicht in Versuchung.«

»Einen Moment …«

»Da sind wir. Sei still.« Er blieb stehen, legte einen Finger auf die Lippen und tastete mit der anderen Hand über die getäfelte Wand hinter sich nach dem Geheimknopf. Die Wand glitt lautlos zur Seite und gab den Blick auf einen Geheimgang frei. Rasch zog er Meg mit sich, bevor die Wand sich wieder hinter ihnen schloss und das Licht erlosch.

»Jack?«, flüsterte sie und packte ängstlich seinen Arm.

»Keine Angst«, sagte er beruhigend und gab auf einer schwach beleuchteten Tastatur eine Nummer ein. Automatisch öffnete sich eine weitere Tür. Gleichzeitig ging das Licht wieder an und erhellte ein großes, aber fensterloses Zimmer.

Neugierig sah Meg sich um.

Jack nahm ihre Hand. »Keine Angst«, wiederholte er und führte sie hinein.

Die Wände waren mit dunklem Holz getäfelt, der Schreibtisch an einer Wand bestand aus dem gleichen dunklen Holz. Dieser Schreibtisch und der dazugehörige Sessel waren die einzigen Möbel.

Mit einem gewissen Stolz, obwohl er ihr nicht alles verraten konnte, was er hier tat, fragte Jack: »Wie gefällt dir mein Arbeitszimmer?«

»Dein Arbeitszimmer?« Eine Hand an ihrem zarten Hals, schaute Meg sich erneut und tief beeindruckt um. »Das ist ein Arbeitszimmer?«

»Ja, und Büro, Tresorraum und Luftschutzkeller.«

»Luftschutzkeller?«, rief Meg erschrocken.

»Nein, schlechter Scherz, entschuldige. Als Luftschutzkeller ist der Raum nicht gedacht.«

»Ich war schon bereit, dir zu glauben.« Mit langsamen Schritten ging Meg herum.

Sie erschien Jack wie ein wunderschöner Regenbogen vor den dunklen Wänden, und plötzliches Verlangen erfasste ihn. »Möchtest du einen Drink?«, fragte er.

»Wir werden doch auf der Gala etwas trinken.«

»Dann eben einen auf den Weg.« Er öffnete eine der Türen des großen Schreibtisches, hinter der sich eine voll ausgestattete Bar verbarg, und schenkte ihnen einen Scotch ein. »Jetzt möchte ich dir zeigen, weswegen ich dich hergebracht habe«, sagte er und reichte Meg ihr Glas.

»Ich habe fast Angst, es zu sehen.«

Der Schmuck befand sich im Tresor an der anderen Wand. Jack wollte Meg nicht überwältigen, sie war empfindlich, wenn es um den Umfang seines Reichtums ging, deshalb nahm er nur zwei Schatullen heraus. Ohne ein Wort öffnete er sie und reichte sie Meg. Eingebettet in schwarzen Samt erstrahlten ein Smaragd- und ein Saphircollier.

»Oh«, flüsterte Meg fast ehrfürchtig.

»Komm, Meg«, ermunterte Jack sie. »Such dir eine Kette aus.«

»Ich weiß nicht, ob ich das tun kann. Ich werde den ganzen Abend Angst haben, sie zu verlieren. Das könnte ich mir niemals verzeihen.«

»Lass das meine Sorge sein.«

Vorsichtig berührte sie eine von den wunderschönen Halsketten. »Welche, findest du, passt am besten zu meinem Kleid?«

Jack betrachtete Meg absichtlich lange und ausführlich. »Schwierige Entscheidung.«

»Wenn du sie aber nicht bald triffst, kommen wir noch zu spät«, meinte Meg trocken.

Langsam legte Jack ihr die Ketten jede über eine Schulter und nutzte die Gelegenheit, um ihre nackte Haut zu berühren. Dann trat er zurück und rieb sich das Kinn.

»Ich weiß nicht«, murmelte er nachdenklich.

Meg lächelte. Jack konnte ihr nichts vormachen. Aber sein intensiver Blick ließ sie erröten. Nachdem Jack sie noch einen Moment hatte zappeln lassen, entschied er sich für die Smaragde. Als er Meg die Kette nun um den Hals legte und den Verschluss zumachte, streichelte er leicht ihren Nacken.

Sofort fuhr Meg herum. »Was tust du da?«

Er verbarg, wie sehr ihre Nähe, der Duft ihrer Haut ihn aus der Fassung gebracht hatten, und gab lässig zurück: »Wie fühlt es sich denn an?«

»Warum hörst du nicht auf, mir das anzutun?«

Jack liebte es, Katz und Maus zu spielen, ein Gespräch voller Zweideutigkeiten zu führen. Und so stellte er Meg ganz unschuldig die offensichtliche Frage: »Was genau tu ich dir denn an?«

»Du verletzt mich.«

»Ich verletze dich?« Er gab ihr einen sanften Kuss auf die Lippen und lächelte amüsiert. »Wie könnte dich das verletzen?«

»Es verletzt mich, weil es nicht echt ist.«

»Zeig mir, was echt ist, Meg.«

Sie überraschte ihn, als sie ihn, ohne eine Sekunde zu zögern, auf die Wange küsste und dann ernst ansah. »Ein Judaskuss. So kommt es mir vor.«

Er zog sie an sich, und als sie nicht vor ihm zurückwich, verschloss er ihr voller Sehnsucht den Mund. Der Stoff ihres Kleides fühlte sich unter seinen liebkosenden Fingern wie kühles Wasser an, das ihren herrlichen Körper umfloss.

Meg schlüpfte mit den Händen unter sein Jackett und schmiegte sich leise aufseufzend an ihn.

Eine innere Stimme warnte ihn, dass Meg versuche, den Spieß umzudrehen. Atemlos löste er sich von Megs Mund und flüsterte: »Ist es das, was du willst? Ist das echt genug?«

»Ich ergebe mich.«

Diese Bemerkung ließ ihn erstarren, und er nahm sich vor, Meg so zu schockieren, dass sie von sich aus einen Rückzieher machte. Heftig riss er sie an sich, aber sie protestierte nicht. Er drängte sie gegen die Wand, dass ihr der Atem wegblieb, und erkannte voller Entsetzen, dass er sie fast tatsächlich verletzt hatte.

Aber es reichte nicht, um sie dazu zu bringen, aufzuhören. Sie küsste ihn erneut, hingebungsvoll und aufregend. Er kämpfte gegen die Leidenschaft an, die sie in ihm entfachte, aber zu lange hatte er ohne sie gelebt. Und als Meg ihm nun das Hemd aus der Hose zerrte und ihre Finger unter seinen Hosenbund schob, fegte er, ohne weiter zu überlegen, die Sachen von seinem Schreibtisch, setzte sich darauf und zog Meg auf sich.

Es war nicht eine seiner besten Ideen.

Er reagierte augenblicklich auf ihren weichen, schlanken Körper und konnte seine starke Erregung nicht länger verbergen. Und Meg machte alles nur noch schlimmer, indem sie sich geschmeidig wie eine Katze auf ihm bewegte und dabei genießerisch die Lippen öffnete.

Einen Moment lang gab er nach und ließ sie gewinnen.

Er tat nichts Verwerfliches. Aber in seinem Innersten war ihm klar, dass er etwas sehr Wertvolles verlieren würde, wenn er jetzt nicht das Richtige tat. Er konnte nicht genau sagen, was es war, aber eine entsetzliche Angst erfasste ihn und erinnerte ihn daran, dass er John B. Tarkenton jr. war, seines Vaters Sohn und dazu verpflichtet, einen Ruf zu wahren, der ihm zentnerschwer auf den Schultern lastete.

Die Angst war vorbei, so schnell sie gekommen war, und Jack stand auf und legte Meg auf den Schreibtisch. Sie trug eine unglaublich aufregende Seidenstrumpfhose. Mit langsamen Bewegungen schob er sie ihr samt Slip über die Hüften und ihre langen Beine hinunter. Ein Bein um seine Taille gelegt, zog Meg ihn näher, während er seinen Reißverschluss öffnete. Sie zerrte an seiner Hose, bis sie zusammen mit der Boxershorts zu Boden rutschte, und klammerte sich nun an ihn, den Mund wild auf seinen gepresst.

Und er nahm sie und dachte, wie wundervoll sie für ihn war. Wie wundervoll sie zu ihm war.

Er hatte sich nie vorgestellt, sie ausgerechnet hier zu lieben, an diesem geheimen Ort, aber jetzt gefiel ihm, dass es gerade hier geschah.

Meg schlang beide Beine um seine Hüften, und Jack drang wieder und wieder in sie ein. Unvorstellbar lustvolle Gefühle erfassten ihn. Er konnte nicht genug von Meg bekommen. Hungrig stürzte er sich auf sie, auf ihren Mund, ihre Haut. Aber die Verbindung, nach der er sich wirklich sehnte, war nicht nur körperlich.

Megs Blick waren verschleiert vor Erregung und Leidenschaft. Flehend sah sie Jack an, und er vergaß jede Zurückhaltung. Als er den explosiven Höhepunkt erreichte, erfuhr Jack, was vollkommenes Glück ist. Mit Meg war es schon damals so gewesen, doch diesmal schämte er sich nicht, dass er seine viel gerühmte Beherrschung verloren hatte.

Schwer atmend ließ er Meg auf den Schreibtisch zurücksinken. Es dauerte nicht lange, und er schenkte ihr das gleiche Vergnügen.

Am Ende hatten sie den Galaabend tatsächlich verpasst, und

sie schlichen am Personal vorbei wieder nach oben, um den Rest der Nacht im selben Bett zu verbringen. Aber Jack schlief nicht. Stattdessen betrachtete er Meg, die entspannt schlafend an seiner Seite lag.

Trotzdem konnte er keinen Frieden finden. Auch der Gedanke an die Zukunft konnte ihn nicht beruhigen. Nur in seiner frühen Jugend war er voller Zuversicht und Optimismus gewesen. Doch wenn Zuversicht bedeutete, dass er eine gemeinsame Zukunft mit Meg haben könnte, wollte er es versuchen.

War das Liebe? Er war sich da nicht sicher. Und er wollte sich erst vollkommen sicher sein, bevor er etwas sagte.

Meg wusste, dass Jack empfindlich war, wenn es um Allen ging. Und aus seiner Sicht hatte er wahrscheinlich auch recht, eifersüchtig zu sein. Was sie nicht verstand, war, warum er Allens Namen bei jedem Gespräch erwähnen musste, besonders da er ihr immer wieder versicherte, dass er nicht die Absicht habe, mit ihrem verstorbenen Mann zu konkurrieren.

Eines Abends, sie zogen sich gerade für ein Wohltätigkeitsdinner um, wies sie Jack auf einen wichtigen Punkt hin. Er stand vor dem Spiegel und band seine Krawatte, und schien nicht glauben zu wollen, dass Katie ihn nach nur drei Monaten Familienleben in ihr Herz geschlossen hatte.

»Schenk dem, was Katie über mich sagt, nicht zu viel Bedeutung«, meinte er. »Sie ist noch ein kleines Mädchen.«

»Dein kleines Mädchen.«

Er begegnete ihrem Blick im Spiegel. »Deins, Meg.«

»Tut es dir nicht leid, dass sie nicht die Wahrheit kennt?«

»Ich will nicht, dass sie sie kennt.«

Der knappe Ton warnte sie davor, das Thema weiter zu verfolgen, aber sie ließ sich nicht beirren. Wenn sie ihn jemals von seiner Eifersucht auf Allen befreien wollte, musste Jack ihr erklären, warum er Katie nicht ganz offiziell als seine Tochter anerkennen wollte.

»Wenn Allen an deiner Stelle wäre, wäre er nicht halb so großmütig wie du.«

»Das braucht er auch nicht zu sein. Er ist tot.«

»Das meinte ich nicht. Warum missverstehst du mich absichtlich?« Sie drehte ihm den Rücken zu. »Machst du mir bitte den Reißverschluss zu?«

Jack tat Meg den Gefallen, während er an sich halten musste, um nicht noch mehr zu tun. Aber sie waren sowieso schon recht spät dran.

»Siehst du denn nicht, was du ihr antust? Deine Verehrung für Allen hilft Katie nicht. Er war auch nur ein Mensch, Meg. Nicht besser und nicht schlechter als die meisten. Es ist kein Verbrechen, wenn ein Mann eine Frau begehrt, und auch nicht, dass er sie dann heiratet, um sie zu bekommen.«

»Allen wollte mir nur in meinen Schwierigkeiten helfen.«

»Such ruhig nach Ausreden. Du willst ihn zum Guten und mich zum Bösen abstempeln, also tu es. Stell dich hinten an die Schlange an.«

»Hör auf, Jack.«

»Allen war ein kluger Mann. Er heiratete dich zuerst. Er war der beste Ehemann, den eine Frau haben kann. Und ich werde ihm nie das Wasser reichen können. Vielen Dank. Ich werde mich immer daran erinnern.«

Entsetzt sah Meg ihn an. »Das ist die Geschichte deines Lebens, nicht wahr? Nie genügst du deinen Anforderungen, sosehr du es auch versuchst.«

»Komm her«, sagte er leise.

Sie biss sich auf die Unterlippe, auf ihre sinnliche Unterlippe, die Jack sofort küssen wollte, sobald Meg nahe genug war.

»Kommst du mir auf halbem Weg entgegen, Jack?«

Er kam auf sie zu, aber sie rührte sich nicht. Stattdessen sagte sie: »Kein Mensch sollte seinen Vater auf so eine brutale Weise verlieren wie du deinen.«

Er zuckte die Achseln. »Es war gar nicht so brutal. Die Berichte im Fernsehen zeigten das Attentat aus jedem Winkel, den man sich vorstellen kann. Die Kugeln gingen direkt durch ihn hindurch. Er hat nicht das Geringste gespürt.«

Jack wusste, wie gefühllos er klang, und wartete ungeduldig darauf, dass Meg ein paar Worte des Mitleids sagen würde. Sobald sie das täte, würde er sie aufs Bett legen und lieben.

Aber Meg senkte den Kopf und nahm seine Hand. Wie seltsam. Er spürte einen unerklärlichen Kummer in sich hochsteigen, und er konnte sich nicht erklären, warum. Energisch wehrte er sich dagegen. Da fühlte er Megs Tränen auf seiner Hand. Er konnte sie nicht von sich schieben und mit ihr schlafen, wenn sie weinte. Verwirrt streichelte er ihr Haar und wartete darauf, dass sie aufhörte und die Gefahr verging.

Schließlich hob sie den Kopf, sah ihn an und legte ihre Hand an seine Wange. Sie wollte von ihm ins Bett getragen werden, das spürte er. Ihr wundervoller Körper würde ihn die Probleme seines Lebens vergessen machen. Und auch sie würde dank ihm ihre Probleme vergessen. Er würde heiße Leidenschaft in ihr entzünden, und beide würden sie wenigstens für eine kleine Weile das Gefühl haben, wirklich lebendig zu sein.

Doch obwohl er Meg noch nie so sehr gebraucht hatte wie in diesem Augenblick, konnte er sich nicht dazu bringen, sie zu berühren. Er brauchte nicht mehr zu tun, als sie aufs Bett zu legen, und sie würde sich ihm sofort hingeben. Aber er konnte einfach nicht. Das seltsamste Gefühl, das ihn je überkommen hatte, machte es ihm unmöglich.

Megs Augen füllten sich erneut mit Tränen. Er verstand nicht, warum sie weinte, warum sie sich ihm entzog, das Zimmer verließ und leise die Tür hinter sich schloss.

Wie betäubt setzte er sich hin und betrachtete fassungslos den ungewohnten Anblick seiner eigenen Tränen, die warm und feucht auf seine Hände fielen.

9. Kapitel

In dem Moment, als Jack durch das Tor des Anwesens fuhr, spürte er, dass etwas anders war. Tom, der Wachtmann, gab zwar das übliche Zeichen, dass alles in Ordnung sei, aber der sonst so ruhige, verschlossene Mann grinste von einem Ohr zum anderen.

Jack parkte in der Garage und bemerkte, dass der Bentley seiner Mutter fehlte. Das war auch ungewöhnlich. Es lag ihr sonst immer so viel an den gemeinsam mit der Familie verbrachten Abendstunden. Der Gedanke, dass Meg hinter allem steckte, kam ihm erst, als er sie an der Außentür stehen sah, barfuß, in Leggings und Pulli, und mit einem verführerischen Lächeln auf den Lippen.

»Champagner, Mister?«

Sie hob die offene Flasche hoch, doch noch bevor er verblüfft antworten konnte, trank sie selbst daraus.

»Wo sind alle?«

»Weg.«

Sie machte eine Pirouette und verschwand ebenfalls.

Unwillkürlich löste er seine Krawatte und folgte Meg ins Haus und in die Küche, wo es köstlich duftete. »Meg?«

»Hier.« Sie stand im Flur und sah ihn neckend an.

»Was ist mit meiner Mutter und Katie?«

»Deine Mutter war so nett, Katie für heute Nacht woanders hinzubringen. Ich habe allen gesagt, dass ich eine fürchterliche Erkältung herankommen fühle und unbedingt allein bleiben möchte«, erklärte sie mit dramatischer Stimme.

»Allein?«

»Mit meinem Mann, der sich natürlich um mich kümmern

soll. Sonst noch jemand Champagner?« Sie hielt die Flasche an ihre Lippen und warf ihm einen herausfordernden Blick zu, Dann wischte sie sich lächelnd den Mund und hielt die Flasche hoch über ihren Kopf. »Komm, und hol sie dir.«

»Oh, nein, du kommst zu mir.«

»Das wird langsam langweilig, findest du nicht?« Sie versteckte die Flasche hinter ihrem Rücken und wich geschmeidig vor ihm zurück.

Der Gedanke, sie könnte sich irgendwo stoßen und verletzen, beunruhigte ihn. »Pass besser auf, wohin du gehst«, warnte er sie.

Sie nickte, trank wieder aus der Flasche und streckte ihm die Zunge heraus. Wie sehr er wünschte, er könnte diesen Augenblick für immer festhalten. Er lief in ihre Richtung, aber sie brachte sich hinter dem Wohnzimmertisch vor ihm in Sicherheit. Er musste lachen. Sie war wirklich ganz schön flink. Und lustig und intelligent, und jeden Tag wurde sie schöner.

Nachdem er Schuhe und Socken ausgezogen hatte, schlich er wie ein Tiger auf Jagd um den Tisch herum. Doch sie flüchtete rasch auf die andere Seite. »Du weißt, dass du mir nicht entkommen kannst«, sagte er.

»Wollen wir wetten?«

Er lachte – und machte in der nächsten Sekunde einen mächtigen Satz. Sie schrie auf und wollte lachend fliehen, doch er hatte sie schon eingeholt und hielt in seinen Armen gefangen.

Meg wusste, dass sie in der Falle saß. Da tat sie so, als ob sie Jack die Champagnerflasche reichen wollte. Doch dann verschloss sie die Öffnung mit dem Daumen, schüttelte heftig und löste den Daumen. Jack konnte nicht rechtzeitig reagieren, und sie durchnässte ihn und sich selbst mit dem Schaum, bevor Jack ihr die Flasche wegnehmen konnte.

»Ich liebe Champagner«, sagte er keuchend. »Besonders an dir.« Er schüttete den Rest der Flasche über ihrem Kopf aus, und Meg öffnete den Mund und schluckte, so viel sie bekommen konnte, während der Rest an ihrem langen, schlanken Hals hinunterlief.

Noch bevor der Champagner den Ansatz ihrer Brüste erreicht hatte, hatte Jack ihn genießerisch abgeleckt.

Er wollte Meg sofort nackt sehen. Er wollte sie jetzt auf der Stelle haben.

Meg ihn auch. Sie kämpfte schon damit, seine Hemdknöpfe aufzubekommen. Jack dauerte das zu lange, und er riss sein Hemd einfach auf, sodass die Knöpfe in alle Richtungen flogen. Meg lachte atemlos.

»Worüber lachst du?«

»Über wen, meinst du wohl. Über dich, mein lieber Ehemann.«

Jack küsste sie voller Zärtlichkeit und tief bewegt von ihren Worten. Aufstöhnend pressten Meg und er sich aneinander. Leidenschaft war von Anfang an zwischen ihnen gewesen. Doch diesmal hatte er das Gefühl, dass Meg sich ihm vollkommen öffnen würde und ihm erlaubte, sie überall zu streicheln und zu liebkosen.

Sie lächelte ihn liebevoll an, und sanft strich er ihr die feuchten Strähnen aus dem Gesicht, obwohl sein Verlangen immer größer wurde. Doch er wollte sie nicht hastig nehmen. Er wollte sie auf die sinnlichste Weise lieben, wissend, dass ihre Lust seine noch steigern würde.

»Sag mir, was du möchtest«, flüsterte er. »Sag mir, was dir am meisten gefällt.«

Sie sagte es ihm leise ins Ohr, und er erfüllte ihren heißen Wunsch. Ihr und sich.

Danach trug er sie ins Bett. Er wusste nicht, wie er sonst seine überwältigenden Gefühle ausdrücken sollte. Er konnte es ihr nur auf diese Weise zeigen und hoffen, dass es genügte.

»Daddy?«

»Ja, Katie«, murmelte Jack, in seine Zeitung vertieft. Dann

erstarrte er. Hatte sie wirklich gesagt, was er glaubte, gehört zu haben?

»Daddy, hörst du mir überhaupt zu?«

»Natürlich«, antwortete er. Die Schlagzeilen verschwammen ihm vor den Augen. Aber er wollte die Zeitung auf keinen Fall senken, damit Katie nicht sah, wie aufgewühlt er war.

»Können wir in den Zoo gehen?«, fragte sie.

»In den Zoo?«, wiederholte er. »Jetzt?«

Katie kicherte. »Natürlich nicht, Dummerchen. Es ist doch morgens.«

Wie so oft konnte er auch jetzt ihren Gedankengängen nicht sofort folgen. »Ist der Zoo morgens denn nicht geöffnet?«

»Doch, aber heute können wir nicht gehen.«

»Nein?«

»Es ist Sonntag, Dummerchen.«

»Sonntag?« Er senkte jetzt doch die Zeitung, und Katie zwinkerte ihm frech zu. Es war also wieder eins ihrer Lieblingsspiele. Wie verwirre ich meine Eltern? »Bist du dir sicher?«

»Klar. Ich hab doch meinen Pyjama an.«

»Ziehst du sonntags sonst nicht deinen Pyjama an?«

»Doch, natürlich, Dummerchen.«

Meg kam mit einem frischen Teller Pfannkuchen herein. »Katie weiß, dass heute Sonntag ist, weil sie ihren Pyjama noch anhat. An jedem anderen Tag, hätten wir sie jetzt schon angezogen.«

»Mommy, müssen wir heute zur Kirche gehen?«, fragte Katie.

»Ja, Süßes.«

»Ich will, dass Daddy auch mitkommt.«

Meg erstarrte ebenso wie Jack, aber dann fasste sie sich. »Jack ist nicht dein Daddy, Liebling«, erklärte sie und begann, die frischen Pfannkuchen auf die Teller zu verteilen.

Ihre kühlen Worte dämpften Jacks Freude erheblich. Andererseits war er unsicher, ob er sich wirklich gefreut hatte, oder ob es nicht doch irgendeine andere, ihm unbekannte Empfindung gewesen war.

Katie war auf jeden Fall nicht zufrieden. »Ich will aber, dass Jack jetzt mein Daddy ist.« Sie hüpfte von ihrem Stuhl, kletterte auf seinen Schoß und legte ihm die Ärmchen um den Hals.

Sein Herz machte einen Satz. Am liebsten hätte er seine Gefühle mit Meg geteilt, brachte es aber nicht über sich. Es war ein zu großes Risiko.

In dieser Nacht ging er nicht mit Meg ins Bett. Zum ersten Mal seit Monaten saß Jack allein in seinem Arbeitszimmer und brütete vor sich hin.

Gütiger Himmel, dachte er. Ich bin jetzt Vater.

Das entfernte Gemurmel von Megs Stimme erreichte Jack, als er halb die Treppe heraufgekommen war. Er war schon am nächsten Morgen ins Gästeschlafzimmer gezogen und wollte jetzt den Rest seiner Sachen holen. Unwillkürlich blieb er stehen, um nicht zu stören. Offenbar las Meg Katie gerade eine Geschichte vor.

Ihre Schlafzimmertür musste weit offen stehen. Denn jetzt hörte er Megs Stimme klar und deutlich und sogar das Umblättern der Seiten. Er kannte den Text. Es war die Geschichte von Horton, dem Elefanten. Katie las nun ein paar Worte mit, und Jack lächelte stolz. Er konnte sie sich beide vorstellen, wie sie zusammen im Schaukelstuhl saßen. Katie hatte sicher ihren Hasen im Arm und folgte mit dem Finger jedem Wort, das sie las.

Sie steckte jetzt nur noch sehr selten den Daumen in den Mund. Im Lauf dieser Monate war sie sehr viel reifer geworden. Er hörte sie die Geschichte gemeinsam zu Ende lesen, dann das Zuschlagen des Buchs und Megs Ermahnung, dass es Zeit zum Schlafen sei.

»Mommy, hast du Daddy lieb?«, fragte Katie plötzlich.

Er umklammerte das Treppengeländer, wissend dass er sich jetzt eigentlich diskret zurückziehen sollte. Aber als Meg antwortete, konnte er sich nicht rühren.

»Ja, mein Schatz, ich habe Daddy sehr lieb.«

»Hast du ihn deswegen geheiratet?«

»Das war ein Grund. Und weil Jack dich liebhat. Das war ein weiterer Grund.«

»Er gibt mir ganz viele Geschenke, das stimmt schon.«

»Es ist sehr schwierig für ihn, dir zu sagen, wie sehr er dich liebhat. Also gibt er dir stattdessen Geschenke.«

»Gibt er dir auch welche?«

»Ja.«

»Was denn?«

»Zum Beispiel diesen Ring. Er bedeutet, dass er mich genügend geliebt hat, um mich zu heiraten.«

Nach einem kleinen Moment fragte Katie: »Fehlt dir mein erster Daddy?«

»Ja.«

»Mir auch. Ich möchte ihn besuchen gehen, wo er gestorben ist, Mommy.«

»Du meinst den Friedhof?«

»Hm. Ich möchte ihm einen Strauß Blumen hinlegen.«

»In Ordnung. Wir fahren morgen dort vorbei, okay?«

»Wird mein neuer Daddy mit uns kommen?«

»Ich weiß nicht. Frag ihn doch.«

»Er mag meinen ersten Daddy nicht, oder?«

»Das würde ich nicht sagen, Katie. Er hat deinen ersten Daddy schließlich nie kennengelernt.«

»Wen magst du lieber?«

»Oh, Katie, ich ziehe da keine Vergleiche. Ich habe sie beide lieb. Und du? Könntest du sagen, wer dir lieber ist?«

»Ich mag meinen ersten Daddy lieber.«

»Warum?«

»Er hat mich auch lieber gehabt.«

»Obwohl er dir nicht so viele Geschenke gegeben hat?«

»Er sagte mir aber, dass er mich liebhat. Und er hat alle meine Fragen beantwortet, Mommy.«

»Dein neuer Daddy tut das nicht?«

Katie musste zu weinen angefangen haben, denn Meg flüsterte ihr beruhigend etwas zu. Da hörte er Katies leises Schluchzen.

Jack ging schnell die Treppe hinunter und aus dem Haus. Er blieb eine Weile auf der Veranda stehen und betrachtete die Blumen, die dort blühten. Katie und Meg hatten sie gepflanzt. Jack ging um das Haus herum und sah noch mehr Blumen. Beide liebten Blumen sehr.

Er kehrte ins Haus zurück und wählte eine Nummer, die er oft benutzt hatte, als er noch ein unabhängiger Junggeselle gewesen war. Dieses Mal bestellte er drei Blumensträuße, einen für Meg, einen für seine Mutter und einen für Katie, damit sie sie auf Allens Grab legen konnten.

Danach ging er wieder hinauf, aber diesmal machte er etwas Lärm, sodass Meg gewarnt war. Katies Tür stand offen, und er sah nach der Kleinen. Sie schlief tief und fest.

Er hörte das Wasser in der Dusche laufen und ging den Flur zum Schlafzimmer hinunter, das er noch bis gestern mit Meg geteilt hatte. Die Schlafzimmertür stand offen. Er drückte die Klinke der Badezimmertür hinunter, aber es war abgeschlossen.

Jack stellte sich vor, wie Meg nackt unter der Dusche stand. Er wünschte sehr, bei ihr zu sein und sie an sich zu drücken. Um seiner Leidenschaft zu folgen – und dieser seltsamen Sehnsucht nach etwas, das er nicht näher bestimmen konnte.

Doch er wagte es nicht anzuklopfen.

10. Kapitel

Meg sah heute wie ein junges Mädchen aus. Sie trug trotz des kühlen Märztages ein kurzärmeliges zitronengelbes Kleid. Jack war überrascht, dass sie mit Katie im Garten spielte, obwohl sich wieder ein Schwarm von Paparazzi am Tor versammelt hatte. Meg musste irgendetwas vorhaben. Es sah ihr nicht ähnlich, Katie den Kameras preiszugeben. Aber sie und Katie schienen bester Laune zu sein. Eine altmodische Holzschaukel hing von einem Ast einer der ältesten Eichen auf der Auffahrt. Katie saß auf der Schaukel, und Meg gab ihr Schwung. Katie kreischte begeistert, und Meg lachte. Himmel, wie sehr ihm dieses Lachen fehlte.

Als Meg ihn bemerkte, winkte sie lebhaft, als ob sie sich wirklich freute, ihn zu sehen. »Ich habe mich schon gefragt, wo du bist.«

Er wies mit dem Kopf zu den Reportern am Tor. »Wo sollte ich schon sein mit der Sittenpolizei vor unserer Tür?«

»Ich dachte daran, ein kleines Gespräch mit ihnen zu führen.«

»Worüber?«

»Über uns.« Meg setzte sich ins Gras, schlang die Arme um ihre Knie und blinzelte zu ihm hoch. »Ich finde, es wird Zeit, dass die Welt erfährt, wer Katies leiblicher Vater ist.«

Ihm blieb vor Schreck fast das Herz stehen. Nachdem er sich einigermaßen wieder gefangen und sich vergewissert hatte, dass Katie außer Hörweite war, fragte er: »Und für wann hast du diese kleine Beichte geplant?«

»Katie sollte es als Erste erfahren, findest du nicht? Dann unsere Familien und dann die Presse. Ich möchte gern, dass du dabei bist, wenn ich es Katie sage. Ich werde vielleicht deine Hilfe brauchen, um die Geschichte richtig zu erzählen. Und ich brauche ganz bestimmt deine moralische Unterstützung.«

Moralische Unterstützung? Von ihm? »Wenn du glaubst, dass ich dich bei dieser Sache unterstütze, musst du wahnsinnig sein. Ich werde es nicht zulassen.«

»Ich möchte nicht mehr länger lügen, Jack.«

»Es ist keine Lüge. Wir halten nur etwas zurück, das niemanden außer uns etwas angeht.«

»Da bin ich anderer Meinung.«

»Und was ist mit deiner Mutter, deiner Schwester und deinen Brüdern? Siehst du denn nicht, was du ihnen damit antust, wie sehr es sie verletzen wird?«

»Sie werden mir verzeihen.«

Er schüttelte fassungslos den Kopf. »Dann vergiss deine Familie, aber was ist mit meiner? Meine Mutter wird mich umbringen, weil ich es vor ihr verborgen habe. Und wenn Amanda nicht das Gleiche tut, wird Bram ganz bestimmt kurzen Prozess mit mir machen. Tust du es deswegen? Wenn du Katie benutzt, um dich an mir zu rächen, werde ich dir das Leben zur Hölle machen.«

»Du bist dagegen. Ich hab schon verstanden.«

»Nein, ich glaube nicht, dass du das hast. Ich will, dass du mir bei allem, was dir heilig ist, schwörst, den Mund zu halten.«

»Tut mir leid, Jack, aber das kann ich nicht. Ich muss tun, was ich für richtig halte.«

»Du wirst Katie damit zerstören.«

»Du weißt, dass das nicht wahr ist.«

»Du willst dich an mir rächen, Meg, weil ich so ein Mistkerl war. In Ordnung. Das ist dein gutes Recht. Ich bin erwachsen und kann damit fertig werden. Aber Katie nicht.«

»Sie ist kein Baby mehr, Jack. Sie muss die Wahrheit erfahren.«

»Welche Wahrheit? Dass du und ich ein Wochenende lang nicht aus dem Bett gekommen sind und sie das Ergebnis davon ist? Sie wird nur eins daraus lernen. Dass sie nicht geplant war, dass wir sie nicht gewollt haben. Die Presse wird sie das nie vergessen lassen, darauf kannst du Gift nehmen. Warum willst du ihr wehtun? Warum willst du, dass sie weiß ...« Er brach ab, als ihm die ganze Bedeutung einer Veröffentlichung klar wurde. Katie würde wissen, dass er sie absichtlich im Stich gelassen hatte und sich jahrelang einfach nicht gemeldet hatte.

»Das Geheimnis wird eines Tages doch ans Licht kommen, Jack. Und unsere Familien verdienen es, es zuerst von uns zu erfahren.«

»Nach allem, was wir ihnen gesagt haben, werden sie uns nicht glauben, dass wir vor fünf Jahren eine Affäre hatten.«

»Sie werden mir glauben, wenn du es bestätigst. Wirst du das tun?«

Er war wie betäubt. Meg schien nicht zu begreifen, dass das bisschen Ruhe und Frieden, das sie gefunden hatten, zerstört werden würde, wenn sie die Wahrheit sagte. »Ist das eine Art Test?«, stieß er barsch hervor. »Du willst, dass ich zugebe, dich verführt zu haben?«

Sie hob erstaunt die Augenbrauen. »Glaubst du das wirklich? Dass du mich verführt hast?«

»Was ist denn deine Version?«

»Ich wollte meine Jungfernschaft verlieren, und ich wollte es mit jemandem tun, der erfahren ist. Du meine Güte, Jack, ich tat mein Bestes, dich zu verführen. Und ich gebe auch zu, dass ich ziemlich angesäuselt war.«

»Angesäuselt? Meg, du warst stockbetrunken.«

»Das ist nicht wahr«, widersprach sie würdevoll. »Ich hatte nur zwei Gläser Wein getrunken. Nach dem Essen gingen wir zusammen spazieren. Dann küssten wir uns, und ich wusste genau, was ich wollte. Aber ich erinnere mich, dass du ganz schön viel getrunken hattest.« Sie grinste.

»Das kann doch alles nicht dein Ernst sein. Wir waren kaum in meinem Hotelzimmer, da warf ich mich schon auf dich.«

»Wir warfen uns beide aufeinander. So war das.«

»Da lässt dein Gedächtnis ja sehr zu wünschen übrig. Ich habe dich ausgenutzt, Meg. Und erwarte nicht von mir, dass ich ruhig dabeisitze, während du unseren Verwandten alles darüber erzählst. Eher reiche ich die Scheidung ein.«

»Die Wahrheit muss heraus, Jack. Mit deiner Unterstützung oder ohne.«

»Was für eine Mutter bist du eigentlich?«

Meg schluckte gekränkt und hob dann trotzig das Kinn. »Eine gute.«

»Ich weiß, dass du stur und dickköpfig sein kannst, aber was du jetzt vorhast, ist absoluter Wahnsinn. Wenn ich muss, Meg, werde ich dich für unzurechnungsfähig erklären lassen. Und dann siehst du Katie nie wieder.«

»Seine Mutter zu verlieren muss ein sehr harter Schlag für ein Kind sein«, sagte Meg ruhig. »Wahrscheinlich ebenso hart, wie einen Vater zu verlieren.«

»Bring nicht meinen Vater ins Spiel, verdammt! Es geht hier um dich und mich, Meg. Es reicht, dass wir beide die Wahrheit kennen. Lass sie nicht Katies Leben zerstören. Wenn die Presse erst einmal Wind davon bekommt, werden sie die Art, wie Katie empfangen wurde, in den Schmutz ziehen. Allen ist derjenige, der es verdient, ihr Vater zu sein.«

»Katie hat keinen Grund, sich wegen ihrer Herkunft zu schämen. Nur du und ich tragen die Verantwortung für alles. Vielleicht fällt es dir schwer, mir zu glauben, aber ich danke dem Himmel jeden Tag dafür, dass wir uns begegnet sind, Jack. Sicher, ich bin nicht stolz darauf, meine Familie belogen zu haben. Aber ich wollte Katie von Anfang an zur Welt bringen, und ich bezweifle keinen Augenblick, dass sie aus einer Verbindung entstanden ist, die etwas Besonderes ist. Vielleicht sind unsere Gefühle füreinander nicht stark genug, um eine Ehe zu erhalten. Aber ich gebe nicht vor, dass keine Gefühle existieren.«

Sie hat mir ja gar nicht richtig zugehört, dachte Jack aufgebracht und hätte Meg am liebsten erwürgt. Wütend steckte er die Hände in die Taschen. »Du bestehst also darauf? Na, schön. Aber du musst es deiner Familie zuerst sagen.«

»Wirst du mir beistehen?«

»Ich werde da sein, aber ich werde nicht zulassen, dass du ungestraft aus der Sache herauskommst.«

Sie wurde blass. Gut, dachte er und hoffte, dass er ihr einen großen Schrecken eingejagt hatte. Vielleicht kam sie doch noch zu Vernunft, bevor es zu spät war. Er wollte lieber nicht daran denken, was er tun würde, wenn sie ihren Plan tatsächlich durchführte. Katie sollte nicht glauben, dass er sie nicht gewollt hatte.

»Es wird eine Weile dauern, bis ich alle zusammengetrommelt habe«, sagte sie.

Er erwiderte nichts darauf, sondern ging zu Katie hinüber und gab ihr Schwung.

Selbst als Meg alle angerufen hatte, glaubte Jack immer noch, dass sie letztendlich doch nicht den Mut aufbringen würde. Am Tag vor der offiziellen Zusammenkunft sagte ihm Meg, dass nicht alle kommen konnten. Ihr jüngster Bruder Zach und seine Frau Sarah hatten auf ihrer Ranch in Wyoming zu viel Arbeit. Joe, ihr mittlerer Bruder, befand sich irgendwo in der Wildnis Alaskas, und ihre Schwester Elizabeth konnte keinen Urlaub bekommen.

Das begrenzte die schließlich Anwesenden auf Megs Mutter und Bram, und Jacks Mutter und Amanda. Die vier kamen gemeinsam den Flur herunter und betraten die Bibliothek. Jack hatte auf diesen Raum bestanden, da er weit entfernt vom Westflügel lag, in dem Katie schlief. Sie versammelten sich um den Kaffeetisch und sahen Meg erwartungsvoll an.

Bram hielt eine Flasche Bier in der Hand, die Frauen balancierten Teetassen auf ihren Knien. Jack nahm an, Meg hoffte, dass eine so harmlose Tätigkeit wie Teetrinken die Atmosphäre entspannen würde. Nun, er war hier, um dafür zu sorgen, dass das Gespräch auf jeden Fall in möglichst ruhigen Bahnen verlief.

Den ersten Schock erlebte er, als Meg von Sex mit ihm zu sprechen anfing. Noch mehr traf es ihn jedoch, als sie erklärte, dass die Verführung ihre Initiative gewesen sei und auf Brams und Amandas Hochzeit stattgefunden habe, und dass weder sie noch er an Verhütung gedacht hätten. Allen Betz sei nicht Katies Vater, sondern Jack Tarkenton, stellte sie klar.

Amanda wurde blass und sah ihren Bruder mit einem grimmigen Blick an. Seine Mutter starrte auf ihre Teetasse herab.

Jack war schon öfters mit solchen Blicken bedacht worden und ignorierte sie auch jetzt. Aber als Bram Megs zitternde Hände nahm, legte er Besitz ergreifend einen Arm um ihre Schultern. Sie redete weiter, und sie sagte die Wahrheit über alles.

Niemand sagte ein Wort dazu, und die Stille der anderen wurde besonders spürbar, als Meg zusammenbrach. Sie weinte und sagte, wie sehr es ihr leidtäte, alle belogen zu haben. Aber sie habe niemanden mit ihren Problemen belasten wollen, und deswegen habe sie Allen geheiratet. Sie habe nicht zu den Tarkentons gehen wollen, aus Angst, Katie könnte als illegitim gebrandmarkt werden, wenn die Wahrheit an die Öffentlichkeit kam.

Jack zuckte bei dem Wort »illegitim« zusammen. Er konnte sich nicht verzeihen, dass er es zu diesem »Unfall« hatte kommen lassen, denn in Sachen Verhütung hielt er sich für allein verantwortlich und für einen Experten. Das hatte er auch immer sein müssen, da er seit seiner Jugend von allen möglichen Frauen bedrängt worden war. Als Sohn eines berühmten Mannes war er ständig die Zielscheibe für soziale und politische Aufsteigerinnen gewesen.

Er hatte stets Vorsorge getroffen – aber aus irgendeinem unerfindlichen Grund nicht bei Meg.

Wie viele Tage, nachdem er mit ihr im Bett gewesen war, war er in seinem New Yorker Büro nervös auf und ab gelaufen und hatte mit sich gekämpft? Was macht es schon aus, dass ich unvorsichtig gewesen bin? hatte er sich gesagt. Was machte es schon aus, dass sie ihm nicht aus dem Sinn ging? Es war auch nicht wichtig, dass er ihr versprochen hatte, sie anzurufen. Was war sie auch so naiv, ihm zu glauben. Er würde bestimmt nicht seine wichtigste Regel brechen und sich ernsthaft auf eine Frau einlassen.

Meg hatte nicht seinen vernünftigen Anforderungen entsprochen. Er hatte sonst nur mit Frauen geschlafen, die sexuell große Erfahrung besaßen. Denn diese Frauen erkannten seine Absichten und akzeptierten sie.

Meg schien zwar die Intelligenz und das Verständnis einer reifen Frau gehabt zu haben, aber es war wohl ihre Erziehung in Frankreich, die ihm diesen Eindruck vermittelt hatte. Wenn er gewusst hätte, dass sie noch unschuldig gewesen war, wäre er ihr nie so nah gekommen.

Jack erinnerte sich, wie fasziniert er an jenem ersten Abend von Meg gewesen war. Irgendetwas an ihr hatte ihn tief berührt, vielleicht ihre Lebendigkeit, vielleicht ihre Ehrlichkeit. An ihrem letzten Morgen hatte sie ihm ihre Telefonnummer aufgeschrieben, damit er sie nicht vergaß. Er hatte sie nicht vergessen, obwohl er das Papier später fortwarf.

Sie wohnten zwar in derselben Stadt, aber bei etwa sieben Millionen Einwohnern standen die Chancen gut, dass sie sich nie begegnen würden. Und er hielt die Adresse seiner Privatwohnung geheim. Seine Sekretärin war die Einzige, die wusste, wie sie ihn erreichen konnte.

Eine Woche lang war er nicht ans Telefon gegangen und hatte dann auf seinem Anrufbeantworter hinterlassen, dass er im Ausland sei. Bevor er die Stadt verlassen hatte, hatte er einem Detektiv eine horrende Summe gezahlt, damit der gewisse Fotos aufnahm. Er hatte Fotos von Meg mit anderen Männern haben wollen und dem Detektiv einen Bonus versprochen, wenn er Meg im Bett mit einem Mann erwischte. Dieses Foto hatte er für den Rest seines Lebens bei sich tragen wollen, um sich immer daran zu erinnern, wie gefährlich es war, die Kontrolle über seine Gefühle zu verlieren.

Einige Tage später hatte der Privatdetektiv ihm eine Liste aller Männer geschickt, mit denen Meg in Kontakt gekommen war, seit sie in New York wohnte. Die meisten waren Kollegen, die übrigen Männer arbeiteten in den Geschäften, die sie täglich aufsuchte: der Bäcker, der Fleischer, der Besitzer des Supermarkts.

Damals hielt er sich in Rio de Janeiro auf und verwandte viel Geld darauf, sich zu amüsieren. Wenigstens hatte er das versucht.

Als er die Fotos eine Woche später erhalten hatte, hatte er nachdenklich die Bemerkung des Detektivs gelesen, dass Meg kein persönliches Interesse an irgendeinem dieser Männer zeige.

Als er die Nachricht erhielt, dass Meg ihren Job im Metropolitan Museum of Art gekündigt hatte – er war gerade auf einer Kreuzfahrt im Mittelmeer –, hatte ihn das beunruhigt. Warum gab sie einen Job auf, den sie so sehr liebte? Er hatte sich mit einer kurzen Reise zu den Pyrenäen abgelenkt und sich dann für eine Reise zum Himalaya entschieden.

Die Neuigkeit von ihrer Hochzeit hatte ihn in Hong Kong erreicht. Das erste Foto des glücklichen Paares war über Fax gekommen. Obwohl das Bild verschwommen gewesen war, hatte er Meg sofort wieder erkannt, Arm in Arm mit einem recht pummeligen Mann.

Später brachte ihm ein Kurier die Farbfotos, und er hatte seinen Augen nicht trauen wollen. Allen Betz schien gar nicht Megs Typ zu sein. Er hatte schon ziemlich schütteres Haar und war eindeutig übergewichtig. Dem Detektiv zufolge war Betz seit Jahren ein guter Freund der Mastersons, Meg hatte ihn wegen ihres Studiums an der Sorbonne aber lange nicht gesehen.

Der Detektiv verstand nicht, warum er mit den Fotos plötzlich aufhören sollte. Er gab ihm jedoch einen letzten Auftrag, und dieser kam ihn besonders teuer zu stehen. Ein Vaterschaftstest kostete normalerweise nicht viel. Teurer wurde es da schon, wenn man ihn geheim halten wollte. Die größte Summe war an die Krankenschwester gegangen, die dem Baby eine winzige Menge Blut abnahm, als Meg das sieben Pfund schwere Mädchen zur Welt brachte. Außerdem war ein Labortechniker in einem anderen Krankenhaus dafür bezahlt worden, das Blut mit einer anderen Blutprobe zu vergleichen, deren Ursprung nicht enthüllt wurde.

Niemand außer dem Detektiv wusste, um wessen Blutprobe es sich gehandelt hatte. Und er, Jack, hatte eine enorme Summe gezahlt, um sicherzustellen, dass die Krankenschwester den Namen des Babys in dieser Angelegenheit so schnell wie möglich »vergaß«.

Dagegen konnte er bis heute nicht den Schock vergessen, als er anhand der Ergebnisse erkannt hatte, dass er der Vater von Megs Baby war. Er war von Hong Kong nach Singapur gereist und von dort nach Bangkok und hatte sich in das Vergnügen gestürzt, das diese Großstädte boten, um seine Vaterschaft zu vergessen. Doch statt abgelenkt zu werden, hatte er sich dabei ertappt, wie er bestimmte Kinder betrachtete. Kinder, die auf der Straße lebten.

Aus einem seltsamen Schuldgefühl heraus hatte er nach seiner Brieftasche gegriffen. Er hatte den kleinen Händen kleine Geldscheine gereicht. Sein Geld würde wenigstens für eine Weile dafür sorgen, dass die Kinder nicht hungern mussten. Doch dann hatte er gesehen, dass sie das Geld weitergaben. Um also nicht die hiesigen Drogenhändler zu unterstützen, hatte er Lebensmittel gekauft und sie persönlich verteilt. Und was mit einer Gruppe von Kindern begonnen hatte, war im Zeitraum einer Woche zu Hunderten solcher Gruppen angewachsen.

Er hatte Hilfe gebraucht. Er hatte nicht gewollt, dass man ihn bei dieser Tätigkeit sah und den falschen Schluss zog, dass er Mitgefühl mit diesen Kindern habe. Wenn er wirklich Gefühle besessen hätte, wäre er in New York bei seinem eigenen Kind geblieben.

Er war zu den religiösen Wohltätigkeitsvereinen gegangen, die es bereits in Thailand gab und hatte ihnen die völlige Finanzierung versprochen, wenn sie sich um die Unterkunft, die Lebensmittel und die Fürsorge für die Straßenkinder kümmerten. Sein Einfluss als Tarkenton hatte es ihm ermöglicht, bürokratische Hindernisse aus dem Weg zu räumen. Er hatte nur eine Bedingung gestellt. Wenn er jemals als Wohltäter identifiziert werden sollte, würde die Finanzierung sofort aufhören.

Es hatte Monate gedauert, bevor das erste Obdachlosenheim Wirklichkeit wurde. Die große Eröffnung hatte auf den Tag genau ein Jahr nach Katies Geburt stattgefunden. Er hatte alles von einem Fenster im gegenüberliegenden schäbigen Hotel aus beobachtet. Selbst in dem ärmsten Viertel von Bangkok hatte er nicht riskieren wollen, von jemandem erkannt zu werden.

Ein Neugeborenes war zufällig an eben diesem Tag ausgesetzt worden. Es war ein winziges, halb verhungertes Mädchen gewesen. Er war Zeuge geworden, als einige Leute, durch ein leises Wimmern aufmerksam gemacht, in einem Abfallhaufen am Rand der Straße zu wühlen begonnen hatten. Entsetzt hatte er mit angesehen, wie ein nacktes, hilfloses Bünde Mensch zu Tage gefördert worden war.

Er hatte ein Telefonat geführt, und am nächsten Tag war das Foto des Babys in der Zeitung erschienen, zusammmen mit einem Artikel über die Eröffnung einer Klinik und eines Waisenhauses. Unter den Buchstaben des thailändischen Alphabets hatte er die Initialen ihres Namens unter ihrem Foto ausmachen können.

K. T. Oolong war jetzt vier Jahre alt. Zusammen mit ihren vielen Schwestern und Brüdern besaß sie genügend Sachen, um niemals frieren zu müssen, und ging in eine Schule, die von dem neu renovierten Kloster neben dem Obdachlosenheim geführt wurde. Von den Hunderten von Kindern, war K. T. das einzige, über das er sich auf dem Laufenden halten ließ. Er hatte ihr Foto in seiner Brieftasche und hatte es sich zur Gewohnheit gemacht, es sich oft anzusehen, damit er nie vergaß, dass er kurz davor gewesen war, sein Gewissen zu verlieren. Und es erinnerte ihn an seinen Vater. John B. Tarkenton hatte einmal gesagt, dass es sein größter Wunsch sei und sein anspruchsvollstes Ziel, die Welt zu einem sicheren Ort für alle Kinder zu machen.

Jack war so tief in Gedanken versunken, dass er zu spät erkannte, was Bram vorhatte, und wurde völlig überrumpelt. Bram riss ihn aus seinem Sessel hoch und verpasste ihm einen Schlag in den Magen.

»Das ist dafür, dass du meine Schwester beschmutzt hast, du Bastard.«

Amanda trat hastig zwischen sie. »Bram, das lass ich nicht zu. Ihr werdet euch nicht schlagen.«

Bram schnaubte verächtlich. »Amanda, er ist vielleicht dein Bruder, aber er ist auch das letzte Stück Dreck. Das hier war schon lange fällig, und du weißt es. Nimm Meg und deine Mutter mit ins andere Zimmer und wartet da.«

»Das werde ich ganz bestimmt nicht tun. Sieh doch, was du Meg antust. Ganz zu schweigen von Katie. Wir müssen zuallererst an sie denken. Wir sind ihre Familie, sowohl die Tarkentons als auch die Mastersons. Wir sind alles, was sie hat.«

Jack wusste, dass seine Schwester recht hatte, aber ein innerer Teufel trieb ihn an, Bram herauszufordern. »Komm schon, Masterson. Zier dich nicht.«

Alle vier Frauen waren nötig, um die beiden voneinander zu trennen.

Als Jack Megs verzweifelte Miene sah, brach es aus ihm hervor. »Es war keine Beschmutzung«, sagte er atemlos zu Bram und ließ die Fäuste sinken. »Ich habe sie geliebt. Ich habe sie immer geliebt.«

Meg starrte Jack fassungslos an, und er biss sich auf die Unterlippe, bevor er noch mehr sagte. Hatte er richtig gehandelt, sich so weit zu verraten? Er wusste nur, dass er Meg nicht mehr wehtun wollte. Doch was würde geschehen, wenn er versagte, wenn es nicht klappte, so wie Meg es sich erhoffte? Oder besaß der Sohn von John B. Tarkenton trotz allem die Fähigkeit, die Arbeit weiterzuführen, die sein Vater begonnen hatte?

11. Kapitel

Am nächsten Tag ging Meg ruhig zum Tor, wo die übliche Ansammlung von Reportern herumlungerte. Katie verließ ihre Schaukel und lief hinter ihr her. Jack hatte den ganzen Morgen über versucht, Meg die Idee auszureden, aber sie ließ sich nicht umstimmen. Sie würde sich nie frei fühlen, wenn sie ein so großes Geheimnis mit sich herumtragen müsste. Zum ersten Mal, seit er erwachsen war, wusste Jack nicht, was er tun sollte. Das Einzige, was ihm offenbar übrig blieb, war, Meg in diesem Augenblick zu unterstützen.

Er blieb neben ihr stehen und nickte den Reportern zu. »Hallo.«

Die Reporter erwiderten seinen Gruß angenehm überrascht. Meg lächelte ihn erleichtert, wenn auch immer noch ein wenig nervös, an.

»Meine Frau sagt, dass es Zeit wird, Ihnen unsere Tochter vorzustellen. Katie, willst du die Herrschaften begrüßen?«

Katie schüttelte heftig den Kopf, und die menschlicheren unter den Paparazzi lachten amüsiert.

Jack lächelte. »Katie ist ein wenig schüchtern. Sie ist gerade erst fünf geworden.«

»Sind Sie wirklich der leibliche Vater?«

Jack und Meg tauschten einen langen, bedeutungsvollen Blick.

»Ja, das bin ich«, antwortete Jack dann.

Die ganze Szene kam ihm wie ein verschwommener Traum vor. Dagegen wurde es Katie offenbar zu langweilig, denn sie ging wieder zu ihrer Schaukel zurück. Jack nahm Megs Hand, und ihre Nähe und die innere Ruhe, die sie ausstrahlte, gaben ihm Kraft.

»Wie lange hielt die Affäre?«, fragte einer der Reporter.

»Sie ist noch nicht zu Ende«, erwiderte Jack trocken.

Das brachte alle zum Lachen.

»Warum haben Sie sie nicht schon damals geheiratet?«

»Ich fand nicht, dass sie einen der berüchtigsten Junggesellen der westlichen Hemisphäre heiraten sollte, bevor er sich entschieden gebessert hatte.«

»Lieben Sie ihn?«, fragten sie Meg.

Sie lächelte strahlend. »Ja.«

»Und Sie, Jack, lieben Sie sie?«

Er flüsterte Meg etwas ins Ohr, und sie küssten sich.

Fotos wurden geschossen.

»Das ist aber keine Antwort«, rief jemand.

»Natürlich liebe ich sie«, erwiderte Jack.

Katie rief ihnen zu, dass sie Hunger habe, und Meg und Jack verabschiedeten sich. Jack bedauerte zum ersten Mal, die Reporter verlassen zu müssen. Er war nicht sicher, was die aus ihrer improvisierten Vorstellung machen würden. Aber dann wurde ihm plötzlich sein wahres Problem klar. Es war gar keine Vorstellung gewesen.

Am nächsten Tag erschienen ihre Fotos auf den Titelblättern. Jack fand, dass er ein wenig steif aussah. Katie lächelte, und Meg strahlte Würde und Stolz aus. Einen Stolz, den kein Mann verletzen durfte. Jack wollte nun alles tun, um sich ihrer wert zu erweisen. Meg und Katie verdienten nur das Beste, und was sehr viel wichtiger war, sie verdienten, dass gerade er sein Bestes gab.

Jack bestand darauf, dass Meg ihr Hochzeitskleid anzog für die Auktion, die sie heute Abend besuchen würden. Meg konnte nicht verstehen, warum er überhaupt wollte, dass sie ihn begleitete. In Anwesenheit anderer hatte er zwar behauptet, sie zu lieben, aber zu ihr ganz persönlich hatte er es noch nicht gesagt. Und sie hatten nicht mehr miteinander geschlafen, seit Jack vor Wochen aus ihrem Schlafzimmer ausgezogen war.

»Hast du mir nicht gesagt, du hättest gerade dieses Hochzeitskleid gekauft, weil es auch zu anderen Gelegenheiten getragen werden kann?«, fragte Jack und band sich die schwarze Krawatte um. »Es sei nicht nur ein Hochzeitskleid, hast du gesagt.«

Meg sah ihn erstaunt an. »Du erinnerst dich noch an unser Gespräch?«

»Ja, und erst recht an das Kleid, weil es unvergesslich ist. Besonders wenn du darin steckst.«

Seine Bemerkung war als Kompliment gedacht, aber Meg war nicht sehr erfreut. War das alles, was Jack interessierte? Wie sie aussah? »Okay«, meinte sie. »Ich werde es anziehen.«

Sie zog sich jedoch im Badezimmer um, damit Jack sie dabei nicht sah. Das Kleid war so durchsichtig, dass die Dessous, die sie dazu trug, exquisit sein mussten. Meg betrachtete sich im Spiegel, und die Art, wie ihre Rundungen betont wurden, machte sie nervös. Wie sollte sie sich Jack unbefangen so zeigen, wenn er sie seit Wochen ignorierte? Wie sollte sie sich ihm hingeben, falls er seine Meinung änderte, wenn es offenbar keine innere Verbindung mehr zwischen ihnen gab?

Er behandelte sie zwar mit überraschender Zuneigung, aber es fiel ihr schwer, die Liebe, die er angeblich für sie empfand, für wahr zu nehmen. Sie sollte sich damit abfinden, dass Jack nicht fähig war, sie so zu lieben, wie sie es sich wünschte. Sie sollte sich damit begnügen, dass er sich inzwischen wundervoll mit Katie verstand. Er zeigte Zärtlichkeit und Geduld. Er gab sich wirklich Mühe.

Sie unterdrückte einen Seufzer und verließ das Badezimmer. Er tat alles, was in seiner Macht stand, aber sein Herz war nicht dabei.

»Edward fährt den Wagen vor. Bist du fertig?«

»Ja.« Sie lächelte und ließ sich von Jack die Stola um die Schultern legen.

Er erwiderte ihr Lächeln. »Du siehst umwerfend aus.«

»Danke.«

»Wollen wir?«

Er reichte ihr seinen Arm, und sie genoss das Gefühl seiner Muskeln unter ihren Fingern.

Der Fahrer der Limousine öffnete ihnen die Tür, Jack half Meg beim Einsteigen und ging dann um den Wagen herum. Alles schien absolut normal zu sein. Und doch war irgendetwas anders. Meg konnte es sich nicht erklären. Vielleicht lag es aber nur an ihr selbst. Sie wollte sich ab jetzt ganz von ihrer Liebe für Jack und Katie leiten lassen, wahrscheinlich sah sie deshalb alles in einem anderen Licht.

»Ich habe eine Überraschung für dich«, sagte Jack, als er neben ihr Platz genommen hatte.

»Ja?« Sofort regte sich wieder Hoffnung in ihr, aber sie unterdrückte den lächerlichen Impuls. Sie sollte damit aufhören, sich etwas vorzumachen. Jack hatte ihr bereits alles gegeben, wozu er in der Lage war. Sie musste sich damit begnügen.

»Wir sind zu einer Hochzeit eingeladen.«

»Jemand, den wir kennen?«

Er streichelte ihre Wange. »Ich möchte, dass du meine Frau wirst.«

Sie wusste nicht, was sie davon halten sollte. Aber sein Verhalten rührte sie, auch wenn das Ganze keinen Sinn ergab. »Aber ich bin doch schon deine Frau.«

»Es ist noch einer meiner plötzlichen Überfälle, Meg, aber du kannst ihn abwenden, wenn du willst. Edward steht dir vollkommen zur Verfügung. Im Moment fährt er uns zu einer Kirche. Dort wird ein Priester uns trauen.«

»Uns trauen?«

»Er wird die gleichen Hochzeitsschwüre sprechen, die wir

uns schon einmal gegeben haben. Und wir werden sie wiederholen. Ganz einfach.«

»Und es weiß keiner außer uns davon?«

»Edward hat vielleicht eine Ahnung. Er weiß, dass wir zu einer Kirche fahren.«

»Zu einer leeren Kirche?«

»Kommt drauf an, was du unter ›leer‹ verstehst. Auf jeden Fall werden wir beide dort sein und der Priester und Gott.«

Meg legte unwillkürlich eine Hand an ihren Hals, wo sie ein schlichtes Kreuz an einer Kette trug. »Bitte, spiel nicht mit mir, Jack.«

»Ich spiele nicht mit dir. Ich bin bereit, dir feierlich zu schwören, dass ich dich immer lieben und ehren werde.«

»Aber das haben wir uns schon einmal geschworen. Wir haben schon geheiratet.«

»Aber nicht vor Gott.«

»Willst du mir etwa weismachen, dass du an Gott glaubst?«

»Ach, Meg«, sagte Jack seufzend. »Du schaffst es doch immer, zum Kern der Dinge vorzudringen.«

»Vor Gott zu lügen ist für mich eine Sünde, Jack. Dass du vorschlägst, ich sollte das tun …« Sie schüttelte den Kopf. »Das kann ich nicht, und das werde ich auch nicht.«

»Wäre es denn eine Lüge?«

»Es ist nicht fair, mich das zu fragen. Nicht, wenn du diese Frage selbst noch nicht beantwortet hast.«

»Du hast recht. Aber die eigentliche Frage ist, wirst du mir glauben, was ich sage?«

»Aber natürlich werde ich dir glauben …« Sie brach abrupt ab. Er hatte recht. Sie senkte den Blick und schluckte mühsam. Fühlten sich so alle Paare, die kurz vor einer Trennung standen? Lag es daran, dass Jack und sie nicht mehr aneinander glaubten? Es tat so weh, wenn man jemanden liebte, ihm aber nicht vertraute.

Sie hatte Allen vertraut, aber sie hatte ihn nie so geliebt, wie sie Jack liebte.

»Warum gerade jetzt, Jack?«, fragte sie leise.

»Die Wahrheit ist, ich habe erst jetzt die Gelegenheit gefunden, mir über einige Dinge klar zu werden, da ich mich nicht ständig damit abgelenkt habe, dich ins Bett zu locken. Ich begreife jetzt, was ich will und dass ich mehr erreichen möchte. Und ich bin bereit, mit allem, was ich habe, um dich zu kämpfen.«

»Aber wenn wir nicht an die gleichen Dinge glauben?«

»Und wenn doch?« Er hob ihre Hand an die Lippen und küsste sie zärtlich. »Ich kann zwar ebenso wenig wie du in die Zukunft sehen, aber ich möchte optimistischer sein und nicht ständig über die Vergangenheit nachgrübeln. Ob du es Gott oder Schicksal nennen willst, das Leben bietet nun einmal keine Garantien. Man muss selbst sehen, wie man mit den Spielregeln zurechtkommt.«

»Ist alles denn ein Spiel für dich?«

»Warum nicht? Aber auf jeden Fall möchte ich dich an meiner Seite haben. Du bist meine Frau. Du kennst meine besten und meine schlechtesten Eigenschaften, oder du wirst sie kennenlernen, wenn du dich in heiliger Ehe mit mir verbindest.«

»Aber das ist es ja gerade. Wird sie dir heilig sein?«

»Ich verspreche dir, es zu versuchen. Du bist der einzige Mensch, den ich nicht anlügen kann. Und ich kann dich auch nicht manipulieren, was mir ziemliche Angst macht.«

»Ich mache dir Angst?«

Er sah aus dem Fenster hinaus. »Oh, ja. Du könntest dich schließlich entscheiden, mich abzuweisen. Du könntest Katie mitnehmen und mich verlassen. Und auch wenn du bleibst, könnte etwas Entsetzliches geschehen. Es könnte einen Unfall geben. Du oder Katie könnt sterben. Sosehr ich euch auch liebe, ich könnte euch nicht retten. Ich kann niemanden retten. Und ich kann auch nicht wie mein Vater sein.«

»Du möchtest wie dein Vater sein?«

Er schenkte ihr ein bittersüßes Lächeln. »Es fällt mir schwer, das zu akzeptieren. Man erwartet von mir, jeden Berg ersteigen und jedes Übel beseitigen zu können. Als ich erkannte, dass ich diese Macht nicht besaß, war ich erschüttert. Ich hasse es zu verlieren. Ich beschloss, lieber überhaupt nicht wie er zu sein, als die Erwartungen in mich zu enttäuschen. Das Letzte, was ich tun wollte, war, sein Andenken zu beschmutzen. Aber ich habe noch mehr Geheimnisse, Meg. Und es fällt mir sehr schwer, sie zu enthüllen. Ganz besonders vor dir.«

»Noch mehr Geheimnisse?« Sie erschrak.

»Ich bin eigentlich ziemlich stolz auf sie.«

»Stolz?« Sie schluckte. »Darf ich es wagen zu fragen, warum?«

»Die Frage ist, ob ich es wagen kann zu antworten. Wie soll ich zugeben, dass ich auch eine gute Seite habe? Es ist einfacher, wenn man für schlecht gehalten wird. Dann stellen die Menschen keine Anforderungen an einen. Aber das wird sich von jetzt an ändern.«

»Inwiefern?«

»Ich habe meinen Sekretär bereits angewiesen, gewisse Informationen an die Presse weiterzuleiten über etwas, was ich in den vergangenen Jahren getan habe. Das bedeutet, dass morgen wahrscheinlich noch mehr von den Bluthunden an unserem Tor sein werden. Ich wollte dich nur vorbereiten, Meg, was immer du auch über die Erneuerung unserer Schwüre sagen magst.«

»Und du willst, dass ich von diesem Geheimnis weiß?«

»Erinnerst du dich an die Stiftung zur Förderung des Weltfriedens, die mein Vater gegründet hat? Nun, ich habe auch eine Stiftung gegründet.«

»Was für eine?«

»Eine für Waisenkinder. Aber darüber erzähle ich dir später mehr. Ich will nicht, dass es dich in deiner Entscheidung beeinflusst. Ich möchte nur, dass du mit mir in die Kirche gehst, wenn du wirklich etwas für mich empfindest. Ich möchte, dass du mich für das liebst, was ich bin, und nicht für das, was ich tue.«

»Ich kann nicht fassen, was hier geschieht. Du bringst mich zum Weinen, Jack. Du hättest mir sagen sollen, dass ich Taschentücher mitnehmen soll. Ich werde auf meiner eigenen Hochzeit abscheulich aussehen.«

»Wozu brauchst du Taschentücher, wenn dein treuer Ehemann immer eins dabei hat?« Er tupfte ihr die Tränen von den Wangen. »Außerdem hat deine Schönheit kaum etwas mit deinem Aussehen zu tun, Meg. Es ist dein Charakter, dein gutes Herz, was dich schön macht.«

Jetzt musste sie erst recht weinen. Wie konnte er ihr nur so etwas antun. Sie war voller Hoffnung und hatte dennoch Angst. Träumte sie auch nicht? Jack kümmerte sich so rührend um sie, dass sie ihn küssen musste. Und plötzlich wünschte sie sich nur noch, ihn hier und jetzt zu lieben. Da drohte er ihr spielerisch mit dem Zeigefinger und verbot ihr, seine Kleidung in Unordnung zu bringen.

Er konnte wirklich in ihr lesen wie in einem Buch. Als sie es ihm sagte, lachte er laut auf. Sie hatte ihn noch nie so sorglos und befreit lachen hören. Die Spannung zwischen ihnen ließ nach, und sie nahm seine Hand.

Vielleicht gab es ja doch noch Hoffnung für sie.

Der Parkplatz vor der Kirche war leer und ziemlich dunkel. In der Kirche war es sogar noch dunkler. Da nur sie beide anwesend sein würden, wollte der Priester offenbar nicht alle Lichter einschalten. Jack hatte an Blumen gedacht, aber nicht an einen traditionellen Brautstrauß, sondern an einen Kranz aus weißen Rosen für ihr Haar. Meg befestigte einige weiße Rosenblüten an seinem Revers.

Sie standen in der Vorhalle und nahmen ihre Eheringe ab, um sie für die Zeremonie auszutauschen. Jack hatte noch eine

Überraschung, noch ein Geschenk, und er wartete nervös auf Megs Reaktion. Er holte einen Diamantring aus der Tasche und hielt ihn so, dass das Licht der Kerzen darin aufblitzte.

»Willst du mich heiraten, Meg?«

»Oh, Jack.« Sie lächelte strahlend und mit Freudentränen in den Augen. »Ja.« Sie reichte ihm die Hand, und er steckte ihr den Ring an den Finger.

»Meg, ich gebe dir diesen Ring als ein Symbol meiner Liebe.«

Sie sprach mit derselben Feierlichkeit wie er. »Ich akzeptiere deinen Ring und schenke dir meine Liebe.«

Er nahm ihre Hand. »Ich habe noch ein Geheimnis, Meg.« Er wies in den Hintergrund des Raums.

Meg hörte das aufgeregte Kichern eines kleinen Mädchens – ein süßes, so vertrautes Geräusch.

Katie, an der Hand ihrer Großmutter, trat in ihrem besten Kleid aus dem Dunkel hervor. »Grandma meinte, ihr würdet bald kommen. Sie sagt, wir haben heute in der Kirche etwas ganz Besonderes vor«, verkündete sie großartig.

Jack nickte. »Ich habe Grandma gebeten, dir nicht mehr zu sagen, weil ich es selbst tun will.« Er reichte ihr einen kleinen Korb, gefüllt mit Rosenblättern. »Deine Mutter und ich möchten, dass du unser Blumenmädchen bist.«

»Noch einmal?«

»Ja, noch einmal.«

Katie riss die Augen auf. »Ist in dieser Kirche jetzt auch eure Hochzeit?«

Meg kniete sich neben sie und umarmte sie. »Ja, Katie. Und ich bin so froh, dass du bei mir bist.«

Katie nahm Megs und Jacks Hand und legte sie ineinander. »Mommy, du bist die Braut. Mein erster Daddy wird der Engel im Himmel sein und mein zweiter, wirklicher Daddy ist der Prinz.«

Meg drückte Jacks Hand. »Mein Schatz, ich hätte es nicht besser sagen können.«

Katie nahm den kleinen Korb auf, und damit begann die Zeremonie. Eleanor sah ihr vom Altar aus entgegen und nickte ihr aufmunternd zu. Hier und da waren Kerzen angezündet worden, sodass der Gang bis zum Altar beleuchtet war. Meg und Jack gingen im Gleichschritt den Gang hinunter und blieben vor dem Altar und dem Priester stehen. Katie und Eleanor stellten sich neben sie.

Meg und Jack sahen sich an und wiederholten mit leiser Stimme die Worte des Priesters. Sie küssten sich, als die feierliche Zeremonie beendet war. Und ihre Gesichter strahlten vor Glück im Licht der Kerzen.

»Katie schläft in ihrem Zimmer, und wir sind allein in unserem, Meg«, sagte Jack später an jenem Abend. »Keiner sieht uns.«

Meg wies an die Decke. »Er sieht uns.«

Jack lachte amüsiert. »Er hat uns schon vorher gesehen, Meg.«

Sie legte die Hände auf die schimmernden Revers seines Smokings. Wie sehr wünschte sie, Jacks Worte wären wahr. Er hatte ihr gesagt, dass er an die gleichen Dinge glaube wie sie, aber sie bezweifelte das noch. Sie suchte nach der Wahrheit in seinem attraktiven Gesicht und spürte seine starken Hände auf ihrem Rücken.

Wenn sie sich auf die Zehenspitzen stellte, konnte sie seinen Mund küssen und hätte den ersten Schritt getan. Es fiele ihr leicht, ihn zu küssen. Schon jetzt schlug ihr Herz wie wild gegen ihre Rippen. Sie schmiegte sich an ihn. Sie wollte ihn, und sie konnte fühlen, dass er sie genauso sehr wollte. Es war so lange her, dass sie sich geliebt hatten.

»Wie wäre es, wenn wir mit einem Tanz anfangen?«, schlug er vor.

»Du willst tanzen?«, fragte sie ein wenig enttäuscht.

»Erinnerst du dich an unser Lied, an dem Abend als wir uns kennenlernten? Sing es für mich, ja?« Er wiegte sie sanft hin und her, und sie erinnerte sich an ganz andere Dinge als an ein Lied. Leise begann sie zu weinen.

»Sch, Meg.« Er drückte sie liebevoll an sich. »Es ist schon gut.«

»Das wäre schön.« Ihre Stimme brach. »So wie vorher.«

»Es wird noch besser«, flüsterte er. »Jetzt bedeuten wir uns doch noch viel mehr.«

Sie weinte noch heftiger und erzählte ihm nun alles, was ihr auf der Seele lag. Was würde zum Beispiel geschehen, wenn es jetzt doch nicht gut werden würde, wenn sie sich hassten und scheiden lassen würden? Oder noch schlimmer, wenn sie sich hassten, aber zusammenblieben. Und wenn ihm oder ihr oder gar Katie etwas zustieß.

Er hörte ihr mit großem Ernst zu, rieb ihr sanft den Nacken, um sie zu beruhigen, und reichte ihr ein Taschentuch nach dem anderen. Als sie schließlich fertig war, wischte sie sich verlegen die letzten Tränen fort und wagte es nicht, Jack anzusehen. In diesem Moment hob er sie auf seine Arme und trug sie zum Bett.

Behutsam legte er sie hin und streckte sich voll angezogen neben ihr aus. Er nahm sich nur die Zeit, die Schuhe auszuziehen. »Was soll ich nur mit dir anfangen, Meg?«

»Mich lieben?«

»Abgesehen davon.«

Sie lächelte. »Hab Verständnis für meine Unsicherheiten.«

»Ich bin froh zu hören, dass du welche hast.« Er lachte. »Falls es dir nicht aufgefallen sein sollte, ich bin auch nicht vollkommen.«

»Schlagzeile: Jack Tarkenton gibt zu, ein normaler Sterblicher zu sein.«

»Darauf kannst du Gift nehmen. Es ist nicht leicht, es mit einem Mann aufnehmen zu müssen, der der Held eines ganzen Landes ist.«

»Es ist auch nicht leicht, für ein unantastbares Kunstwerk gehalten zu werden.«

»Du sprichst vor dir? Ich glaube, ich fange an zu begreifen, was hier vorgeht.«

Sein Versuch zu scherzen, machte ihr Mut, und kühn legte sie die Hand auf den Verschluss seiner Hose. »Ich bin so weit. Und du?«

»Na, na, Meg. Ich versuche hier, ein guter Junge zu sein, ein vorbildlicher Ehemann, ein wahrer Engel des Anstands, und du machst dich über meine Bemühungen lustig.«

»Du bist bereits ein guter Junge, Jack. Besonders hier bei mir. Was uns zusammengeführt hat, ist etwas einmalig Schönes. Das muss es sein. Denn sonst gäbe es Katie nicht.«

Er nahm ihre Hand und legte sie auf sein Herz. »Bist du bereit?«

So hatte es mit ihnen begonnen. Meg hatte mit den Fingern ein Herz auf Jacks Brust gezeichnet. Jetzt öffnete sie eilig sein Hemd, fuhr mit der Hand über seine nackte Haut und legte den Kopf auf seine Brust, dort, wo heftig sein Herz schlug.

Er streichelte ihren Nacken, und sie schmolz dahin. Im nächsten Moment trafen sich ihre Lippen zum ersten Mal nach ihrer Hochzeit in der Kirche.

Meg half ihm aus seinem Hemd, und Jack erlaubte ihr aufzustehen, damit sie aus ihrem Kleid schlüpfen konnte. Sanft und genüsslich zog er ihr dann die Dessous aus. Meg war sehr viel weniger geduldig mit seiner Boxershorts, was ihm aber nichts ausmachte.

Kraftvoll glitt er über sie, und die Liebe in seinen Augen – den Augen, die Katies so ähnlich waren – ließ Megs Herz schneller schlagen. Ihre Vereinigung war ebenso sinnlich wie vertraut und warm – ein zärtliches und leidenschaftliches Ritual der Liebe.

Meg schlang die Arme um Jack und schmiegte sich so dicht wie möglich an ihn. Es gab keine Geheimnisse mehr zwischen ihnen.

Bis auf ein Geheimnis, das sie beide noch nicht kannten und das in diesem Augenblick begann.

Als Meg es erfuhr, war Jack an ihrer Seite. Sie waren im Badezimmer, und Jack beobachtete gespannt einen schmalen weißen Streifen, der eine bestimmte Farbe annehmen würde, wenn er eine Schwangerschaft anzeigte.

Meg konnte nicht mehr warten. »Was für eine Farbe hat er?«

»Blau«, sagte Jack und las die Erklärung auf der Packung.

»Ist das negativ oder positiv?«

»Den Anweisungen zufolge ist das positiv. Ist das gut?«

Sie nickte. »Positiv ist sogar sehr gut. Es bedeutet, dass ich schwanger bin.«

Jack sah sie aufgeregt an. »Setz dich, Meg. Nein, warte. Rühr dich nicht von der Stelle. Lass mich dir ein paar Kissen bringen.«

»Kissen?«

»Kissen und Decken. Bist du sicher, dass du dich wohl fühlst? Ich dachte, schwangere Frauen müssen sich ständig übergeben?«

Meg hätte fast gelacht, aber sie wollte Jack nicht verletzen. Sie hatte ihn noch nie so aufgeregt gesehen, nicht einmal wenn Katie krank war. »Eine Schwangerschaft ist nur sehr selten so unangenehm, Jack. Manchmal wird einer Frau morgens übel, aber manchmal wird ihr auch überhaupt nicht übel. Bei Katie ging es mir die ganze Zeit wunderbar.«

»Das habe ich leider nicht miterlebt. Aber dieses Mal will ich nichts verpassen. Du legst dich jetzt am besten ins Bett zurück, und ich bringe dir dein Frühstück. Du darfst nicht zu lange stehen, nicht wahr? Und wo ist Katie? Wir müssen es ihr sagen. Sie wird Zeit brauchen, um sich an den Gedanken an Geschwister zu gewöhnen.«

»Wir haben noch einige Monate vor uns, Jack, um ihr dabei zu helfen. Ich fände es auch eine gute Idee, wenn wir uns vorher anziehen würden.«

»Bist du sicher, es ist positiv?« Er las wieder die Erklärungen des Tests durch. »Blau bedeutet, wir bekommen ein Baby?«

»Ich bin absolut sicher. Du wirst wieder Vater.«

»Ich habe Katie nie im Arm gehalten, als sie ein Baby war. Wenn ich nun etwas falsch mache?«

»Das wirst du nicht.«

Er sah so unruhig aus, dass Meg aufstand und sich aufseufzend an ihn schmiegte. »Tatsache ist«, flüsterte sie ihm herausfordernd ins Ohr, »ich habe noch keinen Mann kennengelernt, der es besser macht als du.«

»Meg, ich habe nicht davon gesprochen.«

»Ich aber.«

»Ach ja?« Er schob sie leicht von sich. »Aber wir können jetzt nicht.«

»Ich weiß nicht, wie es mit dir steht, mein Lieber, aber ich werde jedenfalls nicht monatelang darauf verzichten.«

»Wird es dem Baby nicht wehtun?«

»Und ich dachte immer, du weißt alles, was es über den weiblichen Körper zu wissen gibt. Nein, Jack, es tut dem Baby nicht weh, wenn wir zusammen schlafen.«

»Und was ist mit dir? Ich möchte nichts tun, das dir schaden könnte.«

»Hast du noch nicht gehört, was mit einer Frau geschieht, wenn sie schwanger ist? Sie wird unersättlich, und ich spreche nicht vom Essen.«

»Unersättlich?«

»Ja, das ist wahr«, sagte sie mit einem weisen Nicken. »Und ich kann ich es augenblicklich bestätigen. Es wäre wirklich gesundheitsschädigend für mich, mich jetzt zurückzuhalten.« Sie streichelte seine Brust und stellte sich auf die Zehenspitzen, um ihn zu küssen.

»Gesundheitsschädigend, hm?« Die Packung mit dem Schwangerschaftstest flog unbeachtet durchs Zimmer. »Und ich dachte, ich bin der Unersättliche in dieser Ehe«, sagte er leise und knabberte zärtlich an ihrem Ohrläppchen.

»Da siehst du einmal, wie man sich irren kann«, neckte sie ihn. »Außerdem möchte ich feiern. Und wie könnte man die Ankunft eines Babys besser feiern als damit, sich darin zu üben, noch eins zu machen?«

»Noch eins? Ich habe mich noch nicht einmal an den Gedanken an ein Baby gewöhnt.«

»Es ist ja nur eine Übung.«

Er lächelte amüsiert. »Na dann … du weißt ja, wie gern ich übe.«

Später lagen sie Seite an Seite auf dem Bett, und Meg hatte ihren Kopf auf seine Schulter gelegt. Schließlich sah sie ihn fragend an. »Was ist dir lieber, Jack, ein Junge oder ein Mädchen?«

»Komisch, dass du das fragst. Ich habe gerade darüber nachgedacht.«

»Und?«

»Ich möchte nur, dass es gesund ist, Meg, und dass du gesund bist. Aber was ist mit dir? Was wünschst du dir?«

»Eine Tochter haben wir schon. Da fände ich es schön, wenn es ein Junge wird und dass wir ihn deinem Vater zu Ehren Jack Tarkenton III. nennen.«

Jack wurde nachdenklich. »Ich weiß nicht. Ich weiß nicht, ob ich ein guter Vater für meinen Sohn wäre. Ich habe Angst, ich könnte zu viel von ihm erwarten.«

»Du wärst ein sehr guter Vater, so wie du es auch für deine Tochter bist.«

Er berührte zärtlich ihre Wange. »Woher nimmst du nur deine Zuversicht, Meg?«

»Meine Zuversicht kommt von dir, Jack. Von dir und Katie und den vielen Menschen, denen du Hoffnung gibst. Ganz besonders den Kindern, denen du auf der ganzen Welt hilfst.«

»Aber das hast du erst später erfahren. Ich kann immer noch

nicht glauben, dass du mir schon vorher eine zweite Chance gegeben hast.«

»Ich möchte keinen einzigen Moment verändern von dem Abend, als wir uns kennenlernten. Du hast mir beigebracht, was Liebe wirklich bedeutet. Und du selbst hast es auch gelernt. Ich möchte nichts an dir ändern, Jack Tarkenton. Du bist der Mann meines Lebens.«

– ENDE –